KB070631

삶인
이유

다큐실화소설

삶의
이유

강평원 지음

學古房

● 약력
 麥醉 : 강평원 1948년생   육군부사관학교 졸업
 (사)한국소설가 협회회원   (현)소설가협회 중앙위원
 재야사학자 · 上古史회원   공상 군경: 국가 유공자

● 저서
 『애기하사 · 꼬마하사 병영일기-전 2권』1999년 · 선경
 『저승공화국TV특파원-전2권』2000년 · 민미디어
 『쌍어속의 가야사』2000년 · 생각하는 백성 → 베스트셀러
 『짬밥별곡-전3권』2001년 · 생각하는 백성
 『늙어가는 고향』2001년 · 생각하는 백성
 『북파공작원-전2권』2002년 · 선영사 → 베스트셀러
 『지리산 킬링필드』2003년 · 선영사 → 베스트셀러
 『아리랑 시원지를 찾아서』2004년 · 청어
 아리랑 시원지를 찾아서~한국문학 전자책 → 베스트셀러
 『임나가야』2005년 · 뿌리 → 베스트셀러
 『만가 : 輓歌』2007년 · 뿌리
 『눈물보다 서럽게 젖은 그리운 얼굴하나』2009년 · 청어
 『아리랑』2013년 · 학고방

● 소설집
 『신들의 재판』2005년 · 뿌리
 『묻지마 관광』2012년 · 선영사

● 시집
 『잃어버린 첫사랑』. 2006년. 선영사
 『지독한 그리움이다』. 2011년. 선영사. 베스트셀러
 『보고픈 얼굴하나』. 2014년. 학고방

 베스트셀러-Best seller : 7권 스테디셀러-Steady seller : 8권
 비기닝셀러-Beginning : 5권 그로잉셀러-Growing : 3권
 신문학 100년 대표소설 : 4권 → 국립중앙도서관에서 작가에게 원고료를 지불하고
                    전자책으로 만들어둠

● 중 단편소설: 19편   대중가요: 38곡 작사 발표 → CD제작
(KBS 아침마당 30분)(MBC초대석 30분)(국군의 방송 문화가 산책 1시간)(교통방송
20분) (기독방송20분) (마산 MBC 사람과 사람 3일간 출연) (KBS 이주향 책 마을
산책 30분)(월간: 중앙 특종보도)(주간: 뉴스 매거진 특종보도) (도민일보 특종보
도)(중앙일보특종보도)(현대인물 수록) (국방부 특집 3부작 휴전선을 말한다. 1부
에 출연)(연합뉴스 인물정보란에 사진과 이력등재)(KBS1TV 정전 60주년 다큐멘
터리 4부작 DMZ 1부; 휴전선 이야기 2부: 북파공작원 이야기 증언자로 출연)

차 례

추천사

소설이란? 작가의 풍부한 어휘·상상력·깔끔한 문장·탄탄한 구성력을 바탕으로 인간의 삶이나, 사회의 모습을 형상하여 인생을 표현하는 언어의 예술이다. 따라서 한편의 소설이 씌어지는 과정에는 필연적으로 등장인물의 심리와 성격이 묘사되고 적절한 사건이 물 흐르듯 자연스럽게 전개 되면서 작가가 말 하고자 하는 주제가 부각되기 마련이다. 물론 소설은 작가의 성향에 따라 소설을 써내는 기법과 형식이 달라 질 수도 있다. 예컨대 인간의 내면, 즉 의식의 흐름을 추적해 나가는 소설이 있는가 하면 철저히 사건 위주로 상황을 이끌어 가는 소설도 있다. 이렇듯 작가들은 저마다 독특한 목소리를 내며 자기만의 작품 세계를 보여준다. 우리는 그것을 흔히 한 작가의 특성 또는 개성이라고 한다. 위의 성향을 모두 갖춰 박학다식한-博學多識 작가 강평원은 50세에 늦깎이로 우리 문단에 나왔는데 그 이전 그냥 이 사회의 평범한 중소기업인 이었다. 그런데 승용차 급발진 사고로 인하여 몸을 크게 다쳤다. 이때 병원에 입원 중에 자신이 몸소 겪었던 군 생활을 바탕으로 처음 집필한 ≪애기하사, 꼬마하사, 병영일기 1, 2권≫으로 문단에 등단하였다. 이 작품이 동아일보에 보도되면서 세상 사람들의 뜨거운 호응과 반향을 불러일으켜 KBS ≪아침마당≫ 출연 되어……. 여기서 휴전선 고엽제 살포사실이 처음 공개됨으로써 정부는 물론 군 당국을 비롯해 각계각층의 비상한 관심을 갖게 한 책으로도 유명하다. 미국 국방부와 한국 국방부는 휴전선 일대에 절대 뿌린 사실이 없다고 우기다가 1999년 11월 19일 중앙일보 사회면에 A.4용지보다 더 큰 강평원작가의 인터뷰 기사가 대서 특종으로 보도 되자 사실 확인 후 3일 만에 시인하기에 이른다. 이 내용이 2000년 1월 월간 중앙에 무려 8페이지 분량을 특집으로 다루었다. 작가는 전망 있는 기업을 정리하고 뒤이어 ≪저승 공화국 TV특파원 1, 2권≫을 출판하여 한국소설가협회 회원으로 등록하였으며……. 다시 ≪짬밥별곡 1, 2, 3권≫을 출판하여 군납용으로까지 납품해 화제를 모았고, ≪늙어가는 고향≫을 출간하여 2002년 구정 귀향길인 2월 13일 서울 KBS 제1라디오 수원대학교 철학과 이주향 교수가 진행하는 "책 마을 산책"프로에서 국내에 출판된 책 중 명절날 고향을 생각게 하고 부모님을 그리워하는 내용이 제일 잘 묘사된 책으로 선정되어 30분간 특집으로 방송을 했으며 미국 샌프란시스코 교민 방송에서 책속에 수록된 "쓸쓸한 귀향길"이란 제목의 시가-한편 낭송시간 27분 장시 · 방송되어 교민의 심금을 울리기도 했다. 2002년 12월에는 작가가 18세에 군에 입영하는 동네 형을 따라 나섰다가 현지에서 덜컥 자원입대하여 육군 부사관 학교를 졸업하고 최 전방부대 소총소대분대장으로 근무 중 북파공작원 테러부대에 강제 차출되어 인간으로 감내하기 힘든 공작원 훈련을 끝내고 북파공작원 팀장이 되어 두 차례 북한에 침투하여 테러를 가한 실체를 다룬 실화소설 『OHC 북파공작원 상 · 하권→베스트셀러』책이 출판되어 조선일보와 연합뉴스에 보도되자……. 지방 신문에 크게 다뤘고 주간지특집과 월간지에서 대서 특필했으며 서울 "MBC 초대석"에서 숭실대학교 문학박사 장원재 교수와 30분간 방송했고 국군의 방송 김이연 소설가가 진행하는 "문화가 산책"에서 1시간 동안 특집방송을 했으며 2013년 KBS 1 텔레비전에서 4일간에 방영된 정전 60주년 다큐멘터리 4부작 DMZ 1~2부-7월 27일과 28일9시 40분에 방영-1부는 휴전선이야기 · 2부는 북파공작원 이야기 · 출연을 했다. 또한 영화 계약과 일본어 출판 계약 완료와 일본서 휴대폰에 원문을 다운 받아 볼 수 있도록 전자화 구축 되어 실행하고 있다. 2004년 10월에 출판한 『아리랑 시원지를_始原地 찾아서』는 초고가 완성되었을 때 신문에 특종보도 되었고 주간지 뉴스매거진에서 A4·6페이지 분량을 특집기사화 했으며 마산 MBC라디오 "사람과 사람들"이란 프로에서 3일간 방송을 했다. 책이 출판되기도 전에 언론에서 특집을 다룬 것은 극히 이례적이었다. 『쌍어속의 가야사』를 비롯하여 『임나가야』『아리랑 시원지를 찾아서』는 고대 가야사를 다룬 책들이다. 문단에 나온 지 15년 만에 장편13편(18권)과 소설집 2권을 비롯하여 시집 3권을 집필하였으니 여러 장르를 집필하여서 다작을 한 것이다. 출간된 책 중 베스트셀러-Best seller : 7권 · 스테디셀러-Steady seller : 8권 · 비기닝셀러-Beginning : 5권 · 그로잉셀러-Growing : 3권 · 신문학 100년 대표소설 : 4권이다. 그간에 굵직한 문제의 책들을 집필하여 우리사회에 많은 공헌을-특수 임무 종사자와 고엽제 환자들의 보상과 국가유공자예우에 기여. 하였다. 이번엔 한국전쟁 전후에 일어났던 민간인 학살 사건을 다룬 다큐멘터리 형식의 실화소설은 작가가 가해자와 피해자들을 어렵게 만나 3여 년을 설득하여 집필하였다고 한다. 이 작품역시 피해자 유가족보상과 희생자 명예 회복에 기여를 할 것이다. 2007년 사단법인 한국소설가협회 회원 120여명이 거창군에서 춘계세미나를 2일 동안 열었다. 우리회원들은 700여명의 양민이 국군에 의해 학살당했다는 그곳 관계자의 설명을 듣고 경악했다. 2007년 8월 도서출판 뿌리에서 출판한 실화 다큐멘터리 장편소설 『輓歌』란 책속의 내용 『경남 거창 양민 학살사건 237~260페이지』까지 한 꼭지를 서울대법학연구소 한인섭 교수가 출간하여-2008년 4월에 전자책으로 출간 보급하였음·전국도서관과 각 학교도서관에 기증할 책에 사용할 수 있게 작가에게 부탁하여 허락을 했는데…… 전자책으로 출간되었다. 그것만 보아도 이 책의 중요성을 알 것이다. 작가는 "전쟁의 피해자는 늘 무고한 사람들이다. 전쟁이란 선과 악의 대결이다. 하지만 선으로 시작하였던 전쟁도 결국 악의 편으로 돌아선다. 바로 이것이 전쟁의 광기이다. 그래서 행위는 결과를 동반한다. 이러한 재앙은 우리의 의식 속에 잠들어 있다. 잠들어 있다는 것은 언젠가 깨어난다는 뜻이기도 하다. 역사도 마찬가지일 것이다. 묻혀 진 역사는 누군가에 의해 반드시 발굴되어 햇빛을 볼 것이기 때문이다. 그것은 시대의 증인이며 이 땅의 최후의 양심의 보루인 작가의 몫이다."라고 했다. 가슴에 와 닿는 말이다. 모국어는 우리 문필가에 의해 닦여진다. 잊혀져가는 전남 동부지역의 사투리와 서부경남 지역 사투리를 찾아 쓴 것을 보면 작가의 모국어에 대한 애착에 독자는 혀를 내두를 것이다 일독을 권한다.

사단법인 한국소설가협회 이사장
백 시 종

작가의 말

이 책은 재미교포 신은미란 자기 마음대로 못 생긴! 여자가 북한이 좋다고 종북-從北 콘서트를 열고 다녀서 그녀에게 꼭 주려(?) 집필하고 있는 책을 중단하고 앞서 출간한 책의 일부와 새로운 사건을 종합하여 출간을 하게 되었습니다.

나는 1966년 11월 20일에 18세의 어린 몸으로 마을 형의 입영환송식에 갔다가 논산행 열차를 타고 논산 훈련소에서 자원-自願 입대를 하였습니다. 당시 나는 160cm의 키에 52kg의 몸무게의 소년! 이었습니다. 28연대장의 면담에 "너무 어리니 3년 더 젖 먹고 오라"고 하였지만 군번이 찍혀 나오는 바람에 귀가 조치가 안 되어 인솔해간 내무반장에게 "이 아이 군장과 소총은 내무반장 네가 가지고 다니고 너는 맨몸으로 그냥 따라가 훈련장에서 받아 교육을 받아라"는 명령에 1개월간 무사히 훈련을 마치고 병참 교육을 받고 병참기지창에 근무 중 선임이 여군 옷을 민간인에게 팔아먹었는데 졸병인 내가 누명을 쓰고 최전방 휴전선 경계부대 소총 중대본부 행정요원으로 근무 중…… 우리나라가 1965년부터 월남전에 전투병을 파견 미군과 연합되어 전쟁을 하였습니다. 전쟁작전이 시작되면 적의 저격수가 제일 먼저 지휘자 인분대장을 사살해 버립니다. 작전을 하는 분대장이 없으면 그 분대원들은 모두 죽은 목숨입니다. 미군 소대장 평균 수명이 작전개시 되면 6분을 못 견디었다는 미국의 조사 결과입니다. 최전방 경계부대에 분대장이-하사계급 월남으로 강제 차출당

10 ·

하여 정작 휴전선을 지킬 분대장이 없어 당시 최종철 1군사령관이 고재중이나 고졸이상은 원주에 있는 1군 하사관학교에 입학하라는 지시에 나도 차출 당하여 4개월의 교육을 받았습니다. 당시 1군 하사관 학교는 장기복무자-7년 이상 복무나 자신이 원하면 정년까지 근무 학교였지만 분대장이 부족하여 일반하사-3년 근무 후 전역 분대장을 만들어 보충하기 위해 차출을 당하여 혹독한 교육을 받은 것입니다. 졸업 후 최전방 경계부대 소대 분대장으로 근무 중 그간에 못간 첫 정규 휴가를 받아 고향에 갔는데…… 1968년 1월 21일 남파공작 테러부대 김신조 일당이 박대통령을 사살하려 남파된 사건으로 휴가를 반도 채우지 못하고 소대장의 귀대조치 전문을 받고 귀대하여 경계근무에 들어갔습니다. 전쟁을 하겠다는 박대통령의 주장이었으나 미국의 두개의 전쟁을 할 수 없다는 것을 전해 들은 대통령은 포기를 했습니다. 81명이 탄 푸에블로를 북한이 납치를 하는 과정에서 민간인 1명이 죽고 비무장 헬기를 격추 당하여 30여명의 미군이 죽었지만 미국은 전쟁을 포기하였던 것입니다. 지금도 전시 작전권이 미국에 있습니다. 이에 박대통령은 특별 지시를 내렸습니다. 김신조와 같은 부대를 창설하여 김일성의 목을 가져오라는 명령과 함께 155 마일 휴전선에 1969년까지 쥐도 넘나들 수 없는 철조망 울타리를 완공시키라는 명령이었습니다. 그 특별명령에 의해 1968년 4월에 세상에서 최고 악질 부대인 테러를 전문으로 하는 북파공작원-멧돼지부대 차출이 되어 5개월간 인간이 얼마나 견딜 수 있나 한계의 교육을 받았습니다. 최고의 신체 건강한 병사를 각 부대에서 차출하여 80명이 교육을 받아 교육 중 38명이 탈락할 정도의 고강도 교육입니다. 북파공작원 상·권에 자세한 훈련 이야기가 상재되어 있습니다. 팀장이 되어 북한에 침투를 하였습니다. 원칙적으로는 한 번의 침투로 임무는 끝나지만 나하고 같은 해 6개월 앞서 나보다 5세가 많은 형님이-강장원 입영하여 3사단 18연대-일명 백골부대 6.25 때 지어진 별명 근무 중 남파 테러부대와 격전 중 오른팔에 따발총 5발을 맞고 광주 77병원에 공상군경 유공자로 전역했습니다. 형님의 보복과 방공소년 이승복 사건으로 보복을 위해 북파를 자원하여 모두 성공을 하였습니다. 독자들께선 참으로 기구한 운명의 형제라고 할 겁니다. 북한공작원 상·하 권 출간 당시 출판사 권유로 세 꼭지를 누락시켰는데 지금도 베스트셀러가 되어 있습니다. 그 중 두 꼭지가 이 책에 상재되었습니다. 나의 작전 구상으로……. 개성을 지나 평산까지 갔으나 철수하라는 바람에 적의 초소를 궤멸시키고 복귀를 했습니다만…… 뉴스에서 "서울 불바다 또는 핵미사일" 등의 북한 관련 뉴스를 들을 때 나도 모르게 눈물이 납니다. "왜냐고요?" 철수하라는 난수표를-비밀암호 못 들은 척하며 작전을 했으면 김정은은 이 세상에서 태어나지 못하고 악질 가족 김일성 일가는 이 세상에 존재하지 않았을 텐데! 하고 후회를 합니다. 조선 TV에서 숭실대학교 국문학박사인 장원재 교수가 진행하는 프로에서 김정은에 폭압과 서울을 불바다로 만들겠다는 북한 소식에 화가 나서 방송국에 전화를 하여 전화번호를 알려달라고 했지만 알려줄 수 없다는 겁니다. 나하고 서울 MBC 초대석에서 같이 방송도 하였고 방송장면 때 같이 찍은 사진도 있으며 정 그렇게 못 믿는다면 다음이나 네이버에 들어가 강평원을 클릭하면 약력이 나오고 연합뉴스에 인물사전에도 등록이 되어 있다고 통사정을 해도 안 된다는 겁이다. 그러면 방송이 끝나면 장교수에게 전화를 해달라는 말을 전해달라는 부탁을 했지만 연락이 없었습니다. 내가 하고 싶은 말은 잡다한 이야기는 그만두고 "안면 생체적인 지피에스 미사일을 만들어 김정은 사진을 폭탄 머리에 입력시켜 발사하면 살아있는 생명체인 김정은을 끝까지 찾아내어 폭발하여 죽이는 무기를 개발하라"는 논의를 하여 국방부는 방위 산업체에 자금을 지원하라는 것을 방송하라고 말을 하려 했던 것입니다. 생각해 보십시요. 수십 년 전부터 인공위성이 달에도 가고 화성도 가고 작금은 무인 자동차에 드론까지 개발했는데 안면인식 미사일은 조금만 연구하면 될 것입니다. 그렇게 된다면 북한이 "서울 불바다" 공갈 협박소리는 하지 못 할 겁니다.

북한은 사회주의 종교집단입니다. 이 세상에서 최고의 영업사원과 대형교회 성직자는 최고의 거짓말쟁이라는 겁니다. 김정은은 자유민주주의 나라에서 교육을 받은 젊은이입니다. 할아버지와 아버지가 통치할 때 저지른 악행을 잘 알고 있기에 그 죄를 용서 받기위해 선행으로 북한 주민을 다스리고 우리와 협력하여 잘 사는 민족이 되는데 동참하였으면 합니다. 옛 부터 역사는 언제나 승자에 편에서 기록되었지만 지금의 세기는 그렇지 못합니다. 지구가 멸망하지 않는 한 김일성 일가는 악의 집단으로 기록 될 것입니다. 언젠가는 죄 값을 받을 것입니다.

이 책은 원고를 출력하여 3곳에 보냈습니다. 6월에 출판하려고 유명 신문출판사와 국내 3위 안의 출판사와 도서출판 학고방에 보냈는데 한 곳은 2일 만에 원고 내용이 참 좋은데 빠른 기간에 출판이 어렵다는 내용에 편지를 보내왔고 또 다른 출판사도 맘에 드는 원고지만 7월 이후로 가능하다며 다음에 자기 출판사에서 운영하는 문학상에 응모를 하라는 자세한 응모 내용을 보내 왔습니다. 다행이 학고방에서 출간하기로 하였으나 메르스와 출판사 확장이전 등으로 계획대로 6월에 안되고 9월로 출판이 늦어졌습니다. 또한 2014년 9월에 탈고된 "우주의 찰라 같은 인생을-人生 살면서" 가보면 좋은 · 가보면 나쁜 · 꼭 가야 하는 · 가면 안 되는 『길』이란 책 제목의 원고를 2015년 초에 출판을 하기로 하고 원고가 학고방에 들어가 있는 상태였습니다. 그 책 출판을 미루고 이 책을 먼저 출판하기로 하였던 겁니다. 두 곳의 출판사를 하고 있는 상태에서도 50여권이 밀렸다는데 먼저 출판을 해주어 도서출판 학고방 하운근 사장님과 종사하는 직원 여러분에게 감사의 말을 올립니다. 특별히 조연순 편집부 차장님께 감사의 말을 드립니다.…… 전화를 많이 드려서! 이 책 때문에 미루었던 "길"도 곧 출판하기로 하였습니다. 현재까지 세권의 책을 출판하면서 출판사에 가보지 못함을 미안하게 생각합니다.

북파공작원 생활 중 휴전선에 뿌린 고엽제에 노출로 병을 얻어『니트로글리세린 복용법-가슴에 통증이 느껴지면 약을 삼키지 말고 혀 밑에 넣고 서서히 녹여서 복용합니다. 5분 후에도 가슴 통증이 지속되면 1정을 더 복용합니다. 15분 이내에 3정 이상 복용하면 안 되고 통증이 지속되면 응급실로 가서야 합니다. ※ 차광 상태로 항상 휴대하세요.』이런 약을 15년 동안 부산 보훈병원에서 걸어 다니는 종합병원이라고 나를 보고 하는 말입니다. 의사들의 말은 세상에서 제일 잔인한 병이라고 합니다. 2015년 3월에 심한 통증으로 인하여 병원에 입원하여 심장에 스텐트시술을 하여 심장에 3개를 삽입하였습니다만, 2015년 7월 26일 밤 10시 가슴통증으로 인하여 응급실에 가서 심장에 1개풍선 확장 시술을 하고 8일 만에 퇴원하여 이글을 쓰고 있습니다. 많이 호전되었다고 하지만 심장병은…….

　몇 곳의 출판사에서 원고를 부탁하지만 지금 집필하고 있는 원고는 책을 많이 읽어야 한다는 것과 신문에 지식과 정보가 있어 꼭 구독을 하라는 장편을 각 전문가들이 신문에 기고한 글들과 인터넷에 올린 글을 5% 정도 책 내용에 맞게 윤색하여 상재를 하였고 전국 각 가정에 상비약을 두둣 어린이에서 어른까지 누구나 읽고 이해를 할 수 있는 내용이기에 사진과 그림을 지루하지 않게 끝까지 읽을 수 있도록 80여장을 삽입하여 출판을 하려고 집필을 하고 있습니다. 나는 문단에 51세의 늦은 나이에 나왔고 대학 문창과도 나오지 않았습니다. 그간에 24권을 집필했지만 집필 기간이 시집은 1개월, 장편소설은 1~3개월이면 원고를 탈고합니다. 원고 탈고 후 책이 출간되어야 다른 책의 원고를 구상하곤 합니다. 그런데 지금 집필하고 있는 원고는 무려 5개월째입니다. 책이 출간 될 수 있을 지는 장담을 하지 못하겠습니다. 그때까지 독자님과 만날 수 있으면 좋겠습니다.

독재자들의 말로

천지 창조 후 지구의 인간 세상에 고대나 현대에 이르기까지 크고 작은 수많은 재앙과 질병을 비롯한 전쟁으로 인하여 수많은 사람들이 죽어 갔다.

천지지변으로 1개 도시민이 전멸하는가하면 풍수해로 마을 전체를 휩쓸러 흔적도 없이 사라지기도 했다. 이 시대에서도…….

중세 시대 땐 페스트란-흑사병이=pest. plague 창궐하여-猖獗 이 역병으로 유럽인구 3/1이 죽었다. 그 인구를 회복하는데 300년이 되었다는 기록이다. 이 병균은 쥐들이 옮기는 병으로……. 5세기 14세기 19세기에 많이 발생을 하였는데 지금은 치료약이 있지만 간혹 미미하게 발생을 하고 있다. 당시 역병-疫病이 돌면 그 지역은 거의 멸종되었고 일부 살아있는 사람들은 삶의 터전을 떠나야했을 것이다. 우리나라도 100년 전만 하여도 역병은-疫病 귀신이나 하늘에서 내린 병으로 알았다. 역병은 장티프스·발진티프스·콜레라 같이 열이 나는 병을 말한다. 염병이라고 하는 병이 얼마나 무서운 병인가? 염병에 걸리면 1개월 동안 아팠다고 한다. 1821년 8월 31일-순조 왕=21년·괴질 병이 돌아 열흘 만에 1천 여 명이 설사와 구토 손발이 뒤틀어져 순식간에 죽었다는 기록도 있다. 또한 평안도와 의주에서 10만 명이 죽었다는 기록도 있다. 열이 많이 나는 이 병이름을 호열자라-虎列剌 했다. 호랑이에게 뜻 겨 먹히는 것 같은 고통이 있다하여 호열자라는 병명으로 된 것이다. 콜레라는 외국에서 들어온 수입 병이다. 호열자 병에 걸리면 약도 없었다. 당시 콜레라가 창궐하면 희생자가 엄청 났다. 기록에 의하면 1821년 순조 때 10만 명이 죽었으며 1895년 고종 32년 평안북도에서 6만 명이 죽었고 1900년 광무 때 16,157명이 죽었다는 기록이다. 순조 때 한양 인구가 30만 명이었으니까. 3분의 1이 죽은 것이다. 당시 속수무책으로-束手無策 당하고만 있었다. 조정에서는 병의 정체를 모르고 있었다. 호열자는 원한에 사무친 원귀들이 일으키는 역병으로 알고 있었다. 순식간에 마을 전체를 휩쓸었으며 걸렸다하면 살아남지 못 하였다. 조정에서는 원한을 가진 자들이 우물에 독을 풀었다는 소문을 믿기도 하였다. 호열자 병이 어떤 병인지 어떻게 생기는지 모르고 있었다. 요즘에야 나쁜 병균이 있어 병을 퍼트린다는 것을 누구나 알고 있지만 100년 전만하여도 그런 것을 알 리가 없었기 때문이다. 허기야 세균이 발견되기 전에는 서양에서도 하늘에다 대고 대포를 쏘았다고 한다. 100년 전 조선의 민중들은 어떻게 대체하였을까? 전염병을 역귀의-疫鬼 소행으로 생각해서 점염병이 나돌면 지금도 남아 있는 금줄을 쳤다. 왼손 새끼를 꼬아 집 대문에 숯과 고추와 한지를 끼웠고……. 빼놓을 수 없는 것은 부적이었다. 역병마다 특효가 있는 부적이-符籍 따로 있었는데 주로 악귀가-惡鬼 무서워하는 호랑이나 도깨비 그림수준 이었다. 역병이-疫病 돈다는 소문이 들리면 마을차원에서 대책을 세우기도 했다. 돈을 거두어 마을 입구에 장승을 세웠는데 동서남북으로 축위 대장군을 세우고 마을입구와 대문밖에 황토 흙을 뿌려서 마을과 집안으로 들어오지 못하도록 하였다. 그러나 병마는 이들의 소박한 처방을 무시했다. 그래서 남은 방법은 하나. 도망만이 상책이었다. 역병이 한번 돌면 살아남기 힘든 그때 살아남기 위해 피난을 선택했다. 마을은 텅텅 비었다. 수령으로 임명된 관리가 임지에 가지 않고 도망을 갔다고 한다. 버려진 마을에는 매장하지 않은 시체가 즐비했다. 순조 실록 기록에 서울 장안에 하도 죽은 사람이 많아서 장래를 치르지 못해 나쁜 말로 말해

시체 썩은 냄새가 장안에 가득했다는 기록이다. 그 정도로 많이 죽었다는 것이다. 조정에서 대책이란 별수 없었다. 병을 퍼트리는 역귀 "즉" 원혼을-冤魂 달래는 제사를 지내는 정도였다. 조선시대에서는 그것 밖에 할 수 없었다. 백성들에게 정신적인 위안이 되기 때문이다. 느닷없이 찾아와서 순식간에 마을 전체를 휩쓸고 갔다. 그 당시로는 귀신의 소행으로 생각할 수밖에 없었기 때문이다. 1902한국 최초의학 유학생인 김익남이 귀국하여 콜레라균을 보여주었다. 1885년 미국의사 알렌이 근대식 광혜원을 세웠다. 염병다음으로 당시 가장 크게 유행했고 사람들을 오래동안 괴롭혔던 역병은 두창으로-마마 두창 천연두. 불리었다. 이병은 살아있을 때 걸리지 않았다면 죽은 뒤 무덤 속에서도 걸린다는 병이다. 엄청난 피해주웠던 이병에 걸리면 살아난다. 해도 다리를 절거나 눈이 멀고, 얼굴에 곰보 자국의 흉터가 남는다. 지석영이 일본서 종두 시술법을 배워와 시술하기 전에는 공포에 떨어야했다. 조선시대만 30번이나 크게 번졌다는 기록이다. 지난 수세기 동안 공포의 대상으로 군림했던 두 창은 1959년에 정복되었고 세계적으로는 1976년에 정복되었다. 인간의 힘으로 하나의 질병을 정복한 것은 유사 일에 처음 있는 일이었다. 이렇듯 질병이 발생하면 정복을 하지만……. 인간의 이기심에 일어난 전쟁은 끊임없이 이어지고 있는 것이다. 우리나라도 원치 않은 전쟁으로 얼마나 많은 사람이 자신의 의지와 상관없이 비현실적인-unrealistic 전쟁에 휩쓸려 억울하게 목숨을 버렸던가! 지금도 세계도처에서 벌어지고 있는 종교로 인한 전쟁으로 인하여 무려 35억여 명의 사람이 죽었다는 것이다. 사실상-practically 종교의 내면을 들여다보면 성직자들의 삶과 직결되어 있다는 것이다. 노동일을 하지 않고 입으로-설교=說敎~호구지책-糊口之策 일하는 입장에서 높은 자리가 보장되어야 편히 살 수가 있기 때문이다. 그래서 세상에서 최고의 영업사원과 최고의 종교지도자는 거짓말을 최고로 잘 하는 사람인 것이다. 독재자로 국민에게 억압통치를 하는 정치지도자 들도 자신의 지위를 지키기 위해-to achieve her goal 열심히 거짓말을 할 것이다. 문제는 자신의 지위를 위해 벌였거나 벌리고 있는 사람들의 처벌을 눈감아주거나 방관을 하고 있기에……. 지금 이 순간에도 세계각지에서 발생하고 있는 집단적이 살인을 방지하기 위해 2002년에 문을 연 "국제형사재판소"에서는 독재자들이 통치기간에 저지른 죄를 묻기 위해 형사고발을 하고 있다는 소식이다. 인류의 역사는 범죄의 역사이다. 그 일면에는 공공의 적을 빙자해서다.

아래 글은 2014년 12월 3일 수요일 동아일보 A.29면 오피니언에 『국제형사재판소에 회부된 독재자들의 말로』라는 제목으로 "여영무" 남북전략연구소장이 기고한 글 전문이다.

『문명 발전과 인간성의 퇴행은 정비례하는가. 제2차 세계대전 후 눈부신 문명 발전에도 불구하고 인간의 잔혹성은 무한대로 진화했다. 올 들어 무고한 5명의 영국인과 미국인을 참수하고 수만 명의 인명을 집단학살한 이슬람 극단주의 테러집단 '이슬람국가-IS'의 야만성은 이런 인간성 퇴행을 극명하게 보여주었다. 중국 '문화혁명'에서 희생된 4,000만 명의 장기 독재자들의 폭정과 내전, 테러 등 각종 무력충돌로 전 세계에서 500여만 명이 무고하게 목숨을 잃었다. 하지만 IS를 비롯해 엄청난 규모의 집단학살을 자행한 폭군과 테러리스트들에 대한 법의 심판은 제대로 이뤄지지 않았다. 폭군들에 의한 무고한 희생과 '무법현상에-uimpnity 인류는 좌절감을 금치 못하고 있다. 유엔이 1990년대부터 활동하기 시작한 5개의 지역 특별국제형사재판소와 2002년 문을 연 국제형사재판소가-ICC 세계 각지에서 폭군들이 자행한 각종 집단학살 등 반인류 범죄를 응징함으로써 이런 무법현상에 제동을 건 것은 다행이다. 이 이원적 국제형사재판소의 법치주의는 미래 폭군의 출현을 막고 집단학살에 무고한 희생을 예방하는 데 국제법상 이정표가 되었다.

집단학살 등 인권 유린으로 국제형사재판에서 처벌받은 폭군들은 찰스 테일러 전 라이베리아 대통령-66·55년형·과 1970년대 자국민 200만 명을 학살한 '크메르루주' 2인자 누온 체아-88·50년형·키우 삼판-83·종신형·등이다.

'킬링필드' 참극 후 35년 만의 응징이지만 어떤 폭군도 법의 심판을 피할 수 없다는 값진 교훈이 되었다. 콩고민주공화국 내란의 반군지도자 토마 루방가도 2012년 전범과 집단학살 죄로 14년형을 받고 복역 중이다.

ICC는 현재 수단 다르푸르 집단학살-40만 명·외 리비아와 코트디부아르·콩고·우간다·중앙아프리카공화국·케냐·말리 등 8개국에서 폭군들이 범한 집단학살 등에 대해 심판 중이다. ICC는 다르푸르 집단학살범인 오마르 바샤르 수단 대통령 등 7명에게 체포영장을 발부하고 이들의 신병 확보를 추진 중이다. 2011년 '아랍의 봄' 중심국 리비아의 무아마르 카다피와 아들 사이프 이스람, 압둘라 세누시-정보부장·등도 반인륜 범죄로 체포영장을 발부받았으나 카다피는 시민군에게 처형됐고 이슬람과 세누시는 ICC 심의를 거쳐 리비아 국내재판으로 이관됐다. 로랑 그바그보 전 코트디부아르 대통령은 체포돼 헤이그에서 반인륜 범죄로 재판 중이다. 그의 부인에게도 체포영장이 발부되었다. ICC와 5개 특별형사재판소는 지금까지 전현직 최고통치자 등 4명의 폭군에게 체포영장을 발부해 심판 중이거나 선고까지 마친 상태다. 북한이 최근 김정은 등 최고책임자들의 ICC 회부를 권고한 유엔인권결의안에 대해서 10만 군중대회와 욕설 폭탄 등으로 연일 거칠게 반응하는 것은 '법의 지배를 무력화하자는 것이다. 북한은 '나치와 크메르루주의 잔혹행위에 버금가는 대량학살과 고문을 자행해 왔다'고 질타한 마이클 커버 전 유엔 북한인권조사위원회-COI·위원장의 경고를 귀담아 듣고 유엔과 ICC의 '법의 지배를 통한 폭군 청산 작업'에 순응해 인권 유린과 반인륜 범죄를 즉각 중단해야 할 것이다.』

위의 글을 부연 설명하자면……. 북한을 폐쇄적으로 통치하고 있는 김정은의 가계가-家系 현대에서는 특이한 악질 집단이다. 500여년을 통치한 이 씨들의 조선 통치기간에 몇몇의 통치자들은 백성과 가족을 죽이는 일이 있었지만……. 현시대의 북한처럼 3대가 연이어 포악한 통치를 하지 않았다. 21세기 이 찬란한 문명시대에 외부세계 출입도 못하고 그저 국민에게 어거 지 영웅대접을 받고 사는 젊은 지도자의 행동이 나로서는 도저히 이해가 가지 않는다. 그는 민주주의 국가에서 개방된 채 공부를 하였기에 더더욱 그렇다. 국가의 지도자가 된 후 아버지인 김정일처럼 테러를 당할까봐 비행기도 타지 못하여 고립된 생활을 하는 세계의 유일한 통치자인데 그런 폐쇄적인 통치가 언제까지 이루어질지는 아무도 모른다. 그러나 분명한 것은 ICC 국제형사재판소에서 체포영장을 발부되어 언젠가 심판대에 서게 될 것이다.

1948년 11월생인 나는 키 160센티미터에 52킬로의 왜소한 체격으로 1966년 11월 16일에 동내 형이 입영하는 논산훈련소까지 동행을 하여 그 자리에서 덜컥 자원입대하였다. 훈련을 끝내고 최전방 소총중대 행정반에서 근무 중 육군부사관학교를-당시 제1군하사관학교=강원도 원주시 소재·졸업하고 휴전선 경계사단에서 근무 중 1968년 1월 21일 김신조 일당이 박정희대통령을 해치려 남파된 사건으로 인하여……. 이 일로 화가 난 대통령은 "우리도 똑같은 부대를 만들어 김일성의 목을 가져오라"는 명령에 의하여 내가 북파공작원 중 이 세상에서 제일 악질인 너 죽이고 나 죽는다는 테러부대요원으로 차출되어 인간으로서 감내하기 어려운 교육을 가까스로 받고 인간 병기가 된 뒤 팀장에 임명이 되어 8명의 부하를 데리고 2번의 북파 작전을 하여 성공을 하였다. 실화소설 북파공작원 상·하권을 출간 후 책 출간 소식이 조선일보 보도로 서울 MBC초대석에 초대되어 숭실대학 장원재 국문학 박사와 30분간 방송을 하였고…….

2013년 KBS 1 텔레비전에서 4일간에 방영된 정전 60주년 특집 다큐멘터리 4부작 DMZ 1부 · 휴전선이야기가 7월 27일과 밤9시 40분에 방영되었고 · 2부는 북파공작원 이야기는 28일에 방영되었다. 김해시청 2층 소회의장에서 2시간의 녹화를 하면서 PD는 "어리고 왜소한 몸으로 그 엄청난 교육을 어떻게 받고 인간 병기가 되어 두 차례 임무를 성공적으로 완수할 수 있었느냐?"는 질문에 "아버지와 일찍 사별하시고 농사를 지으면서 10남매를 키우시는 어머니를 도와야겠다는 일념을 가지고 작전을 하여 성공할 수 있었다."고 했다. 김해시청 2층 소 회의실에서 녹화를 하려 입구에 들어서자. 담당 PD가 헐크자세를 하자……. 녹화세트를 설치 중이던 일행 6명이 일손을 멈추고 웃음을 터트리는 것이다. 이유를 묻자 북파공작원 중 제일 악질인 테러부대원의 팀장이라 천하장사 씨름꾼의 체격인줄 알았는데……. 너무나 외소해서 웃었다는 것이다. MBC에서 장원재 교수도 "길거리에서 만나면 그저 평범한 사람으로 보일 것인데! 인간이 얼마나 고통을 견딜 수 있는가? 한계의 훈련을 받았다는데 놀랐다."라고 했으며……. 방송이 끝내고 밖으로 나오자. 담당 강동석 PD는 "훈련 내용을 들으니 온 몸에 소름이 돋았다."고 했다. 출간되어 지금까지 베스트셀러가 된 "북파공작원" 책에 자세히 서술하였지만……. 80명이 훈련을 받아 38명이 교육 중 탈락하고 최종 42명만 정식 대원으로 활약 할 정도의 특수 훈련이다. 타 부대 특수부대원도 책을 읽은 후 "세상에 그렇게 지독한 훈련도 있었느냐?" 할 정도의 문의 전화가 왔었다. 방송 PD를 비롯한 각 신문사 기자들은 "어리고 외소한 몸으로 어떻게 그런 부대에 차출이 되었느냐?"는 질문에 교육을 받을 때 부하들이 자주 한 농담을 들려주었다. "팀장님의 사격술은 사거리 안에 있는 빈대 성기도 고환을 건드리지 않고 명중시킬 수 있는 특급사수다."라고 농담을 했다. 부연 설명하자면 저격용 M-14에 장착된 조준경 사거리 안에 들어온……. 움직이는 목표물도 하느님이 아버지라도 살릴 수 없다는 뜻이다. 저격은 결국 원 쇼트 원 킬을-One Shot One Kill=한방에 한 사람을 죽임 · 위한 것이지 총알을 흩뿌리는 일이 아니기에 팀원대다수가 명사수들이다. "그러한 명사수라면 국가사격선수로 활동하지요" 하겠지만! 테러부대 출신은 전역 때 모든 이력을 삭제를 시켜버린다. 나의 주민등록번호 변경이

조선일보 2002년 12월 23일 월요일 40판 A.15

中小기업 운영하다 작가로 변신
'북파 공작' 경험 소설로

◇강평원씨

경남 김해시에 거주하는 강평원(姜平遠·54)씨가 대북(對北) 테러 부대의 실체를 다룬 소설 '북파공작원'(도서출판 선영사)을 펴냈다. 상·하두 권으로 된 이 책은 북파 테러 공작원 출신인 강씨의 실제 경험을 바탕으로 한 실화 소설.

책은 18세 때 자원 입대한 강씨가 휴전선 경계 사단 소총부대 분대장으로 근무하다 지난 68년 대북 테러부대원으로 강제 차출돼 '인간 병기'로 개조되기까지 흑독한 훈련과정과 만약의 사태에 대비, 극약 앰풀을 소지한 채 적진에 침투해 적의 막사를 초토화시킨 뒤 귀환하는 작전과정 등을 상세히 서술하고 있다.

강씨가 테러부대원으로 근무했던 60년대 후반은 68년 1월 북한124군 소속 김신조 일당에 의한 청와대 습격기도 사건을 비롯, 68년 11월 울진·삼척지구에 출현한 무장공비에 의한 '이승복 어린이 사건' 등 북한이 전·후방을 가리지 않고 도발을 일삼던 시기.

강씨는 "'당하지만 말고 똑같은 부대를 만들어 당한 만큼 보복하라'는 박정희 대통령의 지시에 의해 '테러부대가 창설됐다"고 말했다.

그러나 이 부대는 얼마 안가 69년 7월 해체된다. 한해 전인 68년부터 시작된 휴전선 부근 철책 설치 작업이 마무리되면서 북의 육상침투가 거의 불가능해졌고 따라서 테러부대의 침투 이유도 없어졌기 때문.

'북파공작원'을 출간한 강씨는 다소 이색적인 경력의 소유자다. 강씨는 고교 3학년에 재학중이던 66년 입대하는 마을 형을 배웅하러 논산에 갔다 자원입대했다.

69년 제대후 방산업체에서 근무하던 강씨는 85년부터 부산에서 총이파이프를 생산하는 업체를 경영하다 99년 차량 급발진 사고로 크게 다치면서 소설가로 인생의 방향을 바꿨다.

강씨는 99년 6월 자신의 군시절 경험을 바탕으로 한 장편소설 '애기하시 꼬마하사 병영일기'를 펴낸 것을 시작으로, 고향과 부모에 대한 그리움을 담은 소설 '늙어가는 고향'을 펴내는 등 활발한 창작활동을 벌이고 있다. /姜仁範기자 ibkang@chosun.com

되었다. 군 생활 중 찍은 사진도 단 한 장도 없다. 또한 출신학교에 연락하여 모든 기록도 지우게 하여 학교에 피해가 가지 않게 만들었다. 전역후 10년 동안 이동된 거주지를 국방부에 필히 보고하라는 지시를 받았다. 적의 포섭이나 암살을 막기 위함에서 특별히 내려진 명령에 의해서다. 우리각시와 자식들도 내가 방송국에 출연하기 이전에는 아무도 몰랐다. 20년이 지나서야 세상에서 제일 악질인 "너 죽이고 나도 죽는다"는 테러부대 팀장으로 북한을 두 차례 넘나들었다는 나의 이야기가 방송과 신문에서 특집과 특종으로 보도됨을 알아버린 가족들의 반응은……. 아 이러니하게도 형은-강장원 · 나보다 6개월 앞서 입영하여 3사단 18연대-백 골부대 · 근무 중 남침하는 북한테러부대와 교전 중에 오른쪽 팔에 따발총 5발을 맞아 광주에 있는 77병원에서 치료 후 전역하여 공상군경 국가유공자가 되었고 나도 공상군경 국가유공자가 되었다. 북파공작원-특수임무 종사자 · 생활을 하고 전역한 사람들에게 보상을 해준다고 신청서 서류를 보내 왔지만 인후보증을 해 줄 사람이 없어 포기를 했다. 근무기간에 따라 약 1억~2억 정도 보상을 받았다는 것을 알고 있지만 당시 나와 함께 임무를 수행한 테러부대 출신의 신상기록은 어디에서도 찾을 수가 없다. 주변에선 우리나라에서 최고의 영향력인 조선일보보도와…….

국영방송인 KBS 1TV에서 특집으로 방영한 정전 60주년 4부작 DMZ 1부와 2부에 출연을 했고 서울 MBC 초대석에서 숭실대학교 교수이고 국문학 박사인 장원재 교수와 30분간을 방송을 하였고 국방부에서 제작한 3부작 "휴전선은 말한다." 1부에 출연을 했으니 국가가 인정을 해 주어야 한다고 하지만……. 포기를 했다. 당시 나는 국가를 지키는 군인이었고 다만 타 군복무자보다 힘든 군복무를 했다는 것뿐이 이어서다. 방송 PD 비롯하여 각 신문기자들에게 "휴전 후 휴전선에서 근무한 사람이 수백만 명이 될 것이고 북파공작원이 몇 천 명일 것인데! 서울서 찾으면 될 것을 많은 경비를 들여서 멀리 김해까지 수고스럽게 찾아오느냐"는 질문에 "선생님이 휴전선에 고엽제를 뿌렸다고 최초 폭로하여 중앙일보에 특종으로 보도되었고 월간중앙 2000년 1월호에 무려 8페이지 분량의 특집이 실린 작가이고 북파공작원 중 첫 테러를 목적으로 창설된 부대의 팀장으로 두 번 북파되어 무사히 임무를 수행하고 전역한 후……. 대한민국 모든 언론에서 특종으로 이력이 보도되고 특집으로 다루어져 오픈된 사람이어서 찾기가 쉽다"라고 했다. 나는 공상군경 국가유공자이기 때문에 KTX 고속철도 무임승차를 할 수 있는 신분이기 때문에 방송국에선 서울로 올라오시면 좋겠다고 하지만……. 국내 북파공작원이 수 천명이라는 보도를 보았는데 실제 작전에 투입된 요원은 그렇게 많지 않을 것이다. 그들을 돌보는 기관 요원들이 훨씬 많을 것이기 때문이다. 나는 1969년 11월 16일에 전역을 하였다. 그 후로는 공작원 북파는 중단이 되었을 것이고! 일부 정보요원은 해외로나 잠입을 하고 있을 것이다! 이유는 1964년에 월남전에 의료팀이 파견되기 시작하여……. 75년까지 10여년 전쟁기간에 30만 명이 넘은 병력이 월남에 파병이 되어 미국과 전쟁을 치루고 있는 상태에서 북한은 미국이 두개의 전쟁을 할 수 없다는 것을 알고 테러부대를 수시로 남파를 하여 북침을 유도 하였다. 한국전쟁 때 남침을 하여 유엔군이 참전을 하는 바람에 적화 통일을 실패한 김일성이가 북침을 유도하기 위한 사건이 1968년 1월 21일 김신조를 비롯한 31명의 테러부대요원들이 서울 한 복판에 나타나 우리 군경에 의해 김신조만 남고 모두 사살되었다. 이에 화가 난 대통령은 전쟁 선포를 하였다. 그러나 미국이 두개의 전쟁을 할 수 없다고 반대를 하였다.

『내가 당시에 직결 처분권을 이상열 소대장에게서-ROTC=학사장교 4기생 · 훗날 서울 MBC보도본부장을 지냄 · 하달 받았지만……. 직결 처분권은 전쟁이 나면 명령을 듣지 않은 부하 3명까지 죄판 없이 현장에서 사살할 수 있는 무시무시한 권한을 어깨에 푸른 견장을-지휘자표시=분대장 이상 작전을 하고 있는 지휘자·단 지휘자에게만 행할 수 있는 임무를 군의 최고의 통수권자인 대통령의 명령이 내려진다.』

　미국의 반대에 박정희대통령은 우리도 김신조일당이 속해 있는 똑 같은 테러부대를 창설하여 김일성 목을 가져오라는 특별명령에 내가 특별 차출되어 5개월의 특수교육훈련을 받고 팀장이 되어 8명의 부하를 데리고 2번 북파 되어 테러임무를 성공적으로 수행 했던 것이다. 대통령의 또 다른 지시는 휴전선에 쥐도 넘나들 수 없는 방책을-철조망·1969년까지 완공시키라는 명령을 내렸다. 바로 "시계불량제거작전으로-視界不良制擧作戰" 밤에 보초병이 경계근무를 할 때 전방이 잘 보이도록 50여 미터를 사막화 시키는 작업이다. 그때 고엽제가 뿌려진 것이다. 이 특별명령에 휴전선 방호철조망은 1969년에 모두 완공되었고 우리도 북으로 넘어갈 필요가 없자 테러부대는 해체되었다. 실미도 영화를 보았지만 엉터리 부분이 많다. 1971년 8월 23일에 실미도에서 특수 훈련을 받은 요원들이 욕구불만으로 청와대로 가려다 영등포에서 군경의 제지로 모두 자폭을 했다는……. 이야기일부는 거짓이다. 살아있는 사람을 내가 서울 고속버스터미널에서 만나 이야기를 장시간동안 했다. 그분의 친척이 방위 산업체 대표이고 실미도 사건당시 계급이 별을 단 장군이어서 그분의 도움으로 사형을 면했다며 복무당시 입은 상처를 보여준다고 상의를 벗어 흉터자국을 보여주었다. 수많은 탑승객이 있는 자리에서……. 나는 전역 후 그분들이 운영하는 제품과의 연관성이 있는 방위산업체에서 기술요원으로 근무를 하다가 중소기업을 창업하여 20여년을 운영 중 승용차 급발진 사고로 병원에 입원기간에 쓴 "애기하사 꼬마하사 병영일기" 1, 2권을 집필하여 출간을 하였는데 동아일보 보도로…….
　그 작품에 북파공작원의 이야기를 조금상재를 했는데 HID-Higher In-

telligence Department 설악동지회에서 특수임무수행에 대한 보상을 요구하는 시위가 일어났다. 당시 박부서 특수임무종사자의 회장을 서울에서 만났다. 그런데 언론에서 북파공작원 모집에 전과자 불량자 조직폭력배들 고아 무기수를 비롯한 전과자 등등을 모집하여 양성한다는 보도에 화가 나서 노출을 각오하고……. "북파공작원" 상, 하권을 집필하게 된 것이다. 당시에는 이북이 우리보다 훨씬 더 잘 살았다. 위에서 열거한 사람을 교육시켜 북한에 침투시키면 자수하여 대접받고 편히 살지! 남으로 오면

문화일보 2003년 1월 13일 월요일

"북파공작원 오해 바로잡으려 책내"

60년대말 경험 담은 '북파…' 펴낸 강평원씨

철저히 기억으로만 복원

▌최근 '북파공작원' (전2권·선영사)을 펴낸 강평원(55·사진)씨는 "그동안 북파공작원들의 존재와 실체에 대한 오해를 바로잡기 위해 책을 펴냈다"고 밝혔다.

18세때 입영하는 마을 형을 배웅갔다가 논산 현지에서 자원입대한 강씨는 육군사관학교 졸업후 대테러부대에서 교육받은 후 두 차례 북파활동에 나섰다. 강씨는 "최근 여러 언론보도 및 영화 등을 통해 북파공작원들의 존재가 알려지고, 보상요구 시위 등이 잇따르고 있지만 잘못 알려진 부분이 많다"며 "특히 고아 전과자 무기수 조직폭력배 등을 훈련시켰다는 것은 사실과 다르다"고 지적했다. 60년대말 당시 북한이 경제적으로 남한보다 우위인 상태에서 신원이 확실하고 정신무장이 잘 된 사람들을 뽑아 훈련했다는 것이다. 실제 경험을 토대로 한 이 책에는 인분이 가득찬 웅덩이에서의 잠수훈련, 실전과 유사한 효과를 얻기 위해 돼지 사체와 피 등을 이용한 훈련, 자해 훈련 등 혹독한 당시 경험이 생생하게 그려져 있다.

강씨는 책을 쓰기 위해 국방부와 육군본부 등을 수소문했지만 어떤 자료도 찾을 수 없어 오로지 기억력에 의지해 훈련과 실전 상황을 복원했다고 밝혔다. "군대가 제게 남긴 것 중 하나는 독한 기억력입니다. 언제 어떻게 죽을지 알 수 없는 상황에서 하나 하나 기억속에 새겨넣는 것이 제가 할 수 있는 최선이었죠. 지금도 눈을 감으면 당시 상황이 영화 화면처럼 머릿속에 흘러갑니다."

비인간적인 훈련으로 인한 불안감과 동족에게 총부리를 들이댔다는 죄책감 등 후유증에 시달려온 강씨를 더욱 괴롭혔던 것은 사회적인 냉대였다. "나라의 부름을 받고 국가와 민족을 지키기 위해 가혹한 훈련을 견뎠는데 이제 와서 사회부적응자들의 집단으로 몰아세우며 나몰라라 하니 참 괴로운 노릇이죠. 결국 북이나 남이나 최고권력자들의 희생양이라는 생각이 듭니다."

지난 98년 소설 '애기하사 꼬마 하사 병영일기' 를 펴내며 뒤늦게 등단한 강씨는 '저승공화국 TV특파원' 을 비롯해 '쌍어속의 가야사' '늙어가는 고향' 등 장편소설을 써왔다.

이수진기자 lulu@

희망도 없는데…… 비행기 폭파범 김현희도 우리나라에서 잘 살고 있다. 작금엔 우리가 북한에 삐라를 보내서 김정은의 화를 돋우고 있듯 당시에 북한에서는 칼라로 만든 삐라를 보내 왔다. 우리나라에는 칼라 사진도 없을 때다. 그렇게 잘살고 있는 북한에서는 우리 쪽에서 넘어간 민간인이나 군인들의 사진과 함께 원산 가무극장에서 환영받는 장면을 찍은 사진과 설명을 적은 삐라를 휴전선에 무수히 뿌렸다. 집도주고 미인과 결혼시켜 좋은 직장을 제공 했다는 내용들이다. 북으로 넘어가 자수를 하면 대단한 대우를 해주는 곳에…….

사회적 부적합사람을 보낸다는 허황된 보도는 "그런 거친 임무를 수행하는 요원들은 신상은 그럴 것이다"라는 일반 국민의 편견의 생각일 것이라는 생각이다! 공작원을 차출할 때 제일 먼저 신상조회를 하는데 아버지의 형제들의 사돈네 8촌까지 검사를 하여 북한에 친척이 있거나 아니면 한국전당시 좌익-빨치산. 활동에 관여한 사람 등등은 아니 되고 가계를 이을 장남도 제외되며 신체 건강한 사람을 차출하여 교육을 하여 견디어내는 인원만 정식 대원이 되는 것이다. 각설하고……. 원고 속에 군의 중요정보누출로 인하여 출판사가 3곳이 변경되어 할 수 없어 책 중요 내용 3꼭지를 삭제를 하였다. 계약을 해놓고 해제를 요청한 이유는 군사비밀 일부분의 삭제를 거절 때문인데 출판사에서는 삭제치 않고 출간을 하면 세무사찰이 들어오기 때문에 출판을 못 하겠다는 것입니다.

그 한 꼭지는…….
북에 침투를 할 때 꼭 가져가는 물품이 있는데 바로 청산칼리가 들어 있는 자살용 독약 캡슐이다. 심한 부상이나 적에게 사로잡히거나 잡힐 긴박한 이유가 있을 때 먹는데……. 하나만 먹어도 30초! 안에 절명할 수 있지만 5개 이상을 지니는 것이다. 테러를 전문으로 하는 교육이 끝나고 나니 80명이 교육을 했는데 42명만 합격을 하여 9명씩 4개조로 나누고 6명 남아 유격조로 편성 시켰다. 독도법을 잘하는 내가 침투조로 지원을 하였다. 나는 5형제여서 침투작전실패로 죽게 되도 형제가 많으니 걱정은 던다는 생각으로 제일 먼저 침투하기로 하였다. 작전이 시작되면 침투 1주일 전부터 정찰조가 우리가 침투할 지역을 정찰하여 지뢰를 전부 제거한다. 휴전선 일대에 350만 발의 지뢰가 매설 되어 있다고 한다. 우리가 침투하여 습격할 북한 초소를 관측조가 관측을 하여 병력 이동사항을 매일체크 한다. 유격조는 침투할 북한초소에서 멀리 떨어져 있는 초소 양쪽 앞에서 야간 위협사격을 하여 지치게 만든다. 그러면 경계가 느슨해지기 마련이다. 그때 침투조가 침투를 하여 적초소를 초토화 시키고 넘어온다. 이러한…… . 각조의 치밀한 작전에 의해 테러를 해야 성공한다. 모든 편성이 이루어진 후 늦어 임무를 끝낸 정찰 견을偵察犬 소양강변에 데리고 가서 개에게 소고기 통조림 5개를 먹인 후 마지막으로 우리가 지닌 독약 캡슐이 들어있는 통조림을 주자. 소고기 통조림 속에 독약이 들어 있는 줄 모르고 게걸스럽게 고기 덩어리를 먹은 개는 이내 입에 노란색거품을 흘리며 발톱에서 피가 나도록 땅을 파다가 수차례 경련을 한 뒤 죽어갔다. 30여초간의 잔인한 현장을 보고 나도 모르게 흘린 눈물을 소양강변을 떠돌던 칼바람이 이내 훔쳐 달아났다. 우리도 작전에 실패하면 저렇게 죽을 것이다.

※ 북파 될 공작원은 자신들이 만든 독약인 싸이나 캡슐을-청산가리=청산칼리로 만든 캡슐 · 지니고 있다. 작전 중 심한 부상이나 포로로 잡힐 경우 먹고 죽기 위해서다.

    …… .

각조는 임무를 받고 일사분란하게 움직이었다. 나는 부하들에게 작전 필요한 완벽한 장비준비를 점검케 하고 침투 때 주의할 상황을 두 번

세 번 주입을 시켰다. 운명의 날 어둠이 내린 시각에 부하 8명을 데리고 침투할 장소인 T탑 앞에 도착해 보니 1군사령부 예하 작전참모들과 사단장을 비롯하여 우리를 교육 시켰던 기관병에서부터 기독교에선 목사 불교에선 법사가 나왔다. 사단장이 작전 성공과 성직자의 무사귀환의 기도로 끝났다. 테러부대가 창설되어 첫 작전에 들어가기에 관계자들이 많이 모인 것이다. 휴전선 T탑은 군사분계선인데……. 이 경계선을 기점으로 북측 2마일과 남측 2마일이 비무장-非武裝 지대이다. 남쪽 2마일 지점에 돌로 영문 T자를 성벽처럼 크게 만들어 상면바닥에 노란 페인트를 칠한 구조물이다. 비행기 조종사가 상공에서 보면 잘 보일 수 있도록 크게 만들어두었다. 실수로 휴전선을 넘을까봐서다. 적 비행기나 우리 측 비행기가 이 탑을 넘으면 발포를 하여 격추시켜도 된다는 것이다. 내가 근무 중 이선을 미군비행기가 넘은 적이 있는데……. 프에블로 미 정보함이 동해상에서 북한해군에 의해 강제로 납치당하여 평양 대동강으로 끌려갔을 때 동해에서 서해까지 이 T탑을 넘어 하루에 수차례 위협 비행을 하였다. 그러나 북측은 반응이 없었다. 비무장지대인-非武裝地帶 휴전선엔 글자그대로 무장을 갖추지 않아야 하는데 남과 북의 수십만의 젊은이들이 지금 이 시각에도 최신형 살상무기를 들고 너와 나는 적이 되어 긴장의 나날을 보는 현실이 암담하다.

작전임무를 받고 내가 구상한 침투작전 계획은…….

플라스틱 클레이모어를 배와 등 그리고 양쪽 옆구리에 부착을 하고 북에 침투하여……. 김일성은 경비가 너무 엄하니까! 약간은 경계가 느슨할 김정일을 납치를 하든지 아니면 폭탄으로 같이 자폭테러를 하겠다는 건의를 1군사령부 작전 참모에게 건의를 하여 허락이 떨어졌다.

M-18 대인지뢰인-對人地雷 클레이모어는-CIAY~MORE 기왓장모형의 4분의

1정도 크기에 약 1킬로 500그램의 중량인데 750여개 강철 구슬을 넣은 플라스틱박스에 내장되어 있는 폭약을 휴대용인 스위치를 누르면 작동되는 전기식 격발 기에서 나오는 전기에 의해 뇌관이 전기스파크 되면서 폭발하여 인명을 살상하는 무서운 지뢰로 폭발의 넓이는 120도로-부체 꼴로·퍼져나가 100미터 안에 있는 적을 모두 살상할 수 있는 굉장히 위력이 있는 무기다. 지뢰무게가 4개를 합하여도 6킬로 정도이고 모포를 주머니처럼 만들어 4개를 넣고 연결한 후 탄띠처럼 허리에 두르니 육안으로 표가 잘나지 않는다. "어떻게 평산까지 들키지 않고 갈 수 있었느냐?" 하는 기자들과 출판사 주간의 질문이 많았다. 간단하다. 하사관 학교에서 마지막 교육이 야간에 기호를 보고 고지를 찾는 것으로 끝난다. 2개 중대에서 내가 일등을 하였다. 또한 부하들도 특수교육을 받을 때 독도법을 배우기 때문에 평양을 찾아가는 것은 별로 어려운 일이 아니다. "어떻게 들키지 않느냐"는 의구심이 들것이다. 복장과 장비를 북한군과 동일하게 하여 부하 두 명을 포승줄로 묶어 죄인을 호송하는 것처럼 위장을 하여 마을 앞이나 부대근처를 지나도 누구나 의심하고 물어 보는 사람이 없었다. 북한군을 두 번이나 맞다들었는데……. 되려 우리일행을 보고 슬금슬금 피해 가는 것이다. 죄지은 자를 호송을 하는 모습이니 그랬을 것이다. 또한 북측 농촌은 집단 농장에서 일을 하기 때문에 도로로 걸어가도 북한 주민의 대면은 많지 않았고 차량도 군용 차량아 간혹 다녔다. 지금의 시대에도 아니 우리나라 현시대에도 경찰이나 헌병이 길거리에서 죄인을 수갑을 채워 호송을 하는 모습을 보고연유를 물을 사람은 아무도 없을 것이다! 상대의 허를 찌르면 의심을 받지 않는 것이다……. 북한은 험준한 산이 많아 높은 산길로 침투가 힘들어 평지로의 이동을 많이 하였다. 개성을 우회하여 평산까지 침투를 했는데 작전을 중단하고 철수를 하라는 암호를 받아서 철수하면서 적의 경계부대를 초토화 시키고 무사히 부대에 복귀를 했다. 작전 본부에서 막상 작전을 허락을 하고 난 후 국방부에 보고를 하니 전쟁이 일어날 중대한 사건일 것이라는 판단에 의해 작전을 취소하지 않았나! 하는 의구심이 들었다.

작전이 취소되지 않고 내가 계획한 작전대로 했다면……. 김정일이 거처하는 숙소 주변에서 정문과 후문으로 두개조로 편성을 하여 정문 경비실에서 자폭을 하면 주변을 지키는 경비병이 모여들 때 또 한명이 달려들어 자폭을 하면 후문에 있던 경비병도 궁금하여 사고의 현장으로 달려갈 것이고! 남아있던 요원이 또 자폭을 하면 현장을 엉망진창으로 변할 때 김정일이 머무는 곳에 돌입하여 납치를 하는 어마어마한 작전을 내가 구상을 했던 것이다. "날이 새고 나면 북한군의 추적을 어떻게 피할 수 있느냐?" 는 대답은 간단하다. 납치과정에서 두 명의 요원이 중요한 임무를 하게 되는데 정문 쪽의 사고로 인하여 혼란한 틈을 타 김정일을 납치하고 나오면……. 요원 한 명이 김정일이 착용한 복장을 벗겨 모두 입고 자폭을 하는 것이다. 나머지 요원이 육안으로 도저히 알아볼 수 없을 정도로 시체를 훼손을 하기위해 식별이 가능한 시체조각을 모두 모아 그 위에 엎드려 요원이 자폭을 하면 김정일로 변장한 부하의 시체는 육회보다 작은 골육이-骨肉 덩어리가 되어 못 알아보게 하는 임무를 수행하도록 짜여 진 작전이다. 북한군은 김정은이 살해된 것으로 생각을 하게 되리라는 작전 계획이었다. 현 시대 같으면 DNA를 조사하면 빠른 시간 안에 밝혀지겠지만 당시엔……. 이러한 작전이 떠오른 것은 막사 침투교육과정인 이동하면서 응용하는 다양한 상황에서의 사격술을 택티컬-Tactical Situational Shooting=북파공작원: 상권~80-83페이지에 상재됨 · 배울 때 숙지한-熟知 것을 응용한 것이다. 납치 후 우리 측 협상이 유리한 것이라는 판단에 실행에 옮기려던 순간에 작전 취소 명령이 떨어진 것으로…….

다음 상재 불가요청 부분…….

……. 1조인 우리 조는 관측조가 되어 OP에서 5일 동안 우리가 공격할

적의 초소와 막사를 쌍안경으로 관측했다. 적은 낮에는 그다지 활동이 많지 않았고 차량들이 가끔 나타나 막사 건너편 우리 쪽에서는 보이지 않는 언덕 아래로 사라졌다가 몇 시간 후에 다시 나타나 어디론가 가곤 했다. 막사와 초소로 오가는 적의 수도 적어 보였고 우리처럼 전 소대가 매복에 나서지는 않는 듯했다. 하긴 우리조가 공격했을 때에도 그들은 거의 막사에서 취침 중이었고 동초와 스피커 부근의 보초뿐이었다. 우리 조는 그들의 보초교대 간격을 알아내어야 했다. 또 막사안의 인원수도 알아야 침투조의 작전계획 수립에 도움이 된다. OP에서 내려다보기에는 이번에 공격할 막사는 좀 멀어 야간에는 관측이 용이하지 않았다. 그래서 나는 그들 막사의 출입문이 열리는 순간에 빛이 새어나온다는 점에 착안하여 그때마다의 시간을 기록하게 했다. 나흘 동안 밤새워 관측한 결과 같은 시간에 문이 열리는 시간이 밝혀졌다. 그들은 오후 6시부터 3시간 간격으로 출입문에서 불빛이 비쳤다. 이것도 그네들의 전기사정이 좋아서였지 우리처럼 단 한대의 발전기가 보내주는 전력으로는 포대경으로 보아도 보이지 않았을 것이었다. 작전 명령이 떨어졌다. 이제 우리 조는 그들의 하루 일과를 관측할 결과를 침투 조에게 알려주어 작전이 성공하기를 빌었고, 그들도 우리 조와 마찬가지로 비상식량을 비롯한 각종 무기를 지니고 한 밤을 틈타 북방한계선을 넘어갔다.

나는 그들의 작전수행의 전 과정을 지켜보고자 하루 종일 OP에서 지내며 그들과 이곳과의 교신내용을 귀담아 들었다. 그들은 무사하게 교두보를 확보하고 정찰병을 보내어 막사 주변 환경을 상세히 정찰하고는 공격하기 좋은 시간을 체크하는 중이었다. 아마 그들도 우리 조처럼 작전 후 철수하기 좋은 새벽 세시를 염두에 둘 것이었다. 그러나 내가 생각하기에는 그들은 우리 조 보다 좀 더 깊숙하게 자리 잡은 막사를 공격하므로 좀 더 이른 시간이 좋을 것 같았다. 또 같은 시간에 공격하면 적의 대비가 있을 지도 모른다는 불안감이 들었지만 그 쪽의 상황을 상세히 모르니 어떻게 판단 내릴 수도 없었다. 아무래도 현장의 조장이 더 많은 정보를 갖고 있으니 그의 판단력을 믿어야 했다. 그에게서 무전이 왔다. 정찰 결과 앞문 쪽에는 동초가 한 명 있으며 공격 팀으로 부터 약 30M거리가 있으며, 은폐물이 전혀 없는 지형이라 접근이 불가능하다는 것이다. 동초를 제거하지 못하면 막사 안으로 수류탄도 투척할 수 없다. 우리 측 인명피해를 줄일 수 있으나 야간작전이기 때문에 내부구조를 전혀 모르는 상태에서 작전은 조장의 작전완급에 있다. 그래서 CQB근접전투 훈련을 말하였던 것이다.

우리 팀을 이끌고 작전을 했을 때 1차 화력 집중과 1차 지원화력의 조절을 잘못하여 철수 때 추격조의 반격으로 전멸할 수 있는 지경에 이르렀으나 남쪽에서 처음 테러 전을 하였기 때문에 무방비 상태에서 우리 측 인명피해는 전무한 상태였다. 작전을 끝내고 철수 때 북방한계선을 넘은 뒤에 그들의 지원부대가 출동하여 무사하게 귀환한 것이다. 제2팀의 작전 역시 야간작전이기 때문에 사물식별이 어렵다. 방법이라고는 동초를 소음기를 부착한 저격 총으로 저격하는 수밖에 없는 것이다. 또한 뒷문에도 보초가 서성거리는 게 보이니 "마네킹이 아니다."고 한다. 역시 소리 없이 저격해야 된다는 결론이 나온다. 무엇이든 흐름이 중요하다. 공격의 기회를 잡았으면 거침없이 밀어부처 적들을 완전히 제압해야 한다. 주간 작전 같으면 전광석화 같은 식으로 양쪽 문에서 돌격해야 어차피 적 막사 공격이라면 총싸움이므로 총싸움에 필요한 각종탄창을 점검 후 동초 제거를 같이 최초공격 선정을 하고 전광석화 같은 공격 흐름을 이용해야 한다. 실내전투를 위해 진입하다가 실패하는 경우를 생각할 수 있다. 대게 문이 ㄱ자 형식으로 되어 있다.

전방고지는 10월 말부터 눈이 내렸으나 올해는 아직 눈이 많이 오지는 않았다. 1967년 12월에서 1968년 2월까지는 40여년 만에 제일 많은 눈이 내렸다. 겨울철 개문 시 찬바람을 막을 수 있으며 눈이 쌓일 때를 대비하여 고지 내무반은 대부분 이러한 모형 출입구다. 혹은 다른 강화 문에 의해 막힌 경우도 있다. 이런 경우를 대비하여 제2팀이 다른 문 쪽에서 진입할 수 있도록 준비해 두어야 한다. 정면 출입 실패 시 곧바로 2팀이 후문으로 진입하는 것이다. 무전 내용을 들어보니 상황이 별로 좋지 않다. 저격을 하면 총구에서 불꽃이 보인다. 야간이니 멀리서도 선명하게 보일 것이다. 앞문과 뒷문의 보초를 동시에 제거해야 된다. 동시에 유탄 발사기로 막사 안을 포격한다. 그 동안 수류탄 투척거리만큼 전속력으로 접근하여 수류탄 공격을 하면 된다.

나의 머릿속에서 작전의 순서와 완급이 그려진다. 그러나 다시 한 번 더 신중을 기하는 것도 나쁘지 않다. 공격은 급하게 시간을 다투는 것이 아니다. 오늘밤은 청명하여 달빛과 별빛이 너무 밝다는 사실도 염두에 두어야한다.

마지막 교신은 03시 30분에 작전을 개시한다고 일방적으로 정하고 끊어졌다. 이제 남은 일은 시간이 가기를 기다리는 것이다. 과연 2조의 조장은 앞문과 뒷문의 보초를 어떤 방법을 사용하여 제거할 것인가 무척 궁금하였다.

단도를 던져서 동초를 제거하기는 어려운 것이다. 훈련 때 소양강가에서 돼지 두 마리를 말뚝에 산채로 묶어 두고 단도던지기를 하였을 때 단도던지기 1인자였던 대원도 가까운 거리에서 실패하는 것을 직접 보았기 때문에 실제작전에서는 실패할 가능성이 더 크다.

그때는 주간이었고 지금은 야간이다. 자세가 중요한데 평지가 아니다. 더군다나 직접 사람한테 던지는 것이고 처음 작전에 투입되었기 때문에 불안한 마음으로 던지면 성공과 실패는 반·반이다. 뒤에서 끌어안고 목을 따는 성대를 절단할 수밖에 없는데 들키지 않고 어떻게 접근하느냐다.

이럴 경우 정문과 후문 동시진입을 준비하여 작전을 끝내야 할 텐데 대게 사람들은 문으로 들어 올 것을 예상하고 있다. 그리고 공격의 기본은 예상하지 못한 곳에서 공격하는 것이다. 일반적으로 지붕이나 창문으로 들어온 것은 적들은 예상하지 않고 있을 것이며 그리하여 지금 작전에 투입된 조는 라펠링이 유효한 진입수단인데 무전 교신을 자주 하던지 오래하면 적들의 주파수 탐색에 걸려들어 우리 측이 당할 수 있다. 시간이 흘러가자 갑자기 불안감이 생기기 시작했다. 뭔가가 잘못될 것 같다는 방정맞을 생각이 떠올라 고개를 흔들었다. 포대경으로 멀리 떨어져 있는 적의 막사를 다시 관측하여 보았으나 어둠 속에 희미한 불빛만 포대경의 렌즈에 맺혔다. 03시 정각에 부대장이 OP에 들어섰다. OP안의 병사들이 경례를 올리자 OP안은 꽉 차서 발을 디딜 틈이 없다. 서로 포대경을 보려 한다. 작전이 시작되면 파견 나온 포대병사들은 모든 임무를 5일간 우리에게 넘긴다.

"음 수고한다. 무슨 변화가 있느냐?"
"아직 조용합니다."
"그래 반시간 남았군. 강하사도 와 있군. 강 하사는 오늘의 작전에 무슨 의견 없나?"
"없습니다만 지난번 저희들의 작전에 피해를 보아 어떤 대비책이 없는가가 걱정됩니다."
"그렇지, 어떤 대비가 있을 거야. 조심해야 할 텐데. 강하사가 갔다면 내가 마음을 놓을 텐데 말이야!"

우리는 시간이 가기를 기다리며 저의 막사를 계속 내려다보았다. 이윽고 3시 30분 정각, 사방은 적막하다. 우리는 호흡하기도 어려울 만큼 긴장하고 있었다. 5분이 지났다. 막사의 앞문에서 섬광이 번쩍하는 게 보였다. 뒤 이어 섬광이 계속 번쩍거리다가 다시 캄캄해진다. 총류탄이나 수류탄에 실내등이 깨어졌을 것이다. 다시 적막감이 돈다. 이윽고 총구에서 일어나는 불빛이 막사 밖이라고 생각되는 지점에서 몇 차례 보이더니 남쪽으로 이동한다. 총구에서 일어나는 불빛이 계속 남쪽으로 이동한다는 건 추적당한다는 표시다. 어디엔가 매복조가 있었던 모양이다. 조명탄이 밝게 산 아래를 비친다. 그러나 우리의 관측 장비에서는 그들의 모습이 보이지 않는다. 그들은 우리의 시계를 벗어난 모양이다. 부대장의 얼굴이 딱딱하게 굳어진다.

스타라이스코프로 관찰하였으니 무슨 일이 일어났는가 짐작이 가는 모습이다. 즉시 전화기를 들어 우리 대원들이 돌아오는 길목의 초소 장에게 전화를 걸어 추격 조를 격퇴시킬 것을 명한다. 작전지역 내 철책선 일대가 비상이 걸린다. 시간이 멎은 것 같다.

나는 무전으로 통문 안쪽에서 잠복근무에 들어가 있는 박 하사에게 무전을 쳤다. OP에 있는 고성능 무전기에 주파수를 맞추고

"박 하사! 지금 박쥐들이 매의 공격을 받고 있다. 멧돼지들은 이동하라! 즉시 이동하라!"

박 하사는 유격 조 정하사와 같이 지원 나가겠다고 하였다. 이번에 정찰을 맡은 박 하사 팀이 지리를 잘 알고 있기 때문이다. 산탄총과 기관단총을 무장하고 떠나라고 지시를 하였다. 통문 경계병들과 화기를 바꾸어 가라고 지시한 것이다. 야간 사격은 산탄총이 제격이며 화력장탄수가 많은 지원이 넉넉한 기관단총을 가지고 가라는 지시를 하였다. 나이는 어리지만 군번과 하사관학교 선배인 내가 선임이기 때문이다.

첫 작전을 성공하였기 때문에 당황하는 부대장보다 내가 작전지시를 하는 것이 정확하기 때문이다. 통문 쪽에 5분대기조와 기동타격대까지 출동 지시를 하고 우리는 침묵 속에 그들의 귀환 신호를 기다린다. 작전 개시 1시간이 넘었다. 날이 세려면 아직도 시간 반은 걸릴 것이다.

남방한계선에서 약속한 휴대용 조명탄이 공중에서 터진다. 그들은 돌아온 것이다. 각 GP에서 교란용 서치라이트가 여기저기 밝혀준다. 우리들

은 OP를 떠났다. 부대 정문 앞에 가도 그들은 아직 도착하지 않았고, 대기 중인 대원들이 불안한 표정으로 서성거리고 있었다. 위병소에 들어간 부대장이 전화를 다시 철수로의 초소 장에게 걸어보더니 침통한 표정으로 담배를 피워 문다. 그 담배가 다 탔을 무렵에 우리 대원이 소리쳤다.

"저기 옵니다."

어둠 속에서 희미한 차량 불빛이 보이기 시작하더니 다섯 개의 인영만 어렴풋하다. 넷이 보이지 않는다. 우리 측에 인명피해가 난 것이 분명하다. 가까이 온 그들 중 두 명이 부축 받고 있었다. 조장이 부대장을 보더니

"부대장님, 죄송합니다. 작전을 망치고 조원 네 명을 잃었습니다."
"어떻게 된 일인가? 적이 매복하고 있었던 거야? 그것도 몰랐어?"
"아닙니다."하고 조장이 고개를 흔들며 부인하였다.

부대장은 얘기가 길 것이라 생각하였는지 부상병들의 상태부터 파악하고는 의무실에 연락을 취하라고 나에게 명령했다. 나는 위병소의 전화로 들것 두개를 갖고 급히 오라고 연락한 후 부대장의 뒤를 따라 내무반으로 가서 작전내용을 들었다. 조장의 얘기는 한동안 우리들을 경악시켰다.
작전이 시작되었을 때 조장은 두 명을 앞문과 뒷문의 보초에게 접근시켜 대검으로 척살케 했다. 아무래도 저격보다는 그 편이 우리에게 유리하겠다는 판단이었다. 두 대원은 각기 맡은 보초를 해치우는데 성공을 했지만, 그들이 쓰러지는 순간 소리 나지 않도록 총을 집으려다가 오히려 대검을 떨어뜨리는 실수를 하여버렸고……. 하필이면 대검이 돌 위에 떨어져 큰 소리가 나고 말았다. 이에 놀란 대원들이 급히 철수하여 본대와 합류하였고 조장은 대원들과 함께 막사안의 반응을 기다린다고 약 5분간 공격을 하지 못했다.
그러나 아무런 반응이 없었다. 막사안의 불침번도 아마 졸고 있었다고

판단한 조장은 공격을 명했고 작전순서대로 총류탄으로 문을 파괴할 동안 신속히 막사 가까이 접근하여 수류탄을 투척하였고, 앞문으로 접근한 조장이 기관단총을 난사하였다. 그때까지는 적은 아무런 반응이 없었다. 수류탄의 파열음 때문에 적의 비명소리도 들리지 않았고 기관단총의 둔탁한 총성만 산야에 울려 퍼졌다. 그 다음 깜깜한 막사 안으로 들어간 조장이 후래시를 비춰보고는 어리둥절해졌다. 보초를 세운 이유는 분명히 사람이 있어서 세운 것일 텐데 막사 안은 침구류가 파편에 어지럽게 널려있으나 막상 인간이 당했다는 흔적이 없다. 그럼 텅 빈 막사 안을 공격했다는 것인가? 여기저기 후래시를 비쳐보다가 그는 판자로 덮힌 두 개의 구멍을 발견했다. 가까이 가서 후래시로 비쳐보니 끝이 보이지 않는 땅굴이 아닌가. 뒤따라 들어온 조원들이 이 광경을 보고는

"후퇴합시다. 철수합시다."

먼저 물러나간다. 조장도 어떻게 해 볼 방법이 없다. 적이 땅굴을 통하여 피했으니 막사 안에서 머뭇거릴 이유가 없다. 철수를 서둘러야 된다. 급히 막사를 빠져 나오는데 난데없는 총소리와 함께 총알이 날아온다. 어디서 쏘는지 미처 파악도 못하고 그 자리를 피해 도망칠 수밖에 없었다. 가까운 숲 속으로 뛰어들었을 때 적의 조명탄이 주위를 훤하게 밝혔다. 그 틈을 타서 조장이 둘러보니 대원들 넷이 보이지 않는다. 적의 일제사격에 막사 앞에서 희생된 것이다. 주위가 밝아졌기에 계속 도망 갈 수가 없다. 그 들도 부근의 지형을 이용하여 엄폐 한 후 추격하는 적에게 반격했다.

그때 조장의 눈에 적들의 행색이 이상하다는 것을 보았다. 그들은 상의는 내의차림 이었다. 그들은 막사 안에서 자다가 우리의 공격을 눈치채고 오히려 공격을 유도한 후 땅굴을 통해 도리어 우리의 배후를 찌른 것이었다. 적들은 우리 팀이 반격하자 곧 물러가버렸다. 아마 화력의 열

세 탓이었을 것이다.

　적의 특수부대가 투입되었는지는 알 수가 없었다. 우리는 적 두 명을 처치하고 4명의 동료를 희생시켰다. 우리 부대원들의 분위기는 엉망이 되고 말았다. 사단장에게 작전이 성공적이지 못함을 보고해야 되는 부대장은 그들이 막사 안에서 바깥으로 통하는 땅굴에 대해서 더 상세하게 알아볼 필요가 있었지만 더 깊이 파고 들 수가 없었다. 그러나 또 이런 상황이 주어진다면 대처해야 될 수단을 강구해야 된다. 좋은 방법은 여러 가지일 것이지만 금방 생각이 나지 않을 것이었다.

> "강 하사! 강 하사는 이런 상황에 놓이면 어떻게 수습하겠는가?"
> "넷, 땅굴인 것은 지금 들어서 안 것이지만 그냥 대피장소일 경우도 생각해 봤어야 했습니다. 그러나 눈에 쉽게 뜨일 만큼 허술한 뚜껑으로 미루어보면 땅굴이리라고 쉽게 짐작되니 우리도 땅굴로 들어가서 적의 뒤를 공격하겠습니다."
> "흠, 그렇게 한다면 적이 미쳐 생각지 않은 점을 노리겠다는 작전이구먼! 또 다른 의견은 없나?"

　밖으로 나오면 적의 총알받이가 되는 건 뻔하다. 그들은 우리를 기다리고 있을 테니까 말이다. 그렇다고 막사 안에 갇혀 있을 수도 없다. 적의 뒤를 치는 수 외에는 희생을 최소화할 작전이 없다는 결론이 났다. 그리고 또 침투할 기회가 있다면, 만약의 경우를 대비해서 조를 나누어 후방경계를 확실하게 해야 된다는 것도 명심해야 되었다.

　이 작전의 실패로 우리의 부대는 해체의 수순을 밟게 될지도 모른다. 이제는 명령이라 해도 모두가 가기를 꺼리게 된 것이다. 그리고 영외에서의 행패는 더 늘었다. 희생된 4명의 동료가 자꾸만 눈에 밟히는 데는 견딜 수가 없다고 그들은 하소연했다. 자그마한 전쟁이지만 후유증은 의외로 깊어지는 것이다.

　작전은 언제라도 실패할 수 있다. 백 프로 성공한다면 전쟁에서 질

수 없는 것이 아닌가? 나는 우울해 하는 대원들을 달래기에 힘을 쏟았다.

단도던지기 1인자 대원이 있었지만 반·반의 성공과 실패확률 때문에 직접 동초 성대 절단을 지시한 팀장의 불운일 수도 있고 대원들의 불운일수도 있다. 그러나 군사 작전은 불운으로 돌리기에는 너무나 큰 후유증이 일어난 것이다. 머피의 법칙은 인간들의 삶에서 가장 많이 적용되는 법칙들 중의 하나이다.

『머피의 법칙: 1949년 미국 항공 엔지니어인 "에드워드 머피-Edward A. Murphy. Jr. 1948~1990"가 충격완화장치 실험이 실패로 끝나자 "잘못될 가능성이 있는 것은 항상 잘못된다-Anything that can go wrong will go wrong"고 말한 데서 유래된 것으로……. 원하지 않은 방향으로 일이 진행될 때 사용하는 말이다. 일상생활에서 "개똥도 약으로 쓰려고 찾으면 없다"라든지 또는 "못난 년은 넘어지면 자갈밭에 넘어지고……. 뒤로 넘어 졌는데도 코가 깨어 졌다"는 우리네 속담도 이 법칙에 속한다. 머피의 법칙과는 상반되는 "샐리의 법칙은-Sally s law"1989년 영화 「해리가 샐리를 만났을 때」의 여자 주인공의 이름을 딴 법칙으로……. 좀 더 대중적인 버전은 "잘될 일은 잘되게 돼 있다. 란-Everything. that can work. will work 『이프름의 법칙-Yhprum. s Law』뜻은 우리네 속담에 "예쁜 여자는 넘어져도 가지밭에 넘어 진다" 다시 말해 잘될 가능성이 있는 것은 항상 잘되는 경우를 빗댄 말이다. 예컨대 일어날 확률이 1퍼센트밖에 되지 않는 나쁜 사건이 계속 벌어지면 머피의 법칙에 해당되든 것이고 일어날 확률이 1퍼센트밖에 되지 않는 좋은 사건이 계속되면 샐리의 법칙에 해당되는 것이다.』

아무리 뛰어난 테러부대 지휘자라도 머피의 장난에서 자유로울 수는 없는 것이다. 그러나 진정으로 훌륭한 특수부대원이라면 개개인을 비롯하여 지휘자는 그런 불운과 위기마저 미리 대처할 줄 알아야 한다. 팀장의 실수로 매듭지을 수밖에 없었다. 팀장을 비롯한 모든 대원들은 막사 투입 전술적 실패시의 대처요령을 숙지하여 인명 피해가 안 나게 하여야 한다. 동료의 희생이 나의 불행과 연계될 수 있기 때문이다. 적과 동침이란 있다. 망망대해서 원수끼리 배를 탔다. 노를 저어 육지에 닿으려면 혼자는 힘들다. 같이 저어야 살 수 있다. 적이지만 힘을 합하여야 한다. 전쟁 시 힘을 합하여야 한다. 아군이 숫자가 많으면 이길 수 있다. 2조원의 희생은 너무 큰 것이었다. 그들은 작전 중 사망하였지만 시체마저 수습할 수 없는 땅에 있다. 결국 그들은 안전사고 위장하여 어디서 구한 뼛가루를 포장하여 유족에게 전해줄 것이다. 유족은 남의 유골함을 들고 가 흐느낄 것이다. 그러한 사연을 안 대원들은 많은 눈물을 흘렸고 가족에게 발설하지 못하여 괴로워했다.

북파공작원 하권 25~38페이지에 상재된 내용이지만……. 2조의 실패로 부상당한 부하를 데리고 오지 못할 상황에 부조장이 부하와 같이 극약을 먹고 죽었던 것이다. 테러부대 북파공작원은 자신이 만든 독약캡슐을 지니고 다닌다. 북한군의 공격이 더 결렬하는데……. 부상당한 부하를 보고 모두 머뭇거리자. 나머지 조원들의 무사 부대 복귀를 위해 부조장이 부상당한 부하에게 "너를 혼자가게 할 수 없다"면서 극약을 먼저 입에 털어 넣고 부하를 끓어 안고 죽었다는 것이다. 나는 대원들에게 "경계에 실패한 지휘자는 용서가 없고 작전에 실패한 지휘자는 용서가 된다."며 위로를 했다.

사단장을 비롯하여 전 대원이 울었고 몇 날을 침통하게 지냈다. 그렇다 해서 훈장이나 표창장이 나오는 것이 아니다. 지금도 전시 작전권이 미군에 있듯……. 엄연히 따지면 정전위반이기에 미군이 알면 더 곤란해질 수밖에 없는 일이기에 희생당한 군인은 불쌍하다. 나는 지금도 그러한 일련의 사건들이 떠오르면 정신적 고통과 PTSS에-Post traumatic Stress

Syndrome=외상 후 스트레스 증후군 · 시달리고 있다. 부상당해 조장과 같이 죽은 부하는 내가 자기 셋째동생 나이와 같다면서 "조장님은 너무 어려서 여성과 잠자리를 못해본 숫총각인데 작전 중 실패로 인하여 죽으면 너무 억울하니 내가 죽으면 우리들은 천국에 경비원으로 채용 될 것이니! 그때 천국 분리 소에 근무하다가 조장님이오시면 선녀들이 목욕하는 목욕탕 때밀이로 보내줄게요."하면서 특수훈련을 받느라고 심신이 지친 대원들을 웃게 만든 부하였다. 그들의 시신을 회수 못 한 것이 너무너무 미안했다. 영화를 만들면 꼭 이 장면을 꼭 넣어 국민이 이들의 희생에 감명을 받게 해야 할 것이다. 유족에겐 안전사고라고 연락하고 시체는 화장을 했다고 한 뒤 유골함엔 북파 전 손톱과 머리카락을……. 위의 부분을 윤색을-賁色 하여 상재를 했었다. 이와 같은 비밀을 상재를 못하게 하는 압력이 들어와 출판사에서 삭제를 요구한 내용이다.

북파공작원 상 · 하 권은 2002년 12월 10일에 발간되었는데 지금까지 표지가 세 번이나 바뀌었다. 당시엔 나는 컴퓨터 작업을 못해 권당 200만 원씩의 수고비를 주고 편지지에 쓴 원고를 김해시 장애인 복지관에서 근무하는 여성 장애인 사무장에게 부탁을 하였다. 오른손이 없어 왼손으로 작업을 하는데 그의 빠른 작업 솜씨를 부러워했다. "너를 혼자 두고 갈수 없다"며 부하를 끊어 안고 자결을 했다는 부분의 원고에 눈물자국이 있었다. 사연을 알아보니 그분도 부 조장의 행동에 감격해 눈물을 흘렸다는 것이다. 한참동안 작업을 못 했다고 하였다. 신문사 출판국 편집장과 마주 앉아 이 부분의 원고 삭제에 관한 이야기 중 이 부분을 읽고 눈물을 흘리니 편집부 아가씨가 손수건을 꺼내서 주었다. 편집장은 군에서 ROTC 학사장교로 근무를 했다고 하였다. 이젠 알려진 내용들이여서 상재를 했다.

나머지 한 꼭지는 부하들이 관련된 사건인데 그들의 명예를 위해서…….

그래서 나는 술과 담배를 먹지 않는다.

방송국 PD를 비롯하여 각 신문사 기자들의 하나같은 질문은 "나이도 어리고 연약한 몸으로 그와 같은 작전을 생각하고 나이 많은 부하들을 통솔하였느냐?"라는 질문을 했다. 부하들은 몇째 아래 동생 같아서 명령에 잘 따랐을 것이고! 소설가들을 칭할 때 작은 신이라고-神=당시는 소설가가 아니지만 · 부르지 않느냐? 라고 대답을 했다.

『김신조가 박대통령을 해치려고 서울 한 복판에 나타나 우리군경에 의해 사살되고 김신조만 체포된 후 내막이 밝혀지자. 이에 화가 많이 난 박대통령은 전쟁을 하겠다고 하였지만……. 미국이 동시에 두개의 전쟁을 할 수 없다고 반대를 하였다. 당시 나는 전쟁 전 12시안에 내리는 지휘자에게 내리는 즉결처분권한을-작전 중 부하가 명령을 듣지 않을 때 재판 없이 3명의 부하를 사살하는 권한 · 1968년 2월 7일 오후 5시에 소대장으로 부터 받았다. 8일 새벽 4시를 기해 일본 오키나에서 출격한 미군전투기 선제공격이 되면 이를 신호로 작전을 전개하여 김일성고지를 점령하라는 명령을 받았지만……. 』

테러부대 특수 공작원은 한번 침투만 하게 하였지만 나는 두 번 하였다. 방공소년 이승복사건이 터진 것이다. "공산당이 싫다"는 어린 소년을 칼로 입을 찢어 죽인 잔혹한 짓을 한 북측에 보복을 하기위해 지원을 하여 적의 중대 본부를 초토화 시킨 것이다. 나의 작전 성공으로 많은 희생이 있었다는 이야기는 우리와는 임무가 다른 공작원인 HID 통신 감청원에게-監聽=盜聽 들었다. 최 전 방인 오피엔-OP HID 요원들이 북파 되어 활동 중인 요원들의 소식을 듣거나 명령을 하달 임무하기도 하고 자기들이 장비하고 있는 통신기로 휴전선지역에서 방어를 하는 북한군의 무선

통신모두를 도청을 위해 1개분대가 파견되어 24시간을 3교대로 근무를 한다. 그들에게서 들은 것이다.

그래서 대한민국 방송국 PD와 각 신문사 기자들은 북파공작원 하면 강평원을 찾아 증언을 듣는 것이다. 여영무 남북전략연구소장의 글에서 처럼 나도 국제형사 재판소에 회부되어 벌을 받아야 하는가? 그렇다면 참으로 비현실적이다-unrealistic 여자는 사랑하는 사람을 위해 화장을 하고 남자는 사랑하는 사람을 위해 목숨을 건다는 말이 있는데……. 나는 "인간이 얼마나 고통을 참을 수 있는가?"의 한계의 훈련을 받고 국가와 국민을 위해 목숨을 걸고 작전을 하였으며 그러한 일련의 과정에서 군경공상 국가유공자가 되었다. 부산 보훈병원 나의 담당의사는 "걸어 다니는 종합병원이다"라고 한다.

"그간에 당신 국가를 위해 고생을 하였으니"하면서 길 다방커피-자판기 300원 짜리 커피 · 한잔 사준 사람이 없었는데……. KBS 1TV에서 정전 60주년 특집 4부작 DMZ 1부와 2부 출연한 방송이 된 이튿 날 김해시 연지공원을 산책하고 있는데 누군가 나를 와락 껴안으며 "선생님 같은 분은 나라에서 보살피며 살게 해야지요."말을 한 후 껴않은 팔을 풀어주어서 쳐다보니 생면부지 사람이었다. "나를 어떻게 아느냐?"는 질문에 "방송하는 것을 보았다"는 것이다. 방송 출연 때 입은 옷을 입고 있어 쉽게 알아 본 것이다. "술을 사겠다"고 했지만 "술은 못 먹다"는 말에 자기의 조그마한 성의라며 음료수를 사주었다. 국가유공자의 분류가 다양하지만 공상-장애 · 유공자의 대우는 특별하게 해주어야 한다. 국가가 존재하도록 도움을 주었던 사람들과-helpful people=국가유공자 · 그들과 안정된 삶을 공유하는-share their knowledge with us 것이다!

나는 소설가가 되지 않았다면 생체인식-生體認識 폭탄을 만들었을 것이다. 제거할 사람의 사진을 지피엑스를 장착한 폭탄 꼭지에 삽입시켜 살아있는 생명체를 끝까지 찾아가 폭발하는 미사일을 만들어 "툭"하면 "서울을 불바다를 만들어 버리겠다"고 공갈협박을 하는 김정은의 모습을 삽입한 미사일 수 십 기를 만들어……. 사진이나 동상이 아니고 살아있는 生命體 김정은을 숨이 끊어 질 때 까지 2초 단위로 수 십 기가 찾아가서 폭발하는 생체인식 미사일을 언젠가는 누군가에 의해 꼭 만들어 질 것이라고 생각한다. 몇 년을 걸려서 우주로 날아가는 인공위성을 발사한지가 언제인데 못 만든단 말인가. 무인 비행기와 무인자동차가 이미 개발되었지 않은가. 그때도 "서울불바다"지껄이나 보자. 북한이 핵폭탄을 만드는 이유는…….

『프란시스코 피사로가 이끄는 기병과 200명이 총으로 무장한 스페인 원정대가 8만 명이 넘는 잉카 제국 군대를 이기고 제국을 멸망 시켰다. 인구도 압도적으로 많았고 또한 찬란한 문명을 자랑했던 잉카제국이 단 200명의 스페인 군대에 의해 멸망한 이유를 흔히들 스페인들이 잉카제국 수도인 쿠스코로 쳐들어가면서 각지에 퍼진 천연두와 흑사병 같은 질병에 의해서 멸망했다고 하지만……. 스페인 군의 압도적인 화력과 잔인한 살상에 항복하였다는 것이다. 창과 화살로는 총과는 상대하기 어려웠을 것이다.』

이러한 세계전사를 世界戰死 알고 있는 북한이 핵무장을 집착 안 할 수가 없는 것이다. 우리나라는 이북보다 경제는 몇 십 배나 우위이고 재래식 화력이 북한 보다 몇 배나 월등하다. 그러나 핵폭탄 서너 방이면……. 그래서 세계에서 고립되어가고 있는데도 핵무장을 고집을 하는 것이다. 그러나 앞서 이야기 했듯 생체인식 미사일 수 십 기를 만들었다고 발표를 하면 한반도의 전쟁은 없다. 주지할 것은 클린턴 미국 대통령이 북한 영변핵시설을 폭격을 하겠다고 우리정부에 요청을 하였는데……. 우리나라 대통령이? 어떻게 잡은 자리인데 전쟁이 벌어지면……. 반대를 했다는 말은 웃으려고 한 소리가 아니길…….

각설하고……. 출판사간에 원고수정 관계로 출판이 늦어지고 있을 때 전역한 특수임무종사자들이 불붙은 가스통을 들고 서울 한 복판에서 격렬한 시위를 하자. "이제는 말할 수 있다" 방송이 된 후 여러 곳의 출판사에서 서로 출간을 하겠다는 연락이 왔었다. 거절했던 출판사를 배제하고 도서출판 『선영사』와 계약을 했다. 책에 상재되어 있는 우리가 저지른 테러처럼 지금의 세계도처에서 거의 매일 일어나다 시피하고 있는 자살폭탄 테러가 50여 년 전에 내가 구상을-構想 했던 것처럼 벌어져 씁쓸하다. 책은 400여 페이지 1권으로 집필 하였으나 출판사 대표는 "2권으로 원고를 늘려 달라."하여 10여일의 기간에 2권짜리로 원고를 완성 해 주었다. 중앙지 3곳과 2개의 스포츠신문에 가로 33센티미터 세로 20센티미터의 칼라와 흑백광고를 10여개월동안 하였다……. 당시의 시국의 상황 때문에 관심이 많아 베스트셀러가 되었고 일본어 출판 계약과 영화 계약도 하였다. 영화는 중간 계약자가 너무 많은 원작 금을 요구하고 있어……. 계약당시 내가 영화 마지막에 출연하여 "남과 북의 서글픈 복수전에 희생된 영혼들의 영면을 빈다. 가해자나 피해자나 남과 북의 최고 통치자의 희생물이었다."는 자막과 터벅터벅 걸어가는 장면으로 엔딩하기로-end·ing 했었다. 언젠가 영화화 될 것으로 생각하고 있다. 각설하고……. 든든한 중소기업을 운영하고 있던 나는 1999년 승용차 급발진사건으로 병원에 입원 중 지루해서 첫 작품인 "애기하사. 꼬마하사. 병영일기" 상·하권을 병상에서 집필하였는데……. 책 출간 후 동아일보보도와 1999년 11월 19일자 중앙일보에서 책 내용에 들어있는 "휴전선에 고엽제 살포" 등과 "북파공작원" 내용을 특종으로 보도로 인하여 각 방송 인터뷰와 KBS 1TV 아침마당에 출연의 계기로……. 회사를 다른 사람에게 양도하고 51세 늦은 나이에 문인의 길로 들어선 후 매년 1권 이상 책을 집필 기획출간을 하고 있다. 나의 삶이 정반대로 바뀐 것이다. 이러한 이력을 방송사 피디나 신문사 기자들이 곧잘 묻는다. 그분들은 이해가 가지 않을 것이고 독자님들도 이해가가지 않을 것이다! 암으로 작고한 어느 선배소설가의 말이 생각이 난다. "글쓰기란 암보다 더 큰 고통이다."라 했다. 그의 병상으로 인터뷰 하러간 기자가 "그런데 그 고통스런 글을 뭣하려 쓰느냐?" 질문에 "내가 쓴 글이 출간되어 서점 진열대에 수북이 쌓여있는 모습을 보면 그동안의 고통은 일순간에 사라지고 가슴속에서 터져 나오는 희열은 격어보지 못한 사람은 알 수 없다. 그래서 글을 쓴다." 라고 했다는 것이다. 임산부가 생과 사를 넘는 산고를 이겨내고 출산하여 아기를 첫 대면했을 때의 희열과 같은 것이라는 뜻이다. 대다수 작가는 그와 같은 희열을 느끼기 위해 오늘도 골방에서 피를 찍어서 쓰는 것 같은 그러한 고통을 감내하며 글을 쓰고 있을 것이다! 나는 책을 집필하면서 독자들에게 내가 알고 있는 모든 지식을 전해주려고 무던히 노력을 하고 있다. 때론 밥 먹는 것도 거르고 소변을 참으며 때론 컴퓨터 앞에 4~5시간을 앉아있기도 한다. 내가 지은 책을 독자가 읽고 한가지의 지식이라도 습득을 했다면 나에겐 그이상의 큰 보람은 없을 것이라는 생각에서다. 2013년 11월 30일 3시에 KBS에서 방영한 특집다큐 "한 그릇 공양에서 나를 찾는다."내용을 보면서 글을 쓴다는 게 얼마나 스트레스를 받는가를 실감 할 수 있었다. 우리의 직업 가운데서 10가지 등분으로 나뉘어 평균수명을 조사하여 방송을 한 것인데……. 종교인이 가장 긴 70세인 1위이고. 작가가 맨 마지막인 57세라는 것이다. 나에게 참 익숙한 -familiar 질문인 "강 작가! 당신은 왜 글을 쓰느냐?" 묻는 다면 "이세상의 생물을 언젠가 소멸됩니다." 그렇다면 "당신은 무었을 남기고 갔겠느냐?" 질문이라면 "나는 어느 누구도 쓰지 않은 창작물을 創作物 남겼습니다."라고 말 할 수 있는 작가가 되려고 노력하고 있다. 나는 등단 후 15년의 기간에 장편소설 13편-18권 · 소설집 2권 · 시집 3권 · 19편의 중 단편소설을 집필했으며 그 중에 베스트셀러-Best seller : 7권 · 스테디셀러-Steady seller : 8권 · 비기닝셀러-Beginning : 5권 · 그로잉셀러-Growing : 3권 · 신문학 100

년 대표소설 : 4권·등과 38곡의 대중가요를 가사를 작사했다. 위의 글에서 나의 이력을 조금이나 알았을 것이다. 세 번째 시집 "보고픈 얼굴하나" 출간 후 "작가님의 이력을 보면 이 세상에서 최고의 악당이었던-gang=惡黨 사람인데! 글의 내용을 보면 성자로-saint=聖子 보입니다."라는 독자들의 편지와 전화가 결려 온다. 세 권의 시집이 모두 그렇다는 평도 있다. 베스트셀러가 된 두 번째 시집 "지독한 그리움이다"를 읽어본 독자들은 눈물이 자신도 모르게 나온다는 연락이 많이 왔다. 소설가로 먼저 등단을 하였지만 시로도-詩 정식 등단을 하여 세 권의 시집을 냈는데 독자님들의 반응이 좋아 큰 보람을 느끼고 있다. 특히 교도소 수감자들이 시집을 읽고 3~5장의 A.4용지에 장문의 편지를 보내오기도 한다. 그들의 편지는 버리지 않고 소중하게 보관을 하고 있다. 문학인은 자존감을 갖고 글을 집필한다. 독자가 온밤을 꼬박 새워가며 읽도록 우리 작가들은 완성도 높은 작품을 써야할 의무가 있기 때문이다. 그것이 곧 작가의 양심이기 때문이다. 그래야만 세월이 흐른 뒤 이 나라의 문학사 흐름에 당당히 편입될 수 있을 것이기에 피를 찍어서 쓰는 듯이 고통을 참으면서 집필을 하고들 있을 것이다! 문인들의 글은 어느 시대이든 그 시대의 증언록이기 때문이다. 작가란 덫을 놓고 무한정 기다리는 사냥꾼이나 농부가 전답에 씨앗을 뿌려놓고 발아가 잘될지 안 될지 기다리는 신세인 것이다. 독자의 판단을 기다림을 말하는 것이다.

프롤로그

한국전쟁 전 후 민간인 학살실태가 정확하게 밝혀지지 않고 있습니다. 지금이라도 피해자와 가해자가 모여 밝혀야 할 것입니다. 우리는 하늘에 묻는 짓은 이젠 그만 두어야하기 때문입니다. 이 땅에는 60년 전 좌우익-左右翼 이념-理念 대립으로 서로가 많은 인명을 살상을 하였고……. 또한 빨갱이를 소탕하는 과정에서 수많은 이웃들은 어느 이름 모를 야산골짝으로 도살당하는 소처럼 끌려가 총살당하여 쓰레기 파묻듯 한 구덩이에 매장 당했습니다. 다른 한편으로는 묻을 장소가 없어 강제로 증발한 배에 한가득 태워 바다위에서 배를 폭파시켜 수장시켜-水葬 버려도 말 못하는 농아 인처럼 침묵으로-沈默 일관하였습니다. 재판도 최소한의 소명의 기회도 없이 죄목도 가해자가 정한대로 현장에서 종결짓고 처형하였습니다. 당한 가족은 살이 떨리고 뜨거운 피가 역류하였을 것입니다! 항간에서는 "해묵은 사건을 들추어내서 무엇 하겠는가?"라는 비판도-批判 있을 것입니다. 그러나 폭력적인 살상……. 끔찍한 원한과 복수로 얼룩진 지난날의 이 땅에서 저질러졌던 사건의 진상을 모두가 알고 자란 우리 후세들에게 그러한 비극이 다시는 이 땅에서 일어나지 않도록 교육하자는 것입니다. "추한 역사를 들춰내고 있느냐?"는 질책도 있었지만……. 당하지 않은 자의 무책임한-無責任 발언입니다. 지난 역사 속에 광주 민주화 항쟁 국회 증언 때 임신한 딸이 금수-禽獸 같은 계엄군 총에 맞아 뱃속에서 태아가 죽지 않으려고 발버둥치는 것을 목격한 친정어머니의 증언을-證言=testimony 들었을 것입니다. "더도 말고, 덜도 말고. 가해자도 나 같은 꼴을 당하여 보거라."하고 국회의사당에서 울부짖던 피해자 어머니를 TV화면으로 우리는 지켜보았습니다. 광주민주항쟁 때 가해자 가족들도 그렇게 참혹하게-慘酷 당해보란 뜻입니다. 어머니가 죽자 살아 있는 뱃속의 아기가 발길질을 하며 몸부림을 치는 장면을 생각하면 등에 식은땀이 흐릅니다. 60여 년 전 이 땅에 사는 힘없는 양민들에겐 그 장면보다 더 끔찍한 사건이 수 없이 있었습니다. 북에서는 변절자로-變節者 버림받고 남에서는 "빨갱이"라고 저주받았던 무고한 민간인들에게 이 땅에 살고 있는 누군가는 가해자-加害者 이고 그것을 보고도 모른 채 "나하고 상관없다" 입 다물고 방관을-傍觀하였던 것입니다. 다행히도 그때 저질러졌던 억울한 죽음에 대한 진상조사가 이루어지고 있으며……. 작고한 노무현 전 대통령이 제주 4·3민중저항 때 저질러진 사건에 대해 사과를 했습니다. 이로 인하여 이제야 우리는 한반도 전쟁 상흔이 곳곳에 존재하는 현장마다 억울하게 죽어간 민간인 희생자들을 조사할 수 있는 "통합 특별법"이 제정되었고 유골발굴도 계속하고 있습니다. 벌써 세월의 흐름에 한국 전쟁이 일어 난지도 60여 년이 지났지만……. 전쟁의 상흔이-傷痕 치유되기는커녕 고통의 나날 속에 가슴앓이를 하고 있는 유족들의 한을 더 이상 방치할 수는 없는 노릇이기 때문입니다. 반세기를 넘길 동안 철저히 은폐-隱蔽 되어온 한국전쟁 전후에 저질러진 민간인 학살사건이 알려지기 시작한 것은 AP통신에 노근리 사건이 보도되면서 전 국민이 관심을 가질 수 있었습니다. 노근리 민간인 학살사건은-老斤里民間人虐殺事件 =Nogunri Massacrt 한국전쟁 중 북한군의 남침으로-南侵 인하여 파견된 미군 제 1기병 사단 예하 7기병 연대가 1950년 7월 25일에서 7월 29일 사이에 충청북도 영동군 황간면 노근리를 지나가는 경부선철로 쌍굴 다리 밑에 숨어있던 피난민을 폭격을 하고 기관총을 발사하여……. 사망자 135명과 부상자 47명 등 182명의 희생자가 발생했던 사건입니다. 당시 작전에 참여했던 미군의 증언에 의하면 "미군의 방어선을-防禦線 넘어서는 사람들은 적으로 간주하고 모두 사살하라. 어린이와 여성은 지휘관의 재량에 맡긴다. 라는 작전명령에 의해 저질러진 사건이다."라고 증언자의-證言者 말을 보도했습니다. 그 보도로 인하여 전국에서 민간인 학살사건 피해자 모임이 결성되면서 하나 둘씩 당시에 희생당한 사건과 이를 뒷받침할 수 있는 구체적 증거들이 이젠 속속 발견되고 있습니다. 이런 상황에서 한국전쟁 전 후에 저질러진 양민들의 학살사건을 유야무야-有耶無耶 그냥 넘어 갈 수는 없는 것입니다. 군경의 사기에-士記 악영향을-惡影響 줄 수 있다는 변명과 자료가 불충분하다는 핑계들을 대가며 소극적인 자세만을 취할 수는 더욱 없는 것입니다. 모든 일은 지난 과거사라고 치유를 기다리는 "고" 자세는 지향하여야 하기 때문입니다. 피로 물든 역사는 정확한 재정립이-再訂立 필요하며 과거의 잘못을 반성하고 그것을 교훈삼아 다시는 이 땅에서 이런 참담한-慘憺 역사를 만들지 말아야 하기 때문입니다. 민중의-民衆 힘으로 단 한 번도 왕의 목을 치지 못한……. 조선시대부터 거듭 놓쳐버린 개혁의-改革 기회가 우리사회의 뿌리 깊은 보수성을-保守性 낳았습니다. 그러나 멀리 조선시대까지 올라가지 않더라도 일제 36년 강점기부터 해방 이후 우리현대사는 국민들에게 체념과-滯念 침묵만을-沈黙 강요해왔습니다. 침묵을 깨고 "앞에 나선"사람들은 자기 목숨까지 내놓아야 했습니다. 해방 후부터 한국전쟁에 이르는 기간 국가의 권력에 의해 무참히 학살된 민간인의 숫자가 110만여 명에 이른다는 소장학자들의 주장은 독일 나치의 유태인 학살이나 폴포드정권하에 저질러진 캄보디아의 킬링필드에-Killing Fields 맞먹을 정도로 끔찍합니다. 현대사는 권력의 야만과 광기에-狂氣 의한 학살의 역사요 대한민국 산하는-山河 이들 피살자의 시체로 뒤덮인 거대한 무덤이었고 살아남은 가족들의 만가는-輓歌=상엿소리 · 하늘을 울렸습니다. 이런 슬픔과 무시무시한 공포의 세월은 이 땅의 부모들로 하여금 자식에게 기회주의적인-機會主義的 삶을 교육하도록 만들었습니다. 그것은 국가의 폭력으로부터 자식을 보호하기위한 본능이기-本能 때문입니다. 이러한 움츠림으로 인하여 일제강점기 때는 친일-親日 해방직후엔 친미-親美 대한민국 정부수립 이후엔 친독재가 한국사회의 주류기득권을-駐留旣得權 형성하게 된 것은 당연한 일이었습니다. 숱한 역사의 전한기가-展限企 있었지만……. 이들은 처벌받지 않았습니다. 친일파와 부왜역적은-附倭逆賊 해방직후 재빨리 미군의 군정에 빌붙어 극우세력이 됐고 이들은 고스란히 이승만의 독재정권의 앞잡이가 됐습니다. 3.15와 4.19로 잠시 위기를 맞은 이들 극우세력은 1년 만에 총칼과 탱크를 앞세운 5.16쿠데타와 함께 또 다시 화려하게 부활하여 막강하게 되었습니다. 그 후 박정희대통령의 죽음과 그 후 몇 번의 정권교체에도 불구하고 이들은 끄떡없이 지배 권력을 유지하고 있습니다. 뿐만 아니라 일부 언론도 그 틈새에 끼어 기생하고 있습니다. 민간인 학살 범죄자는 몇 번의 정권교체가 있음에도 불구하고 지배 권력의 주변에서나 관변단체 간부와 의원직을 변함없이 장악하고 있으며 그 무리들은 기득권을-旣得權 위해 여전히 특별법 제정에 제동을 가하고 있는 것입니다. 단 한 번도 정의를-正義 바로세우지 못한 사회……. 단 한 번도 역사의 범죄를 단죄-斷罪 해보지 못한 국가에서 부모가 자식에게 정의를 가르치기를 바라는 것은 허황된-虛荒 욕심일 뿐입니다. 옛 격언에 "미래에 대비하려면 과거를 잊지 말라"라는 문구가 있습니다. 바꾸어 생각하면 "과거를 기억하지 않은 자에겐 미래도 없다"는 뜻입니다. 우리가 과거를 잊지 않으려고 노력하는 것은 과거의 실수를 다시 반복하지-反復 않기 위함인 것입니다. 우리가 과거를 기억하고 자신의 잘못을 되새김으로써 똑같은 실수를 미연에 방지할 뿐만 아니라. 더 발전할 수 있을 것이라고 생각에서 나온 말입니다. 어쩌면 현시점에서 불과 60여 년 전의 역사적 사건에 대하여 정의를-正義 내린다는 것은 큰 실수일 수도 있습니다. 하지만 그렇다고 해서 역사적 사건 자체를 망각해서는 안 될 것입니다. 왜냐

하면……. 이 땅위에 지난날의 비극이 또다시 되풀이 된 다면 우리민족의 미래는-未來 그 누구도 장담-壯談 할 수 없기 때 문입니다. 집필하면서 밝혀진 사실은 해방 후 이승만→박정희→전두환 삼대-三代 정권이 이어져 오면서 저질러진 국가폭력의 역사에는 한 가지 묘한 공통점이-共通點 존재하고 있었습니다. 바로 하나도 빠짐없이 북한이 관계-關契 되어 있다는 점입니다. 보도연맹은 알다시피 좌익 사상을 가진 사람들을 교화시키기-敎化 위해 조직된 단체란 명분을 가지고 시작했고 조봉암 법살은-法殺 그에게 간첩 누명을 씌움으로써 가능했던 사건입니다. 또한 인민혁명당 사건역시 애꿎은 사람들에게 "북한의 사주를 받아 국가전복을 꾀하는 자"들로 몰아부쳐 처형시킨 사건입니다. 마지막으로 녹화사업 역시 "적화사상-赤化思想"으로 물든 학생들의 사상을 푸르게 녹화시킨다는 명분하에 시작된 것이었습니다. 또한 한국전으로 빨치산 소탕과정에서 지리산 자락 일대에서 벌어진 양민 학살사건 역시 통치자 잘못 판단으로 저질러진 사건입니다. 전두환이 저지른 광주 민주화운동 때 학살사건도 북의 사주에 일어난 반란사건으로 몰아 저지른 사건입니다. 삼대 정권이 유지되면서 내려온 이 공통점은 바로 남한을 붉은 혁명……. 한국적 매카시즘이 국가폭력과 깊숙한 핵을 이루고 있다는 증거입니다. 그렇다면 이것이 최종적으로 시사하는 의미는 무엇일 까요? 그것은 남북분단 이후 항상 적화통일을 하려는 북의 야욕이 사실상 남한 극우세력 독재정권의 최대 협력자였다는-協力者 것입니다. 당시의 정권에 이의를 제기하는 모든 사람을 빨갱이로 몰아세워 죽이는 것을 정당화-正當化 시키기 위해서 가장 필요한 존재는 바로 눈앞에 당면한 적인 북한이었습니다. 정말 어쩌구니 없다 못해 희극적이기까지 한 이 현실을 뒤늦게 알아 버린 우리 국민은 웃을 수밖에 없었습니다. 서로를 증오해-憎惡 마지 못하는 두 국가가 사실은 서로의 가장 강력한 협조자라는-協助者 것이었습니다. 국민을 보호하면서 통치를 해야 할 3대정권의 몰락의 그 시대 사건의 주도적이 역할을 한자들이 면면을 살펴보면……. 우리가 흔히 북풍이라고-北風 부르는 정치가 있습니다. 국내 정치 문제가 있을 때 북한에서 간첩이 내려오거나 북한의 위협이 있던지……. 남북 문제가 경색되어 온 국민의 관심이 북한 문제에 휩쓸려 정치 현안이 소멸하는 현상입니다. 이런 일은 위정자들이 자신의 정치적 난국을 해결하기 위해 조작한 사건입니다. 북풍의 원조는 이승만 정권 때 김창룡이란 자가 꾸민 정치적 사건에서 시작되었습니다. 김창룡은-金昌龍 1920년 7월 18일-1956년 1월 30일 함경남도에서 출생 일제강점기 시절 일본군 부사관으로 태평양전쟁에 참천했고 해방 후 여순사건에 진압을 맡았습니다. 당시 여순사건을 조사하는 중에 박정희 소령을 수사한 기록도 있습니다. 또한 김구선생 암살 배후로 지목 된 적도 있습니다. 그는 일제 강점기 시절 함경남도 영흥군에서 태어나 가난한 가정에서 자라나 2년제 농잠-農蠶 학교를 졸업하고 만주철도 소속 장춘역 역무원으로 근무를 하다가 1940년 초에 일본인의 소개로 관동군 소속 헌병보조원으로 근무 중 헌병 이등병으로 편입 복무를 하다가……. 다시 1941년 소련 국경부근에서 첩보부대원으로 활동하면서 평생 동안 정보공작의 전문가로 근무 하던 중 일본 사복헌병이 되어 일본의 정탐 원으로 활동을 했습니다. 1943년 상하이에 파견되어 중국공산당이던 왕근례를 체포하였고……. 이로 인해 왕근례가 활동했던 비밀조직이 일망타진되었습니다. 그러한 공로로 오장으로 -하사 · 진급했습니다. 그에겐 불행하게 1945년 일본이 패망하자 고향으로 갔다가 치안대에 구금이 되었다가 풀려났으나 북한에 소련군이 들어오면서 다시 체포됩니다. 일본 관동군 헌병대서 조선 독립군과 항일조직을 체포하는 탁월한 공로로 승진한 그가 행한 과거 친일파라는 죄명으로 1945년 전범으로 체포되어 사형선고를 두 번이나 받았으나 극적으로 탈출에 성공하여 1946년 남한으로 옵니다. 남한에 정착한 그는 전북 이리에 있는 국군 제 3연대 신병으로 입대를 하여 3연대 정보요원으로 활동합니다. 1947년 조선경비

사 제 3기에 입교하여 졸업과 동시에 육군소위로 임관을 합니다. 일제
강점기에 정보 활동한 경력이 인정되어 정보부소대 소대장 직책을 맡고
미소공동위원회 참가한 군 장교의 사진 촬영 사실을 적발해 그를 추방하
게 하는 등 정보 능력을 유감없이 발휘한 공로가 인정되어 국군 제 1연대
에 배속이 됩니다. 북한에서 두 번의 죽을 고비를 넘긴 김창룡은 열성적
인 방공에 들어선 후. 동료들을 정탐하는가 하면 군부 내 좌익 인사들을
감시합니다. 그가 주목한 인물들은 대다수가 광복군과 독립군들이었습
니다. 송호성과 오동기 등이 그에 의해 제거되었는데……. 아이러니하게
이들은 독립운동가 입니다. 1948년 육군 대위로 승진하여 육군본부 정보
국 정보장교로 임명되어 이곳에서도 여전히 좌익으로 활동하는 사람들
을 색출하고 검거하는데 앞장섰습니다. 그러다가 여순사건이 터지면서
진압을 주도하게 되는데……. 이곳에서 남로당 가입혐의로 체포된 박정
희 소령을 심문하기도 합니다. 당시 정보국장 이었던 백선엽대령을 포함
한 각계의 압력으로 도리어 박정희의 신원 보증에 참여하고 그를 살려주
었습니다. 1949년에 방첩대장으로 승진한 후 6월 한국독립당 당수이던
김구 선생이 안두희에 의해 암살을 당하게 꾸민……. 인물로 훗날 의심
을 받게 됩니다. 그는 잔인하고 악랄했습니다. 자신의 자리를 위태롭게
하거나 자신의 욕망에 걸림돌이 되는 사람은 누구를 막론하고 가차 없이
보복을 하고 죽이는 일을 서슴지 않았던 자입니다. 한국전쟁이 일어나자
50년 8월 1일에 부산 방첩대 대장으로 임명되어 서울 수복 후에는 부역
자를 가려내 처벌하는 군의 검찰과 경찰과의 합동수사본부의 본부장을
맡은 그는 이곳에서 자신의 막강한 권력을 이용하여 수많은 사람들을
학살합니다. 1.4후퇴 후 다시 부산으로 내려가서 그 일을 계속하였습니
다. 당시 그이 나이가 35세였던 점을 감안하면 초고속 승진과 젊은 혈기
로 수많은 사람들을 잡아 죽였던 놈입니다.

　훗날에 밝혀졌지만……. 그가 세웠다는 대부분 공로는 조작된 것이었

습니다.

　그 한 예로 "부산 금정산 공비사건"을 조작해 정부로 부터 전국에 "계엄령"을 선포하게 만들어 이승만을 밀어 내리려는 반대파를 숙청시키는 만행을-漫行 저지르기도 했습니다. 그가 꾸며낸 "부산 금정산 공비위장사건"은 대구형무소에 수감 중인 중형-重刑 죄인들에게 부산 금정산에서 큰일을 치르고 나면 전과 기록을 모두 삭제를 하고 석방해주겠다고 꼬인 뒤 공비로 위장시켜 부산으로 끌고 가서 금정산 정상으로 오르게 하여 미리 잠복하고 있던 군경에게 이들을 모두 사살케 하였습니다. ……공작임을 숨긴 채 "나라 끝인 부산에까지 공비가 나타났다"는 공포감을 국민에게 심어 이 사건을 빌미로 이승만은 "부산도 위험하다"는 핑계를 대고 계엄령을 선포한 후 국회를 강제로 해산시키기 위해 5월 26일 직선제를 반대하며 내각제를 주장하던 야당 의원 50여 명을 헌병대가 연행을 합니다. 이것이 조작사건임을 밝혀지자 "부산정치 파동"이 일어나게 꾸민 것입니다, 또한 이강국의 연인이라는 한국판 "마타하리" 김수임을 체포하여 처형하는 사건을 비롯하여 "소총을 관 속에 숨겨서 대구로 이동하는 것을 적발한 것들은 모두가 김창룡이 조작한 것이다"라는 사실이 밝혀지기도 했습니다. 그는 자신의 영달을 위해 수단과 방법을 가리지 않은 시대적 맹수였던 것입니다.

　　"그는 모든 사람을 빨간 렌즈로 투사하여 보았다. 그의 눈에는 모든 사람이 빨갱이였다. 투사하여 일단 의심하여 두들겨 보고, 어쩌다 '진짜 빨갱이'가 잡히면 그의 공적이 되었다. 그의 별명은 '스네크-뱀'이었다. 그가 좌익 혐의자로 걸고 넘어간 사람은 무려 3,000여명 정도였다. 그런데 그 중 서대문형무소로 간 사람은 300명 정도밖에 안 되었으므로 90%에 속하는 2,700명은 빨갱이 사냥의 무고한 표적이었던 셈이다. 이 후 그는 이승만의 총애를 받아 출세 가도를 달렸다. 김창룡의 특무부대와 원용덕 헌병사령부는 전쟁 발발 직후 부산과 경남 등지에서 형무소에서 수용된 좌익수나 부역자의 혐의를 쓴 양민들을 무수히 학살했으며, 이들 기간은 모든 국민 심지어 국회의원들에게까지 좌익 혐의를 씌워 위협하였다……. 1948년 이후 10여 년 동안 온 국민을 공포에 떨게 만든 '반공' 마녀사냥의 주역이었다. 전쟁 이후 상당수의 민간인 학살은 김종원과 김창룡의 작품이라고 해도 과언이 아니다."

자료: 김동춘 『전쟁과 사회』 364~365쪽

김창룡은 월남 후 국방경비대-육군의 전신인 제 5연대에-부산소재·사병으로 입대했지만……. 탈영을 했습니다. 김창룡은 반민족행위차별 법에 따르면 결코 특무대장을 할 수 없는 인물이었습니다. 그러나 이승만은 그를 중용했고, 김구선생님 장례식은 참석을 하지 않았던 사람이 김창룡 장례식엔 참석을 하였습니다. 반민족행위처벌법에는-1948년 9월 22일 법률 제3호· "밀정행위로 독립운동을 방해한 자"에 대해 10년 이하의 징역에 처하고 "헌병과 헌병보조원 등 고등경찰직의 직에 있었던 자는 본법의 공소시효경과 전에는 공무원에 임명될 수 없다."라고 되어 있습니다. 독립군을 체포하여 고문을 우선적으로 하였던 일본 현병 오장-하사관·출신인 김창룡의 묘가 대전국립현충원 장군묘역에 안치되어 있습니다.

김창룡과 일본군 헌병 학교를 나와서 독립군의 독립운동을 방해한자인 곽영주는-郭永周 해방 후 귀국하여 이승만에게 등용되어 무소불휘의-謹訴不諱 권력을 휘 두룬 놈 입니다……. 1924년 경기도 이천에서 출생하여 경성 직업학교 기계과 2년을 마친 후 일본군 지원병으로 입대하였습니다. 일제시대 때 태평양전쟁기간 중 일본군에 입대하는 것이 식민지 조선인이 출세를 할 수 있는 좁은 통로 가운데 하나였습니다. 당시 일본은 조선 청년들의 출세 욕구를 이용하여 일본군에 지원하도록 유도했습니다. 일제는 만주침략 때부터 전쟁 인력의 부족 때문에 조선인 징집할-徵集 구상을 가지고 있었습니다. 그 후 중일 전쟁이 발발하자. 조선의 청년들을 지원병 형태로 일본을 위한 전쟁에 이용하기로 하고……. 육군 특별

지원명령을 공포하여 1938~1943년 까지 약 1만 8천 여 명의 조선 청년들을 일본군에 지원시켰습니다. 태평양전쟁 막바지인 1944년부터는 지원병 제도가 징병제로 바꾸었습니다. 당시 헐벗은 민족의 암울한 현실엔 아랑곳없이 단지 자신만의 출세를 위해 일본군에 지원한 자들 가운데 곽영주도 있었습니다. 그리하여 곽영주는 조선의 독립을 방해하는 일본군 헌병 하사관으로 복무한 자입니다. 그는 1924~1961년 1945 해방 후 수도경찰학교 수료 후 1947년 경무대 경비경찰로 근무 중 1948년 경무대 경찰서 경호대에서 경위에서 경감으로 근무 중 56년 총경으로 고속 진급하여 경무대 경찰서장으로 승진하여 이승만의 경호책임자로 근무 중 4.19혁명이 끝난 후 1961년 12월에 사형을 당했습니다.

제 1공화국 종식은……. 1960년 4월 이승만 자유당 정권이 저지른 3월 15일 부정선거에 국민이 항거하여 전국에서 대대적으로 시위를 일으켜 최종적으로 이승만 대통령을 권자에서 끌어내리고 제1일 공화국을 종식을 시켰습니다. 당시 이승만 독재정권을 무너뜨리고 헌정 사상 최초로 민주주의를 탄생시킨 배경은……. 집권 11년간 자유당의 전횡과 3.15부정 선거를 저지르자. 미국이 경제원조 삭감과 더불어 만성적인 불황 및 소수의 재벌들의 횡포로-橫暴 인하여 민심이 흉흉할-凶洶 때 당시 부통령이었던 이기붕이 지시한 부정선거로 인해서 마산에서 부정선거 규탄데모가 일어나자. 이를 제압하는 과정에서 경찰의 발포로 10여명이 사망하는 사건 중……. 마산 항 부두에서 눈에 최루탄이 박힌 김주열 학생 시체가 발견되자. 학생들의 시위는 더욱 격렬하게 진행되어 또다시 경찰 발포로 2명이 사망한 소식을 들은 서울대 문리 대학생 필두로 하는 시위 중 진압하는 과정에서 경찰들의 발포로 106명의 사상자가 발생으로 인하여 전국 대학교수 400여명이 서울시에서 시위를 하면서 "이승만 대통령 하야" 요구 시국선언을 발표를 하자. 당시 "매카나기" 미국대사의 시위지지 성명이 결정적 요인으로 "국민이 원한다면 권자에서 물러나겠다."는 하야 발표를 하고 이승만은 5월 29일에 미국 하와이로 망명-도망·길에 올랐습니다. 당시 정계 2인자였고 부정선거를 저지르게 한 이기붕과 부인 박마리아 사이에 태어난 큰아들 이강석은 이승만의 양자로 입적이 되어 있었는데⋯⋯. 4월 19일 혁명이 일어난 후 생부모와 동생인 강욱군을 권총으로 살해를 하고 자살을 했습니다. 자유당 독재를 보고 신물이 난 국민들 모두는 이기붕 일가의 죽음에 박수를 쳤습니다. 1960년 3월 15일에 해도 해도 너무한 부정선거를 저질러⋯⋯. 억지로 부통령에 당선이 되어서 4.19가 혁명이 일어났기 때문입니다. 4.19가 일어나자 신변에 위험을 느낀 이기붕의 가족은 안전하다고 느낀 장소인 경무대에 피신하여 있다가 죽음을 당했습니다. 1960년 4월 28일 큰아들인 이강석이 권총으로 아버지 이기붕과 어머니 박마리아를 쏜 후 동생을 쏘고 자신도 권총으로 자살을 했다는 것이지만⋯⋯. 이기붕과 박마리아가 자살을 할 이유가 없었고! 아들 이강석이 부모님과 남동생을 죽일 이유가 없었을 것입니다. 자살을 한 사람이 어떻게 가슴에 총을 쏜 후 머리에 총을 쏘았나? 라는 의문이 들 것입니다. 따라서 당연히 누군가에 의해 타살이었겠지만⋯⋯. 항간에는 이대통령을 너무나 추종하는 곽영주가 자신의 모든 꿈이 날라 가 버리자. 그 화풀이로 경무대에 은신해 있는 이기붕의 가족에게 화풀이를 했다는 설도 있습니다. 곽영주는 이후 체포되어 사형선고를 받았기 때문에 구체적인-specific 사건의 진상은⋯⋯. 당시의 혼란한 정치 상황에서 그냥 자살로 처리 했을 것입니다. 일련의 사건들로 인하여 제 1공화국은 끝이 났습니다.

⋯⋯1961년 5월 16일 박정희 육군소장 주도로 육군사관학교 8기생들 출신과 일부 군인들이 제 2공화국 장면-張勉 정부를 쿠데타를 일으켜 무너뜨리고 정권을 장악한 군사정변은 1961년 5월 16일 새벽 2군 부사령관

박정희 소장의 주도로……. 동조한 장교 25여명과 3,500여명 정도에 불과
한 쿠데타 세력은 한강다리를 건너 서울시의 주요 기관을 정령한 후 이들
은 군사혁명위원회를 조직하여 입법권과 사법권을 비롯하여 행정권 등의
주요 3권을 통합하여 장악을 하자. 미국정부가 쿠데타를 신속한 지지
표명아래 장면 내각은 총사퇴에 이어……. 윤보선 대통령의 군사정변
인정 등에 힘입어 쿠데타 무리들은 정변의 합법성을-合法性 주장하게 되었
습니다. 이들은 "군사혁명위원회"를 "국가 최고 회의"로 다시 개칭하고
3년간 군정으로 통치를 착수하였습니다. 쿠데타 세력은 그 무시무시한!
중앙정보부를 설치하고 민주 공화당을 조직한 후 1963년 10월 11일 선거
로 승리하면서 제 3공화국을 출범시켜 독재정권이 탄생하게 됐습니다.

…… "아! 저런 민족 저런 지도자가 있는 나라라면 우리가 차관을 줬다
가 돈을 못 받아도 좋다"라는 이 말은?

……당시에 우리나라는 한국전쟁으로 인하여 피폐해진 국가재건에
필요한 돈이 없었습니다. 쿠데타로 정권을 잡은 박대통령이-당시 최고위원·
미국으로 건너가 케네디 대통령을 만나 필요한 자금을 지원받으려 했으
나……. 쿠데타를 일으켜 정권을 잡았다하여 자기 나라 어느 부족추장정
도의 낮은 대접으로 냉대를 하였다고 합니다. 박대통령이 만남의 장소에
들어갔는데 자리에서 일어나지도 않았다는 것입니다. 그래서 같은 분단
국가 이었던 서독에게 상업차관 3천 만 달러를 부탁했으나 담보가 없어
진행이 어려워지자 당시 외화를 벌려고 서독에 파견되어 근무하고 있는
5,000명의 탄광광부와 3,000명의 간호조무사를 담보로 차관을 얻었습니
다. 자료에 의하면 광부 65명이 사고와 병으로 사망을 했고 간호사는
19명이 이국에서의 외로움과 부모형제와 고국산천이 그리워 우울증으로
19명이 자살을 했으며 26명이 병으로 사망을 했다는 것입니다. 그렇지만

독일인들은 시체를 닦는 간호사를 보고 천사라고 했다는 것입니다. 1964년 선거로 대통령이 된 박정희대통령을 서독이 초청을 했습니다. 당시엔 우리나라에는 대통령 전용기도 없었고 민항기도 없었습니다. 그래서 미국의 민간 항공기를 전세계약을 하였으나 미국서 쿠데타로 정권을 잡은 대통령은 미국국적 항공기를 탈수 없다고 하여 취소를 해버리기도 했습니다. 쿠데타를 일으켰을 때 지지하던 미국이……. 할 수 없어 독일 민간 루프트한자 항공사의 본에서 일본 도쿄 상용노선을 변경시켜 일반인 승객과 함께 탑승하여 독일로 갔습니다. 7개 도시를 경유해 서독 쾰른 공항까지 가는데 무려 28시간이 걸렸다고 합니다. 서독에 도착하여 첫 방문지에 일어난 일입니다. 서독에 파견된 광부들이 지하 4,000미터 숨 막히는 지열 속에서 석탄을 캐내고 간호사들이 시체를 닦아내는 등의 일을 하면서 외화를 벌어들인 것에 대한 노고를 위로하고 차관을 구하려 서독을 방문한 박정희대통령을 환영하는 기념식 단상을 향해 걸어가는데……. 애국가가 울리자 이곳저곳에서 흐느끼는 소리가 나기 시작했습니다. 그 광경을 힐끗힐끗 보면서 느린 걸음으로 단상에 올라간 대통령은 준비한 연설 원고를 옆으로 밀쳐내고 눈물을 흘리며 "이게 무슨 꼴입니까? 내 가슴에서 피눈물이 납니다. 우리 생전에는 이룩하지 못하더라도 후손들에게 만큼은 잘사는 나라를 물려줍시다."라고 외치고 그들에게 "미안하다"는 말을 하고는 울음이 복받쳐 말을 더 이어가지 못하고 대통령이 눈물을 흘리며 단상에서 내려와 육영수 영부인과 함께 간호사와 광부들 끌어안자……. 강당 안은 곧 울음바다가 되는 광경을 TV로 지켜보던 「에르하르트」서독수상이 눈시울을 붉히며 한 말입니다. 그들과의 만남을 끝내고 독일의 초대 경제부 장관을 지내기도 하였던 "루트비히 에르하르트" 총리는 정상회담에서 한국의 경제발전에–經濟發展 도움이 되는 조언을–助言 했습니다. 그는 박대통령의 손을 잡고 "한국은 산이 많던데 산이 많으면 농업도 어렵고 경제발전도 어렵습니다. 고속도로를 깔아야 합니다. 고속도로를 깔면 자동차가 다녀야 합니다. 자동차를 만들려면 철이 필요하니 제철공장을 만들어야 합니다. 차가 달리려면 연료도 필요하니 정유공장도 필요합니다. 그리고 경제가 안정되려면 중소기업을 육성해야 합니다"는 등의 조언을 해 주었습니다. 정상회담에서 광부와 간호사의 월급을 담보로 1억 5천 마르크의 많은 돈을 지원받은 대통령은 서독 아우토반-속도제한이 없는 도로·고속도로를 달리는 차를 세우게 한 후 차 밖으로 나와 정상회담서 서독 수상이 조언을-助言 해준 말이 생각나서 고속도로에 입을 맞추자……. 이 광경을 본 수행원들이 모두 울었다는 일화가 있습니다. 아우토반은 차가 달리는 곳입니다. 그래서 경부고속도로를 건설했으며 철강 산업에 공들여 지금의 세계 상위 철강생산국이 되었고 정유공장을 만들게 지원하였으며……. 라인 강의 기적을 보고 한강의 기적을 이루게 했던 것입니다. 이러한 사업을 진행하는 데는 반대여론도 많았으나 그보다도 언제나 돈이 부족하였다고 합니다. 할 수 없어 철천지원수인 일본에게 국민의 온갖 반대저항에도……. 지금도 말썽인 한일 회담을 열어 대일청구권 문제를 관철시켜 8억 달러를 받아냈습니다. 그러나 턱없이 부족한 것은 언제나 돈이었습니다. 그래서 독일로 가서 자금을 지원 받은 것입니다. 그러한 피눈물 나는 외교를 하여……. 한국전쟁으로 인하여 100만 여명이 죽고 20만 여명의 미망인이 생겨났으며 10만 여명의 전쟁고아와 천만 이산가족이 발생했습니다. 그로 인하여 세계에서 가장 가난한 "인도" 다음으로 가난한 나라였지만 지금의 경제대국의 기초를 튼튼하게 만든 것입니다. 당시엔 북한이 우리보다 잘 살았습니다. 지금은 남북 간의 경제적 차이는 49대 1이라는 경제적인 부의 격차가 벌어져 있다는 것입니다. 박대통령은 농촌에서 태어나 찢어지게 가난했던 어린 시절을 생각하곤 열악한 농촌주거환경 개선을 위하여 새마을 사업운동 사업을 벌여 국민의 삶의 질을 높인 것이 세계적으로 인정을 받아……. 지금도 70여 개국에서 수많은 사람이 찾아와서 교육을 받아가고 있다고 합니다. 닉슨대통령이 "저런 훌륭한 지도자는 처음 보았다"고 칭찬을 했고 지금의 러시아의 푸틴대통령은 "박정희 대통령 관련된 책은 어떠한 책이라도 구입하라"고 특별지시를 했으며 시진핑 중국의 국가주석은 박근혜를 만나 새마을운동에 관한 자료를 부탁하여 자료를 보내주었다고 합니다. 두 분 다 국가 최고의 지도자가 되기 전의 일화입니다. 박대통령이 작은 딸 근영양의 도움을 받아 작사 작곡한 노래가 있습니다.

"새벽종이 울렸네/새아침이 밝았네/너도나도 일어나/새마을을 가꾸세/
살기 좋은 내 마을/우리 힘으로 만드세"

이 노래는 나의 또래 사람은 보릿고개시절의 생각이 날 것이고……. 젊은 세대들은 무슨 고리타분한 노래야 할 것입니다! 새마을 노래와 유행했던 노래는 한운사 작사 "잘살아보세"란 노래가 있습니다.

"잘살아보세/잘살아보세/우리도 한번/잘살아보세/금수나 강산/어 여쁜 나라/한마음으로/가꾸어 가면/알뜰한 살림/재미도 절로/부귀영화도/우리 것이다/잘살아보세/잘살아보세/우리도 한번/잘살아보세/잘살아보세"

당시엔 이 노래도 KBS합창단이 취입한 노래가 곧잘 흘러나왔습니다. 1967년과 1968년에 대-大 한해가-旱害=가뭄. 왔습니다. 당시 보릿고개 시절에 가뭄이 2년 동안 계속되어 살기가 어려워지자 총각은 서울로 처녀들은 대도시로 식모살이를 하기위해 농촌을 떠났던 어려운 시절이었습니다. 1965년에 발표된 "동숙의 노래"가 유행을 했습니다.

너무나도 그님을 사랑했기에/그리움이 변해서 사모 친 미움/원한 맺힌 마음에 잘못 생각에/돌이킬 수 없는 죄 저질러 놓고/뉘우치면서 울어도 때는 늦으리/ 음음음음……때는 늦으리 당시대엔 대다수 농촌의 딸들은 문교부 혜택을-의무교육·전혀 받지를 못 했습니다. 6년간 학교에 다니지 말고 일하여 돈을 벌게 하였던 것입니다. 격세지감이긴 하나-隔世之感 지금의 대한민국은 OICD 국가 중 대졸졸업자가 가장 많은 66%로 독일의 29% 보다 두 배가 넘습니다. 노랫말의 주인공인 "동숙이"라는 처녀가 낮에는 공장에 다니고 밤에 검정고시 학원에 다니면서 그곳에서 아이들을 가르치던 박 선생을 만나 사랑을 하게 되었는데……. 서로 결혼하기로 약속을 하고 뼈 빠지게 번 돈을 그 사람 학비를 보탰고 어머니의 간병비로 주었으나……. 선생님이 굳게 맺은 약속을 어기고 다른 사람과 결혼을 하자. 칼로……. 살인미수로 옥살이를 하게 된 사연의 수기가 여성잡지에 발표되어 영화 "최후의 전선 1808리"에 삽입곡이 되었으며 가수 문주란이 불러서 이 노래로 출세가도를 달렸던 노래가사입니다. 당시에 "부녀자 가출 방지기간"이라 현수막이 길거리에 설치되기도 했었습니다. 보릿고개란 가을 농사를 지어 겨울에 먹고 나면 식량이 바닥납니다. 보리가 5~6월에 수학하는데……. 양지바른 쪽에 일부 보리가 익습니다. 보리 목을 따서 가마솥에 쪄내어 망석에 부비면 보리 알갱이가 나오면 그것을 먹고 살면서 보리가 빨리 여물기를 기다리던 시절이 보릿고개 시절입니다. 요즘 신세대들은 무슨 "전설의 고향" 이야기인가? 할 것입니다! 우리세대는 그렇게 어렵게 살았습니다. 허리띠를 졸라매며 그렇게 살기 어려운 시절에 대한민국의 최고의 통치자인 박정희대통령은 오직 국민을 위해서 밤 낮을 가리지 않고 국정에 힘을 쏟았기에 지금의 경제부강의 나라가 된 것입니다. 한국전쟁으로 인하여 피폐해진 국가를 재건하기위하여 농경산업에서 산업사회로 국가 정책을 꾸준히 추진하여……. "100년이 되어도 회생할 수 없다"는 어느 한국전참전 장교의 말이 무색할 정도로 고도성장을 하여 60여 년 만에 이젠 국민소득 4만 달러라는 목표로 항진해 갈수 있도록 기초를 튼튼하게 만든 것입니다. 박대통령의 서거 후……. 양변기 물통 안에 벽돌 한

개가 들어 있었다는 것입니다. 물을 절약하기 위한 것입니다. 오직 국민을 위해 행한 육영수 여사님의 마음 씀씀이를 생각하니 가슴이 뭉클해집니다. 오직 국민을 위해 인생을 받쳐온 박정희 대통령도……. 혁명공약에 들어있는 "방공국시를 제일로 삼고 지금까지 형식에 그친 방공태세를 재정비 광화하고……."내용대로 당시엔 "동무"라는 말만 하여도 중앙정보부에 끌러가 곤욕을 치루거나 사형-인혁당사건 등· 당하기도 했습니다. 철권통치를 하던 박대통령은 법으로 정한 대통령의 임기가 끝나자. 영구집권의 욕심으로 유신 헌법을 만들고 1972년 국민 투표로 92.5% 이상의 찬성률로 통과 시킵니다. 그리고 1975년 2월 12일에 실시된 유신헌법에 대한 재신임 국민투표도 79.8%로 찬성으로 유신 헌법 정당성을 받은 것이라고 했습니다. 유신 헌법을 지지를 받게 된 결정적인 이유는? 박정희 대통령은 1972년 10월 17일에 특별선언을 발표하고 국민의 생명과 재산을 보호는 물론 국제정세에 능동적으로 대처한다는 명목아래 계엄령을 선포하였고 이와 동시에 국회를 해산시키고 정당 및 정치활동을 중지를 시킨 후 비상 국무회의를 구성하여 즉각 헌법을 개정을 의결한 다음 이를 국민투표에 부쳐 압도적인 찬성으로 통과 되었던 것입니다. 이로 인하여 일어난 부산, 마산, 시민과 학생들의 시위…….부마민주항쟁-釜馬民主抗爭=또는 부마민중항쟁-釜馬民衆抗爭 진압대책을 논의하는 자리였습니다. 당시 박정희 유신정권은 10월 18일 0시를 기해 부산에 계엄령을 선포하고 66명을 잡아들여 군사재판에 회부했으며 20일 정오 마산 및 창원 일원에 위수령은 선포하고 군을 출동시킨 후 민간인 59명을 군사재판에 회부를 하였고……. 1,058명을 체포하여 125명을 구금을 하였습니다. 1979년 10월 16일부터 10월 20일 까지 부산과 마산에서 유신체제에 대항한 항쟁입니다. 이사건의 처리를 논하는 자리에서 어느 누구도 상상할 수 없는 사건이 일어납니다.

1979년 10월 26일 금요일 오후 7시 41분 국민들이 궁금해 하는 궁정동 안가에선 경남지방과 부산에서 계속되고 있는 반정부 데모사건의 처리를 위해 모임의 술자리에서 국가의 최고의 통치자가 가장 신임하는 부하에게 죽임을 당하는 사건이 일어납니다. 박정희대통령이 평소 즐겨먹었다는 시바스리갈-Chivas, Regal-Chivas-Brothers 양주를-43% 먹고 정신이 아리 까리 해지고 기억이 몽롱해 지며 비지땀이 흐르면서 온몸이 더워지기 시작할 즈음 차지철 경호실장이 "각하! 부산에 탱크 몇 대 내려 보내서 데모를 하는 학생과 시민을 몇 백 명 깔아뭉개면 잘 해결될 것입니다"라는 건의 말에……. 술 자석에 동석하지 않고 불안한 얼굴로 들락거리던 중앙정보부장 김재규가 이 소리를 듣고 "각하! 이따위 버러지 같은 놈을-차지철. 데리고 정치를 하니 올바로 되겠습니까? 너 이 새끼 차지철! 죽일놈!" 말을 끝낸 김재규 중앙정보부장이 품에서 권총을 꺼내 차지철 경호실장을 쏘았습니다. 이를 목격하고 "무슨 짓이야! 김 부장!" 박정희 대통령이 호통을 쳤습니다. "각하! 정치를 좀 대국적으로 하십시오." 김재규는 박 대통령 가슴에다 총을 쐈습니다. 차지철 경호실장이 건의한 말대로 한다면 수많은 국민을 죽이는 대사건이 터질 것이라는 예감에 의해 두 사람 현장에서 권총으로 죽이는 사건이 터진 것입니다. 이로써 대한민국 독제정권은 역사 속으로 사라진 것입니다.

……당시에 데모의 주도적인 역할은 신민당이었습니다. 그러자, 깡패가 동원되어 시위대를 폭행하는 사건이 일어납니다. 당시 정권치권에선 자주 정치 깡패가 등장을 했습니다. 깡패란 힘깨나 쓰는 사람을 "주먹"이나 "어깨"라는 속어 입니다. 신체의 한 부분을 통해 어느 사람을 가리는 제유법적인-提喩法 표현이 뜻입니다. 일제강점기엔 깡패란 말이 없었다고 합니다. 당시의 김두환은 어깨 혹은 일본어로 "가다"로 불리었습니다. 깡패는 광복 후 사회 혼란을 틈타 정치권력과 결탁해 폭력을 휘두르던

동대문파인 "이정재"같은 패거리 우두머리를 지칭하기 위해 처음 쓰여졌던 것입니다. 깡패는 영어 갱스터에서 -gangster 따온 깡과 한자어로 무리를 뜻하는 패를 -牌 결합한 말입니다. 이들이 정치권에서 돈을 받고 해결사노릇을 하거나 시위에 앞장서거나 또는 시위를 방해하는데 돈을 받고 행동을 하였습니다. ……박정희 대통령은 민주주의를 가장 역행한 대통령이고 세계의 두 번째 가난한 대한민국을 지금의 세계상위 그룹 경제대국을 이루게 한 대통령이란 두 가지 평가를 하고 있는데……. 그분의 잘하고 잘못한 업적은 후대 역사가들의 몫이고! 김재규가 충신인가 역적인가는 후대 역사가 평할 것입니다.

　……1971년 5월 24일 국회의원 선거를 하루 앞둔 날이었습니다. 한 달 전에 치러진 대통령선거에서 박정희대통령에게 패배한 김대중은 야당의 대통령 후보였던 데다가 신분이 전국구 국회의원 후보로 신민당 의원들의 지원유세를 하고 다녔습니다. 영등포 3개 지역에서 지원 유세를 하려고 하였으나……. 아침부터 비가 내려서 고향인 목포를 가려고 비행기를 타고가려고 시간을 알아보니 큰 비가 오지도 않는데 비행기가 뜰 수가 없다는 연락을 받고 승용차로 광주로 내려가는데 당시 왕복 2차선인 국도를 달리고 있는 맞은편에서 대형트럭이 달려오는 것을 보고 다른 트럭들처럼 잘 스쳐지나 가겠지 하는 순간? 갑자기 트럭이 직각에 가깝게 꺾이며 김대중이 탄 승용차를 향해 돌진 하는 사건이 벌어졌습니다. 당시 상황을 『김대중 자서전』에 상재된 글에 "순간 내 눈에는 거대한 화물트럭만 보였다. 흡사 괴물과 같았다. 지금 생각해도 소름이 돋는다. 내 차 운전사가 가속 페달을 밟았다. 그런데도 충돌은 피할 수 없었다. 트럭은 차체의 5분의 1정도인 트렁크를 들이받았다. 차는 오른쪽 길 아래로 튕겨져 나가 4미터아래 논 위로 떨어졌다. 트럭은 내차를 따라오던 택시를 정면으로 들이받았다. 택시운전사를 포함 2명이 그 자리에서 숨

지고 3명은 크게 다쳤다."는 내용입니다.

　이 사고로 인하여 김대중은 팔의 동맥 두 곳이 절단되고 다리는 찰과상을 입었지만 병원에 들려 응급조치를 받고서 기차를 타고 상경하여 약속된 지원유세를 해주고 급한 요청이 들어온 다른 지역의 유세를 해주는 열성을 보였습니다. 부상으로 인하여 목과 팔에 붕대를 칭칭 감고서 후보들과 약속을 지켰지만…… 사고를 대수롭지 않게 생각을 하고 제대로 치료를 않은 채 한밤중까지 먼 거리를 오가며 지원유세를 하는 바람에 그 후유증으로 인하여 점점 걷기가 힘들어지더니 결국 지체 장애인이 된 것입니다. 이상한 일은 한 달 전까지만 해도 대한민국 대통령경선에 나갔던 후보였는데 언론에서 교통사고를 당한 사실을 보도한 언론사는 "경향신문"인데 아주 짧은 1단 기사였습니다. 이러한 보도형태에는 석연찮은 의심이…… 큰 비가 내리는 것도 아닌데 비행기가 뜨지 않은 것이고 사고를 낸 트럭의 주인이 그 지역 선거구에 출마를 한 여당-공화당. 전국구 8번을 받아 당선이 확실한 변호사였습니다. 운전기사를 살인혐의로 기소한 검사는 갑자기 좌천을 시켜버렸습니다. 후임자로 온 검사는 단순한 교통사고로 처리를 했습니다.

　당시 정부의 눈에 가시인 김대중 납치사건이-金大中拉致事件 일어납니다. 사건이 나기 두 해 전이고 교통사고가 나기 한 달 전인 1971년 4월 27일 실시된 대통령 선거 결과는 박정희 후보 634만 2,828표이고 김대중 후보 539만 5,900표 승부가 갈린 결과로 인하여…… 선거에 패한 후 일본으로 망명 중이던 1973년 8월 8일 오후 1시경 일본 도쿄도의 호텔 그랜드팰리스 2210호실 부근에서 대한민국 중앙정보부 누군가의 섭렵 요원으로 추정되는 사람들에게 납치되어 8월 13일 서울의 자택 앞에서 발견된 사건입니다. 워싱턴에서 미주 "한민통"을 조직한 김대중은 일본에 지부를 조직하기 위해 일본에 입국 도쿄의 히비야 공원에서 반-反 박정희 대회 참가를 앞두고 호텔에 투숙하고 있었습니다. 같은 호텔에 머물고 있던 양일동 민주통일당 대표의 초청을 받아 가진 회담을 끝내고 나오던 도중 누군가에게 습격을 당한 후……. 비어 있었던 2210호실에 감금되었습니다. 김대중은 이 방에서 마취약을 투여 받아 의식이 없는 상태에서 오사카로 옮겨져 납치된 것으로 추정하고 있습니다. 김대중은 당시상황 증언에서 "배를 탈 때 다리에 무거운 추를 달았다"라는 소리를 들었다고 했습니다. 바다에 수장 될 위험이 있는 상황에 처해 있을 때 동해 일본 측 해안에서 일본해상자위대 함정이 추격을 해왔고……. 사건이 발각 될 것을 우려한 요원들은 계획을 변경하여 부산으로 데려가서 풀어 주었는데 닷새 뒤 서울 자택 앞에서 발견된 것입니다. 이 사건을 조사한 일본 경찰은 주일 한국 대사관 직원이 납치 집단에 포함되어 있다고 밝혔습니다. 이에 따라 일본 정부의 양해 없이 김대중을 납치해 한국으로 이송한 것은 일본의 주권을 침해한 것이라는 의견이 대두되었습니다.

한국정부의 발뺌을 하였으나……. 훗날 김형욱 전 중앙정보부장이 미국의회에서 "김대중 납치 사건은 한국 중앙정보부의 범행"이라고 증언을 했습니다. 김형욱이 이 사건을 비롯하여 정보부가 저지른 범죄사실을 자서전으로 밝힌다고 한 후 김형욱은 세상에서 흔적도 없이 사라져 버렸습니다. 항간에선 중앙정보부가……. 일련의 사건에서도 살아남아 대통령이 된 DJ를 인동 초라고 불린 것입니다.

……광주민주화운동은 유신 독재정권의 횡포로 숨죽여 살아온 민중은 이제 민주주의의 봄이 왔다고 기지개를 피우려던 꿈이 신군부에 의해 깨어지게 된 사건입니다. 사건의 발단은 유신독재 체제와 지역차별 정책으로 광주지역의 정치와 경제적 소외를 비롯한 불평등에 대한 상대적 고립감孤立感 누적으로 인하여 1980년 5월 18 광주 민주화운동이 일어났습니다. 사건을 살펴보면……. 1979년 10월 26사태로 박정희 대통령이

가장 심임 했던 중앙정보부장인 김재규에게 사살 되고 유신체제가 붕괴-崩壞 되면서 한국은 민주화를 향한 정치적 격변의-激變 시기로 접어들었습니다. 유신체제 전 기간을 통하여 억압을-抑壓 받아온 민주주의와 생존권에-生存權 대한 열망은-熱望 기존의 집권세력을 위협하면서 급격하게 확대되어갔지만……. 12.12사태를 계기로 권력의 핵심을-核心 장악한 전두환 보안사령관이 중심이 된 신군부세력은 최규하 대통령의 과도정부를 유명무실하게하고-有名無實 국민들이 요구하는 민주주의와 이를 위한 명확한 정치일정 제시를 거부하면서 권력기반을-權力基盤 구축하고 있었습니다. 이에 대한 국민의 저항은 학생운동을 중심으로 다양하게 표출-表出 되다가 사북사태로 대표되는 노동자 생존권의 문제로까지 확산되었습니다. 계절은 봄이었건만 정치적인 봄은 요원하던 시절에 일어난 사건입니다. 당시 서슬 퍼런 전두환을 두목으로 한 신군부 무리들이 실체를 드려내던 1980년 4월 24일 조간신문을 펼쳐든 국민들은 시커먼 활자로 가득한 1면 기사를 보고 경악을 금치 못했습니다. 광부 700여 명 유혈난동과 무법 휩쓴 공포의 탄광촌 등 제목에 전쟁터를 방불케 하는 특종 기사들과 사진 때문이었습니다. 이른바 "사북-舍北"사태 기사였습니다.

계엄사의 보도통제로 인해 24일에야 기사화된 이 사건은 3일전부터 계속된 탄광노동자들의 집단행동이자 민중의 봉기였습니다. 산업전사라는-産業戰士 허울아래 다수의 국민이 인생의 마지막 종착역이라고 믿는 탄광으로 몰려와서 하루 벌어 하루의 끼니를 때우는 근로자들이 분연히 일어서게 된 이유를 들자면 임금을 착취하는 어용노조 집단 때문이었습니다.

강원도 정선군 사북읍에 위치한 동원 탄광에 심상치 않은 분위기가 몰아친 것은 1980년 4월 초로 거슬러 올라가면……. 회사와 권력의 편에 서있던 어용노조지부장이 조합원들 몰래 회사와 낮은 임금 인상에 합의를 해서 일어난 사건입니다. 이 사실을 뒤 늦게 알아차린 광부들이 분을 참지 못하여 200여 명이 농성에 들어가자. 회사의 고발로 정선경찰서는 즉각 기동경찰을 동원해 해산을 종용하면서 과격행동을 자제했지만 ……. 오후 5시에 유혈폭동으로 번지는 사건이 발생하자. 광부로 위장하여 농성장에 들어간 형사가 노조원들에게 발각되어 위험을 느낀 형사가 지프차로 도망치는 것을 목격하고 이를 막아선 노조원들을 깔아뭉개며 도망을 치는 현장을 눈앞에서 목격한 노조원들이 흥분하기 시작하여 순식간에 곡괭이와 삽으로 무장한 수 천 명의 광부들이 농성장으로 몰려들었습니다. 급기야 흥분한 광부들이 수백 명씩 무리를 지어 읍내로 진출하는가 하면……. 사북지서와 광업소를 이들이 장악을 한 후 점점 세를 불린 후 가옥파괴와 어용노조지부장의 부인에게 린치를 가하며 분풀이 행진을 이어가는 것을 보고도 어쩔 도리가 없는 경찰들의 행동으로 인하여 사북지역이 광부들에게 완전히 장악되면서 오히려 사태는 진정이 되었습니다. 질서를 잡은 노조 임시지도부가 이튼 날부터 정부와 협상에 나섰고 24일에 노조집행부 자진 사퇴와 상여금 인상을 비롯한 부상자치료 등 11개항이 합의되어 3일간에 난동으로 벌어진 사북사태는 종지부를 찍었는가! 했는데……. 일련의 사태의 책임을 묻지 않겠다던 정권의 약속이 한 달이 완 돼 휴지조각이 되었던 것입니다. 5월 17일 전국에 몰아친 비상확대계엄으로 시위에 앞장을 섰던 광부들과 부녀자들을 잡아들여서 모진 고문으로 자백을 받아 폭도로 몰려 죄인으로 낙인찍히는 바람에 광부들에겐 사북은 일순간에 원망과-怨望 분노의-憤怒 도시가 되어 버렸던 것입니다! 이곳에서만 아니라 신군부의 야비한 음모는-陰謀 전국 곳곳에서 저질러졌습니다. 특히 1980년 8월 15일 서울역시위 등 학생운동이 전국적으로 환산되면서 신군부세력을 위협하자……. 신군부세력은 1980년 5월 17일 "비상계엄 전국 확대조치"를 발표 했습니다. 집권세력은 그들의 구상을 실현시키기 위하여 광범위하게 분출-噴出 되는 국민들의 저항에 군사적으로 대응하면서 민주인사에 대한 대대적으로 체포를 하여 투옥을 시켰고 조직깡패를 전국에서 검거를 하였습니다. 그러나 그들의 의도는 광주지역을 중심으로 한 시민들의 격렬한-激烈 저항에-抵抗 부딪치게 되었습니다. 시민들은 집권세력에 의해 폭도로-暴徒 매도당한 채 고립된 곳에서 군의 잔악한 진압과 학살에 대응하기 위한 자위적 무장을 갖추고…… 이후 10일간의 투쟁을 전개해나갔습니다. 그러나 군의 대대적인 폭력진압으로-暴力鎭壓 민주화 운동은 실패로 끝나고 말았습니다. 계엄군의 계획적이고 무차별한 광주시민 학살과 철저한 광주 상황의 왜곡으로-歪曲 가족의 희생에 대한 본능적인-本能的 분노와 민주주의 열망이-熱望 결합된 강력한 시민 저항의 의지로 발현된 사건입니다. 국민은 1980년 민주화 붐과 5·17 비상계엄이 전국적으로 확대되어…… 박정희대통령 사망으로 유신독재체제가 붕괴된 이후 그동안 억눌려 왔던 민주화의 기대와 요구가 1980년 봄부터 일시에 분출되기-噴出 시작을 했습니다. 이와는 반대로 신군부는 12·12 군사반란을 통해 군권을 모두 장악한 후 사회혼란과 북한의 남침 위기설을 주장하면서 광주민주화세력 안에 북한 특수부대가 침투-浸透 되어 선동하고 있다는 허위주장을 흘리면서 김대중 전 대통령령과 민주인사들을 마구잡이로 잡아들여…… 시위가 제압된 훗날 군사재판에서 내란음모죄를 뒤집어 씌어 사형언도를 하였습니다. 이는 1980년 5월 11일 중동을 순방 중이던 최규하 대통령의 귀국과 맞물려 정치 일정 담화발표 예정과 비상계엄령 해제 결의를 위한 임시국회 소집공고와 전국대학생 대표자 회의에서 시위중단 및 학업복귀 한다는 결정 등으로…… 정권탈취기회를-政權奪取期會 잃게 될 위기의식을 가진 신군부가 5월 17일 전국주요지휘관회의임을 내세워 국무회의장을 중무장한 군 병력으로 포위하고 비상계엄령을 전국으로 확대를 의결하여 현정을 중단시키는 쿠데타를 자행하여 전국주요 도시에 기관 단총으로 무장한 공수부대를 투입하여 주둔 시켰던 것입니다. 광주에 7공수여단이 투입되어 전남대와 조선대에 주둔하였는데 5월 18일 아침 전남대 정문과 후문에서 학교에 들어가려던 학생들과 공수부대원과 첫 번째 충돌이 일어나서 다수의 부상자가 발생하여……. 학생들이 광주시내로 진출하여 주도적인 시위를 전개하자. 공수부대는 오후 4시경부터 시내로 투입되어 작전개시 40분 만에 300여명의 시민들을 연행을 하는 과정에서 남녀노소를 가리지 않고 현장에서 무차별 구타를 자행하면서 연행하는 것을 지켜본 시민들이 공분을 불러일으켰습니다. 뿐만 아니라 시위자들을 잡기위해 추적하는 과정에서 상가와 주택에 난입하여 기물을 파손하고 집안에 있던 사람들에게도 무차별 구타를 한 후 반항하는 사람들을 사살을 했으며……. 붙잡힌 사람들은 남녀노소를 불문하고 팬티만 입게 하여 기합과 성희롱하는 등 구타를 일삼다가 군 트럭에 실고 가서 미리 죄목이 작성된 서류에 강제로 지장을 찍게 하여 죄를 뒤집어쓰게 하였던 것입니다. 11공수부대까지 투입되어 작전을 전개하며 지나간 긴 길거리에는 피가 흥건히 고일만큼 사상자가 속출하는 유혈 참극이 계속되어 공식 사망자 수가 154명이며 행불자 등이 정확히 밝혀지지 않고…….

  광주 민주화운동 발생배경엔……. 박정희대통령이 서거하면서 대한민국 정국이 일대 혼란에 빠져드는 틈을 노려 전두환과 노태우 두 장군을 비롯한 신군부세력이 그해 12월 12일 쿠데타를 감행했습니다. 박대통령 사 후 한때 팽배 했던 민주화에 대한 기대는 물거품이 되고 사회는 공포와 긴장 속으로 빠져들 때……. 1980년 3월 대학들의 개학과 동시에 전국에서 학생들의 시위가 일기 시작 했습니다. 4월에 각 학교별로 격한 시위가 이어져 5월 초부턴 학생들이 교문을 나서 거리에서 시위까지 확산되어 5월 13일 서울역에서 학생과 시민들을 중심으로 대규모 시위가 일어나 시위는 전국적으로 확산이 되자 정부와 신군부는 5월 17일 전국에 계엄령을 선포를 하였습니다. 광주와 전라도 지역에서도 대학생들의 중심이 되어 시위가 계속되자 정부는 계엄령을 내세워 시위자는 물론 시민들에게까지 강경진압과 잔혹한-殘酷 행위를 일삼자……. 광주 시민은 무기고를 탈취하여-奪取 대항을 하였습니다. 시민들은 공수부대까지 동원한 무자비한 진압에 더욱 격렬하게 맞서자 급기야 진압군과 시민군 간에 총격전이 벌어졌고 거의 내전을 방불케 하는 상황에서 "최미애"씨와 수많은 학생과 시민들이 목숨을 잃었습니다. 5월 27일까지 계속된 상황으로 사망자 154명 행불자 70여명 부상자 3,193명이고 구속 및 구금 등의 기타 피해자 1,589명에 이르는 엄청난 인명피해와 인신구속이 이루어졌습니다. 피해자들은 물론 학생과 시민들은 폭도로 내몰렸고 광주에서 벌어졌던 참혹한 학살사건은 불문에 부쳐지면서……. 그 끔찍했던 일들이 한때 구전으로만 전해지기도 했습니다. 또한 당시에 촬영되었던 영상물과 사진은 공개와-公開 유포까지-流布 일절 금지되었으며……. 이 사건은 5공화국이 끝난 이후인 1988년 국회에서 민주화운동으로 인정받게 되면서 명예를 회복할 수 있었습니다. 1995년에 비로소 "5.18 특별법"이 제정되어 피해자 보상이 이루어지면서 희생되었던 사람들은 광주망월동에 묘역이 생겨 평안히 영면하게 되었습니다. 당시에 연행자들이 말하는 공수부대의 악행을 조사한 한국인권 의료 복지센터부설 "고문정치폭력피해자를 돕는 모임"에서 연행 또는 구금됐던 피해자가 1인당 평균 9.5회 고문을 경험했다는 조사결과 자료를 발표했는데……. 당시 계엄군에 의해 폭행당하고 외부에서 볼 수 없게 포장을 두른 군용트럭에 실려 광주교도소와 상무대에 연행된 광주시민은 끔찍한 고문을 받았으며 계엄군은 워커발로 얼굴을 밟아 "문질러버리기" 자기들과 마주보게 하여 눈동자를 움직이면 담뱃불로 얼굴이나 눈알을 지지는 일명 "재떨이 만들기" 발가락사이를 대검으로 찍는 "닭발 요리 만들기" 사람이 가득 찬 포장을 친 트럭 속에 "최루탄 분말뿌리기" 두 사람이 마주보게 하고선 서로 "가슴 때리기" 몇 날을 물 한 모금 먹지 못하여 탈진한 사람에게 "자기 오줌 싸서 먹이기" 화장실까지 포복해가서 "혀끝에 똥 묻혀오기"

송곳으로 "맨살 후벼 파기" 대검으로 자기 맨살 "포 뜨기" 손톱 밑에 "송곳을 밀어 넣기"등의 차마 입에 올리기조차 끔찍한 고문을 자행을 일삼았으며……. 또한 강제로 밥을 먹이고 또는 굶기기와 병 치료 기회 박탈 등 신체적 고문이 62%고 수면박탈과 무조건 복종강요를 비롯한 지각박탈-암실에 가두기. 등 심리적인 고통이 30%라고 하였습니다. 연행자들은 영창으로 넘기기 전에 보안대에서 온갖 고문을 당하며 미리 짜여 진 각본에 따라 "내란 음모와 선동"을 했다는 각서를 강요받았다고 했습니다. 국민을 지킬 군대가 국민을 죽이고 상상하기도 끔찍한 고문을 했다는 것은 역사에 오욕으로 남을 것입니다. 전국도처에서 잃어난 시위인데 왜 하필 전라도 지역에서 신군부는 북한에 사주를 받은 폭도로 누명을 씌우고 사건을 저질렀나는 물음 뒤엔……. 영남과 호남의 감정싸움에서라고 다수의 역사가들의 평입니다. 이렇게 역사의 슬픈 비사인 광주민주화의 운동이 다른 국가의 민주화운동에도 영향을 끼쳤다는 일본의 요미우리신문 "마쓰나 세이타로" 홍콩 특파원은 "중국의 천안문 민주화운동과 필리핀의 마르코스 정권퇴진 배경에는 5.18 광주 민주화 운동이 있었다"고 평가를 했습니다.

……5.18광주 민주항쟁 때 공수부대원에 의해 딸을 잃은 김현녀 씨가 1988년 국회 "광주청문회"에 나와 "피 맺은 한"을 토해내는 장면은 보았을 것입니다! "임신한 우리 딸이 총에 맞아는디 죽은 사람은 있고 왜 죽인 사람은 없는 것이오? 세상에 나와 보지도 못하고 죽은 내 손자는 어쩔 것이얀 말이오? 세상에 임신한 사람인 줄 뻔히 알면서도 총을 쏘는 그런 짐승 같은 놈들이 어디 있느냔 말이오? 뭔 죄가 있어서, 뭔 죄를 지었다고……. 그런 일을 저지른 놈도 더도 말고 더도 말고 나 같은 일을 똑같이 당해보라"하면서 울부짖던 모습이 지금도 눈앞에 선하게 떠오릅니다.

1980년 5월 20일 세상을 떠난 일명 "5월의 신부"인 최미애 씨-당시 23세.

는 만삭의 몸으로 그날 오후 전남대 부근의 자신의 집에서 나와 고교 교사인 남편의 제자들이 걱정이 되어 휴교령이 내려진 학교에 갔다가 점심때가 넘도록 소식이 없어 마중을 나가보니 전남대 앞에서 시위대와 계엄군 간에 치열한 공방이 벌어지고 있어 발걸음을 멈추고 구경을 하고 있었는데 시위대가 "짱돌을-냇가에서 주운 반질반질한 돌·" 던지자 군인 하나가 한쪽 다리를 땅에 대고 "앉아 쏴"자세를 취하고 조준 사격을 했는데……. 총소리와 함께 최 씨가 힘없이 쓰러지는 모습을 보고서 당시 하숙집을 운영하던 최 씨의 어머니 김순녀 씨는 숨진 딸을 보는 순간 번개같이 달려가 풀썩 주저앉아 피투성이가 된 딸을 끓어 않고 보니 "총탄을 머리에 관통당하여 죽은 딸 뱃속에서 8개월 된 태아가 거센 발길질을 하는 것을 보았다"는 증언하는 모습을 보고 온몸에 소름이 돋고 구토가 일어나려 했습니다. 지금도 임신한 여인에게 조준 사격한 공수부대원을 밝혀 내어서 죄를 물어야 8개월 된 아기가 죽지 않으려고 몸부림치는 형상이 내 기억에서 지워 질것 같습니다. 그 놈은 어디서 살고 있는지……. 당한 쪽의 원한과 슬픔을 알고 있습니다. 저는 다큐멘터리 실화 소설 자료를 모으기 위해 3여년을 피해지역을 찾아다니면서 증언하는 사람들의 참혹한(慘酷) 이야기를 듣고 혈압이 올라 구토를 하기도 했습니다. 이러한 사건이 나도록 하여 정권을 잡았던 전두환과 노태우는 임기가 끝나고 감옥에서 형식적인 수형 생활을 하고 풀려서 이 하늘아래 숨 잘 쉬고 잘 살고 있습니다.

3대 정권의 협조자! 이였던 북한 공산주의를 3대 째 이어오고 있는 현실에……. 언제 또 군사정변이 아니 일어난다고 보장할 수는 없는 것입니다. 양민학살의 비극은 지금도 세계도처에서 일어나고 있습니다. 인도네시아는 인구 2억 5,000여만 명이 종교를 가지고 있다고 합니다. 그들은 "사람과 짐승을 구분하는 척도는 신앙"이라고 말할 정도이지만…….

1965년 9월 30일에 발단한 사건으로 인하여 당시 군부와 대척하던 공산세력이 군부 장성 6명을 살해를 하고 정변을 일으킨 사건으로 인하여 훗날 대통령에 당선된 수하르토가 중심이 된 군부가 당시 사건에 가담한 공산세력에 응징하는-패러밀리터리=paramilitary 불법무장단체가 주도하는 과정에서 피의 참극을 벌여 100여만 명을 학살을 했습니다. 군부가 조직폭력배 같은 이들에게 민방위군 권한을 부여해 전위대로 활용을 했으며 "판차실라 청년단"도 대표저인 패러밀러터리로 지금도 콩고와 밀접한 관계를 이루며 행동을 하고 있습니다. 이사건의 빌미로 정권을 잡은 수하르토 정부는 6개 종교만 공인하고 이를 장려하는 법을 만들어 정치가 국민 사상을 인위적으로 개조한 것입니다. 이를 바탕으로 한 종교적 신념은 "반-反공산당"정서를 정당화하는 무기가 되어 죄의식조차 없는 ……. 수하르토 전 대통령은 1998년까지 30년을 넘게 철권통치를 하였는데 당시의 집권층과 사건을 저지른 그들은 지금껏 사회적으로 영웅 대접을 받고 있다는 것입니다. 공영방송 토크쇼에 나온 당시의 학살자가 "인도적으로 잘 죽였다"며 서로 격려하는 장면까지 내보냈다는 것입니다. 올바른 진상 규명은 그 어떠한 처벌보다 묵직한 힘을 지니고 있습니다. 당시에 우리와 거리가 먼 곳의 나라에서도 공산주의 이념으로 갈라진 나라에서 우리나라지도자가 했던 행위와 인도네시아 지도자가 똑같은 행위를 저질러서 잡은 권력이지만 역사의 흐름은 동일시합니다!

전두환이 잠시 머물며 통치기간에 저지른 죄를……. 궁금하여 어느 기독교인이 백담사를 방문하여 불상 앞에 무릎을 꿇고 앉아 목탁을 치며 염불하는 스님에게 "불경에 의하면 석가는 내가 죽은 후 상을-象 만들지 말라 했는데……. 왜 불상을 만들어놨느냐?" 물으니 "불상을 만들어 놓지 않으면 누가 절에 와서 시주를 하겠습니까?"라고 대답을 하더라는 것입니다. 이러한 이야기를 하는 것은 국민을 억압 통치하였던 3대 정권도

절에서 시주를 받기위해 불상을 만들듯 북한 괴뢰집단을 핑계 삼아 권력을 유지 했던 것입니다.

지금의 대한민국 현실은 진보패거리와 보수패거리 간 기득권에 의한 이념의 불신으로 한국사회를 분열시키고 있습니다. 어쨌거나 우리나라 3대 정권에서 저질러진 민간인 학살사건을 지시한 그들의 말로도……

각설하고-却說……. 이 책 집필 동기인 "보도연맹 학살사건"을 파 해쳐 보겠습니다. 북한의 김 씨 삼대정권이-김일성·김정일·김정은·이어지면서 ……. 전형적인 반인도적 범죄를-叛人到 犯罪=crimes against humanity·저질러 오고 있습니다. 김일성의 남침빌미로 무고한 양민 학살이 일어나게 한 초대 이승 정권 때 행해졌던 보도연맹에 가입했던 사람들의 학살지는-虐殺地 전국 52곳이며 군경 좌 우 익자 단체 학살 지는 전국 101개 지역에서 일어났습니다. 이러한 일들은 제노사이드의-genocide-집단학살=특정 민족이나 집단의 절멸-切滅을 목적으로 그 구성원을 살해·충분한 조건은 아니었지만……. 그 당시에 저질러졌던 일들이 일차적으로 필요한 조건임에는 틀림없었습니다. 국가 간의 전쟁이나 내전이 제노사이드의 온상이 되었다는 사실은 20세기에 발발했던 크고 작은 전쟁들의 목록을 확인해보는 것만으로도 알 수 있습니다. 그 이유는?

첫째: 전쟁은 제노사이드가 발생하기 쉬운 사회적 심리적 조건들을 마련해준다. 장기적으로 수행되는 심리적 불균형을 불러일으킨다.

둘째: 총력전이-total war 시작되면 모든 국가는 정부형태에 관계없이 훨씬 더 중앙집권적이고 강력한 국가로 탈바꿈하면서……. 모든 국민들에게 비밀유지를 제1의 원칙으로 강요한다.

셋째: 전쟁이 시작되면 국가는 "국민의 이름으로" 군을 임의로 활용할 수 있게 된다.

위의 말뜻은? 국가의 최고의 통치자가 적으로부터 국가와 국민을 보호하는데 마지막 쓰는 카드는 전쟁이기 때문입니다. 그 임무를 충실히 수행해야할 집단이 군인-軍 입니다. 그 집단에 의해 저질러진 집단 학살 사건이 제노사이드에 적용됐다는데 잘못이라는 것입니다. 전쟁이란 두 세력-勢力 간의 대칭적 갈등인데-葛藤=symmetrical con‧flict 반해 제노사이드는 조직화된 세력이 그렇지 못한 집단을 일방적으로 살육하는-殺戮 비대칭성 한-非對稱城 것이 특징을 말하는 것입니다. 다시 말하자면 제노사이드 희생자들은 대부분의 경우 저항하는데-抵抗 필요한 무력수단을 사실상 -practically 전혀 또는 거의 갖고 있지 않기 때문입니다. 오늘날의 전쟁들은 절멸 전쟁으로 발전할 소지를 갖고 있습니다. 그래서 60여 년 전 이 땅에 군경에 의해 저질러진 양민학살사건을 일부 학자들은 한국전쟁 전후에 벌어진 학살 자체를 제노사이드와 동일시하고 있습니다. "제노사이드"란 폴란드 출신 유대인 법학자 "라파엘 렘킨"이 1959년 처음 만든 용어로 "종족학살의-種族虐殺" 원뜻에서 확대돼 현재는 "국민‧인종‧민족‧종교 집단을 파괴하기 위해 살해와 강제이주 등 위해를 가하는 것"을 의미합니다. 북아메리카 인디언과 호주의 태즈메이니아 원주민 학살 등의 "프런티어 제노사이드" 민족과 종교차이가 원인이 된 보스니아의 코소보 인종 청소 등 다양한 유형으로-遺形 나타난 데 따른 방증-傍證 입니다. 발생국들이 주로 다종족-多種族 국가나 식민지 국가였다는 점에서 제노사이드는 언뜻 우리와 다소 먼 얘기처럼 들리기도 할 것입니다. 그러나 한국전쟁 전후-前後 전국적으로 일어난 보도연맹 학살사건과 이승만 정권시대 때 저질러진 제주 4.3사건을 조명 해보면 제노사이드 안전지대는 없었습니다. 그저 "제도적 억압이 엄청나고 지식인들의 직무 유기가 심각했기 때문에"그 야만의 시대가 망각되었을 뿐입니다. 이승만 정권에 의한 제주 4.3사건은 정치적 목적에서 기도된 억압적 성격의 제노사이드이며 5.18 광주민주화 과정에서 신군부에 의해 저질러진 전남도민과 광주시민

학살사건을 비롯하여 국민 보도연맹 원들의 학살사건과 한국전쟁으로 인한 빨갱이 소탕과정에서 일어난 양민 집단 학살 사건들은 "제노사이드 성"집단 학살사건의 수준을 훨씬 넘어선 "사이코패스로-Psychopath : 반사회 인격 장애자 · "전락한 자들에 의한 국가범죄사건으로 규정할 수 있습니다.

※ 사이코패스란 끔찍한 범죄를 저지르면서도 죄의식이나 피해자 고통을 전혀 느끼지 못하는 범죄자를 말한다.

위의 글에서 보았듯이 집단적 학살사건에는 지도자의 이기심에서 일어난 짓들입니다. 이제 본문인 제 1공화국 이승만 정권에 이루어진 보도연맹원-保導聯盟員 학살-虐殺 사건은 한국전 이전에서부터 시작된 좌우 이념대립으로-理念對立 해방 후부터 1949년까지 4년여에 걸쳐 같은 민족끼리의 이러한 사상에 의한 대 학살극이-大虐殺劇 이어졌습니다. 그에 따라 민심은 극도로 흉흉해지고-凶凶 각 지역마다에는 극한 대립으로 좌익과 우익이 서로 대치하였습니다. 깊은 산속과 치안의 손길이 미치지 않은 곳엔 지방 빨치산들이 판을 쳤습니다. 불쌍한 양민들은 "협조하지 않으면 가족모두를 죽인다"는 그들의 협박에 못 이겨 횃불을 들고 그들을 따라다니기도 했고 다른 한편으론 식량을 제공했으며…… 어떤 마을엔 포스터를 붙이기도 하며 억지로 끌려 다니던 양민들은 고통 속에서 살아가야만 했습니다. 빨치산이 되었던 사람들의 증언에 의하면 "특권층인 소수 계급의 인간들 때문에 다수의 빈민층이 학대받는 것은 불합리하다는 생각으로 공산주의 운동이론에 빠져들었다."고 하였습니다. 그들은 게릴라전과 인민재판 등을 하면서 일부는 "혹독한 살인과 방화와 약탈을 해보았지만…… 맹목적인 충성으로 얻은 것은 상투적인 계급 이론의 허구성과 획일적인 사고방식이었으므로 시간이 흐를수록 회의를 느끼게 되었다."고 했다는 것입니다. 그들 일부 지식층은 형장에서 사라지기 전

최후 진술에서 "만약 죄를 뉘우친 자신에게 다시 삶의 기회가 주어진다면 새로 발견된 인간성에 대한 애착을 지닌 삶을 살겠다."라고 하였지만……. 그러한 삶이 그들에게 주어지지 못하였던 것입니다. 관념적인-觀念的 이념의-理念 허구성보다-虛構性 더 고귀한 것은 가족 사랑과 인간애라는-人間愛 교훈이 된 말이 되었습니다.

> 하늘에 묻는 짓 그만두어라.
> 전쟁의 피해자는 늘 무고한 사람들이다.
> 행위는 항상 결과를 동반한다.
> 전쟁은 선과 악의 대결이다.
> 하지만 선을 위해 하였던 전쟁도 결국은 악의 편으로 돌아선다.
> 바로 그것이 전쟁 광기-狂氣이다.

1949년 11월 보도연맹원 포섭 기간 중 김태선-金泰善 서울시 경찰국장이 아래와 같이 표명했다.

> 「전향 전에 악질 행위자였다면 반드시 가입해야 한다. 이유는 공산당에 가입하여 반국가적 살인 방화를 감행한 자들은 전향을 하였다고 일률적으로 신용할 수 없으니, 전향 후 재출발하여 언동으로나 실천으로 자기가 확실히 충실한 국민이 되었다는 것을 일반 사회나 국가에 알려야 할 것이며 이 기회를 가지려면 보도연맹에 가입해야 한다.」
>
> 『조선일보 1948년 11월 22일자 보도 내용』

이러한 말속에 표명된 바와 같이 전향자들은 의무적으로 보도연맹에 가입하게 되었습니다. 그러므로 경우에 따라서는 당사자 자신도 모르는 사이에 가입된 사례도 없지 않았다는 증언을 여러 피해자 가족에게 들었습니다. 특히 시골에서는 마을 이장들이 할당 된 인원수를 채우기 위하여 친지나 이웃들에게 가입 서류를 들이 밀고 도장을 받았으며……. 특히 머슴들이 많이 가입 됐는데 주인이 시켰거나 또는 글을 몰라 가입서 내용도 모른 채 도장이나 지장을 찍어 억울하게 희생되었던 것입니다.

경남 함양 양민 학살사건

『지금도 "너 까불다간 골로간다"라는 말들이 조직 폭력들에 의해 쓰여지고 있다. 이 말 뜻을 풀이하면 "골짜기로 데려가 아무도 모르게 죽인다."라는 협박어다. 한국전쟁 전후에-前後 전국도처에서 보도연맹원과 통비자들을-빨갱이 협조자. 으슥한 골짜기로 끌고 가서 죽인데서 생겨난 말이라고 한다.』

"각-중에 글마들이 우리 어무이에게 총을 쏜 기라. 빨갱이 소탕하여 편하게 살게 해 줄 토벌대가 왔다고 좋아하며 어무이는 숨카논 양석을 가져와 음석을 해 주었는데……. 탁베이 처묵고 곤대만대가 된 채 죄 없는 마을 사람들에게 총을 쏜 것을 보고 '죄 없는 사람들에게 총을 쏘는 것은 잘못한다'고 머라캔 것 가지고 토벌대 일마들이 우리 어무이에게 총을 쏜기라. 말 못하는 짐승도 먹이를 준 사람의 손은 물지 않는다 카는데……. 우리 어무이 생목숨 죽여 놓고 느가 잘못했다 카면 무슨 소용 있는교? 후-재까지 에민 소리만 하고……. 또 글마 새끼들 아홉 살 된 여동생이 어무이에게 총질했다고 욕을 하자. 삼단 같은 머리를 움켜잡고 옆 텃밭으로 끌고 가서 총을 '팡'하고 쏴서 죽인기라. 아이고! 지금도 그 생각하몬 억장이 무너질라 안 카나! 내는 마, 떼뜸 질-죽어서 땅에 묻히는 것. 당하기전엔 잊을 수가 없는기라."

"……."

"대갈삐이 새똥도 안버꺼진-나이가 어린. 놈이 꼭두새벽부터 생 지랄을 하더라카이. 밤에 빨갱이들이 설쳐 될 때는 암시롱토 안하고 등시이 같은 토벌대 글마들이 어른을 알기를 개 조지로 알고 아구지를 함부로 놀려 대더라카이! 토벌대 글마가 아부이한테 난뎃사람한테 말하는 것 같이 '빨갱이한테 양석 왜 노나줬노?'하면서 반말을 하니…… 부젓가락으로 화롯불을 살살 손질하는 아부이는 아침부터 젊은 놈이 술에 취한모습으로 얼라들에게 말을 하는 것처럼 반말로 시비를 걸자. 앵꼬바서 도치 눈을 해 가지고 글마를 노려보면서 보탄기침만하고-어·험 하는=양반들이 하는 거드름 기침·말대꾸를 안 한기라! 그러자 일마가 각 중에 미친게이 처럼 아부이에게 총을 쏜 것이 잘못 쏴서 부삭 아구지에서 불을 때고 있는 어무이 사타리에 맞은기라!"

"위협사격을 잘못하였군요? 말대답도 하지 않고 양반 기침을 하면서 흘겨 본 아버지한테 위협을 한 것이 아닙니까?"

"아니라 카이! 정조준 하여 아부이를 쐈는데 일마들 사격실력이 아주 형편없고 술이 덜 깨어 있는 기라! 총소리에 놀라 온 동네 사람들이 모여들어 벅신벅신 하자. 겁을 먹은 일마가 총을 또 쏘자 뿔뚝 성질이 있는 동네 아지매가 기분 나쁘게 이바구 한기라."

"화를 돋았군요? 뭐라고 했기에 시비가 붙었습니까?"

"'군인이 나라는 안 지키고 도대체 뭐하는 기고? 숨카 논 양식도 몽창시리 뺏어가고 없는데 니딜 노나줄끼 어디있노? 군인도 농갈라주고 밤손님도 농갈라줬다. 우짤끼고! 어줍잖은 것들이 죄 없는 동리사람들에게 떽깔을 쓸라카나'하면서 토벌대 일마들한테 난뎃놈들에게 하듯이 나무라는 말이 끝나자마자. 일마가 갑자기 총을 미치게이 처럼 쏴대던 글마가 총개머리판으로 아지매 볼테기를 치더니 찌까대비 발로 디꼬마리를 차더라고. 여자가 심있나! 깨고리 처럼 넘어진 사람을 멀커데이를 잡고 '이년 아구지에다 총알을 넣어 주마' 하고 '탕' 하고 총을 쏴서 죽인 기라. 내사 떼 뜸질하기 전에는 그 장면을 못 잊을 끼다."

"말대꾸하고 군인들을 비하하며 반말을 했다고 죽인 것 같군요?"

"글마들이 마을사람을 죽이기로 작정하고 온 것인데 일찍 죽었다 뿐이지! 거의 다 죽임을 당했다 안 카드나? 나는 안 즉도 그일 못 잊는데이. 가당치도 않은 그 아지매 악바리 성격에 토벌대 얼나에게 악장치다 죽은 기라."

말을 끝내면서 눈에 눈물방울이 맺히자 이내 지리산 칼바람이 흔적도 없이 훔쳐서 계곡을 향해 달아난다.

"제가 가해자들한테 들은 이야기입니다만 공비하고 내통한 사람들이 토벌대 주둔지를 알려 주어 토벌대가 공비한테 희생당하자 문책을 받은 장교들이 화풀이로 저질러진 비극이라 하던데요?"

"오메야! 언놈의 자슥이 그런 말하든 교? 글마 자슥 퍼뜩 데려오소. 혓바닥 빼가지를 부러뜨릴 놈 새끼들……."

"어르신 감정적으로 생각하면 진실이 밝혀지기 어렵습니다."

"와! 이카노? 일마들이 처음부터 마을사람들에게 냉갈령거려 사날없는 경상도사람 때문에 사달난기라. 그런 줄도 모르 끄다! 그란데 강 선생이 누구 편드는 교?"

"어르신! 제가 그 현장에 있던 사람도 아니고 또 지금 누구 편을 들고 책을 쓰려고 녹취를 하는 것이 아닙니다. 제가 군에 있을 때 장기복무자와 長期伏舞者 단기복무자간에 短期伏舞者 갈등도 있었습니다. 장기복무자는 군 생활을 오랫동안 해야 하니 많은 혜택이 이루어지고 있는데 단기복무자들은 3년 근무하면 전역을 하니까 같은 계급이라도 차별을 둔 때입니다. 한 가지 예를 들면 휴전선에 무장공비가 침투하여 GP를 습격하였는데……. 교전에 가담한 단기하사는 3년근무. 훈장상신 때 인현무공훈장이고 작전당시 비번이어서 근무를 하지 않았던 장기하사에게는 화랑무공훈장이 상신된 것을 제가 직접 보았습니다. 군 조직상 장기복무를 하는 장교나 하사관은 징계가 있으면 진급에서 누락되기 때문에 항시 스트레스를 받고 근무를 합니다. 공비와 내통한 사람이 토벌대 위치를 발설하여 피해가 있으며 소속장교는 징계를 먹기 마련입니다."

"아무리 글캐도 늙은 아부이가 토벌대 시커문 얼라 자슥이 씸둑스럽게 물 덤벙 술 덤벙거리며 난뎃 말로 씨부렁거려서 대답을 안 하자. 앵꼽 게 아름작거린다고 총을 쏜기 잘못인기라."

"……."

"전쟁도 한번 제대로 못하고 밀린 허새비 같은 글마들이 젖 먹는 얼나까지 죽었다 카이! 아무리 글캐도 힘없는 젖먹이 얼라에서 노망들어 똥칠막

데이하는 늙은이들이 무슨 죄가 있다고 죽이노말이다?"

"미친 사람 아닌데 밝은 낮에 죄 없는 사람을 죽였겠습니까?"

"메라카노? 강 선생이 내가 깔딱수하는-기절하는 것. 것 볼라 카나? ……처음부터 살천스럽은 토벌대 글마들 쌍판떼이 보니 알것더라카이! 밤새 술을 먹고 곤대만대 되어 새북녘에 깊은 잠들면 빨갱이들이 산에서 시부지 내려와서 죽이는데 지 놈들 잘못이제! 빨갱이들이 토벌대 있는 곳을 갤차 달라고 하면 모딜띠 까 디비는 기라 '갤차주지 않으면 가족을 모두 죽인다'카면서 자기한테 총을 겨누는데 언놈의 배때기에 강철판 깔았나? 갤차 주는 수밖에 없는 기라. 굼비이 처럼 사부작거리며 느까 온 일마들이 잘못인기라."

"작전 나온 토벌대가 가축을 잡아먹고 술을 먹고 근무했단 말입니까? 보았습니까?"

"오메야! 강 선생! 메라카나? 글마들 아침에 쌍달가지 보면 눈깔이가 풀려 썩은 명태 눈알처럼 풀려서 알았는기라. 낮에는 부역자 골라낸다고 동네사람 진종일 보데끼 놓고 밤새 도리방석에 모여 앉아 꿈쳐 놓은 탁베이 동우-동이=물동이. 찾아와서 진국 찾아내어 쳐 묵고……. 글마들 지랄 떠는 것! 보기 싫어서 우리 아부이는 탁베이 동우를 통시깐에 들고 가서 쏟아 버린 기라."

"총 맞은 어머니는 어떻게 되었습니까?"

"총알이 정통이로 맞힌 게 아니라 살짝 허북지 사이를 지나갔는데 어무이 꼬장중우가-옹구바지. 피에 다 젖은 기라. 어무이 저고리 옷고름을 뜯어서 상처 난 곳을 동여서 지혈을 시킨 다음 이우재 동네에 한약방이 있었는데 나는 약방 주인 데불로 바지런히 가는 중에 갑자기 뒤쪽에서 총소리가 요란하여 까꾸막 고바이를 오르다 뒤돌아보니 온 마을이 불바다가 된 기라. 한동안 총소리가 지랄을 떨더니 조용하여 사달 날까봐 오도 가도 못하고 아적절-오전. 동안 산에서 숨어 있다가 토벌대가 이우재 동네로 가는 것을 보고 집으로 갔더니 식구가 모두 총에 맞아 죽고 똥개를 끄슬러 놓은 것처럼 끄슬려 있는 기라. 뜨거운 불 때문에 살이 타면서 힘줄이 땅겨져 손발이 바짝 오그라들어 펴지지를 안아 각에 시체를 넣을 수가 없는 기라. 지어미 씨벌랄 놈들……. 나불거리는 아구창을 뿌사 불고 싶었지만 히마리가 있나?"

두 손을 부르르 떨며 이를 간다. 그때 보았던 처참한 광경이 떠오르는 모양이다. 담배를 꺼내 입에 물고 불을 붙여 한 모금 깊이 빨아들이더니 길게 한숨을 토하듯이 뿜어내고 이야기를 계속 한다.

　　"글마 자석들 모두 잡아서 똥물 진국에 헹가-씻어. 가꼬, 전소매-오줌 오래된 것. 삶아 죽여도 화가 안 풀릴 것 같고! 칠팔월 염천 뙤약볕에서 육철 낫으로 배를 갈라 왕소금을 뿌려 탱자나무 울타리에 널어서 건조시켜 죽일 놈들……. 나가 등신 인기라! 마루귀퉁이에 서답방망이가-빨래방망이 · 두 개가 있었는데 그것을 들고 사부자기 따라가 뒤통수 대갈뻬이를 사정없이 갈겼으면 되는 긴데 그렇게 몬 한 내가 팔피소가 아닌교? 글마 자석을 죽이고 혀를 깨물고 죽었으면 될 낀데."
　　"총을 들고 가족을 위협하는데 겁이 나서 못하였겠지요?"
　　"내는 그때부터 갑자기 성질이 사박스러버진 기라."
　　최 노인의 얼굴에 표독하고 살기등등하여 입가에 게 거품을 내면서 이야기를 한다. 내가 질문도 못하고 바라보자
　　"와요? 앵종가리는 아구지를 바알로-바늘 · 집어 불고 싶으요?"
　　대답을 안 하자 심통이 났는지 최 노인은 내 허벅지를 툭 치면서
　　"강 선생! 지금 뿔다구 났는교.?"
　　"……."
　　"말 좀 하소! 애애꼽다 이건교? 말하는 사람이 무안스리 사람을 멀끄럼히 보기는……."
　　"아닙니다. 제가 어르신 입장이라면 소똥에 미끄러져서 개똥에 입 맞추고 3대가 거지가 되어 빌어 처먹고 5대를 피똥 싸고 정지 바닥에 혀 바닥을 박고 죽어라 하겠습니다."
　　" · · · · · · ."

도끼눈을 하고 나를 노려보던 얼굴이 내가 진한 욕을 하자. 빙그레 웃는다.

　　"강 선생은 내캄 보담 욕도 억수로 더 잘하네! 그 문디 작들이-자식. 지랄

한다고 불을 질러 시체 손발이 오그라들어 펴지지 않아 할 수 없어 꽁꽁 얼어버린 시체를 녹을 때 까지 기다릴 수가 없는 기라. 멧돼지와 미친개들 때문에 방치 할 수 없어 살아남은 몇몇 사람들이 설레발 쳐가며 시체를 끄집어 모아 도치로 오그라든 손발을 잘랐는데……. 갑자기 많은 사람이 죽임을 당하여 각이-棺. 모자라 구할 수가 없는 기라. 할 수 있나. 돌-띠 같이 얼어버린 시체 토막을 끄적데기로 돌돌 말아 끄네끼로 묶어서 돌팍에 올려놓고 초상을 치렀는 기라. 그때 일을 생각하면 억장이 무너질라 안카나!"

내가 진한 욕을 해주었더니 억한 감정이 많이 누그러졌다.

"어르신은 부역을 하였습니까? 제가 생각해 보기에는 자청하여 빨치산이 되었을 것 같은데요?"

"선생은 미얄시럽게 묻소만……. 잘몬 봤심더!"

"가족이 토벌대에 전부 죽임을 당하였는데 토벌대한테 보복을 하기 위하여 빨치산이 되었을 법해서 물어 본 것입니다. 오해 마십시오!"

"강 선생 말도 맞것제! 지금도 장례를 치르려면 엄숙하게 치루지 않소? 부모형제 일가친척들의 시신을 훼손을 하여……. 초상 치루고 나니 반 미친게이가 된 기라. 생각 해 보소. 시체 위에다 기름을 뿌려 시체가 불에 타면서 심줄이 땅겨 손발이 뽀짝 오그라들어 각에·棺 넣을 수도 없고 그냥 묻을 수도 없어 나무 쪼개는 도치로 시체 무릎, 허북지, 어깻죽지, 팔꾸마리를 잘랐지만 각 에도 못 넣고 끄적데이에 돌돌 말아서 끄네끼로 얼기설기 묶어 지게에 짊어지고 가서 묻었으니 미친 게이 안 될 사람 어디 있겠는교?"

"· · · · · ·."

"글마들……!! 천벌-벼락·맞아 죽을 짓을 했제. 온 동내가 꼬신내가-고기 타는 냄새=사람 타는 냄새·나니 까마구가 날아들고 들짐승이 모여들어 억 망 진창인기라!"

"어르신 혼자 살아남았습니까?"

"언지-예! 삼이우지-서너 집 이웃·사는 깨 불알친구도 살았제. 이 얼라는 자고 나니 가악중에 개애대가리가-감기. 온 기라. 이우재 동네 약방에 약 구하러 갔다가 산기라. 내캉 같은 기라. 둘 다 갓신했시몬 골로 갔제!"

"하늘이 도운 거네요?"

"하모! 하모! 글캐도 하느님은 없는 기라. 있으면 글마 새끼들 해꼬지하고 다녀도 살려주었으니 하느님은 없는 기라. 있다 캐도 소용없는 기라. 젊은 놈들이 썸둑시럽게 어른들에게 난뎃놈들에게 말하는 같이 쎄도가지를 계속해서 나불대니까 앵꼬봐서 어른들이 모라쿤 것 가지고 트집을 잡고선 자기들 아부이, 어무이 같은 어른들에게 호적에 잉크 물도 안 마른 시꺼먼 호로자석 얼라 토벌대가 총개머리 판으로 어르신 얼굴을 찍고 늙은 어무이 멀커데이를 잡고 끌고 가는 놈이 나라 지키는 군인이라니 기도 안 찬 일인 기라."

"토벌대 전체가 행패를 부린 것이 아니고 더러는 착한 사람들이 있었다고 하던데요?"

"하모! 먹물 많이 먹은 놈들이-배운 자=장교 · 더 지랄병 많이 하고 패액시럽기를 한도 끝도 끝이 없는 기라. 지덜 끼리 사발공론을 하여 썸둑시럽은 짓을 벌인 기라."

"군인은 명령에 살고 명령에 죽는 것이 군의 생리입니다만 아무리 명령이라 하더라도 작전권을 가지고 있는 지휘자의 자질문제 이긴 합니다. 그동안 어르신은 줄 곳 이곳에서 살아왔습니까?"

"언지~예! 진주로 도망가서 전쟁이 끝날 때까지 어중잽이가 되어 비럭질도 하고 그것도 힘들면 이 마을 저 마을 잔칫집이나 초상집 찾아다니면서 서뭇따래기 짓을 하며 공짜 술 먹고선 문뱃내 나는 주둥바리로 악질성격이 되어서 뺏갓 허몬 깽판치고 지서에 있는 임시 감악소를-영창 · 돼지고기 묵고 찬물 마셔 동태-설사 · 난 놈이 치깐 다니듯 드나들며 살다가! 나처럼 부모형제 모두 잃고 정지 담사리-식모 · 하고 있는 참한 여자와 머리 얹어 시내서 살았는데 도가 집-막걸리 제조 집 · 정지 방에서 젓방사리-셋방 · 하면서 술배달꾼이 되어 공짜 탁베이를-막걸리. 자꾸 먹다 보니 성격이 패액시러버져 버려 술주정에 못 견딘 여편네가 야반도주 해버려서 한 동안 호불애비가 되어 산기라."

"같은 처지이니 서로 아픈 상처 다독거리며 살아야지 술 먹고 행패를 부리니 같이 살겠습니까? 동내 조폭처럼 행패를 부리니 자주 영창에 드나들었군요? 잘못하여도 많이 잘못했습니다!"

"그때 행우지 보면 미친게이 짓으로 가근방을 설래받치고 싸다닌기라. 얼라도 아니고 난봉 짓이나 하고 여편네 말에 코 똥만 끼었으니…… 탁베이 때문에 패액시러버진기 한동안 호불애비가 됐다 아이가."

"지금까지 줄 곧 혼자 살았습니까?"

"탁베이만 먹으면 엄뚠짓하여 개장에-형무소 · 1년 갇혀 있다가 나온 뒤 한참 느까 진차이-괜히=후회할 때 쓰는 말 · 짓을 끝내고 난후 사람구실 한기라. 지금은 얼나들 데리고 이곳 빈 집 있어서 합가해서 살고 있지."

"홀아비 신세는 면했군요? 지금은 술 많이 안하겠네요?"

"사나 자슥이 묵는 음석 안 묵을 수 있겠는교? 젊어서는 탁베이 두어 사발이면 얼 요구 됐는데 인자는 탁베이는 간에 기불도 안 가서 소주로 갈았제"

"지금은 부부 싸움 같은 것 안 하지요?"

"술 많이 묵고 깽판 부리다 감악소에 들어가 허불나게 고생했지만…… 지금도 술을 많이 무면 그때 길들여진 뿔뚝 성질 때문에 가끔 한 번씩 곤조가!"

"그것보세요! 차라리 먹을 바엔 막걸리로 하세요. 늘그막에 구박 당하지 마시고 젊어서 고생한 부인을 생각해야지요?"

"강 선생! 참말로 얄궂다. 젊어서는 만수받이 마음씨였는데 늙으면서 마누라가 냉갈령-몹시 인정 없고 쌀쌀한 태도 · 해져버립디다."

"늙어가면서 속살 부디 끼며 살아야 덜 외롭다고 하는데 술 먹으면 소시 때 버릇이 나와 싸울 것 아닙니까? 술버릇 고치는 게 마약 같은 거라서 한번 해본 소립니다."

"선생도 젊은 나이에 알 것을 모두 알고 있으니 늙으면 할마씨 치마꼬래이 잡고 다니겠구만! 허~허 허…… 젊을 적에 잘해주소 늙어서 나처럼 할마씨한테 냉갈령 당하지 말고."

녹취 중 최 노인은 처음 웃었다. 한때는 화장실로 전용하는 집에서 떵떵거리며 살았노라 하였다. 조상 때부터 뼈대 있는 집안 이였기 때문에 지리산 골짝 오지에서 딸까지 고등학교 교육을 시켰노라 하였다. 정치 잘못한 정치인 때문에 국군 통수권자 이승만이가 잘못하여 나라전체가 총칼로 유린당하고 순한 사람들이 산 좋고 물 좋은 명산 지리산 자락에 옹기종기 모여 이웃이 하나의 일가가 되어 살았는데 나라를 지키라고 뼈 빠지게 농사지어 낸 세금으로 구입한 총칼로 무지막지하게 양민을 죽여 멸문지화가 된 집도 있다고 했다. 내가 만나 본 피해자나 가해자 모두 정부 잘못이고 군인들의 잘못이라고 했다.

　　"강 선생! 내가 허덜시럽게 말하는 것이 아니요! 우리 면에서 동네까지 오려면 우리 땅 밟고 와야 했다 카이. 내가 고등학교 때부터 우리 집에 중신애비를 보냈다니까 알만하지요. 통시가데이가 있는 집에서 살았다 카이."

　　"……."

　　"우리 아부가 양반 보탄 기침 때문에 집안이 풍지 박살나고 말았다"고 돌아가신 아버지를 원망도 하는 김노인의 증언을 들으며 우익이 무엇이며 좌익이 무엇인지 모른 양민들을 좌우익 이념 대립의 희생물이 된 것이라고 생각하며 최 노인은 아버지 보탄 지침 때문이라고 자기 위안을 삼으려 했지만! 모든 것은 계획된 군장교의 어리석은 판단 때문에 저질러진 사건일 수도 있겠구나 하는 생각을 떨쳐 버릴 수가 없었다.

　　"내사! 개진머리가 와서 사랑채 구덜막에서-아랫묵·이불을 덮고 대갈빼이만 내놓고 있었는데 권총을 겨누고 방으로 들어선 토벌대장교 일마가 군화발로 낯짝을 뽈-공·차듯이 차면서 기차 화통을-기적 소리 내는 증기 기관차·고아먹었나! 큰소리로 '빨리 나오지 않으면 곧 전투가 벌어져 총에 맞아 죽을 수 있으니 빨리 마을 공터로 나와라'하고 갔지만 아무리 생각해봐도 장교 일마 하는 행우지가 곤대만대 된 채로 어눌한 말과 괴팍한 짓을 하는 것이 믿어지지 않아 산으로 피신하여 겨우 살아 났심더."

　　당시학살 현장에서 기적적으로 살아난 또 다른 피해자 증언이다.

　　"그렇다면 토벌대 장교들이 만취한 상태였습니까?"

　　"하모! 하모!"

　　"식전 아침부터 말입니까?"

　　"글타카이 간신했시몬 구덜막에서 골로 갈삐했다 카이! 산으로 도망쳐 숨어 있었는데 벅신벅신하던 동네가 갑자기 조용하여 산삐알을 내려와 집에 도착하니 아무도 없는기라. 동네 앞 고바이 카도에 있는 점빵집-구멍가게ㆍ마당 앞쪽으로 갔더니 까꾸막 쪽에서 벅신벅신하여 고개 만디를 쳐다보니 마을 사람들이 사발공론을 하는지 모여 있는기라. 토벌대 글마들이 볼까봐 점빵 집 뒷간으로 가서 똥눌 때 궁둥이 보이지 말라고 커튼처럼 쳐놓은 겨릅대로 만든 꺼적데이-가림막ㆍ사이에서 숨어 보나까. 갈가리 해둔 밭에 사람을 줄을 지어 세워두고 뒤에서 총을 쏘는데……. 댕구-포. 소리가 나서 깜짝 놀라 주저앉았다가 일어나 보니 사람들이 쓰러져 있는데 한 줄은 열 명은 되고 그 옆줄은 너 댓 명 되더라 카이. 뒤에 안 일이지만 한 줄은 엠원-M1 총이고 옆줄은 칼빈 총으로 쏴 죽였다고 카든데 총알이 몇 사람씩 뚫고 지나가는가를 실험 한 기라 카데요."

"정말입니까?"

"선생! 선생은 거짓말만 하고 다니는교? 내는 선생한테 가납사니 짓하기 싫소. 그런 식으로 달구치지마소!"

박 노인은 도끼눈을 하고 나를 노려본다.

"아니, 하도 기가 막혀서 해본 말입니다."

"당해보지 않은 사람은 모르 것 제! 뒤에서 계속 총을 쏘니 안 죽으려고 밭 가새머리로 도망갔지만 사람이 총알보다 빠를 수 있는교? 산삐알 까구막 쪽 고바이를 오르려. 기관총알을 맞고 아래로 굴러 떨어져 차례대로 다랭지 밭을 갈갈이 해둔 밭고랑에 차곡차곡 쌓여져서 사족을 펴고 깨고리-개구리. 같이 널브러져 죽은 기라."

그렇다면 토벌대는 적에게도 사용되지 않는 철갑탄을 사용하여 양민을 죽인 지옥의 악마 같은 자들이다.

"뒤돌아보면 죽인다!"하고 위협사격을 하여 일렬종대로 서 있는 양민들을 향하여 등 뒤에서 정조준 발사한 철갑탄과 납 탄은 몇 사람 관통 하여 죽었는가. 카빈 탄은 몇 사람 관통했는지를……. 총기 성능 실험을 하였다는 것이다. 그뿐만 아니라 학살 후 시체를 그대로 방치하거나 기름을 뿌려 소각하였다. 이들이 한 짓을 미루어보면 최소하의 인권조차도 그들의 머릿속에는 존재하지 않았음이 틀림없었다. "국군이 자국 민간인을 학살하다니"오늘날 상식으로는 도저히 이해할 수 없는 이러한 일들이 어떻게 일어날 수 있었을까 하겠지만! 1980년 5월 18일부터 27일까지 전두환과 노태우가 저지른 전남도민과 광주시민을 북한의 사주를 받고 정부를 전복하려는 세력이라고 몰아세워 공수부대원을 출동 시켜 국민을 무참히 죽인 사건도 있다. 1979년 12월 12일 군사 쿠데타를 일으켜 정권을 잡은 그들은 권좌에서 물러난 후 죄인이 되어 교도소 수감생활을 하였다. 일련의 사건을 접한 민주주의 국가들의 국민은 무슨 소설 같은 이야기인가 할 것이다. 우리의 역사를 되돌아볼 때 민간인에 대한 집단 학살은 과거 일본군에 의해서 처음 자행되었다. 일본 제국주의가 우리민족을 침략하면서 의병이나 3·1운동을 비롯한 을사보호조약 때 독립군을 탄압하고자 민간인에 대한 무차별 대량 학살을 자행하였다. 해방 후 민간인에 대한 무차별 대량 학살은 일본군이 우리민족에게 했던 짓을 따라한 것과 다름없다. 따라서 일본군이 우리민족을 인간으로 취급하지 않았기 때문에 대량 학살을 한 것과 마찬가지로 당시 국군 토벌대도 우리국민을 나라의 주인으로 인정하지 않았기 때문에 일어난 비극이라고 단정할 수밖에 없다.

　"토벌대 찌시락한-조그마한 사람·놈이 우리 부럭데이 이마삐이에다 총을 쏜기라. 숨골에 정통으로 맞아야 거꾸러질 낀데 총알을 빗맞은 부럭데이 황소가 귀구멍에 땅 강생이가 들어간 것처럼 날뛰어-땅 강지는 뒷걸음을 못하여 앞으로 파고들어 아파서 소가 날뛰어 미친것처럼 보인다. 말목에 묶어둔 끄내끼가-밧줄· 끊어져서 산으로 토사이-도망. 간기라. 그러자 글마들 가당치도 않은 짓을 하더라 카이! 소를 잡아서 잔치를 벌이려고 하였는데 소가 '엿 먹어라'는 듯이 산속으로 들어가 버리자 억수로 골이 났는가! 미치게이 같이 지랄을 떤 기라."

　소를 잡으려다 소머리 급소를 잘못 쏴서 산으로 도망가 버리자 토벌대는 돼지를 비롯하여 씨암탉까지 잡아서 잔치를 벌인 뒤 술에 취하여 난동을 벌였다고 하였다.

　"갸네들요! 동네 가축을 자기 마음대로 잡아서 먹고 구정 명절 때인지라 집집마다 탁베이가 있었는데 돼지고기에다 절대 김치를 밥술에 걸쳐서 배 불뚝이가 되도록 먹고는 일마들이 곤대만대가 되어서 토벌대 한 놈이 시부지이 나가서 아무도 살지 않은 오둠페이에서-작은 집 · 까매-깊이 · 잠이 들었다가 밤까지 자는 바람에 빨갱이한테 글마들에게 죽임을 당한기라! 탁베이 많이 처먹고 뜨뜻한 구덜막에서-아랫목 · 깊은 잠이 들어 당한기라!"

"양민 것을 재산을 수탈하여 잔치를 하고 작전처로 이동하면서 인원 파악을 안 하였던가 보죠?"

"글마들이 탁베이 많이 처먹고 만취되어 동네 여자들 반반한 사람 골라 남에 집 안방 구덜막에서 끌어안고 밤샘 빠구리를 하며 지랄용천을떨다가 아적절까지 디비져 잠을 잔기라. 장교가 인원 파악한다고 얼나들에게 깨비라고 지시하자. 이곳저곳에 찾아다니며 깨비는 얼라들에게 아름작거리더니 날이 밝자. 불각시리 오구탕치면서 쎄키쎄키-빨리빨리 · 공터로 나오라고 한 뒤 미친게이가 되어 마을 사람들을 죽인기라!"

"설마 그럴 리가 있습니까?"

"메라 카노! 조작베이 말이다. 이 말인교?"

"죄송합니다. 저는 적과 대치하고 있는 전쟁터에서 수복지역 주민들의 가축을 잡아서 술과 먹고 부녀자를 강제로 성폭행까지 하는 군대가 어떻게 나라를 지키겠습니까? 제가 부녀자를 성폭행하고 하의가 벗겨진 채 사살당한 장면의 사진을 가지고 있습니다만 이곳에서도 그런 일이 저질러졌군요? 혹여 이곳에서도 상식 밖의 일이 있었나! 해서 해 보는 소리이니 너무 노여워 마십시오."

"낮에는 절마들이 얼씬 안 하고 있으니 술 처먹고 자다가. 빨치산에게 토벌대 두 명이 작두에 목이 잘려 죽은 것을 보고 마을에 내통하는 자가 있어 토벌대가 당했다고 생각하고 보복한 기라! 그래서 유달시럽게 토벌대 일마들이 지랄 떤기라 안 카나?"

화가 많이 난 모양이다. 입에서 안주와 침이 섞인 파편이 나의 얼굴에 날아든다.

"알겠습니다. 그만 화 푸시고 술잔을 받으십시오."

즐겨하지 않은 수주를 단숨에 비우고 잔을 내밀자

"와, 이련교? 내는 지금 기분이 많이 나빠 안 묵는다 안 카나. 보소! 강 선생이 그런 식으로 조사 할라 카면 엄뚠 짓 할 줄 내는 모르요!"

"죄송합니다. 군대에서 말단 지휘자로 근무했던 저로서는 도저히 이해가 안가는 사건이어서 말실수를 했습니다."

"글쟁이라 그라나! 느물거리며 달구치는 말이 보기와 드다르러 밑천 동나것소. 내는 뻐덩 이빨에다 눈까풀에 쥐젓이-까만 사마귀=점 · 난 토벌대 일등 중사를 잊을 수 없데이. 글마 소갈머리가 글쿠나 모지락 스러불까…….강 선생은 글마들 행우지를 몬 바서 함부로 이바구 하는기라. 에멘소리 할라 카거들랑 입에 작크나 채우소."

도끼눈으로 나를 노려보더니 주먹을 쥐고 일어 날 자세를 취한다.

"정말 죄송합니다."

"이보소, 강 선생! 내는 생이알이-시체 · 다되어가지고 이젠 쌍달가지가 개 구시 같이 변했지만! 그때 일은 조작베이 안 하요."

"알겠습니다. 한 잔 더 드시고 당시에 벌어졌던 상황을 얘기해 주십시오. 한자도 빠뜨리지 않고 쓰겠습니다. 정말입니다. 죄송합니다."

두 손을 잡고 정중하게 사과를 하자 그제 서야 노기가 가라앉은 모양이다. 입가에 묻은 오물을 닦은 뒤 자세를 고쳐 앉으면서

"참말로 강 선생 미얄시럽데이! 글 쓰는 사람이 아니면 그냥……. 내가 갑자기 사납게 해서 미안 하요."

하더니 한쪽 손으로 내 다리를 툭 친다.

"……."

"사박 스러분 성질 때문에 내도 모르게 그라요. 앵꼬바도 젊은 사람이 참으소."

그동안 만나본 증언자 모두는 "국군이 그럴 수가 있습니까?"하는 나의 반문에 화를 벌컥 냈다. 당신같이 믿으려 하지 않았기 때문에 제대로 된 양민 학살 진상이 밝혀지지 않았다는 것이다.

"술은 인제 얼 요구되었으니! 그만 주소. 나도 미안하오. 나는 뿔뚝 성질이 그때 그 일 당한 뒤로부터 길들여진 기라. 좋은 일 한다 카는데 내도 미안하오. 간신 했시몬 그때 나는 몽달귀신 될 뻔 한 기라요. 그때 죽을 낀데…… 살아나서 험한 꼴 억수로 많이 보고 산기라!"

"그래도 살아 있는 게 좋은 것 아닙니까? 어르신이 살아 계시기에 진상도 정확하게 밝힐 수 있고 말씀하신 기록을 남겨두면 후대에 이 기록을 보고 다시는 이 땅에 그러한 비극을 예방할 수 있을 것이니 우리 역사로 보아서 어르신이 얼마나 중요한 분입니까!"

"강 선생! 입장에서 보문 세갈머리 없는 등시이 할배로 볼지는 몰라도 내가 한 말들이 후—째 조작베이 말이 아니구나 할 거요."

"어르신! 그 동안 양민 학살 사건을 다룬 자료들이 중구난방으로 기록된 것이 많이 있지만 제가 쓰는 이 글이 마지막 기록이라고 생각하고 쓰겠습니다."

노인의 얼굴에는 세월의 흔적인 수많은 주름살들이 삶의 곤곤함을 말해 주고 있다. 담배를 입에 문 노인은 천추의 한을 토해내듯이 연기를 허공에 품은 뒤…….

"토벌대 일마들이 뒤넘스럽게 쎄도가지를 놀리는 것 보면 기도 안 찬 기라. 처음에는 공손하게 주민들에게 말을 하여 믿고 글마들을 따라서 동구나무가 있는 마을 공터에 모이면 각 중에 썸둑시럽게 씨부리는 기라. 인간들이 글캐도 고약할까! 발 거름도 단지걸음으로—종종걸음 · 걷는 할배, 할망테이와 애엘양거리는 갓난아이들이 부역을 했겠는교? 그라고 공비하고 내통한 것도 아닌데 그 호불애비 자슥들이 살려 달라고 무릎을 꿇고 파리 손을 해 가지고 애걸복걸 빌어도 '흥'하고 코 똥만 끼고 무지 막 스리 총을 쏜기라. 글마들 손목데이 뼈가지를 도치로 자르고 싶어도 힘이 있나. 내는 그때 생각만 하면 가슴이 벌렁 벌렁하여 억장이 무너질라 카는기라."

칵~, 하고 가래를 끌어올리더니

"글마들 쌍판 대가리에다가 그냥……."

말을 멈추고 한숨을 쉰다.

"양민들을 학살하면서 총기 실험을 하였다고 증언을 하는 사람이 있었는데, 이곳에서는 없었습니까?"
"국계리에 있던 글마들 하고 화촌리 일마들이 화장산 골짜기에 숨어 있는 빨갱이 소탕하려고 득달같이 가면서 화장산 입구에서 밤에 이동 중인 산짐승 잡으려고 파논 엉쿠렁에-함정. 빠진 기라. 빠지면서 놀라 총을 쏴버렸는데 총소리에 놀란 국계리 토벌대 일마들하고 화촌리 절마들하고 싸움이 붙는 기라. 가들 대갈빼이 처박고 사격을 하였으니 총알이 전부 하늘로 날아간 기라. 그때 하나님 궁둥이에 총알 숫티 맞았을 거기만! 예배당에 다닌 사람들이 알면 뿔다구 허벌나게 낼 일이제! 씰데 없이 총알만 없앤 것 아니가! 빨치산하고 전쟁다운 전쟁도 한번 못 해 본 허새비 인기라! 글마들이……."
"서로 교전을 하여 총알이 떨어지니 교통이 불편했을 때라 탄약 공급이 제때 이루어지지 않아 양민을 학살하면서 실탄이 부족하여 한 줄로 세워놓고, 사살을 하였다는 말 아닙니까?"
"거창에서 그런 일이 있다 카드만! 태까이-토끼·잡으려고 올가미와 큰 짐승 잡으려고 엉쿠렁을 파서 당시는 그렇게 사냥을 했는데……. 엉쿠렁에 빠지면서 하늘에다 헛방을 쏜 것을 보고 자기들끼리 쌈박 질했으니 가들 무슨 창피고. 글마들 깝데기만 군인이지!"

혀를 끌끌 찬다. 산청에서 넘어온 토벌대 일부가 함양군 유림면 국계리에서 살육을 하고 난 뒤 거창군으로 이동하면서 그들이 지나는 마을을 폐허로 만들고 말았다. 주민들은 국군이 와서 이제 빨치산에게 시달림을 받지 않겠구나 하고 반겨주었는데……. 토벌대는 그들의 작은 희망을 죽음의 골짜기로 내몰고 가서 무참히 학살한 것이다. 이들이 산청에서 저지른 행위는 예고편에 불과했다. 국군 토벌대는 거창에서 본격적으로 악의 본성을 드러냈다. 나라를 지킬 군대가 적을 무찌르지 못하고 순하디 순한 국민을 죽인 것이다. 인마-人馬 살상용 NATO 탄을-납이 들어간 탄환·사용해야 하는데 화력 실험한답시고 연약한 사람들을 잡아다 앉혀 놓고 고개를 숙이게 한 뒤 차량이나 탱크·장갑차·비행기 등에 사용하는 철갑탄을 사용하여 살상한 것이다. 죽은 시체를 끌어 모을 때 M1소총탄을 사격하여 사살한 줄에서는 8~9명씩 총알이 뚫고 간 자리가 똑같았다고 한다. 카빈-CAR 소총탄을 쏴서 사살한 줄에서는 4~5명이 죽었다고 하였다. 이 얼마나 천인 공로 할 일인가!

　　"탕! 탕! 탕!"

　따르르~륵~탕탕! M1소총과 카빈소총·중기관총·경기관총이 일시에 불을 뿜어냈다. 고요하던 지리산 골짜기 평화로운 마을에 설빔으로 차려 입은 선량한 사람들을 향하여 "갑자기" 군인들이 총을 쏘기 시작하였다. 사람들은 비명을 지르며 가을걷이가 끝난 전답에서 메뚜기 떼처럼 이리 뛰고 지리 뛰어 다니며 비명을 지르며 쓰러져 갔다. 그들은 사격을 끝낸 후 시체를 끌어 모아 나무로 덮고 기름을 부은 다음 불을 질렀다. 군인들이 마을로 들어오자. 어린아이들이 마을 공터로 모여들었다. 그 당시 총은 아이들에게는 신기하였을 것이다. 눈이 초롱초롱한 아이들에게 국토방위가 임무인 국군이 어떻게 총을 쏠 수 있었을까! 토벌대도 집에 가면 어린동생들이 있었을 것이다.

"당시는 정월 초에서부터 대보름까지 명절이었지요. 마을 어른들은 하얀 두루메이를-두루마기 · 입었는데 총을 맞으니 시뻘건 피가 흘러내려서 눈 뜨고 못 볼 광경이 펼쳐진 기라."

그때 생각만 하면 군인들을 다 때려잡고 도로 바닥에 혀를 박고 죽고 싶은 심정이라는 서 씨의 증언이다.

"어르신! 앞서 증언하신 분에게 들었습니다만 토벌대가 무지막지하게 늙은이에서 부녀자와 갓난아기까지 모두 사살하였다는 것은 도저히 이해가 가지 않습니다."

"강 선생! 메라 카는교? 글카면 내가 지금 애민 소리하는 줄 아는교? 이녘이 그 당시 상황을 모르니 하는 소리요. 토벌대 일마들이 빨치산 절마들보다 느까 온 기라. 먼저 온 빨치산이 협조 안 하면 총을 쏴 죽인다 카는데 언놈의 배떼기에 강철판 깔았는교? 협조 안 할 수가 없는 기라. 등 뒤에서 "철거덕"하고 소리를 내며 총알 장전소리를 들렸는데 뒤이어 총을 견주며 협박을 하여 마을에서 뺏은 양석을 등짐 지고 보급대가 되어 산에 갔다 온 것인데 빨갱이와 내통한 자라고 죄를 뒤집어 씌워 죽인기라. 빨갱이 글마들 보담 굼비-굼벵이 · 같이 느까 온 국군이 잘못 아닌교?"

"그것이야 다 아는 사실이지요. 여순 반란 사건을 일으켜 국방 경비대에 사살 당한 김지휘가 이끌었던 남부군 잔당인 빨치산이 지리산으로 숨어들어 유격 활동을 했는데……. 그들의 주 무대가 관공서를 습격하고 주민의 피해를 주어 치안을 어지럽히자. 토벌대가 빨치산을 토벌할 목적으로 파견되면서 일러난 사건 아닙니까?"

"하모! 하모! 글마들이 빨갱이만 소탕한 것이 아니라. 생판 죄 없는 사람을 모지락스럽게 죽인 게 잘못인 기라. 강 선생은 재야 사학자라 카면서 모르는 것처럼 말하니! 내는 지금 억수로 기분 더 나쁜 거라."

"피해자 증언을 들어보면 인간의 탈을 쓰고 그러한 행동을 할 수 있다는 것이 납득이 안 가니 하는 소리지. 어르신 말을 전적으로 부정하는 것이 아닙니다."

"글카면 내가 조작베이 한 말이다! 그런 뜻 인교? ……토벌대 일마들

하는 행우지 보문 기도 안찬 기라. 글쿠나 인간이 씸둑스러울가! 가들 눈에
는 우리가 날 포리로-날아다니는 파리ㆍ보인 기라!"

"토벌대도 부모 형제 일가친척들이 있는데 부역과 관련이 없는 늙은이
와 힘이 약한 부녀자를 비롯하여 어린이들까지 죽였다고 하는 것은 제가
생각하기론 원한에 사무친 피해자들이 일부는 너무 과장해서 말하지 않았
는가 하는 생각이 들어서입니다!"

"글카 생각하몬 말시키지 말고 퍼득 가소. 쌔도가지 아프게 하지 말고.
살뚱스럽은 글마들이 부역자 가족을 가려낸다고 마을 어른들을 얼라들에
게 하듯 족대기질 하는 것을 몬 봤으면, 아구지 아프게 앵종강 거리지 마
소."

"······."

말을 끝낸 노인의 얼굴엔 작은 눈물방울이 볼을 타고 흘러 내렸다.
토벌대는 경남 일원 지리산 주변인 함양군ㆍ산청군ㆍ거창군 등의 지
역을 돌면서 도리깨로 알곡식 타작하듯 이동하면서 순진무구한 양민을
학살하고선 태고 때부터 살아온 주거지마저 불태워 버린 만행을 저지른
것이다. 그들은 인간으로서 최소한 지켜야 할 도덕이란 단어를 모른 무
식한 자들로 채워진 집단이었다. 함양ㆍ산청ㆍ거창 등의 지역에서 광란
의 살육 잔치는 히틀러가 유태인에게 저지른 행위보다 더 한 살인 행위
였다. 히틀러는 적에게 가한 가혹 행위였지만······. 토벌대는 민족 핏줄
에게 저질러진 학살 행위였기 때문이다. 역사와 겨레가 침묵으로 일관하
고 있는 지리산자락에서 저질러진 양민 학살사건은 아침부터 저녁까지
의 대학살을 저지느라 총성과 아비규환은 지리산 계곡을 뒤흔들었다.
이유란 양민이 공비와 내통한 "통비 분자"로 규정된 데서 비롯됐다. 위와
같은 학살사건은 누구의 지시에 일어났는가? 그것은 다름이 아닌 견벽청
야란-堅壁淸野 작전명령을 잘못 해석한데에 따른 비극이었다.
한국전쟁 때인 1951년 2월 11사단장 최덕신이-崔德新 지휘하는 예하 부
대 9연대에 내린 빨치산 토벌 작전에 내린 명령이다. 견벽청야를 해석하

면 아군의 진지를 견고하게 지키되 포기해야 할 곳은 인적·물적 자원을 모두 철수 한 후 적이 이용할 수 있는 여지를 완전히 없애란 뜻이다. 이 작전 명령은 전선이 형성되지 않은 지역에서는 나무랄 데 없는 작전 명령인 이 문구는『손자병법』에 나오는 문구로……. 당시 명령을 받은 지휘관이 잘못 해석하여 경남 산청·함양·거창 등지에서 무고한 양민 수 천 명을 죽이는 사건이 발생하였다. 한민족은 근세에 들어 일본의 침략과 동족상잔의 비극인 한국전쟁 등 두 차례의 비극을 감수해야만 했던 크나큰 오점을 남겼다. 지리산변의 양민 학살은 1948년 제주도 4.3 폭동 사건 때 벌써 잉태되고 있었다.

「지리산의 포성」이라는 산청 지역 전사에 따르면……. 1948년 2월 7일 경남 밀양읍 조선모직 종업원 130명이 총파업을 시도했다. 이때 경찰과 우익 청년 단체는 이 회사 종업원들과 투석전을 벌인 끝에 종업원 130여 명을 체포, 이들을 모두 좌익으로 몰아버린 사건이 발생했다. 이로부터 대한민국 내에는 좌익 군부 세력이 표면화되기 시작한 것이다. 산청 양민 학살사건의 발단 또한 당시 사회의 가장 큰 이슈였던 노동 운동에서부터 기인된 것으로 볼 수 있다. 때를 같이해 제주도에 좌익 세력인 남로당부 가 설치 됐다. 당시 미군정 당국은 일반 집단 집회 활동을 전면 금지하고 있었다. 지리산 양민학살사건은 제주 4.3사건이 잉태하여 여순 반란사건 으로 이어졌고……. 반란군 진압 과정에서 교묘히 빠져나간 그 잔당 일 부가 지리산으로 숨어들어 김지휘에게서 배웠던 유격전을 시작하여 지 리산 야를 피로 물들게 한 빨치산 잔당이 됐는데……. 한국전으로 인하 여 그들이 유격전을 벌이자. 그들을 소탕하러 나선 국군 토벌대가 저질렀 던 사건을 말한다. 1951년 2월초 지리산 자락에 살고 있던 우리 국민은 빨치산과 국군에 의하여 양쪽으로 시달림을 받았다. 그리고 빨치산들에 게 시달림을 받고 있는 주민들의 고통은 덜어주고자 출동하였던 국군 토벌대는 적군인 빨치산보다도 더 많은 선량한 민간인을 살상함으로서 빨갱이보다 더한 민족의 적이 되어 버렸다. 그때 희생자 대부분은 평범한 민간인이었다. 당시 학살당한 사람들의 연령을 보면 15세 이하의 어린이가 전체 절반이었고 노인이 7퍼센트 정도이었으며 나머진 힘없는 여자들이었다. 희생자 대부분이 연약한 어린이·노인·여자들로서 이는 전쟁이나 빨치산과는 무관한 평범한 민간이었다는 사실을 말해 준다. 이 사건은 국군에 의해 의도적으로 자행된 무고한 민간인 학살이라는 사실이 명백하다. 또한 학살이 인간으로서 차마 할 수 없는 아주 잔인한 방법으로 이루어졌다는 사실이 주목된다. 주민들은 죄목도 없이 재판은커녕 최소한의 소명 절차조차 이루어지지 않은 채 아주 잔인한殘忍 방법으로 학살당하였다. 뿐만 아니라 대부분 주민들은 "곧 큰 전투가 시작될 것이다. 작전이 끝나면 되니까 며칠간 피난 갔다 오면 수복이 될 것이다."라는 군인들의 말에 속아 죽음의 순간까지도 자신들이 죽는다는 사실과 죽는 이유를 모르고 있었다. 증언을 취재하려간 곳곳마다에서 당시에 학살 현장에서 가까스로 살아남은 사람들에 의하면 국군 토벌대는 주민들을 모아놓고 집단 사격 내지 인간 타깃으로 사용하였고 M1소총 실탄이 몇 사람을 관통하여 죽일 수 있는가 실험을 하는가 하면 인마 살상용으로 금지되어 있는 철갑탄을 사용하여 앞사람을 꼭 껴앉고 엎드리게 한 다음 뒤에서 사격을 하여 총알 하나로 9명을 관통시켜 죽이는 야만적 짓을 했다고 증언을 했다. 동서고금을 통해보더라도 전쟁의 피해자는 힘없는 어린아이나 부녀자를 비롯한 노약자들이 다수의 희생되었다.

전남 여수, 순천 민중 항거사건
- 여·순 반란사건

　여수·순천반란사건은 1948년 10월 20일 전라남도 여수에 주둔하고 있던 국군 제 14연대에서 좌익 계열의 장병들이 일으킨 사건으로 그 배경은 1948년 대한민국 정부 수립을 전후하여 공산 분자들이 이를 저지하고자 온갖 수단으로 방해공작을 폈다. 1948년 4월 3일에 제주도 폭동사건이 일어나자 국군과 경찰은 합동으로 진압 작전을 펴던 중 증원 군이 필요하여 여수에 주둔하고 있던 제 14연대에서 약 3천여 명을 제주도로 파견키로 하였다. 그런데 제 14연대에는 공산당 지하 조직이 침투하여 있었으며……. 이들은 소련 혁명 기념일을 전후하여 무력 혁명을 일으키려는 음모를 그 동안 추진해 왔다. 이 과정에서 오동기吳東起 소령 등이 이른바 혁명 의용군 사건에 관련되어 체포되었다. 부대 안의 지하조직에 대한 검거 선풍이 한층 강화된 것을 우려한 좌익 극렬분자들은 김지회金智會 중위와 홍순석洪淳錫 중위 비롯한 지창수池昌洙상사 등을 중심으로 행동의 기회를 엿보고 있었다. 그러나 때마침 제주도 폭동의 진압을 위하여 제 14연대의 1개 대대가 출동명령을 받게 되자 그 준비로 부대 전체가 바쁜 틈을 이용하여 무장 폭동을 일으키게 되었다. 1948년 10월 19일 저녁 8시경에 작전 투입 대대의 출항시간을 1시간가량 앞두고 승선준비에 정신이 없을 때 연대 인사계인 지창수 상사는 조직 핵심원 약 40여명으로 하여금 무기고와 탄약고를 점령하게 하는 한편 비상

나팔을 불어 부대 전 병력을 연병장에 집결시켰다. 그런 다음 지창수 상사는 다음과 같이 병사들을 선동했다.

> "지금 경찰이 우리를 공격해 오고 있다. 경찰을 타도하자. 우리는 동족 상잔의 제주도 출동을 절대로 반대한다. 지금 북조선 인민 해방군이 남조선 해방을 위하여 38선을 넘어 남진-南進 해 오고 있다. 우리는 이 시간부터 북진하는 인민 해방군이 된다."

이렇게 선동을-煽動 개시하자 병사들의 대부분은 삽시간에 군중 심리에 휩쓸려 폭도로 돌변해 버린 것이다. 광복 직후부터 국방 경비대와 경찰 사이의 빈번한 마찰로 말미암아 병사들은 일반적으로 경찰에 대하여 별로 좋지 않은 인상을 가지고 있었던 상황이었으므로 경찰을 타도하자는 선동에 상당한 성과를 거둔 것이다. 게다가 이에 반대의사를 나타내던 병사들 중 3명을 현장에서 총살을 해버리자 동조하지 않을 수 없게 된 것이다. 약 2,500명의 반란군은 무기와 탄약을 가지고 20일 자정 여수 시내로 침공하여 경찰서를 점령한 다음……. 동족 살육을 자행하기 시작하였다. 다음날 아침 9시경에는 모든 관공서와 은행 등을 비롯하여 여수 시내 전역이 반란군에 의하여 장악되었다. 이렇게 되자 그때까지 정체를 숨기고 있던 좌익 계열의 민간인과 학생들까지 반란군에 합세하여 사건은 더욱 확대-擴大 되었다. 반란군은 6량의 열차에 편승하여 순천으로 이동하였다. 당시 순천에는 같은 연대 예하의 2개 중대가 홍순석 지휘 아래 배치되어 있었는데……. 이들 역시 이내 반란군에 가담하였다. 한편으론 전라남도 경찰국은 순천 경찰서 관내인 의암 지서에 전투 지휘소를 설치한 후 반란군의 진출을 막아내기 위하여 23명의 경찰 병력을 투입하였다. 이때 광주에 주둔하고 있던 제 4연대의 1개 중대 병력도 반란군을 진압하기 위하여 순천으로 출동하였으나 불순분자들이 지휘관을 사살하고 반란군에 합세하여 사태는 더욱 악화되었다. 20일 오후 순천 경찰서를 일순간에 유린을-蹂躪 하고 순천 시내를 장악한 반란군은 곳곳에 적기를-赤旗 내걸고 공산주의 사상에 감염된 남녀 학생과 민간인 동조자들을 앞세워 군인·공무원·일반 시민들 중에서 지식기반 층을 닥치는 대로 잡아다가 인민재판을 열어 엉터리 죄목을 씌워서 무자비한 살육만행을 저지르기 시작하였다. 진압지역의 학교 운동장 혹은 공공장소에 모든 민간인을 집결시킨 후 16세~40세 이하 남자와 머리가 짧은 사람을 비롯하여……. 군용팬티를 입은 자들의 손바닥을 검사하여 총을 든 흔적이 있거나 흰 찌까다비를-농구화·신은 자 등을 현장에서 곤봉이나 총 개머리판 체인 등으로 가격하여 즉결 처분하는 등의 광경은 차마 눈을 뜨고는 못 볼 참극을 벌였다. 10월 21일 육군 총사령부는 반란군 전투 사령부를 광주에 설치한 후 제 2여단과 제 5여단 예하의 제 3·제 4·제 6·제 12·제 15연대 등을 투입하여 순천시 외곽 지역을 봉쇄하고 포위망을 압축하기 시작했다. 대통령은 22일 여수 순천 지구에 계엄령을 선포하고 다른 한편으론 국방부 장관이 반란군에 대한 최후통첩으로서 투항을 권고하는 내용의 전단은 공중 살포하고 자수하라는 선무 방송을 하였다. 이 날 오전 작전부대는 순천시가로 진입한 군은 소탕 작전을 벌여 저녁 무렵에는 시가 전 지역을 탈환하였다. 다음날 순천 시가는 작전 부대로 메워졌으며 장갑 부대와 경찰도 들어와 삼엄한 분위기 속에서 치안이 점차 회복되었다. 또한 일부 작전 부대는 보성·벌교·광양 등 주변 지역으로 진격하여 반란군 잔당을 몰아내는 동시에……. 포위망을 벗어나 소백산맥으로 달아나는 상당수의 반란군을 추격하기 시작하였다. 광주에 있던 전투 사령부가 순천으로 옮겨오면서 최종 목표인 여수를 탈환하기 위한 공격을 할 때 해군은 충무호를 비롯한 7척의 경비정은 배치하여 여수항을 봉쇄하였고 부산에서 출동한 제 5연대 1개 대대 병력은 이들 함정 위에서 상륙하였다. 쫓기던 반란군은 시내 곳곳에 불을 질렀고 그들의 꾐에 빠진 상당수 분별없는 여학생들은 PPSH-41식 소총으로 저항하는가 하면……. 더러는 "물을 주겠다"고 진압 부대 병사들을 유인하여 권총으로 사살하는 경우도 있었다. 그러나 시가지를 뒤덮은 초연 속에서 작전 부대의 병사들이 모습을 드러내자 지하에 숨어 공포에-恐怖 떨고 있던 시민들이 밖으로 달려 나와 만세를 부르며 열렬이 환영하는 가운데 여수일원은 저녁 무렵에 완전히 수복되었다. 포위망을 벗어난 반란군 1천여 명은 김지휘와 홍순석 등의 지휘아래 덕유산 일대로 숨어 들어가 계속적인 저항을-抵抗 꾀하였다. 그러나 국군은 추격을 늦추지 않고 산악 험지에 따라 들어가 수색과 토벌을 계속하였다. 이듬해인 1949년 4월에 김지휘와 홍순석 두 사람은 작전 부대에 의하여 사살되었고……. 1950년 2월에는 그 추종자들이 대부분이 소탕되어 호남 지구에 내려졌던 계엄령 은 해제되었다. 이사건의 계기로 국군은 세 차례에 걸친 대대적인 속군 작업에 착수하여 국방 경비시대 이래 내부로 침투해 있던 뿌리 깊은 좌 익 계열의 화근을 모두 뽑고 난 후 멸공 구국의 전열을 새로이 가다듬게 되었다. 그때 소탕 과정에서 교묘히 달아난 잔당들이 지리산으로 숨어들 어 한국전이 발발하자……. 김지휘에게서 배웠던 유격전을 시작하여 지 리산 야를 피로 물들게 한 빨치산 잔당이 된 것이다. 지리산 양민학살사 건은 제주 4.3사건이 잉태하여 여순 반란사건으로 이어졌고……. 그 잔 당 일부가 지리산으로 숨어들어 한국전으로 인하여 유격전을 벌이자. 그들을 소탕하러 나선 국군 토벌대가 저질렀던 사건을 말한다. 여순반란 사건으로 인하여 여수 5,000 · 순천 2,200 · 보성 400 · 광양 1,300 · 구례 800 · 곡성 100여명 등 한국전 발발이전 이미 10만 여명이 군경에 의해 학살당했다. 그중 반란군에 의해 5% 진압군에 의해 95%로가 사살되었 다. 여순반란사건 이후 빨치산 토벌을 목적으로 창설된 국군 11사단에 의해 지리산 등 토벌지역 인근 마을의 무고한 양민다수가 학살되었다.

"끌려가서 어떠한 일을 도와 주셨습니까?"

질문을 받고 잠깐 생각에 잠겨 있던 김 노인은 결심한 듯 말문을 열었다. "이런 말하여도 되는지 모르것소?"

"어르신! 저한테 하신 말씀은 60여 년 전의 증언이니까 걱정하지 마십시오. 1톤의 문서보다 살아 계시는 어르신 같은 분이 증언한 마디가 역사적으로 신빙성이-信憑性 있으니까요. 소문으로 전해서 와전된 기록들이 정립되지 않은 지난 역사들이 너무나 혼란스럽게 합니다. 걱정하지 말고 당시에 있었던 양민 학살 사건을 진솔하게 말씀해 주십시오."

"이때껏 살아온 것만 해도 생각하면 징그런 세월인디! 나가 시방 말 잘못하였다간 우리자식들에게 피해가 있을 꺼인디요?"

"그러한 것은 염려하지 안 해도 됩니다. 작가나 기자들은 증언을 취재할 때에 증언자가 비밀을 요구 할 땐 절대로 발설을 하지 않습니다. 그리고 지금 세월이 얼마나 흘렀습니까? 자식들 모두 출가하여 직장생활하고 있다면서요?"

"말도 마씨요? 우리 큰아들이 군대 가서 좋은 병과에 합격을 하였는데! 나 때문에 좋은 곳에 들어가지도 못하고 골병대에서-공병대 · 근무 하느라 좆나게 고생 했당께로!"

김 노인은 담배를 깊게 빤 뒤 한숨을 쉬었다. 김 노인은 여동생을 살리기 위하여 부역에 동원된 사람이다. 아니, 자원한 사람이다.

여동생이 여고에 다녔는데 공비들에게 발각되어 산으로 끌려갈 처지가 되었다. 산으로 끌려가면 볼 장 다 본다고 하였다. 동네에서 반반한 여자들이 끌려가서 밤 노리개 감이 되었다고 소문이 나돌던 때이다. 증조할아버지 제사 지내려 왔다가 들이닥친 공비들에게 끌려가게 될 여동생을 대신하여 빨치산이 된 것이다. 당시 김 노인은 23세 나이였다. 나이가 많은 남자들과 부녀자들은 부역을 하였고 젊은 층은 빨치산이 되었다.

"옆집에서 다투는 소리가 들려 담 너머로 보니 밤손님이-공비 · 와서 친구와 친구 형수를 끌고 갈려고 하니 친구 할아버지가 장죽을 들고 나와 공비를 때리더라고요. 토벌대 같으면 그 자리에서 쏴 죽였겠지만! 공비들은 '영감님 물건만 날라주면 돌려보낼 테니 걱정 말라고 하며 우리 집으로 오는 것을 보고 나는 친구 집으로 담을 넘어 갔지요. 친구네 담벼락 밑에서 구부리고 앉자 개구멍으로 우리 집을 보고 있으니 빨치산들이 제사 지내려 왔던 사촌형과 막내 당숙을 포함하여 여동생까지 붙잡아 가려 합디다, 아무리 생각해봐도 끌려가는 것을 보고 가만히 있을 수가 없어 나가 친구 설파-사립. 문을 발로 사정없이 차고 득달같이 뛰어가 앞을 가로막자, 공비들이 깜짝 놀래 갖고 따발총을 겨눕디다."

"깜깜한 밤에 갑자기 총을 든 공비한테 사살 당할 뻔 했군요."

"깐닥 잘못했으면 죽었을 꺼인디!"

담배를 연달아 빨고 김 노인은 멈춘 말을 이었다.

"차라리 그때 죽어 벼렸으면 험한 꼴 안보고 얼마나 좋은가 말이여!"

혼자 넋두리를 한다.

"씨팔놈의 세상! 힘이 없어 개처럼 끌려 다니면서 허벌나게 고생 하고 말이여 지금까지 그놈의 연좌제-連坐制 때문에 자식들까지 피해를 보게 했다 말이시. 면사무소에 가서 호적을 떼어 보면 옆으로 뻘건 줄이 두 줄로 쫙~ 글거져 있당께로."

"공비들이 어떻게 합디까?"

"와따! 공비 즈그들도 깜짝 놀라 갖고 옆구리에다 따발총을 갖다 댑디다. 손을 번쩍 들고서 나도 따라 갈라요! 하자 총을 치우더라고요. 공비들이 껄껄 웃으면서 어느 집에 사냐고 묻더라고 방금 나온 제사 지내는 집이라고 하자 다시 집으로 들어가 제사를 빨리 지내라고 하더라고요."

토벌대보다 인간성이 훨씬 좋았다고 하였다. 그래서 자청해서 산으로 들어간 사람이 더러는 있었다고 하였다.

"어르신은 병역을 기피했습니까? 당시 스물 셋이면 군에 동원됐을 나이죠?"
　　"나가 말이요. 소여물을 썰다가 잘못하여 작두에 오른손가락 두 개가 한마디씩 짤라져 부렀서라."

　오른손을 펴 보인다. 검지와 중지가 두 마디 정도 잘려나간 모습이다. 검지가 잘려나가 총 방아쇠를 당길 수 없어 징집대상에서 면제된 것이다.

　　"죄송합니다! 저는 전투하다가 부상당한 줄 알았습니다. 여동생을 두고 간 결정적인 이유가 있습니까?"
　　"제사를 지내고 음식을 먹은 뒤에 사정을 했지라. 제사 지내려 왔으나 학교도 가야하고 몸이 약해 히마리가 없을 뿐더러 집에서 4명이나 가니 여동생은 나두고 가자고 사정하였더니 제사 음식도 대접을 하였고 술도 거나하게 걸친 탓인지! 그렇게 하라고 하여 여동생과 옆집 친구 형수를 두고 산으로 들어가서 그날부터 나도 억지로 빨치산이 되었지라."

　그때의 전과로 자식이 사상 검증 때 2급 비밀취급 부적격자로 판정 난 것이다. 제사 지내려고 온 사촌형과 막내 당숙까지 강제로 또는 자청하여 동네 젊은이들이 산-山사람이 된 것이다.

　　"산으로 끌려가서 전투를 하였습니까?"
　　"멀라고 꼬치꼬치 물어쌌소? 손가락 병신이 어찌꾸롬 전투를 할꺼이요? 보급대에서 노무자 생활만 했지."
　　"억울한 누명을 벗겨 주려고 합니다."

　도끼눈으로 꼬나보던 김 노인은

　　"아이가! 텍도 없는 소리 씨부리 쌌코 있네……. 시방! 이띠깔로 어느 한 놈도 관심 가진 놈이 없었는디 무담시 고생하지 말고 내비도 부시오.

민주홧가 먼가 한 김영삼이하고 김대중이를 붓 대롱에서 시느대나무 물이 좌 질 정도로 힘을 주어 꼭 쥐고 도장 찍었지만 스그덜하고 운동한 사람들은 국가유공자 만들어갔고 보상해주고 울덜은 내 몰라라하고. 너무 억울해 경상도 사람인 노무현이가 해 줄까 싶어 투표용지에 빵꾸가 날정도로 힘주어 찍었지만 말짱 황이 되야 부렀소! 그놈들도 모두 히마리가 없어 못 하는디! 강 선생이 멀라고 비싼 지름-기름· 태워가며 헛일하고 싸돌아 댕기요?"

김노인은 필터 가까이 타 들어간 담배꽁초에다 가래침을 뱉은 뒤 땅바닥에 놓고 구두 뒤 굽으로 짓이겨 버린다.

나를 위 아래로 한번 꼬나보더니

"명함 있으면 나 좀 봅시다."

내가 의심스러운 모양이다. 2년을 넘게 찾은 증인이다. 그것도 빨치산의 산증인이다. 명함을 유심히 들여다보더니 뒤⋯⋯.

"소설은 인간을 만든다. 거짓말도 아니고 정말로 좋은 말인 갑이요?."

명함에 쓰여 있는 글귀를 읽고 지갑을 꺼내 깊이 명함을 넣고 한동안 생각에 잠겨 있다가.

"이런 말을 절대로 안 하려고 했는디 당신을 믿고 처음 이야기를 허요. 글을 쓰는 사람이고 당신 책보니까 깡다구가 있어 보인께로 나! 이름은 밝히지 말고 하씨요? 약속 지킬라요?"
"걱정 마십시오. 어르신 말고 두 명이 더 있습니다. 그분들은 가해자이고 어르신은 실존 빨치산이니까! 절대로 비밀로 하겠습니다."

나를 위아래로 쳐다보고 한참 생각을 한 뒤에 엄청난 이야기를 해 주었다.

　　"나가 이때 깔로 이 이야그를 오늘날까지 하지 않은 것은 부역 땜시 경
찰서 가서 피아노 치고-전과자 조회 때 지문찍는 것·온 뒤 감시당하고 살아 와서
그라요."
　　"지금은 모두 삭제되었습니다. 그리고 20년 이상 된 비밀문서도 모두해
제 되고 있습니다. 한국전쟁 끝 난지가 반 세월이 지났고 또한 제가 익명으
로 할 것입니다."
　　"강 선생이 글 잘못 써 가지고 나한테 피해가 쪼금만 있어도 책임져야
할꺼인디 책임 질라요?"
　　"어르신 저는 작가입니다. 신문기자나 작가는 증언자가 비밀을 요구할
땐 목숨을 걸고 비밀을 지킵니다. 걱정을 접어 두시고 겪은 데로만 이야기
해주면 절대 피해가 없게 하겠습니다."

김 노인은 나를 못 믿겠다는 것이다.
나는 준비해 간 신문보도 자료를 보여 주었다. 첫 작품 『애기하사 꼬
마하사 병영일기 1, 2권』내용에 월남 고엽제가 아닌 휴전선 살포 폭로
기사이고 4번째 작품 『쌍어 속의 가야사』김해시에 있는 김수로왕 능의
묘가 가짜 묘라고 한 월간지에 상재된 글과 내가 북파공작원-테러부대. 출
신이며 이번에 『1, 2권』짜리 책을 출판하여 북에가 간첩활동한 사람들
보상과 유공자 예우를 받는데 큰 도움을 주었으며 이러한 사실은 국내
처음 밝힌 사람이라고 하자. 도끼눈으로 한동안 노려보고 나서

　　"맨입으로는 못하겠소!"

술을 먹어야 말을 하겠다는 뜻이다.
나는 가게에서 캔 맥주와 소주를 사서 김 노인에게 맥주를 한잔 권하
였다.

"나는 술고래 인께 맥주는 싱거버서 못 묵으요. 강 선생도 촐촐할 꺼인
디 입가심이나 하시오."

소주잔이 연거푸 세 번이나 건네졌다.
김 노인은 오른손 엄지를 구부려 코에다 대고 누른 뒤 "팽"하고 코를
풀고 나서 담배를 꺼내 입에 물고 이야기를 시작하였다.

"나가 무담시 산으로 간다고 그랬간디 여동생을 데리고 갈까봐 제사를
지내고 산으로 가겠다고 하자. 빨갱이들도 여자들은 데려가지 않기로 하고
남자들만 데리고 간다는 허락이 떨어져서 밤 12시가 지나서야 제사가 끝나
고……. 제사지내고 먹고 남은 음식을 울 엄니가 보자기에 싸서 주더라고
가면서 먹으란 것이제! 사촌형을 비롯하여 당숙과 함께 마을 사람들이 포
함되어 12명이 산으로 올라 갔지라."
"여자들을 데리고 가지 않은 것이 천만 다행이군요?"
"워머! 동지섣달이라 바람은 쌩쌩 불지 높은 산으로 올라가니 기온이
낮아져 어찌꼬롬 추운지 얼굴이 찢어져 뿔라고 글드만! 앞에 가는 사람이
길이 없는 곳을 헤쳐 나가면서 솔가지를 밀고 가다가 사정없이 놔 뿐께로
그것이 사정없이 원위치 되면서 얼굴짝을 치니 회초리로 때린 것 보다 더
아푸다. 눈물이 찔끔찔끔 나오드란께 그 짓을 하면서 아마도 서너 시간
정도 걸었을 것이여! 앞에서 사람들 웅성거린 소리가 들리더라고 빨치산
본부에 도착한 것이지. 얼굴은 춥지만 험한 산 삐알을-가파른 비탈·기어오르
면서 얼마나 힘이 들었는지 온몸에 땀이 나서 바짓가랑이가 사타구니에
칙칙 갱기고 기어서 올라가느라 용을 써서 불알도 도토리 만 해져 뿔드랑
께!"

김노인은 술기운이 들어 취기가 돌자 나에게 존대 말이 하대말로 바뀌
기도 한다.

"깜깜해서 얼굴이 잘 보이지 않고 간솔에-송진이 묻은 가지·불을 붙여서

얼굴을 보여주는데 완마! 쌍판때까리 본께 엄청 겁나 불더라고. 면도를 안
한 얼굴에 세수도 못했는지 돼지 얼굴 갖드랑께."

　"산 속 생활 때문에 물이 없어 겨울 내내 제대로 씻지를 못해 그랬을
것입니다."

　"솔찮이 늙은 남자가 대장인지! 동무들 잘 오셨습니다. 편안히 주무시고
내일 봅시다. 첫인사를 그렇게 끝내고 잠자리에 들었제."

　"산이라서 무척 추울 텐데 잠이 옵디까?"

　"계곡에다 돌을 쌓아서 담을 만들고 생솔가지와 새띠-억새·풀로 겹겹이
울타리를 만들고 바닥에는 돌 자갈을 깔고 싸리나무를 낫으로 많이 베어서
깐 뒤 그 위에 낙엽을 수북이 깔아 놓았더라고. 마을에서 뺏어간! 솜이불을
덮고 잤는데 추워서 못 잔 것이 아니라 이가 많아서 긁어 대느라 잠을 못
자 것 습다."

　"여자들도 있을 텐데요. 그들은 별도로 기거하는데가 있습니까?"

　그 말에 갑자기 눈을 크게 뜨며 "이 양반이" 하더니 김 노인은 소주잔
을 나에게 내민다.

　"지금 빈속인데 더 하셔도 되겠습니까?"

　"이까지 것 뻥아리가-병아리·흘린 눈물밖에 안 되는 술을 가지고 그요?
내려가다 전부다 목구멍에 묻어 버려 간에까지 기별도 안가는디! 그래 쌌
소?"

　종이컵에 술을 반쯤 따르자 가득 채우도록 술잔을 들고 있다.

　"입빠이 더 따러! 어허~입빠이 따르랑께!"

　가득 채우라고 한다. 잔이 넘치자 그때서야 벌컥벌컥 소리를 내며 마
시고 '쪽'소리를 낸 뒤 '카~하'한다.

　술을 좋아한다지만 연세도 있고 하여 얼굴엔 금새 취기가 돈다. 혀로
입 주위를 빙 돌려 입술에 묻은 술을 닦아 먹더니 '꺽'하고 트림을 한번하고
서 이야기를 계속한다.

"여자들도 같이 붙어 잤지라. 따로 자려고 해도 산속이라 들짐승이 있어 무서우니 자청해서 남자들 틈새서 잘라고 하든만. 여러 명이 뽀작뽀작 껴안고 잔께 누가 어찌고롬 해 볼라고 한 사람도 없고!"

"……."

"아! 근디 강 선생은 멀라고 그런 것을 다 물어 보요?"

"여자들이 잡혀갔으니 궁금하지요?"

"여자들이 잡혀온 것이 아니라 자진해서 온 사람들이 더 많았어라."

"높은 산에서 춥고 물이 귀하여 살기가 무척이나 불편하였을 텐데 여자들이 자원해서 올 이유가 없지 않습니까?"

"완마! 작가 선생이람시롬. 그것도 몰라부요? 소설 쓰는 글쟁이는 작은 신-神 이라고 테레비 봉께로 아나운서가 글든디……."

"……."

"토벌대가 마누라를 비롯해 가족들을 모두 죽인다는 소문이 나돌아서 가족 중에서 다 큰 가이네들이 산으로 들어들 갔지라. 거기다 젊은 사람은 토벌대가 다 죽이고 마을을 불태운다고 하자. 젊은 여편네들이 모두 산으로 도망간 거라."

"그 당시 지리산자락 마을들은 낮에는 대한민국이지만 밤에는 인민공화국으로 뒤바뀌는 치하에서 살았으니 그 고통은 말로표현 하기 어려웠을 것입니다만! 생각보다 연약한 여자들이 남자들 보다 고통을 많이 당했겠군요?"

"아~먼! 뒤에 안 일이지만 밥도 해주고 옷 같은 것도 꿰매 주는 것을 했다고 그럽디다만 어쩌다 간간이 빨갱이 높은 놈들하고 빠구리 질도 했것제! 젊은 지집년과 사내놈들이 몸 부디끼며 같이 생활하는디 그런 일이 어찌 없을 라고!"

"빨치산이 된 뒤 무슨 일을 했습니까?"

"까마구 고기를 묵었나? 아까도 말했지만 나가 병신인디 그런 걸 쓰잘 때가리 없이 멀라고 자꾸 물어 보요?"

"건망증이 있어서 죄송합니다."

"젊은 사람이 못하는 소리가 없네! 토벌대와 전투도 안 하지 보급이 끊겨서 먹고살기에 급급하여 밤이면 마을로 내려가 먹을 물과 양식을 뺏어왔는데 우리들은 노무자 노릇만 했지라."

"매일 식량을 뺏어 갔는데 나옵디까? 토벌대가 온 마을을 쑥대밭으로 만든 뒤부터 어떻게 식량을 조달하였습니까?"

"그랑께로 우리들이 동원 되얏제 공비들이 지리산으로 들어온 뒤 식량을 전부 숨겼는데 마을 주민들이 죽고 일부 살아 난사람들이 전부 떠나자. 숨겨 놓은 장소를 본 울들이 안께로 밤에 가서 꺼내 왔제."

김 노인 말은 마을에서 잡혀갔던 자와 자진하여 빨갱이가 된 자들도 배고프니 숨겨 두었던 식량을 꺼내왔다고 하였다.

"불도 피울 수 없을 텐데 생식을 했단 말입니까?"

"왜 불을 못 피운 다요?"

"연기가 나니 발각되어 토벌대가 공격해 오면 어쩔 것입니까?"

"토벌대요? 갸들 무서워서 전쟁 제대로 한번 못 한 놈들인데 무슨 수로 높고 험악한 악 산인 산삐알을 공격해 올 꺼이요."

"한 번도 공격 당해보지 안았단 말입니까?"

"그런 일은 처음에는 없었지라!"

"그렇다면 토벌대가 힘없는 양민들에게 광기를 부려 괴롭혔군요?"

"워-머 워-머 말하면 멋을 할 것이요. 두 번 말하면 잔소리고 세 번 말하면 숨이 차불지! 보초대가리가 없는 개자식들 불쌍한 사람만 죽이고 빨치산들과 전쟁한번 제대로 못 한 그 아그새끼들이 군인이라고. 더러워서……."

김 노인은 '까르륵'하고 가래를 끌어 올려 사정없이 뱉는다.

"참! 어르신 여동생과 마을에 남아 있는 가족은 어떻게 되었습니까?"

"완마! 니기미 씨발 억장이 무너질 라고 헌디! 멀라고 그런 것까지 물으요? 그 생각만 하면 씨발 분이 시방까지 안 풀리요. 몽땅 죽어 뿌렀제."

"여동생도 말입니까?"

"여동생은 제사를 지내고 옆집 친구 형수를 합하여 젊은 지집들과 가이네들은 모두 광주로 밤에 떠났기 때문에 목숨은 구했지만 말짱 황이 되야 뿌렸소!"

"왜요? 광주 시내로 갔지 않았습니까?"

"젊은 남자와 여자를 공출하듯이 데려가니 동네에 남아 있다간 무슨 사달이 날까봐서 시내로 갔는데 이튿날 마을에 남아 있는 가족을 싸그리 몰살 시켰으니 살면 뭐할 거요?"

"여동생은 살아 계십니까?"

"워머 워머 느기미 떠거랄. 그 생각하면 오장육부가 뒤집어 질라그요!"

병에 남아 있는 소주를 병체로 마신 뒤

"개! 호로 자식들……. 지금 그 놈들이 사는 곳을 알면 찾아가 땡볕 나는 날에 육철낫으로 배를 갈라 염통을 끄집어내어 배추김치 양념에다 버물어 버리고 창자를 끄집어내어 가시가 많은 탱자나무 울타리에 널어놓고 싶소. 시방!"

말을 끝낸 뒤 이리 저리 두리번거리며 술병을 찾는다.

"강 선생! 나 시방 술을 쬐깐 더 묵었으면 좋컷는디! 어쩌까이?"

술병을 찾으려는 것을 보고 나는 술병을 감추어 버렸다. 더 먹으면 오늘 녹취는 끝날 것 같기 때문이다. 술로 울분을 참으려는 김 노인은 한평생 살아오면서 가족이 생각나면 술로 한을 달랬을 것이다. 자리에서 벌떡 일어난 김 노인은 끓어오르는 분을 삭이지 못하여 성난 황소처럼 코 바람을 씩씩 불어 대며 엉거주춤한 자세로 공터를 두 바퀴 돌더니 '철퍼덕'하고 맨땅에 앉아 버린다.

"워머, 워머 느기미 떡을 할 것, 오늘 나가 싹 까발래 버릴라요. 강 선생! 잘 쓰시오 이? 우리 여동생 인물이 반반했는데 이 오빠가 부역을 하였고

부모형제들이 빨치산으로 몰려 몰살당했으니 취직도 안 되고 뭘 좀 하려고
하면 경찰서에 끄네끼에 묶인 개처럼 끌려가 열손가락 피아노 친-열손가락
지문 찍은 것ㆍ오빠 때문에 아무것도 못하였소. 그 당시 여고 졸업하면은 국
민학교 선생을 할 수 있었는데 나 때문에 말짱 헛것이 된 것이제! 결국은
참말로 부끄러운 일이지만 광주 양동서 술집 작부 짓까지 하다가 얼굴 잘
난 것 때문에 공무원과 결혼하였는데 광주 민주화인가 뭔가 때문에 신원조
사를 하게 되었다요. 6.25때 이놈의 전과가 드러나 신랑과 옥신각신 하다
가 그라목손을-제초제. 먹고 죽어 뿌렸소! 워~머 워~머 속 터져."

김 노인은 말을 끝내고 가슴을 주먹으로 북을 치듯 두드린다.
옛일을 끄집어 낸 데다 술까지 먹었으니 감정이 많이 격해진 상태다.

"워~머 워~머 그 짠한 것이 징하고 독하게 그라목손을-일반 농약은 먹고 즉시
위세척을 하면 살릴 수가 있는데 그라목손 이라는 제초제는 소량만 먹어도 결국 풀잎이 시들시들
말라 죽듯이 죽음에 이른다. 묵어 뿔끄이요."

김 노인이 또다시 자리를 박차고 일어나는 것을 보고 걱정되었다.

"워머 나가 시방 횟간이 발라당 뒤집어질라 그러네! 참말로 이……."

김 노인은 담배를 물고서 호주머니를 이리저리 뒤져보고.

"번개 통 있으면 좀 주씨요."
"……."

라이터를 찾았다. 내가 라이터를 집어 주자. 불을 붙이고 다시 땅에
내려놓는다. 김 노인을 혼자 두고 언덕으로 올라갔다. 멀리 지리산 자락
끝을 보니 온갖 풍상 속에 곧게 자라지도 못한 노송 밑으로 옹기종기

소담스레 앉아 있는 늙은 집들이 예스런 정취를 더한다. 작은 계곡을 따라 도란거리며 흐르는 개울물 소리가 흘러간 세월 속에 억울하게 죽어간 그때 그 사람들의 원한의 숨소리가 되어서 들리는 듯하다.

태고-太古때부터 산중턱에 앉아 있었던 기암들은-奇巖. 60여 년 전 아비규환의 생지옥을 지켜보았을 텐데! 풀 이끼가 말라 버린 자귀 목에 물감을 덧칠하듯 군데군데 자생하고 생명을 다한 고목이 군데군데 을씨년스레 서 있다. 앙상한 두 어깨를 들썩이며 통한의 눈물을 흘리는 김 노인을 멀리서 쳐다보며 이런 생각 저런 생각에 젖어 있는데

"어이 강 선생! 갈 길도 솔찬이 멀꺼인디! 언능 오씨요."

빨리 오라는 손짓을 한다.

"네! 알겠습니다."

천천히 다가가자.

"싸게 싸게 오랑께로 오늘 밑천을 다 털어 놀랑께로 어와 나 곁에로 뽀짝 앙거부시요."

김 노인은 내가 경남 김해서 왔다는 것을 알고 갈 길이 멀다고 걱정을 한다. 김 노인을 마주보고 앉자 뼈만 남은 앙상한 손으로 어깨를 잡아끌며 울어서 잠긴 듯한 목소리로 "강 선생!"하고 부른다. 연거푸 마신 잔술에 불과해진 얼굴엔 수많은 크고 작은 주름살과 구리 빛처럼 타버린 깡마른 얼굴에 흘러내린 눈물 자국으로 얼룩진 김 노인을 정면으로 바라보지 못하고 외면 한 채 지리산 고봉을 응시하고 있는 나에게

"싸게 와서 이쪽으로 와서 뽀짝-바짝. 앙그씨요!"

정작 말을 걸어올 쪽이 입을 다물고 있으니 멋쩍었던지 껄껄 웃는다.

"어와서 나 절대로 더 가찹게 앙그랑께 그러네…… 갈 길도 여기서 솔찬히 멀 꺼인디 이?"
"늦으면 하룻밤을 자도 상관없습니다."

궁둥이를 약간 움직여 내가 바짝 다가앉자

"지금부터 하는 말은 처음으로 하는 말이니께 잘 들으씨요! 절대로 안하려고 그랬는디 강 선생이 믿음이 가서 이야기 하요. 나도 얼마 안 있으면 저승사자 소환장이나 기다릴 나이 아니요. 쩌그 그-머시다냐! 인육을-人肉먹은 적은 없지라?"
"……."

내가 가해자들한테서 들은 적이 있지만 살아있는 빨치산 요원에게서 듣는다는 것은……. 설마 하였는데 김 노인 표정으로 보아서 사실인 듯하다. 김 노인은 얼굴에 바짝 갖다 대고 말라 쳐진 눈꺼풀을 깜박이며 내 표정을 살핀다. 내가 특수 부대 요원이라 그런 훈련도 받았느냐는 뜻이다.

북파 공작원들 테러부대 지옥 교육 중 생존 투쟁 훈련 과목 안에 생식 훈련이 있으나 인육관련 과목은 없다.

"설마! 사람고기를 먹을 수 있습니까?"
"배고프면 묵을 수 있것제!"
"아프리카 식인종도 아니고……. 외국에선 그런 말은 있기는 하지만 우리나라에선 확인된 것이 없지요."

"3일만 굶으면 갓을 쓴 양반 놈도 남의 집 담을 넘는다. 안 급디요?"

"그거야 전해져 내려온 속담이 아닙니까?"

"어머! 워~머! 니기미 씨벌 춥고 배고프니 굶는 것을 참는 것도 추운 것을 참는 것보다 더 힘이 듭디다."

"영감님 정말로 인육을 먹었다 말씀이오?"

"……."

잠시 말은 중단한 김 노인은 양미간을 한번 찌푸리더니 입을 연다.

"나도 처음에는 머신지 몰르고 묵었는디 인육을 먹고 3일 뒤에 알았제. 사람고기인 줄 알고 먹는 사람이 있것소?"

"운동선수를 태우고 가던 비행기가 갑자기 추락하여 눈으로 덮인 험준한 산 속에 식품이 떨어져 죽은 인육을 먹고 두 달 이상 견딘 사건이 있어 그것을 토대로 한 실화영화를 보았습니다만 정말 그 당시에도 그런 일이 있었군요."

"나가 시방 하는 말도 구라-거짓말·까는 것이 아니랑께로 그러네. 나가 그 사실을 모두 아니깐…… '확' 까발래 뿐다 안 급디요?"

『1993년 국내 상영된 영화 「엘라이브-Alive」이야기이다. 1972년 10월 전세비행기가 남미 안데스 산맥에 추락했다. 구조대는 72일 만에 사건현장에 도착했고 우루과이대학 럭비선수 16명을 구조했다. 구조대는 이들이 의외로 건강한 것을 의아했다. 그 궁금증은 이내 풀렸다. 사망한 탑승객의 인육을 먹으며 버텼던 것이다. 40년 전 45명이 탑승했던 전세 비행기는 조종사의 실수로 안데스산맥 해발 35킬로미터 지점에 추락했다. 그 충격으로 13명이 즉사했다. 사망자 중에는 선수 외에 선수의 부모와 여동생 등도 있었다. 비행기에 있던 몇 조각 초콜릿과 포도주로 연명하며 구조를 기다리던 중 "당국이 구조를 포기했다"는 라디오 뉴스를 들었다. 생존자들은 잠시 절망감을 떨치고 눈 속에 파묻었던 동료들 시신을 끄집어내어 유리창 파편으로 시체를 얇게 썰어 비행기 동체에 널었다가 태양열에 익혀지면 먹었다. 인육을 먹을 수 없다고 버티던 몇 사람이 주었고, 1주일 뒤엔 눈사태로 8명이 더 숨졌다. 이들 역시 식량이 됐다. 두 달쯤 지나 일행 중 2명이 구조를 요청하려 나섰다. "더 먹을 것이 없을 때까지는 제발 내 어머니와 여동생 시신을 건드리지 말아 달라."고 부탁한 뒤 떠난 두 학생은 열흘간 혹한의 눈 속에서 추위와 배고픔을 견디고, 마침내 한 목장지기를 발견해 구조를 요청하여 즉각 출동한 구조대에 의해 나머지 동료들을 살려냈다는 실화를 영화 한 것이다』

『우리나라 근세에도 일어난……. 희대의 살인마들인 지존파의 인육사건이 있다. 1993년 전라남도 함평군 대동면에 술집 포커판에서 대학입시 부정사건에 대해 의견을 나누다 "부유층에 대한한 증오를 행동으로 나타내자"는 데 뜻을 같이한 "지존파"라는 범죄 집단을 조직한 이들은 "돈 있고 빽 있는 자의 것을 빼앗고 그들을 죽인다"는 행동강령을 만들어서 10억 원을 모은다는 목표아래 불법으로 1,000여 명에 달하는 백화점 고객명단을 입수하여 범행대상으로 삼았다. 1993년 7월 살인연습을 위해서 충남 논산의 길에서 23세가량의 여자를 무작위로 남치한 뒤 성폭행하고 살해하여 암매장을 하였다. 이들 집단은 돈을 모아 전남 영광군 불갑면 금계리에 아지트를 건설하였다. 겉으로 보기는 보통 집으로 보이지만 밤에 중장비를 동원해서 몰래 지하실을 만들어 창살감옥과 소각장을 설치한 후 1994년 9월 8일 새벽 3시경 서울 강남구 역삼동 한 까페에서 종업원 생활을 하던 이경숙은 까페 밴드 마스터인 이종헌-가명·36세의 그랜저 승용차를 타고 경기도 양평군 와부읍 수양리를 드라이브 하러가는 중. 이때 갑자기 르망 승용차가 앞을 가로 막고 포터 화물차가 뒤를 막자. 이종헌은 차를 급정거 시키고 르망 승용차 운전수에게 항의를 하기위해 그랜저에서 내리자. 승용차에서 건장한 사내들이 뛰어내려 이종헌에게 가스총을 쏘고 입과 눈을 테이프로 가렸다. 이들은 자기들이 만든 아지트로 끌고 가서 지하실 철장 안에 감금시킨 후 이경숙을 쇠파이프로 위협하여 식사를 하게하고 사실대로 말하지 않으면 음주운전 사고로 죽은 것처럼 해주겠다고 협박을 한 후 심문을 했다. 조사 후 돈이 없다는 것을 알고 둘을 죽이기로 작심을 하고 6명이 차례로 이경숙을 성폭행했다. 다음날 밤 지존파는 이종헌과 이경숙에게 강제로 대량의 소주와 맥주를 먹였다. 이를 눈치 챈 이경숙은 살려만 주면 뭐든지 하겠다고 애원하여 김현양은 이경숙을 살려준다. 하지만 네가 살려면 이종헌의 목을 조르도록 강요를 하여 이종헌이 죽자. 이종헌의 그랜저 차에 실어 낭떠러지에 버렸다. 당시 경찰은 이 사건을 단순 교통사고로 처리했다고 한다. 1994년 9월 13일 지존파는 소윤오~박미자 부부를 납치하여 아지트로 온 후 이들 부부를 협박하여 돈을 빼앗았다. 9월 15일 이경숙에게 협박을 하여 소윤오를 공기총으로 쏘게 하여 살해하게 하였다. 이경숙을 공범으로 만들기 위해서다. 김현양은 박미자의 시체에서 살을 도려낸 다음 이경숙에게 먹으라고 강요를 했지만 이경숙이 거부를 하자 인육은 김헌양 자신이 먹었다. 지존파는 소 씨 부부의 사체를 소각했다. 소각할 때는 마당에서 바베큐를 하여 냄새를 지웠다. 9월 15일 김헌양은 다이너마이트를 만지다가 잘못하여 폭발이 일어났다. 머리의 상처를 치료키 위해 영광군 소재 영광종합병원으로 가면서 이경숙과 동행을 하였는데……. 치료를 받는 동안 핸드폰과 치료비료 쓰기위해 가져간 50만원을 이경숙에게 맡겼다. 이경숙이 소윤오 씨를 공기총으로 살해를 했기 때문에 공범이어서 믿은 것이다. 그러나 이경숙은 김헌양이 치료를 받는 동안 병원에서 뛰쳐나와 택시를 타고 경찰서로 가서 이들의 범죄사실을 알렸다. 이로써 지존파 살인사건이 세상에 알려지게 되었다. 1994년 9월 20일 서초경찰서는 전국 무대로 납치살해 소각 암매장 등의 방법으로 범죄 증거를 인멸해가며 5명을 살해한 악랄한 살인범죄 집단인 지존파 일당 6명을 검거했다. 이 집단의 재판 결과 정상이 참작된 이경숙을 제외한 6명에게 살인 · 강도 · 사체유기죄 등을 적용하여 사형을 선고받은 지존파 일당 두목 김기환과-27 · 조직원인 강동은-23 · 김헌양-23 · 강문섭-21 · 문상록-24 · 백병옥-21 · 등은 1995년 11월 2일 서울구치소에서 사형을 당했다. 두목인 김기환의 7시 35분에 형장에 이끌려왔는데 "최후로 할 말이 있는가?"라고 묻자 "죄인이 할 말은 없으나 남자는 자기가 한 말은 끝까지 지켜야 하지 않겠습니까."라고 말을 했다는 것이다. 회개하기보다는 자기가 했던 말을 합리화 하려는……. 그 말을 끝내고 냉소하는 듯 가벼운 미소를 지었다고 한다. 그러나 마지막에는 어머니가 생각났는지! "어머니께 내가 새 인생을 걷는다고 전해주십시오"라는 말끝으로 7시 55분에 사형이 집행되어 8시 8분에 절명을 했다고 한다.』

처음에는 동네 주민들과 식량을 얻어가서 먹거나 강제로 공출하여 먹고 지냈으나 토벌대가 마을에 진주한 뒤 병참 보급이 완전히 차단되어 전쟁을 할 무기와 탄약이 급한 것이 아니라 먹을 것이 문제가 되었다. 하루 한 끼 식사도 힘들었다. 업친데 겹친다고 날은 춥고 배는 허기가 지니 엄동설한 추위는 배가되어서 급기야 굶어죽는 자가 생겨났다. 낮에는 토벌대 때문에 하산을 자제하였고 밤에만 하산하여 마을을 찾자들었다. 국군토벌대가 주민을 학살하고 마을에 불을 질러 폐허로 만들어놓고 떠났기 때문에 그 동안 감추어 둔 식량을 찾자 와서 하루에 겨우 한 끼 식사로 가능했으나 토벌대병력이 증강되어 마을입구에 경비를 강화하고 공비들의 하산을 적극 저지함으로서 빨치산들에게 병참보급이 완전히 차단된 뒤부터 전투할 무기 탄약이 급한 것이 아니라 당장 먹을 것이 문제가 되었다. 날은 춥고 배는 허기가 지니 추위는 배가되어서 굶어죽는 자가 날이 갈수록 더 많이 생겨났다. 퇴로가 차단된 인민군 잔당이 지리산 계곡으로 많이 모여들면서 식량은 급속도로 소모되기 시작하여 급기야 1~2일에 한 끼로 때우는 사태까지 되어 버린 것이다. 집을 뛰쳐나온 개들과 돼지를 잡으려고 사냥 팀을 만들어 졌다는 얘기다. 주변 마을이 폐허가 되어 버리자 밤길 수 십리를 걸어가 식량을 강탈해 오기 시작하였다. 부대전체가 모여 산에서 지냈는데 식량이 떨어지자 작은 부대 단위로 갈라서 이동하기 시작했다.

"중공군이 반격해 오니 곧 인민이 해방될 것이다. 그 들이 올 때까지 각 부대 단위로 자체 식량은 조달하라"는 지시가 빨치산에게 떨어진 것이다.

"어느 날 밤이었지요. 된장국이 나왔는데 고기가 많이 들어 갔더라구요! 개고기 인줄 알았어요. 시래기가 많이 들어간 국인데 냄새도 시래기와 된장냄새가 많이 나는 국인데다 그을린 고기냄새까지 났지만 너무 맛이 있어 그날따라 배부르게 먹었지라. 밥을 먹고 한식경이나 지난 뒤 물이 먹고 싶어서 식당으로 갔는데 취사를 하였던 자들이 밥을 먹고 있어 찬찬히 들여다 봉깨로 된장과 고추장을 섞어 밥을 비벼 먹고 있어 '국은 왜 안 묵냐? 모자라느냐?'하면서 솥뚜껑을 열어보니 솥에는 국과 고기 덩어리가 많이 있어 '왕건이가 많이 있네'하며 국을 떠가려하자 '높은 사람 줄려고 남겨 놓은 것이다'하여 그런가 싶어 그냥 잠이 들었는데 이튿날 이상한 소문이 떠돌기 시작 했지라. 식량을 구하려 갔다 온 자들이 마을에서 들은 이야기라면서 다리 거리에서 죽은 사람이 뼈만 남고 살점이 다 떨어져 나가고 없는데 짐승이 먹은 흔적이 아니라. 칼로 떼어 낸 자국이라고 소문이 퍼져서 그곳에가 보았더니 진짜 뼈만 남은 세 구의 시체 옆에 개를 그슬린 흔적이 있었는데……. 식량을 구하러 갔던 팀이 개를 잡고 난 뒤 인육을 가져와 개고기와 섞어서 된장을 풀어 넣고 국을 끓인 것이다. 이 말입니다."

"어르신이 먹은 고깃국이……. 사람 고기였단 말입니까?"

"할 말은 아니지만! 고기가 겁나게 만납디다. 긍께로 취사를 했던 년놈 들은 사람고기인 줄 알고 있었겠지! 그래서 안 묵은 거지!"

"많은 날에 제대로 밥을 못 먹어서 이겠지! 사람고기가 맛이 있을 라고요?"

밤이라 개고기 누린 냄새와 시래기 냄새가 뒤섞이고 된장 냄새 때문에 알 수 없었고 일주일 동안 하루 한 끼 식사를 하였기 때문에 배가 고파

모처럼 고깃국에 잔치를 한 것이다. 인간은 생존 경쟁이 해결된 뒤에야 무엇을 할 것인가를 생각할 수 있다. 라는 말이 이러한 사건에 맞는 것이 아닐까!

　　"설마 사람고기 인줄 누가 알았것소. 이? 알면 아무도 안 묵제! 안 그요? 개고기하고 사람고기 하고 섞어 국을 끓였으니 누가 알 것이요?"

　식량 구하러 간 사람들이 소문을 듣지 않았다면 아무도 모를 일이고 개고기 보신탕 먹은 것이라고 넘어 갈 일이었다.

　　"앞서 이야기하시기를 생식을 한 것이 아니고 밥을 해 먹고 국을 끓여 먹었다면 집결지가 알려질 것이고! 토벌대가 소탕작전을 벌일 수 있었을 텐데 그것이 궁금합니다."
　　"추운 겨울이고 산 위쪽에서 생활하는데 뜨거운 밥이나 국물은 먹지 않으면 어떻게 살 것이요? 마을에서 동원된 가마솥에 밥을 하고 국을 끓여 먹었제!"
　　"토벌대가 은신처를 발견하고 공격해 오지 않았습니까?"
　　"처음에는 여기가 빨치산 은신처다. 공격할 테면 마음대로 해보란 듯이 밤이고 낮이고 불을 피워서 밥을 해서 먹었지라. 그것뿐이 간디. 농악대를 만들어 꽹과리를 치며 징을 치고 북을 두드려 토벌대를 잇바이 약을 올렸는데도 단 한 번도 습격을 해오지 않았지라. 또한 마을로 내려갈 때 매구를 ―농악놀이. 쳐서 지랄 난리굿을 떨고 했당께……. 산 속에서 대기하고 있다가 공격해 오면 우리는 방어를 했응께. 토벌대보다 훨씬 유리한 조건에서 싸웠고 실제 전투해본 인민군 그 자식들 이야기로는 따발총을 쏘면 토벌대가 대항하여 쏘는데 총알이 하나도 안 날아오더라는 것이요. 아그들이 전부 어만디다 쏜 것이제! 따발총은 기관총처럼 따르르~륵 하고 순식간에 수백 발이 날아가니 제대로 훈련도 받지 않은 토벌대는 사냥개한테 쫓겨 도망가는 꿩이 다급 하면 대가리를 아무 곳에나 쳐 박고 안 숨웁디요 이?"
　　"맞는 말입니다. 정조준 하여 쏘아도 잘 맞지 않아 훈련소에서 빵빵이 돌고 원산폭격 기압을 받았는데 고개 숙이고 쏘면 총알이 하늘로 전부 날아갔을 것입니다."

"그러니까. 토벌대가 동네서 미친개처럼 지랄을 떨었제! 도통 산에서 연기를 피우고 우리 여기 있으니 올 테면 와 바라 하면서 밥을 해먹었지."

"결국은 소탕되었지 않았습니까?"

"전쟁을 하여 소탕된 것이 아니여! 식량 보급과 총알보급이 안되어 소탕되었그만…… 총알이 떨어져 죽창을 맹글어 싸웠당께. 총알이 떨어지고 식량이 떨어진 것을 알고 습격해 왔는데 그때부터는 불리하여 밥을 하는데도 기술적으로 하였지. 굼벵이도 궁굴-구르는 · 재주가 있는 거시여!"

"저도 적진에서 연기를 내지 않고 낮에 밥을 하는 것은 배웠습니다. 반합에다 하기 때문에 적은 양이고 마른나무로 하면서 밥이 끓어 넘을 때쯤 밥물이 넘어서 불에 떨어지지 않게만 하면 연기가 안 나게 할 수 있습니다만 많은 사람들의 밥을 지을 때는 어려웠을 것인 데요?"

"그랑께로 기술적으로 했당께 그러네. 오늘 좋은 것 다 갤차주네 참말로 그냥! 하루는 인민군 대장이 나와서 밥솥을 걸게 하고 연기 나갈 턱쪼가리-밥솥을 걸고 뒤쪽 굴뚝 낼 자리 · 부터 호리가다를-고랑 · 파라고 하여서 일렬로 늘어서서 한 사람 당 무릎이 다 들어 갈 정도로 호리가다를 만들었제. 자기가 팔 10미터 정도 할당량을 주니 순식간에 파뿔든마. 한고랑 당 50미터 이상 될 것이여 솥단지 하나 걸면 그러한 것은 세 네 개 만들지. 처먹고 하는 일 없쑹께 그것도 재미나더라고. 호리가다 폭은 처음 시작한 곳은 석자 정도에서 점점 좁게 판 뒤끝에 가서는 깊게 파서 안방 구들장 고래구멍-연기가 잘빠지게 굴뚝 곁을 깊게 파면 그곳에서 연기와 공기 소용돌이에 빨려 불이 아궁이에서 잘 타고 굴뚝에서 연기가 잘 나간다. 같이 만들고 호리가다를 만든 다음 솔갱이로-소나무 가지 · 흙이 안 빠질 정도로 덮은 다음 흙으로 덮으면 50미터 이상 된 곳을 연기가 빠져나가면서 솔잎 사이에 머문 연기가 정화되어 나가기 때문에 낮에 불을 때어도 연기가 나지 않게 음식을 맹글어 묵었제! 강 선생! 내말을 들어 본께로 어치요? 기똥차불제 이?"

"……듣고 보니 무척이나 재미있습니다."

"와따 매 강 선생! 인자서 무자 게 잼진다고라?"

한 곳으로만 연기가 나가는 것이 아니라 그러한 통로를 3~4개 정도로 만들을 불을 지핀다면 연기가 나지 않을 것이다. 열심히 체크하고 있는 나에게 좋은 것은 가르쳐 주었다고 녹 취중에 제일 기분 좋은 얼굴로 쳐다본다.

"강 선생! 술을 쬐깐 더 묵었쓰면 쓰것는디 어쩌깨라? 나가 시방 홋딱가서 소주 딴도 병-작은 병·한 개 사가지고 올랑께 강 선생은 그냥 앙거 있쓰시오."

한참 열변을 하더니 술 생각이 나는 모양이다. 바지에 떨어진 담배 재를 훌훌 털고 일어나는 것을 보고 나는 노인이 모르게 가방 속에 숨겼던 소주병을 꺼내주고 가게로 갔다. 컵 라면을 두 개를 사고 마른안주를 사서 돌아오자

"와따메, 글을 쓰는 사람들 머리빡 영리하다 글드만 참말로 눈치 하나는 겁나게 빠르요. 이! 사실은 나도 솔찬히 시장기가 있었는디."

컵 라면을 받아 들고 뜨거워서 입으로 불어 식혀가며 홀짝 홀짝 조금씩 국물만 마신다. 소주병을 보니 가게 갔다 온 사이에 마셔버려 반병 정도 남아있다. 술병을 한쪽으로 치워버렸다.

"음~맘마! 되게 걱정하네! 이띠깔로 공골로 얻어먹기만 하여 미안 하요만! 이 나이에 쥐약이-소주가·없으면 무슨 낙으로-樂=락·산다요? 걱정하지 마씨요."
"어르신! 이것만 먹고 끝냅시다."
"젊었을 땐 됫병으로 마셨승께 좋아하는 술 때문에 동지섣달 지리산골짜기 헤집고 나온 칼바람이 문풍지사이로 들어와 긴긴밤 어깨가 시려도 두툼한 솜이불을 뒤집어쓰고 따뜻한 아랫목을 차지한 밀주 술 단지가 미웠지만 꾹꾹 참고 견디어 냈는데! 이 나이에 술을 참고 어찌그롬 살 꺼이요?

나가 시방 죽어도 강 선생이 개아춤에서-호주머니·돈 꺼내 초상칠 일이 아닌께로 걱정일랑 가다가 섬진강 다리발에다 묶어 나부시요."

"이젠 연세도 연세인 만큼 조금씩 양을 줄이고 담배도 적게 피우세요."

"아이고! 효자 났네. 효자 났어! 시방! 아니 술 담배 해로운 것 누가 모를 꺼이오? 낙이-樂=락·없어서 그 동안 살아 온 것이 모양이 요꼴로 살았승께로 묵을 것은 다 묵고 죽어야제. 아! 그 저기 머시기냐? 잘 먹고 죽은 귀신은 얼굴색도 곱다고 안 그럽디요. 이?"

김 노인은 라면 국물만 먹고 면은 그대로 남겨놓는다. 시장할 테고 독한 술 먹어 속 버릴 테니 그만 먹으라고 하였더니 요새는 밀가루 음식만 먹으면 속이 메슥거린다고 하였다. 전쟁 끝나고 교도소에 갔다 온 뒤 강냉이가루 죽과 밀가루 죽을 원도 한도 없이 먹었노라 하였다.

"산 속 생활을 어떻게 마무리하였습니까?"

"날은 춥고 끼니는 거르는 날들이 많아지자 산 속에서 동요가 일기 시작하였지요. 배고픔을 못 참아 이탈하는 자가 많아지기 시작하였고 무리에서 이탈하다가 토벌대에 사로잡힌 자들이 있어서 산 속사정을 알고 있기 때문에 그들과 같이 토벌대가 작전을 시작하자 점점 세력이 약해지기 시작하였는데 그 원인은 병참보급과 특히 탄약보급이 안 돼 죽창으로 싸울 수밖에 없는 지경에 이르게 된 것이지요!"

처음에는 버젓이 밤이고 낮이고 밥을 해먹고 농악놀이를 하면서 약을 올렸으나 토벌대에 60m/m 81m/m곡사포와 57미리 직사포를 비롯하여 3.5인치 무반동 로켓포 등이 토벌대에 보급되자 빨치산 거점에 집중적으로 포 사격이 시작되어 사기가 완전히 꺾이게 된 것이다.

"왔다~메! 슝~슝 소리가 나면 겁이 나서 가슴이 벌렁 벌렁해서 돌이나 나무 뒤로 숨기에 바빴지라."

"혼이 났겠군요?"

"먼디서 포를 사격하니까 포알이 먼저 떨어진 뒤 '꽈 ~ 광'하는 거여! 술 취한 미친 개 꼴랑지에-꼬리ㆍ불붙은 것처럼 이리 뛰고 저리 뛰느라고 정신이 없었지라. 포 한번 쏘면 두 번씩 '꽝……꽝'거리는데 쏠 때 '꽝'하지 포탄이 떨어지면서 '꽝'해 정신을 차릴 수가 없습디다. 글고 말이여! 파편이 우박처럼 쏟아 진께로 겁나게 겁이 나뿝디다."

"장거리에서 사격을 하니 사격 할 때 나는 소리와 포알이 떨어질 때 소리가 거의 동시에 나는 것 같이 들렸을 것입니다."

"소탕되던 아침나절에 쌕쌕이가 날라 와서 폭탄을 무자게 많이! 온 까끔 -山에다 까마구가 똥을 싸뎃기 여그 저그다가 널차 뽑디다. 전쟁 나고 나도 가까이서 비행기를 처음 봤는디. 비행기 표 딱지를 본께로 동그라미가 세 개인디……. 꺼멋고. 하얏코. 또 꺼멉디다.

"……."

"갑자기 꿀 묵은 버버리가 돼 부랏다요? 멀라고 나 얼굴을 빤이 쳐다보요? 시방 나 얼굴에 머시 묻었소?"

"아닙니다."

"근디 멀라고 나 얼굴을 뽀짝 드러다보면서! 멀뚱멀뚱 쳐다 봐뿌요?"

"쌕쌕이가 무슨 뜻입니까?"

"음 맘마! 강 선생도 알고 봉께로 솔찬히 모른 것도 있소. 이? 이승만이 처가 집 나라 그~머시다냐? 이대통령 안사람을 호주 댁이라고 택호-宅號를 부릅디요? 그 나라에서 온 비행기 제. 아마도……. 그것은 모르는 모양이요?"

"이승만 부인은 이태리……. 아! 예. 호주에서 참전한 전투기를 말하는군요?"

"워~머! 맞아 부럿소. 그것이 이쪽 까끔에서-산=山 저쪽 까끔을 넘어갈 때 보면 소리가 쌕~쌕 하고 씨~웅하고 날아가는데 눈 깜짝 할 사이에 사라지는 거여! 그래서 쌕쌕이라 헌 모양이제! 갑자기 포 사격이 끝나고 쌕쌕이가 여섯 대씩 짝을 지어 교대로 몰려와 닥깡-단무지ㆍ무시 같은 것을 겁나불게 많이 까끔에다 널차 뿐께로 정신이 더 없습디다."

"육군과 공군의 합동 작전을 하면서 폭탄을 투하했군요?"

『한국전쟁초기호주77비행 대대는 프로펠러전투기인 F-51무스탕-Mustang을 가지고 공중전을 벌였으나 북한군 주력기인 MIG-15기를 당하지 못해 큰 피해를 보았다. 그러나 한국전 참가 1년 만인 51년 6월말 일명 쌕쌕이로 불린 메티오-Meteor=8 제트기로 기종을 전환하여 MIG-15기 3대를 격추하는 등 전공을 세웠다. 77대대는 한국 전쟁기간 모두 1만 8천 8백 72회나 출격해 북한군 전차와 차량 1천 5백대를 파괴하는 등 북한군에 공포의 대상이 됐다. 하지만 77대대의 손실도 적지 않았다. 메티오 37대와 무스탕 15대가 격추되는 바람에 42명의 조종사가 전사하는 아픔도 겪었다』

　　"워머~워머~겁나 뿔등거! 그렇게 두서너 시간동안 천둥 번개 치는 것 같이 요란을 떨고 나서 아 토벌대 그 잡것들이 산 삐알-계곡·고바이를 올라오면서 총공격이 시작되었는데 마을에서 살아남은 사람 또는 토벌대가 지나가지 않은 마을 일가친척이 총공격 때 가족의 시체를 찾으려고 토벌대와 합류하여 몰려오는 바람에 운 좋게 살아 남았지라."

　　"토벌대가 어르신을 잡은 현장에서 즉결 처분을 하지 않은 이유는 무엇 때문인가요?"

　　"총공격 때 이우재 동네 사는 외삼촌이 경찰이었는데 토벌대와 같이 작전을 하여 나를 본 것이지요. 경찰과 합동작전을 했기 때문에 토벌대 맘대로 현장에서 못 죽인 것이지요! 토벌대 장교가 분류 작업을 끝내고 젊은 사람은 따로 모이게 하더니 즉결처분하려고 무릎을 꿇어앉게 하더라고요. 아이고 엄니! 나는 이제 죽었구나 싶었는데 삼촌이 본 것이지요. 여자나 나이 많은 남자는 부역에 동원 됐던 사람으로 분류되어 사살을 면하고 젊은 남자는 골수 빨치산이라는 토벌대 장교의 판단으로 현장 사살을 지시한 것인데 외삼촌이 경찰이어서 화를 면하게 된 것이라. 글고 말이여 토벌대 아그들이 어만다다-정밀 사격을 못해·포를 사격해서 죽지 않고 살아난 것이제 이!"

　　"현장에 있는 사람들이 빨치산이 아니라는 것을 증언해 주었군요?"

　　"선영이-先塋 돌봐 준 것이제! 안 그요 이?"

　　"아니! 이제껏 작전권 안에 마을을 초토화시키고 양민을 몰살하다시피

하였는데 빨치산이 된 어르신을 살려 주는 것은 이해가 가지 않는데요."

"그런 것이 아니고라. 그 당시 빨치산들이 공무원 가족과 부농 가족을 못살게 하였고 많은 죽임을 당하고 괴롭힘을 당했지라."

"제가 지금 판단 해보아도 어르신은 빨치산인데! 삼촌이 경찰이라고 너무 특혜를 준 것 갔군요?"

"와~따~메……. 참말로 강선생! 그때 나가 총에 맞아 죽어 부럿으면 지금 강 선생에게 당시에 저지러 졌던 학살사건을 증언할 수가 있것소?"

화를 내며 흘겨본다.

"……."

김노인이 화를 내어 멋 적어 하자.

"와~따~메 강 씨 아니라 깨미 사탕 안 주는 애기처럼 금방 토라져뿌요? 글먼 나가 잼진 이야기 한 자루 해 쥐부러야 쓰것 그만!"

"……."

옆 눈으로 흘끗 쳐다보고 나서 이야기를 시작했다.

"우리 삼촌이 나무 잎 사구 하나짜리 계급장을 달고. 밤에 지서 보초를 하고 있는데 김종원이가 순찰을 나왔다요. 김종원이가 막대기로-지휘봉· 가슴을 쿡 찌르면서 내가누구냐고 묻드라요."

"토벌대 작전 지역에 암행시찰을 나왔군요."

"군기병이-초창기 헌병· 부산경남 군사부 사령관인 백두산 호랑이-김종원의 별명· 이라고 미리 갤차 줘서 아구야 죽었구나 하고 '충성' 백두산호랑이 김종원 계엄사령관입니다. 하고 겁나 불게 크게 대답을 하니까. 껄껄 웃드라요. '그러면 너는 누구냐?'하고 물어서 '호랑이 새끼입니다' 했다요. 김종원이 당신 새끼라는 뜻으로 말하자. 기분이 겁나 불 게 좋은지 껄껄 웃고 나서 지서장을 찾아서 집에 잠시 볼일 보러 갔다고 하자. 갑자기 엄청나게 뿔다구 내면서 '당장에 찾아오라'하여 지서 소사가-잡일을 하는 사환·득달 같이 달려가서 지서장을 데려 오자. 그 자리에서 지서장 계급장을 뜯어내어 삼촌에게 직접 달아주면서 '오늘부터 자네가 지서장이다'하고 명령을 해불어 지서장이 돼야부렀다고요."

"계엄 상태 하에 하늘같은 권력을 휘두르는 계엄사령관이 전시 시찰을 나왔는데 근무지를 이탈한 책임을 물어 중징계를 하였겠죠. 김종원이가 살려 준 것이나 다름없군요! 김종원이가 따지고 보면 부산 경남 계엄 사령관직책으로 전라도까지 전시 시찰을 하려온 그 덕에 삼촌이 진급됐으니 어르신의 목숨을 구한 거나 다름없고요?"

"당시만 하여도 높은 놈 인게 김종원이가 자기 좆. 대그빡=성기머리통·꼴린 데로 해부렀다 이 말이지라!"

"……."

"그라니께 나는 경찰 가족이니까. 강제로 끌려가 그동안 무지하게 고생했다고 생각하여 살려준 것이고! 경찰과 합동작전을 하여 부역에 동원 된 사람들 중에 늙은이와 부녀자는 살려준 것이지만! 그곳에서 죽지 않고 사로잡힌 사람은 모두 피아노를 쳤기 때문에 전과 기록에 올라 간 것이제. 호적에 빨간 두 줄이 옆으로 삐딱하게 긁어져 버려서 한동안 사람행세를 못한 것이요!"

"연좌죄인 전과기록이 호적에 올라있어 감시 대상이 된 것입니다. 토벌대에 체포되어 어떻게 되었습니까?"

"산에서 끌려 내려와 유치장에 들어갔는데 워~머 워~머 징하든마! 매일 밤 싸가지-버릇·없는 간수 놈들이 도리깨로 콩 타작하듯! 복날 개를 두 둘겨 패듯이 빳따 방망이로 사람을 치는데 생 오줌똥이 나오도록 매타작하는 것에 견디지 못하여 반항하다가 총살당하는 사람이 있습디다. 감악소 안에 피가 홍건히 나와 말라 있는 것을 보면 뻘건 뺑기를-페인트·찌끄러-흩뿌려=엎질러져·놓은 것 같은디…… . 밤에 시체를 치우지 않아 깜깜한 밤에 같이 있으니 겁도 나불고 쿰쿰하고 누리끼리한 피 냄새 때문에 개악질이-토악·나와 죽겄습디다. 참말로 오지게 얻어터지고 삼촌 빽으로 나왔지만! 지금도 하늘이 날 구지를-날씨가 흐리면·하면 온 뼈마디 삭신이 욱신거려 죽을 지경이랑께. 조막댕이만한-체구가 적은 사람. 놈이 사실대로 안 까발린다고 도

리깨로 보리타작하듯이 몽둥이로 두들겨 패고 난 뒤 쓸어드린 후 사람을
군화발로 못자리 밟듯이 지근지근 볿바 부러서 형기 끝내고 사회 나왔어도
전부 골병이 들어 사람 구실 못한 사람이 수두룩 벅썩하요."

당시 지리산 자락에 살고 있던 양민들이 빨치산에 협조하였을 지라도
당시로선 그것을 증명 할 길은 없다. 그런데도 토벌대는 순진한 양민을
향하여 총을 쏘아야 했을까? 그것이 단지 명령 때문에 이루어졌던 일이
었을까?

"장시간 아픈 상처를 건드려 죄송합니다. 누군가가 증언했어야 할 역사
적 비극을 재야 사학자에게 충실히 증언 해주어 감사합니다. 다시 찾아뵙
는 날까지 몸 건강하게 지내십시오!"
"그러면 지금 가불라요? 드문드문 총총 놀면서-가다가 자주 쉬면서·가시오."
"염려하지 마세요."
"늙은 사람이 한마디 해것는디 고향은 자주 댕기는가 모르 것 소만! 고
향은 식은 밥 묵댁기 댕겨야 하는 법인께. 한번 타고난 사람 목심 무서울
것이 머시 있다요만……. 허공의 공기를 좌~악 글거 불고 날아가는 화살
촉처럼 화끈하게 살다가는 것이 인생 이것 제! 안 그라요. 이?"
"맞는 이야기입니다."
"나가 그냥 이날 이때까지 야물딱지게 잘살아보지도 못하고 벌써 저승
사자 소환장만 기다리는 신세가 되어 부렀소만! 지금이라도 닭장 지키는
간수 놈들을 행여 길거리에서 부닥치면-마주치면·큰 봇돌로-물가에 있는 반질반
질한 돌·대갈통 뒤통수를 사정없이 찍어 뿔고 싶으요. 강 선생! 지금가면
언제나 볼까 이?"
"책이 출판되면 꼭 찾아뵙겠습니다."
"글라요? 꼭 오소. 나가 돈이 없으면 똥갈보 년 이자가 비싼 전대 돈-허리
띠 속에 감추어둔 비상금·이라도 빌려서 사서 볼랑께로……. 그라먼 나 시방
멀리 안 나설랑께 조심해 가더라고 싸게 싸게 갈라고 서두루지 말고 밤이
되면 등떠리에 불 달고-영업용 표시 등·댕기는 번개 차가-총알택시·오지게 많
이 댕겨서 88 고속도로 사고 무자게 많이 낭께!"

차가 속력을 가하자 귀전에 투박한 전라도 사투리가 잔 울림 남기며 바람 가르는 소리만 차창을 때린다.

※ 당시 학살의 핵심인물로 꼽히는 김종원은 "백두산 호랑이"라는 악명으로도 유명한 인물이며……. 이승만의 두터운 신임을 받았다. 일제강점기 일본군에 지원 입대하여 패전 직전엔 오장까지-伍長=하사관. 진급했던 인물이다. 해방과 더불어 경찰에 투신한 그는 경위까지 진급했지만 다시육군으로 이적하여 1948년 여수. 순천 시민항거사건 진압에 참가하고-당시 육군대위. 한국전쟁 전까지 무차별적인 공비토벌작전을 벌여 수많은 양민을 학살한 대가(?)로 중령으로 진급했다. 1951년엔 계엄사령부 민사 부장이자 현병 부사령관으로 임명되었으며 당시 경남 거창군 신원면 양민학살사건과 관련해 국회 조사단에 총격을 가한 혐의로 징역 3년형을 받았음에도 불구하고 복역 8개월만인 1952년3월 이승만대통령의 "특별명령"으로 석방되어 곧바로 전남경찰국장을 거쳐 1956년에는 치안국장을 했으며 1958년에 경찰전문학교장까지 지냈다. 치안국장 재직시절인 1957년에는 장면 부통령 저격사건의 증인으로 법정에 출석하여 법정모독을 해 구설수에 오르기도 했다. 4.19이후 결국 그 사건의 배후자로 지목돼 혁명재판에 회부됐다. 이 재판에서 재판장이 전과를 묻자 그는 태연히 이렇게 대답했다.

"상부지시에 의해 거창사건 국회조사단의 조사를 방해했는데 1951년 6월 군법회의에서 억울하게 징역 3년을 언도받은 일이 있습니다. 군법회의니까 전과자라고 인정할 수 없지요."

그는 이 재판에서도 구차한 변명으로 일관하다 유죄를 선고받고 서대문 형무소에서 복역 중 당뇨병에 걸려 석방됐으나 병사했다.

우리나라에 좌익과 우익이 등장한 동기는 광복이후 1950년대까지 한국민족의 줄기찬 항일 독립 투쟁의 역사에도 불구하고 직접적 계기는 1943년 "카이로 선언"을 통해 한국의 독립을 공약했던 연합군의 승리에 따라 일제가 붕괴된 데 있다. 외세에 의한 광복은 일제로부터 해방이라는 긍정적 의미와 동시에 국토분단과 외세 개입에 의한 종속화라는 부정적 의미를 함께 내포하고 있다. 이러한 성격을 지녔던 우리의 광복은 곧이어 1945년 말 모스크바 삼상회의에서 전개되었다. 그 뒤 여러 가지 우여곡절 끝에 1948년 남한만의 단독 선거로 대한민국 정부가 수립됨으로서 국토분단이라는 새로운 비극을 낳았다. 1948년 5월 10일 국제연합 소총회의 결의에 따라 남한만의 총선거가 실시되어 제헌국회가 소집되어 제헌국회 의장에 이승만-李承晩 부의장에 신익희와-申翼熙 김동원을-金東元. 선출한 뒤 헌법안을 작성하여 통과시키고 7월 17일 이를 공포 하였다. 7월 20일에는 대통령엔 이승만을 부통령에 이시영이-李始榮. 선출되어 완전한 정부의 체제를 갖추게 되었고 8월 15일 대한민국의 정부수립이 내외에 선포되었다.

이러한 와중에서 송진우-宋鎭禹 장덕수-張德秀 여운형과 김구 등이 암살 당했다. 이러한 와중에 제주 4.3폭동과 여순 민중항거사건 및 지리산 공비 토벌 등이 발생하여 사회를 더욱 혼란 가중 시켰다.

경남 산청양민 학살사건

　1951년 2월 5일 국군 11사단 9연대 3대대가-대대장 소령 한동석 · 거창군 신원면에 들어와 노약자까지 군수물자 운반에 강제 동원시켜 신원면을 빠져 나와 매촌리를 출발하였다. 이곳에 동원된 면민들은 자기와 자기 가족을 죽일 탄약을 운반하였으니 참으로 기구한 운명을 타고난 사람들이다. 이 부대는 구정을 지내고 음력 정월 초이틀 양민학살 발생지역 입구 고룡재를 지나 가현 부락에 2월 8일 오전 7시경에 도착하였다.

　이들은 거창에서 7백 여 명의 양민을 학살하기 이틀 전인 51년 2월 8일 인근 신원 지서를 지키다가 작전명령 견벽청야라는-堅壁淸野 대학살 각본에 따라 산청으로 이동하면서 5백 30여명의 양민을 학살하였다.

　그들이 지나는 곳을 초토화시켜 버렸다. 이들은 거창으로 이동하여 7백 여 명의 순진무구한 거창군 양민 대 참살 극을 연출한 것이다. 지금도 끝나지 않은 전쟁이란 바로 줄기차게 주장하는 양민학살사건의 본말은 이렇다.

　　"견벽청야"를 주석을 달면 자신의 성을 견고하게 지키되 포기해야 할 곳은 인적 물적 자원을 모두 철수시켜 적이 이용할 수 있는 여지를 완전히 없애라는 말이다. 이 문구는 손자병법에 나오는 말이다. 그 당시 11사단장이-최덕신=崔德新 지휘하는 예하 부대 9연대에 내린 빨치산 토벌작전 명령이다.

　이 작전 명령은 전선이 형성되지 않은 지역에서는 나무랄 데 없는 작전명령이다. 그러나 작전명령이 사단에서 예하부대 연대에서 대대로 하달되는 과정에서 해석이 잘못되어 문제를 일으켰고 비극을 부른 것이다. 우리 군은 창설 당시 하사관이상 장교들은 거의가 일본군-일본에서 배운 군사교육. 출신들이어서 군대 용어도 일본식으로 통용되었다.

그 가운데서 당시의 우리군의 가장 취약 부분이 일본 군대의 나쁜 습성이다. "상명 하복上命下伏"의 복무 치침을 우리군은 그대로 답습한 것이다. 어쩌면 군은 군기가 생명일 수도 있다. 군기가 없는 군은 오합지졸이 되기 때문이다. 군은 국가로부터 선택된 직업이다. 나라를 지키고 국민을 보호할 의무를 지닌 것이다. 그러한데도 토벌작전에 투입된 국군이 선량한 국민을 죽인 역사적으로 지울 수 없는 비극의 현장에 투입된 군 장교들이 함량미달인 자들이 많았다. 장교로서 덕목을 갖추지 못한 당시 토벌대에 배속된 일부 지휘관들이 견벽청야 작전 명령을 잘못 해석하였다.

공비 토벌에 출동한 현지 군인들은 지역 주민들이 명령을 거부하거나 정보와 물자를 제공하고 노역을 하여 공비들에게 협조한 사람을 색출하여 현장에서 총살하라는 것으로 해석하여 저질러진 사건으로 역사는 기록하고 있다. 집안 청소를 깨끗하게 하면 바퀴벌레가 살지 못 한다. 라고 해석하듯이 "지리산 자락에 있는 마을들을 청소하듯이 없애 버려라"는 작전명령으로 해석한 미련한 군대는 그곳에 존재하고 있는 생명체까지 없애려고 한 것이다.

전쟁터에서 사로잡힌 포로도 현장사살이 없다. 서로 죽이고 죽이는 전쟁터에서 부상을 당하였을 때 아군이나 적군을 가리지 않고 치료를 해주는 것이다. 그러한데 지리산 자락에서 살아온 백의민족 단군의 자손들인 당시 양민들은 공비를 토벌 나온 국군에게 총 칼을 들고 대항하지도 않았다. 아니 대항할 능력도 없는 사람들이었다. 국가와 국민을 지켜야한 국민의 군대가 제대로 싸워 보지도 못하고 공산당 북괴에 밀려서 국토를 유린하게 한 일차적인 책임이 있다. 임무를 다하지 못하게 된 사과 한마디 없이 소탕하라는 빨치산대신 죄 없는 선량한 촌 노와 부녀자를 비롯한 어린아이까지 파리채로 파리 잡듯이 총과 칼로 학살한 것이다. 다중인격 잔혹성을 가진 토벌대는 이유 있게 사용하여야 할 힘을 잘못 사용한 것이다. 지식과 힘은 이유 있게 사용하여야 한다. 사람이 살아가는 데는 투쟁이다. 그래서 인간은 투쟁한다. 아니 모든 동물은 투쟁하고 상대를 굴복시키고 또 그 위에 군림하는 본능을 갖고 있다. 그 중에서도 가장 비열하다고 할 만큼 상대를 굴복시키는 게 인간이고 인간 중 군인의 그 알량한 계급장이거나 아니면 조직 특성상 상위 직 내지 관리 직책을 권력으로 악용하여 천부적인 소질을 발휘하는 악의 유전자들을 지닌 자들이 있다. 비무장인 민간인을 백의민족 단군의 자손인 한 핏줄을……. 대항 능력도 없는 늙은이들을 죽이고 어린아이까지 총칼로 도륙하였으며 부녀자를 강제로 성폭행하고 죽였으니 이들은 정녕코 이 나라 군대가 아니었고 인간이기를 포기한 금수 같은 자들이었다. 그들이 지리산일대에서 저지른 만행은 피해자 증언으로서는 풀기 어렵고 가해자 증언도 들어보아서 역사의 심판을 받게 할 현장을 찾아가 증언을 들을 때 증언을 해주는 사람들마다 그 현장에서 억울하게 희생당한 사람은 총칼을 목에 겨누고 협박하여서 시키는 대로 하였을 뿐이다. 부모형제 일가친척 다정했던 이웃을 볼모로 잡고 시키는데 좌익이고 우익이고 따질 입장이 아니었다고 그들은 항변하였다. 고도로 특수훈련을 받은 자도 피붙이를 볼모로 잡고 협박하면 협조하던 것을 우리가 접하였던 영화와 연속극을 비롯한 책들에서 보아왔다.

"피붙이를 죽이겠다는데 협조 안 할 자 나와 보라"고 나에게 소리쳤다.

그들의 절규를 그들을 대신하여 지우려했던 역사를 돌이켜 보려고 한다. 50여 년 전 지리산 자락에 살고 있는 선량한 우리국민은 빨치산과 국군에 의하여 시달림을 받았다. 빨치산들에게 시달림을 받고 있는 주민들의 고통을 덜어 주고자 출동하였던 국군 토벌대는 적군인 빨치산보다도 더 많은 선량한 민간인을 살상하는 빨갱이보다 더한 적이 되어 버렸다.

그때 희생자는 평범한 민간인이었다. 당시 학살당한 사람들의 연령을 보면 15세 이하의 어린이가 전체 절반이었고 저승사자 소환장을 기다릴 노인이 7%정도이고 여자들이 거의 절반에 이르렀다. "무슨 말이냐?"하면 희생자 대부분이 연약한 어린이와 노인들과 연약한 여자들로서 전쟁이나 빨치산과는 무관한 평범한 민간인이었다는 사실을 말해준다. 따라서 이 사건은 국군에 의해 의도적으로 자행된 무고한 민간인 집단 학살이라는 사실이 명백하다.

또한 학살이 인간으로서 차마할 수 없는 잔인한 방법으로 이루어졌다는 사실이 주목된다. 주민들은 죄목도 없고 재판은 커녕 최소한의 소명 절차 조차 이루어지지 않은 채 아주 잔인한 방법으로 학살당하였다. 뿐만 아니라 대부분의 주민들은 "곧, 큰 전투가 시작될 것이다. 작전이 끝나면 되니까 몇 일간 피난 갔다 오면 수복될 것이다"라는 군인들의 말에 속아 죽음의 순간까지도 자신들이 죽는다는 사실과 죽는 이유를 모르고 있었다.

앞서 증언 기록에도 나왔지만……. 이곳에서도 국군 토벌대는 주민들을 모아 놓고 집단사격 내지 사람을 표적으로 사용하였고 M1소총 실탄이 몇 사람을 죽일 수 있는가 실험도 하였으며 인마 살상용으로 금지되어 있는 철갑탄을 사용하여 뒤에서 사격하여 9명을 관통하여 죽는 것을 보았다는 것이다. 산청에서 통비자로 몰려 연좌제의 連坐制 죄목을 덧 씌워 학살당한 529명 중 남자는 불과 50여 명뿐이었다. 그것도 60~70을 넘긴 고령이 대부분이었고 나머지는 갓 시집온 새댁과 임산부와 부녀자를 비롯하여 거동도 불편한 병자들이었다. 그리고 천인공노할 일은 1백여 명의 어린이까지 끼여 있었다는 점이다. 대항 능력도 노동능력도 없는 노인을 비롯한 아낙네들과 10살 미만의 어린애들이 과연 그들이 주장하는 통비자-通匪者 였을까?

1951년 1월 27일 경남 산청군 관내 지리산 끝자락 가현 부락 쪽에서 고룡재를 향하여 30대 젊은 여인이 등에 어린아이를 업고 무엇엔가 쫓기듯이 바쁜 걸음을 재촉하고 있다. 산골마을이어서 곳곳마을에서 새벽을 알리는 닭울음소리가 들려온다. 여인은 목에 숨이 가득 차듯 가쁜 숨을 몰아쉬며 비포장 자갈길을 거의 뛰다시피 걸어가고 있다. 계곡사이 실개천에서 형성된 실안개가 자욱하게 깔려 새벽녘이란 먼 거리 사물은 식별하기가 어렵다.

사나운 산짐승 늑대가 낮에도 출몰하고 멧돼지가 떼거리로 몰려다녀 남정네들도 혼자 다니기에 무서운 곳인데 여자 혼자서 이른 새벽에 길을 재촉하는 것은 말 못할 급한 사정이 있는 듯하다. 여인이 숨이 목에 차도록 헐떡거리며 고룡재 입구에 거의 다다를 무렵 여인의 앞을 가로막는 검은 두 물체의 출현에 여인은 소스라치듯 놀라 손에 들었던 무명 보자기 보따리를 땅에 떨어뜨린다. 길을 막고 선 검은 물체는 공비들이었다.

손에는 PPSH-41을-일명 따발총 중국제품· 들었고 다른 한 명은 시모노프 소총을-중국제품· 들고 있었다. 등에는 봇짐을 하나씩 지고 있다 깨나 무거운 듯 어깨가 쳐져 있다. 두 공비는 여인의 양쪽에 서서 한 손에 총을 들고 한 손은 여인의 손을 잡고 길 아래 논으로 끌고 간다.

여인의 얼굴은 사색이 되어 반항한번 못하고 끌려가고 있다. 산골 다랑지 논은 겨울 거문가리를 해두었고 논 가운데는 두엄을 모아 두었다.

두엄 앞에 이르자 공비들은 발걸음을 멈추고 여인에게 앉으라고 한다. 그때서야 여인은 "살려주세요!" 친정에 설을 지내려 가는 중이라고 하며 무릎을 꿇고 애원한다. 등에 업힌 아이는 깊은 잠에 들었는지 미동도 하지 않는다.

공비 한 명이 시모노프 총 끝으로 여인의 젖가슴을 헤집자 여인은 자지러질 듯 놀란다. 다른 공비가 여인의 저고리 옷고름을 풀어 재낀다.

처음 여인은 반항하듯 몸을 비틀어 보지만 이내 체념한다. 등에 업힌 아기 때문이다. 이들이 하는 대로 따라준다면 아이는 죽이지 않을 것이기 때문이다. 공비들이 지리산으로 숨어 든 것이 몇 개월이 되었지만 죄 없는 부녀자와 노인과 어린 아이는 죽이지 않았기 때문이다. 이들의 요구를 순순히 들어주면 목숨을 부지할 수 있기 때문이다. 이른 아침 인적이 거의 없는 깊은 산골이기 때문에 보는 사람도 없고 하니 미친개한테 물린 셈치고 그들이 하는 되로 몸을 맡길 수밖에 별도리가 없다는 판단을 한 모양이다.

여인은 두엄 위에서 비스듬히 누어 다리를 펴니 고쟁이가 벌어져 여인의 속살이 그대로 드러난다. 귀밑머리 마주 푼 뒤로 남정네 앞에서 다리를 벌리고 드러누운 것은 처음이다. 부끄러워서 여인은 눈을 감고 입술을 깨물었다.

이들의 하는 행동을 지켜보는 눈이 있었으니 다름 아닌 공비 토벌에 나선 국군 9연대 3대대 병력이었다. 지리산으로 숨어든 공비들이 양민을 괴롭히고 치안을 맡고 있는 경찰지서를 습격하고 있다는 정보가 있자 그들을 섬멸하고자 매촌리에서 출발한 후발대 병력이다. 1월 26일 선발대로 나선 국군 토벌대가 가현-佳峴마을 근처에서 순찰도중 공비들의 기습을 받아 6명이 희생당하여 본대가 작전을 나섰는데 고룡재에서 이들을 발견한 것이다.

　　"아니 저것들 봐라. 이 추운데 빠구리를 하고 있다니 정신이 헷가닥한
　새끼들 아니여!"
　　"겁도 없는 놈들이구만!"
　　"글씨 말이여."
　　"두 놈이 교대로 계매를 붙을 모양이여!"

"분대장님 어떻게 할까요?"

　분대원이 분대장에게 물어보지만 분대장 역시 난감하다. 자칫 잘못하였다간 여인과 어린 아기가 위험하다. 거리는 400m 이상 떨어져 있는 거리다. 이들은 공냉식 LMG 중기관총과 수냉식 HMC 중기관총을 고개 중턱에 설치하고 적을 기다리고 있던 빨치산 소탕작전에 파견된 토벌대의 기동타격대 요원들이다. 상부에서는 순찰도중 6명의 희생자를 냈다는 보고를 받고 분위기가 어수선한 때이다. 중대본부에 상황 보고를 하니 즉시 작전을 하라는 지시가 떨어졌다. 전시 때는 분대장인 말단 지휘자가 단독작전을 할 수 있으나 민간인 여인과 어린 아기가 있기 때문에 중대에 보고하였던 것이다. 잠시 후면 광란의 잔치가 벌어 질 터인데 살을 가를 것 같은 동지섣달 추위를 아랑곳하지 않고 육체의 향연이 벌어지고 있다.

　작전명령이 떨어졌다.

　　"공비는 생포하라 아군은 단 한 명도 희생시키지 말라."
　　"첫 번째 작전이 실패할 경우 모두 사살하라."
　　"절대로 놓쳐서는 안 된다."

　명령에 따라서 LMG 중기관총 총구가 논 가운데 두엄에서 벌어지는 육체의 향연 장면을 향하여 겨누어졌다. 1월의 지리산에는 흰 눈으로 도배한 설국의 풍광이다. 그 아름다운 설경 속에 죽이고 죽는 공포에 떨고 있는 전쟁터의 병사들의 동공은 표적을 향해 멈춰버렸다. 대치 미학이라고나 할까? 곧 광란의 잔치는 시작될 것인데 지리산은 말이 없다. 갈 길을 잃은 매서운 칼바람이 억새풀 사이를 헤집고 지날 때마다 귀신 신음소리처럼 들려와 을씨년스럽게 한다. 그 음산한 분위기의 침묵 속에 새벽의 공기를 깨고 "공격개시" 소리에 병사들의 행동은 본능처럼 움직인다.

따르륵 '탕' '탕' 연속으로 콩을 볶는 듯이 들리는 기관총 소리는 천근만근 같은 침묵의 숨소리조차 실종된 태고의 적막감…… 그 긴장감을 깨고 총소리는 뇌성벽력처럼 찢어진다. 바람을 가르는 M1총소리 악마의 불을 토하고 '칭'하고 뛰어 나오는 탄 창 클립소리 마대를 찢는 듯한 독특한 LMG와 HMC 중기관총 소리가 잠든 명산지리 산골짜기를 갈기갈기 찢으며 흔들어 깨운다. 고요함 속에 갈가리 흩어지는 광란의 불빛 멈춰섰던 심장이 다시 고동친다. 파괴의 본능을 자극하는 총탄소리 뒤에 산골짜기에는 초연이 자욱하다. LMG 기관총에서 발사되는 예광탄은 곡선을 그리며 시뻘건 탄착지검이 논 가운데 두엄 위에서 잔치를 벌이는 곳에 포물선을 그리며 쏟아진다.

천둥소리 같은 총소리에 놀라 도망치는 빨치산 공비 한 명이 계단식 논두렁은 오르려다 움찔하더니 미끄러져 논바닥에 나뒹굴고 한 명은 논도랑을 뛰어 넘으려다 기관총 집중 사격을 받고 논고랑에 거꾸로 쳐 박힌다.

두엄 위에 누워 있던 여인의 몸은 몇 번인가 꿈틀대다가 조용해진다. 광란의 잔치가 끝나자 3명의 병사가 "옆구리 총" 자세를 하고서 조심스럽게 논 가운데로 가서 확인한다. 여인의 몸은 기관총에 집중사격을 받아 벌집처럼 되었고 백일도 안 됐을 것 같은 아기는 형체를 알아 볼 수 없을 정도로 총알이 지나갔다. 내년 농사를 위해 거문가리 해둔 갈게 사이로 두엄을 타고 내린 피가 건물과 합쳐져 붉다 못해 새까만 물이 되어 살얼음 밑으로 흘러내린다. 공비 한 명은 머리통이 떨어져 나가 논고랑에 뒹굴고 있다. 다른 한 명의 공비에게 "겨누어 총"을 하고 다가간 토벌대 병사는

"이 개자식 아기 엄마를 강간을 하다니 갈가리 찢어 죽일 놈."

병사가 얼굴을 군화발로 사정없이 발길질을 한다. 고통을 느끼는지 안 느끼는지 공비 얼굴 표정이 없다. 거친 숨을 내 쉴 때마다 검붉은 피가 아래 복부를 관통 한 곳에서 비누거품처럼 나온다. 그럴 때마다 역겨운 피비린내가 코끝을 자극한다. 얼굴을 보니 깡말랐지만 16세 전후의 아주 앳된 얼굴이다. 천인공노할 괴뢰 집단은 어린 학생까지 동원하여 동족을 죽이는 현장까지 투입시킨 것이다. 어린 공비는 말 한마디 못하고 동공이 흐려지면서 눈이 감기고 이내 머리가 힘없이 젖혀지는가 싶더니 숨을 거둔다.

"분대장님! 이놈들이 빠구리 한 것이 아닌 것 같은데요?"

M1총을 어깨에 가로지기로 멘 괴팍스럽게 생긴 한 병사가 말하자 분대장 역시 고개를 끄덕인다. 병사의 말처럼 어린 공비 둘은 여인을 강간한 것이 아니라 토벌대가 투입되면서부터 그 동안 산골 마을에서 강탈하여가서 먹었던 주·부식이 차단되면서부터 며칠 먹지를 못하여 꼭두새벽에 마을에 몰래 들어와서 닭을 잡아가던 길에 여인을 만난 것이다. 공비들은 아기 엄마인 여인의 젖을 빨아먹은 것인데 400여 미터 먼 거리에서 관측해 보니 강간하는 것처럼 보인 것이다. 토벌대는 충분히 거리를 좁혀서 작전을 할 수 있었으나 LMG중기관총을 이동하는데 불편하며 한정의 HMC 중기관총은 수 냉 식 이어서 더욱 불편한 것이다. 원거리 사격에서는 기관총의 화력이야만 목표물을 일시에 강타할 수 있으며 또한 삼각대 위에 장착하여 사격할 경우 1,800m 거리의 목표물도 타격 할 수 있는 무지막지한 화기이기 때문이다.

더구나 두 명이어서 정찰조로 착각한 것이다. 정찰조 뒤에는 본대가 있기 때문에 부하들 희생을 막기 위하여 먼 거리에서 작전을 한 것이다.

어린 공비들이 젖을 먹었을 것이라고 판단할 수 있었던 것은 여인의 아래 속옷은 입혀진 그대로이고 두 공비들 바지도 입혀진 채이다. 젖을 강제로 먹었다고 확신 할 수 있는 것은 여인의 상의가 반쯤 벗겨진 상태에서 두 개의 커다란 유방이 노출되어 있기 때문이다. 젖먹이 어린아이 어머니였기 때문이다. 참으로 아이러니 한 일이 벌어진 것이다. 꿈속에 헤매던 천진난만한 아기는 꿈속처럼 하늘나라로 갔고 며칠 뒤 친정에서 부모형제를 만나 설을 쇠려던 여인을 적에게 보호를 받아야할 국민의 군대 국군의 총에 맞아 죽어갔다. 인민을 해방하여야 한다는 감언이설에 속아 동원된 어린 공비 역시 배고픔을 참지 못하여 젖 한 통 먹으려다 어디서 날아오는지도 모른 총탄에 맞아 저승 행이 되어 버리고 만 것이다. 국군 토벌대는 시체를 논 가운데 두엄 위에 모았다. 내년 벼농사에 거름으로 쓸 볏단과 생솔가지를 대검으로 잘라서 시체 위에 수북하게 덮은 다음 불을 붙이고 난 뒤 노획한 두 정의 총을 들고 학살의 현장을 떠난다. 이것이 지리산 양민 학살의 숨겨진 첫 비극이다. 이 부대가 이동하는 주변 마을은 폐허가 되어 버렸다. 인간 사냥이 시작된 것이다. 마녀 사냥처럼……. 매촌리에서-梅村里 9연대 3대대 병력이 구정인 설을 보내고 이동하면서 가현·점촌·자혜·주상·화계에서 화산으로 갈라지고 서주까지 지나면서 살육과 마을을 방화하여 초토화시켜 버린 사건의 서곡이 이곳에서부터 시작 되었다.

"내사! 개진머리가 와서 사랑채 구덜막에서 이불은 덮고 대갈빼이만 내 놓고 있었는데 권총을 겨누고 방으로 들어선 장교가 군화발로 낯짝을 뽈을 -공·차듯이 차면서 '빨리 나오지 않으면 곧 전투가 벌어져 총에 맞아 죽을 수 있으니 빨리 마을 공터로 묵정밭으로 나오라' 하고 갔지만 아무리 생각 해봐도 장교 하는 행동이 곤대 만대 된 채로 어눌한 말과 괴팍한 행동을 하여 산으로 피신하여 살아난 기라."

당시 살아난 피해자 증언이다.

"그렇다면 토벌대 장교가 술이 많이 취한 상태였습니까?"
"하모! 하모!"
"아침부터 말입니까?"
"글타카이 갓신했시몬 구덜막에서 골로 갈삐했다카이. 산으로 도망쳐 숨어있었는데 벅신벅신하던 동네가 갑자기 조용하여 산 삐알을 내려와 집에 도착하니 아무도 없는 기라. 마을 앞 카도에 있는 점빵-점방 · 집 마당 앞쪽으로 갔더니 까꾸막쪽에서 벅신벅신하여 쳐다보니 마을사람들이 전부 있는 기라. 토벌대 글마들이 볼까봐 점빵 집 뒤깐으로-화장실 · 가서 똥 쌀 때 궁둥이 보이지 말라고 커튼처럼 쳐놓은 겨릅대로 엮어 만든 끄적데이 사이에 숨어 보니까 갈가리 해둔 밭에 사람을 줄을 지어 세워두고 뒤에서 총을 쏘는데 댕구소리가-대포소리 · 나서 주저앉았다가 일어나서 보니 밭에 사람들이 쓰러져 있는데 열 명은 되고 그 옆에 줄에는 4~5명 되더라카이! 뒤에 안 일이지만 한 줄은 M1총으로 쏴 죽였고 옆줄은 카빈총을 쏴 죽였는데 몇 명씩 총알이 사람을 뚫고 지나가는 것을 실험하였다 카데요."
"정말입니까?"
"선생! 선생은 거짓말만 하고 다니는 교? 내는 선생한테 가납사니 짓 하기 싫소, 달구치지 마소!"
". . . . . . ."

도끼눈을 하고 나를 노려본다.

"아니 하도 기가 막혀서 하는 말입니다."
"강 선생은 당시 사건현장을 몬봐부서 그러 하겠지만! 뒤에서 계속 총을 쏘니 안 죽으려고 밭 가새머리로 도망을 쳐도 사람이 총알보다 빠를 수 있는 교? 산 삐알 까꾸막 쪽 고바이를 오르려다 기관총알을 맞고 피투성이가 되어 굴러 떨어진 순서대로 차례차례 밭고랑에 차곡차곡 쌓여 져서 네 발 뻗고 깨고리 처럼 죽은 기라"

그렇다면 이곳에서도 토벌대는 적에게도 사용되지 않는 철갑탄을 사용하였다면 이들은 적군도 아니고 흔히들 말하는 지옥의 악마들이었다.

"뒤돌아보면 죽인다."

위협사격을 하여 일렬종대로 서 있는 양민들을 향하여 등 뒤에서 정조준 발사한 납 탄은 몇 사람을 관통, 철갑탄은 몇 사람 관통, 카빈 탄은 몇 사람 관통, 하여 죽는가를 총기 성능 실험을 하였다는 것이다. 그 뿐만 아니라 학살한 후 시체를 그대로 방치하거나 기름을 뿌려 소각하였다. 이들이 한 짓을 미루어 보아 최소한의 인권조차도 그들의 머릿속에는 존재하지 않았음이 틀림없었다. 국군이 민간인을 대량 학살하다니! 오늘날 상식으로는 도저히 이해할 수 없는 이러한 일이 어떻게 일어날 수 있었을까?

전후 세대들은 무슨 소설 같은 이야기인가? 할 것이다. 허나 소설이 아니다. 행여 내가 소설가여서 소설이겠지! 하는 독자도 있을 것이다. 소설이 아니고 역사의 한 페이지다. 지울 수 없는 더러운 역사가 국군에 의해 저질러졌다. 씻을 수 없는 우리의 오욕의 역사가 60여 년 전 이 땅에서 이루어졌다. 우리는 그 동안 평화와 인권의 기초가 튼튼하게 하려면 민주주의를 통해서만 쌓여진다는 사실을 알고 있다. 민주국가를 표방한 우리는 아직까지 양민학살사건을 매듭짓지 못하였다. 피해자와 가해자가 엄연히 이 땅위에 살고 있다. 당시 국군 토벌대도 우리 국민을 나라의 주인으로 인정하지 않기 때문에 분명 일어난 비극이라고 단정할 수밖에 없다.

"작전 지역 내에 있는 모든 사람을 총살하고 모든 집은 불태워 버려라."

견벽청야 작전 명령 비극의 피해자 증언을 들어본 뒤 내가 다시 1년을 더 찾아다녀 3명의 가해자 증언을 어렵게 녹취 한 것을 기록한 것이다.

탕, 탕, 탕 따르륵~탕탕! M1 소총 · 카빈소총 · 중기관총 · 경기관총이 불을 뿜어냈다. 고요하던 지리산 골짜기 평화로운 마을 설빔으로 예쁘게 차려입은 선량한 사람들을 향하여 갑자기 군인들이 총을 쏘기 시작하였다. 사람들은 비명을 지르며 가을걷이 끝난 전답에서 메뚜기 떼처럼 이리 뛰고 저리 뛰고 비명을 지르며 쓰러져 갔다. 군인들은 사격을 끝낸 후 시체를 모아 나무로 덮고 기름을 부은 다음 불을 질렀다.

> "나는 무서워서 꼼짝 못하고 죽은 듯이 엎드려 있었지요. 그때 나는 도랑물 속에 있어서 살아남을 수 있었습니다. 동네 앞 묵정밭에서-곡식을 심지 않고 잡초가 우거져 있는 상태의 버려진 밭 · 말 타기 놀이 하던 친구들은 군인들이 오니까 총을 보려고 모두 달려갔지요. 그때 총은 아이들에게는 신기하였거든요. 눈이 초롱초롱한 아이들에게는 어떻게 총을 쏠 수 있을까요? 얼마나 놀랬는지 바지에다 오줌을 쌌을라고요! 군인들이 돌아가고 나서도 한참 동안 겁에 질려 꼼짝도 못하고 그 자리에 있다가 나와 보니 마을 사람들이 전부 죽었더라고요. 그때는 어른들은 설이어서 명주바지에 흰 두루마기를 입었는데 총에 맞아 피가 흘러서 멀리서 보니까 상여 꽃송이 같더라니까요! 문종이로 만든 꽃상여 꽃말이지요."

우리는 백의민족이다. 나도 어렸을 때 설날에는 흰옷을 입었던 기억이 난다. 어르신들은 모두 흰 두루마기나 흰 명주옷 아니면 무명옷을 입었다. 설빔차림으로 모여든 사람들에게 무지막지하게 기관총과 소총을 쏴서 죽였으니 그렇게 보였을 것이다.

> "당시는 정월 초에서부터 대보름까지 명절이었지요."

그때 생각만 하면 군인들을 다 때려잡고 도로바닥에 혀를 박고 죽고 싶은 심정이라고 했다. 피해자 서 씨의 이야기를 들어보자.

"어르신 토벌대가 무지막지하게 늙은이에서 부녀자 갓난아기까지 전부 사살하였다는 것은 도저히 이해가 가지 않습니다."

"메라카는교? 내가 애민소리 하는 줄 아는 교? 이 녁이 그 당시 상황을 모르니 하는 소리요. 토벌대 일마들이 빨치산 절마들보단 느가 온기라. 먼저 온 빨치산이 죽인다고 카는데 협조 안 할 수가 있는 교? 농갈라-나누어·준 양석 등짐지고 보급대가 되어 산에 갔다 온 것인데 통비자라고 죽인기라. 느까 온 국군이 잘못 아닌교?"

"그것이야 다 아는 사실이지요. 남부군 김지희가 이끄는 빨치산이 지리산으로 숨어들어 유격활동 주 무대가 관공서를 습격하여 피해를 주고 치안을 어지럽히자 토벌대가 빨치산을 토벌할 목적으로 파견된 것 아닙니까?"

"하모! 하모! 글마들이 빨갱이를 소탕해야 할 것인데 생판 죄 없는 사람을 모지락스럽게 죽인 게 잘못인기라 강 선생은 재야사학자라 카면서 그것도 모르는 것처럼 하니 내는 지금 억수로 기분 나쁜 기라."

"피해자 증언을 들어보면 인간의 탈을 쓰고 그러한 행동을 할 수 있다는 것이 납득이 안가니 하는 소리이지. 어르신 말을 부정하는 것이 아닙니다."

"글카면 내가 조작베이 한 말이다 그런 뜻인 교? 토벌대 일마들 하는 행우지 보문 기도안찬기라 인간의 탈을 쓰고서 글쿠나 씸둑스러불라고."

"토벌대도 부모 형제들이 있는데 부역과 관련이 없는 늙은이와 힘없는 부녀까지 죽였다는데 너무 피해자들이 일부는 과장해서 말하지 않았는가 생각이 들어서 입니다!"

"글라카면 말시키지 말고 퍼득가소. 쌔도가지 아프게 하지말고! 살퐁스럽은 글마들이 부역자들 가족을 가려낸다고 마을 어른들을 족대기질-남을 못 견디도록·하는 것을 몬 보았으면 씨 잘 대가리 없이 앵종가리지 마소."

"어르신 죄송합니다."

"보소. 강 선생 멀끄럼이 보기는! 선생! 우리 오촌 아재가 우녁장사하고 돌아다니다가 설을 보내기 위하여 정-때 쯤 쩌짜 까꾸막 고바이 카도를 내려오면서 보니 길목 고바이마다 토벌대가 기관총을 설치하는 것을 보고 무서워서 응달소리를 하면서 오는데 토벌대 한 명이 집까지 따라와서 등짐 지고 온 보따리에 식구들 주려고 사온 선물보따리 검사해 보고 당시에 구

하기 어려운 미군 간수메를-소고기 통조림 · 통 채로 가져가려고 하여 시비가
붙었는데 우녁 장사 몇 개월하고 설날 얼나들 선물 줄려고 사온 것이니
못 가져간다고 우기자. 총을 겨누면서 전부 주지 않으면 죽이겠다고 하여
밤이라 어둡제 급하기는 급하여 뒷간으로 도망을 쳤더니 다행이 총을 쏘지
않고 설팍을 나가는 것을 보고 도구통-절구통 · 곁에 있는 도구 대를 들고
시부지이 뒤따라가 뒤비져 부러라 하고 이망빼이를 치자. 깨꼬리-개구리 ·
같이 뻗어 버려서 고환을 차니 사타구니를 잡고서 뽀굴뽀굴 입에서 거품을
쏟으며 오뉴월에 학질 걸린 놈처럼 달달 떨다가 기암을 하는 것을 보고
오메야! 토벌대를 죽였으니 살아남기는 이젠 틀렸구나 하고 산뻬알로 도망
을 쳐서 산에서 하룻밤을 꼬박 뜬눈으로 지새우고 느까 잠이 들었다가 총
소리에 놀라 내려오지도 못하고 3일 동안 산 속에서 숨어 지내다가 조용하
여 마을에 내려와 보니 이상하게도 인기척이 없어 용캐도 살아있는 점빵을
하는 할머니한테 물어 봤다 카데요. 얼마나 놀랐는지 말을 못하고 벌벌
떨기만 하더라요. 처음엔 모두 피난간줄 알았는데……. 우리아재가 죽인
토벌대 때문인지 이튿날 마을 사람을 몰살했다고 하드라요."

"그 어르신이 도구대로 때려죽인 토벌대 사건 때문일 수도 있겠네요?"

"허기사 우리 아재는 글카 생각했겠지요!"

"아재 가족들은 어떻게 되었습니까?"

"후-재 밝혀졌지만 아재 마누라는 얼나들을 데리고 친정에 가서 설을 새
려고 하였는데 토벌대가 그 곳까지 찾아가서 처가 집 식구까지 죽였다 캅
디다. 토벌대원이 아재 집에서 죽었기 때문에 조사를 하여 친정에 가있는
가족을 찾아 사그리 죽인기라. 아재가 토벌대를 죽여 화가 난 토벌대가
가족을 비롯하여 마을 사람들까지 죽게 했다는 죄책감 때문에 아재는 탁베
이를-막걸리 · 마시면 엄뚠 짓만 하고 다녔지만 용케도 살아있어 마을 사람
들이 미친개이라고 하요."

"현재 그 어른은 어떻게 지내고 있죠? 가족도 없이 혼자 사는가요?"

"언지 예 뿔뚝 성질에다 새갈머리도 없고 탁베이만 먹었다하면 미얄시
러븐 짓 하지 누가 같이 살라 하겠소. 날구지만 하면 남의 집에 시부지이
들어가 해꾸지나 하고 다녀 정신 병원에 가두고 하였는데 동네 사람들이
그래도 불쌍하다고 오갈 데 없는 얼라 봐주는 정지담살이하고-집안이 가난하
여 어려서 부자 집에 들어가 부엌일을 도우거나 어린아이를 봐주는 일을 하고 나이가차면 시집을

보내주는 제도 · 억지로 짝을 맞추어 주었는데 아들 하나 낳아서 길러주고 여편네는 서방질하다가 야밤 도주해버려서 인자는 혼자요."

"지금 생존해 있군요?"

"자기 때문에 마을 사람과 가족이 몰살당했다고 생각하는 사람이니 반미친개이가 된 것인데…… 한 곳에 오래 붙어있지도 못하고 어중이떠중이가 되어 절간에서 잔심부름이나 해주며 밥이나 얻어먹고 살았는데 역마살이 끼었는가 한곳에 오랫동안 붙어 잊지를 못하고 거렁뱅이 짓이나 하고 다녔다 카데요. 지금 80인데 떠돌이 생활에 얻은 병으로 행려병자 취급하여 스님이 불쌍한 인생 거두어 요양원에 입원시켜 떠돌이 때보다 편하게 지낸다고 캅디다만…… 차라리 일찍 죽는 것이 낫지! 참말로 무슨 악의 업보를 타고 태어나 죽음보다 못한 세월을 살고 있는지!"

함양서 만행을 저지른 토벌대 이동은 함양군과 거창군의 경계지역 금서면 방곡리와 주상리 등 12개리를 돌면서 공포의 도가니를 만들고 금서면 가현부락부터 살육 잔치를 벌였다. 토벌대는 경남 일원 지리산 주변 함양군 · 산청군 · 거창군 등의 지역을 돌면서 도리깨로 알곡식을 타작하듯 마을 곳곳을 쑥대밭으로 만들고 이동하면서 순진무구한 양민을 학살하고 선조 적 때부터 살아온 주거지마저 불태워 버린 만행을 저지른 것이다. 그들은 인간으로서 최소한 지켜야 할 도덕이란 단어를 모른 무식한 자들로 채워진 집단이었다.

함양→산청→거창 등의 지역에서 광란의 살육 잔치는 히틀러가 유태인에게 저질렀던 행위보다 더 잔인한 살인 행위였다. 히틀러는 적에게 가한 행위였지만 토벌대는 같은 민족 핏줄에게 저질러진 학살행위였기 때문이다.

역사와 겨레가 모두 침묵하고 있다. 1951년 2월 8일에 저질러진 학살사건은 아침부터 저녁까지의 대학살로 총성은 산청군이 자리 잡은 지리산 계곡을 뒤흔들었다. 양민들이 공비와 내통한 "통비분자"로 규정된 데서 비롯됐다.

그러나 학살당한 5백 29명중 남자는 불과 50여명뿐. 그것도 60~70을 넘긴 고령이 대부분이었고 나머지는 갓 시집온 새댁과 임산부와 부녀자를 비롯하여 거동도 불편한 병자들이었으며 그리고 천인공노할 일은 1백 여 명의 어린이까지 끼어 있었다는 점이다. 어이없게도 대항능력도 없고 공비에게 부역할 노동력 없는 노인과 아낙네들을 비롯하여 10살 미만의 어린애들이 과연 통비분자였을까?

"어떻게 살아났는지를 모릅니다. 어린 여동생 2명을 데리고 시체더미가 쌓여있는 논두렁에 서서 울고 있으니까 군인 2명이 다가왔습니다. 그중 1명이 이년들 죽여 버리자며 총구를 우리에게 들이대자. 나머지 한 명이 '놔둬라 이것들은 오늘 밤 호랑이 밥거리다'며 순간적인 은전이라도 베풀듯 함께 가버렸습니다. 이 한 많은 세상을 살아오면서 지금도 호랑이 밥이라며 우리를 죽이지 않고 그냥 가버린 그 군인이 증오스러워 견딜 수가 없습니다. 왜 그때 우리를 죽이지 않고 살려줘 이렇게 원통하고 서러운 세상을 살게 하는지 모르겠습니다."

이 사건은 사람으로서 경험할 수 없는 대참 살이었다. 산청 양민학살 사건의 생존자 이 여인의-당시8세·증언-證言 처럼 당시 피의 참극은 말로 형용할 수가 없다. 이 여인은 산청군 금서면 가현부락에 거주하다 새벽 녘에 들이닥친 학살 대에게 어머니와 할머니를 잃고 세자매가 뿔뿔이 흩어져 오늘까지 한 많은 50년의 세월을 지내왔다. 1951년 2월 8일 설날 떡국을 끓여먹고 있던 방곡마을 주민들은 2km 쯤 떨어진 윗마을 가현에서 들려온 천지가 찢어질 것 같은 수많은 총소리에 놀라 모두들 숟가락을 놓고 말았다. 모두가 공포에 질린 눈으로 서로 마주 쳐다볼 뿐이었다. 1분쯤 계속된 총성은 평상시 때 듣던 산발적인 것이 아니었다. 마치 지축을 뒤흔드는 소리가 한꺼번에 터져 나온 것이었다. 마을 사람들은 밥을 먹다말고 모두 집밖으로 나와 가현 쪽을 바라보았다 무슨 일이 있었는지는 모르지만 시꺼먼 연기가 마을전체를 뒤덮고 있었다.

"빨치산이다. 빨리 피하자"
"아니다! 그럴 필요 없다. 국군이다."

누구의 소행인가를 따지다가 시꺼먼 연기가 하늘로 치솟는 장면을 보고 마을 사람들은 모두 섬뜩한 기분에 잠겼다. 빨치산의 은신처를 없애기 위해 마을전체를 불태우고 마을 주민들을 다른 곳으로 이주시키는 일명 소개 작전을 전라도 지방에서 했다는 소리를 여러 번 들은 적이 있었다. 그러나 이 지역에서 마을이 불타면서 수백 발의 총성이 들린 것은 이번이 처음이었다. 방곡마을 사람들은 너나할 것 없이 불안한 마음으로 웅성거리기 시작했다. 집집마다 할머니 할아버지 그리고 아기를 등에 업은 아낙네들은 남정네들의 등을 떠밀며 "빨리 도망쳐라."고 성화를 부렸다. 총으로 쏘아 죽일 사람이 있다면 건장한 남정네들이지 결코 연약한 노인이나 아낙들은 아닐 것이라는 당연하고 평범한 생각에서였다. 이렇게 해서 방곡마을 남정네들은 아침을 먹다말고 산 속으로 몸을 숨겼다. 장상렬 씨도 그때 도망친 사람 중의 한 사람이다. 떡국을 끓여 먹다 말고 장 씨는 도망을 치며 아내 서 씨에게

"저녁때 산에서 내려 올 테니 그리 알아라."

말하고 황급히 몸을 피해 집 뒤 울타리를 뛰어 넘어 산비탈 쪽으로 달려갔다. 그것이 사랑하는 아내 서 씨와의 마지막 이별 순간이었다.
밤이 되자 마을에는 군데군데 불빛이 보였다. 도깨비불 같았다. 집 대들보 같은 큰 목재들이 늦게까지 타고 있었기 때문이다. 추워서 살아남은 사람들이 불을 끄지도 않고 주변에 옹기종기모여 웅성거리고 있었기 때문이다. 장 씨가 한밤중에 산에서 내려오니 온 마을은 쑥대밭이었다.

장 씨의 집은 물론 마을전체가 불타버렸다. 마침 산에서 먼저 내려온 마을 사람을 만나니 온 마을 사람들이 아랫 논에서 숨겨있다는 것이었다. 그리고 장 씨의 아버지는 다랑이 논두렁에 숨겨있다고 했다.

　　"아랫 논의 논두렁에 아버지와 동생 2명이 숨겨있고 어머니와 아내는
　　윗논에서 나란히 죽어 있었습니다."

　저녁에 산에서 내려오면 당연히 사랑하는 아내와 부모형제를 만날 줄 알았던 장 씨는 일가족의 몰살을 지켜본 순간 넋을 잃고 말았다.
　당시 방곡마을에는 72가구가 살고 있었다. 윗마을 가현 아랫마을 점촌 자혜 등과 더불어 인심 좋은 부자들이 많은 마을이었고 인근에서 가장 큰 마을이었다. 방곡마을은 지리산 산골마을 중에서 그런 대로 논과 밭이 많은 풍성한 마을이었다. 마을 옆에는 항상 마르지 않는 샘물과 개울이 흐르고 그 개울을 따라 산골마을에서는 보기 드문 논밭이 펼쳐져 있다. 방곡사람들은 이 논밭을 끔찍이 아꼈다. 마을 앞에 열 마지기 남짓한 논은 이 마을의 희망이었고 생명선이었다. 논이 없어 1년 열두 달 고구마나 감자뿌리만 먹어야 하는 인근마을 사람들과는 달리 방곡 사람들은 논 덕분으로 쌀밥을 먹어 볼 수가 있었기 때문이었다. 이 마을 사람들은 그들이 끔찍이 아끼던 이 논에서 몰살을 당했다. 남자들은 아래 논에서 그리고 여자들은 윗논에서 학살을 당했다. 대부분이 할아버지 할머니들이었고 젊은 남자들이 모두 몸을 숨기고 난 후라 아낙들과 젖먹이 어린 애들뿐이었다. 남녀노소 1백 80명이 이곳에서 죽었다. 일가족 8명이 모두가 숨지고 기적으로 살아난 이갑수 여인-산청군 금서면·당시 10살이었다.

　　"집에서 늦은 아침밥을 먹고 있는데 군인들이 들이닥치며 마을 앞 논에
　　서 간담회가 있으니 모두 모이라고 했습니다."

마침 이여인의 집에는 설날이라고 출가한 언니와 조카들이 놀러와 있었다. 군인들이 갑자기 들이닥쳐 마을사람들을 논바닥에 앉히면서 집에 있는 중요한 물건을 모두 가져 나오라고 소리쳐 이여인은 언니가 시댁에서 가져온 옷가지들을 챙기려 다시 집으로 들어갔다.

"그 순간 군인들이 집집마다 불을 지르기 시작했습니다. 우리 집에 불을 붙이는 순간 언니가 옷가지들을 챙기려 집으로 뛰어들었습니다. 그리고 몇 분 후 언니는 옷을 챙기는 도중에 집안에서 군인의 총에 맞아죽었습니다. 그 때 언니는 옷 보따리를 꼭 안고 있었습니다."

군인들은 이렇게 끔찍한 광경을 보고 있던 마을사람들을 남자들은 아래 논에 여자들은 윗논으로 끌고 갔다.

"할아버지 아버지 그리고 예닐곱 된 남동생 두 명과 조카 한명이 아래 논으로 끌려갔고 할머니와 젖먹이 동생을 안은 어머니와 나는 윗논에 있었습니다."

아래 논으로 남자들을 끌고 간 군인들은 '군대에 갈사람 나오라'고 소리쳤다. 그러나 대부분 나이든 늙은이와 어린애들뿐이라 한사람도 나오지 않았다.

"갑자기 천지가 진동하는 소리가 났습니다. 그리고 마을남자들이 모두 쓰러졌습니다."

군인들은 가족들이 보는 앞에서 마을 남자들을 무참히 살상한 후 다시 여인들에게로 왔다.

"남자들을 죽이고 난 후 두말도 없이 여인들을 앞산을 보고 앉게 한 후 또 총질을 했습니다."

여기서 이여인은 할머니와 채 돌도 지나지 않은 젖먹이 동생 그리고 동생을 안은 어머니와 함께 총격을 당했으나 천운으로 다리에 관통상을 입고 살아났다. 친정에 설 차례를 지내려고 온 언니 아이와 젖먹이 동생을 비롯한 한창 개구쟁이 짓을 하던 두 남동생 등 일가족 8명을 한꺼번에 잃어버리고 기적적으로 살아난 이여인은 지금까지 한 많고 서러운 60여 년 세월을 인근 화계리에서 돌부리처럼 살고 있었다. 당시 방곡마을의 생존자들은 가현마을 생존자들과는 달리 특별한 증언을 하고 있다. 일가족 4명이 몰살당하고 두 다리가 절단된 채 살아났던 오중식 씨는 당시 9살로 군인들이 수류탄을 던졌다고 증언하고 있다. 그리고 몇몇 사람이 불에 타 죽어가고 있는 것을 목격했다고 진술했다. 훗날 밝혀질 이야기지만 허 씨의 증언이 확실하다면 군인들은 애당초 대량학살을 계획하고 수류탄을 휴대해왔던 것으로 추측된다. 갓난애와 어린애들을 비롯한 아녀자들과 늙은이에게 수류탄을 던진 국민의 군대가……. 국민의 생명을 지키라고 국민들이 사준 대량살상용 수류탄을 갓난애들과 어린애들에게 던졌다면 이것은 단순한 살생행위와는 엄격히 다른 가공할 일이다. 대량살상을 미리 염두에 두고 수류탄 투척허가를 받았을 것이고 애당초 마을 주민 단 1명도 살려두지 않을 것이라는 계산이 깔려 있었을 것이다. 방곡학살 당시 생존자들은 똑같은 증언한다. 당시 1백 80명의 양민들 중 어린애들이 절반을 차지하고 있었다. 젖먹이를 안고 있다가 아기는 죽고 자신은 두 손가락을 잘린 김분달 여인은 분명히 어린애들이 1백 명은 넘었다고 주장한다. 설 명절이라 친척집에 놀러온 어린애들이 많았기 때문에 방곡마을에 살고 있던 어린애들보다는 실제 학살당한 숫자가 훨씬 더 많았을 것이라는 게 생존자들의 추측이다. 당시 16살이던 허용이 씨는

"아침에 빨리 도망가라는 어머니의 말씀을 듣고는 산으로 피신했습니다. 저녁 무렵 산에서 내려오니 어머니와 어머니가 안고 있던 두 살 난 여동생이 윗논에 무참히 나뒹굴고 있었고 아버님은 복부에 관통상을 입고 아랫논에 쓰러져 있었습니다."

허 씨의 아버지는 그때 총상으로 26년간을 병상에서 신음하다 지난 78년 한 많은 이 세상을 등지고 말았다. 오중식 씨 김분달 씨 그리고 이갑수 씨 등은 학살현장에서 살아난 기적적인 생존자들이다. 이들 3명 외에도 당시 생존자들은 자신의 쓰라린 악몽을 되씹으며 이름 모를 곳에서 처절한 생을 영위하고 있을 것이다.

"이 불명예를 우리의 후손에 물려줄 수는 없습니다. 통분에 쌓인 이야기를 전염시킬 수 없습니다. 이제 거짓 역사를 지우고 아직도 안주하지 못하는 설움에 겨운 유족들을 넉넉한 자유의 땅에 서게 해야 합니다. 또한 지금껏 구천을 떠도는 원혼들을 위로하고 눈물의 잔이 아닌 사랑의 잔을 따를 수 있도록 해야 하며 그렇게 함이 우리 유족들의 의무요 민주화의 대로에 선 우리 모두의 의무라고 생각하기에……."

이는 산청군지역 학살당시 희생당한 유족들의 마음인 동심계서同心契 각계에 보낸 청원서의 일부이다. 동심계는 학살사건이 있은 지 2년 후인 1953년 유족들이 하나 둘씩 모여 연락을 하며 자연적으로 만들어진 친목계이다.

처음엔 서로 연락도 되지 않았다. 그리고 연락을 할 수도 없었다. 자신들을 무참하게 살상한 정부의 무시무시한 짓밟음이 다시 닥칠지 그 누구도 몰랐기 때문이다. 살아있는 듯 죽은 듯 당국의 눈을 피해 살아야만 했던 당시의 세파였다. 아무튼 이유 없이 전 가족을 몰살당하고 또 자신이 직접 총상을 당하고도 이들은 그동안 긴 한숨 소리조차 내지 못하고 숨어 다녔다. 자칫 잘못하면 빨갱이 협조자로 몰릴 것이 뻔했다. 어떤

이는 너무 무지해서 그럴 수밖에 없었다고 말을 하지만……. 실상 이들은 우리의 "버려진 자식"이었고 아무 죄도 없이 밝은 태양을 피해 다녀야만 했던 죄인 아닌 죄인 신세였던 것이다. 이러한 상황에서 그들은 친목계 형태의 동심계를 조직하여 1년에 한번 곡우 날 참살의 현장 방곡리에 모여 소리 없는 울음을 울고 있었던 것이다. 전상근 씨의 고향은 산청군 금서면 방곡리. 학살사건 당시 전씨는 16세로 1년 전에 결혼하여 아랫마을 주상리에 신방을 차리고 있었다. 설날을 맞은 전 씨는 부모님과 형님 내외분을 비롯한 조카 5명이 살고 있는 고향 방곡으로 설을 쇠려고 와 있었다.

> "아침 떡국을 먹고 있는데 윗마을인 가현에서 총소리가 요란하게 났습니다. 그때 아버님께서 저더러 주상으로 빨리 내려가라고 독촉했습니다."

김 씨는 부친의 권유로 마침 자신의 신변을 걱정하던 어머님과 아내와 함께 주상으로 내려갔다. 전 씨가 주상으로 내려온 후 방곡에 남아있던 전 씨의 일가족은 결국 몰살을 당했다. 그 당시 숨진 사람은 전 씨의 아버지와 형수 그리고 어린 조카 5명 등을 합하여 7명이었다. 방곡에서 일가족을 잃은 전 씨의 불행은 그것으로 그치지 않았다. 산청학살 사건은 당시 정부와 군 당국이 강압으로 외부에 알려질 수 없었다. 그러다가 1960년 4.19가 발발하면서 산청사건은 조금씩 알려지기 시작했다.

특히 산청군 출신 도의원 문치재 씨는사망. 한 많은 영혼과 유가족들의 명예회복 및 보상을 위해 도의회에서 산청사건을 정식 발의했다가 5.16 군사 혁명 후 이 사건으로 투옥 당하는 수난을 겪었다. 이 사건이후 유족들은 겨울철의 개구리모양 겨울잠을 자야만 했다. 아무소리도 할 수 없었다. 도의원이 잡혀가는 마당에 힘없고 무지한 유족들은 입 한번 뻥긋할 수조차 없었다. 그저 부초 마냥 외톨이로 이곳저곳을 떠돌아다니며

질긴 목숨을 부지했을 뿐이었다. 다행히 60년의 4.19의거는 유족들에게 새로운 전기를 마련해 주었다. 민주화와 자유를 부르짖은 젊은이들은 산청골짜기에도 봄바람을 불게 해 60년께부터 누가 먼저랄 것도 없이 매년 하루 곡우날 방곡마을에 모여들었다. 처음 몇 년간은 남자들이 대부분이었다. 남자들은 대부분 피신을 해 목숨을 부지했고 집에 남은 부인과 아이들은 거의 목숨을 잃었기 때문이었다. 이렇게 해서 탄생한 것이 동심계였다. 아직 유족회라는 이름도 붙이지 못하고 회원명부도 없다. 그래도 이들은 요즘 들어 희망에 부풀어있다. 6.29선언 이후 소위 민주화바람 때문이다. 거창유족들이 숱한 고난을 겪으면서도 세인들의 주목을 받고 있는 것을 이들은 알고 있다. 비록 그동안 이유 없이 숨어 다니고 쉬쉬했지만 세상이 민주화바람으로 치닫고 있어 억울하게 숨진 유족들이 가만히 앉아 있을 수많은 없었던 것이다. 각계에 탄원서를 보내고 부산 산청 등지를 중심으로 향우회라는 이름으로 모였다.

"광주사건에 대한 명예회복과 유족보상도 이미 해결됐습니다. 그러나 정작 광주사건보다 더 억울하고 원통하게 숨져간 우리 가족들의 원혼은 누가 달래줍니까?"

전상근 씨는 산청사건은 엄격하게 광주민주화의거와 다르다고 못 박는다.

"광주사람들은 반정부투쟁을 하고 데모를 하고 독재정권에 도전했습니다. 그러나 산청사람들은 데모도 투쟁도 그리고 저항도 하지 않았습니다. 이들은 시키면 시키는 대로 일하고 따라 다녔을 뿐입니다."

전 씨는 산청의 죽음은 총을 들고 독재세력에 대항하다 숨져간 광주의 그것과는 너무도 그리고 엄격하게 다르다고 주장하고 있다. 정의와 법은 모두에게 공평할 줄 알았는데 힘없고 돈 없는 자에게는 이 땅의 법과 정의는 무용지물이었다고 울분을 토했다. 광주의 죽음이 혁명전사의 죽음이라면 산청의 죽음은 순수한 양민의 죽음이라는 것이다. 그리고 양민이라 하기에도 앳된 어린이들 젖먹이들의 죽음이라는 것이다. 인근 거창학살사건이 매스컴 등에서 대대적으로 부각되는 동안에도 1951년 2월 8일 산청양민학살 사건에 대해서는 세인의 관심조차 없었다. 10여 시간 동안 수많은 양민이 개탄 없이 사라졌지만 국민의 군대에게 무차별 죽임을 당한 이 사건이 그동안 알려지지 않았던 까닭은 생존자가 거의 없었기 때문이었다. 또 있다손 치더라도 너무나 무지하고 가난에 찌들어 모두들 입을 다물고 세상을 원망하는 속만 태웠기 때문이다. 그런 참극을 모면한 피해자들이 하나둘씩 고향에 관심을 갖기 시작한 것은 민주화 물결을 타고 인근 거창사건이 부각되면서부터이다.

거창 학살사건 당사자들은 합동 묘를 마련했다. 이로 인해 똑같은 장소에 같이 모일 수가 있었다. 그러나 산청의 피해자들은 학살당한 시체들이 산돼지와 미친개들에 의해 마구 찢겨지고 짓이겨지고 없어졌기 때문에 묘를 만들 수도 없어 자연히 같이 모일 기회도 없었다는 것이다.

거창사건이 부각되면서 이들은 힘을 얻기 시작했다. 자신들의 억울함을 후세라도 알려야 되겠다는 생각을 했다. 이심전심으로 매년 곡우날 학살의 현장이며 고향 땅인 산청군 방곡리에 모이고 있다. 산청읍에서도 포장길을 1시간 남짓 달려야 나타나는 지리산 자락의 방곡리는 옛날에는 호랑이가 나타났다는 말에 어울리리만큼 험준한 산자락에 자리 잡고 있다. 10여 가구나 될까? 화전민이 살고 있는 곳이라고 표현해야 옳을 만큼 늙은 가옥잔해들의 모습과 함께 마을은 쥐 죽은 듯 고요하기만 했다. 때마침 산에서 내려오는 촌 노에게 마을사람들의 행방을 물었다. 산 계곡 끝자락에 모여 있는 현지주민과 고향을 떠났던 피해자들은 40여명정도 살고 있는데 그동안 그들이 겪었던 한과 눈물의 세월만큼 그들의 표정은 무표정이었고 할 말이 너무 많아 말문을 열지 못했다. 인근 오부면 양촌리에 살면서도 60여 년 동안 한 번도 고향을 찾지 않다가 이날 처음으로 학살의 현장을 찾아온 허중식 씨 그는 당시의 상흔으로 두발목이 모두 잘려 나간 채 통한의 60여 년의 세월을 휠체어가 아니면 기동할 수 없는 1급 장애인이 되어 지내온 생존자이다.

"당시 9살이었지요. 윗마을인 가현에서 총소리가 나자 젊은 남자들은 모두 피난을 갔습니다. 마을엔 할아버지 할머니 아낙들과 어린애들뿐이었습니다. 그런데 군인들이 이른 아침 들이닥치면서 좌담회가 있으니 집안의 쓸 만한 물건들을 들고 마을 앞 묵정밭으로 모이라고 했지요. 마을 주민들을 강제로 끌어낸 군인들은 남자와 여자를 갈라 세우고 남자들을 아랫논으로 모이게 한 후 먼 산 쪽으로 보라고 하더니 갑자기 콩 볶을 때 나는 소리처럼 요란한 총소리가 났습니다."

당시 겁에 질려 엉겁결에 논바닥에 엎드려 있었던 어린 허 씨가 땅거미가 지고도 한참 있다가 눈을 떠보니 윗논과 아랫논 주위는 온통 피투성이가 된 시체들로 깔려있었다. 어떤 시체는 형체를 알아볼 수 없을 정도로 떨어진 삼베조각처럼 산산조각이 나 있었다. 학살사건 후 허 씨는 기적적으로 생존하기는 했으나 허 씨의 어머니와 누나를 비록한 동생 2명 등 일가족은 몰살됐다. 허 씨는 총에 맞아 두 발목이 잘려 나갔고 총알이 옆구리를 관통당하여 죽음직전까지 놓였었다. 방곡리 참살 때 허 씨와 함께 기적적으로 생존한 김분달 여인은

"군인들이 아낙네들 보는 앞에서 남자들을 먼저 죽였습니다. 그 다음 군인들은 여자들 쪽으로 와서 앞산을 보고 앉으라고 했습니다. 이제 죽었구나 싶었지요. 마침 내가 안고 있던 5살 먹은 딸애를 품고 앞으로 엎드렸습니다. 그런데 총소리가 나더니 딸애를 감싸 안고 있는 내 손가락이 잘려 나가고 총알이 내 딸의 머리를 관통했습니다."

당시 22살로 새댁이었던 곽여인은 방곡리 학살로 시부모와 5살짜리 딸애를 잃고 말았다. 그야말로 부초 같은 생활을 계속하다 오갈 데 없어 어쩔 수 없이 그 끔찍한 학살의 현장에서 지금까지 산증인으로 살고 있다. 곽여인이 가장 안타깝게 생각하는 것은 잃어버린 어린애들이었다며 말을 잇지 못했다. 마침 명절 때라 친척집에 놀러온 애들이 많았다는 것이다.

> "군인들이 총칼을 들이대며 일렬로 줄을 서라니까 무슨 좋은 선물이라도 주는 줄 알고 서로 희희낙락거리며 앞에 서려고 애쓰던 천진난만했던 동네 아이들의 모습들이 아직도 가슴에 찡하게 남아있다" 고 술회했다.

물론 그때 서로 앞줄에 서려고 애쓰던 애들까지 모두 학살당했다.

> "공비들도 임신한 여인네나 어린애들은 죽이지 않았습니다. 그런데 등시이 같은 국민의 군대인 국군이 자신들의 동생 아들딸과 같은 그 천진한 애들까지 무슨 죄가 있다고 총을 정 조준하여 학살을 했는지 알 수가 없습니다. 아마도 짐작컨대 그들은 사람이 아닌 짐승이었을 겁니다."

곽여인의 한 맺힌 절규는 끊일 줄 몰랐다. 희생양들 가운데는 곽분달 여인의 5살 난 딸도 있었고 40년 만에 이곳을 다시 찾은 허중식 씨의 어머니 누나 동생들의 원혼도 누워있을 것이다. 나라를 지키라고 총을 받았고 적의 심장을 쏘라고 사격술을 배운 그 국민의 군대가 곽분달 여인의 5살 난 딸의 머리를 쏘아 죽였다며 허 씨는 분통을 터뜨렸다.

> "음력 초이튿날이었습니다. 당시 12살이던 저는 여느 때와 마찬가지로 아침에 눈을 뜨자마자 친구 이순덕의 집으로 놀러갔습니다. 친구 집 텃밭 가에 서있는 감나무에서 깐체이가(까치) · 울어 반가운 손님이 오려나하고 기분이 좋았습니다."

12살의 소녀로 가현학살에서 기적적으로 생존한 박금점 씨는 그때의 상호마을 학살사건을 이렇게 술회했다.

　　"아침 7~8시쯤 됐을까. 갑자기 군인들이 까마귀 떼처럼 새까맣게 마을로 들이닥쳤습니다. 그들은 온 마을 사람들을 다 끌고 나와 마을 맨 윗집에 모이게 했습니다. 마침 순덕이 할머니가 그때 90세쯤 돼 다리가 오그라들어 나갈 수 없다고 하자 군인 한 명이 업고서라도 나오라 하여서 친구와 같이 좋은 일이 있는가 싶어 군인들을 따라갔습니다. 마을에 총을 메고 군인들이 많이 오기는 처음이고 아침부터 길조인 깐체이가 울어서 신이 났지요."

　　박여인은 군인들에 끌려 마을사람들이 모여 있는 곳에 가니 어머니 아버지 언니도 모두 끌려나와 있었다. 재빨리 엄마 옆에 다가섰다.

　　"아침 일찍 군인오빠들이 등보따리를-완전군장=배낭 · 지고 왔기 때문에 아이들이 설날이라 좋은 선물을 많이 줄 것으로 생각하고 서로 밀치고 다투며 앞에 먼저 서려고 하였습니다."

　　얼마나 천진난만한 아이들인가? 얼마 후에 자기들을 죽일 저승사자 같은 토벌대에게 죽임을 당할 줄도 모르고 먼저 서로 선물을 받으려고 새치기를 하면서 앞에 설려고 하였으니……

　　"군인들이 마을사람들을 모아 어느 집 장롱에서 끄집어냈는지 모르지만 태극기를 들고 태극기를 그린 사람 앞으로 나오라더군요. 같은 반에 친구인 먼 친척 아재 집 아들이었는데 그때 그 애 부모는 애가 나가면 죽을 줄 알고 애를 자기 집 변소에 숨겼는데 들켜 결국 그 애는 국군의 총에 맞아 죽고 말았습니다."

　　태극기를 정성을 다해 그린 어린이가 결국 국군의 총에 맞아 죽는 비극의 희생물이 됐다.

　　"토벌대는 변소에 숨어 있는 소년을 데리고 마을 공터로 끌고 와 마을
　수호신인 천하 대장군과 지하 여장군이 있었는데 지하 여장군 장승에다
　끄네기로 묶어 두자. 묶인 손이 아프다고 소리를 지르는 것을 보고 노인이
　끄네기를 풀어 주자. 겁에 질린 도망치는 친구를 향해 총을 쐈습니다. 친구
　를 그 자리에 꼬꾸라졌습니다. 인간 사냥을 한 토벌대는 끄네기를 풀어준
　어르신도 장승에 묶고 총개머리 판으로 때렸습니다. 어르신이 나무라자
　토벌대원의 욕설과 곧이어 총소리가 나고 어르신 머리가 힘없이 젖혀졌습
　니다. 앞쪽 가슴 두 군데서 피가 삐쳐 나오더니 어르신 몸은 미동도 없어졌
　지요. 안주꺼정-아직까지 · 잊지 못하고 있습니다."

　　산청대학살의 정의는 어쩌면 이 소년과 노인의 죽음 하나로 상징될
수 있을 것이다. 군인들은 이렇게 공포심을 불어넣어 마을사람들을 모이
게 한 후 20m여 떨어진 산 계곡으로 소몰이 하듯이 밀고 갔다. 여기서
그들은 마을 사람들을 4열 횡대로 앉힌 후 무차별 살상을 단행했다.

　　"맨 앞줄에 엄마가 앉고 저는 엄마무릎에 그리고 다음에는 언니가 앉았
　습니다. 갑자기 엄마가 나를 꽉 껴안는 동시에 천지가 뒤집히는 총소리가
　들려서 귀를 막았습니다. 잠시 후 깨어보니 엄마의 머리는 온데간데없고
　몸뚱이만 저를 꽉 껴안고 있더군요."

　　박 여인은 여기서 더 이상 말을 잇지 못했다.
　　12세짜리 막내를 살리려고 온몸으로 총탄을 대신 맞은 박여인의 어머
니는 머리가 잘려나가고 이미 숨은 끊겼건만 두 팔은 여전히 막내딸을
끌어안고 놓지 않던 어머니였다. 이렇게 살아난 박금점 여인은 목이 달
아난 어머니를 60여 년 동안이나 가슴속에 깊이 품어두고 한 많은 세월
을 살아온 것이다. 그리고 그 어머니를 방패로 기적적으로 살아난 12살

164 • 살인이유

짜리 박금점 소녀의 한을 누가 풀어줄 수 있을까. 비록 세월은 흘러 60여 년이 지났건만 박여인의 가슴에 맺힌 한은 점점 커져만 갈 뿐 잊어지지 않고 있다고 했다. 이 엄청난 비극은 박금점 여인에게서 그치지 않는다. 서음전할머니도-산청군 금서면 · 당시 90여명이 숨진 가현학살에서 살아난 몇 안 되는 생존자이다. 서 할머니는 당시 27세였다. 바로 아랫마을인 방곡리에서 가현으로 시집을 온 새댁으로 마을사람들로부터 효심이 지극한 착한 새댁으로 칭찬을 받고 있다.

> "설날 차례를 모시고 난 다음날 아침 조반-朝飯 전인기라. 군인들이 새까 맣게 몰려와 마을사람들을 전부 계곡에 밀어 넣고 총을 쏘아 생 똥이 나오 고 소피가 질금거려 오금을 펼 수가 없드라카이. 남편과 같은 줄에 서 있었 는데 남편은 그대로 죽고 내도 죽은 줄만 알았는데 한밤중에 누가 심하게 흔들어 눈을 떠보니 온 삭신이 욱씬거리고 손을 꼼짝 할 수 없는 기라. 불두덩도-음부. 다쳐서 아질아질 하여 다시 군드러진 기라."

서 할머니는 왼쪽어깨와 오른쪽 팔에 총을 맞았다. 한밤중까지 정신을 못 차리고 있는 서 할머니를 깨운 사람은 가현마을의 이장이었던 왕순구 씨다-사망 · 왕 씨는 마을 남자들과 함께 군인이 오는 것을 보고 산으로 몸을 피했다가 밤중에 자신의 부인을 찾으러 마을로 내려온 것이었다.
그러나 왕 씨의 부인은 죽고 말았다. 왕 씨는 쌓인 시체를 뒤져 마침 이 할머니를 구한 것이었다. 왕 씨는 지붕도 없는 집에서 서 할머니의 상처에 호박을 불에 태워 바르는 등 극진한 간호로 서 할머니의 생명을 구한 것이었다. 그러나 3일 후 혼미를 거듭하던 이 할머니는 위독한 상태 에까지 이르렀다. 왕 씨는 이 할머니를 산청읍에까지 업고 가 병원에 입원시켜 눈물 없이는 볼 수 없는 극진한 간호로 회복시킨 것이었다. 결국 서 할머니는 생명의 은인인 왕 씨와 재혼해서 오늘까지 방곡리에 살고 있다. 어쩔 수 없는 경제적 환경과 믿을 수 없는 사태에서 이들은 서로 의지하며 살아왔다. 지난 88년 5월 17일 서 할머니는 37년 간 그녀의 뼈를 깎으며 왼쪽어깨에 박혀있던 총알을 뽑아냈다. 진주 제일병원에서 수술을 받은 그녀의 몸에서 빠져나온 것은 국군토벌대가 쏜 "카빈소총실탄"이었다.

지아비를 잃고 친정식구 모두를 잃어버린 학살의 현장에서 한 많은 목숨을 이어온 서 할머니는 몸에 박혀 살아온 동안 날이 궂을 때 온몸이 아픈 것보다 가족을 잃고 살아온 세월이 원흉의 총탄보다 더 아팠다고 하였다. 서 할머니는 자신의 몸에서 빠져나온 징그러운 실탄을 보는 순간 당시의 악몽이 되살아나듯 끝없는 오열을 터뜨렸다고 하였다.

양민인 어린애와 여인들과 겁에 질려 다리가 오그라들어 걸을 수도 없는 90세의 할머니도 통비분자라는 죄명으로 재판도 없이 마을 주민 90명이 학살당했다. 가현학살사건은 저 끔찍한 거창양민학살사건의 서곡이었다.

음력 정월 초 이튼 날이었다. 당시 지리산의 겨울은 유난히 추웠다. 젖먹이 어린애 아낙들 노인네들의 시신이 나뒹굴고 있는 가현 산골짜기에 뒤늦게 가족을 찾아온 마을 남정네들과 먼 곳의 친지들은 우선 시신을 묻어야겠다는 생각에 땅을 팠다. 그러나 온 마을을 불 지르고 집집마다 쇠붙이 등 쓸 만한 것들을 모조리 군인들이 가져가고 난 후여서 괭이나 삽이 있을 턱이 없었다. 자루 없는 삽으로 괭이로 정월초순 지리산 자락 꽁꽁 언 땅을 팠던 생존자들의 울음소리는 지리산을 통곡케 했다. 그들은 피눈물을 흘린 것이었다. 남정네들은 자기의 부모와 아내 자식의 차가운 몸을 쓰다듬으면서 끝없는 오열을 터뜨렸다. 당시 12세이던 박금점 여인은 자신을 살리려고 목이 달아난 목 없는 어머니를 부여잡고 넋을 잃었다. 모질고 여문 땅은 파지지 않았고 얼음 반 흙 반으로 주인 없는 시신들은 한꺼번에 합장됐다. 말이 매장이지 실제는 얼음 흙을 시신들 위에 덮어놓을 정도였다. 봉분도 없는 한 많은 합장묘……. 이 억울한 묘소가 지금은 거의 흔적을 찾아볼 수 없이 풍상에 사라졌다. 국민의 군대에게 살상을 당한 시신들은 미친개와 멧돼지들에게 할퀴고 찢기었다. 우 씨의 고향은 산청군 금서면 가현마을이다. 산청학살사건 당시 맨 처음으로 90여명의 양민이 숨진 가현마을이 바로 그의 고향이다. 학살사건이 나던 51년 우 씨의 나이는 19세였다. 18세 때 결혼해 한참 신혼의 단꿈에 젖어있었다. 위로는 부모님 그리고 우 씨 부부 아래로 남동생과 함께 우 씨 가정은 마을에서도 알아주는 효자집안이었고 다복했다.

가난했지만 항상 웃음꽃이 피어났고 저녁 무렵이면 밭에서 돌아온 가족들이 오순도순 피우는 이야기꽃에 날 밝는 줄 몰랐다. 이렇게 행복했던 우 씨 가정에 칠흑 같은 죽음의 그림자가 드리워지기 시작한 것은 설날을 하루 넘긴 음력 초이튿날이었다. 산골마을이 의례 다 그렇듯이 가현 마을사람들도 최대명절인 설날의 즐거움과 포근함에 젖어 이튿날은 평일보다 조금씩 늦게 자리에서 일어났다.

> "아침 7시께나 됐을 것입니다. 오줌이 마려 자리에서 일어나 밖으로 나오니 멀리 뒷산에서 군인들이 까마귀 떼처럼 새까맣게 내려오고 있었습니다. 놀라서 뒷산으로 도망치려 하니 어머니께서 '저번에 왔던 군인들도 우리에게 친절하게 대해 줬는데 별일이야 있겠느냐?'며 그냥 집에 있으라고 해 불안한 마음으로 집에 있었습니다."

우 씨는 내심 군인들이 산에서 내려오는 것을 보고 도망을 치려고 하던 참이었다. 당시 상황을 모르는 지금 우리에게는 혹 우 씨나 이미 도망쳤던 마을 남자들이 모두 통비분자 즉 "빨간 물이든-빨갱이 협조자 ·"사람이 아니었느냐는 의심을 갖게 한다. 그러나 산청학살 지역에 있었던 모든 생존자들의 공통된 증언은 이와는 전혀 다르다. 그들은 국군이 와도 도망을 쳤고 산에서 빨치산들이 내려와도 도망을 쳤다고 한다. 국군이 오면 온갖 잡 심부름과 짐 등을 그들의 목적지까지 날라주는 부역을 했고 빨치산들이 마을에 들어오면 마을 남자들을 끌고 가기 예사였기에 힘없고 선량한 양민들은 국군이건 경찰이건 빨치산이건 가리지 않고 무조건 산으로 도망을 쳤다. 경찰이나 국군이 마을에 들어오면 왜 빨치산들이 왔을 때 "고구마나 쌀 등을 줬느냐?"며 총 개머리판으로 때리고 족쳤다. 빨치산들을 총칼로 마을 부녀자들을 위협하며 식량을 뺏어 가기 일쑤였다. 결국 경찰의 보호권에서 멀리 벗어나 있는 지리산골짜기 산골마을 사람들은 경찰이나 국군의 보호도 그리고 빨치산의 보호도 받지 못하는 미운 오리 신세였다. 단지 지리산골짜기 오지에 살고 있다는 이유 하나만으로 이들은 모든 것으로부터 버림을 받았다. 이들은 "좌익이니" "우익이니" 단어도 모르는 선량한 민초였다. 아니 글을 모르는 문맹인-文盲人이였을지도 모른다. 산 좋고 물 좋은 오지 산골 공비들이 자주 출몰하는 지역에 살고 있는 이유로 이들은 국군이나 경찰에 두들겨 맞고 빨치산에 쫓겼다. 그리고 사느냐 죽느냐하는 초읽기 삶을 살아야 하는 괴로움을 당했다. 이념이나 사상보다 이들에게 내일의 식량이 중요했고 민주주의나 공산주의보다는 남편이나 처와 자식의 생존이 중요했다. 때문에 이들은 단지 목숨을 부지해야 된다는 본능으로 국군이나 빨치산을 보면 무조건 몸을 숨겼다. 우 씨도 그 중의 한사람이었다. 어머니의 만류로 도망치는 것을 포기한 우 씨는 곧 후회를 했다. 낌새가 예사롭지 않았기 때문이었다.

"군인들이 집집마다 돌며 마을사람들을 끌어낸 후 장롱 속의 무명이나 삼베 두루마리를 가져나갔고 소까지 끌고 갔습니다."

우 씨의 증언뿐만 아니라 모든 생존자들은 한 결 같이 군인들이 집집마다 쓸 만한 물건을 다 쓸어갔고 가옥은 불태웠다고 주장했다. 우 씨의 부모 그리고 아내와 동생 등 5명의 가족이 함께 마을사람이 모여 있는 곳으로 끌려 나갔다.

"군인들의 어깨에 붙은 화랑마크가 선명했다."고 우 씨는 증언했다. 9연대 3대대의 견장이었을 것으로 추측된다.
"마을사람들을 윗집에 모이게 한 다음 일장 연설을 했습니다. 연설요지는 생각나지 않지만 연설을 끝낸 군인들이 마을사람들을 20m쯤 떨어진 골짜기 벼랑으로 끌고 갔습니다."

우 씨는 여기서 또 한 번 공포에 떨었다.

"골짜기로 내려가는 벼랑에 이르자 사람들이 벼랑에 떨어지지 않으려고 멈칫멈칫 했습니다. 불과 몇 분 후 자신들이 죽을 목숨이라는 것을 짐작하면서도 10m여 벼랑에 떨어지지 않으려고 발버둥을 쳤습니다. 똑바로 걷지 못한다고 발을 걸어 넘어지게 한 뒤 공을 차듯 발길질을 했습니다."

높은 벼랑 끝에 이르러 마을사람들이 멈칫거리고 내려가지 않으려고 몸부림을 쳤다. 이때 군인들은 여기서 그들의 포악성을 여지없이 드러냈다.

"M1총개머리 판으로 내려치고 대검을 착검한 채 찔러 순식간에 마을 사람들을 골짜기로 밀어 떨어뜨렸습니다. 이 과정에서 어떤 사람은 발목이 부러지고 3~4명은 죽었으며 아기를 감싸 안은 어떤 아낙네는 팔뼈가 부러지기도 했습니다."

골짜기는 아수라장이 되었다. 부상자와 겁에 질려 우는 아이들 살려달라고 애원하는 사람들의 소리로 지옥이 있다면 바로 이러한 장면일 것이다. 도살장으로 끌고 가는 소나 돼지도 죽이기 전 까지는 되도록 곱게 대하는 게 상례이다. 그러나 피에 굶주린 군인들은 아기를 감싸 안은 아낙이 5m 낭떠러지를 못 내려가 멈칫거리자 뒤에서 M1총 개머리판으로 옆구리를 사정없이 내리쳐 굴러 떨어지게 했다.

"이렇게 골짜기로 주민들을 몰고 온 다음 4열 횡대로 앉혔습니다."

우 씨의 기억으로는 자신이 속해 있는 줄의 맨 끝에 우 씨가 앉고 바로 앞에 우 씨의 어머니가 앉았다고 말했다. 갓난아기·할머니·할아버지·새댁·그리고 눈이 올망졸망한 양민들을 4명씩 줄지어 앉힌 군인들이 총을 겨누었다.

"군인들을 보고 앉아 있던 어머니가 갑자기 뒤로 돌아 나를 껴안았습니다."

우 씨는 그때 어머니가 남긴 말을 잊지 못한다고 했다. 아니 자신을 대신해 죽은 어머니를 죽어서도 잊을 수 없다 했다.

"내가 너를 죽이는 구나. 아침에 네가 도망치려할 때 말리지 않았다면 너를 살릴 수 있었을 텐데 이 미련한 어미가 너를 죽게 만들었구나. 한영아!"

우 씨를 붙들고 오열했다. 그 순간 총알을 장전하는 소리가 "철커덕"했다. 이어 우 씨의 어머니는 우 씨의 머리를 자신의 다리사이에 파묻으며 온몸으로 우 씨를 감쌌다. 동시에 "탕~탕 따르륵"하고 천지를 진동하는 굉음 소리가 났다. 총알이 우박이 쏟아지듯 했다. 5분쯤 계속된 총성이 그치고 우 씨가 정신을 차리자 우 씨는 자신이 살았다는 것을 알았다. 그러나 자신의 온몸위로 흘러내리는 피. 우 씨를 온몸으로 감싸고 있던 아기와 함께 벼랑으로 굴러 떨어지면서 아기를 놓쳐 버린 아낙은 이마가 찢어지고 눈을 다쳐 얼굴에 피범벅이 되어 보 앞이 안보여 우는 아기를 찾으려고 비탈을 오르려다 미끄러지기를 반복하다가 기절하였다는 것이다. 어머니는 머리와 등에 총을 맞은 듯 하염없는 붉은 피가 우 씨의 온몸을 적시고 있었다. 낭떠러지에서 품고 잇던 아기를 놓쳐 찾으려다 기절하여 깨어난 아낙도 아기도 악마 같은 토벌대 총탄을 맞아 죽어갔다. 우 씨가 몸을 꿈적거리며 빨리 일어나려고 할 때였다. 토벌대들의 총구가 자기들 쪽으로 겨누고 있어 불길한 예감에 행동을 멈추고 엎드려 있었다. 그때였다.

"살아있는 사람들은 모두 일어나라. 살려 주겠다."

장교의 목소리가 들렸다.

"설마 하고 계속 엎드려 있는데 5~6명이 일어났습니다. 그러나 이어 또 총소리가 났습니다. 살려주겠다는 군인들의 말에 속아 일어섰던 사람들이 다시 총을 맞은 것입니다."

천운으로 우 씨는 몸에 상처하나 입지 않고 살아났다. 물론 우 씨를 살리려는 어머니의 목숨을 건 희생이 뒤따랐기 때문이었다. 우 씨는 학살사건으로 부모를 잃고 기적적으로 함께 살아난 동생부인과 함께 친척집에서 눈칫밥을 먹으며 전전하다가 부산으로 이주하여 20년이 넘어서야 겨우 자리를 잡았다. 우 씨는 그동안 살아온 과정을 생각도 하기 싫다는 말로 대신했다. 꼬치꼬치 질문을 하자 우 씨는 끝내 "당신이 알아서 무엇해."라며 눈물 어린 역정을 내면서 말문을 닫아버렸다. 가현마을의 생존자는 우 씨의 말을 빌리자면 얼마 되지 않는다고 했다. 학살현장에 있다가 생존한 그 얼마 되지 않는 사람들은 우 씨와 우 씨 가족 그리고 이 마을 정음전 할머니와 호랑이 밥으로 남겨진 정점순 여인 등 6명만이 현재까지 생존해 있음이 확인되고 있다.

확인이라는 용어도 무슨 남겨진 서류나 호적초본 등에 의해 증명된 것은 아니다. 단지 당시 살아난 사람들이 지금쯤 살고 있다는 서로의 풍문으로 알고 있을 뿐이다. 지난달 어렵게 만난 우 씨와 정점순 여인은 첫인사가 "가현에 살았습니까?"였다. 서로 고향을 등진지 60년의 세월이 흐른 후다. 당시 8살이던 이 여인과 18살이던 우씨가 60년 만에 만나 서로 얼굴을 알아볼 수 없는 그들의 사이였다. 어디어디에 살던 누구더라는 말이 오가고 서로를 확인한 후 그들은 서로의 얼굴만 쳐다보고 말을 잃었다. 아마도 자신들이 살아온 그 끔찍한 60여년의 세월을 반추하며 말로 표현하지 못할 반세기의 세월을 원망했을 것이다. 정 여인은 "지금도 그때 살아난 것이 그렇게 원망스러울 수 없다"며 자신의 버려진 생을 원망했다. 2.8학살사건의 역사는 구멍 뚫린 역사로 밖에 이해할 수 없다. 이 엄청난 대학살. "양민사냥"의 서곡은 가현에서 90명을 단 1시간 만에 살상함으로써 끝나버렸다. 부역을 하였다는 낙인 겁나 침묵하고 살아왔다. 살아남은 자들은 그 세월이 더 힘들었다. 방곡에서 학살을 끝낸 국군 3대대병력이 점촌 마을을 초토화시키고 자혜·주상·화계·화산마을 주민 3백 여 명을 이끌고 함양 상주리에 집결시킨 후 또 한 번 대량학살을 감행한 것이다. 상주리에 피신해 있던 전 씨는 방곡학살을 끝낸 군인들에 의해 다시 서주로 끌려갔다. 서주에서 전 씨는 함께 끌려간 어머니 아내와 함께 극적으로 살아났으나 전 씨의 어머니는 상주에서 총상을 입고 14년을 고통스럽게 살다가 목숨을 잃었다. 전 씨는 현재 방곡에 살고 있다. 학살사건당시 방곡은 72가구가 살 정도로 번창했으나 지금은 34가구가 모여 마을을 이루고 있다. 그 34가구 중 학살사건 유족들이 6가구나 포함돼 있다. 방곡에 살고 있는 6가구의 유족들은 지금도 설날만 되면 즐겁기는커녕 그 옛날을 되뇌게 하는 조상들의 자세로 서글프기 짝이 없다. 아침엔 설날차례를 지내고 저녁엔 초이튿날 학살 때 숨진 가족들의 제사를 올려야하기 때문이다. 1년 중의 최대명절인 설날이 이들에겐 제일 고통스런 날이 되고 있다. 방곡유족들이 지금도 애타게 찾고 있는 것은 학살 때 몰살당한 일가족들의 유골이다. 학살현장에서 생존했거나 몸을 피했다가 돌아온 유족들은 우선 논바닥을 파서 시신들을 합장을-合葬 했다. 그 당시 생존자들은 가족들의 시신을 일일이 찾아 매장할 경황이 없었기 때문이다. 그 뒤 생존자들 대부분이 한 많은 고향을 등지고 지금까지 돌아오지 않고 있다. 그 중 6가구만이 학살사건이 한참 지나 기억에 잊혀 질 무렵 이곳에 속속 들어와 지금까지 살고 있는 것이다. 이정자 씨는 당시 8세였다. 이여인도 방곡학살 현장에서 살아난 기적적인 생존자로 다른 이들과 비슷한 증언을 하고 있다.

"빨치산 식별하는 방법을 연설을 한다고 마을 사람들을 논에 모이게 했습니다."

이여인은 군인들이 뭔가에 쫓기듯 급박해 있었으며 신경질적이었다고 했다.

"집에 할아버지 할머니가 계셨는데 조금 꾸물거리자 개머리판으로 등을 후려치며 빨리 안 나가면 쏘아 죽여 버리겠다고 협박했다"고 증언했다.

군인들의 눈에는 핏발이 서 있었으며 집집마다 돌며 소와 얌세이를-염소 · 끌어내 일단의 군인들이 소를 몰고 마을 아래로 내려가는 것을 이 씨 여인은 분명히 보았다고 했다. 이 씨의 증언도 역시 다른 이들과 똑같다. 군인들이 마을사람들에게 "쓸 만 한 물건은 모두 가지고 나오라."고 소리친 후 집집마다 불을 질렀다고 한다. 허 씨는 어머니 언니 할머니와 함께 윗논에 서서 할아버지와 어린 남동생 2명이 아랫 논에서 죽는 것을 목격했다고 증언했다.

방곡에서 이 씨 여인은 할아버지 할머니 어머니 언니 그리고 어린 동생 2명 등 6명의 가족을 잃었다. 그리고 정 여인도 팔목에 총을 맞아 지금도 궂은 날이면 팔이 떨어져 나가는 고통에 시달리고 있다.

"위령비가 세워지지 않아도 좋습니다. 그리고 우리들의 누명조차 벗겨
지지 않아도 좋습니다. 단지 알고 싶은 것은 우리 일가족을 죽인 당사자들
은 지금 어느 하늘아래서 어떻게 살고 있는지 그것이 궁금합니다."

정 씨의 눈은 증오로 가득 찼다. 한마을을 휩쓸고 젖먹이 어린아이까
지 모조리 죽여 학살자들……. 그 학살자에 대한 처벌이 자신들의 명예
회복보다 더 크고 깊은 것이었다. 그러면 정씨가 그토록 미워한 학살당
사자들은 그 뒤 어떻게 살아왔는가. 11사단 9연대 3대대병력은 산청에서
5백 29명의 양민을 학살한 후 다시 거창으로 가서 이들은 이틀 후 7백
19명의 양민을 또다시 학살했다. 그 후 2달 뒤 거창양민학살 사건이 알려
지면서 51년 4월 7일 국회진상조사단이 거창에 파견됐다. 그러나 자신들
의 죄상이 알려질 것을 두려워한 학살자들은 공비로 위장하여……. 김종
순·신중목·김의준 등의 조사단 일행에게 위협사격을 가해 이들을 도
망치게 해 버린 것이다. 결국 위장공비사건은 발각이 되고 내무 법무
국방장관 등 3부장관이 사임했다. 그리고 직접 총격사건에 가담한 학살
당사자들은 무기징역 등 중형을 언도 받았으나 얼마 되지 않아 1~2년
만에 모두 풀려났다. 학살부대인 11사단 9연대 3대대의 11사단장 최덕신
준장은 저 끔찍한 「적벽천야」라는 작전명령을 내린 장본인이다. 그러나
그는 군대에서 계속 승승장구한 후 소장으로 예편한 후 미국으로 이민
가서 반한 단체의 회원으로 활동하다 사망했다. 9연대장 오익경 중령은
56년 대령으로 예편한 후 역시 미국으로 이민을 갔다. 앞서 지적했듯이
학살 극을 직접 지휘한 3대대장 한동석 소령은 9사단을 고급부관 수도
사단 군수참모 27사단 부연대장 등을 거쳐 5.16 후 강능과 원주 시장들을
역임한 후 보사부 서기관까지 지냈다. 두 다리를 잘리고 일가족 전부가
몰살당한 오중식 씨 두 살짜리 젖먹이의 머리가 자신의 품안에서 총알에
부서지는 것을 지켜본 김분달여인·이갑수·전상근·박금점 그리고 어
머니의 가랑이 사이에서 어머니의 죽음을 대신해 살아난 오한영 씨의

처절한 삶. 총칼로 양민을 학살한 사람들과 아무 이유 없이 일가족을 몰살당한 유족들의 삶……. 이 두 삶의 차이와 명암이 60여 년 세월이 지난 지금까지도 바로 잡혀지지 않은 것은 어쩌면 우리 민족만이 안고 있는 수치요, 업보가 아닐 수 없다. 그 후 3년 간 골짜기의 출입도 허락받지 못한 채 살아남은 유가족들은 기름진 옥토를 버려두고 부모 아내와 사랑하는 자식들의 시신을 꽁꽁 얼어붙은 논밭에 내버려둔 채 안타까워하고만 있었다. 살아남은 양민들이 고향을 등지고 뿔뿔이 떠났다. 고향 주변을 맴돌던 그들은 배고픔과 공포와 추위에 떨었다. 2년이 지난 53년 께부터 그들은 산을 넘어 감시병들의 눈을 피해 자신들의 논밭으로 숨어들어가 농사를 짓기 시작했다. 날이 밝을 때 들어가 해가 지기 전에 나와야만 했다. 어두워지면 감시병 숫자가 늘고 이상한 소리나 물체가 보이면 사정없이 총을 쏘아댔기 때문이다. 살아남은 유족들은 자신들의 땅에 농사도 짓지 못하고 거리에 나가 혹은 친척집을 전전하며 눈칫밥을 얻어 먹어야만 했다. 죽음을 무릅쓰고 현장으로 뛰어들어 시신을 거둔 몇몇 유족들을 제외하고는 시신이 까마귀밥이 되어도 그냥 둘 수밖에 없었다. 9개 마을 4곳의 살육 현장에서 총에 맞아 부상당한 사람은 33명이었다. 이들 중 몇 남지 않은 생존자중의 한사람인 오중식 씨의·산청군 오부면 당시 11세· 삶은 차라리 죽음보다 못한 한 많은 인생이었다.

오 씨는 당시 방곡리에서 어머니 그리고 3명의 여형제와 어려운 농촌 생활이었지만 오붓하고 따뜻하게 살고 있었다. 그 날 마을 앞 논바닥에 끌려간 가족들은 토벌군들이 쏘아댄 흉탄에 어머니와 품에 안겨있던 1살 난 여동생을 잃었다. 그의 인생의 길이 완전히 뒤바뀌는 순간이었다.

오 씨의 왼쪽 옆구리로 총탄이 관통했다. 발목에도 총알을 맞아 발목이 날아가 버렸다. 허옇게 으스러진 뼈와 살이 한눈에 보였다. 죽은 줄만 알았던 그는 한밤중에 깨어나 움직일 수 없는 몸으로 엄마를 부르며 울부짖고 있었다.

그때 어디서 왔는지 모르고 누구인지도 모르는 군복을 입은 자들이 공비들이 들고 다니는 총을 가지고 나타났다. 그의 옆구리와 발목을 붕대로 감아 응급치료를 해준 뒤 날이 밝기 전 떠나버렸다. 꼼짝할 수 없는 그에게 할머니 한 분이 다리에 총을 맞은 채 절며 다가왔다. 할머니에 이끌려 집으로 간 허 씨였다. 당시는 공비든 토벌군이든 닥치는 대로 양식을 약탈해가기 때문에 쌀을 집 뒷간 땅속 장독 속에 숨겨 두고 있었다.

그 할머니는 그 쌀을 꺼내 죽을 만들어 누워있던 오 씨에게 떠서 먹이며 3일간을 지냈다. 4일째 되던 날 삼촌이 숨어들어 왔다. 삼촌은 오 씨를 업고 자신의 집이 있는 함양군 유림면으로 데리고 갔다. 막상 그곳으로 갔지만 찢어지게 가난한 살림살이 때문에 병원에 갈 수도 없었고 약마저 엄두도 내지 못했다. 차츰 죽음의 구렁텅이로 빠져들고 있던 오 씨를 그의 당숙이 들쳐 업고 산청군 생초면에 있는 "배약국"으로 데려가 사정사정을 해 외상 치료를 받았다. 당시에는 주사약이 귀해 마취도 하지 않은 채 날아간 발목에 박힌 총알을 뽑아내었다. 지금도 오 씨는 그때의 소스라치도록 아팠던 기억을 아직도 잊지 못하고 있다고 했다. 집으로 돌아와 호박을 태운 재를 상처에 붙이며 1년간 앓았다. 상처는 거의 완치가 되었으나 절름발이 다리는 어쩔 수가 없었다. 누나와 여동생 등 3명이나 삼촌 집에 얹혀 살다보니 자연히 눈치가 보였다. 당시 15세난 누나는 성장하여 식모살이라도 하려고 떠나버렸다. 여동생 또한 9세의 어린 나이지만 산청군 생초면으로 식모살이를 떠나 행복하고 단란했던 그들 3남매는 또 한 차례 이산의 아픔을 겪어야만 했다.

이들은 졸지에 뿔뿔이 생이별한 것이다. 오씨는 4년 후인 15세 되던 해 삼촌 집을 나와 뒤뚱거리는 걸음으로 혈혈단신 산청군 오부면 양촌리에 도착했다. 15세난 소년에게 먹여주고 재워줄 곳은 아무데도 없었다.

집집마다 다니며 사정하기를 여섯 번째 되어서야 한 마음씨 좋은 할머니의 허락으로 머슴살이를 시작했다.

"새벽 4시부터 일어나 죽도록 일했습니다. 나이가 어리기 때문에 어른보다 두 배로 일해야 밥을 먹을 수 있다고 생각했습니다."

오 씨는 이 집 저 집을 다니며 밥만 먹여주고 재워주면 닥치는 대로 뼈가 으스러지도록 일을 했다. 18세가 되던 해 처음으로 품삯을 받기 시작했다. 1년 세경은 쌀 70되였다. 그는 말할 수 없는 기쁨으로 그 집을 나왔다. 어느 하루도 눈물이 마르지 않았던 오 씨는 어린 나이에 너무나 혹독한 삶을 이어온 것이다. 총상을 입은 곳이 수시로 재발해 26세가 되던 해 드디어 몸져눕는 신세가 됐다. 그러나 주위의 도움으로 그 해 결혼을 하게 됐다. 푼푼이 모아 두었던 돈으로 논 6백 평을 샀다. 지긋지긋한 머슴살이도 그만두었다. 아픈 몸을 이끌고 운명의 사슬도 잊은 채 부인 백 씨와 함께 열심히 일했으나 생활의 어려움은 쉬 풀리지 않았다. 그는 지금도 그때의 악몽을 잊지 못하고 부상의 후유증에 시달리고 있다.

"너무 억울합니다. 11살 철부지인 제가 무슨 잘못이 있습니까?"

어머니와 1살 난 동생 또한 무슨 죄가 있느냐고 반문하는 오 씨. 흐르는 눈물을 감당하지 못한 채 넋을 잃고 말았다. 산청읍 옥산리에 살고 있는 송점순여인도-당시 8세. 가현학살 현장에서 부모를 잃고 언니 오빠와 함께 3남매가 고아가 되었다. 먼 친척집을 떠돌다 9세의 어린 나이에 남의 집 소꼴머슴으로 살면서……. 개똥망태를 걸머지며 거름을 주워 모았고 보리밥이라도 배불리 먹으려고 이집 저집으로 전전했다. 당시 논두렁에 서서 공포에 질려 울고 있던 이 여인에게 토벌군은 "총알이 아깝다" "저년들을 호랑이 밥이 되게 놔두라"는 등 포악하기 짝이 없는 욕설을 퍼부었다. 그 군인들의 얼굴은 지금 보아도 바로 기억할 수도 있다고 했다. "총 한방만 맞았다며 이 원통하고 피맺힌 한의 세월을 살지 않았을 텐데……." 라며 고통스러워하고 있었다. 수많은 선량한 양민을 학살하고 어린 아이들을 고아로 남겨 거리로 내몰게 했던 산청양민학살 사건은 그 후 매년 설날저녁 통곡의 소리가 끊이지 않고 오비유들 골짜기 20여 리 구석구석에 메아리쳤다. 유족들은 고향을 떠났다. 그 상처가 되새겨져 멀리멀리 떠나버린 그들이었다. 지금은 방곡리에서 고향을 지키는 6가구만이 그 날의 비운을 간직하며 농사를 일구며 살고 있다. 증언자들은 "학살 후 과부와 홀아비가 대부분이었습니다. 더욱이 부모를 잃어버린 고아들이 수두룩했다"고 증언했다. 다시는 고향을 찾지 않고 쳐다보지도 않겠다던 그들도 이젠 호호백발이 되어 이곳을 찾고 있다. 유족들은 "우리 대에서 양민학살 진상을 밝혀야 합니다."라며 산청군 경남도의회 의원이었던 문치재 씨-작고. 이름을 되뇌었다. 그는 4.19이후 도의회에서 산청양민학살사건의 진상 규명을 요구하다. 5.16군사혁명 후 구속당하고 테러를 당했다고 했다.

"그 누구도 세상이 무서워 감히 말조차 하지 못했습니다. 이젠 백일하에 진상을 밝혀 민주화로 가야합니다. 우리 국민의 역량을 보여야 합니다."며 유족들은 입을 모으고 있다. 유족들은 "양민학살사건의 진상조사"학살된 희생자 및 가족들의 명예회복과 각 지역별 위령탑 건립을 해주고 그에 따른 정부가 정하는 보상법에 따라 유족들에게 보훈 보상 할 것을 주장했다. 이 같은 요구는 간단하고도 작은 것이라고 했다. 가현에서 90명 방곡에서 1백 80명을 차례로 학살한 3대대 병력은 아랫마을 점촌으로 내려가면서 점점 그 광란의 도를 더해간다. 이른바 "한국판 킬링필드"의 중반부요 "몬도가네"의 극치가極致 시작되는 순간이었다. 점촌은 방곡에서 2km 쯤 떨어진 아랫마을. 당시 16가구가 살고 있다. 최봉갑 씨 산청군 금서면은 당시 22살이었다. 최 씨는 진기부락에 살고 있다가 군인들이 온다는 소리를 듣고 방곡을 거쳐 점촌으로 피난을 가는 길이었다.
"친구 박사무 씨와 함께 점촌마을 어귀에 서 있었습니다. 마을로 들어갈까 산으로 올라갈까 망설이고 있는데 방곡에서 군인들이 점촌으로 내려왔습니다."

군인들이 오는 것을 보고 이 씨와 친구 박 씨는 순간 망설였다. 친구 박사무 씨는 우리가 산 속으로 도망치는 것을 군인들이 보면 되레 수상하다고 총질을 할 테니 그냥 이대로 태연히 걸어가자, 우리가 뭐 잘못한 게 있느냐고 말하고 논두렁 위를 계속 걸었다. 그러나 이 씨는 "산으로 튀자. 방곡에서 사람 죽었다는 소리 못 들었느냐?"며 산 속으로 도망을 쳤다. 이 씨는 한참 산 속으로 도망을 치다 한숨을 돌려 바위 위에 앉아 마을 쪽을 보면서 쌈지를 꺼내 담배를 한 대 말아 피웠다. 점촌마을로 들어가는 길목에는 이 씨의 친구 박사무 씨가 서 있는 게 보였고 군인들이 박 씨 쪽으로 점점 가까이 가고 있었다. 그 순간 '탕~따~탕' 하고 고막이 찢어질 듯 여러 발의 총소리와 함께 박 씨가 갑자기 그 자리에 풀썩 쓰러졌다. 박 씨를 사살한 군인들은 다시 아무 일 없었던 듯이 점촌마을로 들어갔다. "아무 죄 없으니 괜찮다."던 친구가 사살되는 것을 두 눈으로 똑똑히 본 최 씨는 혼비백산하여 곧바로 깊은 산 속으로 숨어들어 3일 후에야 집이 있는 진기부락으로 돌아왔다. 박사무 씨의 죽음을 시작으로 점촌마을의 학살은 시작됐다.

마을에 도착한 군인들은 짚단에 불을 붙여 초가지붕에 불을 지르며 마을사람들을 모두 마을 앞 논바닥에 모이라고 소리쳤다. 마을 사람들은 무조건 불을 지르며 빨리 논바닥으로 모이라는 군인들의 핏발선 독촉에 뭔가 다른 불길한 예감을 느꼈다. 군인들은 조금이라도 늦게 나오는 사람들을 무조건 개머리판으로 내리쳤으며 "안 나오면 이 자리에서 죽여버리겠다."고 미리 대 참살參殺을 예고하기도 했다. 이런 와중에서 당시 40세가량이던 김정숙 여인은 양팔을 군인들에게 잡힌 채 질질 끌려가면서 사태의 심각성을 파악하고 "이놈들아! 내 아들을 군대 보낸 죄로 너희들이 나를 죽이려 하느냐."고 고함을 쳤다. 그 소리를 들은 군인들은 정말이냐고 수차례 확인한 후 곽여인을 풀어주었다. 점촌학살에서 살아난 사람은 곽여인을 비롯해 3명 정도다. 생존자들은 부산 마산 등지에 살고 있다고 전해지고 있으나 주소조차 파악되지 않고 있다. 마을 앞 논바닥에 사람들을 모이게 한 군인들은 뭔가에 쫓기듯 바쁜 눈치였다. 기관총을 논바닥에 장치하고 어디엔가 무전연락을 하더니 "빨리 내려가겠다."는 말을 수차례 반복했다고 한다. 그리고 그들은 한마디 말도 없이 기관총을 난사하기 시작하였다. 대부분 부녀자들인 마을주민을 학살했다. 그때 학살당한 사람은 42명이었다. 이 숫자는 며칠 후 마을에 들어온 이웃사람들이 시체를 매장하면서 확인한 것이 구전으로 내려오고 있다. "한국판 킬링필드"의 잔혹함은 군인들의 확인사살에서 "캄보디아"의 그것을 훨씬 뛰어넘고 있다. 기관총으로 양민들을 학살한 군인들이 마을고개를 넘어 아랫마을 상촌으로 내려갈 때 마을 논바닥에선 죽어 가는 사람들의 신음소리로 산야가 통곡했다. 그 소리가 얼마나 컸으며 처절했을까. 시간에 쫓긴 학살 대들이 대량 학살을 목적으로 순식간에 난사한 기관총알은 사망자보다 부상자를 많이 냈다. 때문에 부상자들의 신음소리는 점촌마을을 뒤흔들고도 남았으리라. 그러나 잔혹한 학살자들은 이 신음소리 하나 놓치지 않았다. 고개를 넘어가던 학살 대들은 다시 논바닥으로 돌아왔다.

"이것들 더럽게 시끄럽게 구네"하면서 다시 부상자들에게 총알을 퍼부었다. 신음을 하며 살려달라고 울부짖는 어린애들과 팔이 잘려 나간 아낙네에게도 다리가 잘려나간 할머니 할아버지의 가슴에 이들은 다시 정조준을 해 2차 3차 확인 사살을 해댔다. 이들 군인들도 집에 가면 눈매가 초롱한 그만한 동생도 있었을 것이다. 살려 달라고 애걸하는 아낙또래의 어머니 그리고 할머니 할아버지도 있었을 것이다. 그러나 군인들은 적이 아닌 같은 동포의 가슴에 두 번 세 번 총질을 한 것이다. 군인들은 어린애들과 아주머니 할머니 할아버지들이 통비분자가 아니라는 것을 분명히 알고 있었을 것이다. 단지 지리산 자락에 살고 있다는 이유로 이들은 학살을 당했다. 이 사실은 훗날의 사학자나 기록자들보다 분명 군인들 스스로 가장 잘 알고 있었을 것이다. 대부분의 산청학살사건 생존자들은 분명히 증언하고 있다.

"학살당한 사람 중에 빨갱이는 하나도 없었습니다. 그리고 빨갱이는 모
두 달아났습니다. 왜냐면 죄가 있는 빨갱이는 모두 도망을 쳤고 마을에
남아있는 사람들은 모두 자신들이 죄가 없음을 믿고 마을에 남아있었던
사람들입니다."

죄 없는 자신이 설마 무슨 일을 당하랴는 당연한 생각이 5백 29명의
목숨을 앗아가게 한 것이다. 도정선 씨는산청군 금서면 점촌. 죄 없는 자신을
믿은 사촌형 도동한 씨를 점촌에서 잃었다. 도씨는 당시 9살이었고 아랫
마을 상촌에 살고 있었다. 서주 학살사건에서 다시 언급이 되겠지만
……. 도 씨의 일가족은 상촌에서 서주까지 끌려가 죽음일보직전에서
되살아났다. 서주에서 살아나 고향 상촌으로 돌아온 도 씨 일가는 윗마
을 점촌사람들이 몰살당했다는 소식을 듣고 몸을 벌벌 떨었다. 도 씨는
아버지 도명석 씨를 따라 점촌마을로 올라갔다. 5일 만에 점촌에 가보니
까 마을 앞 논바닥에 시체들이 엉겨 붙어 있었고 길가 여기저기에 시체
조각들이 흙과 모래에 뒹굴어 흩어져 있었다. 마을 논에 있던 시체들은
1차 총격에서 사망한 사람들이고 길바닥 여기저기에 흩어져있던 시신들
은 2차 확인사살 때 숨진 생존자들의 최후의 몸부림을 친 흔적이었다.
도 씨의 증언에 따르면 이 시신들을 도 씨의 아버지 도명석 씨는 아들을
군대에 보냈다고 고함을 질러 살아난 김정숙여인 그리고 여갑준 씨 등
3명이 매장했다고 한다. 이때 도 씨의 아버지는 "시체가 42구였다"고 분
명히 말했다. 도명석 씨 김정숙 씨 여갑준 씨 등은 우선 시신들을 마을
앞 개울건너 양지바른 동산에 합장을 했다. 엄동설한 지리산자락의 겨울
은 유난히 추웠고 팔만한 삽이나 괭이나 남아있을 턱이 없었다. 서 씨의
아버지를 비롯한 3명은 여기저기 흩어진 시신들을 우선 모아야겠다는
생각만으로 개울 건너 동산에 시신들을 매장한 것이다. 그 뒤 연고가
있는 시신들은 따로 주인들은 따로 주인들이 찾아와 묘를 만들었지

만……. 그렇지 않은 시신들은 여태까지 개울건너 여기저기에 죽은 가축을 묻듯 허술하게 묻혀 졌다. 지금도 점촌 마을 앞의 합장묘에는 20~30기의 시신들이 묻혀 져 있다. 여기에 합장된 시신들은 전 가족이 몰살해 가문이 없어져 버렸거나 친척이 살아있더라도 아주 먼 친척이 고향을 찾지 않아 연고가 없는 사람들의 시신이었다. 도정선 씨는 지난 80년 귀한 손님의 방문을 받았다. 점촌마을에 살다가 전북 임실로 시집을 간 장용순 씨가 바로 그녀이다. 장여인은 출가한 서 씨의 누님과는 친한 친구였고 서 씨의 아버지와 장여인의 아버지는 막역한 사이였다. 장여인은 산청 친정이야기를 까맣게 모르고 있다가 사건이 일어난 지 몇 년 후 친정 점촌마을이 초토화되고 장여인네 친정식구들이 모두 죽었다는 이야기를 들었다. 장여인의 심정으로는 단숨에 점촌으로 달려가고 싶었다. 그러나 전라북도 임실에 있는 시댁의 살림살이도 궁색했으며 그만큼 다른 곳에 신경 쓸 여력이 없었다. 아니 그보다 장여인이 곧바로 고향을 찾지 않은 이유는 자신들이 가족이 한사람도 남지 않고 몰살했는데 그 끔찍한 친정고향에서 누구를 만나라는 절망에 찬 심정에서 친정을 찾아 가지 않았을 것이다. 그러나 장여인은 그 후 밤마다 꿈속에서 점촌의 어머니를 보았고 아버지를 만나 부둥켜안고 울었다고 술회했다. 울며불며 30년의 세월이 흐른 후에서야 친정가족이 몰살을 당한 고향 점촌을 찾았다. 장여인의 친정집은 이미 형체가 없어지고 빈 집터엔 대나무만 그득했다.

장여인은 수소문을 한 끝에 학살사건당시의 생존자중 유일하게 점촌에 살고 있는 도정선 씨를 만난 것이다. 천만다행으로 당시 도 씨의 아버지는 평소 안면이 있던 장여인 일가족의 시신을 따로 마을건너 언덕에 매장을 했다는 사실을 알게 되었다. 서 씨는 어릴 적에 "언제라도 용순이가 찾아오면 마을 언덕에 매장한 곳을 알려줘라"는 아버지의 말을 자주 들어왔던 터였다.

장여인과 서 씨는 언덕배기 매장한 곳으로 찾아갔다. 그러나 그곳엔 산사태로 돌 더미가 무수히 덮여있었다. 장여인과 서 씨는 돌 더미를 하나하나 들어내고 마침내 장여인 일가족의 유해를 찾아냈다. 장여인은 살아있는 아버지 어머니 오빠를 만난 것 같은 감회에 젖어 며칠 동안 식음을 전폐했다.

지리산 자락에 묻혀 30여 년을 지내온 일가족의 영혼이 장여인과 만나 그 모습을 드러낸 것이었으리라. 무엇 때문에 자신의 가족이 몰살을 당했는지도 모르고 오로지 가난과 무지 때문에 속으로만 한을 삼켰던 장여인은 피를 토하듯 오열했다. 그리고 석유 한 말로 아버지 어머니 오빠의 뼈를 화장해 고이 가슴에 품었다. "모시고 갈 곳이 있습니까?"라는 서 씨의 물음에 장여인은 고개를 저었다. 모시고 갈 곳이 없다. 여기가 바로 그들이 태어나고 살던 고향인 것이다. 결국 장여인은 가족의 뼈를 마을 앞쪽 개울에 뿌리며 한 인간으로서 또한 한 여자로서 경험할 수 없는 천추의 한을 삼킨 것이다.

……. 설빔으로 차려입은 아이들의 색동저고리가 국군의 총탄에 붉은 피로 물들었다. 아낙들과 노인들의 하얀 명주비단적삼에도 유혈이 낭자했다. 머리는 떨어져나가고 몸통만 뒹굴었다. 곳곳엔 팔다리가 찢겨진 채 나뒹굴고 미친개들의 노리갯감이 되어버린 5백여 생령들……. 사상 유례를 보기 드문 처참함이란 이루 형용할 수 없었다. 가현방곡 점촌마을을 초토화시키고 무고한 양민들을 잔악무도하게 학살한 토벌군들은 다시 자혜·화산·화계·단상 등 4개 마을에 대한 학살 작전을 전개했다. 당시 방곡에서 부친의 권유로 자혜리 집으로 피난해 목숨을 건진 전상근 씨는 점심을 먹기 위해 떡국 끓일 준비를 하는 순간 군인들이 들이닥쳤다고 했다. 이때 시간은 상오 11시께. 전 씨는 그의 어머니와 부인과 함께 서주리로 끌려가 구사일생으로 살아 나왔다. 그러나 그의

어머니는 불행히도 복부에 총상을 당해 평생을 고통스럽게 살다가 지난 65년생을 한 많은 생을 마감했다고 한다. 방곡에서 아버지와 형수 조카들을 잃은 전 씨는 지금도 한 맺힌 영혼들의 명예회복을 위해 바쁜 농사일을 하면서도 동분서주 각계계층에 산청양민학살사건의 진상규명 운동에 나서고 있다. 또 강정희 씨는—금서면=당시 11세·다음과 같이 증언했다.

> "이 두 눈으로 똑똑히 보았습니다. 거동이 불편한 노인이 빨리 집에서 나오라고 독촉하는 군인들의 명령대로 재빨리 빠져나오지 못하자 군인 한 명이 달려들어 개머리판으로 후려 쳐버렸습니다."

그 군인은 머리가 터져 피범벅이 돼버린 노인을 그대로 질질 끌고 가면서 그 집마저 불을 질러버렸다. 어린 강 씨는 그들의 잔악함이 극에 달한 모습을 분명히 목격한 것이다. 강 씨는 두려움과 공포로 오랜 세월을 고통 속에 살아왔다. 강 씨는 "2월 8일 산청양민학살은 분명 공비들에 대한 엉뚱한 보복행위였습니다. 빨치산 공비토벌의 전과를 올리기 위한 전시용 학살행위였다."고 그 사건의 성격을 규정하며 흥분했다.

학살사건이 벌어지기 며칠 전 가현마을 근처에서 국군토벌대가 순찰 도중 공비들의 기습을 받아 5~6명이 희생당한 일이 있었다. 바로 이것에 대한 보복행위란 뜻이었다. 어린 눈에 비쳤던 그 처절하고 한 맺힌 마을 사람들의 죽음은 언젠가는 바로 밝혀져야 한다고 결심했던 강 씨였다. 그는 지난 86년 금서면 화계리에 사는 곽경덕 씨와 함께 농사일도 제쳐둔 채 1개월 동안 유족들을 일일이 만나 그들의 증언을 토대로 수차례에 걸쳐 국회와 치안본부 등 각계의 건의서를 올렸다. 그러나 한참 뒤에 치안본부에서 내려온 회신엔 간단하게 "통비분자" 처형이란 답만 있었을 뿐이었다.

양순영 씨는—금서면 자혜리=당시 16세·지금도 가슴을 치며 그 같은 회신에 통탄하고 있다. 오 씨는 당시에도 이곳에 살았다. 그는 부모님과 할머니

형제 등 7식구와 살고 있었다. 이날 아침 경찰관인 삼촌이 집으로 찾아와 토벌군들이 곧 들이닥칠 것이니 3일간 먹을 양식을 가지고 함양군 유림면 국계리 쪽으로 피난을 가라고 일러주고 갔다고 증언했다. 그러나 그의 아버지는 "죄진 게 없으니 떠날 필요가 없다."고 고집했다. 아니나 다를까 조금 있으려니 국군토벌대가 시뻘겋게 충혈 된 눈을 부라리며 마을로 들이닥쳤다. 집집마다 샅샅이 뒤지며……

"피난을 떠나야 한다."고 떠들면서 집안에 사람이 남아 있는데도 불을 질러댔다. 오 씨의 식구들도 이불 봇짐과 양식을 등에 걸머진 채 온 식구의 전 재산인 소를 밖으로 끌고 나갔다. 소를 본 군인들은 군침을 흘리며 소를 뺏기 위해 달려들었다. 그러나 죽기를 각오하고 식구들이 결사적으로 매달리자 그들은 하는 수 없이 죄 없는 소의 등짝을 개머리판으로 후려갈겨 소가 미친 듯이 이리 뛰고 저리 뛰곤 했다. 경찰관을 동생으로 둔 그의 부친도 끝내 서주리 학살현장에서 목숨을 잃었다.

자기 집 소를 뺏으려던 군인들 행동에 불길한 예감이 들었다.

"싸움을 하지 말라."며 아버지께 매달리던 오 씨는 군인들의 억센 발길에 차여 나뒹굴기도 했다. 그 군인들의 얼굴은 오 씨의 나이가 들수록 더욱 또렷이 기억되고 있다. 죽기 전 꼭 그들을 찾아 왜 그렇게 해야 했는지 그 이유라도 알고 싶어 하고 있다. 또 그 얼굴을 쳐들고 거리를 활보하며 사는지 오 씨는 확인하기 위해 동분서주하고 있는 것이다. 이리저리 끌려 다니기를 몇 차례 반복하던 그의 부친은 엄천강에서 죽임을 당했다. 일련의 이러한 사태를 어떻게 알았는지 경찰관인 삼촌이 달려와 아버지는 "걱정하지 마라. 우리가 안전하게 모셨다."며 그들을 안심시켰다.

그러나 다음날 아침 청천 벽력같은 아버지의 죽음이란 비보에 접한 오 씨의 어머니는 졸도했다. 모든 원망의 화살을 삼촌에게 퍼부어졌고 지금까지 오 씨는 거의 삼촌과 왕래조차 하지 않고 있다. 혈육에게까지 등을 돌리도록 한 이 짓을 누가 자행했는가. 형제를 원수처럼 보이게 했던 그 날의 현실을 차라리 외면하고 싶다는 오 씨의 얼굴은 눈물로 얼룩졌다. 가현·방곡·점촌에서 광란의 살육을 거침없이 저지른 양민 토벌군들……. 이들은 당시 97세대 4백여 명의 주민들이 살고 있는 자혜리 주민들을 단 한 명도 남김없이 끌어내고 가옥 또한 한 채도 남김없이 불태웠다.

마을을 폐허로 만든 군인들은 주민들을 아랫마을 화계리로 내몰았다. 또 다른 1개 분대병력은 화계 이장을 통해 연설을 한다며 집집마다 연락을 하여 마을 앞 공터에 모이게 했다. 토벌군들은 자혜·화계·화산·단상 등 4개 마을 양민 6백여 명을 몰고 함양군 유림면 서주다리 밑 넓은 삼각형인 자갈밭으로 데리고 갔다. 그곳엔 유림면 손곡리 주민 1백여 명도 다른 토벌대에 의해 끌려와 있었다. 함양군과 산청군민이 끌려온 이곳에 모인 7백여 명의 양민들은 왜 모였는지 자신들이 죽음과 삶의 귀로에 서 있는지 조차도 모른 채 웅성거리며 양쪽 군민들은 군 경계만 다를 뿐이지 이웃이어서 서로가 새해 인사하기에 바빴다. 그러나 그것도 일순간이었다. 토벌군들은 빙 둘러서 그들을 포위한 채 총을 들이대기 시작했다. 열과 오를 맞춰 돌려 앉힌 채 머리를 무릎에 처박아 눈을 감게 했다.

첫 번째로 40대 장정 30여명을 뽑아 그 엄청난 학살을 감행할 현장으로 끌고 갔다. 양민에게 토벌군들은 삽과 괭이를 쥐어주며…….

"빨치산 공비들의 습격에 대비하고 여러분들의 안전한 피신을 도우기 위해 진지를 만들어야 한다."며 꽁꽁 얼어붙은 땅을 파게 했다. 또 구덩이를 빨리 파는 사람에게 상으로 쌀 1말을 주겠다고 꾀어 자신들이 묻힐 무덤을 파게 했다. 그들은 선량한 양민들을 능멸하는 엄청난 죄를 범한 것이었다.

주민들은 머리를 무릎에 처박은 채 무슨 영문인지도 모르고 있었다.

학살자들은 양민들에게 서서히 죽음의 굴레를 씌우기 위해 소위 통비분자에 대한 분류작업을 시작하고 있었다.

"지금부터 지적하는 사람은 오른쪽으로 가시오."

소위 계급장을 단 새파란 젊은 장교의 카랑카랑한 목소리였다. 그는 마주잡이 기분대로 사람들을 손가락 하나로 끌어내고 있었다. 당시 현장에 유림지서장 송호상 씨가 작고·있었다. 지서장이 그 장교의 행동에 대해 거세게 항의하자 그 소위는 아버지뻘이나 되는 송 씨에게 "건방진 놈!"하면서 권총을 꺼내 권총손잡이로 송 씨의 얼굴을 그대로 내리쳐 버렸다. 그래도 계속 항의하자 어쩔 수 없는 듯 분류작업을 일단 멈추었다. 여기 현장에 있었던 유족회 총무인 전상근 씨 증언에 의하면……. 송 씨가 마을 주민들을 살리기 위해 토벌군에게 갖은 고초를 겪으면서도 끝까지 물러서지 않아 많은 양민들이 목숨을 건졌다고 했다. 당시 삶과 죽음은 왼쪽과 오른쪽으로 구분돼 본인의 의사나 죄과의 신문도 없이 즉석에서 한 장교의 검지손가락의 지시에 의해 이루어져 지금까지도 두고두고 한을 맺히게 하고 있다. 유족들은 말했다.

"공비는 한 명도 없었습니다. 죄를 지은 자가 어찌 집에 남아 있었겠습니까? 아무 잘못이 없으니 어느 누구에게도 떳떳하다는 우리 부모들을 왜 죽여야 했는지 모릅니다. 졸지에 고아가 돼버린 우리는 오갈 데가 없어 이 집 저 집 떠돌아다니며 거지 아닌 거지가 되어 깡통을 들고 밥을 얻어먹었습니다. 세상에 태어난 게 너무나 한스러워 가슴속 깊은 곳곳에 맺혀있는 이 멍울은 죽기 전에 지울 수가 없습니다." 며 그들은 통한의 세월을 원망하고 있었다.

오 씨는 "군인들은 좌우측의 분류를 하면서 나이에 비해 자녀들의 나이가 어린 부모들을 골라 모두 다 죽였다."고 증언했다. 군인들은 분명히 큰아들이 공비로 나가있을 것이라고 지레 짐작하고 있었기 때문이리라! 나이 많은 장녀를 가진 부모와 결혼을 늦게 한 부모들은 군인들의 억지에 의해 죽음의 장소인 오른쪽으로 분류가 되었다고 했다. 결국 송호상 씨의 기지로 그 젊은 장교는 하는 수 없이 "군인 경찰가족은 손을 드시오." 하자 송 씨의 눈짓을 눈치 챈 많은 사람들이 재빨리 손을 들고 나와 죽음직전에서 풀려났다. 또한 송 씨는 보다 많은 주민들의 생명을 구하기 위해 소변 할 사람 나오라고 했다. 그러자 20여명이 나왔다. 그들을 송 씨는 집결장소에서 모퉁이를 돌아 5백여m나 떨어 진 군인들의 시야가 가려진 곳으로 보냈다.

그러나 이들을 살리기 위한 그의 마음도 모른 채 선량하고 착하기만 한 이들은 한 명도 빠지지 않고 그대로 돌아와 죽음의 길로 가고 말았다. 분류작업은 석방과 사형 삶과 죽음 바로 그것이었다. 무고하고도 양순하기만 했던 양민들…… 땅만 파서 먹고살던 양민들은 생과 사의 갈림길에서도 혈육과의 영원한 이별을 아쉬워 할 겨를도 없었다. 그들은 곧 피로 물들 엄청강이 내려다보이는 언덕 위 죽음의 구덩이 앞에 줄을 서서 걷기 시작했다. 왼쪽으로 분류된 석방자의 무리 속에 끼어있던 5백여 명의 양민들은 거친 행동과 표독스런 말로 일관하는 토벌대 때문에 걱정스럽고 불안한 마음으로 느릿느릿 발걸음을 옮겼다. 이때 토벌군들은 다시 광기를 나타내기 시작했다. 하늘로 공포를 쏘아대며 미친 듯이 날뛰기 시작했다. 겁을 집어먹은 양민들은 더디게 걷던 발걸음을 개한테 쫓기는 오리 떼처럼 질서 없이 우르르 한쪽으로 몰려 어른·어린이 할 것 없이 유림면 국계리를 향하여 뛰기 시작했다. 이렇게 달리고 있을 때 토벌군의 1개 분대는 기다란 구덩이의 양쪽에 기관총 1정씩을 설치했다. 양순영 씨는 당시를 이렇게 증언했다.

"2km 정도 떨어진 봉곡마을에 도착했을 때 콩 볶는 듯 요란한 총소리가
우리들의 귓전을 때렸습니다. 그때까지 정신없이 달리기만 했던 많은 사람
들은 모두 그 자리에 우뚝 선 채 주저앉아 버리고 말았습니다."

그러기를 1시간여 후에야 울부짖고 땅을 치며 통곡하는 사람들로 인
하여 그야말로 온 골짜기는 울음바다가 되었다. 이렇게 구성지고 여울진
통곡의 소리가 이 세상에 또 어디에 있었을까! 서주학살현장에서 기지로
살아 나온 김두리 여인은-성장군 유림면 지곡부락 당시 20세·시아버지 친정어
머니 이 씨와-사망당시 45세. 3개월 된 남동생을 잃었다. 이날 손곡마을과
지곡 마을의 양민들은 아침밥으로 설 떡국을 끓여먹고 있었다. 아침 9시
께나 되어 유림지서에 근무하는 경찰 20여명이 헐레벌떡 달려왔다. 그들
은 집집마다 뛰어다니며 뭔가에 쫓기듯 지금 군인들이 "통비분자 색출을
하기 위해 들이 닥친다."며 마을사람들을 바깥으로 내몰았다. 이유는 마
을 사람들이 다치지 않게 하기 위해 서주리로 가서 좌담회를 가져야 한
다는 것이었다. 당시 손곡은 80세대 지곡은 1백 20세대 모두 8백~9백여
명이 살고 있었다. 허나 지금은 총 1백 11세대 4백여 명만이 살고 있다.
이들 경찰은 많은 주민들 중 1백~2백여 명만을 4km 떨어진 죽음의 현장
으로 끌고 갔다. 경찰들도 "어쩔 수 없는 국군토벌군의 명령에 의한 것"
이었다고 전해지고 있다. 정확한 작전명령이나 지시는 당시 생존경찰관
들이 거의 다 사망해 알 길이 막연하다. 손곡과 지곡마을의 양민들은
아침밥을 먹다말고 죽음의 엄천강변에서 정월 초이튿날의 차가운 바람
을 맞으며 마지막 끼니인 점심도 굶고 있었다. 겨울 해가 서산마루에
걸릴 때까지 머리를 무릎에 처박은 채 기다리고 있었다. 곽여인은 아무
래도 심상치 않음을 눈치 채고 소변이 보고 싶다고 말했지만 감시병은
들은 채도 하지 않았다. 계속 사정하기를 다섯 번째 그때야 갔다 오라는
허락이 떨어졌다. 이 기회를 틈타 혼자서 모퉁이를 돌아 서주마을로 도

망쳤다. 마을에서 안절부절 하고 있을 때 분류작업이 끝난 5백여 명의 양민이 국계리 쪽으로 가기 위해 우르르 마을로 몰려왔다. 수많은 사람들 사이에 끼어들어 헤매며 시아버지와 시어머니 그리고 친정어머니와 1살 난 동생을 찾기 위해 혼신의 노력을 다했다. 사람마다 붙들고 물어보기를 수십 번했지만 그들을 본 사람은 아무도 없었다. 온몸에 힘이 빠진 곽여인은 떨어지지 않는 발길을 국계마을 쪽으로 돌리고 말았다. 곽여인의 시어머니 정점주할머니는-당시 44세 · 죽음의 구덩이 안에서 총탄과 수류탄의 세례를 받고도 기적적으로 살아 나온 유일한 생존자이며 산증인이다. 정씨의 남편은 최택규 씨를-당시 42세 · 생매장현장 옆 구덩이에서 잃었다. 그의 눈물 맺히고 한스러운 삶은 당해보지 않은 이는 알 수가 없다. 정 씨는 그 해 겨울은 유난히 추웠다고 했다. 누비옷을 두벌씩이나 껴입고 뒤뚱뒤뚱 남편의 뒤를 따라 살육의 현장에 도착했다가 한 장교의 가리키는 검지손가락에 의해 죽음의 길인 오른쪽으로 분류된 정할머니와 남편 최 씨다. 그들은 죽음의 구덩이에서조차 따로 떨어져 있었다. 서주살육의 구덩이는 둘이었다. 한곳은 남자 한곳은 여자들이 들어갈 곳이었다. 아래쪽 "통비분자" 분류 현장에서도 왜 오른쪽 왼쪽으로 분류를 하는지 좌담회는 언제 할 것인지 기다리고만 있던 정 씨는 구덩이 가에 가서야 비로소 죽음을 직감했다. 구덩이 아래위쪽에 설치해 놓은 기관총을 군인들이 그곳으로 데리고 간 마을 주민들을 향해 겨누고 있었기 때문이다. 반대편에 서있는 남편을 쳐다보았다. 남편 최 씨가 청렴결백한 선비임을 항상 자랑스럽게 생각하고 있던 정 씨지만……. 갓을 쓰고 도포를 차려입고 수염을 기른 채 꼿꼿하게 서있는 남편이 너무나 애처로워 눈물이 절로 흘러내렸다. 다시는 보지도 만나지도 못한다는 안타까움에 감정을 억제할 수가 없었다. 지금 곧 죽는다는 생각에 부끄러움과 체면도 잠시 잊은 채 감시병들 중 눈에 보인 대로…….

"우리가 무슨 죄가 있습니까?" 하면서 울며불며 애걸했지만 그들은 더러운 벌레를 쳐다보듯…….

　　"추워죽겠는데 이 개 같은 년이 재수 없게 매달린다."며 발로 걷어차 버렸다. 정 씨는 그 순간을 죽어도 잊을 수 없다고 했다.

　　같은 동포가 그것도 우리 국군이 지옥 속의 악마처럼 보였으니 말이다. 아무리 큰 죄를 지은 죄인이라도 그토록 잔인무도할 수가 없었다.

　　"우리들은 아침밥을 먹다말고 나오라는 경찰관들의 부름 때문에 나왔는데 그렇게 할 수 있겠느냐?"며 따지자. 토벌대의 발길에 차여 구덩이 안으로 떨어진 그는 순간적으로 정신을 잃었다. 단 몇 초의 순간이었다.

　　정신을 차리고 구덩이를 기어오르는데 사람들이 구덩이 안으로 쏟아지기 시작했다. 구덩이 밑으로 떨어진 정 씨의 아래에 두 사람이 깔려있었다. 미안하고 죄송한 생각이 들어 순간적으로 틈을 비집고 구덩이 안가 쪽으로 기어갔다. 사람들이 넘어져 구덩이 안으로 쏟아질 때 콩 볶는 듯 총소리와! 천둥과 뇌성 치는 소리가 산골짜기를 뒤흔들기 시작했다. 토벌군들이 기관총을 난사를 하자. 구덩이 주변에 서있던 양민들은 총탄에 맞아 고꾸라질 때 안으로 넘어지지 않으려고 뛰었으나 총알보다 빠를 수는 없었다. 구덩이 주변 꽁꽁 얼어붙은 논밭엔 수많은 시체가 나뒹굴고 있는데……. 피범벅이 된 명주 비단적삼입거나 도포를 입고 죽은 늙은이를 비롯하여 갓과 아이들의 색동고무신들이 즐비하게 널려져 있었다. 미친 듯이 총을 쏘아대던 군인들은 꿈틀거리는 사람이 별로 보이지 않자 구덩이 안으로 수류탄을 까 넣어버리자. 위에 있는 시체는 살이 갈기갈기 찢겨 종이쪽처럼 하늘을 날았다. 시체 틈새로 검붉은 피가 흥건히 괴었다. 또 군인들은 논밭에 널려있는 시체들을 한곳으로 겹겹이 쌓아올려 휘발유를 뿌리고 불을 질러버렸다. 불쌍한 양민들의 시체는 광견들에 狂犬 의해 두 번 세 번 죽임을 당하고 말았다. 배곯은 개들이 시체를 마구잡이로 뜯어 먹고 돌아다녔다. 당연한 결과였다. 빨갱이들에게 식량을 빼앗긴지 이미 오래여서 삶들도 굶주리고 있었다. 미친개들의 공포를 견디느라 잠이 들었다. 한밤중이 되어 정 씨는 눈을 떴다. 꿈을 꾼 줄만 알았던 그는 살아있었던 것이다. 온몸에 피를 덮어쓴 채 시신들 사이에 끼어 있었다. 구덩이 위에선 계속 붉은 선혈이 밑에 있는 정 씨의 머리를 적시고 있었다. 주위가 조용하기를 1시간여가 지난 뒤에 시체들이 사이를 비집고 구덩이를 기어 나왔다. 그곳에서부터 기어서인지 걸어서인지도 모른 채 정신없이 10 리 정도 떨어진 집으로 갔다. 방으로 들어 간 후 3일 밤낮을 죽은 듯이 잠만 잤다고 했다. 그 날 아침 정 여인의 아들 최병철 씨는-당시 21세·공비든 토벌군이든 오면 부역을 시키기 때문에 아침 경찰들이 들이닥치자 산 속으로 피신해 살아났다. 아들 최 씨가 한밤중에 집으로 내려와 보니 그의 아버지는 없고 어머니만 온몸에 피를 뒤집어 쓴 채 누워 있었다고 했다. 누워있는 어머니의 두툼한 누비솜옷의 왼쪽 어깻죽지엔 수류탄 손잡이가-안전장치. 현장의 처절한 살상을 말해주듯 끼여 붙여 있었다. 돌아오지 않은 아버지의 시신이라도 찾아와야겠다고 맘먹은 최 씨는 결국 친척들의 만류로 가지 못했고 그의 증조부인 최경범 씨가-사망 당시 60세· 이튿날 그곳으로 가 시신을 거두었다. 시체는 총알을 맞은 채 불에 심하게 끄슬려 얼굴과 옷으로는 도저히 찾을 수가 없었다. 결국 신발이 시신에 신겨있어 아버지의 시체를 찾을 수가 있었다. 너무나 경황이 없고 토벌군에 대한 공포로 근처 길가에 시신을 가매장했다. 최병철 씨는 이 순간을 너무 가슴아파하며 하늘의 무심함을 원망하고 있다. 모질고 혹독하기만 한 정월 초이튿날의 매섭고 차가운 엄천강 바람이 이들의 살을 에어내는 순간이었다. 5시간 여 동안 공포와 몸서리치는 두려움에 떨고 있는 2백 17명의 양민들은 겨울의 짧은 해가 서산마루에 걸릴 즈음 빨치산이 우글거렸던 지리산자락에서 살았다는 그 죄목만으로 엄천강 물에 피를 쏟아야만 했다. 1948년 10월 21일 여수 순천 반란사건을 시작으로 지리산 일대는 세계유격전사상 유례가 드문 격렬한 전쟁터로 변하고 말았다. 그 사이에 끼여 있던 불쌍한 양민들은 인간들의 이기심에 찬 이념전쟁의-異念戰爭 희생물로 지리산 골짜기에서 짓밟히며 숨져갔다. 대한민국 사람이면 누구나 기다리는 설날……. 전쟁 중에 맞이한 설날이지만 토벌군과 공비들에게 양식을 빼앗겨도 즐겁기만 했던 이 설날에 토벌군들은 가현·방곡·점촌마을 양민 3백 12명을 학살하고 가옥 1백 41채 모두를 불을 질러 버렸다. 토벌군은 또 자혜·화계·화산 그리고 함양군 유림면 손곡과 지곡 마을 양민 7백 여 명을 유림면 서주다리 밑 삼각자갈밭에 집결시킨 지 불과 5시간여 만에 그들이 규정한 "통비분자" 분류작업을 끝내고 2백 17명을 집단 총살시켜 버렸다. 1951년 2월 8일 산청 양민학살사건은 5백 29명의 어린이 부녀자와 노약자들이 10여 시간 만에 죽임을 당하고 33명이 총상을 입은 전대미문의 살육사건이다. 민족적 비극과 참상도 60여 년 동안 망각의 세계로 흘러가고 있지만……. 한평생 불행한 고통 속에 살아온 부상자들과 유족들은 다시는 이 땅에 광란의 살육이 일어나지 않기를 바란다며 하루속히 모든 진실이 낱낱이 밝혀져야 할 것이라고 주장하고 있다. 구천에서 호곡하는 영령들을 누가 달래 줄 수 있게 될지 알 수 없다. 대다수 국가의 목표는 삶의 질을 국가 목표로 하고 있다. 삶의 질이란? 따뜻한 정을 나눌 수 있는 사회를 말한다.

   아래 글은 당시 학살 현장에서 총탄 3발을 맞고도 기적적으로 살아난……. 정재원-鄭再原 사단 법인: 산청 함양양민 학살사건희생자유족회 회장이시고 현 중앙경제신문 회장 겸 논설위원이 저술한 "천명-天命"을 보내주시어 책 15~29페이지에 상재된 내용을 윤색을 하여 이 책에 상제하겠다는 허락을 받은 것이다. 북파공작원 중 가장 악질테러부대 출신인 내가 이해를 못할 정도로……. 국군 토벌대에게 처참하게 당했지만 본인의 말대로 저술한 그간의 책 제목처럼 "운명"인가 "천명"인가……. 그는 살육의 현장에서 살아나 성공을 하여 위령탑과 추모공원을 잘 조성을 하여 희생자와 피해자의 소원을 이루게 하였으며 지금도 지역을 위해서 금전적으로 많은 지원을 해주고 있는 공로에 존경을 표한다. 약력을 살펴본바 고려대학교를 졸업하고 학교에 관계된 직무를 많이 담당하여 일을 하고 있으며 또한 많은 책을 집필 했기에 윤색한 부분이 혹여 위상에 흠집이 났을까! 걱정이지만 소설을 이해하리라 생각을 한다. 이 부분을 상재하려고 이 책 원고 탈고 기간이 20여일 늦어졌다.

뱃속 깊이 새긴 아픔

　찬바람이 휘몰아치던 그해 겨울은 유난히 햇살이 눈부셨다. 눈부신 햇살 사이로 좋은 일이 있으면 나타난다는 까치들이 정겹게 날갯짓하며 마을 곳곳을 날아다녔다. 7세의 천진난만한 정재원 소년은 자기에게 닥쳐올 불운을 모른 채 반가운 손님이라도 찾아올까 싶어 눈은 자꾸만 마을로 들어오는 고개 길인 중매재로 향했다. 혹시 전쟁터에 나간 아버지가 설이어서 돌아올까 기다렸지만……. 설날이던 어제도 오지 않았다. 어머니에게 언제쯤 아버지가 돌아오느냐고 물었지만 어머니는 대답 대신 아들의 머리를 한번 쓰다듬고 쓸쓸한 눈길로 중매재를 쳐다보곤 이내 부엌으로 들어가 버렸다. 아버지가 적군과 싸우기 위해 군대에 간 후로 전쟁이 어른들의 싸움이라 여겼다. 자기만 그런 것이 아니라 전쟁놀이를 자주 했던 마을 어깨동무 친구들도 그랬다. 친구들과 모여서 놀 때도 전쟁엔 별로 관심이 없었다. 전쟁은 우리와 상관없는 아주 먼 얘기에 불과하다고 생각했다. 적어도 참혹한 사건이 닥쳐온 전날까지는 말이다. 소년이 태어나서 자란 방곡리 방실마을은 지리산 자락이 지나는 곳이다. 방곡리를 두르고 있는 산은 계절 따라 얼굴을 바꾸어서 그 아름다움에 탄성을 자아냈다. 마을 앞과 뒤에는 계단식이지만 기름진 논과 밭이 있었고……. 그 앞으로는 실개천이 있어 맑은 물이 사시장철 마르지 않고 흘렀다. 한 폭의 그림으로도 다 담지 못할 아름다움을 갖고 있는 곳이 바로 방곡리 방실마을이었다. 개천을 지나면 멀리 방실마을에서 외지로 통하는 유일한 통로인 중매재라는 고갯마루가 있다. 중매재는 오랜 세월 제자리를 지키며 떠나는 사람의 눈물과 누군가의 간절한 기다림을 지켜보았으리라. 그 만큼 그곳에 얽힌 사연은 마을 사람들 모두에게 특별했다. 전쟁만 아니었다면 오랜만에 고향을 찾는 이들이 부모와 가족을 만나려 가쁜 숨을 몰아쉬며 중매재를 넘었을 터였다.

"아직 설 분위기가 채 가시지 않은 1951년 2얼 7일 아침에 우리 집 울타리를 넘나들며 사립 문설주에 앉아 깐체이가-까치 · 우는 소릴 듣고는 괜한 설렘으로 어머니와 내는 기분이 좋아 설레발을 치면서 '무슨 좋은 일이 있을 거야'그렇게 생각을 하며 다른 날보다 더 깨끗하게 씻고 하루를 준비를 준비한기라."

"우리나라 민화와 설화에도 까치는 좋은 소식을 전해주는 새로 전해오고 있습니다. 지금도 시골에서는 그러한 새로 생각을 하고 까치가 울면 좋아들 합니다."

"곱게 차려입은 어무이도 그렇고 모든 게 좋은 일이 있으려는 전조인 것만 같아서! 우리 네 식구는 아침을 먹고 난 후 겨울철이라 특히 할일이 없어 이웃에 사는 전 씨 집으로 놀려고 갔는 기라. 내는 친구와 놀면서 먹으려고 빼떼기를-고구마를 두툼하게 썰어 말린 것 · 사구에-옹기그릇의 일종 · 한 가득 담아 가지고 가서 먹고 시간을 보낸 기라. 당시엔 주점 부리로는 대끼리인-최고 · 기라. 지리산 곳곳을 찾아다니다가 우리 마을을 까지 찾아온 차운 떠돌이 바람이 이따금 부는 추운 겨울이어서 나에겐 별로 안 좋은 계절이지만! 햇볕이 따뜻해서 툇마루에 앉아 해를 바라보기엔 더없이 좋은 날이어서 어른들이 전쟁에 대해 얘기하는 동안 내는 얼굴 가득 햇살을 받으며 기분 좋은 일을 상상을 한 기라. 환하게 웃는 표정으로 달려와 나와 동생을 안아 번쩍 들어 올릴 아버지를 생각하니 나도 모르게 서투른 휘파람을 불고 있을 때. 멀리 고개 만디서-고갯길 정상 · 새파란 옷을 입은 무리들이 마을을 향해 내려오고 있어 이상하다. 속으로 생각을 하고 그들을 주시하고 있었는기라. 그 고개는 만디가 높아 도라꾸도-일본 말이고=우리말은 트럭 · 올라오기가 힘들어서 걸어들 오는 기라."

"그들이 토벌대인줄 몰랐군요?"

"하모! 처음에는 별다른 느낌이 없었는데 가만히 생각을 해 보니 아침부터 많은 사람이 움직인다는 게 조금 이상한기라. 그간에 인민군들의 협박에 억지 동조하여 산사람이-빨갱이·된 동내 사람들이 내려와서 식량을 뺏어가는 일이 종종 있었는데 그들인가 하고 미간을 잔뜩 힘을 주고 살피느라 나의 귀에는 어른들의 이야기 소리조차 들리지 않는기라. 그런데 그들이 가까이오자. 이상한 점은 있는 기라! 그들은 하나같이 군복 차림이었고 모두가 마을을 향해 내려와서 아침에 깐체이가 울더니 좋은 일이 있을 조짐이련! 생각 끝에 친구에게 '우리 아부이가 있으면 좋겠다'는 말을 남기고 주점부리 몇 개를 손에 쥐고 밖으로 나와 한참을 달려가 자세히 보았더니 아부이는 없고 국군인기라."

"실망을 했겠군요?"

"그래도 다행인 것은 인민군이 아니고 국군이어서 마음을 놓인 기라. 나는 아버지를 보는 것 같아 반가웠고 안심이 되어 뒤돌아 뛰어와서 '엄마! 군인들이 오는데예'하고 말을 했지만 내말을 들은 우리 어무이는 아무런 말도 없이 하던 이야기를 끝내고 자리를 박차고 일어나서 곧장 우리 집으로 달려가면서 내가 알아듣지 못하는 소리를 하면서 가는 모습을 보고는……. 어린직감에 소스라치게 놀란 어머니의 행동을 보며 뭔가 심상치 않은 일이 벌어지고 있는 것이라 생각을 했지만 그러든 말든 신경을 쓰지 않고 그들에게 다시 간기라."

정재원의 어머니는 아들에게 군인이 온다는 소릴 듣고 서둘러 마을 고샅길을 다니면서…….

"아저씨예, 지금 군인덜이 온다 안 합니꺼, 퍼뜩 피하라예."

마을 사람들에게 군인들이 몰려오니 우선 피하는 게 좋겠다며 서둘러 알렸다. 아무리 국군이라지만 그들의 분위기가 예사롭지 않았고……. 국군인지 아닌지 아직 확실하지 않았던 것이다. 물론 마을에는 남자가 많지는 않았다. 애아버지처럼 이미 징집이 되었거나 강제로 인민군들에 의해 부역자로 끌려갔기 때문이다. 하지만 먹고살아야 하는 사람들로서는 몇 남지 않은 젊은 사람들을 보호해야 했다. 정재원의 어머니가 마을 고샅길을 다니면서 피하기를 종용한 탓에 약속이나 한 듯⋯⋯. 남자들은 서둘러 계곡이나 숨을 만한 곳을 찾아 몸을 숨기기 위해 산으로 도망을 쳤다. 불과 20여 분 만에 벌어진 일이었다. 이젠 마을에는 노인들과 여자들 그리고 아이들만 남게 되었다. 걱정스레 군인 무리를 보고 있는 마을 사람들은 제발 아무 일 없이 군인들이 지나가기만을 바랐다. 어른들이 이해를 못하는 것은 마을이 생겨난 후 아직까지 많은 무리의 군인이 한 번도 몰려오지 않았기 때문이다. 군인이라면 "인민군을 몰아내고 마을을 보호해주려고 하는 것이 아닌가."하며 느긋하게 기다리는 사람들이 있는가 하면 일부 주민들은 겁에 질린 듯 아이들을 숨기고 불안했다. 군인들이 마을에 거의 다다랐을 때 방실마을 사람들은 모두 집으로 들어가고 골목은 거의 텅 비어 있었다. 사람들은 문고리를 잡고 무슨 일이 벌어질지 몰라 불안에 떨며 바깥 상황을 예의주시했다. 그 누구도 입을 열지 않고 오직 문 밖으로 온 신경을 곤두세우고 있었다. 그때였다.

"마을 주민 여러분! 우리는 대한민국 국군 제1사단 9연대 3대대 소속 대원들입니다. 아무 염려 마시고 모두 밖으로 나와 주시기를 바랍니다."

군인 몇몇이 마을골목길을 돌며 큰소리로 외치고 다녔다. 하지만 아무도 문을 열고 밖으로 나오려 하지 않았다. 3대대 대원들은 다시 한 번 마을을 돌며 밖으로 나와 모일 것을 재촉했다.

"우리는 대한민국 국군입니다. 여러분을 해치는 빨갱이가 아니라 대한민국국군입니다. 좋은 소식을 갖고 왔으니 겁먹지 마시고 모두 나오시기 바랍니다."

적의를 느낄 수 없는 예의 바른 목소리였다. 시간이 조금 흐른 후 사람들은 불안한 기색을 감추지 못하고 하나 둘 문을 열고 밖으로 나왔다. 국군이란 사실을 확인했음에도 불구하고 사람들의 표정은 그리 밝지 않았다. 여전히 불안감을 숨길 수는 없었다. 3대대 대원들은 마치 안내를 하듯 집 밖으로 나온 사람들을 마을 앞 논바닥으로 이동시켰다. 마을 사람들을 긴장하게 했던 것은 그들을 안내하던 군인들이 아니라 그들은 기다리고 있던 군인 들이었다. 총을 멘 군인들의 표정은 모두가 굳어져 있었고! 논으로 모이는 주민들을 싸늘한 눈초리로 보고 있었다. 누구하나 웃지 않았다. 사람들은 좋은 소식을 알려주겠다던 군인들의 말은 자신들을 불러내려는 입에 발린 소리가 아닐까 의심을 하며 서서히 엄습하는 불안을 애써 억눌렀다. 차가운 총구처럼 파고드는 불안이 오금을 저리게 만들었다.

"나는 무엇 때문에 어무이가 겁에 질린 얼굴로 숨는지도 모른 기라. 군인 들이 재차 골목을 돌며 모이라는 고함치는 소리에 문을 열고 어무이는 막내 얼라를 업고 내는 바로 밑에 어린동생을 두고 갈 수 없어 손을 꼭 잡고 어무이의 뒤를 따라 마을 앞에 있는 사드레이-크지도 않고 물이 잘 빠지는 논이 여러 개 연달아 있는=계단식 · 논으로 간기라. 젖먹이 동생은 어무이가 등에 업고. 세 살밖에 되지 않은 동생은 추위에 벌벌 떨면서도 아무런 걱정도 없는 듯이 내게 손을 꼭 잡힌 채 많은 사람들이 모여드는 게 신기한 듯 바라보며 좋아 하는 기라."

"처음 보는 군인이었고 총을 메고 있어 더 신기했을 것입니다!"

"하모 예! 나와 동생이 작은 소동을 일으키는데도 어무이는 말없이 군인 들이 하는 짓을 예의 주시하면서 마을 사람들이 모여 있는 논에 다다랐을 즈음 한 병사가 다가와 낮은 목소리로 '얘, 꼬마야! 너희 아버지하고 형들은 어디 있니?'하고 물어서 '우리 아부이는 군대 갔어예.'사실대로 대답을 한기라. 그란데도 토벌대는 '그래? 그럼 형들과 누나는?'그가 집요하게 다시 한 번 물어서. '지는 예. 형도 누나도 없고 동생하고 어무이밖에 없어예. '하고 대답을 하자. 그 군인은 머리를 쓰다듬으며 '고놈 참 똘똘하구나! 그래, 아버지는 어느 군대에 갔나?' '군대가 군대지! 무신 군대가 또 있어예? 우리

아부지는 별이 스무 개나 된데예. '그래? 너희 아버지는 아주 훌륭한 분이시구나! 그래 알았다. 엄마랑 저 논으로 가 있거라'해서 가르쳐 준 논으로 간기라."

"어머니에게 묻지를 않고 어린 아이는 순진해서 거짓말을 하지 않고 바른대로 말을 하기에 그랬군요? 토벌대의 그 물음은 뭔가 캐내려는 수작인 것이지요?"

…….

찬바람이 부는 논바닥은 마을 사람들로 가득했다. 3대대 대원들이 골목을 휩쓸고 다니면서 고래고래 소리를 지르며 집집마다 문을 두드리고 해서 모은 인원은 대략 300여명에 달했다. 그 많은 사람이 모일 수 있었던 건 이 일대에서 방곡리의 가구 수가 가장 많았기 때문이다. 많은 사람이 모인 만큼 시끄러워야 할 터였지만……. 곳곳에서 간혹 웅성거리는 소리가 들리긴 해도 누구하나 손을 들고 나가서 토벌대에게 모인 이유를 묻는 사람은 없었다. 3대대 대원들은 한집도 거르지 않고 돌아다니며 사람들을 밖으로 나오게 했다. 마을 사람들이 다 모인 후 지휘관으로 보이는 장교 하나가 하천 둑 위로 올라서서 큰소리로 외쳤다.

"지금부터 여러분은 우리의 지시에 잘 따라야 합니다. 말을 듣지 않거나 엉뚱한 짓을 한다면 빨갱이로 간주하고 즉결처분을-현장에서 죽임·하겠습니다. 젊은 사람은 하나도 없는 것을 보니 이 마을엔 여자들과 노인들을 비롯하여 어린애들만 살고 있습니까? 젊은 사람들이 어디에 숨어 있는지 사실대로 말하십시오. 바른 대로 말하지 않으면 앞으로 벌어질 일에 대한 책임은 여기에 있는 여러분들에게 있습니다."

하지만 아무도 입을 열지 않았다. 여기저기서 수군거리기만 할 뿐 그 누구도 나서서 말하지 않았다. 잠시 동안 마을 사람들을 살피던 장교가 얼굴을 붉히며 반말로 큰소리 공갈 협박의 말을 쏟아 냈다.

"너희들 때문에 우리 군인들이 피해를 보고 있단 말이야! 밤에는 빨갱이 놈들 밥해주고 또는 빨갱이와 협조하는 너희들 모두는 빨갱이야! 사실대로 만 말한다면 아무도 다치지는 않는다. 어서 빨리 말을 하라."

마을 사람들을 향해 소리치는 장교의 얼굴에는 살기가 넘쳐 괴물처럼 보였다. 조금 전의 입가에 간간히 미소 짓고 점잔을 떨면서 여유를 부리 던 사람이 아니었다. 그는 사람들 하나하나를 관찰하는 듯 무섭게 쏘아 보았다. 누구도 고개를 들어 그와 눈을 마주칠 수 없는 험악한 분위기가 이어졌다. 마을 사람들은 쥐죽은 듯 앞사람의 뒤통수만 뚫어져라 바라보 았다. 사람들 사이를 오가는 것은 살을 에는 듯한 차가운 떠돌이 바람이 었다. 어머니 품에 안긴 어린아이들은 추운지 이곳저곳에서 칭얼댔다. 귓불이 떨어져나갈 것 같은 차가운 바람이었지만 장교의 갑작스런 반말 과 공갈 협박에 겁에 질린 주민들은 추운 줄도 몰랐다. 어서 무사히 집으 로 돌아가고만 싶었다. 얼마나 시간이 지났을까. 침묵마저도 차가운 바 람에 얼어버린 듯했다. 그리고 잠시 후 장교의 성난 목소리가 또다시 사람들의 귓속을 사정없이 파고들었다.

"모두 뒤로 돌아서 앉아!"

목소리는 거부할 수 없을 정도로 단호한 명령이었다. 마을 사람들은 장교의 고함소리를 들었음에도 쉽게 움직일 수 없었다.

"뭐하고 있는 거야? 어서 뒤로 돌아앉지 못하겠어? 돌아앉아서 모두 눈 을 감는다. 실시!"

그제야 사람들은 하나 둘 장교의 지시에 따라 몸을 돌아앉아 눈을 감 았다. 그리고 잠시 침묵이 흘렀다. 눈물이 났다. 너무 춥기도 했거니와 무언가 큰일이 일어날 것만 같은 공포가 온몸을 휘감았기 때문이다. 그때였다. 일단의 쇳소리가 뒤에서 들렸다. "철컥"하며 허공의 차가운 공기를 가르는 소리는 총에 탄알을 장전하는 소리였다. 그 소리가 남과 동시에 하늘을 찢기라도 하듯 엄청난 굉음소리가 들렸다. 뒤 이어 지축을 뒤흔드는 총소리가 이어졌다. 지리산골짜기가 총소리로 인해 무너져 내리는 듯 굉음이 하울링 되어 되돌아 귓속으로 파고들었다. 고요했던 산간벽지의 평화로움은 일순간에 수라장으로 변했다.

  "탕! 탕! 탕탕!"

  귀청이 찢어질 듯이 연속으로 들리는 총소리와 함께 비명소리가 여기저기서 들려왔다. 그 총소리와 함께 앉아 있던 수많은 사람들이 "윽, 윽!"하며 외마디 신음을 내뱉고는 그 자리에서 고꾸라졌다. 귀를 막고 뛰쳐나가던 사람들은 머리가 시골 자갈길을 덜컹거리며가는 소가 끄는 구루마에서-달구지·떨어진 수박처럼 깨어졌다. 피를 토하며 논바닥으로 처박히는 사람이 있는가 하면 순식간에 팔다리가 골절된 사람도 있었다. 논바닥은 그야말로 아수라장으로 돌변했다. 살려달라는 아우성은 총소리에 묻혀 들리지 않았다. 총을 쏘는 군인들의 표정은 하나 같이 분노에 가득 차 있었다. 교전을 벌일 때의 비장한 각오가 묻어나는 표정들이었다. 그들은 마을 사람들을 정 조준하여 사격을 한 후 빠르게 탄창을 갈아끼운 뒤 빠르게 사격을 하여 비웠다. 마지막 탄알이 약실을 빠져나가면 곧 새 탄창으로 갈아 끼우고 다시 방아쇠를 당겼다. 살육이었다. 아니! 인간사냥 이었다. 군인들은 짐승을 사냥하듯 사람들에게 총을 쏘았다. 탄창을 비우고 새로 탄창을 갈아 끼우기를 반복하며 정신 나간 사람처럼 사격을 해 댔다. 매캐한 화약 냄새와 피비린내가 이내 사방에 퍼졌다. 누구의 것인지도 모를 피로 물든 신발들이 눈 바닥에 즐비 했다. 기어가는 사람도 얼마 가지 않아 고개를 떨어뜨렸다. 꽁꽁 얼어 있던 논바닥은 어느새 녹아내린 얼음과 검붉은 핏물로 범벅이 된 채로 바닥에 흥건히 고이고 있었다. 총탄을 피해서 이리저리로 몇 걸음 도망을 가다가 날아드는 총알을 맞은 후 비틀거리며 논바닥을 헤매던 사람들이 이미 시체가 되어 있는 곳을 지나다가 시체에 발이 걸려 겹겹이 쓰러진 뒤 다시 일어나지 못하고 죽어갔다. 시체가 또 다른 시체위에 깔려 시체더미가 자동으로 이루어지고 있었다. 순식간에 불어 닥친 아비규환은 이루 말로 표현할 수가 없었다. 어른 아이 할 것 없이 무차별 총을 쏘아 사살을 했다. 무어라 한 마디 내뱉은 순간도 없었다. 아무 죄 없이 무슨 죄인지은 것도 모르고 죽어갔다. 죽어야 하는 이유를 아는 사람은 하나도 없었다. 그것도 적군이 아닌 국군의 총탄에 맞아 죽어야 하는 사람은 선량한 민간인들이었다. 내장을 쏟으며 신음을 토하던 누군가는 엄마를 애타게 부르다가 죽어갔다. 영원히 지속될 것만 같은 시간이 빠르게 흐른 뒤에서야 토벌대는 논바닥에 가득한 사체들을 확인하고 마을 쪽으로 물러나기 시작했다. 사격이 멈추자 살아남은 사람들은 고개를 슬쩍 들고 사라지는 군인들의 뒷모습을 확인하고 주변 사람들을 살폈다.

　"나도 살며시 고개를 들어 주위를 둘러보니 우리 어무이는 젖먹이 동생을 안은 채 엎드려 있었고 내 바로 아래 동생인 인식이는 내 눈앞에서 그리고 할배와 할무니를 비롯한 사촌 누나 등은 논 가새머리-끝에·도랑가에 엎어져 있었는 기라."
　"천만 다행으로 확인 사살을 하지 않았군요? 여러 곳의 양민 학살사건의 현장을 찾아가면서 증언을 들었는데……. 머리에나 가슴에 확인 사살한 흔적인 총구멍이 나 있었다는 피해자나 가해자의 말을 들었습니다. 제가 머리에다 권총을 대고 확인 사살하는 사진을 가지고 있습니다. 이 사진은 당시에 저질러진 양민 학살 현장에서 미군 고문관 입회하에 이루어진 학살 현장을 찍은 사진인데……. 미국국립 비밀문서 보관소에 있던 사진을 이 도영박사에 의해 30년 만에 열람을 해제 시킨 사진으로 제가 집필하고 있는 책 뒤표지로 사용할 것입니다."

"강 선생이 좋은 일을 하고 있어 고맙소! 확인 사살을 하지 않아 다행이
라고 생각을 했는데 말짱 도루묵이 되어 뿌린 기라."

"왜요?"

"내는 총에 맞지 않은 어무이를 보자 설움이 복받쳤지만 울 수가 없는
기라. 군인들이 돌아올까 봐 깔딱수—딸국질 · 나와도 참았고. 무서워서 소리
내어 울지도 못하고 어무이만 바라보며 울음을 삼키고 있는데 느닷없이
한 아지매가 도랑가에서 갑자기 뛰어 나 온기라. 군인들이 다 간줄 안 이
아지매는 마을 옆 도랑가에 숨어 있다가 대성통곡을 하며 뛰쳐나오며 '아
이고! 내 새끼! 내 새끼 다 죽었구나! 우야꼬 우짜면 좋노? 이게 웬 날벼락
이란 말인고 아이고. 우리가 무신 죄가 있다고 이카노? 이 천하에 쥑일
놈들아. 우리가 무신 죄가 있다고 생사람을 쥑이단 말이고! 아이고, 내 새
끼들아. 내 새끼 어데 갔노?' 악을 바락바락 쓰며 미치게이처럼 논바닥을
휘젓고 다니면서 자기 식구들을 찾는 기라."

"이 아주머니 때문에 토벌대가 다시 돌아왔군요?"

수많은 시체들이 도망치다 총에 맞아 죽은 듯 논배미에 걸쳐져 여기저
기에 널브러져 있기도 했지만……. 중상과 경상을 입은 사람들의 신음소
리가 들려서 일어나 도와 줄 수도 없었다. 빨리 토벌대가 마을을 떠나기
를 바라면서 고통을 참으며 기다렸다. 군인들만 사라지면 살육의 시간이
지나가리라 생각했다. 그러나 군인들이 마을을 빠져나가기도 전에 다시
불행이 마을 사람을 덮쳤다. 시체더미가 쌓여 있는 논바닥에서 약 200여
미터쯤 가고 있을 때 마을 도랑가에서 숨어 있던 한 아주머니가 살육현
장을 지켜보고 있다가 토벌대가 자리를 뜨자. 자식을 찾으며 지른 소리
가 지리산 골짜기가 쩡쩡 울리도록 비명에 가까운 소리를 대지른★ 것이
다. 그것은 아무도 미처 생각 못한 또 다른 비운의 불씨가 되었다. 그
소리를 들은 군인들이 헐레벌떡 되돌아온 것이다. 그리고 그들은 아주머
니 가슴을 향해 정조준을 하여 방아쇠를 당겼다. 분노로 절규하던 아주
머니는 외마디 신음도 없이 그 자리에 국수 가락처럼 흐늘거리며 쓰러져

버렸다. 그들 앞에서는 인간의 존재도 한낱 미물에 불과할 뿐이었다. 헐레벌떡 돌아 온 토벌대가

"이 버러지 같은 년아! 네 죄를 모른단 말이냐? 이 괘씸한 년 같으니라구!"

미친 듯이 발광하는 그들의 총구에서는 죽어 가는 그 아주머니를 향해 두발의 총성이 울렸다. 확인 사살을 한 것이다.

"당고래-무당 · 같이! 씨부리며 토벌대에게 달려들면서 욕을 퍼 붓는 아지매의 쎄도가지-혀 바닥 · 인하여 죽임을 당한 것으로 끝나는 줄 알았는데 말짱 황이 되어버린 기라. 그때까지 나는 총을 한 방도 맞지 않아는 기라. 잠시 실신을 했던지 꿈같은 한 순간같이 귀속에서 윙윙 소리만 잠깐 들은 것 같았는데 잠시 후 정신이 번쩍 들어서 그 아주머니를 확인 사살하는 것을 똑똑히 본 기라. 그 모습은 두 눈을 뜨고는 차마 볼 수 없는 장면은 지금도 내 기억 속에서 지워지지 않고 있는 기라. 확인 사살을 한 그들은 엎드려 죽어 있는 그 아지매를 반듯하게 누이고는 구둣발로 다시 얼굴을 짓뭉개고 난 후 대검으로 젖가슴을 몇 번이고 쿡쿡 찌르는. 잔인한 짓을 저지르는 것을 보고 입에서 토악질이 나오라 캐서 참느라 혼난 기라."

인간의 탈을 쓰고 어찌 그럴 수가 있을까? 할 정도로 토벌대는 잔인했다. 어처구니없는 광경이었다. 탄약 냄새와 피비린내가 코를 찔러도 그 냄새조차도 느낄 수 없는 상황이었다. 사람이……. 사람을……. 그것도 국군이 순진무구한 양민을 이토록 잔인하고 무자비하게 죽인다는 것은 도저히 믿기지 않은 일이었다. 생존자는 두 눈으로 분명히 확인한 현실인데도 도무지 믿을 수가 없었다. 1차 사살 때는 절반가량은 죽지 않았다. 몇 발의 총알이 맞았더라도 목숨은 건질 수 있는 사람이 많았다.

"내는 그때까지 총을 한 방도 맞지 않았는 기라. 어른들 틈에 끼어 있었

기 때문이기도 했지만……. 그 아지매의 통곡소리에 얼른 일어나 우리 식구들이 죽었는지 살았는지를 살펴보니 어무이도 그때까지 총을 한 방도 맞지 않았음을 안기라. 그래서 토벌대가 알까봐 곧바로 엎드린 기라.”

“어머니도 운이 좋았고! 어린 아이였기에 제대로 확인하지 않았던 모양입니다!”

“운이 좋긴 무어가 조타는 말인교? 그 아지매가 울부짖고 야단법석을 떠는 바람에 확인사살 과정에서 벌어진 2차 확인사살에 의해 유명을 달리한기라! 토벌대가 마을을 완전히 떠나자, 숨어 있던 젊은 사람들이 달려나와서 시체를 분리 하면서 확인한 사망 이유를 후에 알려 주었는데……. 어무이는 가슴에 정통으로 총알을 맞았고 동생은 항문에서 머리를 뚫고 나오는 관통상으로 즉사했으며 또 한 명의 동생은 총알을 맞은 흔적도 없이 숨이 끊어져 있었다고 알려주어서 안 기라.”

살아있는 주민들은 어안이 벙벙할 뿐이었다. 식구들이 모두 죽어 있는데도 눈물까지 메말라 있었다. 울 수도 없었다. 오직 그 순간을 모면하는 것만 생각할 뿐이었다. 그 여자의 떠드는 소리에 죽지 않았던 모든 사람들이 일시에 자리에서 일어는 바람에 토벌대에게 들켜서 그들에게 2차 확인사살의 빌미가 되었다. 그들은 그렇게 확인사살을 확인하고도 안심할 수 없었던지 기름을 시체위에 뿌리고는 불까지 질렀다. 불길은 삽시간에 시체더미로 옮겨 붙었다. 그들은 뜨거운 불길을 견디지 못해 꿈틀거리는 사람들을 또 다시 확인하여 잔인하게 사살했다. 또는 대검으로 쿡쿡 얼굴을 찔러보기도 하고 어린아이들은 구둣발로 목과 얼굴을 밟아 짓뭉개면서 잔학무도하게 만행을 저질렀다. 그러니 누군들 살아남을 수 있었겠는가!

“그러한 와중에 천운인지는 모르지만 내는 살아 있어는 기라. 그때까지 내가 죽지 않은 것은 시체가 내 위에 덮여 있어서 살아 있어는 기라! 눈을 살며시 뜨고 보니 어무이가 총탄에 맞아 죽어가면서도 자식들을 살리려고 가슴에 안은 채 두동생과 함께 숨을 거둔 기라! 그 틈바구니 곳에서 하늘이 돌보았는지 나는 살아남았지만……."

"이야기를 듣고 보니 천운을-天運 타고 난 것 같습니다!"

"하지만 또 한 번 죽음을 면한 일이 벌어 진기라. 토벌대가 그런 악행을 저지르고 떠나면서 시체더미를 태우기 위해 지른 불길이 삽시간에 시체를 태우며 내게도 불길이 옮아와서 이대로 있다가는 결국 불에 타 죽는 신세가 될 게 뻔해 이판사판이라는 생각으로 벌떡 일어나 혼비백산한 채 마구 뛰면서 군인들이 지켜보고 있는 반대 방향으로 냅다 내달렸는데……. 내가 뛰어 도망치기 위해 예닐곱 걸음을 옮겼을까 했을 때 귀청을 뚫는 총소리에 풀썩 쓰러 진기라. 쓰러진 나에게로 무자비하게 총을 난사하는 소리를 듣는 것과 동시에 논배미에 둑 끝에 축 늘어져 걸친 채로 고꾸라져 기절을 한 기라."

"빗발 같이 쏟아지는 총알이 가슴 정통에 맞지 않아 살아났군요?"

"아무런 생각도 느낌도 없어는 기라! 죽은 사람의 느낌이 이런 것일까? 하는 생각이 그 긴박한 시간에도 떠오른 기라. 얼마나 시간이 흘렀는지 모르지만 온 몸에 통증이 오는 기라. 깨어났기에 통증을 느낀 기라."

"……."

"시체더미로 불에 타고 있었는데 누구 하나 꿈틀거리지도 않는 것은 살아 있는 사람은 하나도 없는 것 같아서 온 전신에 전해오는 고통을 참으며 가까스로 일어나 사방을 휘둘러보니 확인 사살까지 저지른 토벌대이 한 놈도 보이지 않아서 마음을 노이자. 더 강한 통증이 서 몸을 살펴보니 온몸이 만신창이 피투성인 기라. 글마들이 어린 나에게 그런 썸둑시럽은-야물차다=지독하다 · 짓을 저지른 기라!"

"아마도 화약 성분이 피를 타고 온몸에 돌고 있어 그럴 테고! 피를 많이 흘려서 오한이 들었을 것입니다! 어디 어디에 총을 맞았습니까?"

"몸을 확인해 보니 한발은 오른쪽 허북지를 관통했고. 또 한 발은 오른쪽 배를 스치고 지나갔으며 세 번째 총알은 왼쪽 발바닥을 뚫었는데 그대로 발꿈치에 총알이 박힌 기라. 피가 많이 나는 허북지와 발바닥은 어무이 옷고름을 떼어 내서 힘주어 동처 매어 지혈을 시켰고 배를 스친 곳은 탄환 열기에 의해서 인가! 약간 부어올랐지만 피는 나지 않아서 괜찮은 가라."

일곱 살 나이에 총알을 세 발을 맞고도 죽지 않았다는 것이 나로서는 약간 이해가 가지 않았다. 총 열에는 미세한 나선형으로 되어 있어 총알이 총구를 지날 때 회전을 하면서 엄청난 압력에 의해 밀려 나가기 때문에 총알이 들어간 입구는 작지만 나오는 구멍은 아주 크기 때문이다. 어린이가 맞았다면 뼈가 절단이 될 것이기 때문이다.

> "정신을 차려야 살 수 있다는 생각에 통증은 전신을 휘감아도 정신을 가다듬고는 옆을 휘둘러 살펴보니 피범벅이 된 시체들 사이에서 물을 달라는 사람도 있는 기라. 그 소리를 듣고 살아남은 사람들이 여기저기에서 물을 달라고 이바구소리에·아우성치자·내도 목이 타고 갈증이 나서 견딜 수가 없었는데 어디에도 물이 없는 기라. 살아 있는 몇몇도 총상으로 움직일 수가 없는 육신이 되었고! 또는 살아있지만 다 죽어가고 있어 물을 떠다 줄 사람도 없는 기라."

논바닥은 온통 피의 홍수로 넘쳐나고 있었다. 어떤 사람은 턱이 떨어져 나갔고 어떤 사람은 한쪽 눈이 빠진 몰골로 물을 달라고 소리를 지르다가 그냥 앞으로 쓰러지기도 했다. 머리통이 깨어져 논바닥에 흩어져 있고 몸뚱이가 피투성이가 된 시체들과 창자가 튀어나온 채 죽어 있는 사람 등등 살육 현장은 차마 눈뜨고 볼 수 없는 참혹한 형상이었다. 몇 시간이 흘렀을까! 해가 뉘엿뉘엿 저물어갈 즈음 산으로 피신했던 마을 청년들이 내려왔다. 그들은 논바닥에 널린 타다 남은 시신들과 신음하는 사람들을 발견하고 아연실색하지 않을 수 없었다. 도대체 무슨 일이 이었는지 그들은 상상조차 할 수 없었다. 다만 산속에 숨어 있으면서 요란한 총소리와 마을이 불타면서 시커먼 연기가 하늘로 오르는 장면을 보면서 큰일이 벌어지고 있구나. 하는 직감은 있었으나 이렇게 참혹한 일이 벌어지리라는 것은 상상도 못 했었다. 젊은 이 들은 누가 먼저 시작했는지는 모르지만 살아 있는 사람들을 찾아내어 지혈을 하였다. 그 순간에도 부모형제 일가친척의 숨을 거두는 장면을 보고 발을 굴리며 땅을 치고 통곡을 했다.

"왜? 누가? 도대체. 왜?"

말하고 싶지만 도무지 말이 이어지질 않았다. 그저 가슴을 치며 절규할 뿐이었다. 한참을 그렇게 분에 못 이겨 울부짖던 청년들은 누군가의 독려에 시신을 수습해야 했다. 그리고 일부는 임시로 거처할 움막을 세우고 일부는 옆 산에 구덩이를 파고 시체들을 가매장을 했다. 산 짐승이 시체를 훼손 할 까봐 임시로 매장을 한 것이다. 군인들이 마을을 떠나면서 한 집도 빠트리지 않고 불을 질러 태워 버렸다. 북풍이 휘몰아치는 계절인……. 지리산 산청군 금서면에 빨갱이 소탕하려 왔다는 토벌대는 빨갱이를 잡기는커녕 불쌍한 양민들을 무자비하게 학살을 하고 마을에 불을 지른 후 떠났다. 당장 거처할 곳이 없는 주민을 버려둔 채…….

전남 함평 양민학살 사건

    지리산에서 3백 여리인 전라남도 영광군 불갑면 불갑산-해발 515m. 자락 동남쪽으로 10여km. 전북 「남원 양민학살사건」이 일어난 지 꼭 19일째 되던 날 1950년 12월 6일 전남 함평군 월야면 정산리 동촌마을을 시작으로 51년 1월 12일까지 4회에 걸쳐 3개면 9개 마을의 양민 5백여 명을 국군토벌대가 습격 학살했다. 국군 공비토벌대는 진정 양민학살을 목적으로 만들어 졌는가? 이 부대는 이후 남원 산청 함양 거창에서 또다시 양민학살을 감행했다. 함평양민들 역시 지리산 변과 다를 바 없이 낮엔 대한민국 밤에는 인민공화국이란 하루 두 얼굴의 이념과 상상에 접하여 살아남아야만 했다. 함평양민학살사건이 일어난 이유를 이 지역 주민들은 3가지로 나누어 증언하고 있다.

첫째: 토벌대 병력이 대부분 제주도 병력으로 이루어 졌다고 한다. "남원 양민학살사건"도 이와 유사하기도 하지만 수복작전을 빌미로 학살을 감행했다는 게 함평 양민학살과는 다소 다른 점이다. 왜? 제주 병력이 학살사건을 주도했는가. 그것은 "4.3 제주폭동사건"으로 이어진다. 좌익과 군 내부의 반란으로 이어진 제주도 폭동사건은 수많은 제주도민이 목숨을 잃는 사태에 이르렀다.

    제주도에서 입대한 군인들이 휴가를 받아 고향에 돌아갔을 때 그들은 자신들의 부모형제가 폭동사건으로 인해 목숨을 잃은 것을 안 나머지 군에 복귀하여 "양민학살"의 주도적인 역할을 했다고 학살현장의 생존자와 지역주민들은 주장하고 있다.

둘째: 50년 12월5일 5중대 병력이 해보면 금덕리에 주둔하고 있다가 장성군 삼서면으로 연결되는 도로를 따라 순찰 중이었다. 월야면 정산리 동촌마을 입구에 이르렀을 때 공비의 습격을 받아 군인 3명이 그 자리에서 사망한 보복행위란 것이다.

셋째: 이날 밤 동촌마을 뒷산에서 지방에서 암약하던 빨치산들이 국군의 계속되는 북진 때문에 자신들의 신변에 위험을 느껴 마을로 내려와 소와 돼지를 잡아 안주삼고 술을 먹어가며 동촌마을 주민들을 억지로 동원해 징과 꽹과리를 두 둘 겨 농악놀이를 한 뒤 일부 주민들을 끌고 철수하여 산꼭대기에 불을 피워놓고 군인들의 약을 올렸는데 이에 더 화가치민 토벌대가 동료를 잃고 허탈해진 군인들이 부아가 머리끝 까지 치밀어 다음날 새벽 동촌마을을 습격했다고 당시 현장에 있었던 주민들은 증언하고 있다.

50년 12월 6일 새벽 영하 20도를 오르내리는 엄동설한의 추위와 배고픔과 마음마저 메말라 있을 때다. 어렴풋이 동이 틀 무렵 일단의 군인들이 동촌마을 입구인 진다리-긴 다리란 말·동네로 들어섰다.

그들은 들이닥치자마자……. 어젯밤 공비들에게 끌려가 밤새도록 마을 뒷산에서 추위와 공포에 떨며 공비들의 눈치를 살피다 돌아와 깊은 잠에 빠져있는 진다리 동네 주민들을 끌어내기 시작했다. 어린아이 부녀자 노약자 할 것 없이 마구잡이로 끌어냈다. 말할 틈도 없었다. 꿈속에서 갑자기 끌려 나온 30여명의 양민들은 동네 앞 논바닥에 내동댕이쳐졌다. 옷도 제대로 걸치지 못한 채 혹한의 추위와 공포에 젖어 이빨이 마주쳐 소리가 나도록 떨고 있었다. 이곳에서 살아 나온 생존자 강 모 씨는 "너무나 추웠습니다. 어린 나이였지만 그때의 공포를 잊을 수가 없습니다."

라고 했다.

　　"와따 군인들이 욕을 해댑니다. 추워서 개춤치에다-호주머니·손을 넣고
불량배처럼 어그정 거리고 나온께로 굴래쑤염이 많은 장교가 득달 같이
달려가 양쪽 빠마데기를 서 너 차례 때리고 나서 군화발로 사정없이 성문
장갱이를 까부니까 논바닥에 네발을 뻗은 깨구락지 처럼 넘어져 뻐리적-꿈
틀대는·거리는데도 머리빡을 군화발로 조근조근 볼바뿔 드랑께요."

　　"누구를 말입니까?"

　　"동네서 까탈스럽게 말썽을 치고 술만 먹었다하면 쌈박 질이나 하고 다
니는 아젠데 나이도 솔찬이 묵었고 하여 반말 짓거리로 말하는 신삥 군인
들이 설래 발을 치는 것을 보고 엄동설한 이라 추븐께 개춤치에-호주머니·
손을 쑤셔 넣고 거만스럽게 걸음 거리를 어그정 거리며 늦장을 부린 것인
데 젊은 놈이 시 건방을 떤다고 군화로 성문장갱이를 사정없이 차부니 얼
마나 아파뿔 꺼이요! 동지섣달이라 논에는 모폭씨가 있어 얼어서 얼은 모
폭시가 말목을 땅바닥에 박아 놓은 것 같은데 그 위로 죽임을 당한 깨구락
지 뻗듯이 사정없이 엎푸러져 버립디다. 얼마나 아픈지! 벌떡 일어나서도
가슴을 만지며 눈물을 흘립디다."

　　군인들이 마을에 들이닥쳐 시범 조로 한 사람을 린치를 한 것이다.
군을 같다온 사람들은 모두 안다. 시범케이스로 걸리면 오지게 얻어터지
는 것을……. 터지는 당사자는 물론이거니 곁에서 구경하는 사람이 더
공포를 느낀다. 그렇게 되면 누구나 고분고분 말을 잘 듣기 마련이다.

　　강 씨는 말은 중단하고 하늘을 올려다보고 고개를 갸웃 거리다 입을
연다.

　　"그때를 생각하면 이가 갈리오!"

　　"곤욕을 많이 당한 모양입니다?"

　　"아이고 두 번 말하면 잔소리고 세 번 말하면 숨차불제! 생각 해 봐 보시
요? 철모르는 쬐끄만 동내 아그들이 뭘 알꺼이요. 도통 모르는 말을 헙디

다. 갑자기 마을로 들이 닥쳐 동네 묵정밭으로 빨리 모여라고 하여 급하게 먹느라고 밥도 썬찮게 묵고 옷도 방안에서 입은 그대로 불려 나와 추워 음달포수 좆 떨 듯이 덜덜 떨고 서 있는디 '빨갱이들과 내통한 놈 잡아낸다'고 하여 나는 군인들이 주둔해 있으면서 사용하려고! 통시깐-변소·만들 사람 나오라는 말인 줄 알고 선착순으로 앞에 나갔제. 근디! 무단이시 죄 없는 동네 사람들은 뭉테기로 끌어내어 전부 죽여 뿌끄이요."

"그래도 이유가 있는 것이 아닙니까? 빨치산을 도와주었다는 것을 알고 왔으니 그들에게 는 그럴만한 이유가 되는 것 아닙니까?"

"완마! 종씨는 시방 텍도 없는 소리 하고 있어 지금……. 언놈은 도와주고 싶어서 도와 주었간디?"

"어쨌거나 토벌대쪽에서는 이유가 안 되지 않습니까?"

"그래도 그렇지! 생사람 죽이는 것 보았으면 그런 소리 못할 것이요?"

"……."

"맑은 대낮에 벼락을 맞아 되질 놈들이 제! 워머~워머……. 지금도 그 생각하면 간이 휘까닥 뒤집어져 불라고 그요."

"노인들과 어린아이들도 죽었다 이 말입니까?"

"와따, 이 양반이 시방 잠자다가 무단이시 봉창 두 둘 긴 소리 해 쌌고 있그마 이? 시방! 이띠깔로 무슨 소리 듣고 있었소? 나 말인 직슨! 임신한 여자도 사정없이 쏴서 죽게-죽여·뿔드라. 이 말이요. 하여튼 간에 그놈들 눈앞에서 움직이는 것은 몽땅 쏴서 죽여 부렀쓰께. 한마디로 말하자면 하루살이 목숨보다도 더 못 했 쓰께!"

"부역도 하고 빨치산과 내통한 사람들이 있었습니까? 통비자-通比者 한명만 있어도 마을을 쑥대밭으로 만들고 움직이는 물체는 모두사살 했다는 증언을 들었습니다만 이곳에서도 그랬군요?"

"토벌 작전지역이라면 없을 리가 있간디 있기야 있었제. 있었쓰께 글기야 그랬지만! 사람을 말이여 도리깨로 보리타작하듯이 말이여! 죄 없는 어만 사람들까지 싸그리 죽여 뿔끼이여……. 그 개잡놈들 즈그 엄니 배에 엎어져 널을 띌 놈들이지! 그렇게 숭악스러운 짓거리를 할 꺼인가 말이여 이? 부역 안 할라고 그래도 말 안 들으면 가족을 모아 놓고 총을 견주면서 먹을 양식이나 내놓던지 부역을 해주지 않으면 가족을 모조리 쏴서 죽여 뿐다고 긍께. 나부터서도 가족을 보호 헐라면 말을 들어야 쓰것 습디다.

그런 것일랑은 나한테 안 물어 봐도 종씨는 훨씬 더 잘 알꺼인디 그요 이?"

증언하는 강 씨 말 중 독기 있는 욕은 60여년 가슴 밑바닥에 원한의 찌꺼기가 토악질 되어 나오는 것 같았다.

"어르신 마을에선 빨치산 협조자가 몇 명이나 있었는지 아십니까?"
"나가 어려서 알긴 알간디. 인자 늙어 기억이 간잔지름하여서……. 긍께로 생각나는 대로 이야기해야 쓰것그만……. 이우재 집안 어른이 있었는디 아침나절에 봉께로 부역 갔다 왔는지는 몰라도 눈알이 생 꼬막 까놓은 것처럼 빨개 든마. 밤샘 인민군들 식량을 등짐으로 저다 주고 잠을 못 잤는지는 몰라도! 그때 젊은이는 군대서 전부 뽀바 가불고 30~50씩 나이 묵은 사람들은 부역 했제!"
"그들이 들어 와서 부역자를 어떻게 골라냈습니까?"
"맨 처음 인민군들이 들어와서 반동분자를 골라내는 것을 봉께로 공무원들을 뽑습디다. 공무원 있으면 손들고 나오시오. 하니 나갈 사람이 누가 있겠소. 한 사람도 안 나간 께, 그 아그들이 줄서있는 사이사이로 들어가서 남자들 이막빼기를 찬찬이 들다봅디다."
"멀라고요?"
"와따! 이 양반이 나하고 같은 종씨 아니라깨비. 성질 하나는 더럽게 급하네! 나 이야기를 다 듣고 차근차근 물어 보씨요 이?"
"……"
"긍께 경찰들 모자를 쓰고 근무를 하니께 이마빡에 모자 눌러 쓰면 안쪽 챙이 있어 테두리 있는 곳이 딱딱 한께로 이마에 자국이 날꺼 아니요? 그것을 보고 잡아냅디다. 근디 우리 당숙은 경찰도 아닌데 이막빼기에 모자 채양 자국이 있어 갖고 잡혀 간 뒤로 안 돌아왔다고 우리 숙모가 방바닥을 두 손바닥으로 두 둘 기면서 대성통곡을 하고 울어 쌌습디다만……. 그란에도 토벌대가 닥치는 데로 다 죽게 부렀는디 통곡을 한들 무슨 소용이 있을까 마는 그렇게 서럽게 우러쌌습디다 만."
"아니 당숙은 경찰도 아니라면서 왜 잡혀갑니까?"
"우체부도 그때 햇볕가리는 채양 달린 모자를 안 쓰고 다녔소! 그때는 중학교와 고등학교 모자도 똑 같았는디. 학교에 가면 학교 설팍·교문·앞에서 주번 완장을 팔에다 차고 모자를 쓴 것과 복장이 단정한가를 검사를 안 합디요? 1주일에 한 번씩 교대로 했는디 종씨도 알끄인디 이! 요런 말 안 해도?"

"알고 있습니다."

"긍께 아그들이 학교 설팍 앞에서 지케 서 갖고 모자 안 쓰고 오면 못 들어가고 안 그랬소? 글면 겁나불게 화딱지 안 나붑디요, 그렇께 이망빡에 표시가 나 부렀제 그것은 종씨도 폴새 알끄인디 그요 이?"

"아! 그렇군요! 저희들 어렸을 때도 경찰과 우체부와 초등학교를 비롯하여 중학교와 고등학교 남자들은 모자 앞 체양이 달린 것을 쓰고 다녔습니다."

"글타니까 완마! 종씨도 옛날 생각 나불것는디! 국민핵교 다닐 띠게 셈본-산수=수학·책으로 공부배운 사람들은 전부 알 꺼이마!"

당시에는 우체부도 챙이 달린 모자를 꼭 쓰고 다녀서 이마에 챙에 눌린 자국이 났는데 경찰도 아닌 당숙은 우체부였는데 경찰로 오인 잡혀갔다는 것이다.

"그것뿐이 다요?"

"뭐가 또 있습니까?"

"그 사람들요, 공무원 골라내는데 귀신같습디다!"

"어떻게 색출하였는데요?"

"워메! 오늘 종씨한테 좋은 거 몽땅 갤차조부요 이! 긍께로 남자들 손을 보자고 하여 보여주면 손금 보는 것처럼 손바닥을 찬찬이 드리다 봅디다. 손바닥에 못이 안 박혀 있는 사람을 골라냅디다."

"왜요?"

"와따메, 글 쓰는 사람이 그것도 모른 다요? 일을 안 하여 남자 손목댕이가 여자 손처럼 고바뿌면 공무원이제! 촌에서 사는 사람들이 일 안하고 살수가 있다요. 그렁께로 손바닥이 고바뿐 것은 머슴을 수명씩 두고 일 안하는 악덕지주 아니면 공무원이란 말이제! 어치요? 강 선생! 나 말을 들은 깨로 이해가 가불지라 이?"

당시 부자들은 머슴을 몇씩 두어서 자신은 일을 안 하였기 때문에 손바닥을 보면 알 수 있어 빨치산들이 가려낸 것이다.

"공비들이 공무원을 싫어했습니까?"

"뒤에 안 일이지만 그때 공무원들이 잘 살았고 특히 경찰들이 못된 짓을 많이 했거든 부자들은 장니 쌀을 주어서-보릿고개 때 쌀 한 가마 빌려주면 가을 추수 때 한 가마 반을 받은 고리 쌀 제도·이자를 많이 받아드리고 공무원은 이 핑계 저 핑계 만들어 나가시-동네나 공청에서 각 집에 부담시켜 거두어들이던 쌀과 보리·많이 거두어 들여 못사는 놈은 맨 날 남 좋은 일 하여 살기 어려울 때 인께로 산사람이 됐지. 긍께로 인민 해방을 시켜 골구로 잘 살게 한다고 한께 경찰 들한테 한번 당한 사람은 자청해서 산으로 들어 가부렀제. 그래서 머슴들에게 공무원과 부자들을 일러바치라고 팔뚝에 차는 완장을 주었지. 그 때 부터 무식한 놈이 완장차면 사람 죽인다는 말이 생겨 난 것이지라."

"그렇다면 부역한 사람 중에 원한관계 때문에 마을에 행패 부린 사람은 없었습니까?"

"그럴 시간이 어디 있었간디! 토벌대가 오기 전에는 인민군들이 밤이고 낮이고 설쳐댔는데 토벌대가 온 뒤로는 일부 사람들이 자청하였거나 강제로 끌려가 밤손님이 되얏제!"

그 당시 주민들은 마을에 큰 피해를 주지 않았고 마을에서 사람을 죽이지 않아 손님으로 대접했다고 피해자 증언을 해 주었다. 토벌대가 들어온 뒤 마을에서 부녀자가 강간을 당하였고 빨갱이와 내통하거나 협조한자가 한 명이라도 마을에 있으면 연좌 죄를 적용하여 가족은 물론 마을 전체를 쑥대밭으로 만들었다.

"종씨는 멀라고 인자서 이런걸 알라고 그래 쌌소? 참말로 그때 생각하면 속이 뒤집어져 뿔라고 그요. 종씨가 암만 그래 싸도 정부가 내 몰라 라 하는디! 그리고 말이여 그놈들이 멀쩡히 살아 있는 디도 그때 내가 잘못했소. 하고 한 사람이라도 자진해서 용서를 비는 사람이 있습디까?"

"그래서 하늘은 인간을 안전하게 살아가도록 가만두지 않는다고 합니다."

"강 선생도 예배당에 댕긴 갑네 이? 하느님을 들미겨 싼 것 봉께로! 그런디, 하느님이 어디 있간디? 그 싸가지 없는 놈들이 설레발을 치고 다니면서 사람을 죽이는데도 멀건이 내려다보고 있는 모양인데!"

"그때 일들이 밝혀지지 않아서 그 후 광주사태 같은 학살사건이 또 다시 이 나라 군인들에 의해 저질러지지 않았습니까?"

"니기미 씨벌 싸가지 없는 놈들이 천벌을 받을 짓들을 한 것이 지라."

"하느님이 없다면서요?"

"종씨는 모르기는 참말 모르요! 예배당에 다니는 사람 말을 들어 보면 나쁜 짓 하면 하느님이 벌준다고 하든디, 그런 고약한 일을 저질러 놓아도 암시랑토 않게 숨 잘 쉬고 살고 있는 것 보면 말짱 거짓말인 것 갔습디다. 그 사람들 말 들어보면 굴속에 숨어도 하느님은 다 보인다고 글든디 베락은 커녕 두 팔을 휘 젖고 지금 이 순간에도 대명천지 이 하늘아래 걸어 댕기고 있을 꺼인디! 가만둔 것 봉께로."

"언제인가 죄지은 사람은 벌을 받을 것입니다."

"니기미 떠그럴 놈들! 지금도 멀쩡하게 살아 대낮에도 걸어 댕기고 있을 꺼인디!"

"살아있어도 어찌 편히 살고 있겠습니까?"

"참말로 사람도 아니여! 늑대 가죽을 뒤집어 쓴 악질 놈들이지!"

"·······."

"그놈들이 어디서 살고 있을까. 이?"

"제가 몇 분을 알고 있으니 그들에게 증언을 받아 책을 써서 발표하면 온 국민이 알게 되어 보상과 명예 회복에 조그마한 도움을 주려고 합니다."

"그렇게만 말해주면 얼마나 좋을꺼이요 마는……!"

"지금 법이 제정되어 그 동안 왜곡된 진실들이 모두 밝혀지고 있습니다."

"음~맘마! 말짱 헛것이요. 시방 그때 당한 사람들 거의 죽어 뿔고 살아 있어도 메가리가-결단력=힘- 없어 사람구실 못하고 있을 꺼인디! 즈그들이 보상해 주면 얼마나 해주꺼이요. 김대중이가 있을 때 해줄 꺼인가 했는디! 즈그들이 안 당했으니 걱정이나 한다요. 민주화인가 뭔가 해 갖고 김영삼이나 김대중이가 정권을 잡아 논께로 그것을 같이 핸 사람들 싸그리 보상 해주는가 싶습디다만……! 보상 해 주는 것도 순서가 있어야제. 그것도 엉터리라서 한이 맺혀서 노무현이가 머리빡이 영리해다해서 경상도 사람이지만 이쪽에서는 노무현이를 투표용지가 빵꾸 날 정도로 힘을 주어서 모두가 사정없이 찍어 주었는디 노무현이는 히마리가 더없어 말짱 황이 되어 버렸제!"

"제가 지금 글을 쓰는 것도 당시 억울하게 당한 사람들의 내막을 정확하게 밝힘으로써 진상조사에 도움을 주려고 합니다."

"아이가가! 나가 시방 생각하기론 종 씨가 쓰잘대가리 없는 짓을 하고 댕기는가 싶소! 남들은 고향 고향하는데 나는 고향 생각만 하면 이가 갈리고 한숨만 나와요. 니기미씨팔……. 아까까도 말했지만 박정희, 전두환, 노태우 전부 군인들 대통령이어서 말짱 황이고! 영삼이나 대중이가 해결해 줄랑갑다 하고! 선거 날 아침 일찍부터 길게 나래비를-줄·서갔고 거짓말도 아니고 참말로 동그라미 잘 보이게 할라고 붓 대롱에서 대나무 물이 쫘질 정도로 힘을 주어 동그라미 도장 찍었는디 즈그들하고 같이 민주화 데모한 사람들 보상만 해주고 우리들 일은 뒷전으로 밀려 케비닷도 설 합 속에서 학살사건관련 서류가 꼴박 눕이고 낮잠 자고 있을 꺼이요! 그 모양이니 영삼이 아들놈도 피아노 치고 개장에 들어갔다 나오고 대중이 아들 두 놈도 피아노치고-열손가락 지문찍고·닭장타고-호송버스·가서 인생 공부하고 나왔제. 부처님이 있기는 있는 것인지는 몰라! 죄지은 놈들 벌 받는 것 봉께로 말이여. 나가 시방 틀린 말 해부렀서라? 또 정권이 바뀌었지만 살기도 어렵고 국회는 하수세월 쌈박 질이나 하고 있으니 희망이 깜깜한 절벽이요!"

"· · · · · · ."

"음~맘마! 강 선생이 갑자기 꿀 먹은 벙어리가 돼야부렀소! 이? 긍께 영삼이나 대중이 새끼들이 못된 짓을 하여 그일 뒤처리 하느라고 울덜 생각이나 했 것냐? 이 말이제! 그 무엇이냐, 대중이는 아들들 땜시 노벨평화상 상장 종이는 최기선이인가 뭔가 놈의 똥구멍 닦은 거제! 모르긴 해도 종이가 번지르르 해갔고 미끄러져 똥이 잘 안 닦아 졌을 꺼이여! 그 좋은 상장 싸가지 없는 새끼들 때문에 말짱 도루묵 돼야 부른 것 제! 보초대가리 없는 아들들 때문에 안 그요. 이?"

"모두 듣고 보니 이해가 갑니다. 우리 시대에 저질러진 **뼈**아픈 역사를 해결 못 하면 아마도 후세들이 그렇게 되도록 그 동안 법은 무엇했느냐? 고 물을 것입니다."

"나가 죽어 뿐 뒤에 해결되면 무슨 소양이 있다요? 느그미 떡을할 선거

때마다 표를 찍어 주었는디 어만디다 돈을 왕창 써 불고! 경제 어렵다고 떠드는 것 봉께로 말짱 헛것이 돼버렸소! 그 동안 쓰잘대가리 없게 오른손 아프도록 붓 대롱으로 힘주어 도장 찍은 것만 억울해뿌요! 나가 이띠깔로 핸 말 탈 없 것 지라?"

"걱정 마십시오."

호남 지역이나 영남지역 모두 피해자 증언에서 부역자나 공비를 산-山. 사람이라 하였다. 그 이유는 마을 사람들에게 큰 피해를 주지 않았기 때문이다. 반대로 경찰이나 토벌대는 대다수 죄 없는 양민을 죽이고 그들의 보금자리를 불태웠기 때문에 원수처럼 여기고 있었다. 곽상일 씨는 당시 집에서 잠을 자고 있다가 진다리 마을에서 총소리가 나 잠을 깼다. 순간 전날 밤 마을 뒷산에서의 공비잔치가 생각났다. 옷을 입고 밖으로 나와 보니 벌써 동네 청년들은 거의 다 나와 있었다. 간헐적으로 들리는 총소리에 사람들이 슬금슬금 도망치기 시작했다. 마을 젊은 청년들은 진다리 동네 총소리에 놀라 거의 다 빠져나갔다. 토벌군들이 횃불을 들고 마을로 들이닥쳤다. 곽상일 씨는 정산리 당시 16세 · 이렇게 증언하고 있다.

"아침밥을 먹기 전이었습니다. 군인 두 명이 1개조가 되어 집집마다 들어왔습니다. 한 명은 횃불을 들고 또 한 명은 주민들을 향해 총을 겨눈 채 '모두 집에서 나오라. 나오면 살려주고 집안에 있으면 모두 사살 하겠다.' 고 외쳤다."곽 씨 집도 예외는 아니었다. 군인들은 그의 집으로 들어와 가족들을 내몰기 시작했다. 그리고는 초가지붕에 불을 질러버렸다. 곽 씨의 아버지는 "왜 불을 지르냐?"며 격렬하게 항의했다. 그러자 한 사병이 "쏘아 죽여 버려라."고 재촉했다. 위기촉발의 순간이었다. 곽 씨의 아버지는 지그시 눈을 감고 군인이 겨눈 총부리 앞에 조용히 서 있었다. 방아쇠가 당겨지려는 순간이었다. 그 때 곽 씨의 어머니 48세가 그 앞을 가로 막아섰다.

"군인 아재! 글지 말고 나 말 좀 들어 보시요. 우리 촌사람들은 먹을 것도 없고 세금도 못내는 처지인데 총알 사기도 힘들 것입니다. 부디 그 총알을 아껴서 쓰잘데 없는 우리 같은 무지랭이 촌사람을 죽이지 말고 적군을 쏘아 주시소."라고 했다.

그러자 총을 겨눈 그 군인은 슬그머니 머쓱한 모습으로 총을 거두었다.

"참말로 내는 간이 널친-떨어져 버림·것 같습디다! 마을에는 젊은 사람과 힘이라도 남아있는 사람들은 진다리 마을 총성을 듣고 모두 도망해 버렸기 때문에 마을 앞에 모인 사람은 1백여 명 정도였습니다."
이곳에도 예외 없이 분류작업이 시작되었다. 노약자 30여명이 오른쪽으로 분류됐다. 그들은 다시 마을 앞 논바닥으로 내동댕이쳐졌다.

"거동이 불편한 노인들 그들이 공비란 말입니까? 그 보초대가리 없는 아그새끼들을 도치로 마빡을 쪼사불고-찍어·나불거리는 쌔빠닥은-혀·고추 가루 묻은 손으로 움켜잡고 낫으로 싹둑 잘라서 왕소금가마니에 쳐 박아 두어도 성이 차지 않을 것이오."

이곳에서 아버지를 잃어버린 곽상태 씨는-정산리 당시 18세·흥분한 어조로 반문했다. 곽 씨의 집안은 우익성이 강한 집안이었다.
그의 형이 군대에 입대 공비들에게 반동의 집이라 하여 그의 부친 곽석연 씨는-당시45세·끊임없이 끌려 다니고 양식 이불 등 모든 가재도구를 공비들에게 몰수당해 이 집 저 집에서 근근이 끼니를 얻어먹으며 연명해 살고 있었다. 군인 경찰가족들은 거의 다 보호를 해 주었는데도 동촌마을은 예외였다. 진다리 마을에서 가릴 것 없이 닥치는 대로 사살해 버린 5중대 군인들은 동촌 본 동네에서는 분류작업을 한 것이다. 마을 앞 논바닥에 내동댕이쳐진 30여명의 노약자들은 잔뜩 겁에 질린 채 불안한 눈망울을 굴리며 논둑 바로 위에 올라서 있는 한 장교의 입을 쳐다보고 있었다. 그는 카빈총을 거꾸로 어깨에 메고 추위와 겁에 질려 떨고 있는 마을사람들에게 "지금부터 부역자를 모두 가려내겠다."고 하면서 어깨에 메고 있던 총을 벗어 실탄을 "철커덕"하고 실탄을 장전한 뒤…… 마을사람들에게 겨누면서 "부역을 한사람은 좌측으로. 식량이나 생활용품을 준 사람들은 우측으로 나가서 줄을 맞추어 정렬하라"고 하였다.

그러자 마을 사람들은 생활용품을 준 사람들이 죄가 없는 것으로 판단하고 우측으로 와르르 몰려가 정렬을 하였다. 그것이 함정이었다. 부역한 사람이나 식량이나 생활용품을 준 사람도 같은 부류로 단정하여 살상을 자행하였기 때문이다. 순진무구한 사람들은 토벌대 간교함에-奸狡 속아 죄를 시인하게 된 것이다. 그곳에 모인 사람들 역시 좌익이 무엇이고 우익이 무엇인지 전혀 모르는 사람들뿐이었다. 어린이와 늙은이 부녀자들이 대부분인 있는 마을 사람들에게 좌익 용공분자들이란 토벌대 말뜻을 이해 못하는…… 처음 듣는 용어들이었기 때문이다. 그저 동네서 이장이나 반장이 이끄는 대로 하자면 마지못하여 따라가는 수준이었다. 보도연맹사건처럼 아는 사람이 도장하나 찍어 달라하여 찍어 주었다가 생 죽임을 당하는 것처럼 순진무구한 사람들이었다. 현시대에는 아는 사람끼리 빚보증 도장을 찍어 주어 대대로 살아 온 집과 삶의 터전인 전답을 뺏겨 자살하는 사건이 있듯이 당시의 우리네 마을들은 찐한 인정으로 똘똘 뭉쳐 살아온 백의민족 단군의 자손들이었다. 그러한데 이념 대립은 그 잘난 정치인들 때문이었다.

전남 함평군 월야면 정산리 동촌마을도 예외는 아니었다. 당시는 치안이 시골 구석구석까지 미치지 못하던 때였다. 우익에 몸담았던 곽상태 씨 가족들은 아버지 곽석연 씨와 어머니를 고향에 둔 채 몸을 피해 객지로 떠돌아 다녔다. 곽 씨의 형은 한국전쟁이 나기 바로 직전 군에 입대해 휴가 한번 나와 보지도 못한 채 전사했다. 논바닥에 끌려 나간 30여명의 노약자들은 모두가 죄 없는 불쌍한 양민이란 뜻이다. 논바닥에 추위와 겁에 질려 떨고 서 있는 30여명의 노약자들 가운데 부역을 할 수 있는 사람은 한사람도 없다. 우측으로 나오라는 말을 듣고 나갔던 사람들 중에는 빨치산들에게 의식주를 제공해준 사람도 없다. 이미 가을걷이 때부터 빨치산들이 알곡식을 강제로 뺏어 갔기 때문이다. 나오는 사람이 없자 입가에 게거품을 내며 일장연설을 하던 장교 인상이 험악하게 구겨지더니 뒤에 서 있는 군인들에게 오른손을 들어 땅바닥을 향한 뒤 논 언덕에서 개구리처럼 홀쩍 길가로 뛰어내렸다. 그때였다. 그것을 신호로 하여 주위에 늘어 서 있던 군인들의 총구에서 일제히 불을 뿜었다. 허허벌판에서 갑자기 행해진 일이기에 도망갈 곳도 숨을 곳도 없었다. 그 자리에 "푹" "푹" 꼬꾸라졌다. 총알에 빗맞아 논바닥에서 거북이처럼 기어 다니던 부상자 위에도 어김없이 집중 사격하는 토벌대의 수많은 총알이 날아들었다. 함지박에 담겨 있던 미꾸라지에다 왕소금 뿌리는 형극이었다. 이따금 꿈틀대는 사람에게 토벌군의 총탄은 여지없이 날아들었다. 이윽고 총소리가 멎었을 때 양민들이 입고 있던 하얀 명주적삼은 피에 흥건히 젖었고 논바닥 또한 선혈이 낭자했으며 역겨운 피 비린 냄새와 화약 냄새가 가득 했다. 이로써 동촌마을 양민학살은 60여명의 생목숨을 순식간에 앗아간 채 끝이 났다. 그들은 1950년 12월 6일 아침밥도 먹지 못한 채 자신들이 태어나 이때까지 살아온 고향마을에서 금수 같은 5중대에 의해 무참히 살육 당한 것이다.

"한마디로 어처구니가 없었습니다. 그놈들은 공비나 좌익분자들은 모두 도망가게 두고 항거할 수 없는 힘없는 노약자들만 끌어내 공비로 몰아 처형 했습니다."라며 어머니의 기지로 살아남은 곽상일 씨는 그 날의 학살 순간들을 생생하게 증언했다. 동촌마을을 초토화시킨 5중대의 한 장교는 화를 면한 몇몇 공무원 가족들인 마을사람들에게 명령했다.

"지금부터 월야면 소재지가 있는 문장리로 소개하라 피난·남아 있는 자는 공비로 간주하고 하나도 남김없이 사살 하겠다. 그러니 모든 것을 정리한 후 마을을 떠나라."고 협박을 한 후 부하들에게 시체를 마을 공동 우물 속에 쳐 넣게 하였다. 깊은 우물 속에 15구의 시체를 넣은 후 상오 9시께나 되어 철수 해 버렸다. 집은 모두 불타고 먹을 양식마저 떨어진 그들은 이곳저곳 친척집을 전전하며 끼니를 해결해야 했다. 토벌군 5중대 중대장 권준옥 대위는 이곳에서 피도 눈물도 없는 "인간백정"으로 불러지고 있다. 동촌 마을을 쓸어버린 5중대는 다음날인 12월 6일 다시 월야면 월악리 내동·지변·순촌·송계·동산·괴정 등 6개 마을 돌아다니면서 양민 1백 50여명을 학살하기에 이르렀다. 이 지역은 남산뫼를 중심으로 6개 마을이 옹기종기 모여 2백 10여 가구가 살았던 아주 큰 마을이었다. 남산뫼 학살현장에서 양계장을 하고 있는 김재춘 씨의-월야리 당시12세·증언이다.

"아침밥을 먹기 전 이었습니다. 먼동이 희뿌옇게 틀 무렵인데 그 날은 안개가 짙게 깔려 옆 사람 얼굴마저 구분하기가 힘이 들었습니다."

유가족과 주민들은 이 안개가 짙게 깔린 것은 죄 없는 사람을 많이 살리려는 하늘의 조화였다고 지금도 굳게 믿고 있다. 마을로 순식간에 들이닥친 군인들은 마을 구석구석을 이를 잡듯 집집마다 뒤지고 다녔다.

"모두 손들고 나오라. 집안에 숨어 있는 자는 모두 사살하겠다."며 골목을 쏘다니며 고래고래 소리쳤다. 이들은 군화발로 방으로 뛰어 들어가 발길질을 하며 미처 빠져나오지 못한 사람들을 멱살을 잡은 채 끌어내었다. 김 씨는 어린 마음에 무슨 일인지도 모른 채 어머니의 치마 뒷자락만 잡고 졸졸 따라 다녔다. 학살현장에서 살아 나온 정기찬 씨 그는 왼쪽 장단지에 총알을 맞고 두 번 세 번의 확인사살에서 천운으로 살아 나온 유일한 생존 자다. 남산뫼 학살현장에서 살아 나온 5명중 한사람인 것이다.

"새벽잠을 자다가 정신없이 끌려 나갔습니다. 지금도 악마 같은 권준옥 대위의 얼굴을 잊지 못합니다."며 정 씨는 이를 갈며 분통해 했다.

이곳 월악리는 원래 12개 마을로 진주 정 씨들만 살고 있었다. 다른 성 씨를 가진 사람이 함께 사는 마을은 유일하게 1개 마을뿐이었다. 지금도 이곳엔 정씨가 거의 대부분으로 친인척 간들이다. 옷도 제대로 걸치지 못하고 끌려 나간 정 씨는 추위와 두려움에 와들와들 떨고 있었다. 남산뫼로 끌려가 보니 6개 마을에서 끌려나온 주민 4백여 명이 꽉 들어차 있었다. 당시 이곳 주민들은 1천여 명이 살고 있었다. 습격이 있기 전날 이웃에 있는 동촌마을학살을 전해들은 월악리 주민들은 전날 밤 마을 어른들을 모아 회의를 했다.

이 회의에서 한번이라도 부역을 한사람은 몸을 피하고 노인들은 군인들을 환영하자고 했다. 그러나 이날 새벽 그럴 틈도 없었다. 새벽 군인들이 들이닥치는 낌새를 알아차린 젊은 사람들은 도망치기 시작했다.

군인들은 도망치는 사람들을 향해 총을 쏘아대며 따라갔다. 죽기를 불사하고 도망하는 그들에게 군인들은 마구 총질을 하다가 마을로 돌아와 버렸다. 남산뫼 마을 언덕 묵정밭 공터모여 추위와 공포에 벌벌 떨고 있는 수많은 양민들 앞에 돌 위에 카빈총을 어깨에 멘 5중대 중대장 권 대위가 섰다.

그는 일장연설을 시작했다. 내용은 주로 무기의 성능에 대한 이야기뿐이었다. 그때 권 대위 가까이 한사람이 다가섰다.

그 사람은 다름 아닌 지역 "선무공작대장"인 윤 모 씨는─이후 함평군 지역구 국회의원·노인들과 어린아이들을 살려줄 것을 간청하고 있었다. 잠시 생각에 잠긴 권 대위는 1차로 명령했다.

"영감들은 지금 바로 집으로 돌아가 3일 먹을 양식과 간단한 이불보따리를 들고 월야면 소재지로 나가라."고 했다.

그리고는 다시 무기에 대한 연설을 계속해 모여 있던 양민들을 공포의 도가니로 몰아 넣고 있었다. 총을 맞으면 들어간 구멍은 콩알만 한데 총알이 나오는 구멍은 주먹만 하다고 하면서 주먹을 쥐어 보였다. 그 소리를 듣고 사람들은 사시나무 떨듯 떨고 있었다. 그사이 사병들은 양민들 사이를 헤치고 다니며 분류작업을 하고 있었다.

대충 분류작업이 끝났을 무렵 권 대위는 직접 분류작업에 임했다. 14~45세까지 왼쪽으로 끌어냈다. 미리 어느 정도 분류가 되어 있었기 때문에 모든 것은 간단 간단하게 처리되었다. 또다시 혼자 있는 여자를 끌어내라고 했다. 이유는 돌볼 아이가 없고 군인가족이 아니면 남편이 공비란 것이다. 이곳에선 동촌과는 달리 집안 식구 중에 군대에 간 가족이 있으면 그의 사진이나 편지를 가져오라고 했다. 그 소리를 듣고 미친 개한테 쫓겨서 도망가는 질서 없는 오리 떼처럼 우르르 집으로 달려가 증거가 될 만한 물건을 가지고 허겁지겁 모였다. 이윽고 분류 작업이 거의 끝났다. 8~13세가량의 어린아이들 7~8명을 옆으로 불러 세웠다. 권 대위는 그 순진하기 만한 아이들에게 엄청난 일을 시켰다.

"너희들 목숨을 살려줄 테니 지금부터 횃불을 들고 가서 마을 집집마다 불을 질러라"고 했다. 그들은 마을 사람들의 눈치를 힐끗 보며 일제히 마을로 뛰어 내려갔다. 군인들의 감시 속에 집집마다 불을 지르고 다녔다. 순식간에 마을은 불바다를 이루었다. 한편 남산 뫼에서는 묘한 일이 벌어지고 있었다. 당시 나이가 60세인 김 모 씨는 느지막하게 본 딸이 이곳에 붙잡혀 있자 그는 딸의 손목을 잡은 채 권 대위에게 딸의 목숨을 살려줄 것을 애걸복걸하고 있었다. 그러자 권 대위는 입에 게거품을 물고……

"이 영감이 제 목숨을 살려 주니까 별 지랄병을 다한다."며 김 씨에게 심한 발길질을 하여 젊은 사람들이 모여 있는 곳으로 끌어내 버렸다. 쓸데없는 소리로 일관하던 권 대위는 드디어 천인공노할 발언을 한 후……

"너희들은 죽으면 묻어줄 사람이라도 있지만 우리들은 죽어봐야 무덤 하나 만들어줄 놈 없다"고 하며 거칠게 욕을 했다. 또 전날 밤 결혼한 신혼부부가 있었는데 이들 역시 이곳에 끌려 나와 서로의 얼굴을 쳐다보고는 따로 떨어져 있었다. 새색시가 한 장교에게-계급 소위·애걸해 "죽기 전 남편의 손이라도 한번 잡아 볼 수 있게 해달라고 했다."그 소위는 잠시 생각하다 그러라고 했다. 색시가 그의 남편이 있는 곳으로 가자 그것을 본 권 대위의 얼굴은 험악하게 변하기 시작했다. "야 이년아! 거기 서!" 첫날밤도 지내지 못한 새색시는 남편의 손이라도 잡아 보려고 했는데 그 여인의 희망은 산산조각이 나버리고 말았다. "이 년 놈들! 다 때려 죽여 버린다."며 거친 숨을 내쉬며 미친 듯이 헉헉댔다. 그때 권 대위의 모습을 정씨는 이렇게 증언했다.

"그의 얼굴은 일그러질 대로 일그러져 마치 지옥의 사자가 있다면 그런 모습 이었을 것입니다"라고 했다. 미친개가 된 권 대위 지시로 토벌대는 마을 주민을 곧바로 마을 앞 공터 옆 계곡 움푹 파인 곳으로 끌고 가서 1백 50여명의 양민들을 몰아넣었다. 머뭇거리는 양민을 총검으로 찌르고 총 개머리판으로 후려쳐 강제로 골짜기로 밀어 넣었다. 칼에 찔리고 발길질에 걷어차인 사람들이 토해내는 괴로운 신음소리는 골짜기에 가득하였다. 그 소리를 듣고 시끄럽다며 비좁은 사람들의 틈새를 비집고 들어가 아파서 끙끙거리는 사람들에게 또다시 사정없이 발길질한 그들은 비탈진 골짜기에 10열종대로 세운 후 앞사람의 등을 끌어안게 했다. 앞사람의 등에 가슴을 붙인 채 옆줄과도 팔들을 서로 밀착시켰다. 그리고는 "일어서! 앉아!"를 몇 차례나 반복시켰다. 순간 정씨의 머릿속엔 살려주는 건가 하는 생각이 스쳤다. 그것은 완전히 빗나간 계산이었다. 그 구덩이 가로 빙 둘러선 사병 7~8명이 총을 겨누고 있었고 높은 가장자리에 LMG 중기관총을 설치하고 있는 것을 본 것이다. 드디어 누구의 입에서인지는 몰라도 "사격개시"란 소리가 들렸다. 서로 꼭 껴안고 밀착시킨 줄에다 사격을 한 것이다. 이곳에서도 철갑탄 실험을 했다는 것은 알 수 있다. 바로 "아비규환" 그것이었다. 콩을 볶는 것 같은 소리가 끊임없이 들렸다. 뒤이어 간헐적인 총소리가 몇 번 있는 후에 총소리가 끝이 났다. 이들의 광란의 잔치가 끝나자 권 대위가 소리쳤다.

"산 사람은 일어나라. 하늘이 목숨을 돌보았기 때문에 살려주겠다."했다.

"그때였습니다. 여섯 살인 사촌동생아들이 이 광경을 보고 나무토막을 들고 권 대위를 겨누며 "탕~탕"총을 쏘는 장난을 쳤습니다. 그러자 권 대위는 '재수 더럽게 빨갱이 자식 넌 죽었다'하면서 아가자. 아이가 불타버린 보로꼬-진흙 벽돌 · 담 뒤로 숨자 흙벽돌 담을 옆차기로 걷어차니 담벼락이 무너져 아이를 덮쳐서 아이는 벽돌의 중압에 깔려 얼굴에 피투성이가 되었고 팔이 부러졌는데…… 아픔에 자지러 질듯 우는 아이의 부러진 손을 잡고 질질 끌고 나오는 권 대위의 모습을 본 아이의 아버지와 어머니가 '춘수야!'하고 아들의 이름을 부르며 달려오자, 이 모습을 본 권 대위는 아이의 보는 앞에서 총을 쏴 사살을 했습니다. 결국 아이도……."

철모르는 어린아이가 친구들과 놀 때 하였던 전쟁놀이로 생각하고 저지른 장난인데! 지옥에 악마가 있다면 그보다 더한 권 대위가 저지른 행위를 알려준 정 씨의 증언에 구토가 나려고 해서 잠시 녹취를 중단을 했었다.

······. 악마 같은 권 대위는 재미있다는 듯이 실실 웃으면서 "빨리 나온 사람 순으로 살려주겠다." 소리치자. 시체더미 속에서 한 두 사람씩 일어섰다. 정씨도 일어났다. 모두 8명이었다. 권 대위는 "마을에 불이 산으로 붙을 것 같으니 빨리 내려가 불을 꺼라"고 했다. 살아남은 자들은 서로 간 눈치를 보며 마을 향해 달려가기 시작했다. 그때 '탕'소리와 함께 정씨는 장단지에 총알을 맞아 비틀거리며 다리를 절었다. 넘어지지 않으려고 비틀거리는 정씨에게 또 한발 허벅지에 맞아 앞으로 꺼꾸러지고 말았다. 움직이려고 하자 바로 뒤쪽에 서있던 군인이 눈짓을 했다. 그리고는 총구위아래로 움직여 엎드리라고 신호를 했다. 마침 권 대위가 다른 곳에 정신이 팔려 있을 때였다. 정씨는 그대로 엎드려 피가 흥건히 고인 구덩이 속으로 파고들었다. 이곳 지옥 불에서 일부 기적적으로 살아남아 있는 피해가족들은 원하지도 않았던 한국전쟁으로 인한 사상과 이념갈등의 희생물이 되어버린 양민들이다. 반세기가 지난 한스러움과 세월을 살아가고 있는 함평양민학살 현장의 생존자들과 유족들······. 그들은 정치와 이데올로기가 무엇인지도 모른 채 가족들의 죽음 앞에서 천추의 한을 가슴에 간직하며 살아가고 있다. 아는 것이라곤 하늘을 바라보며 조상 대대로 기름진 땅에 씨앗을 뿌리고 열매를 거둬 자식을 사랑하고 부모를 공경하며 알뜰살뜰하게 살아가는 것뿐이었다. 살육의 현장에서 살아 나온 정기찬 씨는─당시 18세·월악리 학살 현장에서 한 사병의 도움으로 간신히 목숨을 건졌던 것이다. 5중대 중대장 권준옥 대위의 광기에 찬 행동에 그는 몸서리를 쳤다. 전날 밤 결혼한 신혼부부의 죽음과 딸을

구하고자 했던 한 노부의 죽음은 너무나도 한스러운 죽임이었다고 증언했다. 권준옥 대위는 양민들에게 무차별 난사를 한 뒤 목숨이 붙어 있는 사람은 살려주겠다는 명분으로 인간의 구원의 손인 신이 살고 있는 하늘을 팔아가며 선량한 양민들을 동지섣달 칼바람이 부는 곳에 끌어내 뒤에서 총질을 지시한 장본인이다. 그의 행적을 찾는 사람은 너무나 많다. 가족의 목숨을 잃은 수많은 유족들과 또한 학살의 현장에서 살아 나온 생존자까지…… 지금은 60여 년의 세월이 지나 늙고 병든 몸이 되었지만 악마 같은 얼굴을 어떻게 변했는가 보고 싶다고 했다. 정기찬 씨도 당시의 후유증으로 인하여 기관지 수술을 받아 기구를 사용하지 않고는 말을 할 수 없는 처지가 되어 버렸다. 두 번째의 확인사살을 저지른 5중대는 불을 끄기 위해 마을을 향해 가던 양민 7명을 등 뒤에서 비겁하게 사살해 버린 뒤 권 대위는 또다시 소리쳤다. "살아있는 사람은 일어나라. 이번에는 정말 살려 주겠다"고 했다. 정 씨는 피가 흥건히 고여 있는 구덩이에서 죽은 듯이 누워 있었다. 곧이어 두 차례의 총성이 들렸다. 권 대위의 비겁하고 악랄한 꼬임에 두 사람이 또 목숨을 잃은 것이다. 연이어 다시 권 대위가 사병들에게 명령했다.

　　"지금부터 시체사이를 지나가면서 조금이라도 움직이는 것들이 있으면 사살하라"고 지시했다. 군인들이 시체 사이를 비집고 지나면서 군화발로 툭툭 건드렸다. 그리고는 간간이 총성이 들렸다. 드디어 정 씨의 차례가 왔다. 시체들 사이에 몸을 반쯤 끼우고 있던 그는 이젠 죽는 구나 자포자기하며 다가오는 발자국 소리에 가는 실눈을 살짝 떠 쳐다보았다. 저승사자라고 생각한 물체는 다름이 아닌 자신에게 그대로 누워있어 라고 알려 주었던 그 사병이었다. 그 사병은 정 씨 옆으로 와 정씨의 배를 슬쩍 걷어차면서 "요놈도 많이 먹었네" 하면서 눈을 찡긋해 보이고는 지나갔다. 그 말뜻은 총알을 많이 맞았다는 뜻이었다. 지금도 정 씨는 그 사병을 잊지 못하고 있다. 너무나 무서웠고 오직 살아야겠다는 일념에 또 말 한 마디도 할 수 없는 주위의 상황 때문에 그 사병에게 고맙다는 인사말 한 마디 하지 못한 게 평생을 살면서 너무나 마음에 걸린다고 했다. 지금이라도 그때 그 사병을 만날 수 있다면 백배 천배 감사드리고 싶다고 했다. 학살현장에서는 자식이 징집되어 전쟁터에서 싸우고 있는 사람도 죽어갔다. 전쟁터에서 사진을 찍어 보내줄 리가 없으며 편지 한 장 쓸 시간이 없는 그야말로 생과 사를 가름하기 어려운 상황에서 고향 가족에게 군사우편을 보낼 여유가 없는데……. 증거가 없다하여 무참히 죽인 것이다. 목숨을 걸고 나라와 국민을 위해 싸우는데 같은 동료는 가족을 무참히 죽인 것이다. 이 슬픈 역사가 한국전쟁동안 전국 곳곳에서 수 없이 이루어졌다. 남산뫼 학살사건 현장의 유일한 여자생존자로서는 김유순 할머니로 월악리 당시 26세는 가문과 집안을 소중히 여기며 살아온 절개의 여인이었다. 5중대가 들이닥친다는 기별에 접한 김 씨의 집안 식구들은 피난을 떠나기 위해 준비를 했다. 그러나 그는 꼼짝도 하지 않았다. 다 떠나고 나면 누가 집을 지킬 것이냐는 생각 때문이었다. 하는 수 없이 남편 부모 등 모든 가족들은 마을을 빠져나갔다. 김 씨는 시집올 때 가져온 새 옷을 꺼내 입었다. 죽음의 준비를 한 것이다. 군인들이 골목어귀를 돌아다니며 "집안에 있는 사람은 손들고 나오면 살려 주겠다."고 고함을 치고 다녔다.

김 씨는 몸단장을 하고는 방안에 꼿꼿하게 앉아 있었다. 군인들이 집안으로 뛰어 들어 왔다. 역시 군인은 명령에 의해 일사불란한 체계로 움직이는 것을 증명이나 하듯 상관의 지시대로 김 씨를 끌어냈다.
그러나 그들도 인간이었다. 아무리 상관의 명령이라지만 죄 없는 사람을 죽인다는 것은 바로 죄를 범한다는 것을 아는 때문이었다. 당시 집안에서 나오지 않고 끌려나오는 사람은 그 자리에서 총살시키라는 명령을 하달 받은 것 같았다고 김 씨는 증언했다. 바깥으로 끌려나온 김 씨에게 사병들은 죽이기는 아까운 사람이지만 어쩔 수 없이 총을 쏘아야 한다며 자신들의 처지를 욕하지 말라고 했다. 그들은 김 씨의 왼쪽 팔을 쏘면서 혹시 살아나더라도 죽은 척 하라고 말한 뒤 총을 쏘았다. 죽은 척 할 필요도 없이 총알을 맞자마자 김 씨는 정신을 잃었다. 김 씨 역시 한 사병의 도움으로 살아난 것이다. 이후 김 씨는 너무나도 크나큰 고통에 시달리며 지금껏 살아왔다. 남산뫼에서 1백 50여명의 양민들을 학살한 뒤 2백여 채가 넘는 가옥에 불을 질러 한줌의 재로 만들어 버린 5중대는 떠나갔다. 월악리를 비롯한 6개 마을을 쑥대밭으로 만든 뒤 그들은 돌아가 버렸다.

그들이 떠나간 뒤 짧은 겨울 해가 서산마루턱에 걸릴 즈음 새벽에 도망했던 마을사람들이 하나 둘 돌아오기 시작했다. 김 씨 가족들도 돌아왔다. 그러나 집에 돌아온 그의 가족들은 살아있는 김 씨를 보고 놀랐다. 죽은 줄로만 알고 있었다. 그의 가족들은 동촌마을학살 상황을 전해 들었기 때문이다. 군인들이 떠나간 것을 알아차린 김 씨는 총상을 입은 왼쪽 팔을 끌어안은 채 타다 남은 그의 집 마당 볏짚단가로 가 몸을 누웠다.

총상의 고통에서 벗어나지 못하고 괴로워하고 있을 때 그의 가족들이 돌아온 것이다. 어찌할 바를 몰랐다. 약국도 병원도 없었다. 가족들은 피투성이가 되어있는 왼쪽 팔을 보고 발을 동동 구르며 안타까워했다.

그 날도 그 다음 날도 또 그 다음 날도 손을 쓸 수가 없었다. 김 씨의 왼쪽 팔은 엄동설한 추위였지만 썩어들어 가고 있었던 것이다.

그때 김 씨의 친정집에서 월악리 학살 소식을 전해고 조용해진 틈을 타 달려왔다. 달려온 친정 오빠들은 다 죽어 가는 동생을 보고 억울함에 비통해 했다. 그러나 그것도 잠깐 생과 사의 기로에서 허덕이는 동생을 살려야겠다는 생각뿐이었다. 곪을 대로 곪아 온 살이 고름으로 가득 찬 것처럼 보이는 동생의 팔을 들여다 본 김 씨의 작은 오빠는 가족들에게 동생의 다리와 몸뚱이를 꼼짝도 할 수 없게 잡아주길 부탁했다. 그리고는 칼을 불에 달구었다. 젓가락도 한 짝 준비했다. 마취제도 의사도 없었다. 무지하지만……. 동생의 목숨을 구해야겠다는 마음으로 수술을 시작한 것이다. 고통의 신음소리가 터져 나왔다. 총상을 입은 왼쪽 팔은 불에 달궈진 칼에 째졌다. 피와 고름이 터져 나왔다. 그리고는 오른손에 젓가락을 집어 들고 살 속을 파훼 쳤다. 살 속 곳곳에 퍼져있는 부서진 **뼈**를 찾기 위해서이다.

결국 동생의 고통스런 신음소리도 외면한 채 돌팔이 의사 행세를 한 것이다. 겨우 수술을 끝낸 후 옷을 꿰매는 바늘과 실로 봉합을 했다. 김 씨는 그 후 또다시 작은 오빠에게 수술을 받게 됐다. 팔을 잘라 내어야하는 비참함을 맞지 않기 위해 어쩔 도리가 없었다. 마취제도 없이 젓가락으로 가루 난 뼈 조각을 찾아내는 수술을 한 것이다. 두 차례의 수술 후 뼈 조각 7개를 찾아내고는 지금까지 곪지 않고 무난하게 지내고 있다. 그러나 그의 왼쪽 팔은 그때의 수술자국 때문에 오른팔보다 약간 짧아졌다. 또한 그의 이빨은 "남산뫼학살사건"이후 6개월이 채 되기 전 모두 빠져버려 오랜 세월을 이빨도 없이 살아왔다. 마취 없이 수술을 할 때 아픔을 참느라고 이를 갈았기 때문에 그 후유증으로 모두 빠져 버린 것이다. 지금은 의학의 발달로 틀니도 있고 이빨을 다시 끼울 수도 있다지만 60여 년 전 당시에는 단지 부드러운 음식을 골라서 먹는 방법밖엔 별 도리가 없었다. 아무리 총상을 입어 죽음에서 살아났다고는 하나 이빨이 없어 평생을 음식 한번 제대로 못 먹는 고통스런 삶을 살아왔다. 김유순 할머니는 지나온 세월 60여 년은 차라리 꿈이었으면 하며 지내왔다고 증언했다. 남산뫼 양민학살사건 에서는 많은 처녀 총각들이 죽었다고 정기진 씨는 증언하고 있다. 정 씨는 당시 자신의 나이 또래는 거의 다 죽었다며 그는 체구가 아주 작아 나이가 어려 보이는 바람에 살아났다고 했다. 그의 부친 정지석 씨는 당시 55세 또한 머리에 상투를 하고 수염을 길러 아주 늙어 보였다. 그 날 새벽 정 씨도 끌려 나갔으나 그의 아버지의 뒤만 졸졸 따라다녔다. 이리 저리 끌려갔다가 겨우 살아났다.

그가 남산뫼에 끌려갔을 때 동네 처녀가 6명이나 끌려와 있는 것을 보았다고 했다. 그리고 그 이후 그들을 한 번도 본적이 없었다고 정 씨는 증언했다. 전쟁 중이다 보니 유언비어가 난무해 처녀가 길을 가면 군인들이 겁탈을 한다는 등 국군이 공비들에게 잡혀 머리가죽이 벗겨졌다는 등 참혹한 이야기들이 떠돌아다녔다. 처녀들은 나갈 일이 있으면 아예 머리를 올리고 옆집 아이를 빌려 등에 업은 채 여러 명이 몰려다녔다.

당시 주위상황은 유엔군과 국군이 9월에 인천상륙 작전을 감행하여 성공한 여세로 완전 북진시작 했고……. 고립된 인민군이 지방좌익분자와 깊은 산중에 은신해 밤만 되면 산간마을 등지로 몰려다니면서 양식 등을 빼앗거나 훔쳐가기 때문에 양민들은 그들을 "밤손님"이라고 불렀다. 국군과 경찰은 적은 병력으로 수복지구를 지키고 있었다. 그러다 보니 자연히 마을에 남아 있는 주민들만 괴로움을 당할 수밖에 없었다. 불갑산佛甲山 주변에서 활약 하던 공비들은 밤이면 그들의 마을로 내려와 우익인사를 납치해 끌고 가서 잔인하게 살해했다. 낮엔 국군토벌대가 들어와 빨치산들에게 양식을 빼앗긴 양민을 "통비분자"로 몰아 부쳤다. 이러지도 저러지도 못하던 양민들은 한쪽의 괴로움에 시달리는 게 낫다 싶어 빨치산의 부역 군으로 끌려가기도 했고 일부는 자청해 산으로 들어갔다. 이들 중 마을로 내려오지도 못한 채 공비 아닌 공비가 되어 버린 사람도 있었다. 그러나 자신의 괴로움을 덜기 위한 몸부림 때문에 그의 가족들이 억울한 죽음의 구렁텅이로 빠지기도 했다.

1950년 12월 7일 전남 함평 "남산뫼 양민학살사건"은 모두가 얽히고설킨 사건 속에 157명 양민의 목숨을 앗아간 채 끝이 났다. 일련의 사태는 과거 정치인들과 일부 군부세력 간의 개인적인 야욕 때문에 빚어진 산물이라고 정의-正義 할 수 있다. 교전수칙엔-交戰守則 "쌍방 간 치열한 전투를 벌이는 곳에 있는 모든 사람은 민간인이 아니다"란 정의를 내리고 싸운다. 당시 적군과는 치열한 전투가 벌어지지도 안았는데 적으로 부터 보호를 받아야할 힘없는 노약자만 국군에 의해 죽임을 당하였다. 그것은 전쟁 광기에-戰爭狂氣 빚어진 일이다. 국가와 국민을 적으로부터 지키기 위한 최고통치자가 마지막에 쓰는 카드는 전쟁이다. 이러한 임무를 수행하는 집단이 국군이다. 한국전쟁 당시 이들은 도덕적 임무를 제대로 수행하지 못해서 일어난 사건임을 우리는 알아야한다. 한국전 발발로 전남 함평군 월야면·해보면·나산면 등 3개면에서 만도 주민 524명이 학살되었고 가옥 1,454채가 전소되었다.

김해와 창원 양민 학살사건

"어르신 진동 전투 중에 보도연맹에 가입한 사람들이나 지방 **빨치산**들의 암약으로 연합군의 피해는 없었습니까?"

"당시에 진전면이 함락되고 진북면을 거쳐 진동면에서 밀리고 밀리는 대 공방이 이루어 질 때라 지방 빨치산이 있었으면 협조가 있었겠지!"

"다름이 아니라 노무현 대통령 장인인 권오석 씨가 남로당 당원이었다는 재판 기록을 보았습니다. 그렇다면 그도 보도연맹과 관련이 있어 적군을 도왔을 것 같아서 물어 봅니다."

"그 사람이 봉사인디……. 총알이 날아드는 전쟁터에서 뭔 일을 했것어? 생통 거짓말이지!"

"재판 기록에 의하면 창원군 노동당 부위원장 · 인민위원 부위원장 · 반동조사 위원회 부위원장이라는 직책을 역임 하면서 당시 양민 학살 현장에서 주도적인 역할을 했다고 하는 기록들이 있습니다."

"택도 아닌 소리! 그 사람이 해방되든 해인 1948년에 밭에서 일을 하다가 목이 말라 새참을 먹으려고 집에 오니 앞마루에 공업용인 메틸알콜 병이 있어 그것을 소주로 착각하고 막걸리에 섞어서 먹었는데 그 후유증으로 봉사가 되어버린 기라. 봉사가 무슨 억한 심정으로 총알이 날아다니는 전쟁터에서 그런 감투를 쓰고 사람을 죽인다는 말은 바보얼간이 들이 하는 소린기라! 그런 말을 씨부리는 사람들이 정말 히안 한기라! 아가리를 째버리고 싶은 기라. 안 그런교?"

"그렇기는 합니다만! 재판기록에 나와 있습니다. 재판 기록에도 맹인이라는 판결 기록을 보았습니다."

"어주리 떠주리 반피 같은 얼빵한-어리바리 · 놈들이 이바구한 기지! 봉사를 강제로 끌고 가서 덤터기를 씌운 것 이것 제! 이승만 독제 정권당시

재판이 제대로 했을 리가 있겠는교? 봉사라 아무것도 볼 수 없으니 조작베이 서류에 지딜 좆 꼴린대로 죄목을 열거한 문서를 만들어 손도장을 찍게 하여 뒤집어씌운 거지. 나가 인민군 간부라 해도 멀쩡한 사람 천지 빼깔인데 전쟁터에서 하필이면 장님을 간부직책을 주어서 일을 더디게 할리 없지. 그런 말을 곧이곧대로 듣는 사람도 얼빵한기라! 강 선생은 용하다! 그때가 언제라고 권양숙여사 아버지 권오석 씨의 재판기록을 입수 했으니."

"숨겨진 역사는 시대의 증인이며 이 땅의 최후의 양심에 보류인 작가가 발굴하여 알리는 것도 하나의 보람이기 때문이지만 어떤 때는 보수진영에 또는 진보진영 패거리들에게서 욕을 먹기도 합니다."

"지금도 진보니 보수니 허구 헌 날 언론에서 씨부렁거리고……. 신문에서는 연일 뭉터기 기사를 쏟아내는데! 권오석 씨의 사건도 그런 차원에서 기록 하겠지만! 보수패거리서 지랄하겠소. 강 선생이 조사를 정확하게 다시 했겠지만……. 봉사 불러다가 불리하게 조서서류 맨드라 가꼬 강제로 손을 붙들고 지장 꾹꾹 찍어 온갖 죄를 맨드라 가꼬 다 뒤집어씌운 기라! 안 그런교?"

"어르신 말에 동감 입니다. 부산 함락이 코앞인데! 1급 시각장애인에게 높은 간부직을 주는 지휘자는 없을 것 입니다."

"그럼! 바보천치가 아니고서야 그런 얼빵한 간부가 있겠는교? 앞이 안 보인 봉사가 글을 읽을 수 있나! 경찰들이 손을 끌어다가 지문을 찍어도 무슨 짓을 하고 있는지도 도통모를 테고! 봉사가 서류를 볼 수 없으니까. 지들 좆 꼴린대로 조작베이 서류를 만들어 덤테기 씌었을 텐데! 판결하는 판사가 정부의 압력을 받았거나 아니면 어리바리한 놈이겠지!"

"……."

"당시는 머슴들에게 완장을 차게 해서 지주들을 고발케 했지. 토벌대에게 식량이나 군자금을 제공했냐? 알기위해서 감투를 준기라. 그때부터 '무식한 놈이 완장차면 살인하다'는 말이 생겨난 기라. 머슴들이 주인을 고해바쳐 죽임을 당하게 했지. 억울하게 죽은 사람이 억수로 많이 생긴 기라."

"제가 영호남 지역의 민간인학살사건을 3년여 조사했는데……. 한국전쟁으로 인하여 군경에 의해 전국도처에서 수많은 선량한 양민이 희생되었다는 증언을 들었습니다."

"강 선생! 그 동안 경남지역의 보도연맹사건을 조사하고 있어 잘 알았겠지만! 전쟁이 아닌 평화시절에 저질러진 인혁당-人革黨 사건에서 저질러진 군사정권의 횡포에 죽임을 당한 사람이 있듯……. 전시에 억울하게 죽은 사람이 얼마나 많이 있겠는교?"

『인혁당 사건은 1964년 8월 14일에 밝혀진 것으로 김형옥 중앙정보부장 시절이다. 인민혁명당사건-人民革命黨事件 또는 가칭 인혁당사건은 중앙정보부의 조작에 의해 유신반대 성향이 있는 도예종-都禮鍾 52세 삼화토건회장·서도원-徐道源 53세 대구매일신문기자·하재완-河在琓 44세 건축업·우홍선-禹洪善 46 한국골든스템프사 상무·여정남-呂正男 32세 전 경북대 학생회장·송상진-宋相振 48세 양봉업·이수병-李銖秉 40세 일어학원 강사·김용원-金鏞元=41세. 경기여고 교사 등 8명의 인물들이 기소되어 선고 18시간 만에 사형이 진행된 날조사건이다. 또한 많은 사람이 몇 십 년의 형을 받아 수감생활을 하였다. 그들의 법적용을 보면……. 1964년의 제1차 사건에서는 반공법이고 1974년의 제2차 사건에서는 국가보안법과 대통령 긴급조치 4호위반 등에 따라 기소되었다. 1975년 4월 6일 대법원이 사형을 선고하여 18시간 만에 사형이 집행된 것이다. 인혁당 사건은 국가가 법으로 무고한 국민을 죽인 사법살인 사건이자 박정희 군사정권 시기에 일어난 인권탄압의 사례로서 알려져 있다. 2005년 12월 27일 재판부는 인혁당 사건에 대한 재심소를 받아들였고……. 2007년 1월 23일 서울중앙지법 형사합의 23부는 피고인 8명의 대통령 긴급조치 위반·국가보안법위반·내란 예비음모·반공법위반혐의에 대해 무죄를 선고 했다. 같은 해 8월 21일 유족들이 국가를 상대로 제기한 손해배상청구의 소에서 서울지방법원은 국가의 불법 책임을 인정하고 소멸시효 완성을 배척하면서 시국사건으로는 최대의 배상액수 637억여 원을-원금 245억여 원 +이자 392억 원·지급하라고 판결을 했다. 1975년 4월 8일 사형선고를 내린 판사는 민복기-閔復基대법원장·민문기-閔文基·임항준-任恒準·안병수-安秉

洙 · 양병호-梁炳浩 · 주재황-朱宰璜 · 한환진-韓桓鎮 · 이일규-李一珪 등 7명의 대법원 판사들이다. 이중에서 이일규 판사만 소수의 의견을 냈다한다. 당시 중앙정보부장은 신직수다-申稙秀』

"인혁당 사건처럼 사건의 소멸시효를-消滅時效 인정을 하지 않아야 되는데 그 수많은 인원을 조사하고 배상하는 데는 국가가 난색을 하니 어쩔 수 없는 것 같습니다."

"전시 때나 군사독재 시절에 처해진 사건을 감히 누가 나서서 잘못을 지적하며 해결을 하려 하겠는교? 지금이야 민주주의 시대니 강 선생 같은 사람들이 있지."

권오석 씨는 일제 때 공무원 시험에 합격해 당시 창원군 진전면 면서기로 일했을 정도로 인텔리였으며 외모도 준수했다고 한다. 당시 지방 빨치산과 좌익계는 공무원과 지주들을 포함에서 그 가족을 반동분자로 몰아서 인민재판에 회부하여 현장에서 모두 사살하였다. 좌익계 악질이었던 B 씨가 구속된 뒤 자신이 살기위해 권오석 씨에게 불리한 증언을 했다고 한다. 권오석 씨가 면서기로 근무할 당시 공출-세금 · 문제로 사이가 나빴는데…… 시각 장애인인 권오석 씨에게 모든 죄를 씌웠다고 한다. 당시만하여도 말 한번 잘못하여 이웃끼리 약간의 감정만 상해도 좌익이 득세할 땐 우익으로 몰고 우익이 득세할 땐 좌익으로 몰아 버려 좌우 대립으로 민심이 곧 잘 양분-兩分 되었다고 한다. 당시상황으로 보아선 공무원출신인 권오석 씨는 우익 쪽으로 보아야 하는 게 마땅하다. 그렇다면 공산당 생리로 보아선 숙청감인데……. 좌익계인 남노당의 3개의 간부직책을 주었다는 재판 기록이다. 권오석 씨는 좌익인 남노당간부로 죄가 씌워진 뒤 잡혀 들어가 형기를 마치고 풀려났지만 5.16 박정희 군사반란과 더불어 발표된 혁명공약 내용에 들어있는 "방공국시를 제일로 삼고" 공약준수 일환으로 좌익으로 낙인찍힌 사람들을 또다시 일제 검거가 다시 시작되어 1961년 3월 27일 재수감되었다. 박정희 군사독재

정권의 통치 수단의 하나인 "반공국시를 제일로 삼고……." 내용대로 사회 불안 요소를 격리한다는 차원에서 중증결핵병을 앓고 있어 병약하여 거동 불편한 1급 시각장애인인 권오석 씨를 10년 넘게 복역시켜 1971년 마산 교도소에서 쓸쓸하게 죽었다. 대다수 증언에 의하면 "대통령 영부인 권양숙 여사 아버지인 권오석 씨도 지식인이었기에 아마도 그렇게 당했을 것이라"라고 했다.

대검찰청 수사국 작성
『좌익 사건 실록』에 기록된 권오석의 범죄 혐의

제8 피의자 권오석은

1. 1949년 6월 1일 오전 7시경 자택에서 남로당 진전면책 김행돌-金行乭의 권유로서 지정 가입하여, 1950년 1월 10일경까지 맹인-盲人임에도 불구하고 차를 기화로 부락당원에서 군당 선전부장의 중요한 직에 임명되어: 토지 개혁·남녀평등권·정세 보고·등을 남로당이 목적하는 바의 실행을 선전하고

2. 1949년 12월 14일 오전 9시 및 동일 오전 12시, 2회에 걸쳐 창원군 진전면 오서리 거주 권경순-權景純 및 권오상-權五常으로부터 현금 5000원씩 계 1만원의 군자금을 조달하여 당에 제공해 간부의 임무를 완수하고

3. 1950년 8월 11일 오후 9시경 창원군 진전면 일암리 대방 부락에서 창원군 노동당 위원장 옥철주-玉哲柱로 부터 동당 부위원장인 간부의 부서에 편입하고

4. 1950년 8월 19일 오후 7시경부터 창원군 진전면 일암리 대방부락 허경순 자택 사랑에서 제1 옥철주-玉哲柱 제2 손종길-孫鍾吉 제6 김인현-金仁鉉 등과 회합하여 인민공화국 기관을 설치하여 공산군 점령지구 내에서 후방 보급 사업을 목적으로 창원군 진전면 치안대를 조직하고

5. 1950년 8월 20일 오전 9시부터 창원군 진전면 일암리 대방부락에서 제2,2,6 피의자 등과 회합하여 반동분자로 지명된 자를 숙청하기 위하여 반동조사위원회를 설치하여 동회 부위원장 겸 조사원을 피임하고

6. 1950년 8월 20일 오전 10시부터 창원군 진전면 일암리 소재 군당 조직

본부에서 제2의 피의자와 공모하여: 노동당 진전면당 · 임시 인민위원회 진전면 위원회 · 진전면 임시 농민위원회 · 진전면 임시 여성동맹 · 진전면 임시 민주청년동맹 · 의 각 기관을 설치하여 인민공화국 형태의 하부 조직을 감행하고

7. 1950년 8월 23일 10시부터 창원군 진전면 일암리 대방 부락에서 제 1,2,6,7 피의자와 공모하여 인민공화국 형태로 확립할 목적으로 창원군 임시 인민위원회 · 창원군 임시 민주청년동맹 · 창원군 임시 농민위원회 · 등의 기관을 조직 설치하고

8. 동일 오후8시경 창원군 진전면 일암리 대방 부락에서 제1,2,6,7 피의자 등과 공모하여 노동당 창원군당을 강화하기 위한 목적으로 동당을 개편하고

9. 1950년 9월 3일 오전 9시경부터 창원군 진전면 일암리 대방 부락 소재 당 조직본부에서 반동분자 조사를 강력히 추진시키기 위하여 반동분자 조사위원회를 개편하고

10. 1950년 8월 9일부터 20일까지의 사이에 걸쳐, 창원군 진전면 일암리 대방 부락 소재 허경구-許景九의 자택 창고를 가-假감금소 및 반동분자조사위원회 본부로 하여, 면 치안대에서 제1,2,6,10 피의자 등과 공모하여 창원군 진전면 양촌리 거주 전 면장 하백섭-下百燮 외 50여명을 좌익에 대한 반동분자로 지명 하여 불법 체포 감금하고, 그 죄상을 조사한 사실이 있고

11. 1950년 8월 말 일시 불상 야간에 창원군 진전면 일암리 대방 부락 허화촌 댁-許花村宅 마당에서 제1,2,5,6,14,20,27 및 권경원-權景元 등과 공모하여 반동분자 취급 토의회를 개최하고, 반동분자로 지정하여 불법 체포 감금 중인 하백섭 외 7명에 대하여 경과보고 등과 학살에 대한 음모 계획을 감행 하고

12. 1950년 9월 5일 오전 3시경 고성군 회화면 옥산골 '번듯대고개'에서 제 1의 피의자 외 수명이 공모하여 반동분자로 지명하고, 음모 계획 중이던 양민 하백섭 외 9명을 학살하는 현장 부근에서 학살을 용이하게 감시하고…….

13. 1950년 9월 10일 오후 6시경 창원군 진전면 일암리 대방 부락 면 치안대 본부에서 제1,2,4,7,10 피의자 및 이동수 · 허남홍 등과 공모하여 불법

체포 감금 조사한 반동분자 금옥갑 외 수명에 대하여 A급(처형자), B급
(강제 노무), C급(석방자) 등으로 구분하여 학살할 음모 계획을 감행
했다. (하략)

위에서 보는 봐와 재판기록은 수 곳에서 허점이 수 없이 있다. 1급
시각장애인이 학살현장에서-虐殺現場 학살이 잘되도록 감시를 했다는 등
여러 곳에서 엉터리 판결문이다! 급박한 상황에서 전개되는 전시에 임무
를 신속하게-迅速 처리해야하는데도 1급 시각장애인을 간부직책을-幹部職
責 주어 주도적인-主導的 역할을 하게 했다는 것은 각본에 의해 진행된
재판이라고 증언을 해준 사람들의 공통된 시각이었다. 나 역시 취재를
하면서 억울하게 누명을 쓰고 현장에서 사살되거나 옥고를 치른 피해자
를 수 없이 증언을 통해 들었다. 현재에 와서 한국전쟁 전 후와 박정희군
사정권 때 있었던 억울한 누명을 쓰고 희생된 사건들이 잘못되었다고
낱낱이 밝혀지고 있다. 독자들 역시 개개인의 판단에 따라 다를 것이지
만……. 나는 불리하게 재판을 받아! 그 가족 모두 피해자라는 생각이
집필 동안 내내 떨칠 수가 없었다. 이러한 일들이 그 시대에 태어난 사람
들은 운명이라고 말해서는 절대로 안 될 일이다. 당한 그들은 너무 억울
할 것이다.

북한군이 호남을 점령하고 대구 쪽으로 진출한 주력 부대가 부산을
점령하려고 총공격을 하지만……. 낙동강 최후 방어선을 구축한 연합군
의 방어선을 뚫지 못하였다. 다른 한편으론 우리 해병대와 미군 주축으
로 된 킨-Kean 특수부대의 방어선 진동 전투에서 패했기 때문이었다. 대
한민국 임시정부가 있는 부산은 창원에서 도보로 반나절 거리다. 북한군
이 부산을 점령하려고 창원 진동고개에서 최후의 발악을 할 때 경남 김
해와 진영 일대에서 잔류한 인민군이 그들을 도우려고 노무현대통령 고
향 뒷산 봉화산성에 진을 치고 봉화산 끝자락에 있는 본산리 봉화 마을

까지 출몰하였다. 당시 보도연맹에 가입된 사람들이 도와 줄 것이라는 판단 때문에 마을에 내려와 부역을 강요하였고 식량을 약탈해 갔다. 가족을 볼모로 위협하여 강제로 노무자가 되어 물자운반을 하였으며 일부 공무원들은 인민재판 때 증인으로 나와 그때현장에 있었다는 이유하나만으로 전쟁이 끝난 뒤 빨치산으로 몰려 총살당하거나 무기수로 수감 중 옥사하기도 하였다. 서 노인은 "보도연맹 사건도 간부직엔 지식 기반층이 많이 가입하였는데 이웃들은 많이 배운 사람들이고 친척들이어서 도장 한번 찍어 준 것이 빚을 대신 갚은 것처럼 인정 많고 순박한 사람들이 많이 당하였다."고 했다. 김해의 보도연맹원들이 작게는 3명씩 많게는 10명씩 손목과 발목이 굴비처럼 엮인 채 총에 맞아 죽었다. 사건발생장소는 김해군내 진영읍과 진례면을 비롯하여 생림면이며……. 창원군 대산면과 동면을 비롯한 진전면 등 여러 지역에서 학살사건이 저질러졌다. 그렇다면 김해지역의 보도연맹원들은 누구인가? 하나같이 무고한 양민들이라고 유족들은 주장하고 있다. 이승만 정부가 보호해 주고 지도해 나가겠다고 창설한 보도연맹이 왜 빨갱이들의 집단이 되었는가? 그것은 당시 행정당국이 정권에 잘 보이기 위하여 마구잡이 할당식으로-割當式 가입숫자를 늘렸기 때문이다. 가입하면 양식배급도 주고 매일 경찰서에 나가 방공교육을 받으며 시간만 때우면 된다는 감언이설로 주민을 꼬여 냈다. 이러한 상황을 유족들은 당시 공무원이나 구장들에게-현재의 통장이나 마을이장· 가입숫자를 할당한 것이라고 주장하고 있다. 또 어떤 가입자는 자신도 모르게 가입이 되어 있었다고 증언하고 있다. 그럴 것이 당시에 마을 이장에게 도장을 맡겨 두곤 하였는데 본인에게 물어보지 않고 할당된 숫자를 맞추기 위해 찍어 주었다는 것이다.

"가입하기만 하면 특별대우를 해준다하여 마누라에게 어중잽이로 눈총 받는 것보다 나은 기라! 해서 펏득 지장을-指章 찍은 긴데……. 지장 한번 잘못 찍어 그때 골로 갈 뻔 한기라!"

송재복 노인은 그때 일이 생각나는지 눈꺼풀이 파르르 떨렸다. 송 씨는 그날부터 매일 김해경찰서에 출근하여 주거지를 이탈하지 않았다는 확인 도장을 찍고 땅거미가 질 무렵 집으로 왔다. 그러던 중 그의 부인 김 씨가 매일 똑같은 시간에 출 퇴근 하는 남편의 행동이 수상쩍어 몰래 뒤를 밟아 경찰서로 가는 것을 안 것이다.

"여보! 경찰서엔 무엇 하러 매일 출근한교? 취직이라도 했는교?"

김 씨는 노름방이나 기웃거리고 사흘이 멀다 않고 술에 만취 되어 밤 늦게 귀가를 일삼는 남편이 갑자기 술 먹기를 삼가고 매일 경찰서로 출근을 하여 경찰서에 취직이라도 한 줄 알았던 것이다.

변명할 수없는 송 씨는 보도연맹에 가입된 그간의 사정을 이야기했다. 그러나 심상치 않다는 예감이 김 씨를 사로잡았다. 그러던 중 한국전쟁이 터졌다. 군인들이 트럭을 타고 전선으로 투입 되고 한편으로는 강제로 징집이 이루어져 경찰들은 징집 대상을 찾기에 바빴다. 그래도 송 씨는 개의치 않고 매일 경찰서에 도장을 찍으러 매일 출근을 했다. 전선 상황이 극도로 불리해져 함안군이 인민군들에게 점령되고 마산근교 낙동강 전선에서 대치하게 되는 긴박한 상황인 8월 하순이었다. 이날도 어김없이 친척이며 친구 같은 송세부가 송 씨 집의 대문을 두드리며 "재복아 빨리 가자"고 했다. 그 소리를 듣고 항상 불안한 예감에 사로잡혀있던 송 씨의 아내인 김 씨는 남편의 신발을 부엌 안으로 번개같이 집어던지며 "벌써 전에 갔다"는 거짓말을 했다. 김 씨의 예감이 남편의 목숨을 구한 것이다. 그날 경찰서로 출근한 모든 보도연맹원들은 삶의 마지막 길을 떠난 것이다. 당시 송 씨는 "마누라가 나의 허락도 없이 함부로 거짓말을 친구에게 하여 많이 화가 났었다."며 그러한 사실을 안 뒤 곧 자신의 바보스러움을 뉘우치고 부인을 사랑하며 말을 잘 듣고 살아오고 있다 했다. 이날 경찰서에 갇힌 일부는 생림면 나막 고개 골짜기에서 처형됐고 다음날도 또 그 다음날도 군경에 의한 무자비한 총살을 계속 되었다. 그날 아내 김 씨의 기지로 위기를 모면한 송 씨는 그길로 마을뒷 산에서 이틀간 숨어서 동태를 살피다가 위험을 느끼고 부산으로 도망쳐 버렸다. 그러나 그의 부인 김 씨는 남편을 숨겼다는 이유로 보도연맹원 학살금지령이 내릴 때 까지 죽음보다 못한 험악한 삶을 살아야 했다. 김 씨에게는 두 살 먹은 아들과 네 살 박이 딸이 있었다. 남편이 부산으로 도망간 뒤 김해경찰서에서 이틀이 멀다하고 정보계형사들이 찾아왔다. 김 씨는 죽기 전에는 잊을 수 없다며……. 당시 김해경찰서 사찰계 형사 이부업 씨의 악랄한 행동을 고발 한다고 했다. 이형사는 김해에서 모르는 사람이 없는 김해 백두산 호랑이로-경남 계엄 사령관 김종원의 별명·통했다. 그가 김 씨의 집에 찾아와 남편을 간곳을 가르쳐 달라며 참나무 몽둥이로, 때론 마루에 있던 빨래다듬이 방망이로 힘도 없고 연약한 아낙네인 김 씨를 얼마나 모질게 후려 쳤는지 매에 못 견뎌 김 씨는 그 자리에서 몇 번이나 혼절하였다. 이 광경을 구경하던 마을 사람들이 겁이나 모두다 도망을 해버려 마을이 일순간에 텅텅 비기도 했다고 한다. 처음 찾아와 이렇게 행패를 부린 이형사의 행동에 질겁한 김 씨는 그의 시집과 친정집을 번갈아가며 잠시 숨겨주기를 애원했다. 그러나 피붙이인 그들도 무엇이 그렇게 무서웠던지 혼자서 해결하라는 양가의 어른들의 말에 김 씨는 아연질색을 하며 두고두고 못 잊을 천추의 한을 가슴속에 깊이 묻었다. 너무나 기가 막혔다. 이때부터 나이어린 아들은 품에 안고 딸애를 등에 업고 갈 곳이 없어 이 마을 저 마을 가가호호-家家戶戶 기웃거려야 했다. 김 씨는 그때의 슬픈 감정에 북받쳐 기어코 울음을 터뜨리며…….

"그놈이 부모 자식 간 형제간의 의를 깡그리 없애버렸다."

울부짖었다. 때로는 남편이 있는 곳을 말을 해 버릴 가도 했었다. 다른 한편으론 죽어버릴까 생각도 했다. 그러나 어린자식들을 살려야겠기에 죽을 수도 없었다. 이런 생각 저런 생각에 살 얼음장 같은 하루하루가 지나갔다. 어쩔 수 없어 집으로 돌아온 어느 날 밤이었다. 바깥 인기척에 문을 반쯤 열고 보니 이형사가 동료 3명의 형사를 데리고 집을 찾아왔다. 순간 본능적으로-本能的 문을 안으로 걸어 잠갔다. 그렇지 않아도 간이 콩알만해져있는 김 씨에게 이형사가 대뜸 마루로 뛰어 올라와 발로 쿵쾅거리며……. 방문을 구두 발로 사정없이 걸어차면서

"야! 이 개 같은 년아! 퍼뜩 문 열어라."

고함을 치며 험한 욕설을 퍼 댔다. 그래도 반응을 안 하자. 갑자기 방 장지문 문짝 빗살이 부서지고 그 사이로 시커먼 구두 발이 들어오는 것을 본 김 씨는 너무나 놀란 나머지 옷을 입은 채 방뇨를-放尿 해버렸다. 허겁지겁 정신을 차리고 일어나 문을 열어 주자.

"이 쌍 개 같은 년이 빨갱이 새끼가 숨어 있는 곳을 알고 있으면서 모른 채하며 거짓말한다."

무쇠 가마솥 뚜껑 같은 큰 손바닥으로 얼굴을 사정없이 내려 쳤다. 우악스런 이형사에게 얻어맞고 혼절을-昏絶=기절 · 해버렸다. 혼절해 있는 김 씨를 구두 발로 계속린치를 하여 김 씨가 깨어나자. 아이들을 데리고 경찰서로 가자고 했다. 김 씨는 급하게 다그치는 이형사에게

"아저씨! 옷에 생 똥을 쌌소. 통시칸에-화장실 · 가서 닦고 오겠소."

독기에 차 씩씩거리던 이형사도 그때서야 냄새가 났던지 그러라고 했다. 속옷을 갈아입은 뒤 아들은 등에 업고 딸은 걸리면서 캄캄한 어둠속을 향해 끌려갔다. 형사들의 뒤를 따라 가면서 김 씨는 한 가지 묘안을 떠올렸다. 아이 궁둥이를 받히고 가던 손으로 엉덩이를 사정없이 꼬집었다. 그러자 아이가 갑자기 자지러지면서 울기 시작했다. 칠 흙 같은 어둠속을 걸어가면서 30여분을 울어 젖히자 이형사는 안되겠다 싶었는지!

"야, 이년아! 듣기 싫으니 집으로 쳐 돌아가 버려."

그러나 아이울음소리와 공포에 질린 김 씨는 그 소리를 제대로 듣지 못하고 계속 따라갔다. 그러자 형사들은 죽일 듯이 달려들며

"이 개 같은 년이 집으로 가라는데 귓구멍이 먹었느냐? 따라오지 말고 집으로 돌아가란 말이다."

주먹으로 따귀를 후려갈기면서 고래고래 소리를 대질렀다. 그때서야 정신이 번쩍 든 김 씨는 후들후들 떨리는 다리를 이끌고 입에서 흘러나오는 피를 삼키며 자갈길에서 10번도 더 넘어져 무릎이 깨어지고 개울물에 빠지기도 하면서 우선 급해 가까운 친척집으로 달려가 도와 달라고 사정을 했다. 그러나 형사에게 얻어 터져서 한쪽 뺨이 부어오른 얼굴에 피와 땀으로 범벅이 된 김 씨 몰골을 보고 겁에 질린 친척들은 냉담하기만 했다. 당시에 연맹원을 도와주면 연좌제로-連坐制 몰았기 때문에 친인척도 도와주기를 피했다.

"죽으려면 혼자 죽어라."

친인척의 매정한 말만 들었다. 세상천지에 갈 곳은 없었다. 이젠 죽어도 하는 수 없다 싶어 집으로 돌아왔다. 부모형제 일가친척들과 다정했

던 이웃들 모두가 한 없이 원망스러웠다. 김 씨는 그때 끌려갔더라면 아마 죽었을 것이라고 울먹였다. 집에 돌아와서 오른손이 아려와 호롱불 밑에서 아들의 엉덩이를 꼬집었던 손을 보니 보자기를 두른 위로 아들의 엉덩이를 얼마나 힘주어 반복하여 꼬집었던지 손은 퉁퉁 부어오르고 엄지와 약지손가락 손톱이 반쯤 살에서 떨어진 자리엔 피가 계속 흘러나오고 있었다.

"지금도 그때 맞은 자리가 구름이끼고 비가 오려고 하면 온 삭신과 뼈가 지가 욱신거리고! 깜짝 놀라면 오줌소태 걸린 것 같이 소피를 찔끔 거린기라." 하며 김 씨는 한숨을 쉬었다.

"용케도 살아났으니 조상이 도운 것 같군요? 저승사자 같은 악질-惡質 이부업의 손아귀에서 어떻게 화를 모면 했습니까?"

"세갈머리 없는 영감탕구 때미 유달시럽게 살았는데! 조상이 있다 카면 그런 일은 예시 당초 없어야 하는 게 아닌교?"

"허긴 그렇긴 하지만! 그날 밤 이후 어떻게 됐습니까?"

"선생은 궁금해서 꼬치꼬치 물어보지만! 창피요! 10년 전쯤인가! 부산에 있는 신문사 이름을 잊었는데……. 신문 기자가 왔을 당시에도 말 안한 이야기를 오늘은 전부 이바구 해드리리라. 그런 일이 있고 난 뒤 한 달포는 지났나! 글마들이 또 잡으려 온기라. 이형사 일마 쌍판대가리를 보니 영개 도토리 밥맛인기라! 애들은 친척집에 두고 경찰서로 가자하여 여자가 심이 있나. 그렇게 하고 따라 갔더니……."

김 씨는 말을 잊지 못 하고 눈물을 흘린다. 그 모습을 바라보고 송노인은 담배를 꺼내 입에 물고 일어서 자리를 피해 준다. 송 노인이 떠나자 눈물을 손등으로 닦고 나서 멈춘 말을 이어 나갔다.

"유치장에 하룻밤을 날밤 하고나니 다른 순사가 문초하러 와서 다행이다 싶었는데! 오메야! 일마 얼굴을 보니 곱상 하여 마음을 놓은 긴데……. 이부업이 글마자슥보다 더 패액시럽은 순사 한태 걸려 문초를 당한기라."

"몽둥이로 또 얻어맞아 습니까?"

"아니라 예! 곤대만대 된! 일마 주둥바리에서 탁베이-막걸리 · 냄새가 억수로 나는 기라. 죽일라고 작심하고 온긴지! 비틀거리고 오더니 갑작스레 멀커데이를 우악시럽게 잡아 당겨 유치장 바닥에 내팽게치려고 하여 내가 넘어지지 않으려고 일마 자슥 허리춤을 잡는 바람에 같이 넘어진 기라. 넘어지면서 일마도 다친 기라. 아픈가! 엉금거리며 일어나 허리를 만지작거리며 콧바람을 씩씩 불더니 서답 방망이로-경찰봉 · 인정사정없이 온 몸을 때려 그 자리에서 기암을-기절 · 하고 만기라. 깨고리 같이 네발 뻗고 죽은 기나 같은 거지! 한식경이나 지났나! 눈을 뜨니 일마자석이 가자미눈으로 꼬나본 뒤 또 배차-배추 · 김치에 탁베이를 먹고 나더니 '이년이 독사만큼 질기 구만' 하면서 책상에 있는 조서를 사부작거리며 개냉이-고양이 · 눈으로 바라라보며 '이 쌍년! 저승 갈 준비하라' 얼음장을 놔서 인제 내는 죽는구나! 생각이 들드라카이. 내도 악기가 있어 '죽이려면 빨리 죽여라'하고 얼라 낳던 힘까지 써서 소리를 대지르자. '그래 누가 더 독한가 보자'하며 나를 끌고 후미진 방 앞으로 끌고 가서 방안으로 밀어 넣고 밖에서 문을 잠근 뒤 어디론가 가서 한식경이나 됐나! 쪼매한 삼배자루를 가져왔는데 일마 자슥이 자루 속에서 커다란 능구렁이를 꺼내……."

김 씨는 하던 말을 멈추고 진저리를 친다.

"큰 왕뱀을 구해 왔군요! 뱀을 가지고 어떻게 했는데요? 뱀 한테 물렸습니까?"

말하기를 머뭇거리던 김 씨는 작심 한 듯 한숨을 크게 내쉬고 말을 이었다.

"내사 안주 꺼정 살아오면서 남새스러버서! ……그 생각하면 지금도 온 몸에 소름이 돋아나는 기라. 일마가 뱀을 꺼내들고선 내 치마를 들치고 꼬장중우 사이 허북단지 속으로 집어넣으며 얼라 아부지 간곳을 이바구하라는 기라. 멀컹거리며 차바운 것이 사타리에-살 · 닫자……. 매에는 장

사 없다 케도 그동안 잘도 버텨 볼만큼 버텨 봤지만! 뱀이가 사타구니 니노
지-성기 · 속으로 들어갈라 케서! 생 똥을 싸고 혼절을 핸 기라."

"……."

"멀끄럼이 보기는……. 그때일 생각하문 상그라우니 그-짬합시다."

연약한 여인에게 뱀을 가지고 자궁 속으로 집어넣는다 하니 기절하지
않았다면 아마도 그 고문을 견디지 못 했을 것이다. 과거를 회상하기에
너무 힘들어 하는 김 씨가 너무 안쓰러워 인터뷰를 끝내야 했다. 김 씨
의 가족 사랑이 살쾡이 같은 악질 형사의 손아귀에서 벗어난 것이다.
이후 곧 학살금지령이 내려 숨어 지내던 송 씨가 돌아와 아무 일도 없었
던 것처럼 다소의 안정을 찾기는 했지만 가슴속에 맺힌 한은 반세기가
지난 지금까지 지워지지 않고 있는 것이다. 김 씨는 형사들의 끊임없는
구타와 고문에도 끝까지 남편이 숨어 있는 곳을 알려주지 않아 목숨을
건져 지금까지 그런 대로 부부간 다독거리며 행복하게 살고 있다했다.

현재 김해지역 보도연맹사건은 워낙 넓은 지역에서 일어났기 때문에
시체가 모두 발굴이 되었는지조차 밝혀지지 않고 있다. 이 지역 향토사
학자들은 이 모든 사건은 정권찬탈에 두 눈이 어두운 일부 정치인들에
의해 만들어졌다고 정의하고 있다. 일부 무지한-無知 농민들은 마을구장
들이 배급 쌀을 나누어 주면서 도장을 받아 보도연맹 가입 서류에 도장
을 찍어 죽음의 길로 인도하기도 했다고 주장하고 있다. 지금도 그렇지
만! 당시에 구장은-里丈 덕망이 있거나 유식한 사람이 했다. 그래서 그들
의 부탁을 들어 줄 수밖에 없었다. 진례면에서 옹기를 굽고 있던 박술도
씨는 가마에 사용할 나무를 마련하기 위해 산에서 소나무를 불법으로
베어오다 구장에게 들켜서 고발무마조로 도장을 찍어주었다가 살아난
사람이다. 그는 옹기 굽는 일을 하면서 도자기도 간혹 구워서 팔았는데
도자기 잿물을 만들기 위해 산에 흙을 구하러 갔다가 독사에 물려서 치
료차 부산병원에 입원하여 일제히 검거 때 빠졌다가. 보도연맹원들 학살

소식을 듣고 처갓집이 있는 산청군으로 도망쳐가 숨어 지내던 중 그곳에도 이미 보도연맹원들의 학살이 자행되고 있었으며……. 빨갱이들이 출몰하고 토벌대와 교전을 하는 바람에 살기가 어려워 자원입대하여 국군이 되어 전선에 투입돼 모든 것이 순조롭게 풀려 살아났다 했다. 위의 증언을 보더라도 당시에 해마다 보릿고개가 연중행사처럼 이어져 모자란 식량은 미국이 원조해준 식량보급으로 끼니를 때우던 시절 인지라. 양식배급을 조금이라도 받으려면 구장에게 잘 보여야 했을 것이다. 또한 당시엔 문맹-文盲인들이 많아 구장들이 하라는 대로 서류에 도장을 찍었다가 희생된 사람이 부지기수라는 것이다. 이 모든 진실들은 당시 생존자들에 의해 언젠가 낱낱이 밝혀지겠지만! "자의가 아니고 타의에 의해 죽음의 길로 간 다수의 한 맺힌 원혼들과 60여년의 세월을 눈물과 한으로 살아온 유족들과 피해자들은 그 무엇으로 응분의 보상을 받을 수 있겠는가?" 유족들의 절규다. 김해보도연맹사건은 당시 지역민들에게 크나큰 충격으로 받아드려졌다. 3.1운동 청년회 등 항일투쟁을 위해 몸과 마음을 던졌던 많은 젊은이들은 집단총살이 감행되었던 당시의 상황을 보고 망연자실 고향을 등진 사람도 있었다. 보도연맹원도 남로당원도 아닌 무고한 형님과 삼촌을 총살 현장에서 잃어버린 유상현 씨는 "적이 점령하지도 않은 지역의 무고한 양민들을 잡아다가 집단학살한 죄는 어떠한 이유로도 용서 받을 수 없다."며 그들의 죽음에 대해 "양민학살"이라고 못 박았다. 당시 유 씨는 진영읍에 있는 한얼중학교 2학년에 다니고 있었다. 1950년 8월 중순 어느 날이었다. 유상현 씨가 "학교 갔다 올게."하고 형 성현 씨에게 인사 한 것이 서로 마지막이었다.

"강 선생은 알고 있겠구만! 소설가 김원일 애비인 김종표가金鍾杓 진영에서 빨갱이 댓빵-두목=남로당 경남 도 책임지도원 · 노릇을 한 기라! 전쟁 때 이북으로 갔다고 하는데……. 그곳에서 죽었다는 말을 들었소. 글마 자슥이 가당치 않게 악한-惡漢 일을 너무 많이 한기라!"

"소설가협회 선배라는 것은 알고 있습니다. 모임에 나오질 않아 만나보지는 못 했습니다. 연좌 죄는-連坐罪 진즉 폐지됐습니다."

"글마 애비 때문에 진영과 부산에서 800여명의 수많은 사람이 고통을 당하고 억울한 죽임을 당한 가족을 생각하면 그런 소리 함부로 하는 게 아니지. 같은 소설가라고 편애하는 것 아니요? 얼마 전에 전두환 글마 가족의 추징금을 기자들이 묻자. 이순자가 '연좌가 우리나라에 없어지지 않았느냐?'고 기자들에게 돼 묻는 장면을 보았을 것이구만! 자식들이 책임질 일이 아니지 않느냐? 라는 투로 말하는데! 그러나 부모형제 일가친척이 보도연맹사건으로 죽임을 당했는데 그런 식으로 매듭지으면 안 되지! 사자성인 역지사지도-易地思之 모르는교?"

"전쟁의 후유증은 죽은 자의 고통으로 끝나지 않습니다. 살아있는 사람들에게 그 고통은 이어지기 때문이지요! 그래서 이 세상엔 제거되어야할 사람이 있고 그들을 제거하는 사람이 있어야 합니다. 그래야 남아 있는 사람이 평화를 누릴 수가 있는 것이지요."

"옳은 말을 하네! 그러나 억울한 누명을 쓰고 죽은 사람은 해당되지! 참, 소설가 김원일 글마의 문학 비를 진영 금병공원에 세웠는데……. 강 선생은 모르는교?"

"……."

"김해문인들이 얼빠한 쪼다들인가! 그런 가족의 내력을 알고 있으면서 문학적 업적인 기념비를 세워도 가만히 있다니!"

"김해 문인들은 전혀 몰랐습니다. 비 건립을 추진한 사람은 부산대학교 임종찬 교수이고 시조를 쓰는 문인인데 당시 송은복 김해시장과 친구여서……. 그를 꼬득여 7~8천여 만 원의 돈을 지원받아 세웠다는 소문을 후에 들었습니다. 당시엔 김해문인협회 회원으로 등록하여 활동을 하고 있었지만 모임에 참석이 뜸한 편인데……. 우리회원들에게 알리지도 않고 진행한 일입니다."

"대학 교수란 자가 그런 일을 하다니 나쁜 사람이구만! 전쟁이 끝나고 가족이 도망치듯 대구로 몰래 이사를 갔는데……. 글마 자슥이 소설가가 되지 않았다면 우리는 생뚱 모르는 일이제. 글마가 지은 '겨울골짜기'란 책을 내가 읽어 보니 거창야민 학살사건 내용을 소설 형식으로 집필을 했는데 자기변명 일일 테고! 서문 끝에는 '그 시대를 살아간 모든 사람에게 이 책을 바친다'고 했드만 희한한 놈이제! 지역 신문보도에 의하면 글마가 지은 책 대다수가 한국전쟁에 관한 빨갱의 삶에 관련 책이라는데……. 웃기는 놈 아닌가? 진영에 관한 책도 있다는데 그 애비가 한얼 중고등학교를 설립한 강성갑 목사 죽임에 관련 된 기라. 한얼교육재단을 뺐으려고 그랬겠지! 진영에 와서 자기 애비 때문에 억울하게 누명을 쓰고 무참하게 학살당한 수많은 가족들에게 애비를 대신하여 사죄를 하였는가를 조사를 해보라고. 다행히도 강 선생은 기념비에 대한 일을 알고 있겠구만? 진영에서 글마 애비 때문에 죄가 덤터기 씌어져 수많은 사람이 죽임을 당했고 그 가족들이 지금도 고통을 받고 있는 기라! 그러한데도 아들이란 자가 이념갈등에 대한 글을 많이 쓴다는 게 이해가 안 간단 말이지. "마당 깊은 집"이란 소설 독후감엔 완성도 높은 책이라고 하였지만……. 내가 읽어보니 자기가족 변명 같은 가족사 기록물에 불가한 작품인 기라! 김원일이가 '내가 살아온 이야기로-the story of my life'집필한 자신의 가족사 실화를-true story 윤색을-贊色 하여 증명해내는-proves herself 자서전-autobiography 형식의 글들인 기라.

  "솔직히 말해 진즉 알고 있었습니다만……. 협회 선배였기에 다루기가 좀 거북 했습니다. 증언에 의하면 그의 아버지는 1914년에 출생을 하였고 부자 집이어서 마산상고를 졸업하고 일본 유학까지 다녀온 지식인이었는데 좌익 사상에 빠져든 그분은 부산에서 노동자조직 활동에 종사하다가 사상범으로 체포되어 형무소에 투옥되어있던 중 해방을 맞이했는데 교도소 생활의 억울함 때문인지! 뉘우치지 못하고 "조선민주애국청년동맹-민애청·서울본부 부위원장으로 활동 중 또다시 서대문형무소에 투옥되어 있다가 한국전쟁으로 인하여……. 서울을 점령한 북한군에 의해 풀려나 서울 시당 재정경리부 부부장으로 활동을 했으며 유엔군-연합군·인천상육작전 때는 서울 구로지역 방위선 전투지휘 후방 부서의 부 책임자로 활동을 했는데 맥아더 장군이 지휘한 인천상륙 작전이 성공되어 서울 수복 때 마지막까지 결렬하게 저항하다가 퇴각하는 인민군과 1950년 9월에 월북을 하였다는 기록을 보았습니다."

  "글마 자슥이 별의별 감투를 쓰고서 감언이설로 수많은 사람을 가입시켰는데 전쟁이 벌어지자. 가입 했던 사람들은 우리군경에 의해 사살당하는 어이없는 일이 벌어 진기라! 그 때 착취하여 감춰둔 돈으로 그 가족들은 잘살아 대학까지 나온 기라!"

"북한군이 마산진동까지 진격을 해오자. 자신의 일을 방해했던 수많은 사람을 제거케 하였다는 것을 증언을 해 주었습니다. 북한군을 따라 이북으로 가서 잘 살다가 1976년 금강산 근접에 있는 요양소에서 치료 중 사망을 했다고 합니다. 전쟁 당시 김원일 소설가는 어렸을 때 일입니다! 후대 역사가들이 평가를 할 것입니다!"

"그러한 놈들 때문에 한국전쟁기간 3년여로 인하여 1백여 만 명이 죽었고 1천만 여명의 이산가족이 생겨났으며 민간인만 해도 24만 여명과 12만 여명이 빨치산 협조자들에 의해 학살되었고. 또한 20만 여명의 미망인과 10만 여명의 고아가 생겨나게 만든 민족의 철천지원수인 김일성이가 벌인 전쟁을 동조한-同調 김원일 애비의 행위는 절대로 용서 할 수 없는 기라. 전남북과 경남지역에서 벌어진 양민학살사건을 추적 집필하면서 모를 리가 없지! 여하튼 그 문제는 잊어서는 절대로 안 되지. 친일 했다 해서 전국 곳곳에서 기념비를 철거를 하였고 또는 철거를 주장을 하며 기념관을 못 짓게 하는 지역이 수 곳인데……. 강 선생이 예술의 꽃이라 하는 문학 작가이어서 하는 말인데 제 2차 세계대전 중 독일이 유대인 600만 명을 학살한 '홀로 코스트'를 세계에 고발하는 데는 영화 소설 다큐멘터리 등 문화예술 작품의 역할에 의해서 알려진 기라. 스티븐 스필버그 감독의 영화 '쉰들러 리스트'와 로베르토 베니니 감독의 '인생은 아름다워'등이 나치의 잔혹한 범죄를 인류의 가슴에 남는 메시지로 만드는 데는 강 선생 같은 작가들의 작품에 의해서 이지. 그래서 문화 예술의 씨앗은 문학이 대끼리인-最高 · 기라!"

"21세기를 문화의 세기라고 합니다. 시나리오와 극본을 비롯한 노랫말 등이……. 문학에서 출발하기 때문입니다. 스티븐 스필버그 영화감독이 만든 쉰들러 리스트-Schindler's List"줄거리는 제 2차 세계대전 중 기회주의자인 쉰들러가 폴란드계 유대인이 경영하는 그릇 공장을 인수하려 도착을 했으나 나치들의 잔혼 한 살인행위를 목격을 한 후 현실을 직시하게 되어 유태인들을 강제 노동수용소로부터 구해내는 내용입니다."

"그러니 강 선생의 글이 한국전쟁 전 후에 군경과 빨갱이들에 의해 저질러진 사건을 추적하여 다큐실화소설을 집필하기에 김원일 애비가 저지른 추악한 이야기를 널리 알리라는 것이제. 혹시 협회 선배라고 글마의 애비가 저지른 악행을 과소-寡少 평가하는 글은 선비의 양심을 저버리는 일이니 후대에 욕먹는 일은 하지 말소. 강 선생이 집필한 책을 하나도 빠짐없이 구입해 읽었고 앞으로도 나오는 책은 모두 구입해서 읽어 볼 것이니. 알아서 하소."

"김원일 소설가의 아버지의 행적 때문에 기념비의 철거는 지역민이 할 일이고 또한 김해문인협회서는 빨갱이 아들인지 전혀 모르고 있습니다. 여하튼 국민 저항운동을 기리는 국가기념일이 지정된 사건들을 살펴보면⋯⋯. 4.19혁명과 5.18 광주민주화운동을 비롯하여 6.10 민주항쟁이 지정되었습니다. 그러자 제주 4.3사건도 국가기념일로 지정해달라는 요구가 있습니다. 그러나 국민의 대다수와⋯⋯. 특히 보수 쪽에서는 적극반대를 하고 있습니다. 이 사건은 1948년 제헌국회 구성을 위한 5.10 총선이 공표되자 북한과 연결된 남로당은 2월 7일 폭동을 일으킨 데 이어 4월 3일 제주도내에 있는 경찰관서를 습격하여 총기를 탈취하고 살인을 하는 등 공포를 조성하여 대한민국의 건국을 방해하기 위해 총력전을 폈지요. 그 과정에서 군경이 출동하여 소탕작전이 벌어져 수많은 사람이 죽임을 당하게 한 사건입니다. 국민이 저항하는 데는 그만한 이유가 있어서입니다."

"내가 바라는 것은 김원일의 애비가 김해지역과 부산의 수많은 지역민 죽임에 앞장선 것에 대한 연좌 죄를 떠나서 김해 문인 단체에서도 진영에 뒷산에 세워진 글마 기념비를 철거해야 이 지역의 문인들의 자존심을 회복하는 것이지! 5.18광주 민주항쟁 때 공수부대원들의 폭력적인-violent 진압에 의해 딸을 잃은 김현녀 씨가 1988년 국회 '광주청문회'에 나와 '피 맺은 한'을 토해내는 장면은 보았겠지! '임신한 우리 딸이 총에 맞았는디 죽은 사람은 있고 왜 죽인 사람은 없는 것이오? 세상에 나와 보지도 못하고 죽은 내 손자는 어쩔 것이얀 말이오? 세상에 임신한 사람인 줄 뻔히 알면서도 총을 쏘는 그런 짐승 같은 놈들이 어디 있느냐 말이오? 뭔 죄가 있어서 뭔 죄를 지었다고⋯⋯. 그런 일을 저지른 놈도 '덜도 말고 더도 말고 나 같은 일을 똑같이 당해보라'하면서 울부짖던 모습이 지금도 눈앞에 선하게 떠오르지. 김원일 애비가 저지른 일로 인하여 죽임을 당한 수백 명의 유가족에겐 한으로 남아있는 기라! 문학 비 철거는 강 선생의 말처럼 지역 사회단체가 할 일이고 당한 유족들의 몫이기도 하지만⋯⋯. 대다수 김해시민은 글마의 애비가 빨갱이라는 사실을 모른 기라!"

"자료를 모으기 위해 3여년을 피해지역을 찾아다니면서 증언하는 사람들의 참혹한(慘酷) 이야기를 듣고 혈압이 올라 구토를 하기도 했습니다. 다만 김원일 소설가 아버지가 저지른 악행의 내막도 모르고 거금을 지원해준 김해시의 잘못이고! 공사를 지켜만 보고 있었던 시민단체들의 잘 못이지요. 시나 각 단체에서도 모르고 있었기에 그러한 일이 벌어진 것이겠지요! 당시 경남 도민일보 김주완 기자의 학살사건 보도를 접하고 그를 만나 진영 설창리에 조성된 김해지역에서 학살당한 양민들의 묘역에서 지내는 추모식에 참석을 하였습니다. 경남지역에 많은 신문사가 있지만 도민일보 김기자가 한동안 집중적으로 추적하여 보도를 했기에 많은 도민이 관심을 갖게 되었던 것입니다. 당시에 김종표의 악행을 알았지만……."

"언론의 기본은 균형 감각이제. 그 말뜻은 비판은 하되 한곳에 치우쳐서는 안 된다는 것인데……. 김해지역 찌라시 같은 신문엔 그놈을 두둔하는 글을 보았지 그런 게 신문이라고!"

"……."

"와! 멀끄러미 쳐다 보는교? 찌라시도 모른교? 광고지이지. 광고지는 각 가정마다 배달되지만……. 김해시 지역 세 곳의 신문은 그러하지 못하지! 독자가 몇 명이나 있겠소?"

"그런 신문사 기자들의 생리를 보면 무슨 희망이 있겠습니까? 그저 생각이 없는-mindless 무감각한 로봇-soulless automatons 같은 존재인 것 같은 생각이 듭니다. 언제나 자기 자신과 일치해서 생각하라는 것이-Jederzeitmit sich selbst einstimmig denken 아니고. 내 말 뜻은 다른 사람의 자리에서 생각하라는 것-An der Stelle jedes andern denken 입니다."

"그들이 해야 할 의무를-해야 할 일=duty 이행하지 않음에 그런 일들이 벌어지는 것이지."

"가해자의 아들인 김원일 소설가도 가족사를 알고 있었기에 그러한 글을 썼을 것입니다!"

"느그미 씨발! 강 선생 부모형제 일가친척이 글마 애비의 악행으로 억울한 죽임을 당했다면 모른 채 할 것이요? 친일 했다 해서 그 후손들의 재산을 압류하고 있고 국립묘지에 친일한 놈들의 묘가 있다 해서 다른 곳으로 이장을 하라고 난리 법석인 것도 알고 있지 않소? 강 선생 말대로 연좌죄가 없어졌다하지만 애비가 나쁜 짓을 했다면 자손들에게도 피해 있어야 그러한 것을 보고 나쁜 짓을 안 하지! 옛날엔 큰 죄를 지으면 삼족을-三代

멸하는-滅 벌을 내려 후손을-後孫 두지 못하게 씨를-종자=種子 제거해버리지 않았소? 글마가 쓴 책을 읽고 독후감을 쓴 사람들은 이러한 내막을 모르고 좋은 책이라고 씨부렸던데! 자기들 부모형제 일가친척이 억울하게 죽임을 당했다면 그렇게 하겠소? 국회 청문회를 보면 얼마나 가족들의 신상을 털어 흠이 있으면 절대로 임명동의에 반대를 하여 떨어뜨리는 것을 보았지요? 싸가지 없는 김종표 글마 때문에 총살현장에서 가까스로 살아남은 우리 사촌 아지매는 앉은뱅이구루마를-휠체어 · 50여년을 타고 다니다가 죽었소. 지금이야 전동구루마가 있어 나들이가 조금은 쉽게 통행 할 수 있도록 길도 만들어져서 당시보단 나들이가 조금은 쉬워졌지만 당시엔 길바닥도 장애물-obstacle 엉망진창이어서 높은 건물은 진입은 꿈도 못 꾸었소! 강 선생이 손 구루마를 그렇게 긴 세월동안타고 다녔다면 어떠하겠소?"

"…… ."

"전두환 전 대통령도 광주 민주화 운동 때 저지른 사건으로 인하여 죄를 받았고……. 통치기간에 불법정치자금을 받았기에 "전두환 추징 특별법"을 만들어 자식들의 재산까지 압류를 하고 있는데 많은 세월이 지났다하여 입 닫을 수 없는 일이지 않소? 일본 놈들이 저지른 위안부 사건도 수 십년을 거론하면서 일본이 세계적으로 나쁜 나라라고 인식을 시키는데 우리나라 언론엔 수 백 명의 죽임에 관여한 김원일 소설가 행적을 입 다물고 있으니 이상한 기라! 시진핑 국가주석은 1969년 문화혁명가 이었던 아버지 시중쉰이 반-反 혁명분자로 몰리면서 16세의 나이에 산시 성의-省 랑자허라는 마을로 하방해-下放 토굴생활을 했는기라. 365일 내내 쉬는 날 없이 중노동에 시달리며 씻지도 못해 온 몸에서 들끓는 이와 벼룩 때문에 제대로 잠을 이루지 못한 채 7년 동안 고생을 한 기라. 풀려난 후 그는 당시에 격은 고통을 생각하면서 와신상담한-臥薪嘗膽 덕분에 지금의 13억여의 중국민의 통치자가 된 기라."

"김원일 소설가는 당시에 어려서 자기 아버지가 진영 양민학살 사건의 주도적인 역할을 했다는 것을 자세히 몰랐을 테고! 또한 부끄러운 이야기를 어머니가 해주지도 않았을 것입니다! 시대상황으로 보면 지식의 기반 층이었던

김종표 씨가 공산주의 이념에 빠지게 된 것은 김일성이가 주장한 평등

권……. "소수 계급인 특권층을-부자=富者공무원 · 비롯한 지배지주의-부농=富農 인간들 때문에 다수의 빈민층이-貧民層 학대받는 것은 불합리하다"는 생각으로 공산주의 운동이론에 빠져들었을 것입니다! 당시에 지식기반-知識基伴 층인 사람들이 좌익에 많이 빠져든 이유가 못사는 민중이 부당한 대우를 받고 있는데 공감을 하고 평등을 내세운 사회주의 이념에 동참을 하지 않았나하는 저의 생각입니다."

　"평등하게 사는 것이 좋다는 것은 못 사는 사람에게는 공감이 갈 것이지만! 그러나 그러한 이념을 가지고 통치하는 지금의 북한을 보면 인권 탄압으로 전 세계의 지탄을 받고 있는 상황이고 굶주림으로 수백만 명이 죽었다는 탈북자들이 증언을 하고 있듯이 관념적인-觀念的 이념의-理念 허구성으로-虛構性 통치를 하고 있는 결과가 지금의 북한 실정인기라."
　"북한 하면 제일 먼저 떠오르는 것은 거짓말 공화국이라는 것이고 세계에서 가장 성공한 김일성의 가계를-家繼 떠받드는 종교국가라는 것입니다. 이 세상의 최고의 영업사원과 최고의 종교의 교주가 최고의 거짓말쟁이듯 북한의 통치자들은 거짓말로 인민을-人民 속이고 있기 때문입니다."
　"그러한 이념을 따라 저질러진 아버지로 인하여 진영에서 살수가 없어 가족이 대구로 도망가서 살았기 때문에 김해에 세금 한 푼도 내지 않았는데 8천 여 만원의 김해시민의 혈세인 돈을 들여 문학 비를 세우게 지원금을 준 정치인들의 오욕의 역사기록에 꼭 남겨서 후대에서도 알 수 있게 하는 것이 문인들의 몫이지! 거창 · 산청 · 함양 등 경남지역에서 벌어졌던 양민학살사건 형장에는 추념 관과 합동모역을 만들고 시체 발굴 작업도 지속적으로 하고 있는데……. 김해지역 정치인들은 만행을 저지른 김종표 빨갱이 자식인 소설가 김원일의 문학 비 건립 지원비를 지원해주고 그 애비의 의해 죽임을 당한 김해 양민들의 추념 비하나 세우지 못 한 정치인들이 한심한 기라! 애비가 만행을-蠻行 저지른 지역인 진영에 관한 책을 집필 했다는 것은. 미친 게이 짓을 한 것이지! 책을 집필하지 않았다면 대다수 국민은 모르는 일인데 얼빵한 짓으로 다수의 국민이 알게 된 기라!"
　"모든 해결은 김해시와 사회단체를 비롯한 정치인들의 몫입니다!"
　"느거미 떠거랄 강 선생은 김해시에서 수년간 중소기업을 운영하였고 당시엔 김해시 부자들이 모두 산다는 큰 아파트에 살고 있으니 세금을 비롯하여 재산세를 지금도 많이 내고 있을 것 아니요? 그런데 김원일 소설가는 김해시에 땡전 한 푼 세금을 내지 않았고 김해와 부산지역의 800여 명의 학살사건이 나게 한 빨갱이 자식인데 김해시민의 혈세로 8천 여 만원을 들여 문학 비를 세웠는데 뿔다구도 안 나는교?"

"그분 나름대로 교수생활을 하였으니 젊은 이 나라 청년들에게 좋은 가르침이 있었을 겁니다!"

"오메야! 내가 깔닥수하는-기절·것 볼라 카나! 강 선생이 후배라 카지만 김해 가야국에 대한 역사 장편 소설을 4권을 집필하여 3권이 베스트셀러가 되었고 한 권은 국사편찬 위원에서 자료로 쓰고 있다는데 김해시에서는 무었을 도움 받았소?"

"……."

"땡전 한 푼 받은 적이 없다 카든마는 사실이구만! 강 선생이 지금 까지 집필한 책이 20권이 넘었고 그 중에 베스트셀러가 7권이라는 약력을 보았는데 김원일 소설가는 베스트셀러가 없는 줄 알고 있는데……. 대학 문창과를 나와 수 백 대 일의 응모자들을 물리치고 등단을 하여 평생 베스트셀러 한 권을 집필 못하고 죽는다카던데 베스트셀러 한 권을 집필 못한 그런 자의 문학비를 세우게 시에서 조사도 않고 거금을 지원 하였으니 미치게이 짓을 한 기라! 문학 비를 세우게 지원금을 주었던 민선 1기 송은복 시장은 연임을 한 후 물러나 국회위원에 도전을 하였으나 김해 역사상 야당후보에게 떨어져 불법 선거자금을 받았다 하여 감악소 생활을 했는기라. 느까 매운 맛을 본기지!"

"……."

김종표 씨도 그의 뜻을 따랐던 당시의 양민도 시대적인 격변기에-激變氣 편승되었던 불운한-不運=unfortunate 운명을-殞命 타고난 것이다. 라는 가해자의 구차한 변명을 들었다. 과연 희생을 당한사람들의 시대적 운명이었을까…….

자기 위주 편향에서-self-serving bias=다른 사람의 행동은 고유한 성격 탓으로 돌리며 상황에 따른 영향을 과소평가하고. 자신의 행동을 설명할 때는 상황과 불안정한 요소를 강조하고 성격 탓을 하지 않는 것. 성공적인 결과에 대해서는 자신에게 공을 돌리는 경향이 있지만, 실패한 경우에는 상황이나 다른 사람을 탓하는 경향을 보이는 것. **기인하여 책을 집필했을 것이라고 주장했다.**

  ※ 입에 담지 못할 험한 욕을 너무나 많이 하여……. 상재한 글은 저
    자가 적당이 윤색을-潤色 하였음.

  당시 김해경찰서와 CIC-방첩대·부대의 군인들은 "보도연맹원"과 "불순혐의자" 들을 두 곳에 수용하고 있었다. 그중 한곳은 김해경찰서 내 7개의 유치장과 경찰들의 무도연습장인 유도장이고 또 한곳은 진영읍에 있는 1백여 평 남짓한 산업조합창고에 가두어 놓고 있었다. 경찰서 유치장에 갇혀있다가 탈출한 정 모 씨는 "유치장과 유도장 안에는 사람들이 발 디딜 틈이 없을 정도로 가득 채워져 있었는데, 평등하게 잘 살수 있다는……. 김원일 소설가 아버지의 꼬임에 좌익에 가담을 했던 순진무구한-順進舞具 사람들을 무고하게 죄목을 씌워 잡혀온 사람들이 대다수였다"고 했다. 그는 보도연맹원 간사를 지내고 있었는데 유치장 안에서 돈을 십시일반 갹출해 막걸리라도 사서 경찰들에게 주면 그날은 경찰서 마당으로 나가 운동을 할 수 있었다고 증언을 했다. 그는 그 틈을 이용해 높은 경찰서 담을 뛰어넘어 탈출해 산속에서 숨어 지내다가 그해 9월 하순께 집단학살금지령이 공포된 이후 군인들에게 붙잡혔다. 진영산업조합창고에 수용되어있던 보도연맹원들은 주로 진영읍 진례면 창원군-지금의 창원시·동면과 대산면 주민들이 거의 대부분 이었다고 당시 살아남은 사람들이 증언하고 있다. 큰 아들이 붙잡혀 있던 산업조합창고에 매일 도시락을 싸들고 면회를 갔던 이 씨의 어머니인 유 할머니는 아들이 집단총살을 당하는 그날까지 한 번도 면회를 해보지 못했다고 울먹였다. 그날로부터 유 할머니는 3년여를 자리에 누워 거의 식음을 전폐한 채 목숨만

부지하면서 살아왔다. 지금도 큰 아들의 이야기에 눈물을 할머니는 "아무 죄도 없는데 아무 잘못도 없었는데!"라는 말만 되풀이 했다. 당시 진영읍지역 생존주민들과 유가족들은 붙잡혀온 사람들이 갑자기 많아지자 경찰은 군용-GMC 트럭을 이용하여 그들을 수송하기 시작했다고 했다. 진영산업조합창고 가까이에 살았다는 김순덕 여인의 증언이다.

매일 사람을 잡아오는 것을 보았는데 어느 날 창고 앞 장고방에서-장독대 · 보니 사람을 굴비처럼 5~6명씩 포승줄에 묶여 군용트럭에 태워졌고 그들이 바깥을 보지 못하게 천막으로 화물적재함을 둘러 씌웠다고 했다. 늦더위가 마지막 기승을 부리던 때라 더워서 사람들이 머리를 바깥으로 내놓으려하자. 차위로 올라탄 군인들이 총 개머리판으로 그대로 머리를 내려치는 것을 목격 했는데……. 차가 떠난 자리엔 피가 흥건히 고여 있는 것을 봤다고 했다. 트럭은 한꺼번에 3~5대 정도씩 하루에도 수차례 나갔다가 저녁때쯤이나 빈 트럭이 되어 들어왔다고 했다. 그렇게 해서 차에 태워져 끌려간 그들은 그날로 죽음의 길로 간 것이다. 진영읍 주변 지역의 학살현장은 그 이후 그 어느 누구의 입에서도 거론조차 되지 않았다.

"모난 돌이 정 맞는다."
"앞에 나서지 마라."

한국의 보편적인 사람들이 어렸을 때부터 부모로부터 가장 많이 듣는 말일 것이다. 그도 그럴 수밖에 없는 것이 철저히 체제 순응적인-順應的 인간만이 살아남을 수 있는 사회가 오랫동안 지속돼 왔기 때문이다. 당시의 분위기는 말 한마디 잘못했다가는 빨갱이로 몰아 버리기 일쑤였기 때문에 더하였다.

그러나 사건발생이 난지 꼭 10년 후인 1960년 8월 하순께 김해와 창원군 지역의 유족들은 당시 정치상황에 따라 김해 창원지구 피해 양민학살

유족회를 발족하고 시체 발굴 작업을 시작하여 모든 사건의 전모와-全貌 학살현장이 백일하에 드러나게 된 것이었다. 벌써 60여 년 전의 일이었다. 유족회에서는 각 지역마다 사람들을 보내 수소문하고 트럭 한 대를 빌려 사건 현장을 찾아내기 시작했다. 진영읍과 진례면을 경계로 하는 냉정고개 현장은 당시 무엇이 급했던지 얼키설키 흙으로 덮어버린 이 엠곳은 삽으로 흙을 파기도 전에 인골이-人骨 나오기 시작했다. 그리고원 -MI=소총. 총 탄피와 카빈-CAR=소총. 총 탄피가 무더기로 쏟아져 나왔다. 그러자 이곳저곳에서 유족의 통곡 소리가 터져 나오기 시작했다. 강산도 변한다는 10여년이 지난 시체는 도저히 누가 누구인지 알아볼 길이 없었다. 슬픔과 한의 울분에 찬 유족들은 유골들을 정성스럽게 모아 진영읍 포교당으로-절=寺 옮겨 안치시켰다. 또 다시 유족들은 한림면 독점골짜기로 향했다. 이곳을 파보던 유족들은 당시의 상황이 느껴졌던지 또 다시 대성통곡을 했다. 유골이 몇 겹으로 포개어져 있었던 것이다.

　　"아마 구덩이 가에 세워 놓고 차례로 총을 쏘아 구덩이 속으로 밀어 넣은 것 같다."고 유족들은 주장하고 있다. 이곳에서는 60여구의 유골을 찾아냈다. 다음날 생림면 나막고개와 나막골짜기 등 사체 발굴 작업에 동원된 유족은 너무나도 기가 막힌 광경을 보고 할 말은 잃었다. 나막골짜기의 학살은 처참하기가-悽慘 이루 말로 표현할 수 없었다. 이곳은 골짜기 사이로 물이 흐르고 있었는데 습기가 축축한 개울 바닥을 파는 순간 10년이 지난 그때까지 일부 시체는 부패되지 않았으며……. 부패가 된 일부 시체에선 살점이 너덜너덜 붙은 채 있어 웅덩이에 고여 있던 썩은 피와 살점이 그대로 솟아났던 것이다. 당시 시체 발굴 현장에서 시체를 수습하여 설창고개 아래 합장할 장소를 매입하여 250여구의 시신을 매장 했다는 진례면 시례리 상촌에 사는 안임진-김창지구 보도연맹 학살사건 진상 유족 발기인·씨의 증언이다.
　　"생림면 나막고개 비탈진 절개지 아래 시체 발굴 현장은 숨을 쉴 수 없을 정도로 악취가 나고 머리가 어지럼정으로-어지러운 증세·인해 장시간 작업을 할 수가 없어 코에다 마늘을 흠집을 내어 넣거나 또는 쑥이나 담배

잎 뜯어 손으로 으깨서 막고 작업을 했는기라."

"그렇다면 그때까지 일부 시체가 썩지 않았다 이 말입니까?"

"하모! 우리 안 씨 집안도 친형이-안덕진 당시 26세·희생 됐고 일가들이 당시에 죽임을 많이 당하여 안 씨 집안 대표로 내가 나가서 시체 발굴에 동참한기라. 나막 고개 골짜기에 구덩이도 파지 않고 절개지에 밀어 넣고 사살하여 둔덕을 허물어 시체를 엉성하게 덮어 비만 오면 계곡물에 휩쓸려 일부는 떠내려가 골짜기 여기 저기 시체가 흩어져 썩어가고 있어 눈뜨고 볼수 없는 참혹한 광경 인기라. 상촌리 사람들은 나막 고개서 모두 사살 됐는데 생철리까지 시체가 떠내려가서 많이 유실이-流失 됐을 끼만! 그래서 가족의 시신을 못 찾은 사람들은 혼복생이-혼백을 모시는 상여·영이와-靈輀 영가를-靈駕 사용 했는기라."

"시체가 부패 하였거나 훼손 됐다면 확인 작업이 어려웠을 것인데요?"

"확인을 할 수 없어 합장을-合葬 한기라. 시체가 철사나 노끈으로 손발이 묶인 채었고 유골을 각에다 넣으면서 보니 머리에다 총구를 대고 확인 사살을 하였는지! 대다수가 두개골이 휑하게 서너 개씩 뚫려 훼손 됐드라 카이."

"제가 자료사진을 많이 가지고 있는데 '양민에게 큰 구덩이를 파게하여 빨리 파는 사람들에겐 쌀을 한 말씩 준다'고 속인 후 그 구덩이에 양민을 몰아넣고 사살 후 다시 머리에다 권총으로 확인 사살하는 장면이 찍힌 사진을 가지고 있습니다."

학살자들이 확인사살을 하기위해 머리에 다시 한 번 총을 쐈다는 것이 발굴된 유골에서 볼 수 있었다는 말이다.

"그 많은 시신을 어떻게 매장을 하였습니까?"

"남아 있는 가족이 십시일반으로-十匙一飯 돈을 각출하여 오동나무 관을 적게 만들어 시체를 3등분 하여 수습 한 다음 합장을 하고 위령 비를 세우기 위해 모금을 하던 중 5.16 쿠테타가 일어나 정권을 잡은 패거리들이 유족들을 구속 해버려 끝나기라."

당시 유족간부인 김영봉-일본 명치대학교 출신이고 당시 진영읍장· 씨는 여동생이 오빠를 면회하려 진영지서를 갔는데……. 진영지서장이 강간을 하고 후환이 두려워 목을 졸라 죽인다음 혹시나 살아날까봐 두 다리를 도끼로 절단하여 거적대기에 싸서 야산에 암매장을 했다가 훗날 이 사실이 밝혀져 사형 당했다고 한다. 조사한 바에 의하면 건국 이래 현직 지서장이 사형 당한 것은 김병희가 처음이다. 국회 조사기록에서 당시 여동생을 잃었던 김영봉 씨는-작고= 당시 진영유족회고문· 이렇게 증언하고 있다.

　　"1심 구형이 전부 사형이었는데……. 지서주임 김병희가 우리나라 건국 이래 현역 지서장으로서 처음으로 사형당하고 나머지 사람들은 10년 징역에서 3,000만환을 김종원에게-당시 계엄사 민사 부장· 뇌물을 갖다 주고 한 달도 못되어서 형집행정지로 풀려난 사람이 있고 그중에서 세 사람이 현재 멀쩡히 살고 있는 기라."

　　김영봉 씨는 여동생 영명 씨를-당시 23세=진영여중 교사· 잃었지만 스스로도 학살 현장에서 구사일생으로 살아나온 생존자다.
　　그의 증언이다.

　　"지서에 가서 보니까 잡혀온 사람이 20여명 이었는데 해질녘이 되자 진해 해군 G2대장이 진해 본부에 가서 물어볼 말이 있다면서 트럭에 태워 이동 중 창원군 동면 덕산 고개에서 차를 세우더니 차가 고장이 났다면서 밧줄로 두 사람씩 손을 묶어 숲속으로 100미터 정도 끌고 들어가서 총을 쏘기 시작 한기라. 내도 옆구리에 관통상을 입고 기절했는데 다행히 그곳에서는 확인 사살을 안 해 기적적으로 살아남은 기라."

　　그는 천운을 타고난 것이다. 당시 타 지역의 학살 현장에서 발굴된 유골은 어김없이 두개골에 구멍이 뚫려 확인 사살을 한 흔적이 있었기 때문이다.

"뒷날 내가 죽지 않고 도망갔다는 걸 안 그들이 가족을 데려다 고문하면 틀림없이 숨어 있는 곳을 말 할 것이다. 해서 여동생을 데려다가 죽인 것이라고 생각합니다."

당시 진영유족회장이었던 김영욱 씨는 증언이다.

"김영봉 씨의 여동생 영명 씨가 미모가 뛰어났을 뿐 아니라 인간됨됨이로 주위의 칭찬이 자자했던 촉망 있던 교사였는데……. 지서장 김병희가 그녀의 미모를 탐내 오다가 오빠를 빌미로 잡아가 강제로 성폭행을 하려다 여의치 않아 학살한 다음 시체를 훼손하여 암매장을 해 버린 기라."

김영욱-아버지가 연맹원 · 씨의 말에 의하면 "혁명군이 고급 바둑판을 비롯하여 병풍 채권 등과 값이 나갈만한 물건을 모두 압수 해 갔다는 것이다. 또한 당시 한얼 중 고등학교를 세운 강성갑 목사는 소설가 김원일 아버지인 김종표 씨에 의해 한얼학교 재단을 탈취할 목적으로 누명이 씌어져 죽임을 당하였다."고 했다.

"어르신은 어떻게 화를 면했습니까?"
"당시 유족회 간부들이 줄줄이 구속 되는 것을 보고 내는 겁이 나서 군에 자원 하여 군 복무를 마치고나니 깨끗한 기라."
"지역에서 유지들이 잡혀들어 갔는데 그 현장에서 화를 면한 것도 하늘이 어르신을 도왔군요?"
"……."
"잡혀 갔던 유족 간부들은 어떻게 되었습니까?"
"후재 안 일이지만 5~6개월 징역 살고 풀려났는데 그 후로 모임 결성은 못하고 지금은 대다수가 죽고 자손들만 있어 당시의 억울하게 죽은 넋이라도 달래고 싶어 파 없앤 유골을 찾으려고 수소문 하여 연락을 주고받아 유족들 모임을 추진하고 있는 기라."
"정부에서도 과거사 진상을 밝히려고 노력중이니 좋은 결과가 있을 것입니다."라는 나의 말에 고개를 끄덕 거렸다. 안임진 씨는 젊은 나이에 그 많은 시신을 손수 관에 넣어 매장한 일에 대하여 보람을 느낀다고 했다. 이젠 악랄한 군사정권지시에 의해 합장묘를-合葬墓 파서 어디엔가 버린 유골의 행방을 찾아 구천에 떠도는 원혼을 달래주고 싶다했다. 안임진 씨의 증언에서 확인 한바와 같이 생림면 생철리 주민들에 따르면 나막 골짜기에 는 한 번에 트럭 두 대가 들어와 사람들을 포승줄에 5~6명씩 묶은 채 끌고 들어갔다고 한다. 그 후 1시간쯤 지나자 계곡에서 콩을 볶는 것 같이 총소리가 요란하게 들렸다고 했다. 한참 후 군인들은 트럭을 타고 떠나고 다시는 오지 않았다고 했다. 그러나 나막 고개는 이틀이 멀다하고 군인 트럭이 들어와 사람들을 총살시켰다고 증언하고 있다. 결국 나막 고개는 차량이 다니기가 용이하다보니 수시로 끌고 와 총살시킨 것이다. 김해피해자 양민 유족회는 대동면 주동리 독지골 주동광산과 장유면 대청리 반용산 골짜기 등지에서 4백 20여구의 유골을 찾아냈다. 당시 대동면 주동리에서 군용트럭에 보도연맹원들이 끌려와 해방 전에 폐광이-廢鑛 되어버린 독지골 주동광산에서의 집단학살이 수차례 이어졌다. 그곳에서 살았던 주민에 의하면 항상 해가질 때 쯤 이면 하루에 한번 혹은 이틀에 한 번씩 군용트럭 수대가 올라갔다고 한다. 그리곤 1~2시간 후면 독지골에서 총소리가 계속해서 들리고 트럭이 내려 올 때 군인과 경찰들만이 차에 타고 있었다고 증언을 했다. 또 한곳의 대량학살이 이루어진 장유면 대청리 반용산 골짜기다. 이곳 또한 도로변에서 지척 간에 있어 수송이 용이한 탓에 같은 장소에서 수차례에 걸쳐 집단학살-集團虐殺 사건이 저질러진 곳으로 유명하다. 당시에 그 사건을 목격한 몇몇의 향토사학자는 보도연맹사건은 일제강점기 36년간의 강압에서 해방 후 무정부 상태와 미군정정책의 실패로 인해 일어난 사건이라고 못 박았다. 다음으로 지방치안대를 조직하여 임시 지서장과 면장을 임명하고 건국 인민위원회 등이 연이어 창설조직 되었다. 농촌지역에서는 거의가 농사만 짓고 살았다. 따라서 농민조합에 대다수가 가입되어 있었다. 이것이 후에 좌익분자로 몰렸던 근거였다고 사학자들은 주장하고 있다. 4개 지역에서 나온 유골이 3백 36구였다. 그러나 당시의 김해 읍 주변 지역을 제외하고 찾아낸 지역 중 아직까지 시신이 그대로 묻혀 있는 곳이 있다. 1950년 양민 대 학살극이 일어 난지 꼭 10년 후인 1960년 4.19이후 들어선 민주당정권이 8월 하순께 전국각 지역의 한국전쟁 당시 군의 잘못으로 저질러진 순수 민간인 희생자의 실태조사를 암암리에-暗暗裏 했다고 한다. 이 때 김해와 창원에는 『김해양민학살유족회』와 『김해 창원-金海. 昌元 양민학살유족회』가 만들어졌다. 각 지역의 희생자 유족회원 30여명이 모여 김해 생림면 나막고개 2개소 진례면 냉정고개 한림면 독점골짜기 등지에서 유골 3백 36구를 찾아냈다. 그 외에도 학살현장을 찾지 못해 발굴치 못한 곳이 3~4곳은 될 것이라는 게 생존 주민들의 주장이다. 김해 창원 양민학살 유족회는 3백 36구의 유골을 깨끗이 씻어서 머리는 유골함에 넣고 나머지는 진영화장장에서 화장했다. 또 유족회 측은 진영역 광장 앞에서 성대한 장례식을 거행했다. 당시 국회의원선거를 1개월여 남겨놓고 있던 터라 각계각층에서 성금과 성품이 줄을 이어 희생자들을 애도했다고 한다. 지금은 당시의 유족 현황자료도 희생자 명단도 불살라져버리고 없지만 수많은 국민들의 애도 속에 장례식이 거행 되었다고 한다. 각계에서 답지한 성금으로 진영읍 설창리 국도변에다 밭 500여 평을 구입하여 3백 36구의 유골을 한꺼번에 합장 안치시켰다. 봉분은 일반 묘보다 5배가 넘게 크게 만들었다. 그러나 누가 예측이나 했던가. 1961년 5.16군사 혁명이 일어났다. 유족회에서는 묘비를 세우기 위해 동분서주하고 있을 때였다. 보도연맹사건 희생자들의 유골 발굴 작업이 시작 된지 꼭 1년만이었다. 김해 창원 피해자 양민학살유족회 회원들의 체포명령이 떨어졌다. 그와 함께 어느 날인가. 앞서 안임진 씨의 증언에서 알았듯이……. 설창리에 만들어진 묘소는 쥐도 새도 모르게 어느 날 밤중에 파헤쳐져 유골상자를 고스란히 깔아 뭉개버린 것은 두말할 필요조차 없었다. 이렇게 해서 김해 창원 피해자 양민학살 유족회는 풍비박산이 나버리고 유족들은 뿔뿔이 흩어져 한을 가슴에 묻은 채 살아가고 있다.

장유 지역에서 보도연맹에 가입 했다가 살아남은 송술복 씨는……. "장유지서에서 호출이 있으면 지서로 가서 도장을 찍기도 하고 어쩌다가 반공 교육을 받았다. 내가 그때 느낀 것은 보도연맹원들은 주로 남의 집 머슴살이 하는 사람이 주인 대신 나온 사람도 있고 또는 노름을-도박. 하다가 잡힌 사람들이 대다수였다. 좌익과는 전혀 무관한 사람들이었다." 그때의 사회분위기를 설명했다. 지금도 민방위훈련장에 가족이 대리로 나오는 일이 있는데……. 그때는 더 허술했을 것이다! 부유했던 송씨는 "돈을 경찰들에게 가져다주어 다소 편안하게 지냈지만! 가난한 사람들의 고통은 말로 표현할 수 없었다."고 했다. 김해 장유면 내에는 1백 30여명의 보도연맹원이 있었는데 가입자들에게 200원씩 회비를 납부시키라고 했다. 당시 돈으로 200원이면 보릿고개 시절인 때라 농촌에서는 상당히 큰돈이었다. 그 액수의 돈을 내지 못해 이리저리 빌리러 다니는 사람들이 부지기수였다고 한다. 그러던 중 50년 8월 중순께 논에 김매기가 한창이었을 때였다. 갑작스런 장유 지서에의 호출로 지서에 갔더니 그대로 가두어 버렸다. 곧이어 김해경찰서로 끌려가 마당에 꿇어 앉혀졌다. 송 씨는 장유면 보도연맹원들 틈에 끼어있었다. 한 경찰관이 앞으로 나오더니 "여러분 중에 7일 이상 구류를 산적이 적이 있는 사람은 손을 번쩍 들고 앞으로 나오시기 바랍니다."라고 하자. 무지하고 착한 그들은 너도나도 양심적으로 손을 들고 그 경찰관 앞으로 나와 줄 섰다. 분위기는 조용했다. 당시엔 공무원들은 다수가 지역출신들이었다. 경찰관이 경어를-敬語 써가며 신사적으로-紳士的 말을 하는 바람에 안심하고 나간 것이다. 앞으로 나간 보도연맹원들은 곧바로 유치장으로 수감되었다. 그곳으로 들어간 그들을 송 씨는 다시는 보지 못했다고 한다. 바로 총살형의 재판이 순간적으로 이루어진 것이다. 손을 들지 않은 사람은 김해경찰서 내에 있는 유도장으로 끌려가 수용됐다. 그곳에서 공포의 나날을 며칠을 지낸 후 송 씨는 잠시 풀려날 수 있었다. 경찰서에서 내보내면서 "집에 가서 한발자국도 바깥으로 나가서는 안 된다."는 명령을 받고 "이를 어길 때는 어떠한 처벌도 감수 하겠다."는 각서를 쓰고 나온 것이다. 그러나 송 씨는 집으로 가지 않고 그길로 거제도로 도망을 쳐버렸다. 그는 지금도 "곧바로 도망치지 않았으면 또다시 끌려가 죽었을 것이다." 라고 말했다. 정부에서 주도한 보도연맹이 지금은 빨갱이 집단처럼 곡해되어 있지만 창설당시에는 지서 면사무소등지에 많은 노력봉사를 하는 등 회비까지 각출하여 국가안보에 이바지했다는 것은 당시의 생존주민들의 증언으로 낱낱이 밝혀졌다. 단지 유족들이 억울해 하는 것은 무고한 양민들이 대다수인데 정당한 재판과 최소한의 소명의 절차도 없이 민간인을 빨갱이무리로 지어 총살시킨 것이 너무나 원통하다는 것이다. 또 살아남은 유족들에게 연좌제를-連坐制 씌워 지금까지 주위의 눈총을 받으며 살아가게 한 것은 그 무엇으로 보상하더라도 영원히 치유-治癒될 수 없는 천추의 한을 가슴속 깊이 심었던 것이다. 김해와 창원지역 보도연맹사건의 유족들은 파헤쳐진 무덤도 자신들의 억울한 옥살이도 당 시대의 정치적인 상황으로 돌릴 수 있다지만 죄목도 최소한 변론의-辯論 기회도 주어지지 않고 억울하게 죽어간 희생자들과 60여 년간 한 맺힌 응어리를 가슴에 부여안고 살아온 자신들에게 왜곡되어버린 역사를 이 정부가 바로잡아 주길 원하고 있다. 현재 유족 대표 안임진 씨는 김해와 창원지역 희생자들은 무학자가-無學者 80% 이고, 죄가 없는 순수한 양민이었다고 주장했다.

"진짜 좌익은 별도로 모와 사살했다고 들었다. 중국 춘추시대 때 오-吳나라 오자서가 아버지와 형의 원수를 갚기 위하여 초-楚 나라를 정복 한 다음 왕의 무덤을 파내어 유골에 매질을 한 것에 대하여 후대 사학자들은 평가하기를 오자서가 비록 충신이고 영웅이지만 시신을 욕보인 것은 지탄의 대상이라고 했다. 우리나라도 연산군이 생모의-生母 원한을 갚기 위하여 김종직 선생의 무덤을 파서 부관참시를-剖棺斬屍=죽은 뒤에 큰 죄가 들어났을 때 관을 쪼개고 유골의 목을 베어 극형을 행하던 일 · 하였다는 것을 알고 있지만……. 고금을 -古今 통해 보더라도 개인의 원한을 제외하고 국가차원에서 묻혀있는 유골을 발굴하여 집단으로 훼손한-毀損 것은 없는 줄 알고 있다. 그런데 박정희 군사정권은 천인공노-天人共怒 할 일을 저지른 것이다."라고 했다.
"우리 유족들은 국가의 공권력에 의해 진영 설창리 고개에서 파 없앤 수백의 유골을 어떠한 식으로 훼손하여-毀損 버렸는지, 당시에 위령 비를-慰靈碑 세우기 위하여 모금했던 많은 돈과 희생자 명부 그리고 유족들이 사서 사용한 묘지 땅의 처리 등을 알고 싶고 어떤 단체에 의하여 자행 되었는지 밝혀지기를 바라고 있지 지금 친일파-親日派 가족들의 재산몰수도 하고 있 는데……."

끝으로 그는 "유족들이 바라는 것은 국가 차원에서 사건진상을 소상이 밝혀주고 억울하게 희생된 영령들의 넋을 위로 하는 뜻에서 위령 비라도 세워주길 원한다. 경남거창에서도 750여명이 우리지역과 같은 꼴을 당하 였는데 거창 군수를 지냈고 경남도지사를 김태호 씨가 힘을 썼는지! 김 태호 도지사시절 수천 평에 추념 사당과 기념관 짓고 묘역을 조성하였고 산청과 함양지역도 초모공원을 만들었는데……. 김해지역은 위령비하 나 세우지 않고 있으니 참으로 그때 억울하게 죽어간 영령들에게 미안하 다."고 했다.

보도연맹 학살사건이 전국 52개의 광범위한 지역에서 저질러졌다. 한 국전당시 북한군은 낙동강 최후 방어선인 왜관 다부동에서 밀어 붙이고 호남 지역과 경남 서부지역을 점령한 뒤 부산을 점령하려고 고성에다 적 사단 본부를 설치하고 치열한 전투를 전개할 때 우리 해병은 동정고 개에서-395고지. 우로는 함안을 거쳐 군복을 지나 백야산에서 진지를 구축 한 뒤 오봉산에서 방어선을 구축하고 있는 적을 공격하고 좌로 야반산에 방어 진지를 구축한 적을 섬멸하기 위한 미 육군과 양면작전을 전개하였 다. 그야말로 부산 함락은 풍전등화였다. 중앙으로 나선 김성은부대는 배틀산과 야반산 수리봉 전면에 방어 진지를 구축하고 대항하는 북한군 6사단과 전면전을 벌여 괴멸시키자 일부 살아남은 잔당이 함안을 거쳐 지리산으로 숨어들어 빨치산과 합세하여 지리산 공화국이 된 것이다. 8월 7일부터 미 육군 특수부대인 킨-Kean. 부대와 연합작전을 벌이고 있었 을 때 진주고개로 대규모 적들이 밀고 오자. 대규모 반격작전을-8월 7일~13 일 · 합동으로 전개하는 동안 우리 해병대는 진동리-마산간의 보급로를 타개하고 야반산·수리봉·서북산 일대의 적을 완전히 격퇴한 후 함안 군 북면 쪽으로 우회 기동하여 오봉산 필봉의 적을 섬멸하는 등 종횡무진 진동리 지구 방어를 위해 용전분투함으로써 적 6사단의 필사적인 공세를 분쇄하였으며 전략적 요충지 마산과 진해를 지키고 낙동강 방어선을 튼튼히 구축하는데 기여하였다. 이곳에서 전공을 세운 해병대는 인민군이 충무로 들어 왔다는 전문을 받고 거제 대교 옆 장평에 상륙하여 어문 고개를 차단하고 작전을 펴 적을 일일 만에 완전 소탕한 뒤 충무에 있는 해군 백부대에-부대장이 백씨·인계하였다. 그때 일부 살아남은 인민군 잔당은 고성 쪽으로 도망가서 산으로 숨어들었다. 이 소식을 접한 미군 25사 단 킨 특수부대가 출동하였다는 전문을 받은 인민군 잔당은 풀풀 갈라져 도망가 진해 굴암산에-662m. 재집결하여 결사항전을 벌였다. 50년 9월말 단풍이지고 곧 낙엽이 떨어지면 은신하기 어려움을 간파하고 지리산 빨 치산 본부로 합류하라는 명령을 받고 산악지대를 야밤을 통해 이동하기 시작했다. 야간에는 평야를 주간에는 산을 이용하여 불모산을-802m. 거쳐 김해 진례면 뒷산 용지봉과 태종산 일대에서 암약하다가 일부는 내룡을 거쳐 비음산과 진영읍 금병산에-272m. 숨어들었다. 진영은 소규모 산지들 이 많으며 읍의 북쪽에서 동류하는 낙동강과 그 소류지들이 이루어져 있어 은신하기 좋은 곳이다. 한국 전쟁이 끝나고 김일성이 전쟁 패인을 분석한 결과『남쪽으로 향하여 전쟁을 할 때는 여름에 하는 것이 잘못이 고 부산을 직선으로 가서 공격하지 않고 호남을 점령한 뒤 부산을 점령 하려고 한 작전이 잘못이고 수도 서울을 점령하고 일주일가량 지체한 것이 전쟁패인의 결과란 결론을 내렸다』고 한다. 호남을 점령하고 대구 쪽으로 진출한 주력 부대와 부산을 공격하려하였지만 낙동강 최후 방어 선을 구축한 연합군의 방어선을 뚫지 못하고 또한 우리 해병대와 미군 주축으로 된 킨 특수부대의 방어선 진동 전투 실패 때문이었다. 경남 김해와 진영 일대에서 잔류한 인민군이 노무현대통령 고향 뒷산 봉화산성에 진을 치고 봉화산 끝자락 본산리 봉화 마을까지 출몰하였다. 당시 보도연맹에 가입된 사람들이 도와 줄 것이라는 판단 때문에 마을에 내려와 부역을 강요하였고 식량을 약탈해 갔다. 가족을 볼모로 위협하여 강제로 노무자-물자운반·노릇을 하였으며 일부 공무원들은 인민재판 때 중인으로 나와 그때현장에 있었다는 이유로 전쟁이 끝난 뒤 빨치산으로 몰려 총살당하거나 무기수로 수감 중 옥사하기도 하였다. 그 주도적이 역할을 "김원일 소설가 아버지가 가당치 않은 짓을 하여 경남과 부산에서 800여 명의 희생자가 발생했다"고 증언하는-證言 사람들이 많았다.

제주 4.3사건
-『지금은 제주민중항거사건으로 불린다』

  제주도 4.3폭동사건은 1948년 4월 3일을 기해서 제주도 전역에 걸쳐서 남조선 노동당 계열의 좌익분자들이 일으킨 대폭동이다. 8.15광복 직후의 혼란기를 틈타 서울 중심으로 조직을 확장시키던 남조선 노동당은 김달삼金達三·이호제李昊濟 중심으로 제주도에도 그 지하조직을 펴기 시작하였다. 제주도민의 총인구는 광복 전까지 15만여 명에 지나지 않았으나 광복이 되자 국내외에서 수많은 사람들이 돌아와 갑절인 30여만 명으로 급증急增 하였다. 제주도로 돌아온 사람들 가운데에는 일본·만주·중국 등지에서 종군한從軍 바 있는 수많은 수의 좌익 세력이 포함되어 있었으며…… 이들은 좁은 섬 안에서 지연과 혈연관계를 이용하여 선동함으로서 제주도민을 좌익사상에左翼思想 빠져들게 하였다. 따라서 중앙의 행정과 치안기능이 효과적으로 미치기 어려운 외딴 섬 제주도는 얼마 안 가서 도민의 80퍼센트가 좌경화 된 것이다. 남조선 노동당 전남위원회 산하에 이른바 합동노조·농민위원회·민주애국청년동맹·민주여당위원회·민주애국청년동맹·민주여성위원회가 조직되었다. 제주 지구당 총책으로 있는 김달삼 휘하에 제주도지사는 인민투쟁위원장의 직분이고 제주읍장은 부위원장 직을 맡았다. 또한 각 면장은 면 투쟁위원장으로 암약하였다. 또한 이에 병행하여 조직된 제주도민 해방군은 이덕구를李德九 사령관으로 하여 각 면에 중대 단위를 편성하였는데……

무장한 병력이 500여 명이었고 이에 동조한 자가 1,000여 명을 합쳐 총 인원 1,500여 명을 규합시킨 것이다. 이들은 일본군이 숨겨놓은 무기와 탄약을 찾아내어 무장을 갖춘 다음……. 팔로군 출신으로 유격전 훈련을 받고 있어서 그 세력이 경찰에 필적할 정도로 강해졌다. 팔로군은 1948년 9월 한국 임시정부 안에 우익당인 한독당·국민당·조선 혁명당의 요구 아래 "한국광복군"이 창설되어 조선 위용 대를 한국광복군으로 개편하여 군사위원회에 예속 시켰다. 좌익 쪽에는 중국 공산당의 지원 아래 있던 연안파가-延安派 조직한 조선 의용군 배후에 중국 공산당과 8 로군이-八路軍 있었는데 좌우익을 망라하고 항일 투쟁을 하였다. 당시 두 단체는 중국에서의 한국 독립 운동을 중국의 항일운동과 밀접한 관계 속에서 전개되었다. 그러나 일본의 투항이 너무 빨리 이루어지고……. 종전 후 한반도에 주둔하고 있던 미국 점령 사령관 하지가-Hodge,J.R 한국 광복군은 즉시 해산하고 귀국해야 한다는 규정에 따르도록 요구하여 한 국광복군은 해산된 채 귀국하였으며 조선 의용군도 개인 자격으로 귀국 함으로써 귀국 이후에 국군으로 전환할 수 있는 기회를 잃고 말았다. 당시 제주도에 주둔하고 있던 국방 경비대 제 9연대 안에는 이들이 선무 조직들이 파고들어 부대 전체를 암암리에 적화시킴으로써 부전승을-不戰 勝 꾀하였으며……. 연대 내의 조직책은 중대장 문상길-文相吉 대위로서 김달삼과 이덕구와의 접선을 계속하는 가운데 불순분자들을 포섭해 나 가고 있었다. 이렇게 좌익 세력이 활개 칠 수 있었던 것은 일제 강점말 기에 지하로 숨어들었던 좌익계 활동한 사람들과 함께 당시 미군정청이 결사의 자유를 보장한다고 해서 너무나 완만하고 미지근하게 정책을 수 행하였다. 초기에는 공산당까지 합법화시킨 데다가 경찰력이 약해서 그 들이 주민을 선동하고 파괴활동을 미처 막지 못했기 때문이다. 엎친 데 덮친 격으로 1946연 여름에는 콜레라가 돌아 제주도민 3~4 백여 명이 죽은데다가 가뭄으로 흉년까지 겹쳐 좌익계 민심교란 술책이 잘 먹혀들었다. 이에 좌익 쪽이 1947년 3.1절 기념식에 참석하였던 도민들을 선동 부추겨 경찰과 맞서게 하여 10명이 죽고 8명이 다친 사건이 일어났다. 또한 그 해 가을에 백미-白米 공출 반대와 세금 안내기 등의 운동이 전 제주도에 번지기 시작했다. 이듬해인 1948년 2월과 3월에는 5.10총선거 를 방해하려는 좌익계의 시위와 폭동으로 전국이 소란한 가운데서 특히 제주도에서는 그 기세가 유난히 격렬-激烈 했다.

이러한 악화 일로의 치안 상태를 회복하기 위하여 경찰과 서북 청년단 이 투입되었으나 관과 도민을 이간시키려는 남조선 노동당 일파의 책동 에 말려들어 도민들은 오히려 폭도 화되었다. 이를 진압하기 위하여 충 청남도와 전라남도의 기동 경찰대가 다시 투입되자. 4월 3일 새벽 2시를 기하여 각 면 단위로 조직된 무장을-武裝 가춘 자위대를-自衛隊 비롯하여 남조선 노동당 외곽 단체를 총동원한 3천명의 무장 세력과 비무장 세력 에 의하여 무장봉기가 발생하였다. 이들은 도내 15개 경찰지서 중 14개 를 급습하여 무기를 탈취하는-奪取 한편으론 관공서 · 경찰관사 · 서북 청 년단 숙소 등을 급습하여-急襲 장악한 뒤 미리 작성한 숙청 명단에 따라 우익 인사와 관리들을 인민재판에 회부하여 현장에서 처형하는 등의 행 동을 취하면서 일시에 제주도 전체를 마비시켜 버렸다. 당시 이들은 남 한의 단독 선거를 결사적으로 반대하고 조국의 통일독립과 완전한 민족 해방을 위하여 일어섰음을 표방하면서 인민의 편에 서서 반미 구국통일 전선을 형성 할 것을 선언하였다. 이에 미군정청은 각 도의 경찰서에서 1개 중대씩 차출하여 모두 8개 중대 규모의 경찰병력 1,700여 명을 제주 도로 투입하였다. 다른 한편으론 국방경비대 총사령부는 5월 초 새로 편성된 제 11연대를 투입하는 동시에 제 9연대를 이에 통합하여 토벌 작전을 개시하였다. 그러나 폭도들의-暴徒 지하 조직은 이미 뿌리 깊게 박혀 있었다. 심지어는 그 프락치가 부대까지 뻗쳐 있어 6월 18일 제 11연대장 박진경-朴珍景 대령이 부하 장교에게 피살되는 사건이 발생하였다. 7월 11일에 제 11연대는 수원으로 철수시키고 제 9연대가 재편성되어 토벌 작전을 인수하였다. 그 해 10월이 되자 러시아의 "10월 혁명"을 기념한다 하여 다시 폭도들의 봉기가 발생하자. 이들을 진압하기 위하여 전남 여수에 주둔하고 있던 제 14연대가 출동하였으나 도중에서 역시 적색분자들에 의하여 여수·순천반란사건으로 까지 확대되기에 이르렀다. 국방부는 제주도 경비 사령부를 설치하여 제 9연대와 경찰 및 해군의 합동작전을 개시하였으며 12월말 제 9연대는 다시 대전으로 이동하고 새로이 제 2연대가 토벌임무를 이어받아……. 이듬해인 1949년 3월에는 제주도 경비사령부를 강화하여 제주도지구 전투사령부를 설치하였다. 이때부터 군관민 혼성부대를 편성하여 공비 토벌작전에 박차를 가하였으며 비상계엄령을 선포하여 주민의 활동은 극도로 제한하는 등 경비망을 확대 강화해 나가면서 적극적인 토벌작전이 討伐作戰 전개되었다. 1949년 5월에 이르러 극소수 잔당을 제외하고는 대부분 소탕 掃蕩 되었으나 제주 4.3사건으로 입은 피해는 무려 1만여 명의 이재민과 4~5만여 명의 사상자가 발생하였다.

마산진동전투와 통영상륙작전

증언-證言-witness : testimony

킨 부대란? 한국전에 참전하여 경남마산진동전투에서 한국해병대와 합동작전으로 북한군특수부대를 전멸시켜 부산함락을 막았으며…….
이 부대와 합동 작전으로 혁혁한 전공을 세운 해병대 전원이 일 계급 특진을 하게 된다. 윌리엄 킨-William B. Kean 미 25사단장이 지휘하는 부대 장이름을 따서 킨 특수부대라 한다. 1950년 8월 17일 김성은 중령이 지휘하는 해병 제1대대가 통영시 용남면 장평리 바다에서 상륙하여 북한군 7사단이 점령하고 있던 통영과 거제도를 탈환한다. 이 전쟁보도로 여성으로선 첫 퓰리처상을 받은 미국 일간지 "뉴욕 헤럴드트리뷴"의 마거릿 히긴스 기자가 경남통영 상륙작전을 승리로 이끈 한국 해병대의 용맹성을 이렇게 묘사한 『Ghost-catching Marines-They might capture even the Devil』기사를 전송하였다.

　※　≪1950년 8월 23일자 기사≫

이때부터 한국해병대가 '귀신 잡는 해병'이라는 별칭을 얻었다. 윌리엄 킨 미군 25사단장의 교전 수칙에는 "쌍 방 간에 치열한 교전이-交戰 이루어지고 있는 지역 안에서 움직이는 모든 사람은 민간인이 아니다."라는 말이 있다. 이 말뜻은……. "총격전이 벌어지고 있는 작전구역 안에서 움직이는 사람들을 허락 없이 모두 사살하여도 좋다"는 명령이다.

한국전쟁당시 부산 함락을 막기 위해 치열한 전투를 벌였던 곳을 말하라 하면 다부동전투와 포항전투로 대다수의 우리국민은 알고 있다! 그러나 경남마산-당시 창원. 진동 전투도 치열 했다는 것을 아는 사람은 거의 없다. 해병대 1기생이었던 서기수 노인이 한국전쟁당시 북한군이 부산진격을 막기 위해 1950년 8월 1일부터 13일까지 마산진동에서 미군 특수부대와 합동작전으로 북한군과 치열한 전투를 하여 북한군정찰부대를 궤멸시켜 전부대원이 1계급 특진을 받았다는 이야기를 듣고 김해시 부원동 자택에 수번을 찾아가 증언을-證言 해달라고 사정을 하여 실명을 밝혀도 된다는 허락까지 받아 내어 쓴 글이다. 서기수 노인이 속한 해병대는 마산진동전투에서 킨 부대와 합동작전을 하여 북한군특수부대소속 정찰부대원전원을 섬멸하여 그 공로로 대한민국전쟁사에서 전무후무하게 전부대원이 무공훈장을 받았다.

※ 마산 → 고성 간 국도변 진동고개에 해병대전적기념탑이 세워져 있다.

부산을 함락시키려는 북한군을 마지막 교두부인 다부동과 포항에서 치열한 혈전으로 서로 간에 밀리고 밀리며……. 국군이 북한군을 부산으로 진격을 저지시키고 있을 때 마산진동에선 코앞인 부산을 함락-陷落 시키기 위해 최후 발악을 하던 북한군을 미군특수부대와 우리해병대가 양동작전을 함께하여 적의 주력부대를 괴멸시켰기 때문에 임시정부가 있는 부산을 지켰고 인천 상륙작전이 성공할 수 있었다. 마산서 부산까지는 도보로 반나절거리이기 때문에 연합군이나 우리군도 중요 요충지인-要衝地 반면에 반대로 적들도 부산에 임시정부가 있었고 연합군의 군수품보급이 부산항으로 조달 되고 있기에 부산만 점령하면 군수품이 차단시켜 연합군을 무력화-無力化 시키고 점령하여 임시정부를 해체시킨 뒤 북진하여 밀고 올라가면 국군과 유엔군은 독안에 갇힌 쥐 같은 꼴이 되기에 전쟁을 빨리 끝내려고 다부동지역과 포항지역보다 최정예부대를 집결시켜서 치열한 공방전으로 수많은 민간인과 양쪽 군이 희생 되었다. 진동지구 전투방어선이 무너졌다면 부산이 함락-陷落 되어 자유민주주의 대한민국은 역사 속으로 사라졌을 것이다! 대다수 국민은 이러한 사실을 까마득 모르고 있었다. 나는 이 글을 쓰면서 한국전쟁사중에 모든 전투 지역이 중요 했겠지만! 그중에서도 가장 중요한 전투가 마산진동전투라고 생각했다. 그것은 다부동-왜관. 이나 영천과 포항은 경상북도이며 대구와 울산은 건재했기 때문이다. 한국전쟁당시 부산 함락을 막기 위해 치열한 전투를 벌였던 곳을 말하라 하면 다부동전투와 포항전투로 대다수의 우리국민은 알고 있다! 그러나 경남마산-당시 창원 · 진동 전투도 치열했다는 것을 아는 사람은 거의 없다. 해병대 1기생이었던 서기수 노인이 한국전쟁당시 북한군이 부산진격을 막기 위해 1950년 8월 1일부터 13일까지 마산진동에서 미군 특수부대와 합동작전으로 북한군과 치열한 전투를 하여 북한군정찰부대를 궤멸시켜 전부대원이 1계급 특진을 받았다는 이야기를 듣고 김해시 부원동 자택에 수번을 찾아가 증언을-證言 해달라고 사정을 하여 실명을 밝혀도 된다는 허락 까지 받아 내어 쓴 글이다. 서기수 노인이 속한 해병대는 마산진동전투에서 킨 부대와 합동작전을 하여 북한군특수부대소속 정찰부대원전원을 섬멸하여 그 공로로 대한민국전쟁사에서 전무후무하게 전부대원이 무공훈장을 받았다.

※ 마산 →고성 간 국도변 진동고개에 해병대전적기념탑이 세워져 있다.

부산을 함락시키려는 북한군을 마지막 교두부인 다부동과 포항에서 치열한 혈전으로 서로 간에 밀리고 밀리며……. 국군이 북한군을 부산으로 진격을 저지시키고 있을 때 마산진동에선 코앞인 부산을 함락-陷落

시키기 위해 최후 발악을 하던 북한군을 미군특수부대와 우리해병대가 양동작전을 함께하여 적의 주력부대를 괴멸시켰기 때문에 임시정부가 있는 부산을 지켰고 인천 상륙작전이 성공할 수 있었다. 마산서 부산까지는 도보로 반나절거리이기 때문에 연합군이나 우리군도 중요 요충지인-要衝地 반면에 반대로 적들도 부산에 임시정부가 있었고 연합군의 군수품보급이 부산항으로 조달 되고 있기에 부산만 점령하면 군수품이 차단시켜 연합군을 무력화-無力化 시키고 점령하여 임시정부를 해체시킨 뒤 북진하여 밀고 올라가면 국군과 유엔군은 독안에 갇힌 쥐 같은 꼴이 되기에 전쟁을 빨리 끝내려고 다부동지역과 포항지역보다 최정예부대를 집결시켜서 치열한 공방전으로 수많은 민간인과 양쪽 군이 희생 되었다. 진동지구 전투방어선이 무너졌다면 부산이 함락되어-陷落 자유민주주의 대한민국은 역사 속으로 사라졌을 것이다! 대다수 국민은 이러한 사실을 까마득 모르고 있었다. 나는 이 글을 쓰면서 한국전쟁사중에 모든 전투지역이 중요 했겠지만! 그중에서도 가장 중요한 전투가 마산진동전투라고 생각했다. 그것은 다부동-왜관·이나 영천과 포항은 경상북도이며 대구와 울산은 건재했기 때문이다.

……. 한번 해병은 영원한 해병 · 귀신 잡는 해병 · 무적 해병 등 해병대와 관련된 수사 한 두 마디를 모르는 성인은 많지 않을 것이다.

　"해병대 몇 기생입니까?"
　"해병 1기생이지 처음엔 해군으로 입대하여 3개월 훈련을 받은 뒤 인천 해군 경비대에서 7개월 근무를 끝내고 해병창설 때 병과를 바꾸어 해병이 되었지."
　"지원병으로 알고 있습니다만?"
　"하모, 해방되고 국방경비시대였기 때문에 당시 전부 지원했다 아이가! 지금도 지원병만 받고 있는 줄 알고 있는데……. 내는 학교 공부하기 싫어서 일찍 자원입대했다."

"해병으로 병과를 바꾼 특별한 이유가 있었습니까?"

"이유는 무슨 이유."

"······"

"처음 창설하는 부대였고 내는 통신병이었었는데 해군에서 TO가 남아 돌아서 파견근무처럼 갔다가 해병이 되었다."

서기수 노인은 해병 1기생이 되어 배속 받은 근무지인 제주도로 갔는데 첫 사령관이 "신원준"이고 제주도로 간 이유는 육군 9연대가 반란군으로 돌변하여 한라산으로 들어가자 해병대가 토벌작전과 치안을 맡기 위하여 부대가 이동되어 반란군섬멸작전 중 한국전쟁이 터졌다고 했다.

"제주 4.3사건 때문에 해병대가 파견되었군요?"

"하모! 그 당시 제주도에는 빨갱이들이 천지 빽깔인기라. 우리해병대가 토벌작전을 하여 일마들을 억수로 많이 잡은 기라."

"한라산 속으로 숨어들어 소탕하기가 무척 어려웠을 것인데요?"

"무슨 소리 하노? 우리가 귀신 잡는 해병 아이가. 빨갱이 일마들을 많이 잡아서 굴비를 엮듯 끄네기로 결박해 가지고 지금의 제주비행장공터에 억수로 많이 모은 기라."

"당시엔 대부분 현장에서 즉결 처분하였을 텐데! 현장에서 총살집행을 하지 않았군요?"

"처음엔 골수분자와 단순가담자를 구분하여 처벌을 하려 하였으나, 당시 제주도에 감악소가 없는 기라. 군경에 의해 잡힌 빨갱이 숫자가 기하급수적으로 늘어나 통제 불능이 되자. 상부에서 사살하라는 명령이 떨어져서 일마들에게 '구덩이를 빨리 파는 자에게 쌀 한 말을 준다' 속인 뒤 노역을 시킨 기라. 새피·억새풀·밭을 불을 질러서 태운 다음 수곤포로 구덩이를 숫하게 디비 파게 해서 그 안에 모딜띠 밀어 넣고 총살하여 묻어 버린 기라. 토벌대말에 속아서 자기가 자기무덤을 판 기지!"

"악질죄질이 있는 자와 죄가 없는 자를 구분도 않고! 재판도 최소한의 소명의 절차도 없이 누구 마음대로 현장에서 형량을 종결짓고 모두를 총살형을 하였단 말입니까? 진짜로 잔악한 짓을 했군요!"

"와! 이 카노? 나에게 성질 내지 말거라. 우리들은 위에서 시킨 대로 한 기라. 이승만대통령 아니면, 국방장관 신성모가 시킨 거 아이가!"

"빨갱이 글마들이 말 깝데기와 소 깝데기로 칙까데비를-일본 농구화·기 통차게 잘 만든 기라. 발목뎅이를 천으로 문둥이가 아픈 다리 동치듯이 동여매고 가죽을 발등까지 덮일 정도의 크기로 절단하여 덮고 가장자리에 구멍을 뚫어 가늘게 절단한 가죽 끈으로 가로지기로 결속하여 신고 다닌 기라. 통시가데서 목감한 것 같이! 글마들 곁에만 다가가도 꾸룽 냄새가 진동을 하여 계악질이-嘔吐 나올라 해서 밥도 제대로 먹지 못해 하루는 얼요 기 하고 한라산 꼭디 까지 토벌작전 나갔다가. 하산할 때 속이 허덜부리 하여 그때 골로 갈 뻔 한기라!"

"험한 산속에서 생활하는 그들에겐 신발이 빨리 떨어져서 가축을 잡아 먹고 신발을 만들었겠지요!"

"하모! 빨갱이 일마들이 험준한 산 속에서 게릴라전을 하여 신발이 떨어 지면, 민가에 내려와 식량을 약탈해가고 말이나 소를 잡아먹은 뒤 가죽을 벗겨 기름덩어리도 제거하지도 않은 채 옷이나 신발을 만들어 입었는데 짐승가죽이 썩으면서 온 몸에서 썩은 냄새가 너무나 진동해 콧구멍에다 쑥 잎을 으깨서 넣고 또는 마늘을 흠집 내어 코를 막고서 조사를 했다. 글마들이 그런 옷이나 신발을 만들었기 때문에 은신처를 찾아내기가 쉬웠 지! 일마들이 굴속에 숨어 있는 것을 알고 확성기로 항복을 요구 했지만 나오지 않아 마을에서 풍구를-風具 굴 앞에다 설치를 하고선 마른 억새풀을 쌓은 뒤 불을 붙인 다음 연기가 많이 나게 생 소나무가지를 위에 덮고 풍구 를 돌려돌려 굴 안으로 연기가 들어가게 하여 견디지 못하고 빨갱이들이 나온 기라. 반항하는 놈들은 사살을 해버린 기라."

"냄새 때문에 군견이나 사냥개를 데리고 가면 굴속에 숨어 있어도 찾기 가 쉬웠겠지요! 기록에 의하면 국군도 식량 확보가 어려워 민가에 막대한 손실을 주었다는 기록 입니다."

"그렇잖아도 섬이라 곡식이 귀한 곳인데 글마들이 낮에는 한라산 속에 서 지내고 밤이면 민가에 내려와 가축을 잡아가고 식량을 약탈해 가니 제 주도민들도 굶주려 곳곳에서 식량 약탈이 벌어지곤 하여 군경이 치안을 유지에 급급한 기라! 우리도 육지에서 보급 수송선이 자주 왕래하기가 어려워 할 수 있나 먹어야 전쟁을 할 것 아닌가? 더구나 육지에서 식량을 실고 올만한 큰 배는 거의 징발해 가버렸으니 어쩔 도리가 없는 기라. 암튼 닥치는 대로 뺏는 거지. 전쟁 중이니 군이나 경찰이 '전쟁물자로 사용하겠다'하면 순순히 내놓을 수밖에 없는 기라. 우리도 먹어야 싸울 것 아닌가. 이렇거나 저렇거나 죽어나는 것은 민간인이지!"

"기록들에 의하면 당시에 죽은 사람이 몇 만 명이라 하는데 그 많은 사람을 전부 제주비행장터에서 사살하여 구덩이를 파고 묻어 버렸습니까?"

"아니라, 얼마나 많이 죽였는지 시체 묻을 장소가 없는 기라. 지금 제주 비행장터를 파 보면 알겠지만! 조금만 파 들어가도 돌덩이 인기라. 할 수 있나 강 선생도 알다시피 화산 섬 아닌가 베, 총알도 아까버 낡은 배를 억수로 많이 강제로 증발해와 빨갱이 일마들을 한가득 싣고 거문도 등대 앞 바다에서 폭약으로 배를 폭파시켜 한꺼번에 수백 명을! 아니, 수천 명씩 수장시킨-水葬 기라."

"⋯⋯."

"강 선생! 안주꺼정 아무한테도 이바구-말을 하지 · 하지 안했는데, 이말 해 가지고 사달 나는 것 아닌가 모르 것 네?"

"묻을 장소가 없어 그 많은 사람을 바다에다 산체로 수장시켰단 말입니까? 그러니까 어르신이 살육현장에서 행위를 가한 산증인이란 말입니까?"

내가 조사한바 이 사건은 한국전쟁사 비록에도 없는 최초증언이었다.

"그렇다 카이! 두 눈 뚜껑을 화들짝 열고 화내지 말거라. 그 곳에 급류가 흐르고 깊어서 빼-가지도 찾기 힘들 것이며 있어도 멀리 떠내려가 버렸겠지! 그때 젊은 남자들이 수를 헤아릴 수 없을 정도로 많이 죽어 제주도엔 여자가 많은 것이지! 그래서 제주도를 삼다도라고 안 하는가 베? 돌이 많고 바람이 많은 섬이니까 그러한 것이고, 여자가 많다는 것은 4.3사건 때 젊은 남자들이 숫티 죽여서 짝지 없는 여자들이 수두룩벅썩 하여 그때부터 생겨난 말인 기라!"

"들어보니 그 말엔 정말로 일리가 있군요!"

"후-재 안 일이지만, 송장이 일본 대마도 까지 떠내려가 무슨 절에서 시체를 억수로 건져 합동 묘를 만들었다는 이야기를 들었다 카이."

"저도 제주 방송에서 다루는 특집 방송을 보았습니다. 대마도 스님이 증언하는 것도 보았고 당시에 만든 묘지 옆에 세운 위령비도 보여주더군요."

"바라바라 내말이 거짓 부랭이 아니제? 배가 폭파되자. 배 쪼가리를 수십 명씩 붙잡고 살려달라고 아우성치는 것을 보니 가당치도 않는 기라! 아마 지옥이 있다면 그런 모습일 거야! 내는 지금도 그때 생각하면 살이 떨리는 기라. 천당에 가긴 포기해서 종교는 일체 안 믿는다."

거문도-고도:古島 동도·서도의 세 섬으로 둘러싸인 바다를 도내해라고-島內海 하는데……. 그곳은 급류가 세기로 유명하지만 수심이 깊어 큰 배 출입이 자유롭다. 거문도를 중심으로 하는 수역은 순천·여수 방면에서 제주도 사이에 있다. 너무나 엄청난 일이지만 "이 말은 사실이다"라고 몇 번이나 강조를 하면서 신변에 좋지 않은 일이 생길까봐! 걱정을 하였다. 그때 시신 일부가 일본 대마도까지 떠내려가 시신을 건져 묻어주고 그곳 절에다 위패를 모시고 있다는 스님의 이야기를 제주방송에서 특집으로 다룬 것이다.

"그러니까, 9연대가 반란을 일으키자. 그들을 제압하기 위해 해병대가 제주도로 파견되어 있을 때 한국전쟁이 발발 했겠군요?"

"하모! 6월 25일 새벽 3시쯤 되었을 때 전문이-電文 온 거야 내가 전문을 가지고 부대장 관사에 찾아가 부대장에게 보였더니 전문을 받아들고 읽어보고 난 뒤 전문을 들고 있던 손이 수전증 걸린 것처럼 갑자기 떨면서 '삼팔선이 터졌다'하여 내는 처음엔 무슨 소린 줄 도통 몰랐다 카이."

"북한군이 3.8선을 넘어 남침했다는 말을 이해 못하였군요?"

"하모! 졸병이 무슨 소린 줄 아나? 멍청하니 서서 바라보고 있으니까 '최 일병! 이거 큰일 났다! 삼팔선이 터졌다' 큰일 났다는 말을 계속 하면서 '빨리 가서 부관을 깨워 오라'고 하여 부관을 깨비서 데려와 셋이서 차를 같이 타고 사령부가면서 스몰라이트-야간 관제 등·켜고 갔는 기라."

"무엇 때문에요? ……제주도까지 적이 오지도 않았는데요?"

282 • 살인이유

"반란군 때문 이제! 그 놈들이 알면 득세를-得勢 하여 해꼬지를 할 거 아닌가?"

"그래도 최후방인 섬이라 안전하죠? 전문을 받고 해병대는 어떤 조치를 취했습니까?"

"계엄령을 선포하여 주민통제와 항만관리 경계태세에 들어간 뒤 신성모 국방장관에게 '해병대가 출동 하겠습니다'하였더니 '소부대가지고 출동하여 무엇 하겠느냐? 제주도에 남아서 반란군소탕과 치안에 힘쓰라'며 해병대 출동을 막아서 근 달포를 제주도에 있었지."

"전부대원이 몇 명이나 돼 길래 소부대였습니까? 사령관까지 있는데 말입니다?"

"사령관까지 모딜띠-모두 · 430명이고 신원준 계급은 대령이지만 해병대에선 당시 최고 높은 계급이어서 사령관직책을 준기라!"

부대장이나 마찬가지이지만! 사령관이라고 불렀다는 것이다. 그러니까. 1949년의 여수 순천 10월 19사건을 진압을 위해 출동했던 해군은 지상에 상륙하지 못하고 해상봉쇄라는-海上封鎖 소극적 작전을 수행할 수밖에 없었다. 이를 계기로 상륙전담부대의 필요성을 절감한 정부는 1949년 4월 15일 진해 덕산비행장에서 당시 신원준 중령을 사령관으로 하는 380명의 병력으로 역사적인 해병대 창설식을 하게 된다.

"사령관이면 장성급인데 대령보고 사령관이라고 부르기는 뭔가 잘못된 것 같습니다!"

"창설당시는 380명이었고 그 후 병력이 자원하여 430명이 되었지. 지금 같으면 사단장이면 전부 별자리인데! 신원준이 대령으로 진급되었지만 보병중대병력 규모로 사령관이니 강 선생이 의아해할만하지!"

"실제 전투는 언제부터 참여하였습니까?"

"7월 13일 전투병에 학도병을 배속시켜 대한조선공사 배를 징발하였는데 배이름이 홍천호야 그 배를 타고 FS 미군 수송선과 같이 군산항에 상륙하고 보니 육군이 후퇴를 하여 우리도 변변한 전투도 못해보고 전라북도 남원까지 순식간에 밀려 왔지!"

"아니! 귀신 잡는 해병이라고 하는 부대가 후퇴만 계속하여 군산, 이리, 전주를 거쳐 남원까지 퇴각했다면 개가 웃을 일이네요?"

"아휴, 말도 말어! 우리들이 지급받은 개인화기는 일본군이 땅속에 묻어 놓고 간 총을 파낸 것인데……, 구식 38장총 단발짜리거든 그것으로 무장을 한기라. 그런데 절마들은 연속으로 쏠 수 있는 기관단총과 따발총이라 상대도 안됐지! 나는 총알이 아까워 훈련할 때 실탄으로 사격도 못해보고 헛총질만 입으로 '팡~팡'했다 카이."

"일본서 실탄을 주지 않아서 실제 실탄사격을 못해 보았군요?"

"부대가 창설되고 지급 받은 구식 38장총은 땅속에서 꺼낸 거라 모두 고물이 다 된 것이라서 녹슬어 열심히 닦고 기름칠 했지만 총구 안을 들여다보면 곰보처럼 부식이 되었는데 그것이 개인화기이고 실탄도 일본 놈들이 급하게 철수하면서 땅속에 묻어 놓은 것을 파내었지만 녹이 슬어 닦아 사용했는데 탄띠가 없어 양말에 담아 끄내기에-줄ㆍ묶어가지고 어깨에 주렁주렁 메고 다녔다. 절마들은 따르륵하고 따발총과 AKㆍ47 기관단총으로 공격해오는데 어떻게 싸우나? 식겁한-보리 고개시절 친구 집에 갔더니 쌀밥을 너무 많이 주어 놀랐다는 뜻의 말=식겁: 食怯 기라!"

"단발소총하고 자동소총하고 싸움에선 아무래도 열세이겠죠?"

"하모! 후퇴하면서 어쩌다가 구식 장총으로 쏘면 봉사가 문고리잡기 식으로 인민군을 죽였지만 절마들 하고 깸도 안 되드라 카이."

"한마디로 말해 고양이에게 쫓기는 쥐 꼴이었군요?"

"글캐도, 전북남원서 우리가 선두에 나섰고 육군과 경찰 순서로 전투를 하겠다고 협조를 요청하였는데 한참 싸우다보니 뒤가 갑자기 헐비하고 조용한 기라. 우리만 남기고 육군과 경찰들은 자기들만 살려고 몰래 후퇴를-後退 해버려 인민군에게 완전 포위되어버렸지. 전화도 없을 때니 SR 600 통신기로 군산 앞바다에 작전 중인 해군함정에 지원을 요청하였으나 '지원해줄 병력이 없으니 알아서 여수까지 도보로 후퇴하라'는 명령을 받고 야밤에 포위망을 몰래 발맘발맘 빠져나와 모딜띠 목숨을 구했는 기라. 대원 중에 개애대가리가-감기. 걸려 밭은기침을 하는 바람에 들켜 사달이 날 번 했다 카이."

"공동작전을 하자고 했으나 화력열세에 죽을까봐! 모두 도망을 쳐버려 졸지에 해병대가 적에게 쫓기는 신세가 되어 완전히 패잔병-敗殘兵 신세가 되었군요?"

　"그런 소리마라. 우리가 방어하고 있는 바람에 육군과 경찰이 무사히 후퇴했다 아이가! 우리는 여수에 도착하여 미군 수송선에서 M1소총을 처음 받아 노리쇠를 후퇴하여 실탄 장전과 방아쇠 당기는 법만 배우고 광양·하동·진주·통영을 거쳐 진해로 들어 온기라."

　"전쟁초기엔 국군과 인민군의 복장도 똑 같았으며 모자에 붙인 별만 틀려서 미군이 아군과 적군을 구별을 잘못하여 인민군한테 엄청난 희생을 당하였는데 이것이 역으로 잘못되어 한국군을 무차별 죽이는 사건이 되었으며 우리 군이 보복을 하여 미군을 습격하는 사건이 수 없이 있었다고 들었습니다만?"

　"숫티 있었지! 당한 미군은 '같은 민족끼리 싸우는 전쟁터에서 누가 적인지 구분 할 수 없는 상황에서 자신을 방어하기 위하여 쏜 총탄이 우방 군을 죽이는 것을 양민 학살이다'라고 하자. 유엔군은 '우리보고 전쟁을 하지 말고 철수란 것이냐?' 반문하여 이러지도 저러지도 못하여 작전을 중단하기도 했다. 유엔군으로서는 분간할 수 없었을 것이며 내도 적군인지 아군인지 멀리서는 분간하기 어려웠다. 그란데 북한군 절마들은 땅딸막한 애들이 많은 기라. 아마도 소년병들인 모양이야! 나중에는 비표를-秘標 달고 싸웠지만. 가까운데서나 확인이 가능하여 별로 도움이 안 된 기라!"

　"그렇다면 국군끼리 적인 줄 알고 전투도 하였겠네요?"

　"하모! 간혹 했지. 일부장교들은 배상부리며-거만한 태도로 몸을 아끼고 꾀만 부리고· 시건방을 떨기도 했지만!"

　"제일 기억에 남는 전투는 어디서 했습니까?"

　"진짜 전투다운 것을 해보기는 강원도 양구군에서 해보았고……. 경남 마산 진동 전투에서 했는데 진동전투가 더 기억에 남지! 북한특수군 정찰부대를 전멸시켜 부대원전체가 1계급 특진을 하였다 아이가."

　"그러면 중동부 전투 이야기부터 먼저해주십시오."

　"1951년 6월 강원도 양구에서 육박전이 벌어지는 전투도 했지."

　"중동부전선인 대암산-도솔산· 전투와 미군 2사단이 사단기-旗. 까지 빼앗긴 곳인 펀치볼 지구에서 전투를 하였군요?"

당시에 사단기를 빼앗겨 한국전쟁이 끝나고 60여 년의 세월이 흘러도 지금까지 미군 2사단이 본국으로 철수를 못하고 주둔하고 있다고 한다.

"그럼, 그럼! 그곳을 차지하려고 무리한 공격을 하여 엄청난 인명만 손실 났구만……. 얼마나 많은 사람이 죽었던지! 김일성고지와 스탈린고지 계곡사이를 피가 넘쳐흘러 피아골-피의 능선·이라고 불렀고 사람이 너무나 많이 죽어 현장에다 시체를 묻어서 십자가를 세운 곳이 십자능선-단장의 능선·그 사이에 두 계곡 타고 흐르는 도랑에 피가 흘러 넘쳤다고 할 정도로 치열한 전투를 하였으나 김일성고지는 결국 북한이 차지하였지. 쌩 고생만 허벌나게 한기라."

"제가 바로 적 912 GP인 김일성고지와 913 GP인 스탈린고지의 앞쪽인 대우 OP에서-도솔산. 근무한 적이 있기 때문에 잘 알고 있습니다. 양구군에서 이북원산으로 가고 인제군으로 갈수 있는 삼거리에 펀치볼-Punch bow 전투전적 기념탑이 세워져 있다. 펀치볼이란 화채그릇을 닮았다 해서 전쟁 당시 미군들에 의해 붙여진 이름인데……. 우리군은 미군 2사단 전멸하여 주먹으로 싸웠다 해서 지어진 이름이라고 착각을 합니다. 펀치를 주먹이라고 인식하고 있어서입니다! 대암산에서 한국해병 2개 여단이 적 3개 사단을 전멸시킨 곳이기도 하며 세계전사에 올라 있듯 46일간 단 일분도 총소리가 안 그치고 치열한 전투를 한곳으로도 더 유명한 지역입니다. 그 전투에서 승리를 하여 이승만 대통령으로부터 "무적해병"이란 애칭을 얻은 곳이기도 하지요?"

"잘도 알고 있어 더 이상 말 안 해도 잘 알겠구만! 그곳에서 숫티 죽었지! 1951년 6월 해병 1개 연대 병력으로 양구군 일대에서 북한군 12사단과 32사단을 거의 전멸시키고 요충지였던 도솔산 일대의 24개 목표를 탈환했다. 그 와중에 우리해병대가 133명이 전사하고 646명이 부상당했지만 미 2사단이 병사들이 더 많이 희생됐지. 우리가 일방적으로 승리는 했으나! 우리쪽도 제법 죽은 기라. 1개 여단이 북한군 2개 사단을 전멸시켰으니! 대암산에서 전투를 끝내고 북진하여 대우산에서 서로 마주보고 있는 김일성 고지와 스탈린고지를 점령하려고 2,000여명이 전사를 했지. 절마들은 더 많이 죽었을 거구만! 고지대여서 전사를 해도 시체를 회수하기가 힘들어 그대로 방치돼 전쟁이 끝나고……. 휴전선 비무장지대가 남방한계선 2마일 북방한계선 2마일 도합 4마일 안에 회수 못한 유골이 수도 헤아릴 수 없을 것이여! 강 선생이 말했다시피 근 달포를 서로 간에 공방전으로 얼마나 폭격을 했는지 고지가 민둥산이 되어버린 기라. 고지를 점령하려고 해도 완전 노출이 되어 표적이 돼 거의 전멸이야. 그래서 김일성 고지를 포기한 거지. 우리해병대도 대암산 전투 때보다 더 큰 인명손실이 났지! 그때가 1951년 9월~10월간이야. 한국전쟁사 중 가장 치열한 전투지역일거야!"

　"펀치볼이 있는 양구군은 한반도의 한복판입니다. 중앙위선과 중앙경계선의 교차점이며……. 그래서 한반도의 배꼽으로도 불립니다. 강원도 양구인 이곳은 독도 동단·평안북도 마안도 서단·제주 마라도 남단·함경북도 유포면 북단을 기준으로 한반도의 중심이라는 지리적 위치와 함께 치열했던 한국전쟁 와중에 대한민국의 중심을 잡은 승전의 현장이기도 합니다. 어르신이야기 들어보니 당시 전투가 치열했던 9개 지구 전투 즉 도솔산·대우산·피의능선·949고지·백석산·펀치볼·가칠봉·단장의　능선·크리스마스고지 등에서 피아간에 목숨을 담보한 공방전이 46일간 치렀었는데! 마산진동전투가 중동부전선전투보다 더 치열했단 말이군요!"

『한국전쟁당시 하루에 미군이 400여 명씩 사망을 했다는 기록이다. 미 제2보병사단은 6.25전쟁 중 미국 본토에서 최초로 한국에 도착해 미군 사단 중 가장 많은 전투를 치른 부대다. 낙동강 전선에서 청천강까지, 다시 지평리 전투와 피의 능선 전투를 비롯한 단장의 능선 전투 등에서 활약했다. 항상 어렵고 중요한 전선에서 앞서 싸우다보니 2만 5,000여 명의 막대한 피해를 보았다. 전사 7,494명이고 부상자가 1만 6,237명이며 실종자는 186명에 포로 1,516명의 피해를 입었다. 만약 현재 파병된 우리 병사가 전쟁으로 인하여 7,094명이 아니라 7명이라도 전사했다면 나라가 발칵 뒤집어 질 것이다!』

　"하모! 두말하면 잔소리고 세 번하면 숨 가프지! 중동부전투는 우리가 일방적으로 이겼지만! 마산에서는 빨갱이 글마들이 전라도를 거쳐서 부산을 묵을라고 마지막으로 발광을 할 때인 1950년 8월이야. 전시상황은 남한 면적의 10%에 해당하는 낙동강일대와 경남이 80%정도 점령당한 상태서 미군과 함께 공동작전으로 싸웠는데 미군 깜둥이들이-흑인 · 억수로 많이 죽은 기라. 무척 더울 때야! 8월 달이거든……. 통영 앞 바다에서 상륙작전을 미군의 협조에 성공하였지! 양촌리를 지나 33고지에서 미군과 빨갱이들하고 전투를 하였는데 쌍방 간에 너무나 많은 사상자가 났지! 우리가 시체를 치우려 했는데 깜둥이들 시체를 그대로 방치하여 무더운 날씨 때문에 반은 부패되어 손목시계 찬 곳에 살이 썩으면서 부풀어 올라 시계가 절반은 살속에 들어가 있는 것 같더라고! 내는 그때 처음으로 흑인을-黑人 본 기라. 등빠리가 큰데다가 온몸이 총칼에 훼손이 너무 많이 되어 무섭더라고! 돈도 있는데 돈은 전부 버리고 시계만 회수했는데 어떤 놈은 열개도 넘게 수거해서 시계를 끄내기에 주렁주렁 끼워서 목에 걸치고 다니니 목걸이 같은 기라. 신삥들은-이등병. 이노북구리에다-W빽 · 옷을 가득 채워 장교들에게 바친 기라 아마도 글마들이 국제시장 가서 팔아 먹었것제!"

"지금도 그렇지만 당시에도 흑인들 빈곤층이어서 전투수당을 많이 받으려고 지원을 했겠지요! 또한 당시는 시계는 무척 귀할 때 아니었습니까?"

"하모! 전부 야광 시계였거든. 밤에 시계를 보면 개똥벌거지 불같이 푸르등등하제! 내는 처음 귀신불로 본 기라. 산등선과 계곡 여기저기에 푸른 불빛이 가득 했지! 엄청 죽은 기라. 시커먼 깜둥이가 손목에 차고 죽어서 밤이면 시계불만 보이더라 카이. 그라고 딸라가 글마들 개춤치에-호주머니 · 다들 있더라고 그때는 국내에서 딸라가 통용 안 돼 필요 없어 버렸는데 그때 모아 두었으면 부자가 됐을 텐데! 전부다 시계만 좋아하더라고. 밤에 자다가 시부지 가져가도 모른 기라. 장교들이 부산에 가서 팔았다 카드만 우리는 그런 것도 영판 모른 기라."

"전투용시계는 모두 야광입니다. 인천상륙작전도 유명하지만 통영상륙작전의 성공으로 부산 방어에 큰 힘이 되었군요? 통영상륙작전 성공으로 귀신 잡는 해병대 명칭이 붙었다는 기록을 보았습니다만-They Might Capture Even The Devil. 중동부 전선만큼 치열 했군요? 한국전쟁을 취재했던 미국종군 여기자 '마거릿 히긴스'가 지은 책 '한국전쟁-War in Korea' 내용을 보면요."

"글킨 해도 중동부 전쟁에서 이름을 떨친 거지! 인천상륙작전과 원산항 작전 등도 한국전쟁사에 빼놓을 수 없는 유명 작전이지만! 통영작전의 성공이 부산 함락을-陷落 막은 결정적인 역할을 했다는 것을 모르는 사람이 많아 잊혀져가고 있는 거라. 북한도 특수부대를 집결시켰고……. 연합군도 특수부대를 집결시켜 피아간에 수많은 희생이 있었지만! 유엔군과 우리 해병대가 작전성공 하여 북한 특수부대를 괴멸시켜 부산 진격을 차단한 기라. 통영상륙작전 기사를 쓴 그 여기자 빼빼한 몸인데 파마머리에 키가 엄청 크다! 처음엔 간호장교로 알았는데 나중에 알고 보니 기자야. 천지를 들쑤시고 다녀 골이 좀 아팠지."

"알고 있었군요? 당시에만 하여도 종군기자는 남자들이 했는데 끝까지 설득하여 종군기자로 파견되어 한국해병을 "귀신 잡는 해병"이란 기사를 써서 더 유명한 기자가 되었다고 합니다. 통영상륙작전은 어떻게 하여 성 공할 수 있었습니까?"

"북한군 7사단의 정찰대인 선두부대가 8월 17일 새벽에 시작 되었지! 우리는 진해에 있었는데 일마들이 부산을 함락 시키려고 통영을 거쳐 마산 진동에까지 특수 정찰부대가 떠났다는 정보를 입수 하고 16일 밤에 통영으 로 출발을 했지. 김성은 부대장은 '수백 명의 병력으론 해안선이 긴 거제도 에서 서해안까지 지키는 것 보다 통영반도에 기습상륙작전을 감행하는 적 극적인 공격이 바람직하다'는 것을 해군본부에 무려 세 번이나 작전명령 변경을 요청하여 오후 5시에 승인을 받았지."

"해군과 해병의 합동 작전이군요!"

"당시엔 해병은 해군 소속이나 같았지. PC 703함 등 통영부근에 있던 몇 척의 해군 함정이 통영 남쪽 해안과 고성에서 통영으로 진입하는 통로 에 변에 진지를 구축하고 있는 적 주력부대를 저지하기위해 함포사격을 가해 양동작전을-陽動作戰 하여 절마들로 하여금 남쪽해안에 대한 포격은 우리가 마치 그쪽으로 상륙하는 것처럼 보이기 위한 것이었고 통영으로 오는 길목을 포격하는 것은 적의 후속부대 증원을 막기 위한 교란-攪亂 전술 이었지."

"작전은 언제 시작을 하였습니까?"

"승인을 받고 30분 후에 시작하여 7시에 마쳤으니 억수로 빨리 끝난 기 라! 19일 통영시가지를 완전 탈환한 기다. 그래서 귀신 잡는 해병이란 기사 를 쓴 모양인기라!"

"통영상륙작전의 최고의 격전지는 어디입니까?"

"격전지는 통영 해안을 잇는 요충지인 원문고개에서 벌어졌지! 1킬로미 터에 이르는 긴 능선지대에 철조망이나 지뢰를 매설도 안한 지역을 방어하기란 억수로 어려운 일이 아닌가! 절마들은 1,000여 명이었고 우리는 1개 중대의 병력인 기라! 그래서 절마들이 역습할 때엔 처절한 백병전이-白兵戰 벌어져 다섯 명의 북한군을 쓰러뜨리고 산화한-山花 7중대 고종석 이등병 등 부대원들의 희생으로 인민군 270명을 사살하고 100명을 생포 하는 혁혁한 전과를 올리고 통영을 지킨 기라."

"통영상륙작전을 끝내고 해병대 작전 인원 전원이 일 계급 특진한 진동 전투 때 네이팜탄을 사용했는데 그 무시무시한 폭탄으로 민가를 포격하여 엄청난 피해가 있었다는 진술을 들었습니다. 알고 계신가요?"

"……. 호줏기에서 널친 귀신 탄을 이바구 하는 구만!"

『한국전쟁초기 유엔군 일원으로 호주에서 참전한 77비행대대는 프로펠러전투기인 'F-51무스탕-Mustang'을 가지고 공중전을 벌였으나 북한군 주력기인 MIG-15기를 당하지 못해 큰 피해를 보았다. 그러나 한국전 참가 1년 만인 51년 6월말 일명 '쌕쌕이'로 불린 '메티오-Meteor 8 제트기'로 기종을 전환하여 MIG-15기 3대를 격추하는 등 큰 전공을 세웠다. 77대대는 한국 전쟁기간 모두 1만 8천 8백 72회나 출격해 북한군 전차와. 차량 1천 5백대를 파괴하는 등 북한군에 공포의 대상이 됐다. 하지만 77대대의 손실도 적지 않았다. 메티오 37대와 무스탕 15대가 격추되는 바람에 42명의 조종사가 전사하는 아픔도 겪었다. 이승만대통령부인이 호주사람이다. 그래서 호줏기라고 부르기도 하고 다른 한편으론 쌕쌕이로 불렀다. 갑자기 산 뒤에서 물체가 나타나 씨~웅 하는 소리가 산울림에 의해 쌕쌕 소리를 내고 번개같이 사라져 그런 별명을 얻었다.』

"……."

"그놈의 폭탄을 맞으면 섬광은-閃光 안보이고 시퍼런 불빛과 연기만 보여서 우리는 귀신 탄이라고 불렀제."

"실제로 사용 했군요? 민간인에게 사용했다하여 비난이 많은데 그 탄에 맞으면 살을 도려내든지 아니면 상처부위를 절단을 해야 하는 무서운 폭탄입니다. 비행기 조종사가 제일 싫어한다고 하더군요. 저도 원주에 있는 1군 하사관 학교에서 교육을 받을 때 3.5인치 무반동 로켓포를 사격했는데 탱크도 뚫고 들어가는 것을 보았습니다. 그 무시무시한 폭탄을 민간인이 거주한 곳에 사용했군요?"

"부산을 함락을 하려고 최후 발악을 할 때라 무슨 짓을 못 하였을 라고! '단 한사람이 남을 때까지 전선을 사수하라'는 명령이 떨어 진거야. 부산 함락이 풍전등화인-風前燈火 거야! 허벌라게 죽은 기라. 아휴 말도 마? 지게 부대를 동원해서 시체를 모아 골짜기에 방치해 두었는데 썩은 냄새가 온천지에 진동 하는 거라."

"……."

"지금 내 얼굴에 머시 묻었나? 멀끄럼히 처다 보기는!"

"부대 이름이 지게부대란 것이 있었습니까? 무었을 하는 부대인데요?"

"그것도 모른교? 그때는 부대이름은 대부분 부대장의 성-姓 씨를 따서 지었기 때문에 지게를 지고 물자를 운반하여 그렇게 지었지. 전투 병력이 개인화기나 실탄을 비롯한 탄약을 지급받고 전선에 투입되지만 치열하게 싸우다보면 탄약이 다 떨어지는 기라. 그러면 어떡할 거여? 적이 몰려오는데 진지를 비워두고 가지러 갈수 없을 것 아니여? 지금은 없지만 당시엔 중기관총이 공냉식인-空冷式 LMG 있고 HMC라는 수냉식이-水冷式 있는데…… 공냉식 총열에 외피에 구멍을 뚫어 공기로 총열을 시키고 수냉식은 말 그대로 총열을 물통으로 감싸 통에 물을 넣어 물로 총열을 식혀주기 때문에 물통을 별도로 들고 다녀야 했기에 그럴 때를 대비해 지게부대가 있는 것 이제. 수냉식은 옛날 것이고 공냉식은 신형이지! 또한 시체나 부상자를 지고가기도 하고, 꼭 있어야 하는 부대여! 탄약이 올 때까지 버텨보다가 적이 쳐들어오면 그때부턴 피 터지는 육박전이 시작 되는 것 이제. 그러면 지게부대 일마들도 격전지를 다녀봐서 사격하는 것을 알고 있기에 같이 싸운 기라. 군인이나 같아! 나이가 많거나 적을 뿐이지 인자 알 것제?"

"지금의 공병대 같은 임무를 맡아 했군요? 그 말을 듣고 보니 당시에는 꼭 필요 했을 것입니다! 그때는 수송기도 많이 없었고 도로가 열악하여 차량통행도 힘들었을 테고! 어쨌거나 진동 전투가 승리로 이끌었기 때문에 부산 함락을 막을 수 있었습니다. 그때 부산이 함락되었으면 끝난 것이지요?"

"글타카이! 지게부대 일마들이 군수물자를 지고 오다가 북한군 정찰부대를 만난기라. 처음엔 얼굴이나 복장을 보아선 국군인줄 알았는데 말소리를 들어보니 북한군이라 모른 채 하고 운반하던 물자를 주고 우리에게 와서 절마들 거처를 알려줘 기습 공격을 해서 전멸시켰지. 그런데 절마들이 전부 우리군의 복장을 한기라. 그러니 미군이나 우리가 속을 수밖에 없는기라. 미군 25사단 킨-KEAN. 부대가 우리 텍을-비교. 치면 특수부대 인기라. 절마들이 식겁 한 기라. 얼굴이나 복장이 북한이나 남한이나 비슷하고 말도 같지 당시엔 통역사 배치도 변변치 못해 아군인지 적군인지 몰라 북한군에 더 많이 당했다 아이가! 어마어마하게 죽어 회수 못한 시체에서 구디가-구더기=蛆. 벅신벅신 한기라. 깜둥이 몸에 허연 구디가 말이여……. 우리 동기생이 전라도 보성 아 인줄 알고 있는데 글마는 소총소대 소대장이고 나는 화기 중대 소대장으로 우리소대가 화력지원을 하기 위하여 포와 켈리버 50 중기관총을 설치하여 북한군이 진을 치고 있는 고지에다 중화기 지원사격을 하려는데 각 중에 글마가 빤쓰만 입고서 화염방사기를 짊어지고 중기관총 도치카를 태우려고 갔다가 화염방사기도 사용해보지 못하고 중간 지점에서 총에 맞아 죽은 기라."

"무엇 때문에 군복을 벗고 팬티바람으로 갔습니까?"

"만약 죽으면 빨갱이들이 자기 옷을 가져가 바꾸어 입고 아군 쪽에 숨어들어 장교행세를 하고 돌아 다녀도 아무도 모르기 때문에 그런다고 소대원 모두를 빤쓰만 입게 하여 앞에서 이끌고 적 화력의 본거지인 중화기 진지를 불태워 없애려고 한 것인데 아깝게 모두 죽었지. 참말로 한 번 전남 보성에 글마 부모를 찾아 가본다는 게 아직도 못 가고 만기라."

"정말로 해병대 용감성을 보여주었군요? 죽음을 각오하고 적진에 뛰어든 김 소위와 소대원들의 행동은 잊어서는 안 되겠군요? 전쟁터에선 지휘자를 제일 먼저 제거를 합니다. 지휘자를 사살해버리면 소대원은 오합지졸이 되지요. 저 역시 공작원 훈련을 받을 때 저격요원으로 길들여졌지요. M14 저격용 조준경안의 사정거리에 있는 적은 하느님이 자기 아버지라도 살기 어렵습니다! 가까운 월남전에서 미군의 소위의-소대장 · 평균 수명이 16분이라는 통계가 나왔습니다. 분대장은 말할 것도 없을 것입니다!"

"이러한 장면을 영화로 만들면 억수로 재미질 것이여! 조국과 민족을 지키기 위해 홀라당 옷을 벗고. 빤쓰 바람으로 화염방사기를 짊어지고 총탄이 쏟아지는 적진고지를 향해 뛰어드는 해병대 사나이들의 모습을 보고 우리국민은 아마도 극장이 떠나갈 정도로 박수를 칠 것이며! 감격해서 뜨거운 눈물을 흘릴 것 아닌가? 이일이 알려져 킨 부대도 빤쓰 바람으로 작전을 하였다하여 정말인가 하였는데 실제로 있었다. 카드만…… . 벌거벗은 채 죽어 있는 시체를 보았으니까. 그리고 8월 달이라 더워서도 그랬을 것 같은 마음이 들기도 하고. 절마들이 옷을 벗겨 가기도 했을 테고! 아무튼 한국전사에 길이길이 남을 만한 일이제!"

"그럴 것 같습니다! 옷이 북이나 남이나 같았다고 하지 않았습니까?"

"처음에는 그랬지만 인천 상륙작전 전에 미군 군복이 모두 지급되었고 철모도 모든 장비가 일괄지급 되었기 때문에 우리 측 병력이 죽으면 옷을 비롯한 장비까지 전부가 걷어가서 국군복장으로 위장한 다음 우리 측 무기로 무장하고 특공대를 조직하여 유엔군에게 엄청난 피해를 주었기 때문에 그런 것을 방지하기 위하여 옷을 벗고 공격한 것이지!"

"다행이도 지게부대를 살려 보낸 게 그들의 죽음을 자초 했군요! 하기야 말 못하는 짐승도 먹이를 준 주인은 물지 않는다는 말이 있습니다만…… . 얼굴과 언어가 같으며 복장도 비슷하여 경계심이 허술할 때 기습공격을 당해 북한군에게 미군이 많이 당했군요? 부산 함락을 눈앞에 보이듯 가까운 거리이니 최후의 공방전을 했으니!"

"하모! 지게부대 일마들도 엄청 죽은 기라! 평상시엔 경계병이 앞뒤로 호위를 하지만 전투가 벌어지면 그럴 병력이 있나. 아침에 1개중대병력이 행정요원 빼고 380명 정도인데 고지를 점령하러 갔다가 실패하고 철수할 때 인원 점검을 해보면 40명도 안 될 때가 숫티 많았제! 전투가 시작되면 지휘자를 제일 먼저 저격병이 사살하잖아? 지휘자를 잃어버리면 오합지졸이 되는 것이지! 강 선생도 만약 전쟁터에 나갔으면 저격수 아침밥 거리야! 일차목표는 그렇고 다음이 지게부대였지 탄약 공급을 막아버리면 끝나는 것이지!"

"1975년에 베트남전쟁이 끝났는데…… . 당시에 제가 방위산업체에 개발 연구원으로 근무를 하고 있었습니다. 베트남 전쟁이 끝나면 남·북 간에 전쟁이 발발할 수 있다며 방위 산업체는 대전 이남으로 이전을 하라고 하여 대구로 내려왔습니다. 전쟁이 벌어지면 전쟁 물자 공급을 차단하기 위해 방위 산업체를 초토화 시킨다는 것입니다. 북한의 포 사정거리에서 벗어나라는 것에서입니다. 지금이야 미사일 한방이면!"

"킨 특수부대 아니었으면 국군으로선 북한군의 부산진격을 절대로 막지 못했을 것이여! 거의가 나이어린 병사들이었는데! 많이 희생되었지. 회수 못한 시신이 많을 것이구만! 그 부대가 잘 알려지지 않은 것이! 당시에 목숨 걸고 싸운 그들에게 미안하지."

서 노인은 그 말을 끝내고 미간을 찌 뿌린다. 그 장면이 떠오르는 모양이다.

"그들이 도와서 나라를 되찾았기에 지금도 혈맹으로 남아 있는 것입니다. 선배들이 피 흘려 지킨 우방이어서 말입니다."

"남원서 급작스레 후퇴하여 여수에서 M1소총을 지급 받아 마산 진동까지 와서 처음으로 전투다운 전투를 한 것인데! 무더운 때라 옷을 모내기할 때처럼 걷어 올리거나 대검으로 소매와 바지 끝단을 잘라내고 싸운 기라. 미군들이 등빠리가 억수로크다아이가? 글마들이 입는 옷을 난장이 똥자루만한 한국군이 입었으니 너무 커 헐렁한 기라. 밤에는 모기에 물려서 부풀어 올라 전투할 때 고지를 오르면 땀이 나고 땀띠가 나서 가려워 반 미친게이가 되는 기라!"

"미군이 입던 옷을 그대로 입었으니 왜소한 동양인 체격엔 맞지 않았을 것입니다. 저도 입대하여 M1소총이 무거워 힘이 들었는데 총 역시도 동양인 체격에 맞지 않아 월남전으로 인하여 M16으로 전부 교체되었고 국내생산이 이루어 졌지요. 어르신 말처럼 그동안 한국전쟁관련영화가 수 없이 만들어져 상영 됐지만! 이러한 장면은 못 봤습니다. 적 고지를 탈환하기위해 벌거벗은 채 화염 방사기를 등에 지고 부하들과 함께 적진을 향해 돌진하는 김 소위 와 킨 부대 활약상을 영화를 만들면 흥행 하겠군요?"

"하모! 미국서 지원해 주겠지! 이때 것 내가한말은 거짓 부랭이 아니다. 강 선생이 믿음이 가서도 그렇고 군 생활 중 힘하기로 유명한 무장간첩생활을 하였다카이, 내가 겪은 전쟁이야기를 숨김없이 했다."

월리엄 킨 미 25사단장이 내린 작전명령인 교전수칙에는 "쌍방 간에 치열한 교전-交戰.이 이루어지고 있는 지역 안에서 움직이는 모든 사람은 민간인이 아니다."라는 명령이 있다. 부연 설명하자면 허락 없이 모두 사살하여도 책임이 없다는 뜻이다. 위의 교전 수칙에 의해 경남 마산 진동 지역에 무자비한 폭격으로 인하여 가옥은 불타 없어지고 수많은 사람이 네이팜탄에 의해 수 없이 죽어 갔다고 증언을-證言-witness : testimony 했다.

※ 이러한 사실도 서 노인에 의해 처음 밝혀졌다.

AP통신에 노근리 양민학살사건이 밝혀지자 당시 참전한 한 미군은……

"남의 나라에서 왜 싸워야 되는지도 모른 채 사지에 내몰린 유엔군 일원으로서 살아남기 위한 최소한의 자기 방어를 위해 쏜 총탄과 포탄에 희생된 양민을 학살한 군인으로 몰아세우는 것은 너무 억울하다. 말도 통하지 않고 또한 피부색깔과 언어가 같은 민족끼리 싸우는 한국전쟁에 파견된 미군이나 유엔군은 빨갱이라고 명찰을 달고 다니지 않은 이상 민간인인지, 아군인지, 적군인지 구분하여 총을 쏠 수 없었다."고 하였다.

해병대가 8월 3일 진동에 진지를 구축하고 보니 미군 25사단 주축으로 편성된 킨-KEAN. 특수 임무 부대가 진주 고개로 지향된 대규모 반격 작전을 8월 7일부터 13일까지 전개하였는데 앞서 기록에서 밝혔듯이 국군과 전투에 승리한 북한군이 옷과 장비를 가져가 특공대를 만들어 미군 부대 내까지 들어와 많은 인명을 살상하여 엄청난 희생을 치렀다는 것이다. 우리 해병대는 함양과 진주지구 전투에서 적 대대를 격퇴하면서 50년 8월 3일 진동리 서방고사리에서 북한군 6사단의 정찰대를 기습 공격하여 전멸시킴으로써 해병 창군 이래 최대의 전공을 세워 전 장병 1계급 특진의 영예를 안은 것이다.

북한군은 낙동강최후방어선인 왜관 다부동에서 밀어붙이고 호남지역과 경남서부지역을 점령한 뒤 부산을 점령하려고 고성에다 적 사단 본부를 설치하고 치열한 전투를 전개할 때 우리 해병은 동정고개에서-395고지·우로는 함안지역과 군복지역을 거쳐 백야산에서 진지를 구축한 뒤 오봉산에서 방어선을 구축하고 있는 적을 공격하고 좌로 야반산에 방어진지를 구축한 적을 섬멸하기 위한 미 육군과 양면작전을 전개하였다. 중앙으로 나선 김성은 부대는 배틀산과 야반산, 수리봉 전면에 방어진지를 구축하고 대항하는 북한군 6사단과 전면전을 벌여 괴멸시키자 일부 살아남은 잔당이 함안을 거쳐 지리산으로 숨어들어 빨치산과 합세하여 지리산공화국이 된 것이다.

8월 7일부터 미 육군특수부대인 킨 부대와 연합작전을 벌이고 있었을 때 진주고개로 대규모 적들이 밀고오자 대규모반격작전을-8월 7일~13일·합동 전개하는 동안 우리해병대는 진동리와 마산간의 보급로를 타개하고 야반산, 수리봉, 서북산 일대의 적을 완전히 격퇴한 후 함안 군북면 쪽으로 우회 기동하여 오봉산 필봉의 적을 섬멸하는 등 종횡무진 진동리지구 방어를 위해 용전분투함으로써 적 6사단의 필사적인 공세를 분쇄하였으며 전략적요충지 마산과 진해를 지키고 낙동강방어선을 튼튼히 구축하는데 기여하였다.

이곳에서 전공을 세운 서 노인 부대는 인민군이 충무로 들어 왔다는 전문을 받고 거제 대교 옆 장평에 상륙하여 어문 고개를 차단하고 작전을 전개하여 적을 하루 만에 완전소탕한 뒤 충무에 있는 해군 백 부대에게-부대장 성이 백씨·인계하였다. 살아남은 인민군잔당은 고성 쪽으로 도망가서 산으로 숨어들었다. 이 소식을 접한 미군 25사단 킨 특수부대가 출동하였다는 전문을 받은 인민군 잔당은 풀풀 갈라져 도망가 진해 굴암산에-662m 다시결하여 결사항전을 벌였다. 50년 9월말 단풍이지고 곧 낙엽이 떨어지면 은신하기 어려움을 간파하고 지리산빨치산본부로 합류하라는 명령을 받고 산악지대를 야밤을 통해 이동하기 시작했다. 야간에는 평야를 주간에는 산을 이용하여 불모산을-802m. 거쳐 김해 진례면 뒷산 용지봉과 태종산 일대에서 암약하다가 일부는 내룡을 거쳐 비음산과 진영읍 금병산에-272m. 숨어들었다. 진영은 소규모 산지들이 많으며 읍의 북쪽에서 동류하는 낙동강과 그 소류지들이 이루어져 있어 은신하기 좋은 곳이다.

북한군은 호남을 점령하고 대구 쪽으로 진출한 주력부대와 부산을 공격하려하였지만……. 낙동강최후방어선을 구축한 연합군의 방어선을 뚫지 못하고 또한 우리해병대와 미군 주축으로 된 킨-Kean. 부대의 방어선 진동전투 실패 때문이었다. 경남 김해와 진영일대에서 잔류한 인민군이 노무현대통령 고향 뒷산 봉화산성에 진을 치고 봉화산 끝자락 본산리 봉화 마을까지 출몰하였다. 당시 보도연맹에 가입된 사람들이 도와 줄 것이라는 판단 때문에 마을에 내려와 부역을 강요하였고 식량을 약탈해 갔다. 가족을 볼모로 위협하여 강제로 노무자-물자운반. 노릇을 하였으며 일부 공무원들은 인민재판 때 증인으로 나와 그때현장에 있었다는 이유 하나만으로 전쟁이 끝난 뒤 빨치산으로 몰려 총살당하거나 무기수로 수감 중 옥사하기도 하였다. 서 노인은 "보도연맹 사건도 간부직엔 지식기반 층이 많이 가입하였는데 이웃들은 많이 배운 사람들이고 친척들이어서 도장 한번 찍어 준 것이 빚을 대신 갚은 것처럼 인정 많고 순박한 사람들이 많이 당하였다."고 했다.

서 노인 부대는 충무에서 1개월 있다가 미군 LST-를 타고 인천 상륙작전에 참가하여 서울 수복 후 가평을 거쳐 양평까지 갔다가 인천으로 다시 와서 배를 타고 남해안을 우회하여 원산에 상륙하려 하였지만 적이 완강히 버려 15일간 포항에서 원산항 앞까지 오르락내리락 거리다 원산

명사십리 쪽에 상륙하여 시내로 들어가 인민군 잔당을 섬멸하고 신고산에서 3일간 머물다가 원산 옆 장전으로 이동하며 기차를 징발하여 함흥으로 갔다고 했다.

"함흥까지는 편안하게 이동을 했군요?"
"편안은 무슨 편안? 엄청 추울 때 따까리-지붕· 없는 기차를 타고 가는데 글마들이 불각시리 달리는 기차에 총을 쏴 많이 죽었지! 기차는 쉬지도 않고서 달바 빼는디 미치겠더라. 죽은 시체도 처리 못하여 한쪽 구석댕이에 방치하였고, 대 소변을 구석댕이에서 봐야 핸 기라. 함흥에 주둔 때 크리스마스를 맞이하였지! 그때 경기도 수원에서 미군 딘 소장 포로가 됐다는 소식을 그때 들었지."
"눈이 많이 와서 전투하기도 힘들었다는 이야기를 들었습니다만······."
"그때 눈이 엄청나게 왔고 억수로 추울 때여."

얼마나 눈이 많이 내렸는지 집이 안보였다고 했다. 장백산에서 국군 1개 대대가 포위되어 구하려 미군과 같이 출동하였는데 눈 때문에 식량 공급이 전혀 안되어 모두 죽는 줄 알았다고 했다. 장백산 99고개였는데 소나무 같은 큰 나무는 없고 전부 키가 작은 잡나무만 있는 정상에서 진지를 구축하였는데 밥을 99고개를 내려가 주먹밥을 가져오면 얼어서 먹기가 힘들었지만 미 해군 고문관들도 먹었다고 했다.

"산 정상에 진지를 구축 하였는데 땅이 돌띠 같이 얼어 잠복 호를 비롯하여 교통호도 팔수 없는 기라. 간수메도-통조림· 꽁꽁 얼고 주먹밥도 얼어 대검으로 잘게 쪼개 먹고 나면 체감온도가 영하 40도가 넘어 온몸이 사시나무 떨듯이 떨려서 잠을 못 자는 기라. 그 짓을 일주일 하고 나니 대대수가 동상에 걸려 수영비행장으로 철수한 뒤 모딜띠-모두가· 팔이니 다리를 절단하여 상이 군이 된 기라."

고지에 투입되어 텐트를 치고 1개 분대씩 잠을 잤는데 밤이면 바람이 불어 체감 온도가 영하 4~50도 정도 되어 절반이상이 동상이 걸려서 발을 절단하였다고 했다. 서 노인은 통신병이어서 B30 SR 배터리 포장을 깔고 잠을 자서 동상이 걸리지 않았는데 동상이 걸린 동기들은 함흥 금파비행장에서 부산 수영 K9비행장에 도착한 뒤 발을 보니 발가락이 허옇게 뒤집어져 썩어가고 있어 모두 절단하여 상이용사가 되었다고 하였다. 중동부전투와 마산진동전투에서 혁혁한 전공을 세우신분들이 동상에 걸려 상이 군이 되었다니 참으로 가슴 아픈 이야기다.

"이승만이가 함흥까지 와서 연설을 하고 주민들의 열 열한 환영도 있어 통일된 줄 알았는데! 압록강이 얼어 뿔자. 갑자기 중공군이 인해전술로 밀려와 후퇴를 함흥 비료공장 옆에 금파비행장까지 하여 부대전체를 비행기로 수영 K9 비행장으로 철수시키고 내는 대대장과 마지막 비행기를 타고 철수한 기라."

"전투를 하면서 밀린 것이 아니고 비행기를 타고 급하게 철수할 이유라도 있었습니까?"

"중공군 절마들이 불각시리 밀고 오는 것을 봤는데 하얀 보자기에 쌀을 뿌려 놓은 것 같은 기라. 눈이 와서 온 천지가 빼깔이가 하얀데……. 흰 솜바지를 입고서 열 명씩 1열종대로 공격해 오면서 맨 앞에 있는 놈만 총을 가졌는데 그놈이 죽으면 뒤에 따라오는 놈이 총을 회수하여 공격하는 식으로 인해전술로 밀고 오니 그 기세가 가당치도 않은 기라."

"열 명 중 한 명만 총을 들고 싸웠군요?"

"하모! 정면에서 글마들과 맞붙은 긴데. 내도 간신 했시몬 떼뜸질-죽어서 땅속에 묻히는 것 · 당 할 뻔 한기라. 불알이 달그락 거릴 정도로 담박질을 하여 보도시 금파 비행장에 도착하여 제일 느까 시마이-끝내고 · 한 뒤 비행기를 타고 이륙하다가 비행기가 활주로를 벗어나 잔디밭에 대갈빡이 쳐 박힌 기라. 처음 타 보는 비행기라 억수로 기분이 좋았는데! 비행기가 공중으로 뜨지를 못하고 활주로 끝에서 대갈뻬이가 쳐 박혀 옴짝 딸싹을 못한 기라."

"수송기에 과적을 하여 이륙을 못 했군요?"

"하모! 유리창으로 내다보니 프로펠러가 활주로 끝 잔디밭을 파는 것을 보고. 오메야! 재수 없어 맨 꼬두바리로 철수하다가 다 죽는 줄 알았제! 비행장 주변엔 화약 창고를 비롯한 기름 등 보급품을 한 번도 써 보지 않고 엄청나게 적재하여 두었는데 우리가 철수한다는 기밀을 엿듣고 글마들이 떼거리로 몰려오는 거야. 이젠 끝나는구나했지!"

"비행장 경비대가 있었을 것 아닙니까?"

"메라카노! 전투요원은 먼저 떠났고 통신대인 우리가 꼬두바리로 철수 하면 폭격할 것인데, 시간적으로 우리가 철수한줄 알고 폭격을 할까봐! CWU 무선부호를 수도 없이 보낸 기라. 그래서 철수 못한 것을 알고 연합 군에서 이러지도 저러지도 못하고……. 적들 수중에 들어가면 문제 아니 여. 거의 두 시간 정도 지났을까! 다른 비행기가 온 거여. 그 비행기를 타고 이륙하여 상공에서 금파 비행장을 내려다보니 버섯밭을 보는 것 같았제!"

"비행기가 이륙하자 곧바로 융단폭격을 감행했군요?"

"하모! 글마들 수중에 들어가면 안 되니까 폭격을 했것제!"

"원산에서 육군이 철수 때도 그러한 작전이 전개되었다죠?"

"그쪽 일은 모르지만 철수할 때는 모든 장비는 전부 못쓰게 만들거나 아니면 땅에 묻거나 불태워 버린다 아이가? 적군에게 들어가면 아군의 피 해가 크니까! 강 선생도 부사관 학교를 졸업 했다 카면서 그것도 모르나?"

"수영 K9 비행장에 착륙하자 살았구나! 했겠군요?"

"하모! 하모! 두 말하면 잔소리고 세 번 이바구 하면 숨차지! 즉시 철수 할 비행기가 오지 않았으면 금파 비행장에서 떼 놈들 공격과 미군 폭격으 로 전부 죽었겠지! 비행기에서 보니 폭격 당한 곳에 버섯 머리통 같은 연기 가……. 하여튼 버섯밭을 위에서 보는 것 같다니깐. 얼마나 폭탄을 넣쳐 버렸는지 모른 기라. 철수하여 살았어도 고뿔에다-감기. 동상에 걸린 장병 은 모딜띠-모두. 손이나 발을 절단하여 빙신 된 거라."

"해병대는 지리산 토벌 작전에 합류하지 않았습니까?"

"빨갱이 토벌이야 육군이 했다. 우린 북한군 정예부대하고만 전투를 하 였는데 육군에 있다가 해병대로 지원 해 오는 사람이 있었는데 글마들이 악종들이어서 받아 주고 TO가 모자라는 부대에 보충 시킨 기라."

"질서가 엉망이었군요?"

"전쟁 중이었기 때문에 육·해·공군이 있지만 신원이 확실하고 자원해 오면 일단 받아 보충시켜 주고 뒤에 병과와 소속을 분리하기도 하였제!"

도망 안가고 싸우겠다는데 감사해야지 전쟁 끝나고 분류 작업하느라 고생을 하였을 것이여! 그러니까. 부대가 쇠똥구리 벌거지가 소똥을 굴리는 것처럼 점점 커져서 모든 부대가 그렇게 창설되어 전쟁이 끝난 뒤 새로 정비를 한기라."

서기수 노인은 전쟁이 끝나고 일등병조로-지금의 상사계급·진급하여 근무하다. -군번8111968번- 제대 후 전기설비업종 업체를 운영하여 지금은 경남 김해서 살고 계신다. 늙으면 하루가 틀린다고 하였는데 서 노인을 2009년에 만났을 때는 자세한 이야기를 하였는데 막상 책으로 옮기려고 녹취를 하니 5년 전보다 기억력이 현저히 떨어졌다. 그나마 그동안 밝혀지지 않은 사건들이 밝혀져서 다행이다. 공비들 소탕 때 벌어진 "양민학살 사건은 어쩔 수 없는 것 아니냐? 통치자 잘못이고 국군의 잘못이며! 그때 그곳에 사는 사람의 운명이다."라고 하였다. 햇볕 정책을 지지한다 했다.

"서울에 미사일 서 너 방이면 몇 조원의 피해를 입을 것이고 수많은 인명 피해가 있을 것 아니냐? 전쟁을 겪어 보지 않은 자들과 군복무를 해보지 않은 자들이 막말을 함부로 한다. 그러한 자들이 전쟁이 나면 제일 먼저 도망치려고 자식들을 외국시민권을 만들게 하고 있다. 미군이 저지른 양민학살사건도 양민인 줄 알고 저지르지는 않았을 것이다. 자기 나라도 아닌 남의 나라 전쟁터에 끌려온 수많은 젊은이들이 잘 알지도 못한 나라의 국민을 위해 싸우다 죽어 갔다. 그들의 부모를 생각하고 가족들의 슬픔을 생각해보아야 할 것이며 마산진동전투 때 수많은 연합군젊은이 들이 죽었지만 거두지 못한 시신이 파악도 안 되고 있을 뿐만 아니라 그들의 공훈을 알리는 기념비 하나 당시의 마산진동격전지에는 없다. 이러한 사실을 안다면 당시에 목숨을 잃은 영혼들과 가족은 많이 슬퍼할 것이다."

서 노인은 당부의 말에 가슴이 먹먹해지는 느낌이었다. 킨 부대나 지게부대 이야기는 서기수 어르신이 말해주어 나는 처음 알았지만…….
지금이라도 그들의 희생을 알려 본인을 비롯하여 유가족에게도 적절한
보상이 이루어 졌으면 한다. 나 역시 노력하겠지만……. 이글을 읽은
국민이나 관계기관에서 협조를 해 주었으면 하는 바람이다. 부산과 지리
적으로 먼 거리다. 그와는 반대로 부산에서 마산은 아주 가깝다는 것은
우리 모두는 알고 있지 않은가! 한국전에 참가한 180여만 명 중 사망한
미군이 5만 6,568명이고 부상자가 10만 3,284명이며 아직까지 행방을 찾
지 못한 실종자도 8,177명이나 된다고 한다. 머나먼 낯선 땅에서 얼굴과
언어가 똑같은 민족끼리 벌이는 살육전에서 혹독한 전쟁을 치른 이들의
희생을 우린 너무 쉽게 잊고 지내는 것이 아닐까!

육군 중사의 거제포로수용소 증언

......

"영장을 받고서 입대하였습니까?"

"형님 징집영장이 나왔는데 형님이 천질병이-간질병 · 있어 갖고 형님대신 입대하였지!"

"무엇 때문에 그랬습니까? 형은 질병이 있어 입대 안 해도 되는데 말입니다."

"그때는 그런 병이 증명이 안 된 께로 그랬지! 천질 병은 어쩌다가 한 번씩 하는데 병사계가 본 것도 아니고 당시엔 의사들도 모르고 한번 발작을 하면 잠시 동안이고 끝나면 멀쩡한 께로 알 수가 없제. 아부지가 형 대신 가라고 하여 대신 갓당께 그때는 장남이 최고 아닌가베! 글고 말이여 천질 병은 불을 보면 발작하는 병과 물을 보면 발작하는 병. 두 가지가 있는데 형님은 물을 보면 발작을 하였는데 꼴짝-계곡 · 논 귀퉁이에 있는 둠벙가에서-작은 연못 · 발작을 하여 둠벙에 빠져죽어 버렸다는 소식을 들었네!"

"형님이 돌아가셨다면 형님대신 근무할 필요가 없었는데 억울하였겠네요?"

"형님 몫으로 계속 근무할 수가 있간디……. 더군다나 전쟁터에서 보도 시-간신히 · 나 이름으로 고쳐 군복무를 하였네!"

"그러면 그 동안 근무 기간도 본인의 근무 기간으로 하였습니까?"

"형님이 죽었다는 소식을 1.4 후퇴 때 원산항에서 인민군에 포위되어 있을 당시에 알았는데 복무기록 카드에 내 이름이 잘못 기재되어 있다고 어거지를 쓰니까. 처음에는 안 믿던 서무계가 집에서 보내온 호적초본을 대조해보더니 기록 잘못을 인정하고 나한테 원상 복구해 주었지. 전쟁 중이라 기피하는 사람이 많았는데 자원입대하였다고 1계급 특진까지 시켜주더랑께."

"형님대신 입대하였지만 그런 면에서는 많은 덕을 보았네요! 1계급 특진까지 하고 말입니다."

"전쟁을 하는 중에 1계급 특진하면 무슨 혜택이 있는 것도 아니고 말짱 헛것인데 머시 좋탕가? 그때는 행정요원들이 얼빵-어리바리·하여 기록착오를 인정해 주었지. 지금 같으면 택도 없는 일이지! 그것도 형님이 죽어서이지 그렇잖으면 계속 형님 대신 근무를 했겠지."

"처음 입대 때 어디서 집결하여 훈련소로 갔습니까?"

"순천역에 집합하여 열차로 목포로 내려가 제주도로 갔제. 배를 타고 갔는디, 와~따~메! 배 멀미를 해서 제주도 부두에 내리니 하늘이 빙빙돌드만, 눈앞에 현기증이 나서 비누거품 같은 게 보이드랑께! 훈련을 끝내고 사역 나가 배고픔을 못 참아 바닷가에서 생미역을 먹고 배탈이 나서 피똥을 싸고 죽은 사람이 엄청 많았네. 치질이 걸린 사람도 많았고 그때가 살기 어려울 때였거든……. 자네도 알고 있을 꺼인디 이?"

최 노인은 눈을 살며시 감는다. 그 때를 회상하는지 양미간에서 경련이 일어난다.

"당시에 제주도에 가뭄이 들었다는 것을 해병에게서 들었습니다. 개인화기를 지급 받고 군복도 지급 받았습니까?"

"왜망-M1 총을 받고 군복은 외강목에-무명천·국방색을 물들여 만든 옷을 받고 찌까다비를-농구화·지급 받았제!"

"훈련은 얼마나 받았습니까?"

"1주일간 제식훈련과 총 쏘는 법을 받고 배를 타고 군산으로 상륙하여 춘천방면으로 이동하였지. 중동부전선으로……."

"사격연습을 제대로 하지 못하고 갔겠군요?"

"그 짓거리 오래 할 시간이 있어야제! 각 도에서 병력들이 매일 들어오고 인천상륙작전이 성공하여 북진 할 때 인께로 병력 보충을 시키려고 실탄 장전시키는 법과 방아쇠 당기는 법만 갤차주고 끝이여! 참말로 왜망-M1

총을 처음 쏘고 전투 해 본께 탄착 지점에 먼지만 폴 폴 나고 인민군이 한 놈도 안 죽드랑께! 총알이 인민군을 피해 다니는 것처럼 한개도 안 맞드 만……"

"춘천방향으로 이동하면서 실제 전투를 해 보았습니까?"

"간-간이 했지! 강릉 묵호 쪽으로 쓰리코타에 1개 분대씩 타고 이동하였 는데 간혹 보이던 인민군이 시나브로 사라져 버리더라고 산속으로 숨어 뿐 것 이제."

"우리 측이 진군할 때이고 그들이 후퇴 때이니 모두 산 속으로 숨어들어 서 인민군이 안보였을 것입니다. 그래도 어르신은 행운입니다. 차를 타고 이동하였으니 말입니다."

현장에서 운전한 사람을 차출하여 차를 몰게 하였는데 사고도 많이 났으며 간혹 전투가 있었지만 북한군 대★ 부대와 직접적인 교전은 없어 고성까지 갔는데 고성에는 다리가 전부 끊겨 버려서 동네 주민들을 모아서 나무를 베어다가 임시 다리를 만들어 차를 건너게 하여 함흥까지 전투를 안 해보고 무사히 청진까지 갔는데 함흥에서부터 주민들이 태극 기를 들고 환영해주어 통일이 될 줄 알았다고 했다.

그곳에 도착해보니 경찰은 한 명도 없고 완장을 팔에 찬 인민위원장에 게 치안을 통제하게 일임을 하였다고 했다. 여자들을 성 상납으로 요구 하는 상관들이 있었는데……. 여자들을 모두 굴속에 숨겨두고 데려오지 않았다고 하였다. 인민군은 후퇴하면서 반격해 오는 유엔군의 진격을 지연을 시키기 위하여 모든 다리는 폭약으로 폭파해서 차량 이동을 지연 시킨 것이다.

수복한 지역은 미군 측에서는 치안을 담당하는 인민위원장에게는 화 기와 탄약을 지급하고 군복을 지급하여 그들의 임무를 수행할 수 있게 모든 군사작전용 장비까지 일괄지급 하였으며 범죄자는 현장에서 사살 할 수 있는 권한도 주었다고 했다. 통일이 되는 줄 알았는데 갑자기 국군 과 유엔군이 밀리기 시작하였다. 중공군 개입으로 후퇴가 시작된 것이다. 최 노인 부대도 후퇴를 하여 원산까지 왔는데 원산에서 갇힌 것이다. 북쪽에서는 중공군이 인해전술로 내려오고 남쪽에서는 산 속에 숨어 있던 인민군 잔당이-殘黨 무리를 지어 원산 쪽으로 포위해오자 원산에 주둔하고 있던 군은 오도 가도 못하는 독 안에 든 쥐 꼴이 되어 버린 것이다.

"와~따! 말도 마소. 어찌꼬롬 사람이 많이 모였는지 원산항구가 똥 천지가 되부렀당께! 울력하여-노력동원 · 청소하였지만 날 밤새고 나면 말짱 헛것이드랑께!"

"원산으로 사람이 몰려든 이유는 무엇 때문이었습니까?"

"중공군이 떼거리로 몰려오니 갈디가 어디 있어야제! 산에 숨어있는 빨치산들이 출몰하여 육로로 후퇴하기 힘들고 싸워 보았자 떼놈들이 인해전술로-人海戰術 싸워서 전투를 하면 할 때마다 우리 측이 거의 전멸이 됐쓩께. 해상으로 철수하려면 동해안 원산 항구에서 미군 배로 철수해야 되기 뗌시 그곳으로 전부 몰려든께 치간이-변소가 · 있어야제. 아무간다나 똥을 싸부러 갔고 사방천지 뻭깔이가 똥이 있어 참말로 똥냄새가 진동을 해 불고……. 어뭐~워머! 지금도 생각하면 징그럽그만……. 그놈의 똥파리는 얼마나 많은지 몰라!"

"원산에 갇혀 있을 때 전투는 안했습니까?"

"했기는 했지! 특공대 애들만 한 번씩 나가서 전투를 했지만 크게 전투를 한 것이 아니고 경계 근무만 핸 것이나 마찬가지여."

갑자기 몰려든 피난민 때문에 원산 항구는 사람이 득실거렸고 변소가 준비되지 않아 아무 곳에서나 볼일을 보아서 항구 전체가 똥으로 뒤범벅이 되었다고 하였다. 미군 보급선이 물품을 싣고 왔지만 항구까지 못오고 해상에서 부교를-浮橋 띄워 하역을 시켰고……. 일부는 작은 똑딱선으로 싣고 오면 그것을 보고 벌떼같이 항구로 몰려들어 부두는 언제나 아수라장이 되곤 하여 경비대에서 부두 1km 반경에 민간인 출입을 통제하기까지 하였다고 하였다.

"동해상에 떠 있는 미군 보급선을 보면 가물가물 하든마! 너무 멀리 떠 있어서 아주 적게 보이는디 배 똥구멍에서 보급품이 계속 나오드랑께, 그 먼데서 말이여…… 거미똥구멍에서 거미줄이 나오듯이 한도 끝도 없이 나 오드랑께. 배가 크긴 큰 모양인디 육지에서 쳐다보면 쬐만 하든마!"

"국군은 배가 없었습니까?"

"그때 우리 해군은 배가 있었지만 수송선 보급선은 없었는가. 우리 배는 안 보이드랑께!"

원산 항구까지 미군 보급선이 접안하여 정박할 수가 없어 해상에서 부교를 띄웠는데 항구 밖 멀리서 하역 작업을 하여 배가 적게 보였다고 하였다.

밀가루가 많이 보급되었고 부교를 이용하여 탱크까지 보급 되었다고 하였다.

"철수는 어떤 방식으로 하였습니까?"

"원산에서 1개월 정도 갇혀 있었는데 철수할 때는 15세 이상 40세 이하 남자들만 부교로 걸어서 승선하였제!"

"무엇 때문에 15세에서 40세 이하 남자들만 철수시켰습니까?"

"그것도 모른마 이? 전투를 할 사람만 필요하지! 그 많은 사람을 싣고 모두 갈 수가 없으니께 그랬제! 철수할 때 빈 몸만 가지고 철수를 하라고 글드랑께!"

"총도 버리고 말입니까?"

"글제."

한사람이라도 더 싣고 가기 위하여 모든 전투장비와 무기도 버리고 탄약은 땅에 묻고 철수 하라는 명령이 하달 된 것이다. 적이 사용 못하게 각종장비는 불태우거나 폭파시켜 버리고 전투를 할 수 있는 건강한 남자들 만 배를 탈 수 있었다고 하였다. 민간인과 군인을 태운 배가 강릉을 향하여 출발하자. 원산 항구 상공에 비행기 두 대가 선회하면서 기름을 뿌려 불바다를 만든 것을 선상에서 보았다고 하였다. 많은 사람이 불타 죽었을 것이라고 하였다. 또한 전투기가 폭격하는 장면을 보았다고 하였다.

　　"설마 사람이 있는 곳에 기름을 비행기로 뿌리고 융단 폭격을 했을라고 요?"

　　"근 것이 아니랑께! 울더러 철수한다는 소식을 듣고 빨갱이들이 몰려왔을 것 아니여? 그랑께 쌕쌕이가-전투기 · 사정없이 폭격했지! 와따 호주기가 호주에서 참전한 전투기 · 시커멋게 날아가더니 폭격을 하는지 원산 상공이 갑자기 시커먼 구름으로 덮어 뿔드랑께로 많은 사람이 죽었 것제. 아마도!"

　　"흥남철수 때도 피난민 10만 여 명을 구하려고 군수품을 폭파를 하였다는 증언을 들었습니다."

　　"전쟁이란 통치자의 권력유지를 위해 벌린 학살사건이나 마찬 가지이지만! 다른 한편으론 생명을 구하는 일이 아닌가?"

　　"맞는 말입니다. 흥남철수당시 유엔군은 딜레마에 빠졌다고 합니다. 피난민을 구해야하나 전투할 장비를 가지고 철수를 해야 하나 고민에 휩싸였을 당시 미군 통역사인 현봉학 박사의 설득으로 모든 장비를 버리고 민간인을 구하게 한 것입니다."

　　"의로운 일을 했구만! 영어를 할 줄 안다면 많이 배운 사람이겠지?"

　　"그분은 미국 버지니아주 리치몬드 의과대학에 수업을 하여 박사학위를 받고 졸업한 후 귀국한 엘리트였는데 1950년 8월초에 미군의 통역관으로 임명되었던 인물입니다."

　　"지금의 지식기반 층의 자식들은 병역의무를 회피하려고 별의 별짓을 다하는데 조국에서 전쟁이 터지자 서둘러 귀국을 하여 전장을 누볐다는 것에 감동을 해야 할 일이제!"

　　"그분의 활약을 보면 미군과 원활한 의사소통으로 그들의 지원을 이끌어내어 낙동강 전선 및 마산 진동리와 우리 해병과 함께 한 통영상륙작전 성공에 일조하는 등 곳곳의 전쟁터를 누비며 통역을 맡아 우리군의 전투승리에 기여를 했습니다. 어르신이 참전 했던 통영 상륙작전에도 활동하시 사람입니다."

　　"여하튼 간에 전쟁의 아비귀한 속에 무려 10만여 명의 동포를 구한 그분의 업적은 길이길이 후대에 알 수 있도록 역사서에 남겨야 겠구만!"

"당시 전선시찰을 하기위해 유엔사령부를 방문한 미군 제 10군단장인 '알몬드'소장과 운명적인! 만남의 인연으로 민사부 고문으로 일을 하면서 흥남철수작전에서 진정한 인류애를 보인 것입니다. 당시 작전을 책임진 알몬드 소장의 입장에서는 10만여 명에 달하는 피난민과 미군 제 10군단 병력과 어마어마한 전쟁물자의 안전한 철수를 놓고 고민을 하고 있었는데……. 현봉학 박사가 알몬드 소장을 찾아가 '적이 사방에서 떼를 지어 쳐들어오고 있는데 민간인들이 어디로 갈 수 있겠습니까?'하고 수번의 간청과 집요한 설득을 하자. 그분의 열성에 감동한 알몬드 소장은 자기가 구상했던 작전을 바꿔 군수물자를 포기하고 9만 8,000여 명의 인원을 메러디스 빅토리호 등 수송선에 태워 거제도로 왔다는 것입니다. 그분의 활약이 전쟁의 참화 속에서 생과 사의 갈림길에 놓인 수많은 동포를 구하는데 열성과 노력을 다함으로써 진정한 민족애와 휴머니즘을 보여준 것입니다."

　　"의과대학에서 배운 생명윤리의 정신을 보여준 의로운 의사이며 전쟁의 영웅으로 칭하여야 하겠구만! 전쟁이 끝난 후 업적은 머랑가?"

　　"전쟁이 끝나자 본업으로 복귀하여……. 훗날 보건부장관의 고문직을 수행한 후 미국의과대학에서 병리학과와 혈액학과 교수 등으로 재직하면서 한미 의학계발전에 커다란 발자취를 남기고 2007년 11월 25일에 타계를 하였습니다."

　　"……."

　　최 노인의 증언에 의하면 자신이 철수 작전에 참여한 원산항부두에는 피난을 하려는 사람들로 북적여 통제가 어려운 상태에 이르렀는데 중공군의 인해전술에-人海戰術 밀려 황급하게 철수하면서 배가 적어 전투를 할 수 있는 남자들만 승선시키고 출항을 해버린 그곳에다……. 어린이를 비롯하여 늙은이와 부녀자들뿐인 장소에 상공에서 기름을 뿌리고 전투기로 폭격하였으면 많은 사람이 죽었을 것이다. 그래서 전쟁은 다수의 힘없는 양민을 죽이는 것이다. 원산 항구에서 수많은 양민이 노근리 학살사건처럼 피해를 당했을 것이다. 전쟁기간 우리나라 곳곳에서 죄 없는 민간인들이 억울하게 죽어갔다. 최 노인의 증언에 의한다면……. 원산

항구에 몰려들었던 수많은 피난민들인 어린이와 늙은이 부녀자들이 수없이 죽었을 것이다. 최 노인은 자기 눈으로 똑똑히 보았다고 하였다. 연합군 전투기가 가을걷이가 끝난 논밭에 무리지어 날아다니는 메뚜기처럼 원산 항구 상공에 떠서 폭격했다고 하였다. 수많은 장비가 원산항구로 보급되었는데 1개월도 못 버티고 철수할 때 한사람이라도 더 싣고 오기 위하여 모든 장비를 적지에 버리고 그것을 적이 쓰지 못하게 포격을 해버린 것이다.

점령한 적들이 장비를 쓰지 못하게 하기 위하여 폭격을 하였겠지만……. 한편으로는 수를 헤아릴 수 없는 민간인이 희생되었을 것이다!

아이러니하게도 미국은 한사람의 남자 병력을 태워 철수하기 위하여 수많은 장비를 버렸고 그 장비를 적이 사용하지 못하게 하기 위하여 폭격을 하여 민간인을 희생시켰으니 전쟁은 항시 선량한 양민의 피해가 더욱 컸다.

역사적으로도 그렇다. 함흥 철수 작전 때 현봉학 박사의 활약으로 수많은 민간인을 배에 태워 철수 하면서 같은 일을 저질렀다는 것이다.

흥남 철수는 뜻하지 않은 중공군의 한국전 개입으로……. 인해전술로-人海戰術 대대적인 공세로 퇴로가 차단된 미군 제 10군단과 국군 제 1군단은 해상으로 철수하는 것 이외는 어떠한 방법도 없는 상황에 놓이게 됐다. 12월 11일 미군 제 1해병사단의 장진호 철수작전이 일단락되자. 미군 제 10군단장인 "알몬드"소장은 미군 제 3사단과 제 7사단을 비롯하여 한국군 제 1군단을 함흥 이대에 분산 배치한 후 교두보를-橋頭堡 구축했다. 흥남에서 가장 먼저 철수한 부대는 한국군 제 3사단병력이었으며……. 두 번째로 미군 제 1해병사단의 병력과 군의 장비가 15일까지 선적이 되어 각각 부산항으로 출항했다. 국군의 철수작전이 계속되는 동안에도 공산군은 맹렬한 공격을 해 왔다. 이에 국군과 유엔군은 적군을 초기에 제압하지 못하면 교두보 확보가 어렵다는 판단을 하고 저투기 폭격과 함포사격을 비롯한 육군의 포사격 등의 가용한 모든 화력을 동원을 하여 그들을 제압을 하면서……. 미군 제 1해병사단 다음으로 미군 제 1사단과 미군 제 10군단 사령부가 승선 완료를 했다. 12월 20일 부대들이 승선을 완료하자 미군 제 3사단이 제 3통제 선으로 철수했다. 그때 흥남부두 외곽의 방호임무는 미군 해병이 맡아 막강한 화력으로 공산군의 전진을 봉쇄하는封鎖 동안 12월 24일 오후 2시를 기해 미군 제 3사단을 중심으로 한 마지막 육상부대가 승선을 완료를 하여 출항했다는 전문에 200톤의 탄약과 얼붙어 있는 폭약 및 500여개의 폭탄을 비롯하여 200여 드럼의 유루는 후송하지 못한 채 흥남부두를 폭파하면서 함께 폭파를 했던 것이다. 10만여 명이 넘는 인원과 1만 7,500대의 각종 차량과 35톤의 전쟁 물자를 함정으로 완전하게 철수 시킨 과정에서 한국군의 지휘관들의 강력한 주장과 현봉학 박사의 통역관의 설득으로 남한 행을 결정한 북한의 피난민 9만 1,000여 명과……. 다른 한편으론 항공기를 이용해 병력 3천 600여 명과 차량 196대를 비롯한 1,300톤의 전쟁 물자를 철수 시킨 것이다. 이와 같은 흥남철수작전의 성공으로 국군과 유엔군은 상당한 전투력을 보존해 다음단계의 작전을 수행할 수 있었다지만 철수당시 폭파와 폭격으로 적지여서 밝혀지지 않았지만 수많은 인명이 희생됐을 것이다! 최 노인은 전쟁 중 제일 많은 민간인 희생지역이 원산항 지역이라고 말했지만 당시에 급하게 철수 하였던 여러 곳의 지역에서도 같은 일이 벌어 졌을 것이다. 원산서 철수하여 강릉에 도착하였다는 최 노인은 모든 장비를 새로 지급 받아서 부대 편성을 다시 하여 중동부 전선에 투입되어 1년 간 치열한 전투를 하였다고 한다.

"강릉에 도착하니 완전히 패잔병 신세였지! A급장비가 다시 보급되고 군복도 새로 지급되었는데 몸에 안 맞아서 끈으로 묶어서 다녔지. 왜망-M1 총이 구리스 종이에 포장되어 나왔는데 구리스가 기름덩어리 아닌가베 잘 닦여지지 않아 드럼통에다 넣고 삶아서 기름을 빼어 냈당께!"

"총을 삶아서 닦았단 말입니까?"

"구리스가 안 닦아 진디 어찌꾸롬 총을 수입-청소=淸掃 할 꺼인가? 펄펄 끓는 물에서 기름이 녹아버리니 수월하게 닦아 냈지."

". . . . . ."

"총을 보급 받고 보니 군인 같더라고! 부대가 편성되는데 사단이 먼저 생기는 것이 아니고 중대가 생기고 대대가 되고 연대가 되면 사단으로 편성 되었제. 처음에는 오합지졸이-烏合之卒 되어 이리 붙고 저리 붙고 하여 소속부대가 자주 바뀌었지!"

"주특기가 엉망이었겠네요?"

"그 바람에 왜망 총에서 에레무지-LMG 사수가 돼 갖고 그때부터 겁나불게 고생했지. 에레무지 대갈박이 겁나 불게 안 무겁는가 이? 나가 사수인께 총대가리를 어깨에 메고 조수가 삼각다리와 탄통을 들고 댕겠는디 그때부터 좆뺑이 쳤네. 조수 그 아그가 키가 조막댕이만-키가 작아 · 했거든. 솜바지를 입고 뛰어다니는 것 보면 이불보따리가 궁구러 다닌 것 같았당께. 강 선생이나 나도 조막댕이 만하지만."

"힘들었단 말이군요? 키가 작아서 말이지요?"

"나도 죽을 맛이지만 조수도 탄통과-실탄박스 · 삼각대를 들고 뛰어야지 사격 다하고 나면 새 탄통 자져와야지 사실은 조수가 더 좆뺑이 쳤을 꺼이여!"

"어디서 치열한 전투를 하였습니까?"

"나가 38연대로 전출을 가서 강원도 고성읍 전투 때 허벌나게 싸웠네. 내 금강산에서 돌아 나와 해금강으로 가는 길목인 고성 앞 375고지를 뺏으려고 전투할 때 진짜 싸움 같은 싸움을 했네! 북한도 중요한 곳이고 우리도 중요한 포진지 확보 때문에 서로 뺏고 뺏기기를 수차례 하였는데 폭격을 얼마나 하였는지 375고지가 폭격으로 24m 낮아져서 351고지가 되었지 우리 쪽에서 휴전직전 총 공격하여 점령하였는데 꼴통부대 38연대가 빼앗겨 버렸다. 사고뭉치 연대 였당께! 도통 전쟁을 안 하고 사고만쳤지. 38연대 장교 보충받으나 마나 였당께!"

". . . . . ."

"백마고지 전투 때도 폭격을 많이 하여 1m 낮아졌다고 하든마는, 그것은 호리뺑뺑이여-그 보다 더한 것 · 1m 아니고 24m 낮아져 부렸당께!"

무리하게 공격을 하면서 병사들이 많이 죽어서 공격명령이 내리면 장교들의 말을 듣지 않고 전투지역에서 중간쯤 가다가 공격을 하지 않고 도중에서 놀고 있다가 철수하여 돌아오고 하였는데……. 장교들이 사실을 알고 처벌을 하자. 그 뒤부터는 작전 중 장교를 사살해버려 38연대 장교 보충 받으나 마나라는 말이 생겨났다고 하였다. 375고지는 포격으로 6부 능선부터 풀 한 포기 없는 민둥산이었는데 우리 쪽에서 보면 적이 보이지 않아 공격해 가면 땅속에서 기어 나와 수류탄을 빙빙-방망이 수류 탄·돌려 던지고 굴속으로 들어가 버려 우리 측 병력이 거의 전멸하곤 하였지만……. 아군 쪽에서는 우리 측 병사들이 있기 때문에 사격도 못하여 번번이 당했다고 하였다.

> "좆 빠지게 기어가 8부 능선쯤 가면 땅속에서 인민군이 두더지 같이 기어 나와 보름날 쥐불놀이 할 때처럼 끈에다 수류탄을 묶어달아 빙빙 돌려 갖고 손을 놔 뿔면 수류탄이 멀리 날아오거든……. 목구멍에서 개밥이 나올 정도로 힘들어 고지에 올라갔는데 갑자기 땅 구멍에서 쥐 같이 기어 나와 수류탄을 던져 뿐께 어쩔꺼이여 수류탄이 터져 옴싹-모두·죽어 뿔제. 낮에는 시체도 못 가져오고 밤이 되면 시체를 가져오기를 밥 먹듯이 하였지. 밤샘 시체를 가져와서 치우는데 히마리가 없든마."
>
> "격전지라 식량이 제때 보급이 이루어 지지 않아 많이들 굶주려 허기져서 힘이 없었겠지요?"
>
> "아니여! 전투 식량이 보급 되는데 미군들이 먹는 간수메가-통조림·나왔는데 처음 먹어보는 것이라 많이 먹고 설사를 하여 힘을 쓸 수가 없었지!"

당시만 해도 보릿고개가 있던 시절이라 육 고기는 명절이나 자기생일 또는 잔칫날에나 먹을 수 있었던 어려운 때라 소고기 통조림을 많이 먹고 배탈이나 힘들었다는 것이다.

> "적들이 땅굴을 파고 들어가 있었군요?"

"글제! 이쪽에서 보면 포격을 받아갖고 풀 한포기 없는 뻘건 황토밭 같애! 쩌기 머시드라! 으~이, 요새 학교앞거리 점빵-가게·앞에 그런 기계 있든마. 고무망치로 대갈통을 쌔래 패면 요상한 소리 내고 들락날락 한 것! 그것도 영판 잼지든마. 그때 전쟁한 사람이 생각이 나서 만들었을 것이여! 이북 놈들이 하는 짓거리가 그것 허고 똑 같아 뿌렀씅께."

"두더지 잡기 게임 기계 말이군요?"

"인민군이 안보여서 점령 할 것이다. 생각하고 살기 아니면 죽기로 올라가서 총 한방 제대로 쏴 보지도 못하고 전멸 당하다시피 한께로 고지 탈환 작전을 하려고 해도 쫄병들이-쫄병=卒兵 장교들 말을 듣지 않는 거여. 38연대 병력이."

"작전 중 명령 불복종이면 즉결 처분권으로 재판 없이 현장에서 사살해 버리는 것을 알고도 그런 짓을 했단 말입니까?"

"누가 그걸 모르간디."

"‥‥‥‥."

"그 짓거리 하는 줄 알고 난 뒤 부대장님이 화가 몽땅 나 부러 직접 작전 명령을 내린 거여. 고지가 민둥산이 된 곳에 나무가 포격을 맞아 가지는 몽땅 떨어져 버리고 몸땡이만 남았는데 그 곳에다 밀가루 포대를 걸어놓고 오라는 명령을 내렸는데 중간 뛰기 했 것이여."

"공격을 못하였겠군요?"

"완마! 빨갱이들이 그것을 알고 올라갔다 하면 집중적으로 총을 쏴서 주게-죽여·뿔든마."

"허허벌판에 공격하러 갔다간 총알받이나 마찬가지죠? 평상에 기어 다니는 개미처럼 쉽게 잡을 수 있는 것처럼!"

"긍께로 아무도 안 갈라 글제. 어쩔꺼인가? 공격해가면 전멸당할 것을 뻔히 알면서 누가 갈꺼인가? 그래서 명령만 내리면 쫄병들이 모여서 사바사바를-음모·한 후 장교를 몰래 주게 뿐게. 장교들도 명령을 못 내리고 결국은 뺏겨 부렀는디, 무담시 헛짓을 한 것이여!"

"쫄병들이 하극상을-下剋上 저질렀다면 즉결처분권이 있어 현장에서 사살해 버릴 텐데도 명령을 듣지 않았습니까?"

"긍께, 처음에는 그런 식으로 했지만! 쫄짜들이 솔찬히 겁이 없드랑께! 즈그들끼리 한쪽 구석에 모여서 사바사바해갔고 고참들 몰래 장교를 주게

뿐디 무슨 소용이 있당가? 작전 중에 뒤에서 쏴 주게 뿐디 누가 알 것인가!'

　"······."

　내금강에서 해금강 쪽으로 들어오는 적을 정확히 보고 포를 사격할 수 있는 중요한 지역이어서 전투가 치열했다고 하였다.

　포 사격을 할 수 있는 곳이 375고지 아래쪽인데 그곳을 뺏으려고 아침 7시부터 공격을 개시하여 철수 때 보면 160여명의 중대병력이 40명 정도로 줄어들었고……. 이튼 날 인원을 보충하고 남아돌 정도로 타 부대 병력을 보충 받아 전투를 하였지만 밤이 되면 시체회수가 더 힘들었는데 결국은 고지를 탈취 못하고 철수하였다고 하였다.

　"결국 병사들이 명령을 듣지 않아서 철수하였군요?"
　"지금 생각해보면 전부 영창에 갈 일이 제. 38연대가 70%가 전라도 병력이었는데 전투를 안 하니까 죽은 자 없고 총기 분실도 없당께"
　"······."

　내가 생각으로는 처음 밝혀지는 엄청난 사건인 것 같다.

　"그 당시 나는 에레무지를 사수하여 이쪽에서 보면 우리 측 군인들이 기어 올라가는 것이 보이거든. 쌍안경으로 보면 고지는 수천발의 폭탄을 맞아서 황토밭인데 7부 능선쯤 넘어서면 적들 벙커에서 일제히 뚜껑이 열리고 빨갱이들이 나와 수류탄을 던지는 것이 보여도 에레무지를 못 쏘것드랑께. 잘못 쏘면 우리 측이 맞을 것 같기도 하고! 빨갱이들이 수류탄을 옴싹-한꺼번에·던지기도 하고……. 수류탄을 아래로 궁그러뿐께 궁그러 오면서 터지는디. 여기저기서 먼지만 폴폴 나드라고. 그 놈들은 굴속으로 들어가 불고 한참 뒤에 쌍안경으로 봉께 누에 키우는 채반에 누에를 뿌려 논 것 같아. 시체가 말이여! 궁께 아무도 안 갈라 글제. 수도 없이 죽었제, 명령 불복종으로 죽으나 가서 죽으나 매 마찬가지인께. 장교를 주게 뿐께로 장교들도 그러한 것을 눈치 채고 375고지를 탈취를 포기해버린 것이지. 시방! 이런 말했다고 말썽 나는 것 아니제?"

"염려 마십시오! 그보다 더한 것도 증언 해준 분이 있습니다."

"머신디?"

"민간인들을 세워두고 LMG로-중기관총·등 뒤에서 사격을 하고 M1총에 철갑탄으로 쏴 몇 명까지 죽나 카빈소총으로 쏘면 몇 명 죽나 시험을 했답니다."

"아~그거?"

"알고 계십니까?"

"나가 에레무지 사수여서 긍것이 아니고 3사단 18연대 백골연대로 전출을 간 동기가 있었는디⋯⋯. 함양으로 배속 받아 토벌대에 합류하였거든."

"그렇다면 경남 함양에서 공비 토벌도 하였습니까?"

"거제도 포로수용소에서 3개월 근무하고 경남 함양으로 갔는데 그때는 나는 에레무지 사수가 아니고 분대장이었지. 계급이 높아 부렀거든."

"3사단 18연대 백골-해골표시·연대 유명한 부대 아닙니까? 저의 형님도 3사단 18연대 소속 소대장 전령이 있었는데 1967년 6월에 무장공비소탕 작전 때 교통호에서 무전기로 교신 중 토치카에 숨어 있던 공비가 갑자기 뛰어나와 쏜 따발총에 다섯 발을 맞고 광주 77병원에서 공상 군경 국가유공자로 제대를 하였습니다. 교통호에 엎드려 있던 중 흙을 뚫고 나오면서 약해진 5발 총탄을 맞아 4개는 제거를 하고 뼈 속에 탄환이 1개가 박힌 채 제대하여 7급 공상 군경 국가유공자입니다. 그래서 그 부대 전통을 잘 알고 있습니다."

"음~맘마! 그것이 글간이. 사실은 그 부대가 이북서 피난 온 사람들이 군대에 자원하여서 만들어진 부대인데 전공을 많이 세워서 진급을 한 하사관이 많아! 눈이 많이 와서 무거리만-창설멤버·옴싹-모두·죽어 부렀는디 아마도 자넨 그것도 모를 꺼이여!"

"⋅ ⋅ ⋅ ⋅ ⋅ ⋅ ⋅."

"아무소리 안한 것 보니 모르긴 모른 모양이구만! 눈이 1주일간 쉬지 않고 내려 교통이 완전 불통되어 추위 속에 먹을 것이 없어 전멸하고 뒤에 생긴 부대여 시방 있는 부대 이름은!"

최 노인의 말에 의하면 18연대는 피난 온 독종이-毒種=부모형제가 죽어서·된 사람들인데 계급이 모두 하사관이고 대다수가 상사계급이었다고 하였다. 단 1분도 멈춤이 없이 1주일간 눈이 내렸는데 쌓인 눈 때문에 식량 보급이 끊어져 배고픔과 추위로 인하여 90%이상 전멸되었다고 하였다.

그들이 전부 죽은 뒤 전투 경험이 많은 병사들을 보충병을 받아 18연대 전통을 이어 받았다고 하였다. 비행기로 보급품을 투하하였지만……. 사람 키 두 배가 넘는 눈이 내려서 보급품을 못 찾았고 일부 가까운 초소끼리는 물을 끊여 붓고 또는 로프 줄을 던져 초소를 연결하여 가까운 초소와 통행이 가능했으나 고지에 있는 병력은 전부 얼어 죽어 부대 전체가 전멸하다시피 하였다는 증언을 하였다. 당시의 그 부대는 지금의 공수 특전단 같은 부대로서 전투 경험이 많고 전공이 있는 하사관이라고 하였다.

"어르신 18연대로 간 동기생도 그때 죽었단 말이군요?"

"그랬을 꺼이여! 왔다 고약하긴 고약하데! 어찌끄럼 고약한지 사람이 죽어도 눈도 안 깜짝이든마……. 토벌하려 갈 때 그 동기가 기관총 사수였는디 사람 죽이는 것을 재미로 하데! 이북에서 가족이 전부 몰살당했다고 하는디 나가 봤어야 알지. 그래서 원수 갚을라고 그랬는지 몰라도 말이여!"

"지리산 토벌작전은 선량한 양민 학살사건 아닙니까? 적군이 아닌데요?"

"어이, 이 사람아! 누가 그걸 모른다고?"

"알면서도 그랬습니까?"

"모르는 소리 말게? 동네 사람들 중에 빨갱이와 내통한 자가 있어 울들이 있는 곳을 갤차-가르쳐=발설 · 줘 부러 갖고 야밤에 빨갱이들이 내려와 공격하여 토벌대가 옴싹 주거-죽어 · 뿐 곳이 있었은께. 장교들이 사살하라고 시키니까 할 수 없이 그랬제!"

"그래도 노약자와 부녀자들이 빨치산들과는 아무관련이 없는데도 살상을 하였단 것은 양심에 가책을 느끼지 않습니까?"

"처음에는 안 그랬는디 토벌대도 자꾸 반란군한테 피해를 입은께 맛보기로-시범 · 그런 것이제!"

최노인 말로는 공비를 도와주면 연좌 죄로 묶어 가족을 몰살시키고 마을을 초토화시키면 소문이 퍼져 공비를 도와주지 못하도록 속된 말로 시범 케이스로 하였는데……. 계속 피해가 있자. 지리산 주변 마을 몇 곳을 설정하여 그런 짓을 한 것 같다는 것이다. 그래서 전남은 함평에서 전북은 남원 등에서는 단 한 번씩 저질러졌을 뿐이다. 결국 경남은 크게 세 군데가 저질러졌는데 그 후로 공비들이 토벌대 습격이 뜸하여졌다고 하였다.

직접 목격하였는데 토벌대가 빨치산들에게 죽창에 찔려 죽고 농기구에 맞아 죽은 것을 본 장교들이 술을 먹고 "휩쓸어 버려라"는 명령을 하였다고 하였다. 최 노인 자신도 그때는 같은 부대원들이 낫에 의하여 배가 갈라져 죽어 있는 현장을 보니 그런 마음이 들었다고 하면서 억울하게 죽은 사람이 있겠지만 명령을 내린데 할 수없이 저질러진 것이며 그곳에 사는 사람이 재수 없는 사람들이고 그들의 운명이라고-運命 몇 번이고 강조했다.

> "이 세상에 사람 죽이기 좋아하는 사람 어디 있간디? 인간 백정도 아니고 말이여!"
> "당시에는 부대원이 출신도별로 편성되었다는데 토벌대는 어느 도 병력이었습니까? 38연대도 전라도 병력이었습니까?"
> "아니여, 짬뽕 부대여 어중이 떠중이들이 모였든마."
> "학도병도 있었다는 말을 들었습니다만?"
> "나도 말이여 차출이 되어 갔는디 볼통시-작은 키 · 만한 애기들도 있든마! 신병들이 더 많은 편이었는데 대강 부대 편성을 하여 출발했네. 처음에는 어디로 간다는 말이 없고 쓰리코타에 태우고 밤새 가보니 산중이드랑께. 근디 동네 들어가 본께 사람들 말소리가 다르든마. 경상도 사람들은 싸래기-쌀이 토막 난 · 밥을 해먹는 건지! 존대 말을 안 쓰고 반말을 해서 알았제"

최 노인 말처럼 그곳에 살던 사람들은 재수가 없는 사람들인가? 그러기엔 너무 억울하다. 분명 "장교들이 술을 먹고 내린 명령이며 상급에서 내린 명령이다."라고 책임을 전가해서는 안 될 일이다. 많은 세월이 흘렀건만 책임을 져야 할 누군가 입을 봉하고 있다.

"처음에는 빨갱이들이 지리산 일대를 장악-掌握 해 부렀는디 우리 쪽도 많이 죽었지! 밤에는 그 놈들이 염탐-廉探 하려고 동네로 내려오면 우리들은 꼼짝 달싹도 안하고 숨어 부렀당께!"

"그것이 문제 아닙니까? 전투다운 전투도 안한 토벌대가 양민을 죽인 것 자체가 잘못이지요?"

"음~맘마! 그런 소리 말어? 싹 주게-죽여 · 부러야 쓰것든마! 노무자로 끌려가서 일해주고 마을로 내려와서 밤이 되면 국군 있는 곳을 갤차준께 빨갱이들이 밤에 기어 내려와서 치안을 맡았던 경찰과 토벌대를 옴싹-모조리 · 주게 뿐디 장교들이 문책 안 당 할 라고 그런 것 이제!"

"어르신은 토벌대에서 양민을 학살하였습니까?"

"기관총 사수들이 많이 했고 신병들이 많이 했제!"

"신병들이 많이 하다니요?"

"울들은 전쟁을 신물 나게 해 갖고 사람 죽이는 것도 응성스럽든마. 신병들이 총 쏘는 것을 재미를 삼는 것 같든마!"

"그럴 리가 있습니까?"

"자네가 책을 써분다는디. 언감생심으로-焉敢生心 쓸데없는 소리를 나가 하것는가. 이?"

"토벌작전이 끝나고 어디로 갔습니까?"

"경찰들한테 치안 권을-治安權 전부 넘겨주고 부대가 시나브로 갈라져서 중동부 전선으로 가서 방어 작전만 하다가 휴전이 되어 예비사단에서 어영부영 하다가 제대해 부렀네! 일일이 말을 하려고하면 한도 끝도 없제. 책을 몇 권 쓸 꺼이네!"

최 노인은 양민을 학살하였냐는 말에 기관총 사수와 신병들의 짓이라고 하였지만 양미간에 경련이 일어나는 것이 목격되었다.

직접 총을 쏘지 않았더라도 그 현장에 있었으면 똑같은 양민학살자이다. 토벌대의 피해도 아주 많았다고 증언을 하였다. 그러나 그것은 변명이지! 면죄부가 될 수는 없다. 국가의 최고의 통치자가 적으로부터 국민과 국가를 보호하기 위한 마지막 선택은 전쟁이다. 그것을 수행하는 것이 군인이다. 나라를 지키고 국민을 보호할 군이 자국의 국민을 죽인 것이 거창·산청·함양·남원·함평 사건들이다.

　"전쟁 중 거제도 포로수용소로 가서 경비를 하였다고 했는데 정예의 전투요원들을 후방으로 보낸 이유가 궁금합니다."
　"포로수용소에 무단시 갔간디. 처음에 예비연대로 특명이 나서 그곳에서 훈련을 시키는 조교를 했는데 어주리 떠주리 신삥들만-신병·모인 연대가 경비를 한 모양이드라고……. 군기도 안 잡힌 기록카드에 잉크도 안 마른 새까만 아그들뿐인 부대가 어찌꾸롬 경비를 잘 할 것 인가? 인민군이 얼마나 고약하냔 말이여? 지독한 놈들 아닌가베! 도저히 경비를 할 수가 없어 그 부대가 시마이를-끝내고 하고 전방 전투사단 교체 부대와 반씩 편성하여 우리연대가 들어갔지. 포로들을 1개막사에 300명씩 수용했는디 3명씩 조를 편성하여 경비를 하였지. 그때 자유담배가 나왔는데 수용소 한 막사 당 300갑을 주고 포장지를 회수하는데 300개가 전부 회수되어야지 안 그러면 CPX가-비상·걸렸제"
　"담배 갑은 무엇 하려 회수를 합니까? 무기도 아닌데 말입니다!"
　"그런 소리 말어. 이것들이 담배 갑에다 폭동을 일으키자 라는 내용의 글을 적어 똘똘 말아 갖고 땅바닥 위에 놔두면 바람이 불면 옆에 막사 쪽으로 궁구러가게 하여 종이에 적혀있는 내용을 읽어보고 폭동을 일으킨당께. 참말로 겁나! 요것들이 밤이면 반공포로를 잡아내어 인민재판을 하여 주게 뿐 뒤 시체를 처리하기가 어려워 막사 내 침대 밑이나 취사반 바닥을 파고서 그곳에다 묻어 뿔 정도로 겁나게 고약하든마! 그 아그들 3분에 1은 딴또들-체구가 작은 사람·이여."

　최 노인 말에 의하면 담배 포장지에 폭동을 일으킬 시간과 행동요령을 세밀하게 정하여 기록한 후 돌돌 말아서 바람이부는 날 땅 바닥에 놔두면 옆 막사로 굴러가 전달되게끔 하였다고 하였다. 3명이 300명을 감시

하는 게 너무 벅찼다고 하였다. 막사와 막사 사이에 철조망이 세 겹으로 경계를 이루고 있었는데도……. 폭동이 일어났을 때는 모포를 철조망에 걸치고 일제히 달려들어 밀어 넘어뜨리고 300명이 600명이 되고 600명이 900명 순으로 불어나서 결국 전 포로가 모여 힘으로 밀어서 부치는데 미군은 망루에서 기관총을 쏘지만 직접 사람한테는 겨누지 않고 바닥에다 사격을 하였다고 했다. 피탄-流彈. 되지 않게 바닥에는 시멘트 포장을 하지 않고 모래를 깔아 인명 피해를 주지 않으려고 하지만……. 그들은 매일 인민재판을 열어 반공포로를 골라내 죽이자. 이승만대통령 특별지시로 개인 면담을 하여 반공포로를 일시에 가려내서 출신 도청 소재지로 이동시켜 석방시켜 버렸다고 하였다. 한국전쟁 때 거제포로수용소에서 공산군포로들이 일으킨 일련의 소요사건은……. 1951년 2월 현재의 경상남도 거제시 신현읍일대에 세워진 포로수용소에는 한때 17만여 명에 이르는 공산군포로가 수용돼 있었다. 휴전회담에서 포로교환문제가 논의되자 1951년 8월 이후 친공포로에 의한 의도적인 소요사태로 인하여 반공포로와-反共捕虜 친공포로-親共捕虜 간에 유혈살상사가-流血殺傷事態 빈번히 일어났다. 이 과정에서 친공포로들이 반공포로들에게 인민재판을 열어 잔인한 수법으로 105명이나 살해하는 잔인한 짓을 하였다. 친공포로들이 반공포로에 대한 살상행위는 포로재분류 심사와 반공포로와 친공포로들 간의 분리소용을 반대하기 위한 것으로서……. 종국적으로는 휴전회담에서 포로교환협상을 유리하게 이끌기 위한 공산 측 음모의 반영이었다. 이러한 음모의-陰謀 일환으로 1952년 5월에는 포로수용소 소장인 준장 돗드를 납치하는 행위까지 자행하였다. 1952년 5월 7일 아침 제10수용소의 공산포로대표들이 포로수용소 소장과의 면담을 요청하자 돗드는 포로대표들을 정문 밖으로 나오게 하였다. 그러자 포로대표들은 종전과 다름없이 식량·피복·약품을 비롯한 기타 물자배급 증가를 요청한 다음……. 포로교환을 위한 심사 중지와 휴전감시를 위한 중립국으로 소련을 수락 할 것 등을 제의하였다. 이들과 면담을 끝낸 돗드 소장이 돌아가려 할 때 갑자기 포로들이 그를 감싸더니 미리약정-約定 된 신호에 따라 일사불란하게 수용소내로 납치하였다. 이에 화가 난 유엔군사령관 "릿지웨이"는 미 제 8군사령관 "밴프리트"에게 "무력행사라도 유엔군의 명예를 걸고 폭도로 돌변된 포로들을 즉시 진압하라."는 명령을 내렸다. 그의 명령에 의하여 1천여 명의 전투 병력과 상당수의 전차를 거제도에 투입하였다. 그러자 공산포로들은 "만일 유엔군이 무력으로 행사한다면 "돗드"를 살해하겠다."고 위협하면서 그를 석방하는 조건으로 "포로학대 사실을 인정하고 포로들에게 더 이상 강제적인 포로송환심사를 하지 말고 공산군포로 대표단구성을 인정하라"고 요구를 하였다. 당시 미군 당국은 무력으로-武力 포로들의 반란을-叛亂 진압시킬 수도 있었으나……. 그럴 경우 많은 포로와 돗드까지도 희생될 가능성을 고려하여 돗드 대신 새로 임명한 신임 포로수용소 소장인 준장 "콜손"으로 하여금 포로들의 주장을 일부 완화 시켜 수락하게 함으로써 돗드를 구출하였다. 결국 이 사건은 포로들의 단순한 불만에서 발생된 것이 아니라 북한의 치밀한 지령에 의해 계획적인-計劃的 반란사건으로 후에 밝혀졌다. 1951년 말에 으르러 양측의 발표에 의하면 북한공산군과 중공군포로는 13만 2,472명 이었고 유엔군포로는 1만 1,559명이었는데 이들 포로를 어떻게 처리할 것인가의 문제는 휴전회담 초기부터 쟁점이 되었다. 유엔군 측은 포로 개개인의 자유송환방식을-自由送還方式 주장한 데 대해 공산군 측은 모든 북한공산군과 중공군포로는 무조건 각기의 고국에 송환되어야 한다고 주장함으로써 포로교환회담이 잠시 중단되었다. 유엔군 측에서 본다면 공산군 측의 주장대로 포로를 전원 강제로 송환한다는 것은 이미 주장해 왔던 인도주의와-人道主義 자유주의를-自由主義 스스로 포기하는 것이 될 뿐만 아니라 이 전쟁에 개입한 대의명분 면에서도 있을 수 없는 일이었다. 한편 공산군 측의 입장에서는 만일 포로 가운데 북한이나 중공으로 귀한을 거부하는 자가 나온다면 침략자를-侵略者=유엔군·격파-擊破……. 추방하여 남한을 해방시킨다는 구호아래 이른바 "정의의 전쟁"이라는 가치가 퇴색하고 군대 안에서도 이 전쟁의 목적에 의구심을 갖는 자가 발생할 우려가 있었기 때문이었다. 이 포로교환회담은 그 뒤 유엔군 측의 제의로 4월 19일 재개되었는데……. 당시 공산군 측이 회담재개를 수락한 것은 유엔군 측 대표인 대령 "히크만"이 공산군 측 대표에게 송환을 바라지 않는 자는 1만 6천 명 정도에 불과할 것이라고 말했기 때문이다. 그런데 실제로 개인면접을 한 결과 귀한거부 포로 수는 약 6만 명에 달하였다. 이에 공산군 측은 히크만의 구두발표와 큰 차이가 있음을 이유로 다시 포로강제송환을 요구하였고……. 4월 25일에 회담을 일방적으로 중단을 해버렸다. 그리고 공산주의자들은 미군의 위신을 추락시키고 유엔군 측의 협상을 약화시킬 목적으로 남한 포로수용소내의 포로들에게 폭동을 일으키도록 음모를 꾸몄다. 즉, 공산군 측은 특별히 훈련시킨 공작대원을 전선에서 고의로 포로가 되게 하여 남한포로수용소 내의 공산포로들로 하여금 소요와 유혈사건을-流血事件 일으키고……, 필요하다면 희생자를 발생시켜 유엔군사령부의 입장을 곤란하게 하고-困難 포로의 귀한여부심사를 할 수 없게 하라는 것이었다. 이것은 포로수용소내의 질서를 유지하기 위하여 유엔군이 만일 폭도 화된-暴徒化 포로들에게 발포라도 한다면……. 그것을 유엔군이 포로들에게 송환을 거부하게끔 강요하고 있음을 입증하는 좋은 선전 자료로 이용하려는 것이었다. 돗드는 납치를-拉致 비롯한 일련의 소요사건도 결국은 포로교환문제의 협상에서 공산군 측에 유리하게 타결시키려는 계획적인 음모의-陰謀 일환으로 발생한 것이었다. 휴전협정에 따라 8월 5일부터 개개인의 자유의사에 의한 포로교환이 시작 되었는데……. 그 결과 소수인원을 제외한 북한출신 반공포로 4만 8천 여 명이 북으로의 귀환을 거절하고 자유대한민국의 품에 안겼다.

"말도 마소! 나도 그곳에서 죽는 줄 알았네. 담배 곽이 한 개라도 모자라면 미군 30명이 막사 안에다 가스통을 던져 넣어 가스를 살포하고 몽둥이를 들고 막사 문 앞에서 기다리고 있다가 나오는 놈마다 도리깨로 콩 타작하듯 두들겨 패는디 참말로 못 보 것 데! 미친개를 잡는 것도 아니고……."

미군은 폭력을 자제했는데 집단적인-集團的 폭동을-暴動 방지하기 위하여 담배 포장지를 회수하는 과정에서 폭력이 행해졌다는 것이다.

"옷을 뜯어서 어깨에다 주렁주렁 모양새를 만들어 인민군 장군처럼 하여! 포로들이지만 군대조직처럼 움직이든마. 군대나 마찬가지여! 미군들도 살인만 저지르지 않으면 탓치 안 하든마."
"인권을 최대한 존중해 주는 국가이기 때문에 그렇게 한 것이지요?"
"멀라고 대우를 잘해주는지 모르 것든마. 이북 군인 절반은 조막댕이만-체구가 적어 · 해서 미군 군복이 너무 커서 맞지 않을 것인데……. 그것들한테는 사지-순모로 만든 · 옷을 주고 울들한테는 안주고 말이여……. 철조망 주변에 피난민들이 바글바글 한디 별짓거리 다 하는데도 울들이 경비를 하니께 쌤쌤이도-물물교환 · 많이 했제!"
"경비를 본 국군 대우는 어땠습니까?"
"외출 · 외박 · 휴가도 일체 없었네. 완마 3개월 동안 갈치 국을 원 없이 먹었네. 응성스럽데. 돈을 쓸데가 없어 묻어둔 것이 철수할 때 파보니 전부 썩어 부렀드랑께. 근디 인민군 장교들에게는 잘해 주든마! 장교들은 신사적인디 농담도 잘하고 오다가다 만나면 '국군 아저씨들 수고 만씀네다' 하고 인사도 해주고 말이여. 많이 배웠다고 하든디……. 아무튼 예의 하나는 바르더라고!"

장교들은 마음대로 활동하였고 2명씩 침대를 사용했으며 칫솔과 치약 등 모든 소모품도 고급으로 지급되었다고 하였다. 수용소 철조망으로 처진 울타리 사이로 이동 장사꾼에게 옷을 팔아먹고 내복만 입고 다니면 바로 지급되었으며 포로들에게는 인권유린은 없었다고 하였다.

최 노인 부대가 철수한 뒤 101헌병대가 경비를 하게 되었는데 포로들에게 포위되어 버린 사건이 터졌는데…… 함포 사격을 하여 전멸시키겠다고 하자 폭동은 진압되었다는 말을 들었다고 하였다. 최 노인 부대가 철수한 거제 포로수용소 임무를 끝내고 함양 지역 공비 토벌대에 배속된 것이다.

"전투 사단이 경비를 하여도 힘든다. 헌병들이 히마리가-힘 · 있간디! 나가 이때깔로-지금까지 · 한 이야기 괜찮은지 모르것네?"
"염려 마십시오! 양심적으로 증언을 해 주어 고맙습니다. 양심은 옳고 그름의 판단을 내리는 도덕적 윤리적 결정을 말 합니다. 옳고 그름에 관한 내면의 확신이라는 점에서 종교나 일반적 신조와는 구별이 됩니다. 양심은 우리 사회 다수를 형성하는 사람들의 생각이나 가치관과 언제나 일치하지는 않습니다. 개인이 고유한 것으로서 지극히 주관적인일 수도 있습니다. 마음과 행동이 일치 하지 않는 사람이 있지만! 실천을-實踐=프락시스~Praxis 못 하여 곤란한 사항에 처하기도 합니다. 그래서 사람마다 생각이 다르듯이 양심상결정도 제각기 다를 수도 있습니다. 제가 책임지겠습니다. 많은 이야기를 해주어 고맙습니다."

최 노인의 말 중에는 양민학살 현장에서 저질러진 반인륜적인-叛人倫的 행동을 스스럼없이 감행한 토벌대원 이었다는 것을 나는 직감할 수 있었다.
처음에는 토벌이 목적이었지만……. 빨치산들에게 습격을 당하여 인명피해가 나자 감정이 끼어들기 시작했다는 논리는 자기변명에 불과하였다. 그 날의 그 현장에 있었던 가해자는 명령에 따랐으며……. 피해자는 "재수가 없는 사람들이었다."는 최 노인의 말을 떠올리며 이제는 누군가 사죄할 때가 되지 않았나 생각이 든다. 최 노인은 "당시에 전쟁과 기근으로-饑饉=흉년 · 인하여 모든 가정들이 조반석죽도-朝飯夕粥 못 먹는 집들이 대다수 이었을 때 나도 입 하나 덜어 보려고 6년 간 연장 근무하여 못 볼 것도 많이 보았다"고 했다. 그는 그때 당한 사람들한테 미안하지만 전쟁 중에 명령에 따른 것이니 양쪽 다 재수 없을 때 태어났다고 시대 상황을 탓하였다. 최 노인은 나에게 "피해 없게 해달라"고 하였다. "책을 집필하는 작가는 목숨을 걸고 중언을 해준 사람을 보호할 의무가 있다"라고 안심을 시켜 주었다. 현사회도 범죄자를 신고하면 신고자의 신상을 노출시키지 말아야 하는데……. 간혹 노출되어 보복을 당하거나 불이익을 당하는 것을 볼 수 있다. 증언자 대다수가 신상이 공개 시키지 말라고 하였다. 최 노인의 녹취한 분량만 가지고도 책을 한권 쓰고 남을 분량이지만 필요한 부분만 채록하였다.

경남 거창 양민 학살사건

　국군 제 11사단 9연대 3대대는 6.25전쟁 도중 지리산에 있는 빨치산 잔당을 토벌할 목적으로 창설된 부대로 1951년 2월 5일 거창군 신원면에 들어갔다. 그들은 "작전지역 내에 모든 주민을 학살하고 집들을 불 질러 버리라"는 명령을 받고 벌인 작전 있었다는 것이다. 3대대병력이 신원을 떠난 2월 7일부터 거창학살사건을 일으킨 2월 10일까지의 행적에 대해 역사는 침묵만 하고 있었다. 3대대병력이 2월 8일에 신청에 갔다. 라고 표시돼 있는 2월 8일 이 엄청난 학살이 일어난 것을 대한민국 국민 또는 역사학자들조차 까맣게 모르고 있었다. 단지 참상을 겪은 당사자들 이외는……. 내가 만난 가해자들은 그때에 저질러졌던 엄청난 사건을 가슴아래 묻어두고 빗장을 걸고 행여 열릴까봐 못질을 해버렸다고 하였다.

　1951년 2월 10일부터 3일 동안 하늬바람이 몰아쳤던 그 사흘 동안을 경남 거창군 신원면의 70대 이상 토박이 어른들은 길이 잊지 못한다. 산이 병풍처럼 둘러싼 이 고요한 분지가 피 비린내 나는 아비규환의-阿鼻叫喚 생지옥으로 변해 버렸다. 눈이 포근하게 쌓인 새하얀 분지가 눈 깜짝하는 사이에 시산혈해로-屍山血海. 짙붉게 물들어 버렸다. 차마 눈뜨고 바라볼 수 없는 처참한 양민 학살극이 바로 이곳에서 벌어졌던 것이다. 그나마도 국토를 지키고 국민의 생명을 지키는 것을 사명으로 하는 국군의 총격 앞에 선량한 양민들이 무참하게 죽어 가야만 했다. 흥행을 목적으로 한 전쟁 영화를 만드는 아무리 유명한 명감독도 연출할 수 없는 인간 도살장이 산 좋고 물 좋은 명산 지리산 자락에 그저 순한 사람들이 우리나라 역사상 전무후무한-前無後無 살육의 현장의 주인공이 되어 버렸다. 이때 원통하게 숨져가며 눈을 감지조차 못한 원혼은 7백 52명 여 명 중에 3살 이하의 천진무구한 젖먹이가 1백 19명이며 14살까지의 어린이는 2백 59명이고 예순에서 아흔 둘에 이르는 노인들만도 70명이나 된다. 이들에 대한 총살 이유는 공비와 내통을-內通 했다는 것이었지만……. 그러고 싶어도 할 수 없는 노약하고 말 모르는 연령층의 죽음이 전체 희생자 가운데 75%에 이르렀다. 참으로 생각만 해도 치가 떨리는 극악무도한-極惡無道 대학살-大虐殺 극이 벌어진 경남 거창군 양민 학살사건 현장…….

    "와이카는교? 대장님! 죽어도 말 한마디하고 죽읍시데이. 국민 없는 나
    라가 어디 있다. 캅디껴?"

    임시수용소 신원초등학교에서 처형장이 된 박산골로 끌려온 한 주민이 빙 둘러쳐진 총부리 앞에서 마지막으로 외친 절규였다. 그러나 이미 산청서 살육 잔치를 끝내고 들이닥친 미친개가 되어 버린 토벌대의 답은 M1총 개머리판으로 항변하는 주민의 턱을 "돌려 쳐"로 말 대신……. 아니 비명대신 입에선 부서진 이빨과 피를 쏟게 하였고 군화발로 허벅지를 차서 안 넘어지면 총 개머리판을 높이 들어 위에서 아래로 내려찍었다고 한다. 그러면 늙은이들은 고통의 비명을 지르며 밑 둥 잘린 장승처럼 땅바닥에 넘어져 거북이처럼 기어갔다고 한다.

    "아무리 국군이 그렇게 했을까요? 노인들한테요."
    "선생님! 그런 말 할라카든 내사 입 닫겠소."
    "어르신 하도 기가 막혀서 한소리 해본 것이니 노여워 마십시오."

    "강 선생이 그 장면을 몬바서 그런 소리를 하는데! 피범벅이 된 노인들을 토벌대들에 의해 강제로 일으켜 줄을 세워 놓은 모습을 바라보니 더 맞지 않으려고 자갈밭 위를 얼마나 다급하게 엎푸러져 기어갔던지 풀꼬마리에서-팔꿈치 · 선지피가 옷소매에 베어 나와 붉게 물들여 있는 모습을 이 눈으로 봤다카이!"

그러니까 양민들은 죽기 전 인간으로서 감내하기 힘든 고문까지 당한 셈이다. 그리고 M1총의 표적지가 되어 갈기갈기 육신이 찢긴 채 죽어가 구천에 떠도는 원혼이 되었다. 동족을 적으로 둔 이유 때문에 사상도 모르고 이념도 없는 양민들이 무참히 죽어간 마을에는 폐허로 변하였고 양지바른 마을 주변 산들은 공동묘지로 변하였다. 사람은 죄를 지으면 하늘을 두려워한다. 그러나 토벌대는 하늘을 두려워 하기는 커녕 양심이 없었다.

감악산-紺岳山 기슭의 합동분묘에는 반세기가 지난 세월에도 눈감을 수 없는 주검들이 구천을 떠돌면서 호곡하고 있다. 지금까지 마냥 거창사건이라 불리었던 이 사건…… 그러나 유족들은 외로이 거창양민학살사건이라 강변해왔다. 1914년에 생긴 신원면은-神院面 이름 때문인지 끊임없는 참화가-慘禍 이어졌다. 감악산-紺岳山=951m 갈전산-葛田山=763m 보록산-保錄山=705m 월여산에서-月如山=862m 시작되는 옥계천은-玉溪川 장마 때마다 물을 내리쏟아 병자년 수해 때는 1백 5명이 목숨을 잃었고 51년 2월 10일부터 3일간 계속된 참상으로 그 아름다운 산 끝자락에는 시신이 널렸었다. 54년 3월 합동분묘가 생길 때까지 3년 동안 시신이 그대로 방치되어 흘러내린 시즙이-屍汁 옥계천을 적셨다. 참으로 우연일까! 나는 집필하면서 지명을-地名 보고 깜짝 놀랐다. 있을 거-居 · 창성할 창-昌 · 고을 군-郡 · 귀신 신-神 · 집 원-院 · 얼굴 면-面 · 의 뜻풀이를 해보니……

    "귀신이 창궐하여 사는 고을"

"귀신들이 사는 집"
"귀신들의 얼굴이 보이는 집들이 있다"

찝찝한 뜻의 지역 명칭이다. 지명 때문일까! 752명의 죄 없는 양민이 국군토벌대에 의해 학살당했다. 거창양민학살사건이란 1951년 2월 경상남도 거창군 신원면 일대에서 공비토벌 작전을 벌이던 당시 11사단 9연대 3대대가 주민들이 공비와 내통했다고 잘못 판단하면서 양민을 집단학살한 사건을 말한다. 인천상륙작전 성공한 유엔군은 서울을 수복하고 그 여세를 몰아 적도-敵都 평양을 10월 19일에 탈환함으로서 한만국경선까지-韓滿國境線 진격하였다. 그러나 1951년 2월 중공군의 한국전쟁 개입에 따른 1.4후퇴로 정부의 두 번째 부산으로 피난을 해야 했다. 다시 전열을 가다듬은 국군과 유엔군의 전면전 반격개시라는 전황의 와중에서 지리산과 백운산 등 산악지대의 공비에 대해 토벌작전이 한창일 때……. 거창군 신원면 과장리에 2월 5일 새벽 공비가 나타나 경찰지서를 습격하여 이때 교전으로 양측이 30여명의 전사자를 냈는데 이 소식을 전해들은 계엄사령부는 보병 11사단 9연대에 공비 토벌 명령을 내렸고 이에 소령 한동석이 지휘하는 제3대대가 거창군에 주둔하게 되면서 악의 씨앗이 잉태-孕胎 되었다. 신원면에 주둔한 3대대는 대현·와룡·내탄·중유 등 6개 마을의 주민들이 공비와 내통을-부역. 했다는 이유로 골짜기에서 1차로 마을 청장년을 LMG 중기관총으로 학살하였다. 뒤이어 자행된 양민학살사건 전말은 거창에 진주하여 주둔한 토벌대는 주민들을 신원초등학교 운동장으로 모여 피난길에 오른다고 속여 주민들은 학교운동장에 모이게 되면서 시작 되었다. 토벌대는 1천여 명의 주민 가운데서 군인 가족과 경찰가족과 공무원 가족들을 가려내고 남은 5백여 명을 박산골 개천가로 몰아넣고 약 2시간 여 동안 기관총과 개인화기로 무차별 난사하여 어린이에서 노약자와 부녀자 심지어 임신한 임산부를 비롯하여 갓 결혼해 첫날밤도 치루지 않은 신혼부부까지 학살하였다. 당시 부산에 피난 중이었던 국회에서는 이 사건에 대하여 논란이 벌어졌는데 거창 출신 신중복 국회의원과 전남 고흥 출신 서민호의원은 다음과 같이 주장하였다. "군에서 사전 경고도 없이 마을 모두를 불태우고 젖먹이로부터 아이들 327명을 포함하여 최소한 6백여 명이 박산골 개천에서 총살했고 그 증거를 없애기 위해 구덩이를 파고 시체를 끌어 모아 휘발유를 뿌려 불을 질러 태운 다음 산에 시체를 묻었다. 죽은 사람들의 성별을 보아 여자가 많다는 사실은 빨치산으로 볼 수 없다는 명백한 증거인 것이다."라고 주장하게 되어 마침내 국회조사단이 현지에 파견되게 된다. 그러나 이 사실을 안 토벌대는 가짜 공비 조작극을 연출하여 조사단의 활동을 방해하는 사태가 벌어졌다. 조사단이 현지에 도착하자 당시 계엄사령관 대령 김종원은 미리 거창군 남상면과 신원면 경계사이의 계곡에 공비를 가장시킨 군인과 경찰을 매복시켜 조사단에게 총격을 가함으로써 국회조사단의 현지 조사를 저지시켜 버렸다. 공비들에게서 노획한 무기들로 무장하고서 한 짓이었기에 조사단은 처음에 속을 수밖에 없었다. 뒤에 이 사실을 거짓으로 밝혀져 1951년 12월 12일 관련자들이 대구 군법 재판에 회부되어 선고받음으로써 명목상 일단락되었다. 김종원은 전 급료 몰수에 파면과 동시에 징역 3년-구형7년·11사단 9연대장이었던 오익균과 3대 대장 한동석에게 무기 징역이 각각 선고되었으나 이들은 모두 얼마 안가 대통령의 특사로 풀려났다. 특히 김종원은 경찰의 간부로 다시 등용되었다. 국방장관이던 신성모는 주일대표부 대표로 김종원은 전남 경찰국장을 거쳐 치안국장까지 지냈으며 오익경은 군으로 복귀하였고 한동석은 5.16 이후 강릉 원주시장을 거쳐 보사부 서기관으로 승진했다. 이종대는 사업가로 변신했다. 김종원은 일본군 하사관 출신으로 알려져 있다. 김씨 외 당시 지휘선상에 있었던 토벌부대 11사단의 장교들과 거창경찰서 사찰계주임 등은 일본경찰전문 학교를 수료한 사람들로 알려져 있다.

거창 양민 학살사건은 이와 같이 이승만 정권하에서는 진상이 은폐된 채 흐지부지 되고 말았으나 4.19의거 이후 살아남은 유족들이 사건 당시의 신원면장 박영보를 朴榮輔 산 채로 불태워 죽여 버린 사건이 벌어지고 이에 대한 대검찰청의 재수사가 있게 되면서 사건의 진상이 백일하에 드러나게 되었다. 사건 전말은 1950년 11월에 접어들면서 전황은 중공군의 참전으로 전선이 흔들렸다. 이해 11월 25일 국군은 청천강 유역에서 중공군의 강습을 받아 밀리기 시작했다. 12월 2일에는 인천상륙작전으로 어렵게 뺏은 평양을 내놓고 후퇴를 거듭했다. 전선이 이렇게 걷잡을 수 없이 흔들리자 지리산을 주 무대로 활동하던 남부군들도 본격적인 후방 교란작전을 벌이기 시작했다. 산청군 오부면에 아지트를 두고 있던 공비의 활동도 이때부터 본격적으로 시작됐다. 이 공비부대는 여순-麗順=여수순천 · 민중항거사건 뒤 사건 주모자인 김지회가 토벌대에 쫓기어 잔당 무리를 이끌고 지리산으로 숨어들어 이끄는 남녀혼성부대로 약 5백 명이었다. 거창학살사건이 생기기 꼭 2개월 전인 50년 12월 4일 이들은 밤을 틈타 인접해 있는 거창군 신원면 지서를 공격했다. 당시 신원지서에는 박기호 씨가 차석으로 근무하고 있었다. 박 씨의 증언에 의하면 그때 지서에는 지서주임을 포함한 8명의 경찰과 12명의 의용 경찰이 공격을 막고 있었다. 반대로 적은 4백여 명으로 남녀 혼성부대였다. 북과 꽹과리를 치고 간헐적으로 총을 쏘며 3중 포위망을 형성한 채 서서히 공격해 왔다. 적들은 경찰의 인원 무기 등 상황을 알고 있어 쉽게 함락시킬 수 있었다. 3백 여 평인 신원지서는 돌과 흙으로 3개 방어 초소를 구축했으나 20명의 경찰과 의용 대원으로는 4백여 명의 공격에 단 몇 시간도 버틸 수 없는 급박한 상황이었다. 공비들은 밤샘 술을 먹고 농악놀이로 해가며 포위망을 형성한 채 보이는 가축을 모두 잡아 국을 끓이고 밥을 해 먹어가며 쉬엄쉬엄 공격을 해댔다. 이들은 전투의욕을 고취시키기 위해 작은 목표물을-神院=지서. 앞에 놓고 출정 잔치를 벌이고 있는 듯했다. 5일 밤이 되자 배를 채운 공비들이 북소리를 요란히 울리며 최종 공격을 해왔다. 소낙비같이 퍼붓는 그들의 집중사격에 경찰 3명이 순식간에 순직했다. 의용대원 장규복 씨와 김상기씨도 흉탄에 전사했다. 공비들은 지서 주변의 유리한 지역을 선점하고 있었고 수적으로도 20배가 넘어 더 이상 버티기는 불가능했다. 박대성 지서주임은 어둠을 이용해서 각자 요령 것 도망가도록 지시했다. 그러나 포위망에 걸려 오도 가도 못하는 독 안에 든 쥐의 형국이 돼 버렸다. 그런데 한밤중 갑자기 이들의 공격이 조용해졌다. 이미 향토방위대장 임종섭 씨가 수류탄 공격에 사망하는 등 전투력을 상실하고 있을 때였다. 공비들은 이들에게 퇴로를 열어주고 철수 할 기회를 준 듯했다. 살아남은 경찰 5명과 나머지 대원들은 지서에서 10여리 떨어진 관동 뒷산까지 정신없이 달아나 인원점검을 해보니 10명밖에 없었다. 관동에서 밤샘 감악산을 넘어 사지를 벗어났고 거창읍으로 철수했다. 20명중 경찰 3명 의용대원 7명 등 10명의 전사자를 낸 전투였다. 지서를 뺏긴 후 3일 뒤인 12월 8일 창녕의 경찰부대가 도착 탈환을 시도했으나 이 부대 역시 작전 중 16명의 전사자만 내고 서둘러 되돌아갔다. 경찰은 신원지서의 탈환을 위해 몇 차례 공격을 시도했으나 공비들의 완강한 저항에 부딪쳐 번번이 실패만 하고 물러났다. 거창군 신원면은 이때부터 토벌대가 진주할 때까지 2개월 동안 인공기가-人共旗 걸리고 공비세력권 안에 놓이게 됐다. 경찰은 결국 자체의 힘으로는 수복이 불가능하다는 판단을 내리고 공비토벌전담사단인 11사단에 지원을 요청했다. 11사단 9연대 산하의 1대대는 함양을 담당하였고 2대대는 하동지역 담당이었다. 3대대가 산청군과 거창군지역을 맡아 거창 농고에 대대본부를 설치하고 51년 2월 6일 신원면으로 출동했다. 거창양민학살사건 당시 11사단이 9연대에 내린 작전명령 5호는 견벽청야堅壁淸野 였다. 손자병법에-孫子兵法 나오는 말이다. 앞서 이야기 했지만……. 이 말뜻을 풀이하면 "확보해야할 거점은 벽을 쌓듯이 견고히 확보하고 포기해야 할 곳은 인원과 물자를 철수시켜 적이 이용할 수 있는 여지를 깨끗하게 없애라."는 뜻이다. 나무랄 데 없는 명령이다. 그러나 이 명령이 사단에서 연대로 연대에서 대대로 하달되는 과정에서 해석이 잘못되어 문제를 일으켰고 비극을 부른 것이다. 신원지서 차석이었던 박기호 씨는 이 작전 명령에 대해 당시 현지 군인들은 명령을 거부하거나 공비에게 정보 물자 노역을 제공하는 사람은 현장에서 총살하라는 것으로 해석 이 같은 범죄를 저질렀을 것이라고 했다. 사실이 그렇다면 애매한 한자 문장의 작전 명령이 얼마나 큰 비극을 불러 왔는지 소름이 끼친다. 더구나 학살당한 3살짜리 이하 젖먹이 1백 19명을 포함해서 14살 이하 어린이 2백 59명 예순 살에서 아흔 두 살까지의 노인 70명이 모두 공비에게 정보물자 노역을 제공할 수 있다는 토벌대 지휘관의 견벽청야 해석에 경악을 금치 못한다. 51년 2월 10일 3대대장 한동석이 공비협력자를 색출한다며 부락민 전부를 신원초등학교에 모이도록 지시했다. 겁을 먹은 마을 사람들이 산을 넘어 산청 쪽으로 빠져나가자 박격포를 쏘아 피난길을 막았다. 이때 군의 일부는 와룡리 주민 1백여 명을 탄량골로 끌고 가서 집단 사살해 버렸다. 일부 주민들이 공비를 도운 것은 사실이다.

"부모형제를 죽이겠다. 총을 겨누어 위협하며 도와 달라고 하는데 가슴 팍에 철판을 안 깐 이상 어느 강심장이 거절하겠는 교?"

당시에 살아남은 사람들 대다수의 증언이다. 5일 밤 공비들이 신원지서를 공격할 때 그들은 분명히 퇴로를 열어 주고 철수할 기회를 주었다. 사실 경찰 병력이 치안이나 담당하였고 전투장비 역시 공비들의 무기체계와는 아주 많은 열세였다. 말 못하는 짐승도 질서가 있다. 하물며 이성이 있는 인간인데 지리산 토벌대는 짐승보다 더했다. 대항하는 경찰도 퇴로를-退路 개방을-開放 해 주고 시간을 주었는데……. 국군토벌대는 민간인이고 대항 능력도 없고 심지어 거동 불편한 노인을 비롯하여 젖먹이 어린 아기까지 사살하였다니 인간으로 할 짓인가? 덕산리 청연부락 70여명도 마을에서 사살되고 가옥도 불태워졌다. 한편 신원초등학교에 강제 수용됐던 6백여 명의 주민들은 어린이 노약자 3백 59명 포함하여 2개 교실에서 하룻밤을 지낸 다음날인 11일 마을앞산인 박산골에 끌려가 집단으로 총살됐다. 박희구 씨는 기적의 생존자다. 당시 생후 4개월인 박 씨는 어머니 김미경 씨의 품에 안겨 교실에 있었다. 어머니 품에 안겨 있던 박 씨가 밤새껏 울자 보다 못한 경비병이 애나 달래고 오라며 밖으로 내 보냈다. 박 씨는 아기를 안고 친정인 산청으로 달아나 두 목숨을 건졌다. 그러나 박 씨의 아버지와 형제들은 끝내 변을 당했다. 51년 2월 6일은 설날이었다. 주민들은 제사상을 마련했고 일가친척이 종가에 모이기도 했다. 3대대가 경찰대와 방위 병력만 남겨두고 산청으로 철수를 했지만 토벌대는 마을을 휩쓸고 다니면서 온갖 횡포를 부렸다. 제삿술을 뺏어 먹고 취해서 잠든 사이에 공비들의 기습을 받아 11명이 사망했다. 뿐만 아니라 경찰지서와 면사무소도 소실됐다.

> "그 팔피-바보 · 같은 토벌대 글마들이 한강서 얻어터지고 남산에 가서 눈 흘긴 꼴인 기라!"
> "공비들에게 당한 것을 죄 없는 마을주민들에게 화풀이를 했단 말입니까?"
> "하모! 아침나절부터 초상집에 와서 해거름까지 탁베이와-막걸리 · 고기 안주를 푸지게 묵고 네발 뻗고 잠을 잔기라. 잔칫날을 알고 있는 공비들도 음식을 얻으러 온기라. 잔칫날은 마당에 포장을 치고 하니 산 위에서 내려다보면 멀리서도 보인다 아이가! 일마 자슥들이 탁베이 진국을 먹었으니 꼭지가 돌아 빠져서 정신 대가리가-머리 · 어리바리 해져 굼비이 같이 사부작거리다 당한 기라."

공비가 와서 기습 공격하니 당할 수밖에 없었다고 한다.

"말도 마소……. 그 일로 인하여 죄 없는 동네사람한테 패악시럽게 행동한 거라요"

술 취해 잠들어 있을 때 통비분자가 공비에게 연락을 하여 11명이 죽었다고 억지를 부린 것이다. 이 같은 사태가 벌어지자 연대본부에서 불호령이 떨어졌고 때를 같이해 견벽청야라는 堅壁淸野 작전명령이 하달된 것이었다. 이 명령을 수행하기 위해 토벌대가 신원에 다시 진주한 것이 비극의 씨앗이 잉태 됐다. 군인들이 전 주민들을 신원초등학교에 모이라고 했다. 노인들은 집에 남아있는 경우도 있었다. 이를 본 군인들은 보는 대로 총을 쏘았다. 신원초등학교 2개 교실에 수용된 사람들은 꼼짝도 할 수 없었다. 군인들은 소를 멋대로 잡아먹었고 교실 안의 책걸상을 끄집어내 부수어 운동장에서 불을 지폈다. 그뿐만 아니라 반반한 부녀자를 골라내어 으슥한 곳으로 끌고 가서 성폭행을 하여 욕심을 채웠다고 유족들은 증언했다. 어린것들은 춥다 집에 가자 조르고 배가 고프다며 울며 보채는데 군인들은 운동장 곳곳에 장작불을 지펴놓고 가축을 잡아먹고 술을 가져와 잔치를 벌인 뒤 피난가려고 싸온 주민들의 보따리 뺏어 그 속에서 꺼낸 귀금속 등 금붙이와 골동품들을 골라 짐꾼에 지워 어디론가 가져가 버렸다. 이기운 할아버지의 증언이다.

"갓신했시몬 총 맞을 뻔 한기라요. 장교한테 항의하였더니 총을 겨누면서 노리쇠를 당겼다가 '철커덕' 소리 나게 총알을 장전하데요. 토벌대 장교들 모두가 성격이 괴팍스럽데요. 똑똑히 기억되는데 굴래씨염 나 있는 장교는 대위였는데 눈알이 쥐를 잡으려는 게냉이-고양이·처럼 고약하여 쳐다만 보아도 깔딱 수 하것습디더. 내는 떼뜸질 당하기전엔 글마 자슥 못 잊을 거그만!"

이 할아버지는 먼 산을 쳐다보며 한숨을 쉬었다. 상관에게 발설하다

들컸을 때는 그 자리에서 총을 쏴 죽여 버렸다. 어차피 죽은 목숨이지만……. 그들은 전투 중 말을 듣지 않는 부하를 즉결처분하듯 현장에서 사살했다. 중유리의 정외식 할아버지는 "베 40필 명주 20필을 거창읍까지 지게로 져다줬더니 곧 팔아먹더라."고 했다. 2월 11일 운명의 날 아침이 되자 거창경찰서 사찰 계 형사들과 군 장교 면장 등이 참석한 가운데 성분분석을 했다. 성분분석이래야 경찰과 군인 공무원가족을 골라내는 일뿐이었다. 6백여 명중 5백 19명을 1km 남짓한 박산골로 끌고 가서 정보장교지휘아래 총살해 버렸고 장작더미를 덮은 후 불을 질러 버렸다. 설 쇠러 왔다가 죽은 인근마을주민 33명도 끼여 있었다. 일가족이 몰살당해 치워줄 사람이 없어 시체는 그대로 방치되어 3년 동안 부패했고 핏물이 흐르는 옥계천에는-玉溪川 가재들이 수도 없이 번식했으며 시체 위에 모여든 까마귀들은 원인도 모르게 죽기도 했다. 유족들은 신원국교에 수용됐던 사망자들이 네 번 죽임을 당했다고 이야기한다.

첫째: 죽음이 집단 학살이고 두 번째: 장작더미로 덮은 생화장이란-生火葬 것. 세 번째: 54년 3월 3일-음력 · 박산골의 유골을 모아 주민들이 새로 화장하고 현재의 묘역으로 옮겨 남자 묘, 여자 묘, 아기 묘로 안치한 것이다. 그 해 삼월삼짇날을 이장을-移葬 하는 날로 잡고 시신을 수습했다. 주민들은 서로 울지 말자고 굳게 약속을 했지만……. 저절로 흘러내리는 눈물을 주체하지 못했다. 어떤 아주머니는 같이 죽겠다고 불 속에 뛰어들어 만류하는 사람을 더 울리기도 했다. 유족들은 새로 화장한 시신들 중에 머리가 크면 남자로 작으면 여자로 더 작으면 어린 아이로 유골을 나누어 남자는 위쪽에 묻고 여자는 아래쪽에 묻었다. 아이무덤은 그 중간 여자무덤 곁에 작은 봉분을 만들었는데 무덤의 형체가 아빠와 엄마 사이에서 엄마 품에 안겨 젖을 빠는 형극을 이루고 있어 보는 사람의 가슴을 숙연케 하고 있다.

네 번째: 죽음은 5.16군사혁명 직후에 있었다. 묘비가 문제가 됐다.

묘비에는 "일부 미련한 국군의 손에 의하여……."란 글귀가 있었다. 이 비문은 거창국회의원이던 신중목 씨의 간청으로 이은상 씨가 지은 것인데 이후 이은상 씨는 자신에게 닥칠 위험 때문인지! 자신이 쓰지 않은 것이라고 극구 부인한 일화를 남기고 있다. 1961년 6월 15일 계엄하의 경남도지사는 최갑중 씨였다. 이날 합동묘지는 경남도의 묘지 개장명령으로 봉분이 파헤쳐지고 비석은 땅속에 묻히게 된 것이다. 이때 파묻힌 묘비는 유족회 측의 끈질긴 호소와 진정 속에서도 철저히 외면돼 오다가 67년 봉분만 겨우 원상 회복됐고 묻혔던 비석은 지난 88년 유족회 측의 손에 파헤쳐져 햇빛을 보게 됐다.

"10일 날 청연부락 사람을 모조리 죽였다카데. 소문을 들었지만 직접 보지 않은 일이라 아침부터 동네가 어수선했는데 글마들이 온기라. 토벌대 일마들이 보이자 가근방 사람들이 전부 집으로 가서 젊은 사람은 도망치게 하고 늙은이와 아녀자를 비롯하여 어린이만 남은 기라."

빨갱이도 아녀자에게는 거칠게 다루지 않았기 때문이다.

"내는 음식을 잘못 묵어 배탈이 나서 똥깐에서 볼일보고 있었는데 동내 똥개들이 자지러질 듯이 짖어대고 마을사람들이 고삿길을 살거름을 치며 가족들 이름을 부르고 하여 온 마을이 벅신벅신 하더니 조용한 기라. 느치 감치 나와 보니 마을사람들이 모두 학교로 가고 마을은 텅 비었제. 토벌대 글마들이 집집마다 다니면서 숨어 있는 사람 찾아낸다고 장도가지에다 총을 쏴 간장과 된장이 담긴 도가지가 깨어져 쏟아진 간장과 된장으로 인하여 마을이 냄새가 말도 아닌 기라."
"그렇다면 토벌대가 총을 쏜 것은 계획적으로 마을 주민을 학살 할 전주곡이나 마찬가지였네요?"
"일마들이 설레발치며 고삿길을 다닌 기라. 내하고 맞다드랬는데 글마들 얼굴이 올매나 살천 시럽고! 쌍달가지를 보니 온몸이 산뜩 해 지데 예."
"총을 쏘니 거역 못하고 신원초등학교 운동장으로 마을 주민이 전부 모일 수밖에 없지 않습니까? 그러한 낌새를 느꼈습니까?"

"하모 예! 글마들 하는 행우지 괴팍 스러워서 안기라. 올매나 모지락 스럽은 짓을 하는지……. 노인네가 엉거주춤한 자세를 하고서 단지걸음-종 종걸음 · 걸이를 하니 굼비처럼-굼뱅이 · 느리게 걷는다고 사정없이 워카 발로 차니 깨고리 같이 앞으로 엎푸러져 안면이 피투성이가 되어 일어나서도 굼비처럼 가니 쫓아가 넘어뜨린 후 그대로 밟아버리니 기암을-기절 · 하데 예."

"천벌을 받을 자들입니다! 그 긴박한 순간에 어르신은 어떻게 하여 목숨을 건질 수 있었습니까?"

"헛간에 거름을 파고 숨어서 산기라. 전 날 밤 청연부락에서 사람을 많이 죽여서 그런지 몰라도! 아침에 글마들 얼굴 쌍판을 보니 눈에 핏발이 섯드라카이. 통시에서 볼일 보면서 불각시리 생각하니 이미 마을에 토벌대가 쫙 깔려 있어 산으로 도망치다간 발각되어 총에 맞아 죽을 것 같고 집집마다 찾으려 다녔는데 들킬 것 같아! 헛간 구석지에 거름을 파고 도롱이를 걸치고 숨었제. 빨갱이들이 양석을 뺏어가 도가지에다 양석을 넣어 거름을 파고 숨긴 뒤에 그 위에다 똥물을 끼얹어 놓으면 똥 꾸렁내가 나니 건성으로 보고 가기 때문에 살아 난 기라."

"말을 듣고 보니 기막힌 아이디어입니다. 저희 고향에서도 밀주를 해먹었는데 면에서 조사가 나옵니다. 들키면 벌금도 물고 양이 많을 때는 영창도 갔습니다. 조사가 나온다는 낌새가 있으면 어르신이 하였던 것처럼 술을 담근 옹기를 거름 속에 숨기고 걸쭉한 똥물을 끼얹어 숨겼습니다. 쌀이 귀한 때여서 밀주를 금지 하던 시대이었지요."

"······."

"그 고약한 인분냄새를 맡으며 얼마나 지나서 나왔습니까?"

"한식경이나 지나서 나와 보니 마을이 조용한 기라. 콩 볶는 것처럼 총소리가 요란하게 들리고 조용해지는가 싶으면 또다시 산발적으로 총소리가 몇 번인가 나더니 조용하여 학교 쪽으로 어슬렁거리고 가 보았더니 산골짝 고개 만디에서 사람들이 겁에 질린 얼굴에 울면서 허겁지겁 내려오는 기라. 다행이다 싶어 거문가리해둔 논까지 가는데 비오기 전 청깨고리 울 듯이 울고 내려오던 아지매가 '아재 전부 죽었다'카면서 닭 똥 같은 굵은 눈물을 떨구면서 미친 듯이 우는 기라."

그때까지는 영문을 몰랐다고 했다. 마을 사람들이 피난을 가지 않고 내려오기 때문에 큰 걱정은 않고 탄량골에 가니 골짜기는 아비규환 자체였다고 하였다. 소식 듣고 이웃에서 한 걸음에 달려온 유족들의 울음소리가 까마귀 떼 울음소리 보다 더했다고 했다. 총탄에 갈기갈기 찢겨 살점이 너덜거리는 피투성이 시체를 끌어안고 하늘만 쳐다보며 울었다 했다. 성분 조사에 몇 명만 살고 임산부에서부터 거동 불편한 늙은이까지 학살하고 일부 숨이 끊어지지 않은 사람위에 기름을 뿌리고 불을 질러 버린 것이다.

탄량골과·11일·박산골의·12일·집단사살은 두 곳 다 골짜기로 주민들을 몰아넣어 학살한데 비해 청연부락의 76명은 마을 앞 논에 집결된 채 무차별 총탄세례를 받았다. 당시 이 부락에는 40세대의 주민들이 살고 있었다. 남자들은 대부분 피난을 가버렸고 남아 있는 사람은 힘없는 노인과 부녀자 아이들뿐이었다. 이곳의 참극은 3대대가 공비 본거지인 산청군 오부면 일대를 공격하기 위해 떠나고 신원지서를 지키도록 한 경찰부대가 기습당한 다음날의 일이다. 이미 전날 청연부락의 참변慘變 소식은 다음날 11일이 되자 신원의 6개리에 쫙 퍼졌다. 군인들은 다시 와룡리 주민들을 피난가야 한다며 몰아 세웠다. 부락민들은 웅성댔지만 공비들 때문에 위험하니 안전한 곳으로 피난시켜 주겠다고 했다. 주민들은 불안하면서도 국군의 말이기에 믿었고 피난채비를 서둘러했다. 이미 청연부락의 소식을 듣고 피난길을 나서다가 박격포를 쏘아 길을 막는 바람에 오도 가도 못한 채 겁을 먹고 있는 주민들이었다. 군인들은 빨리 서둘러야 한다며 총으로 돼지를 잡은 후 같이 먹을 수 있도록 밥을 하라고 지시했다.

한쪽에서는 아직 밥이 끓지도 않았는데 마을 입구 쪽에서는 벌써 피난길을 떠난다고 법석이었고 이때 먼저 출발한 사람들은 신원국민학교에 수용돼 다음날·12일·박산골에서 참변을 당했다. 피난 행렬이 신원초등학교 쪽으로 마을마다 줄을 이었는데 와룡리 주민들도 선두와 후미로 나누어 2km 정도를 가던 중 10여명의 군인이 중간을 차단시켰다. 탄량골에서 어른과 아이 할 것 없이 1백 16명의 주민이 골짜기로 밀어 넣겨졌다. 골짜기에 갇힌 주민들은 불길한 낌새와 살벌한 분위기에 짓눌려 새파랗게 질려 있었다. 그 때 한 군인이 언덕위에 올라서서 큰소리로

"군인이나 경찰 방위대 가족이 있으면 나오시오 라고 외쳤다."

그 소리를 듣고 눈치 빠른 10명이 손을 들고 골짜기 밖으로 빠져나갔다. 이것이 바로 성분 분석 작업이란 것이었다. 나머지 사람 1백 6명이 이곳에서 모두 총살당한 것이다. 총을 쏘자 안 죽으려고 산으로 기어오르기 시작하였다. 그곳을 향하여 기관총이 집중사격을 하자. 죽기 아니면 살기로 산으로 오르던 사람들이 총에 맞아 피를 분수같이 뿌리며 굴러 떨어지는 장면이 불붙은 볏 짚단이 구르는 광경처럼 보였다한다.

"까꾸막 고바이로 오르던 사람들이 총에 맞아 깨고리처럼 굴러 떨어져
논 기티이에 벼 집단처럼 차곡차곡 쌓이데 예."

산 중턱에서 총알이 우박 쏟아지듯이 쏟아진 현장에서 기적의 생존자인 임분임 할머니 증언이다. 총소리에 놀라 기절해 있다가 눈을 떠보니 모두가 솔가지 밑에서 불에 거슬려 있고 자신의 치맛자락도 불에 거슬렸으나 화상도 별로 입지 않은 채 살아있더라는 것이다. 물론 임 할머니의 경우도 이날 남편과 친어머니를 잃었다. 아들 셋은 미리 산청으로 피난 보냈기 때문에 참화를 입지 않았다. 탄량골에서 참변을 당한 주민들보다 일찍 피난 나섰던 사람들과 와룡마을과-臥龍 대현마을-大峴 등을 비롯한 이웃 마을 6개리 주민 6백여 명은 군인들의 총칼에 떠밀리다시피 해서 11일 밤 신원초등학교에 집결했다. 탄량골의 참변소식은 이미 퍼져 있었

고 교실 2칸에 빽빽이 들어선 사람들은 아이들의 울음소리와 군인들의 고함소리에 정신을 제대로 차리지도 못한 채 모두 겁에 질려 숨도 쉬지 못할 지경이었다. 겨울밤이 깊어 갈수록 불안은 점점 더해만 갔다. 차가운 교실 바닥에서 밤새 한잠도 못 자고 불안에 떨고 추위에 떨고 있었는데 새벽에 지서주임과-박대성·면장이-박영보·나타났다. 사지에서-死地 천사를 만난 것처럼 주민들은 반가웠다. 토벌대는 아침이 되자 주민들은 운동장으로 내몰렸다. 지서주임이 교단에 올라서서 군경가족과 방위대가족을 찾아내고 비곡-飛谷 사람들은 나오라고 했다. 1백여 명의 사람들이 우르르 몰려 나갔다. 그러자 박주임은 "웬 비곡사람들이 이리 많으냐?"며 짜증을 내고 내려가 버렸다.

여기서 제외된 5백 20명의 주민들이 박산골로 끌려갔다. 지휘자는 이종대 소위가-당시23세=정보장교·명령자였다. 5백 20명중 3명이 살아남았다. 신현덕, 문홍준, 정방원 씨 등 세 사람이다. 이들은 총을 난사하기 직전 빙 둘러선 군인들이 총부리 앞에서 이 소위가 뒤처리를 위해 빼돌린 7명 중에 포함되어 있었다. 총살 후 흙을 덮고 솔가지를 깔아서 화장시킬 인부로 쓰기 위해서였다. 남은 7명은 지시에 따라 소나무가지를 절단해 와서 시체를 덮은 후 불을 질렀다. 그리고 흙을 져다 날라 시체를 대충 덮었다. 작업이 끝나자 다시 이들에게도 총질을 해 댔다. 총알이 쏟아지자 무심결에 엎드렸다가 3명은 살아남았다. 다시 총을 겨누는데 애걸복걸하자 "지금 본 것을 절대 말하지 않겠다."는 다짐을 받고 살려준 것이다. 군인들은 이들을 짐꾼으로 만들어 따라 다니게 했다. 얼마 후 이들은 도망쳐 목숨을 구했다. 3일간의 참극은 이로써 끝났다. 적막한 산촌의 순박한 이 땅의 가난한 농부들은 이렇게 죽어갔다. 이해 2월 6일이 설날이었고 설 쇠러 왔던 주민 33명도 이 사흘 사이에 죽었다. 그래서 전쟁의 피해자는 늘 무고한 사람들이다. 신원유족회가 4.19직후 작성한 사망자 명단에는 이들 외지인의 이름은 빠져있다.

1960년 4.19 직전 신원면 합동묘지건립추진위원회가 조직되자 자유당 정권의 경남도지사는 도비 50만 환을 묘비건립에 보조했다. 유족들은 이 보조비를 정부의 사죄로 받아들이고 묘비 공사에 박차를 가했다. 4.19 직후 유족들은 피해보상을 요구하는 시위를 벌여 이 문제가 다시 거론되다가 자유당정권이 무너진 보름 뒤 일은 또 터지고 만다. 묘비를 세우기 위해 석물 운반 작업이 한창이던 70년 5월 15일 1백 50여 명의 유족들이 막걸리에 취해 흥분된 상태에서 박영보 씨를 불러 따져보자고 했다. 박 면장은 당시 약 3km 떨어진 양지리에서 양조장을 하고 있었다. 누구라고 할 것 없이 우르르 박 면장 집으로 몰려갔다. 박 면장은 저녁밥상을 받은 자리에서 유족들에게 개처럼 끌려나왔고 와룡리 묘소에 도착했을 때는 경찰서장도 나와 있었다. 주민들이 박면장을 데려나온 것은 당시 성분분석 때 군과 경찰가족이라며 빠져나오는 부락민들을 박 면장이 가로막았기 때문에 더 큰 희생을 냈다는데 있었다.

"사꾸라 박영보는 사죄하라."

유족들의 성난 목소리에 서장이 유족들을 달랬으나 이미 술에 취한데다 흥분된 그들은 야유를 하면서 몰려오자. 공포분위기에 피할 곳이 급했던 박 면장은 서장 차를 향해 도망가기 시작했다. 이 모습을 본 유족들은 돌멩이를 던지기 시작했고 박 면장은 서장의 가랑이 아래서 돌팔매에 맞아 죽었다. 사태가 심상치 않자 서장도 돌멩이에 부상을 입고 철수해 버렸다. 유족들은 거창사건 당시와 같이 박 면장 시신 위에 솔가지를 덮고 불을 질러버렸다. 유족집단에 의해 살인이 이루어진 현장에 있던 경찰이 손을 쓰지 못할 만큼 울분이 컸다. 주민들의 위세에 눌려 흐지부지 되듯 하던……. 이 사건은 마침내 이듬해 터진 5.16 직후 문제가 제기됐다. 거창양민학살사건은 여기서 다시 한 번 굴절된다. 군사정부는 유족회를 반국가단체로 지목했고 문강현 유족회장 등 6명을 구속해 버렸다. 또 박 면장 피살사건 피의자로 유족회원 12명을 구속했다. 뒤이어 6월 15일엔 합동묘소에 대한 묘지개장-墓地開場 명령을 내리고 이를 7월 30일 시한으로 공동묘지로 이장토록 행정명령도 내렸다. 그러나 유족들은 뼈를 보고 사람을 가릴 수 없다는 이유를 들어 묘소의 보존을 호소했다. 당국에선 유족들의 호소를 들어 봉분만 파헤치고 위령 비는 땅에 묻은 뒤 현장사진을 찍어 상부에 보고하는 식으로 뒤처리를 했다.

이 위령 비는 1960년 11월 18일 전 유족이 참석한 가운데 엄숙한 제막식을 갖고 봉헌된 것이었다. 이은상 씨가 쓴 것으로 되어있는 이 비문은 거창양민학살사건 희생자들의 무고함을 입증하고 그들의 원혼을 달래는 상징이라고 유족들은 생각하고 있다. 신원은 구사·청수·수원·양지·중유·대현·와룡 7개 마을이 산비탈을 깔고 앉은 벽지다. 당시 피난을 떠나버린 6천여 명처럼 모두 고향을 떠나버렸으면 화는 입지 않았을 것이다. 누구의 책임이든 간에 지켜야 할 땅을 제대로 지키지 못해 잠시 공비의 손아귀에 있었다는 것 이외에는 한 치의 잘못도 부끄럼도 없는 주민들이었다. "죽기 전에 이유나 알자"며 총부리 앞에서 토해낸 마지막 절규의 대답대신 날아든 총탄에 입을 다물었을 뿐이다. 이것이 천추에 남는 희생된 유족들의 한이다. 지금까지 인류의 역사기록은 자칫 힘 가진 자와 승자의 편에 서기가 쉽다. 거창의 비극도 예외는 아니다. 국내의 출판물들을 살펴보면 그 예를 쉽게 찾을 수 있다.

삼영출판사가 1984년 12월 10일 발행한 국사대사전 53페이지에는 이렇게 기록되어 있다.

『거창사건: 1951년 2월 신원면에서 일어난 양민대량학살사건. 공비소탕을 위해 주둔하였던 국군 제11사단 제5연대 연대장 오익경대령 제3대대장 한동석소령의 견벽청야 작전에 의해 감행된 것으로 동년 3월 29일 거창출신 신종목의원의 보고로 공개되었다. 동년 2월 11일 동대대장 직접 지휘로 신원면 지구의 포위작전을 개시하는 동시 누차의 권고에도 불구하고 소개하지 않은 부락민을 신원국민학교에 집합케 한 후 군 경 공무원과 유력인사들의 가족만을 가려낸 뒤 신원면 인민위원장 이하 1백 87명에 대하여 한동석 대대장 중심으로 연대본부작전명령 제5호 부록에 의해 군법 회의 간이재판을 개정 사형을 언도 박산에서 형을 집행하였다⋯下略』

국어사전에 기록이 얼마나 잘못 기록되어 있는가를 알 수 있다. 차라리 공비로 오인하여 대다수 양민이 억울한 죽음이 있었다든가 교전 중 일부 주민의 희생이 따랐다. 라는 문구가 들어가 있었어도 피해 가족들은 위안을 삼았을 것이라고 했다.

"빨갱이들이 밤에 불각시리 나타나서 양석 뺏어가지 젊은 놈들을 산으로 데 불고 가서 시달림을 받고 있는데⋯⋯. 반 미친게이 토벌대 일마들이 마을에 각중에 나타나 애민소리-애매한 소리=누명 · 하며 마을 사람들에게 못된 행우지 한기라. 절마들보다 일마들이 훨씬 더 까탈시럽제. 일마들 대갈빼이가 돌 인기라 토벌대가 지나가는 곳은 마을 주민은 날 포리-파리 · 목숨이지 산목숨이 아니다 카이. 각중에 사람이 많이 죽어 각을-시체를 담을 관 · 살돈이 있나 한꺼번에 죽어 준비한 각이 있나. 몰살당한 가족은 시체 수습할 사람도 없어 멀리서 소식 듣고 온 씨족들이 가마데이로 시체를 헐겁게 포장하여 상여도 없이 지게에 지고 가서 매장하였고 나머지 사람은 한 구덩이에 묻어 버렸다 아인교!"

"그렇다면 탄량골이나 박산골 묘역 유골은 누구 것인지 가려낼 수 없겠군요?"

"하모! 아무도 모르는 일이제. 치우지 못한 시체들이 다랑이 논에 늘비한 기라. 멧돼지와 들개들이 시체를 물고 다녀 눈뜨고 못 볼 광경인기라, 빨갱이 글마들보다 토벌대 일마들이 더 썸둑시럽었제. 토벌대 일마들이 부녀자를 강제로 데불고 가서 끌어앉고 지랄용천을 떨고 빠구리를 하고 난 뒤 아랫도리 벗겨서 니노지를-여성성기 · 칼로 도려내고 유방을 절단해 버린 것을 본 기라. 토벌대 갸들이 호로 개 자석들인 기라."

"집단으로 강간을 하고 음부를 절단했다는 말은 도처에서 들었습니다만 이곳도 예외는 아니었군요?"

"하모요! 왜놈들이 대동아 전쟁 때 강제로 처이를-처녀·공출해 가면서도 아기미 있는-젖먹이가 있는 여자·여자는 뽑지 않았는데 토벌대 일마들은 옹구바지 입은 젊은 부녀자들과 임신한 여자들 까지 강제로 빠구리를-성폭행·하고 죽여 버렸다카이 그런 법이 세상에 어디 있겠는교?"

유방이 칼에 잘려 피와 젖이 섞이어 있는데 개들이 먹고 있는 것을 목격한 사람도 있었다고 했다. 그들이 지나간 뒤는 온갖 소문과 비어들이 부풀려 입에서 입으로 옮겨져서 가족을 몽땅 잃은 유족을 더 슬프게 하였다고 했다. 대강 시체를 수습하고 고향을 떠난 뒤 오지 않는 사람도 많다고 한다.

"어르신 그동안 올바른 지도자가 없었기 때문입니다. 이젠 정치권이나 언론에서 관심을 가지고 있고 특별법이 곧 통과 될 것 같으니 늦은 감이 있으나 잘 될 것입니다."

"선생 공정하게 잘 써 주이소. 그리고 민주화 보상도 해주어야 되지만 6.25때 피해당한 사람들 거의 다 죽어가고 얼마 안 되니 보상도 우선순위가 있다고 써 주이소?"

"알겠습니다. 정확하게 쓸 테니 몸 건강하게 지내십시오!"

역사는 그 당시 저질러진 사건을 어떠한 변명을 하여도 용서 못할 것이라고 피해자 유족은 절규하였다. 녹취를 끝내고 차에 오르자 차 문을 두들긴다. 문을 열자 자그마한 보자기를 넣어 준다. 거창사과였다.

"강 선생! 가다가 입이 출출할 때 드시소!"

※ 거창군 희생자 유족회 초청으로 거창을 방문 하였는데…….

군청 문화담당 공무원의 차를 타고 탄량골을 가보니 탄량골 오르막길

오른 쪽 길가에 묘가 있는데……그때까지 묘비가 뽑힌 채 묘 앞에 넘어져 있었다. 그 후 사단법인 소설가 협회 세미나에 참석하여 묘역을 둘러보니 수 천 평에 공원을 조성하여 추념관과 희생자들의 묘가 잘 정리되어 있었다. 희생 가족들의 소원이 이루어지게 된 것이다.

전북 남원 양민 학살사건

　　남원군은 전라북도 남동부에 위치한 군으로 군 동남쪽은 지리산을 경계로 경상남도 하동군이 있고 동쪽은 경남 함양군 서쪽은 전북 순창군 남쪽은 전라남도 구례군과 곡성군 북쪽은 임실군과 장수군에 맞닿아 있다. 군의 동쪽, 북동쪽, 남동쪽이 소백산맥이 속하는 높이 1,000m 이상의 산지이고 남서쪽 순창군과의 접경지대는 500~700m 정도의 산지로 되어 있으며 대표적인 산으로 만복대=1,437m, 덕두산=1,150m, 다름 재=1,020m, 고리봉=1,304m, 세걸산=1,222m, 천황산=917m, 문덕봉=590m, 고남산=846m, 노적봉=445m 등이 제법 높은 산들이 있다. 동면과 운봉면 일대는 고원상의 분지가 발달되어 있는데 섬진강 지류인 요천이-遙川. 흘러서 충적평야 지역을 관개하며 이 물줄기가 금지면에서 적성강과 합하여 섬진강의 지류인 순자강을 이룬다.

　　대강면은 군의 남서부에 위치하고 있다. 섬진강의 연변에 위치하여 남부에 넓은 평야가 있어 주로 쌀이 많이 생산되나 잎담배와 양잠업을-養蠶業 하고 있는 풍요로운 마을이었는데 험준한 고산준령을 끼고 앉은 면이어서 빨치산 잔당 이들이 지리산 골짝으로 숨어들면서 퇴로가 차단되었고 보급로가 끊기자 마을로 내려와 식량을 약탈하고 부역에 젊은이들을 동원하여 가니 국군 토벌대가 마을에 주둔하면서 조용한 산골 마을은 낮에는 국군 토벌대가 밤에는 공비가 통제하는 세상으로 변하였다. 문제는 공비들이 밤에 마을을 점령했기 때문에 양민을 더 많이 학살 할 수 있었는데도 부녀자 노약자는 죽이지 않았으며 마을도 폐허로 만든 불을 지르지 않았다는 것이다.

낮에는 국군의 통제 하에 협조하였는데도 식량과 부역할 젊은이 몇 명만 데려갔었고 부녀자를 겁탈하지 않았다는 것이다. 그러한데 국민의 군대인 국군 토벌대는 마을을 초토화시키고 총칼로 위협하여 식량을 준 것뿐인데 통비자로 몰아 재판도 없이 사살 연좌 죄로 몰아 가족은 물론 마을 전체를 쑥밭으로 만들고 여성들에게 성폭행을 한 것은 변명할 여지가 없다.

당시 가해자가 있다면 내가 한번 묻겠다. "당신의 부모형제 처자식을 죽이겠다고 하면 어떻게 하겠는가?" 그때 그 현장에서 그 사람들은 우리와 같은 정이 있고 순박한 사람들이다. 해치지 않고 배고프니 양식 좀 달라고 하여 나누어주었을 뿐이다. 그러한데 그것이 죄가 되어 배고픈 자에게 먹을 것을 주었을 뿐인데 토벌대는 인간의 탈을 쓰고 하지 못할 짓을 민족에게 했다.

지금 우리는 수백 억, 수천억 원을 배고픈 북쪽 동포에게 지원해 주고 있다. 그때 하였던 양민들의 행동과 지금 우리 정부에서 하고 있는 것과 무엇이 다른가? 거창-居昌 산청-山淸 함양군 참극-慘劇 예고는 남원군 대강 면에서부터 시작되었다. 양민토벌군은 지리산을 경계로 동서쪽에서 양민학살을 감행했지만 이 끔직한 사건이 세상에 드러난 적은 없었다.

지리산 주변 산청 · 함양 · 하동 · 구례 · 남원 · 영광 등 3개도 6개 군의 양민들. 이들은 여순 반란사건을 시작으로 6.25전란 발발부터 아군 수복 시까지 2년 6개월 동안 낮엔 대한민국 밤엔 인민공화국이란 혼란 속에 웃지도 울지도 못할 고통을 이겨내고 살아났다. 공비토벌대는 양민토벌 대인가? 산청 · 함양 · 거창 양민 1천3백여 명을 학살한 토벌대는 이 학살 사건 2개월 이전부터 광란은-狂亂 시작됐다. 일단의 공비토벌대가 1950년 11월 17일 전라북도 남원군 강석리 마을양민 90여명을 3곳으로 분류해 대검과 일본도와 M1소총 등으로 난자 사살했다. 6.25전란으로 인해 완전히 공비들의 치하에 들어간 강석마을 수복 작전을 편다는 명목으로 1개 대대병력의 국군토벌대가 들이닥쳐 고향으로 피난 온 공무원 학생과 부녀자 노약자 등을 통비분자로 몰아 학살해버렸다. 양민들은 4개월간을 공비들의 치하에서 고난에 시달리다 토벌군의 수복작전을 채 기뻐하기도 전에 집단으로 목숨을 내놓아야만 했다. 산을 연결하는 연봉의 산세가 험준하고 깊어서 공비들이 은거하기에 알맞은 지리적 여건 때문에 공비와 내통을-內通 했다는 누명을 쓰고 억울한 죽음을 맞이한 강석마을의 착하고도 순진하기만 했던 양민들은 자기들을 지켜줄 국군이 하루라도 빨리 진주 進駐 하기만을 학수고대했던 그들은 그것이 자신들의 죽음을 재촉하는 줄도 모르고 있었다.

"우리가족들이 무슨 죄가 있습니까? 공비들에게 악덕지주라 하여 집을 잃고 양식마저 다 빼앗긴 채 광속에 갇혀 지내던 우리가족들이 국군들의 총칼에……."

아버지 허기 씨의 형인 허협 씨 등 일가 6명을 잃은 허용 씨는 말끝을 잊지 못하고 오열했다. 그의 집안은 1년에 쌀 3백 석을 수확하는 부농이었다. 빨치산들이 점령했을 때 가축과 양식을 모두 빼앗겼다. 또 집까지 비워줘야 했다. "총칼 앞에 하나뿐인 목숨을 순순히 내놓을 사람이 몇 명이나 있겠느냐?"고 허 씨는 반문했다. 당시 허 씨는 대동신문사에 근무하고 있었다. 6.25전란으로 서울시내에서 피신해 있다가 식구들의 처참한 죽음의 소식도 모른 채 1.4후퇴 때 고향으로 내려왔다. 청천병력-靑天霹靂 같은 가족들의 비보에 그는 망연자실했다. 이후 모든 것을 버린 채 50여 년 간을 고향마을 강석리에 파묻혀 술과 고기를 금하고 흰 명주옷을 입은 채 자신의 부덕함을 탓하며 근신하는 마음으로 지금까지 살고 있다. 허 씨의 아버지는 마을에서도 알아주는 인심 좋은 양반이었다. 공비들의 놀림감이 되고 인민위원회 회부되기도 했으나 평소에 이웃 도우기를 게을리 하지 않았던 터라 목숨만을 부지하고 있었다. 그는 국군토벌대 한 지휘관계급 대위가-추정·들고 다니는 일본 칼에 목이 잘린 채 처참하고-慘慘 참혹한-慘酷 죽임을 당했다. 그의 형 또한 광주전매청에서 공무원으로 근무하다 목숨을 부지하기 위해 고향으로 피난 왔다. 토벌군에게 공무원도 통비로만-通匪=인민군 잔당과 좌익세력으로 북의 정치에 동화된 자들을 도와준 자와 그 가족들·보였다. 신분증을 보여주며 애걸복걸했으나 막무가내로 끌고 가버렸다. 이들은 자신이 지은 죄목도 모른 채 억울하게 죽어갔다. 단지 죄가 있다면 공비치하에서 죽도록 괴롭힘을 당하고 생필품을 뜯기며 고생한 것뿐이다.

> "농토를 많이 가져 공비들에게 악덕지주계급으로 찍혀 한없는 고통을 받으며 4개월 간 근근이 목숨만을 부지하고 살면서 아군이 마을로 들오기만을 기다렸는데 국민의 혈세로 만들어진 국군이 그들의 주인인 국민을 이렇게 처참하게 살해할 수 있습니까?"

허 씨는 오래 전의 사실을 기억 속에 파묻어 버리려고 발버둥 쳤으나 가족들의 죽음이 떠오를 때는 치가 떨린다고 했다.

> "그들은 인간이 아니었습니다. 바로 피에 굶주린 미친 짐승 하이에나 떼였습니다."

학살현장에서 숙모를 잃어버린 최철우 씨는-대강면·증언했다. 당시 순창농림중학 4학년에 재학 중이었다. 최 씨의 8식구는 고향인 강석마을로 피난 왔다. 학살사건이 있기 전날 밤 마을 뒷산과 옆 산 등지에서 많은 총소리가 났다. 공비가 있었다면 그 소리를 들고 도망칠 일이었다.

옆 마을 송대리에 인민군 소대단위부대 본부가 있었으나 9월 15일 인천상륙작전으로 인해 곧바로 철수해 갔다. 다음날 새벽 5시께나 되었을까 어둠이 막 가실 때였다. 마을 앞 입구 구석구석에서 토벌군들이 들이닥쳤다. 이들은 총을 쏘며 백병전을 하듯 마을로 진입해왔다. 이들은 다짜고짜 집집마다 다니면서 주민들을 끌어내기 시작했다. 마을 앞 논바닥으로 모이게 한 뒤 마을 뒤쪽에 있는 오두막 한곳을 제외하고는 모두 불을 질러버렸다.

이 마을에는 1백여 가구 5백여 명이 살고 있었다. 가옥 70여 채를 불을 질러 버린 그들은 눈이 시뻘겋게 뒤집힌 채 몽둥이를 들고 마을사람들은 닥치는 대로 때리고 살림을 부수고 구두 발로 짓밟고 다녔다. 중학교 4학년인 최 씨의 눈에 비친 그들의 행동은……. 쥐약을 집어삼키고 죽기 전 발광하는 미친개라고 밖에 표현할 수 없다고 했다. 그 중에서도 특히 소위, 중위, 대위 등 지휘관이란 자들이 더더욱 악랄하고-惡辣 광기가-狂氣 심했다고 했다.

공비토벌대의 소속은 국군 제 11사단 205부대라고만 기억했다. 5백~6백여 명 1개 대대병력정도였다. 생존자들은 분명히 증언하고 있다. 토벌대는 작전개시 전 날 밤 벌써 많은 총소리를 냈다. 다음날 마을로 진입할 때도 그들은 퇴로를 비워둔 채 포위해 들어와 아무런 저항도 받지 않았다.

그 이유는 삼척동자라도 다 알 수 있는 지극히 간단한 것이었다. 공비들이 있다 해도 서로 교전을-交戰 하지 않고 도망갈 길을 열어두었기 때문이다.

북괴가 기습 남침하였을 때 제대로 전투한번 해보지도 못하고 개전 3일 만에 수도 서울을 적에게 내주고 계속 밀려 최후방어 전선 낙동강 전선인 경북 왜관 다부동 전투가 1950년 8월 1일부터 9월 24일까지 55일간 치열한-熾烈 공방전이-攻防戰 벌어지고 있을 때 1950년 9월 15일 인천항구의 협소한 수로와 심한 간만의 차이 등 상륙 작전의 어려운 조건하에서 국군과 유엔군을 7만 5천여 명의 병력과 261척의 함선으로 작전을 감행 인천교두보를 확보하고 서울을 진격함으로써 신장된 북한군의 후방을 차단하여 포위하는 한편 총반격 작전의 계기를 마련하여 북진을 할 때까지 우리 국군은 북의 화력에 눌려 열세를 면치 못하였다. 공비 토벌대 국군 11사단 병력들은 제대로 전쟁이나 작전 한 번도 해보지 못한 군대였다. 당시 사단 편제는 중대가 모여서 대대가 되어서 연대순으로 팽창된 집단이 사단을 이루었다고 한다. 북은 남침 당시 강력한 화력으로 국군 진지를 초토화 시켰기 때문에 토벌대 장교들은 공비들과 교전할시 이길 수 없기 때문에 남원군 강석 마을로 오면서 겁이나 퇴로를 열어 놓고 총을 쏴 공비들이 도망치게 한 뒤 마을로 들어와 양민을 학살한 것이다. 미련하고 겁이 많은 장교들은 전과를 올리기 위하여 통비자들을-通匪者 잡았다고 모두 사살한 것이다. 마을 전체를 방화하고 주민을 전부 죽인 것은 그들의 만행이 알려질까 두려워서 그따위 비열한 짓을 한 것이다. 즉결-即決 처분권을-處分權 아무 하사관이나 장교에게 내려지지 않는다. 지휘자에게만 내려진다. 지휘자란 어깨에 파란 견장이-肩章=표식 · 있다. 별을 단 장군도 대통령도 재판 없이 사람을 죽일 수 없다. 하사 즉 분대장인 보병부대의 말단 지휘자인 분대장에게도 자기 부하 3명까지 재판 없이 현장 사살할 수 있는 권한은 개전-開戰 12시간 전에 하달된다. 그러한데 토벌대는 적군도 아닌데 말을 듣지 않는다고 재판 없이 현장에서 사살하였으니 범죄 행위다. 이런 행위를 어떻게 해명 할 것인가? 한국전쟁은 반만년 역사를 통하여 가장 참담한-慘憺 동족상잔의-同族相殘 비극-悲劇 이었다. 세계 제2차 대전 후 냉전 체제 하에서 북한 김일성은 대한민국을 적화할 목적으로 소련과 중공의 지원 아래 1950년 6월 25일 새벽 38선 전역에 걸쳐 기습남침을 감행하였다. 소련의 항공기 및 탱크와 각종 중장비로 무장한 북한군은 압도적인 군사력우세 하에 병력 198,380명 장갑차 54대 · 전차 242대 · 자주포 176문 · 경비정 30척 · 항공기 211대이고 국군은 병력 105,752명 장갑차 27대 · 전차 없었고 자주포 없었다. 경비정 28척이고 항공기 22대 중 연락기와 연습기였다. 이러한 무기 체제와 정부의 정파싸움과 군의 기강해이 등이 개전 3일 만에 서울을 적치하에 넘겨주었고 북은 6월 28일 수도 서울을 함락한 그 여세를 몰아 낙동강 선까지 남하하였던 것이다. 개전 당시 우리 군의 소총은 99식 일본제 장총이었다. 단발용 5발들이 탄 창 일련 식 이었다. 북은 시모노프- 중공제 소총 10발들이 탄창이고 단발이다. 유엔군이 투입되면서 M1총 8발 탄창 클립 단발이 보급되었다. 북은 PPS-42 중공제 기관총 분당 650발이 발사되는 총이며 PPSH-41 중공제인 일명 따발총은 분당 700~900발이 발사되며 드럼 식 탄창에 71발이 들어가 이 총을 쏴대면 국군은 머리를 땅에 처박고 있다고 하였다. KA 중공제인 소총은 30발 탄창 스프링 송탄 방식 총인데 분당 600발 등 중공제와 소련제인 중기관총으로 무장을 하여 개전 초기 접전을 피했다는 것이다. 화력의 열세는 토벌대 장교에게는 최대 약점이어서 공비들과 싸우지는 못하고 힘없는 비무장 양민만 죽인 것이다. 이것은 변명할 수 없는 역사적인 사실이다. 전공을-戰功 앞다툰 미련한 장교를 지휘관을 둔 토벌대는 공비 없는 마을을 그대로 손쉽게 장악-掌握 했고 국군을 기다리던 순진한 양민들을 덮쳐 공비사살의 전과보고를-戰果報告 하기 위한 비겁하고도-卑怯 야비한-野卑 술책-術策 이었다고 생존자들은 증언하기도 했다. 새벽 역에 집집마다 토벌대는 들이닥쳤고 최 씨 집에는 계급도 이름도 알 수 없는 두 사람이 들어 왔다. 집주인 최 씨의 가족들은 겨우 무사할 수가 있었다. 그러나 그들의 피난처였던 작은 아버지 댁의 숙모 장귀예 씨는 토벌군의 대검과 총에 의해 난자당했다. 죄목은 공비치하에서 인민군이 시키는 대로 인민위원회 부녀회원을 지냈다는 것이었다.

최 씨는 "당시에 누가 시키는데 반대할 용기 있는 사람이 있었겠습니까? 누가 그 죄를 따질 수 있겠느냐?"고 비통해 했다. 최 씨 집에 들어온 사병들은 학도의용군 출신이었다. 같은 학도병-學徒兵 출신이라 어느 정도 의기가 통한 바도 있었다. 그 학도의용군은 자신들의 지휘관들의 잔악하고 포악무도함을 원망했다고 최 씨는 술회했다. 그들은 자신들이 시키는 대로만 하라고 했다. 허기가 져 눈이 퀭 하고 힘이 없어 악만 남아 있는 것 같아 닭 두 마리를 잡아 삶아주었다. 그들은 허겁지겁 먹어 치운 뒤 이불보따리를 챙겨 나가자고 했다. 막 대문을 나서는데 지휘관인 듯한 젊은 장교가 다가와 "어디로 끌고 가느냐? 빨갱이 새끼들 여기서 쏘아 죽여 버려." 하고 명령을 했다.

닭을 삶아 주어 잘 먹은 사병들은 장교 말을 듣지 않고 골목길로 아버지를 데리고 가자 명령을 듣지 않는 부하들을 본 장교는 도끼눈을 하고 노려보더니 "이 새끼들 현장 사살하지 않고 빨갱이를 어디로 데려 가려느냐?" 말을 끝내고 군화발로 사병 하나를 얼마나 세게 다리를 차 버렸는지 사병이 "억"하고 비명을 지르고 땅바닥에 넘어져 뒹구는 모습을 보고 아버지가

"죄 없는 사람을 왜 때리오?" 장교를 나무라자,
"뭐야! 이 개 같은 빨갱이 쫄다구 자식아!"

험악한 말을 하면서 셋째 아들 또래 정도의 젊은 장교 놈이 죽여 버리겠다며 어깨에 메고 있던 카빈총을 벗어 개머리판으로 얼굴을 내려쳐 아버지가 눈앞에서 피를 흘리고 있어도 속수무책이었다. 두 손으로 눈을 감싸고 고통에 쩔쩔매는 아버지의 얼굴을 또다시 내려치기 시작했다. 공포에 질린 식구들은 벌벌 떨려 질식할 것 같은 순간이다. 사병들도 그 장교의 눈치를 살폈다. 한참을 때리고 군화발로 차고 짓밟고 하더니 숨을 식식거리며 "'빨리 데리고 가 처치해 버리라'며 다른 쪽으로 가버렸다. 생과 사의 순간 장교가 카빈소총으로 아버지를 때리고 실탄을 장전할 때 최 씨 가족들은 모두 죽는 줄로만 알았다.

"늙은 노인을 글크롬 무자게 쌔려 패불 것이요, 지 놈도 애비 어미가 있을 꺼인디! 총으로 맞은 얼굴이 시프르등등 멍이 들고 갈비뼈가 엿가락 처럼 뿐질러 졌습디다."

최 씨는 그때 일이 떠오르면 가슴속에 뭔가 가로막고 있는 듯 답답하다고 하였다. 악랄한-惡辣 장교들 등쌀에 어쩔 수 없이 양민을 죽여야 했던 학도병들은 그래도 무식한 장교보다 지식 기반 층이었고 그때만 하여도 학도병들은 고등학생과 대학생이었기 때문에 그 시절로서는 엘리트 교육을 받은……. 의식이-意識 있는 이 나라 청년들이었다. 위기에 처한 국가를 구하고자 자원입대 하셨기에 장교들이 시켜도 무엇이 옳고 무엇이 그른가를 알았기에 배고파하는 자기들에게 귀한 닭을 삶아 주어 보시를 해 준 고마움을 잊지 않고 사병들이 끝까지 최 씨 가족들을 보호해주어 8식구 모두가 목숨을 건져 주었던 것이다. 강석마을 앞 7백여 평의 얼어붙은 논바닥에 고향을 찾아 피난 온 사람들과 주민 등 5백여 명이 모였다. 드디어 피고인 진술 없는 인민재판 즉 "통비분자-공비와 내통한사람" 분류작업이 시작되었다. 장교하나가 앞으로 다가와 긴 칼을 빨간 보자기에 싼 채 들고 "16세 이상 40세 이하는 왼쪽으로 나오시고 40세부터 50세는 오른쪽으로 나와 앉으시오."했다. 30여명이 우르르 나가서 쪼그리고 앉자

"당신들은 우리부대 보급 대원으로 임무를 시킬 것이니 걱정 마시오. 공비를 토벌하려면 사병들이 지치면 안 되니 각기 적당량의 탄약과 식량을 운반해 주면 작전이 끝난 뒤 돌려 모두 무사히 집으로 보낼 테니 오늘 하루만 고생해 주시면 됩니다."

이렇게 안심시켜 불쌍한 양민들을 속이는 간교함을-奸巧 부렸다.

"전쟁은 끝났지만 산으로 숨어 들어가 있는 빨갱이 잔당을 전부 소탕하

기 위해선 국군들의 수가 워낙 부족하니 왼쪽 사람들은-젊은이·남원에 주둔하고 있는 부대로 가서 군에 입대하시기 바랍니다. 그리고 40~50세까지는 보급대로-부역. 편성하겠습니다." 분류작업을 작업을 한다면서 60여명의 양민들의 왼쪽으로 다가섰다. 그 속에는 고향으로 피난 온 공무원 허협 씨는 전북대학 1학년에 재학 중 등록금을 가지러 온 김진원 씨와 농협의 전신인 금융조합직원이었던 허태형 씨 등도 끼었다. 고향 땅에 피난 왔던 그들은 죽음의 길인지도 모른 채 토벌대의 인솔에 머나먼 북망산천을 향해 발걸음을 옮기기 시작한 것이다. 분류작업이 끝나고 나니 그는 각기 인솔 병들에게 귓속말로 지시한 것이다. 젊은이들이란? 그러니까 16~40세까지를 인솔하는 병사들이 많은 병력을 할당하였다.

"60여명의 젊은이를 공비들이다." 라는 누명을 씌워 죽인 것이다. 기러기 재에서 공비와 교전하여 전원 사살하였고 동조하였던 가족도 사살하였다는 보고서를 쓰기 위하여 토벌대는 그들을 3열종대로 세운 후 마을 뒷산 기러기 재를 향해 끌고 갔다. 초겨울의 찬바람도 아랑곳하지 않은 채 꽁꽁 얼어붙은 논바닥에 남아 있던 가족들은 이들이 가는 곳을 그저 멍하니 쳐다보며 신체검사에서 불합격되기만을 기원하고 있었다. 그들이 1백여m 쯤 나갔을 때였다. 빨간 보자기를 든 장교는 다음 호출 명령했다. 혹독한 추위에도 발끝의 시림도 잊은 채 논바닥에 모인 양민들은 고개를 돌려 쳐다보았다.

"여자들은 왼쪽으로 나와서 줄지어 서시오."

이때 양민들은 불길한-不吉 예감을-豫感 느꼈다. 왼쪽으로 서있기를 꺼려하자 갑자기 말과 행동이 거칠어졌다. 그들은 깊숙이 감추었던 사악하고-邪惡 포악함을-暴惡 다시 드러내기 시작했다. 양민들이 모여 있는 사이로 토벌군들이 뛰어 들어와 처녀들과 젊은 여자들을 마구잡이 잡이로 끌어냈다. 그들을 끌어내어 마을 뒤 으슥한 오솔길 옆 밤나무 밑으로 소몰이 하듯 몰고 갔다. 또 50~60세가 넘은 노약자 19명을 끌어내어 마을 회관 앞으로 데리고 갔다.

공포에 질린 양민들 앞에서 그들의 포악함이 절정에 달할 즈음 3곳으로 나뉘어 끌려간 양민들은 영원히 사랑하는 가족들과 이승을 등지고 말았다. 토벌대가 주민을 모두 죽이고 마을을 불태우고 떠난 자리는 벌레도 들새도 얼씬대지 않는 산목숨 하나 기척이 없는 그야말로 무주-無主 공터는 오직 불에 탄 시체들이 두 눈을 부릅뜬 채 뒹굴고 있어 그 광란의 현장에서 기적적으로 살아남은 가족에겐 원한만 살아 있었다고 하였다. 그러나 세상엔 비밀이 없다고 했던가. 그 잔악무도하고-殘惡無道 포악하게 -暴惡 확인 살상까지 감행한 국군토벌군이었지만……. 60여명을 총으로 집단학살한 곳에도 기적적으로 생존자는 남았고 19명의 목을 일본 칼로 내리쳤어도 죽지 않고 살아 있는 생생한 산증인이 있는 것이다. 차라리 확인 사살을 하였다면 남원 강석 마을 양민학살 사건은 역사에서 지워져 버릴 수도 있었을 것이다. 잔악무도한 토벌대 장교도 인간이지 신이 아니기 때문에 실수를 한 것이다. 그 많은 선량한 양민을 죽이고 태연할 수가 있겠는가? 술을 쳐 먹고 미친개처럼 날뛰던 자들이 인간 사냥을 하고 어찌 편히 자겠는가? 한편 학도병들은 총소리가 나면 사정없이 넘어져 죽은 채 하고 있다가 토벌대가 떠난 뒤에 도망가라고 하였다. 진실은 언젠가 밝혀질 것이라고 그들은 굳게 믿고 있었다.

한민족은 근세에 들어 일본의 침략과 동족상잔의 비극 6.25전란 등 두 차례의 민족적 비극을 감수해야만 했던 크나큰 오점을 남겼다. 지리산 주변 양민학살은 1948년 제주도 4.3폭동 사건 때 벌써 잉태되고 있었다.

지리산의 포성이란 산청지역 경찰전사에 따르면 48년 2월 7일 경남 밀양읍 조선모직 종업원 1백 30명이 총파업을 시도했다. 이때 경찰과 우익청년단체는 이 회사 종업원들과 투석전을 벌인 끝에 종업원 1백 30명 전원을 체포, 이들을 모두 좌익으로 몰아 버린 사건이 발생했다. 이로부터 대한민국 내에는 좌익 군부세력이 표면화되기 시작한 것이었다.

남원양민학살사건의 발단 또한 당시 사회의 가장 큰 이슈였던 노동운동에서부터 기인-基因 된 것으로 볼 수 있다. 때를 같이해 제주도에 좌익

세력인 남로당부가 설치됐다. 당시 미군정 당국은 일반집단집회 활동을 전면 금지하고 있었다. 그런데도 제주에서는 좌익의 주동으로 48년 3.1절 행사를 미군철수 궐기대회로 바꿔 대대적으로 개최했다. 이날 역시 경찰과 우익청년단체들이 좌익과 충돌해 미간인 7명이 사망하는 사태가 발생했다.

급기야 제주도내 수많은 도민들이 강하게 반발했다. 4월 3일엔 드디어 3천 5백여 명의 도민이 도내 15개지서 중 14개를 기습점령하기에 이르렀다. 또 제주주둔 국방경비대국군의 전신 9연대 병력이 이에 동조하여 반란을 일으켜 검찰청과 경찰서를 습격을 하여 점령해 버렸다.

이어서 10월 1일 국군이 창설되었다. 10월 19일 여수에 주둔하고 있던 국군 제 14연대 중화기대대가 제주도 반란군을 진압하기 위해 출정회식을 가졌다. 이날 밤 일부 군 간부들이 4천여 명의 군인들을 선동하여 제주에 가는 대신 여수와 순천을 점령해 버렸다. 이것이 여수 순천 반란 사건이다. 정부는 부랴부랴 21일 광주에 반란군 토벌사령부를 설치했다. 25일 육군 제 2여단과 5여단을 통합하고 인근 1개 대대와 합쳐 반란군 소탕작전을 전개했다.

반란군들은 결국 토벌되어 쫓기게 됐고 그중 2백여 명이 지리산등지로 은신했다. 이들이 소위 최초의 공비들로 암약하게 된 것이었다.

이 일련의 사태에 대해 일부 사학자들은 이것이 과거 정치인들과 일부 군부세력간의 개인적인 야욕 때문에 빚어진 산물이라고 평가하고 있는 것이다.

전북 남원군 대강면 강석마을은 기러기가 모래밭에 사뿐히 앉은 형상을 한 곳이라 하여 기러기마을이라고 불렸다. 조상 대대로 농사를 많이 짓고 기름진 옥토가 즐비했던 부자마을이다. 이곳엔 노동운동이나 사회주의를 부르짖는 사람은 한사람도 없었다. 그들은 순박한 산골 촌민이었다. 한국전이 터진 뒤 국군이 밀려서 북한군에게 점령당한 뒤도 그들은 좌익이니 우익이니 하는 용어도 몰랐다. 국군 토벌대가 들어오면서 통비분자니 빨갱이니 우익이고 좌익이란 말을 들었을 뿐이다. 나라가 전쟁터로 변하고 국군이 적에게 전쟁에 패하여 밀리고 난 뒤 어느 날인가 밤이면 산에서 내려와 양식을 뺏어 가는 도둑 같은 강도들이 빨치산이란 것을 알았다. 그때부터 이들은 개인적인 정권욕의 산물인 빨치산들에 의해 짓밟히며 고통 받고 살아왔을 뿐이다.

공비토벌대는 1950년 11월 17일 마을수복을 빌미로 공비도 없는 마을에 총을 쏘아대며 들이닥친 것이다. 국군 제 11사단 공비토벌대는 부모형제도 없단 말인가. 60여명의 젊은 청년들을 "군 입대"라는 비겁한 술책으로 끌고 가 집단살육을-集團殺戮 자행한 것이다. 이조시대 대역 죄인에게나 내려지는 형벌을 인용한 것이다. 재판도 없이 단 한마디의 변명도 하지 못한 채 이들 19명 노약자들이 목을 차례로 잘리는 효수라는-梟首 참형에-斬刑 처해졌다.

60여명을 집단 학살한 살육의 현장에서 살아남은 생존자 최동선 씨는 반세기 세월이 지난 지금도 그 날의 크나큰 충격 때문에 간혹 정신을 잃는 등 악몽에 시달려 거의 폐인이 돼 살아가고 있다. 강석마을 살육현장에서 살아남은 최팔봉 씨도 기적적으로 살아났다.

새벽 들이닥친 토벌군의 명령에 따라 마을 앞 얼어붙은 논바닥에 모인 5백 여 명의 주민 가운데 젊은이 60여명이 "군 입대"라는 한 장교의 간교함에 어쩔 수 없이 기러기 재를 향해 3열종대로 걸어갔다고 최 씨는 생생히 증언했다. 마을 앞 논바닥에서 분류작업을 할 때 밤손님에게-공비. 잡혀가느니 차라리 군에 입대하는 것이 훨씬 낳을 것이라 생각했다. 국군이 싸워 보지도 못하고 대구까지 밀리고 진주를 지난 마산 진동까지 진격했다는 말을 듣고 지리산 골짜기로 숨어든 것이 결국 오늘 잡혀가는구나 하고 체념하였던 것이다. 분류작업이 끝나자 장교들이 갑자기 말이 거칠어지고 욕을 하였다.

분류작업하면서 임무를 말하는 내용대로라면 크게 걱정할 것 없다는 마음으로 3백여 미터쯤 올라갔을까. 등 뒤의 가족들 모습이 멀어지고 있을 때였다. 토벌군들의 움직임이 수상했다. 그들은 눈이 시뻘겋게 충혈 되기 시작했다. 상상만 했던 광기가 발동하였는가! M1소총에 모두 착검을-着劍 했다.

　　"야. 이 새끼야! 줄 똑바로 서서 걸어가."

한 장교의 욕지거리와 동시에 개머리판으로 등짝을 두들겨 패는 소리가 여기저기서 "퍽" "퍽"나기 시작했다.

　　"이 새끼들 굼벵이를 삶아 쳐 먹었나 빨리 빨리 가지 못해!"

발로 차고 총 개머리판으로 머리통을 쳤다. 머리에서는 선혈이 낭자하게 흘러내렸고 연이어 "아이고 아이고"하는 신음소리가 연이어 터져 나왔다. 젊은 청년들은 공포에 질려 온몸을 사시나무 떨 듯 움츠리며 기러기 재 등성이를 향해 걸어갔다. 발길에 걷어 채이고 총 개머리판에 두들겨 맞으며 가파른 산등성이를 오르자. 드디어 오솔길이 나왔다. 끌려가던 청년들은 여기서부터 한 명씩 줄을 서기 시작했다. 군인들은 기러기재 정상을 50m 쯤 남겨둔 채 청년들을 골짜기로 밀어 넣었다.

　　"10분간 휴식하고 출발 하겠다."

거칠게 몰아 부치던 토벌대가 하는 말에 불길한 생각이 온몸을 엄습하였다. 빨리 가자고 개머리판으로 찍고 발길질을 무수히 하더니 쉬었다 가자는 게 이상하였고 계곡으로 밀어 넣은 게 이해가 되지 않았다. 빨리 갈 것이면 구태여 좁은 계곡으로 들어가게 할 필요가 없는 것이다. 꾸역

꾸역 좁은 곳으로 들어가자 토벌대들이 실탄을 장전하지 않는가 여기저기서 "철커덕" 거리는 소리를 들으며 불안한 청년들은 두 눈을 휘둥그래 굴리며 차례로 다랑이 논바닥에 쪼그리고 앉았다. 토벌군들은 청년들을 쭉 에워싸고 이들을 꼼짝도 못하도록 포위했다. 군인들은 자신들만 아는 말로 주고받았다. 주위를 힐끗 쳐다보다가는 음흉한陰凶 웃음을 터뜨리곤 했다. 공포에 질려 몸과 마음을 와들와들 떨고 있는 양민들과는 반대로 "어떻게 재미있게 죽일 수 있겠느냐?"며 수군거리는 토벌군 말을 들었다. 최 씨는 그 순간을 이렇게 술회했다.

> "10여 분간 꿈쩍 않고 크게 숨을 쉬지 않았습니다. 군인들의 야릇한 웃음소리만 간혹 들렸을 뿐 갈바람에 살랑거리는 나무 잎사귀 소리가 들릴 정도로 조용했습니다."

드디어 한 장교가 청년들 앞으로 나와 살기등등하게 명령했다.

> "이 빨갱이 새끼 놈들! 너희 놈들은 모두 이 자리에서 총살이다."

청년들의 혹시나 살려줄까! 했던 기대는 완전히 무너지고 저승사자에게 이끌려온 걸 직감했다. 양민들은 살려달라고 매달렸다. 당시 전라남도 광주시 전매서 공무원이었던 이 씨는 신분증을 내보이며 애걸복걸했다. 대학생 이군은 학생증을 들고 그 장교의 다리를 잡은 채 울며 살려달라고 애원했다. 장교는 군화발로 이군의 턱을 사정없이 차버렸다. 이군의 턱은 퉁퉁 부어오르고 입안이 터져 피가 가득 고였다. 그러자 토벌군들은 일제히 달려들어 개머리판으로 이군을 닥치는 대로 내려치기 시작했다. '억'하는 비명소리와 함께 입안에 가득 고여 있던 피를 쏟아 냈다. 법이나 체면보다도 더 무서운 게 인간의 폭력이었다. 양민들은 도살장에 끌려온 양순한 소가 된 듯 하염없이 눈물만을 흘리며 얼어붙은 논바닥에 무릎을 꿇고 겁에 질려 와들와들 떨고 있는 양민에게 장교는 소리쳤다.

"뒤로 돌아 머리 처박아!"

이것이 저승으로 가는 신호였다. 말소리가 떨어지기 무섭게 토벌군들의 총구에서는 불을 뿜어댔다. 천지를 진동하는……. 콩을 볶는 듯이 요란한 소리가 났다. 살점이 튀겨나가고 머리통이 물을 떠올릴 때 사용하는 박으로 만든 바가지처럼 깨여져 논바닥에 여기저기로 뒹굴었다. 아니, 잘 익은 수박을 싣고 가던 차가 전복된 것처럼 머리통이 깨어져 논바닥에 튕겨 나갔다. 지옥의 아수라장을_阿修羅場 탈출하기 위해 양민들은 산 쪽을 향해 달리고 또는 논 밑으로 뛰어내리기도 했다. 시체에 걸려 넘어지고 논두렁을 오르다 미끄러져 넘어지고 벼논에 메뚜기처럼 이리 뛰고 저리 뛰고 방향을 잡지 못해 논바닥 가운데서 어디로 도망칠 방도를 몰라 빙글빙글 도는 사람도 있었다. 지옥의 아비귀환이 있다면 이러한 광경일 것이다. 이와는 반대로 쥐약 먹은 쥐를 먹은 개처럼 토벌대는 헉헉거리며 양민들에게 총을 쏘아대면서 날 뛰었다. 순식간에 주민 절반이 쓰러졌다. 그 와중에도 부상을 당하여 기어가는 사람을 부축하여 가기도 했다. 마을사람이고 일가친척이기 때문이다. 그들은 그냥 둘 리 없는 토벌군이었다. 도망치는 사람을 향해 그들은 인간사냥을 하듯 정조준했다. 총알이 몸에 박힌 청년들은 꼬꾸라졌다. 순식간에 논바닥과 그 주위는 하얀 명주적삼을 입은 시체가 즐비하게 널려졌다. 곳곳엔 유혈이 낭자했다. 사살당한 60명의 시신에서 흘러나온 피가 다랑이 논가 작은 도랑에 모여들어 흐르기 시작했다. 생존자 최 씨는 그 순간이 떠오르는지! 진저리를 친 후 말을 이었다.

"총소리가 나는 순간 왼팔이 떨어져 나가는 것 같이 아팠습니다."

그는 자신도 모르는 사이에 방바닥에 엎드렸다. 인간이 죽음 직면하면 무한한 힘이 솟고 위기를 모면하려는 몸부림이 있는 법이다.

최 씨는 5~6구의 시체의 포개어져 있는 그 밑을 파고들었다. 위에서 흘러내리는 피로 목욕하듯 뒤집어 쓴 채 정신을 잃었다. 한참 시간이 흐른 뒤였다.

시끌시끌한 소리가 들려 정신을 차려보니 마을 사람들이 가족들의 시체를 찾기 위해 울며불며 시체더미를 뒤지고 있었다.

건넛집에 살던 김점순 씨는 총에 맞아 죽어있는 남편의 시체를 보자 미쳐 날뛰었다. 하늘을 쳐다보고 두 팔을 내저으며 논 주위를 뛰어 다니기 시작했다. 최 씨는 마을사람들에게 군인들이 떠났는지를 물었다. 토벌군들이 떠났다는 말을 듣고 시체더미 속에서 나와 온몸에 피를 뒤집어 쓴 채 혼미한 상태로 비틀거리며 타다 남은 집을 향해 뛰다가 기어가기를 반복하여 겨우 집에 도착 하였다. 피비린내 나는 죽음에 직면했던 충격으로 뱃속이 뒤집힐 것같이 울렁거렸다. 집안에 먹을 찾아 헤맸다. 먹을 것이라고는 숨겨둔 곶감뿐이었다. 이것을 손에 잡히는 대로 입에 털어 넣었다. 잠깐사이에 곶감 한 접 백여 개를 먹어치웠다. 빈속에 단 곶감을 많이 먹어 토악질을 하였다. 그것만이 아니었다. 벗어 놓은 피투성이 옷을 보니 토악질이 계속 이어졌다. 다 토하고 생 똥물까지 토해버렸다. 뱃속에 아무것도 남지 않았을 것이다. 골방 속에 쳐 박혀서 문에 못질을 하고 난 뒤 3일 밤낮을 죽은 듯이 잠만 잤다. 최 씨는 지금 그때의 충격에서 헤어나지 못한 채 고통을 받으며 살아가고 있다. 60여 명의 젊은 청년들을 학살한 기러기 재 계곡아래 논바닥에는 시체가 나뒹굴었다. 부모 형제 자식을 찾던 가족들은 한구한구 얼어붙은 시신이 확인되면서 계곡 안은 온통 통곡으로 메아리쳤다. 머리가 터져 죽어있는 남편의 시신을 부둥켜안고 오열하는 여인……. 두 눈알이 없는 아들의 시체를 쳐다보고 통곡하는 어머니……. 마을 사람들은 얼어붙은 논바닥을 파기 시작했다. 곡괭이도 삽도 없었다. 그들은 호미와 뾰족한 돌멩이를 주워 꽁꽁 언 땅바닥을 팠다. 손가락이 터졌다. 그래도 그들은 아프지 않았다. 너무나 큰 고통을 받은 순하고도 착한 양민들이었다. 차디찬 겨울바람이 계곡에 휩싸여도 춥지 않았다. 겨우 시신들을 흙으로 덮었다. 봉분을 만들 엄두도 내지 못했다. 이것이 부유했던 강석마을의 집단장례였다. 그들은 오열하며 불타버린 집 헛간으로 떨어지지 않는 발걸음을 옮겼다. 인간의 구원의 손이라는 신들은 보고 있었을 것이다. 그들의 광기를…… 종교인들이 주장하는 보이지 않는 구원의 손 신들이 살고 있다는 하늘도 무심했다. 국군토벌군에 의해 살해당한 그들의 시체는 또다시 2번 3번 죽임을 당했다. 그날 밤에 굶주린 여우 떼와 멧돼지들이 엉성하게 꾸며놓은 무덤 속의 시체를 파내 먹으면서 갈기갈기 찢어 놓았다. 집에서 키우는 개들도 먹을 것이 없어 무덤으로 뛰어가 시체의 살점을 뜯고 물고 다녔다. 온 마을 개들의 입술이 피로 물든 채 쏘다니고 있었다. 그 모습을 바라보는 강석마을 유족들의 슬픔은 더욱 극에 달했다. 밤에는 공비가 내려와 식량을 약탈해 갔고 낮에는 토벌대가 소와 돼지를 비롯한 닭 등을 마음대로 잡아먹었고 하여 마을 주민들은 양식을 거름 속에 옹기에 담아 묻어 두고 거름 위에다 똥물을 끼얹어 위장하여 꺼내 먹고살았다. 사람도 먹을 것이 없어 개들의 먹이가 없자 개들이 집을 나가 늑대처럼 변해버렸다.

"우리가 무슨 잘못이 있습니까? 평온했던 우리 마을의 운이 다 끝난 줄 알았습니다."

당시 15세의 나이의 이 모든 현장을 본 김상인 씨 강석리 학살의 현장에서 종가 집 형 김상철 씨를 잃었다. 토벌군들은 새벽 5시께 들이닥쳐 8시께 떠났다. 한편 이 같은 광란의 3시간 여 동안 마을회관 앞 한 초가에서는 양민 19명에 대한 참수가斬首 끔찍하게 자행되고 있었다. 남원군 대강면 강석리 기러기마을 사람들은 장터에 가기 위해 닷새마다 마을 사람들이 오순도순 넘어 다니던 기러기 재가 있다. 그들이 정다운 이야기를 나누면서 지나치던 그 길가 모퉁이 논바닥에서 마을청년 60여명이 토벌군의 M1소총과 기관총에 의해 무참히 살해당했다. 사랑하는 부모 형제 처자식을 뒤로한 채 영원히 오지 못할 저승 객이 된 것이다. 그들은 동포를 믿고 국군토벌대가 자신들을 지켜 줄 것이라고 굳게 믿고 있었다. 광주와 순천에서 인민군을 피해 목숨을 부지하고자 고향을 찾아 피난 온 청년들이 도리어 죽음을 재촉한 것이다.

악몽 같은 1950년 11월 17일 60여명의 청년들을 군 입대를 빌미로 간교하게 유인해 간 토벌군들은 기러기 재에서 총살시키고 난 뒤 인근 부대에서 탄약을 지급 받아 강석리로 왔다. 마을 사람들은 60여명이 군에 들어 간 줄로만 알고 있었다. 살육 잔치를 끝내고 떠난 줄 알았던 토벌대는 일부가 다시 마을로 돌아와서 마을 앞 논바닥에 모인 순하고 순한 양민들을 또 다시 끌어내기 시작했다.

"여자들은 왼쪽으로 서시오."

기러기 재에서 60여명을 도륙하고 난 뒤 광기로 눈이 충혈 된 장교가 말했다. 뭔가 불길한不吉 낌새를 알아차린 한 부인이 남편 뒤로 몸을 감추었다. 토벌군은 장교는 이때를 놓치지 않았다. 양민들이 들으라는 듯이 "개 같은 년"하면서 논바닥으로 뛰어들었다. 그 독살스런 표정으로 다가오는 살인마를 보고 남편 뒤에 숨어 오들오들 떨고 있는 여인의 머리채를 사정없이 오른손으로 낚아챘다. "빨갱이 년"머리채를 거머쥔 채 왼쪽으로 질질 끌고 가 군화발로 차자 여인은 힘없이 논바닥에 넘어지자 군화발로 짓이겼다. 그 여인은 부끄럼도 체면도 잊은 채 잘못했다며 벌떡 일어나 차가운 논바닥에 무릎을 꿇어앉아 두 손을 모으고 빌고 빌었다. 그 여인의 남편 또한 겁에 질린 채 그 군인을 붙잡고 애걸복걸-哀乞伏乞 용서를 빌고 있었다. 아무런 죄도 잘못도 없지만 폭력과 죽음이 무서워 자신이 무슨 죄를 지은 지조차 모른 채 무작정 두 손을 모와 빈 것이다. 광기로 눈이 시뻘게진 장교는 힐끗 눈을 아래로 깔면서 "곧 죽을 년인데 내가 왜 이렇게 흥분하지"했다.

그 여인은 군대용어로 시범케이스로 걸려든 것이다. 여인은 설마 하였다. 친정 오라비 또래나 아니면 시아주버니 또래였다. 젊은 여자였기에 겁도 났지만 죄 없는 사람들이 죽이기야 하겠느냐 안심도 했다. 다만 그동안 들리는 소문에 토벌들이 젊은 여자와 처녀들을 강제로 욕보였다는 말을 들었지만 자기는 남편이 있는 몸이니 그러한 수모는 면하리라는 생각이 들었지만 착각에 불과하였다. 인류역사상 전쟁은 여인들의 수난 사이기도 하였으며 전쟁 때문에 인류의 최초 상업 직업인 매춘이 전쟁 때문이었다.

장교도 결혼하여 아내가 있을 것이다. 아니면 누이나 누이동생이 있을 법한데 토벌대 장교의 욕지거리는 인간이기를 완전히 포기하는 순간이었다. 불안해진 부인네가 의지할 곳은 서로 간에 속살을 부디 끼며 믿고 사는 남편등 뒤로 숨는 것은 당연한 이치였다. 그 광경을 목격한 금수 같은 장교는 원앙새 같은 부부를 발길질과 총개머리 판으로 폭행을 하고도 모자라 덤으로 7명의 부녀자들을 더 끌어냈다. 토벌대 1개 분대가 불안해서 숨도 제대로 못 쉬는 여인들의 팔을 꽉 낀 채 방금 전에 논바닥에서 일어난 참혹한 광경을 목격하여 오금이 재려 발걸음도 제대로 옮기지 못하는 몇몇 여인들을 총개머리 판으로 뒷머리치자 비녀가 빠져나오면서 삼단 같은 긴 머리가 풀리면서 타고 내리는 피가 흘러내려 흰 치마를 적셔 귀신집단같이 보이는 여인들을 마을 뒷산 밑 오솔길 쪽으로 끌고 갔다. 그 장면을 목격한 논바닥에 남아있던 4백 50여명의 양민들은 겁에 질려 파르르 떨고 있었다. 공포와 걷잡을 수 없는 불안감에 쌓여있는 양민들 앞에 긴 칼을 빨간 보자기에 싸서들고 다니는 장교가 술에 취한 듯 갈지자걸음을 걸며 또다시 나타났다.

"우리는 여러분들을 위해 여기까지 진격해 왔습니다. 통비분자 색출에 적극적인 협조를 바랍니다."라며 경어를 敬語 써가며 일장 연설을 해댔다. 그러나 이 마을에 온 토벌대는 하나같이 장교들이 악질이었다. 그들의 마음을 읽을 수가 없기 때문이다. 분류작업을 할 때는 경어를 쓰다가 분류작업이 끝나면 말투가 바뀌었다. 처음 시범으로 겁을 주고 나면 다른 놈이 나타나 경어를 쓴다. 그러면 사람들은 지시를 잘 따라 주었다. 일본도를 든 자는 마을 사람들에게 걱정 말라는 듯이 살래살래 손짓을 하고 빙긋 웃음을 흘리면서 점잖을 떨었다.

"영감들을 왼쪽으로 끌어내." 하고 부하들에게 명령했다. 하나 둘 노인들을 끌어내기 시작하자

"놔라, 이놈들아! 너희는 어미 애비도 없느냐?"며 한 노인이 호통을 쳤다. 그러자 장교 한 명이 카빈소총 개머리판으로 노인의 입을 가격하였다. "억" 하는 비명과 함께 밑 둥 잘린 고목같이 빙판이 된 논바닥에 뒤로 넘어진 노인의 입에서는 몇 개 남지 않은 이빨이 절단 나서 피와 함께 얼음위로 쏟아져 나왔다. 입을 움켜진 손가락 사이로 계속 피가 쏟아져 나오고 노인은 차가운 얼음 바닥에서 새우처럼 몸을 구부리고 고통을 호소하고 있지만 누구하나 거들떠보지 못했다. 잘못하였다간 그 꼴이 되기 때문이다.

"64살의 노인네가 무슨 죽을죄를 졌겠습니까?"

아버지와 형 윤기 씨 등 가족 6명을 잃은 윤용 씨는 흥분된 어조로 얘기했다. 굳이 죄가 있다면 인민군 점령당시 힘없어 공비들에게 집을 내어 주고 양식마저 다 빼앗긴 채 헛간에서 주먹밥을 얻어먹은 것뿐이라고 분통해 했다. "악덕지주계급"이라 하여 빨치산들의 죽창에 찔려 죽는 것이 두려워 온갖 고통을 참아가며 간신히 목숨을 부지한 죄밖에 없다는 것이다.

왼쪽으로 끌려 나간 노약자 중에는 덩치가 커 유난히 나이가 많아 보이던 박점동 씨도-강석리. 당시 29세- 끌려 나갔다. 박 씨는 참수의 형장에서 기적적으로 살아 나온 유일한 생존자이자 산증인이다.

한 장교가 일본도로 그의 목을 3번이나 내리쳤으나 다행히 빗나가 천운으로 목숨을 구해 현재까지 생존해 있다. 박 씨는 이날 형수 이순영 씨와-당시 32세· 두 동생 진원과-당시 20세· 점순 씨를-당시 25세- 잃었다. 박 씨는 자신이 끌려 나간 이유를 이렇게 설명한다.

"총살시킬 젊은 청년들과 함께 나가지 않기 때문에 토벌군들의 명령을 무시했다."는 것이었다. 순간적인 감정적 보복행위였다고 주장했다.

드디어 19명의 노약자들이 왼쪽으로 끌려 나갔다. 눈이 뒤집힌 채 광기를 부리던 군인들은 그 장교의 명령에 따라 그들을 에워쌌다. M1소총에는 대검을 착검하고 포로를 호송하듯 앞뒤 양 옆에서 대검 끝이 노약자들을 향하게 하고 위협을 하면서 이동하게 했다. 걸음걸이가 더디 자. 토벌대는 착검한-着劍 상태로 늙어 걸음걸이도 잘 못하는 노인들을 쿡쿡 찌르기도 했다. 겁에 질려 허둥대자 개머리판으로 옆구리를 찍기 시작했다. 늙은이들은 옆구리를 움켜잡고 비명도 못 지르고 도살장에 끌려가는 소처럼 눈물을 흘렸다. 토벌대의 행동으로 보아 끌려 나간 사람들에게 죽음의 그림자가 서서히 드리워지고 있었다.

"모두 마을회관 앞으로 끌고 와."

그 장교의 명령에 따라 선량한 주민들이 형장으로 끌려가는 대역 죄인이 되어버렸다. 아무 말도 없었다. 한마디의 진술도 듣고자 하지 않았다. 오직 명령하는 자와 복종하는 자만이 있을 뿐이었다.

"어찌 맑은 하늘아래서 이런 일이 일어날 수 있단 말이요."

박 씨는 그때가 상기되듯 몸을 부르르 떨면서 고통스러워했다. 50~60
세노인들······. 명색이 마을어른들이다. 그들은 처와 자식 손자들이 지켜
보는 앞에서 끌려가면서도 걱정하지 말라는 듯 가족들을 쳐다보며 애써
미소를 지어 보이며 위엄을 갖추며 걸어갔다. 가족들은 순간의 너무나도
크나큰 공포 때문에 반항도 할 말도 잊은 채 불안한 눈망울을 굴리며
그저 쳐다보고 있을 뿐이었다. 논바닥을 내려와 여기서도 3열종대로 세
운 채 마을회관 쪽을 향해 끌고 갔다. 2백 여m. 회관 앞에 이르렀을 때
회관 앞 불태우지 않은 집에서 그 장교가 집안으로 몰아넣으라고 지시했
다. 토벌군들에 의해 한사람씩 차례로 집 뒷마당으로 끌려가 다시 3열종
대로 꿇어 앉혔다.

여기서도 그 살인 장교는 "인간상실적인-人間喪失的" 간교한-奸巧 말을 내
뱉었다.

"영감들 여기까지 온다고 수고 많았소. 지금부터 한 명씩 성분조사를
실시하겠소." 라고 했다. 죄를 짓지도 않았고 아무런 잘못도 없으니 도망치
지 않고 그 자리에 그대로 있었던 그들은 그 한마디 말에 죽음을 면할 수
있겠다는 안도감에-安堵感 서로 간에 손을 잡고 기뻐했다.

"그러면 그렇지 국군들이 선량한 국민들을 해칠 리가 있나."라며 이구
동성으로-異口同聲 불안감을 씻었다. 그 장교는 집 앞쪽으로 나갔다. 토벌군
들의 삼엄하던 경비도 풀린 듯 6~7명만을 모두 바깥으로 나가버렸다. 남아
있던 사병 두 명이 다른 군인에게 총을 맡기고는 수건 5~6장을 구해왔다.
그들은 맨 앞줄 왼쪽으로 갔다. 그 장교가 말하는 작업이-성분조사 · 시작된
것이다. 비무장의 사병 두 사람은 각자 총을 받아 어깨에 가로질러 멨다.
가져온 수건으로 맨 앞사람의 눈을 가렸다. 양쪽에 서서 팔짱을 낀 채 옆
을 돌아 집 앞쪽으로 끌고 나갔다. 아무런 소리도 들리지 않았다. 1~2분이
지나자 두 번째, 또다시 세 번째, 남아있는 이들은 총소리도 고함소리도
들리지 않자 그 장교가 보기보다는 착한 군인인 모양이라며 조용히 나갈
차례를 손꼽아 기다리고 있었다. 마지막으로 19번째 박점동 씨의 차례가
왔다. 수건으로 눈가리개를 한 채 이끌려 나갔다. 마당의 어느 부분인지는

모르지만 무릎이 꿇려 앉혀졌다. 자신을 데려온 두 사병은 "머리를 숙이고 가만히 있으라"며 몸에서 팔을 빼고는 어디론가 사라졌다. 그 순간 귀에는 이상한 소리가 들렸다. "씨익" "씨익" 멀리서 달려온 듯한 사람의 거친 숨소리가 들렸던 것이다. 그 소리에 갑자기 신경이 곤두섰을 때였다. 술 냄새가 지독하게 풍긴다고 느끼는 순간 왼쪽어깨를 몽둥이로 내려치는 것 같았다. "욱"하면서 몸을 꿈틀하자 무언가가 "씨익"소리를 내며 목덜미가 뜨끔 하는 것을 느꼈다. 바로 칼날이었다. 그때서야 박 씨는 모든 것을 알았다. 먼저 끌려온 18명은 칼에 맞아 참수를 당해 죽었기에 조용했다는 것을……. 뜨거운 피가 솟구쳐 등짝으로 흘러내리기 시작했다. 일어설 수도 넘어질 수도 움직일 수도 없었다. 다시 "씨익"하며 목이 잘리는 듯한 심한통증을 느끼며 그 자리에 앞으로 푹 꼬꾸라졌다.

"더러운 놈 모가지가 이렇게 질겨."하면서 씩씩댔다.

새남터 사형장의 망나니도 아니고 18명의 노약자를 일본도로 목을 쳤으니 힘도 들었을 것이며 아무리 악질이라고 하더라도……. 참수를斬首하면서 정상적인 정신으로 하기는 어려워 술을 먹었고 또한 18명의 목을 절단하면서 칼날도 무디어졌을 것이다! 그래서 살아남은 것이라고 박 씨의 생각이었다. 죽임을 당한 노약자는 빨갱이한테 부역도 하지도 못할 나이다. 설혹 살려 두어도 국군이 어디에 주둔하고 있다고 위치를 고자질할 사람들이 아니다. 그러한데도 기동력도 없는 힘 약한 노약자를 칼로 쳐 죽였으니 어찌 통탄하지 않을 수 있겠는가? 무디어진 칼을 세 번이나 난도질당하고도……. 박 씨는 정신이 몽롱한 가운데 살아야겠다는 일념으로 숨을 참으며 죽은 듯이 꼬꾸라진 채 꼼짝 않고 있었다. 누군가가 초가를 엮을 때 쓰는 이엉을 박 씨의 몸에 덮어 버렸다. 박 씨는 목덜미에서 흐르는 피가 코를 막아 입으로 간신히 숨을 쉬고 있었다.

비몽사몽간에 토벌군들이 떠나갔음을 느낀 박 씨는 눈을 떴다. 이엉사이로 앞을 쳐다 보았다. 눈앞에 윤기 씨가 입고 있던 겨울조끼가 보였다. 죽음 앞에서 삶을 영위하기 위해 있는 힘을 다해 팔을 뻗었다. 옷이 손에 잡히자 어디서 그런 힘이 나왔는지 조끼로 목을 둘러 감싼 채 기어서 집을 향해갔다. 목은 곧 떨어질 것만 같았다. 죽을힘을 다해 가는 건지 구르는 것인지도 모른 채 가고 있었다. 그의 종형인種兄 박길생 씨가 마을회관 옆에서 발견해 업고 집으로 데려갔다. 천만 다행으로 토벌군들이 모두 떠난 후였다.

살아남은 가족들이 끌려간 부모 형제를 찾아 마을 구석구석을 헤매고 있을 때였다. 박 씨의 둘째 종형 역시 기러기 재로 끌려갔으나 운동선 씨와 같이 살아 나온 생존자였다. 마침 박 씨의 집은 오두막이라 토벌군들이 불을 지르지 않았다. 상처에 바를 약도 의사도 없었다. 하는 수 없이 박 씨의 부인이 온 동네를 찾아 헤매어 호박을 구해 불에 태운 재를 바르고 있었다.

도저히 나을 기미가 보이지 않자 박 씨의 처갓집이 있는 전남 곡성에서 산초열매로 만든 조제약을 구해왔다. 그 약으로 1여 년의 긴 시간동안 치료를 해 겨우 목숨을 건졌다. 박 씨는 그 날의 후유증으로 인해 해마다 어금니가 빠진지 20여 년이 지난 54세 때부터 고혈압에 시달려오고 있다. 지금은 거동까지 불편해 문밖출입조차 할 수 없는 처지가 되어버렸다. 박 씨는 죽기 전 소원이 있다면 학살의 진실을 규명하는 것을 보고 죽고 싶다고 했다.

"목골이 송연했습니다. 그 뒤로 칼만 보면 그때 장교 놈 얼굴이 떠올라 머리카락이 쭈뼛 섭니다. 앞에 먼저 간 18명의 목을 치느라 칼이 무뎌져 천운으로 살아 난 것입니다."

마을 회관 앞 효수장의 현장을 가장 먼저 목격한 서득초 씨의 증언이다. 남원시에서 포장길과 비포장 길을 굽이굽이 돌아 자동차로 50여분의 거리에 있는 대강면 강석리 18명의 생목숨을 앗아간 현장 강석 마을회관 앞집에서 벌어졌던 것이다.

> "얼굴을 도저히 알아 볼 수가 없었습니다. 매일 보는 마을 어른인데도
> 목이 잘려 피가 다 빠져버린 형상은 얼굴이 완전 백색이 되어 누가 누구인
> 지 구분할 수 없었습니다."

집안 가족 5명을 잃은 서득초 씨의 증언이다. 서 씨는 토벌군들이 떠
나자 곧 바로 그들에게 끌려간 형 순동 씨 당시 32세를 찾기 위해 가까운
마을회관 쪽으로 달려갔다. 그곳에서 평생 못 볼 것을 보고만 것이다.
서 씨의 온 집안 식구들이 그의 형을 찾기 위해 마을 안팎을 샅샅이 뒤지
고 다녔다. 그의 형은 기러기 재 아래 논바닥에서 옆구리에 총을 맞아
죽음 직전에 있었다. 그의 숙부 서승열 씨가 발견하여 형을 등에 업은
채 타다 남은 서 씨의 집 헛간으로 데리고 가서 볏짚을 깔고 땅에 뉘었
다. 신음 속에 고통을 받던 그는 다음날 새벽 4시께 살아남은 가족들의
가슴에 천추의 한을 심어 놓은 채 저승길로 떠나고 말았다. 서 씨는 증언
했다.

> "마을회관 앞으로 갔을 때 집 앞개울이 시뻘겋게 물들어 핏물이 하염없
> 이 흐르고 있었습니다."

바로 효수의 현장에서 잘린 머리와 몸뚱이에서 흘러내린 피가 나지막
한 집 앞마당을 그득 채운 후 대문 문지방을 넘어 개울로 흘러내렸다는
것이다. 당시는 집안에 하수구 시설이 전혀 되어 있지 않았기 때문이다.
대문 앞에 선 서 씨는 다리가 후들후들 떨리고 발바닥이 떨어지지 않았
다. 도망가려해도 갈 수가 없었다. 주변에 토벌대가 있어 일본도로 자신
의 목을 내려치려고 오는 느낌이 들어 마음은 빨리 도망쳐서 숨고 싶은
마음이지만 발이 땅에 꽉 붙어 있는 것 같이 꿈쩍을 안 했다. 머리가
띵 하는 것 같았고 혼미해지더니 갑자기 토악질이 나오기 시작하였다.
토하고 난 뒤 정신을 차려보니 악랄했던 토벌군도 눈에 비친 그것보다는

덜 무서웠다고 했다. 오금이 저린 채 움쭉달싹하지 못한 그는 결국 자신도 모르게 마당 안을 둘러보고야 알았다.

　서 씨가 이곳에 도착했을 때 기적의 생존자 서점동 씨가 먼저 빠져나가 옆 골목길로 기어가고 있었다. 발이 땅바닥에 얼어붙어 움직일 수가 없었다. 서 씨는 형 순동 씨의 얼굴을 찾고 있는 자신을 발견했다. 아무리 둘러봐도 형의 모습은 없었다. 이상야릇한 느낌이 들었다. 목이 잘린 시체들의 모습이 하나같이 똑같았다는 것이었다. 목 앞부분의 살이 조금씩 붙어 있었다. 성대-울림대. 옆을 지나는 힘줄이 잘려지지 않았기 때문에 하나같이 같은 모습이었다. 순간 목을 친 군인은 검도의 고단자라는 것을 직감했다. 그러는 사이 마을주민들이 가족들을 찾기 위해 몰려갔다. 그때서야 그는 발바닥을 겨우 뗄 수가 있었다. 후들거리는 다리를 이끌고 막 밑으로 내려가는데 학살사건이 일어난 직후 고향을 등지고 떠나버린 박 모 씨와 그의 부인이 외동아들의 시신을 발견하자 미친 듯이 통곡하기 시작했다. 절규였다. "우~워 우~워……. 늑대 울음소리 같았다. 깊은 산 속에서 듣는다면 사람의 소리가 아니라 새끼 잃은 늑대 소리다. 그렇게 울고 난 뒤 욕을 하기 시작하였다. 도저히 입에 담지 못할 욕을 하였다. 반미치광이가 된 박 씨는 피에 잠겨있는 외아들을 등에 업었다. 그러자 그 아들의 머리가 목살점만 붙은 채 덜렁거리며 등을 때렸다. 그것을 본 박 씨의 부인이 소스라치게 놀라며 미친 듯이 울부짖었다. 아들의 머리통을 받쳐 든 채 무어라고 고함을 치며 남편 뒤를 따라갔다. 김 씨는 그 모습을 보자 또다시 걷기가 힘들었다. 가까스로 길가 사물을 잡고 걸어서 겨우겨우 불타버린 집으로 돌아왔다. 18명의 귀한 생명을 성분조사라는 간교한 말장난으로 둘러대 선량한 사람의 목을 잘라 살해한 한 장교 놈에게 단 한마디의 용서도 변명도 있을 수 없었던 처지이었기에 죽음의 길인지 삶의 길인지도 모른 채 토벌군들이 시키는 대로 죽음의 길로 가고만 것이다. 마을회관 앞 집안에서 기러기마을 어른들의 목이 잘리고 있는 시각에 먼저 끌려간 부녀자 7명에 대한 학살이 자행되고 있었다. 장소는 마을회관 뒤 늑대가 다닌다는 아주 비좁은 오솔길 고개마루턱 옆 으슥한 숲 속이다. 이곳 부녀자 학살의 형태는 증언이 두 갈래로 엇갈리고 있다. 노철우 씨는 이날 숙모 장귀예 씨가 인민위원회 부녀회원을 지냈다는 이유로 가슴에 총을 맞았다고 증언하고 있다. 가해자 증언을 녹취할 당시 부녀자를 집단으로 성폭행하고 음부와 유방을 난자하였고 동료가운데 이북 출신 악질 하사관은 음부 표피를 칼로 짐승 가죽 벗기듯이 벗겨 말려서 주머니 속에 넣어 가지고 다녔다고 증언하였다. 내가 군 생활 때 미군 해병들이 월남 꽁까이-아가씨. 음부를 도려내서 기름기를 제거하여 말린 다음 작전 때마다 주머니 속에 넣어 가지고 작전을 하였다는 괴담을 들었다. 그러나 서점동 씨는 형수 이 모씨는 역시 부녀회원을 지낸 이유로 학살당하는 등 대부분의 유족들은 토벌군들의 대검에 목과 유방 복부 등을 찔리고 심지어는 음부도 칼로 난자당했다고 증언하고 있다. 그 죽은 모습은 차마 눈뜨고 볼 수 없었다고 했다. 부녀자 학살현장에서는 살아 나온 생존자가 없기 때문에 어느 증언이 진실인지 알 길은 없지만……. 토벌군들의 광기 이상의 행동은 가히 미루어 짐작 할 수가 있다. 이로써 강석리 기러기마을의 초토화 작전은 끝이 났다. 광란의 살육사건이 있기 하루 전 날밤 공포를 쏘아대며 마을 진격을 예고한 토벌군은 추호도 죄에 대한 부끄럼이 없는 비무장 양민 90여명을 식은 죽 먹듯이 해치워 버린 것이다. 그것도 인간의 선과 악의 양면성 가운데 악을 최대한 이용해서 말이다. 새벽 5시 초겨울의 동이 트기도 전에 적진에 백병전을 하듯 총을 쏘아대며 들이닥쳐 상오 8시까지 3시간여 동안 온갖 살인 놀음을 한 토벌군은 단 한 명의 피해도 없이 유유히 떠나버렸다.

60여 명 중 유일하게 살아 나온 생존자 5명중의 한사람이며 6구의 시체 밑으로 들어가 살아 나온 허동선 씨의 바로 뒤에 서있던 그가 "전혀 기억이 나지 않는다."는 것은 자신과 가족들에게 피해가 미칠까봐 두려워서 인지는 몰라도 이런 그의 행동은 천추의-天樞 한이 맺힌 많은 유족들을 슬프게 하고 있다. 이 곳 유족들은 당시 지역 국회의원이었던 조정훈 씨를 한없이 원망하며 살아왔다고 했다. 학살사건이 있은 후 강석마을 유족들은 학살사건의 진상을 밝혀 줄 것을 수도 없이 청원했으나 알았다는 대답뿐 유족들의 억울함을 외면한 채 부모 형제를 비롯한 남편과 자식들이 "'통비분자'가 되어 버렸다고 주장하고 있다. 국내 어느 곳이든 이념과 사상의 갈등으로 인해 얼룩진 상혼들이 곳곳에 산재해 있지만……. 이렇게 처참하고 비참한 죽음을 목격하고 자신들이 직접 체험한 유가족들 울분을 누가 씻어줄까. 아픈 상처를 가슴속 깊이 간직하고 살아가는 그들은 오직 한 가지 소망이 있다면 하나같이 당시의 진실을 밝혀 달라는 것이다.

"왜 우리부모 형제가 '통비분자'란 말입니까?"

유족들은 흥분된 어조로 증언을 했다. 적이 점령해 공비들이 대나무 죽창을 목에 갖다 댄 채 짐을 지라면 지고 인민위원회 부녀회원을 하라면 할 수 밖에 없었다. 하나뿐인 목숨을 부지키 위해 어쩔 수 없이 해야 했던 게 현실이었다. 이 모든 것이 무시된 채 한마디의 진술도 필요 없이 현장에서 자기들의 마음대로 죄목을 씌워 총과 칼로 죽이고 시체를 난자한 국민의 군대가 어디 있느냐는 것이다.

"한마디로 얘기해 우리 마을을 적치 하에 들어가게 한 국군들에게 책임이 있습니다. 그런데도 적반하장-賊反荷杖 격으로 아무 죄도 없는 양민들을 통비로 몰아 사살하고선 빨치산 사살 전과로 전시 보고했습니다."

유족들의 흥분은 끊이지 않았다. 1950년 11월 17일 악몽 같은 3시간의 광란의 살육놀이가 끝난 이후 죽은 자의 3년 탈상이란 우리네 습관 때문에 1953년 11월 17일까지 하루도 빠짐없이 아침저녁으로 온 동네가 떠나갈 듯 상시통곡-常侍痛哭 소리가 끊이지 않았다고 한다.

　※ 이곳에서도 증언 녹취 중 토벌대의 잔학상에 나는 구토를 하고 말았다.

　당시 노인들을 참수한 장교는 일본에서 군관학교 출신일 것이다!

　……. 중국의 장쑤성-江蘇城 난징시-南京市 서쪽 외곽에 있는 난징대학살기념관에는 중일전쟁-中日戰爭 때 일본군이 저지른 만행을 확인할 수 있는 자료가 전시되어 있는 곳이다. 1937년 12월 13일 부터 1938년 1월까지 40여 일 간에 무려 30만 여명의 중국 사람을 학살했다. 1985년 8월 15일에 완공하여 개관한 학살자료 기념관에는……. 난징시민의 유골이-遺骨 집단으로 발굴된 곳의 자료로 만들어진 "만인갱이-萬人坑" 있다. 투명한 유리벽에 둘러싸인 유골이 7단계로 층층이 싸여 있어 당시의 처참한 상황을 상상할 수 있게 만들어 두었다. 중국에 주둔군의 총사령관 "마쓰이 이와네-松井石根" 휘하의 일본군이 난징을 점령하는 과정에서 민간인을 총칼로 도륙하고-屠戮 산 채로 매장을 했다는 자료관이다. 기념관에는 전쟁 당시에 일본군 소위 계급의 두 명이 상관의 허락을 받고 행한 살인 게임을 한 것을 증언하는 전시물이 있는데……. 무카이 도시아키-向井敏明 소위와 노다 다케시-野田毅 소위는 난징을 함락하기 전까지 누가 먼저 100명의 목을 베는 사람이 승리하는 "참수-斬首 시합"을 하였는데 이들은 각각 106명과 105명을 참수했다는 사실을 보도한 일본 신문기사와 실물크기로 확대한 두 사람의 사진판 뒤에 걸려있다. 이들의 얼굴은 피에 굶주린 살인마로-殺人魔 보여 지질 않을 정도로 평범한 얼굴이다. 이들의 살인

행각은 난징이 함락 된 후에도 이어졌는데 무카이는 250명을 살해한 것으로 밝혀져서 이들은 전범재판을 받고 총살형을 당하였다. 강석 마을의 노인 18면을 참수한 토벌대 장교가 난징 전쟁 40여 일간에 30만 여명을 살해한 일본군의 군관을 배출한-輩出 학교출신이라서 그곳에서 이야기를 들은 이야기를 행한 토벌대의 장교 행위라고 생각이…….

공산주의 운동이란
- 共産主義 運動 무엇인가?

공산주의 운동은 공산주의 이론에 의거하여 기존사회의 변혁을 꾀하는 운동을 말한다. 19세기 중엽 마르크스와-Marx,K. 엥겔스에-Engels,F. 의하여 창시된 마르크스주의는 당시 노동운동의 사상과-思想 이론적이-理論的 지침이 되면서 주로 서부유럽에 전파되었는데 19세기말과 20세기 초에 이르러 러시아의레닌에-Lenin,N. 의하여 보다 창조적으로-創造的 계승되어 발전되었다.

그리하여 1917년 10월에 볼셰비키에-Bolsheviki 의한 사회주의-社會主義 혁명을 탄생시켰으며 1919년 3월에는 모스크바에서 제 3인터내셔널인 "코민테른이-Comintern" 창설되었다. 이 코민테른은 중앙집권화-中央集權化 된 조직으로서 국제 공산주의-共産主義 운동을 총지휘하게 되었으며……. 이 때부터 우리나라에서도 코민테른의 영향을 받아 공산주의운동이 시작되었다. 광복이 되자 제일 먼저 정치활동을 편 것은 공산주의자들이었는데……. 일제하에서 공산주의운동에 참여한 바 있는 이영 · 정백 · 이승엽 · 조동우 · 최익한 · 이정윤 등은 8.15광복이 되든 바로 그날 밤 서울 종로 장안빌딩에 모여 16일 이른 아침에 조선공산당을 결성하였다. 이 당 이름을 세칭 장안당 또는 장안파 공산당이라고 하였다. 이와는 달리 박헌영을 중심으로 한 일파에서는 8월 20일 조선공산당재건위원회라는 것을 만들고 "8월의 테제"를 발표하게 되었는데 이로 인하여 두 조직-장안파·재건파. 간에는 당권을 둘러싼 시비가 벌어지게 되었으며……. 결국 8월 24일 장안파 측에서 열성자-熱性者 대회를 개최하고 박헌영 중심의 재건 파에 합류할 것을 결정하였다.

그리하여 9월 11일 재건 준비 위원회는 발전적으로 해체되면서 조선공산당 재건을 정식으로 선포하게 된 것이다. 그런데 이날 발표된 조선공산당의 중앙간부명단은 박헌영 자파일색으로 짜여 졌음을 볼 수 있으며 장안당의 이영·정백·최익환·이정윤 등은 제외되어있어 형식상으로는 재건되었지만 파쟁의 불씨를 안은 채 출발하였다고 볼 수 있다. 명단을 살펴보면, 총비서에 박헌영 정치국에 박헌영·김일성-金日成 이주하·무정·강진·최창익·이승엽·권오직 조직국에 박헌영·이현상·김삼룡·김형선 서기국에 이주하·허성택·김태준·이구훈·이순금·강문석 등이다.

당을 재건한 박헌영은 합법당의 구실을 하기위하여 9월19일 당 발족에 따른 성명서를 발표 하였다. 이 성명서는…….

첫째: 1928년 공산당이 해체된 뒤 당 재건투쟁이 계속되었는데 1937년 이후부터는 콤 그룹 중심의 지하운동형태로 활발히 전개되었다.

둘째: 8.15광복이후 조직된 장안당은 공산주의운동의 통일을 위하여 재건위로 통합하기로 결정하였다.

셋째: 이러한 과정을 통하여 9월 11일 조선공산당이 재건되었다는 것을 공식화시킨 것이다.

이때 제시된 당면투쟁목표는…….

① 공산당은 대중의 이익을 옹호하며 투쟁한다.

② 완전한 민족해방과 봉건적 잔재를 일소한다.

③ 인민정부를 수립한다.

④ 프롤레타리아 독재를 통한 공산주의사회를 건설한다는 등 네 가지 였다.

이렇게 출발한 조선공산당은 대중단체로서-大衆團體 조선노동조합전국
평의회-1945년 11월 5일 · 전국농민조합총연맹-1945년 11월 8일 · 전국청년단체총
연맹-1945년 12월 11일 · 전국부녀동맹-1945년 12월 22일. 등을 조직하였으며…….
1946년 2월 15일에는 모스크바삼상결정을 지지하는 좌익계 정당과 사회
단체를 총망라하여 민주주의민족전선이라는 통일전선 체를 조직하고 의
장으로서 여운형 · 허헌 · 박헌영 · 김원봉을 선출 하였다. 그 뒤 조선공산
당은 좌익노선을 표방하였던 조선인민당 · 남조선신민당과 합당하여 단
일한 대중정당으로 전환하게 되었는데……. 합당의 방법론으로 인한 내
분의 발생으로 남조선노동당과-약칭: 남로당. 사회노동당으로 분열되었다.
사회노동당은 얼마 안가서 해체되고 그 뒤 근로인민당이 새로 조직되었
다. 남로당의 위원장은 허헌이고 부위원장은 박헌영과 이기석이었으며
강령으로서는……. 민주주의 자주독립 국가건설 · 정권을 인민위원회에
넘기도록 투쟁과 무상몰수 · 무상분배의 토지개혁 실시 · 8시간노동제와
사회보장제의 실시 · 중요산업 국유화 · 20세 이상 국민에게 선거권과 피
선거권을 부여 · 언론 · 출판 · 결사 · 신앙의 자유 · 남여 평등권 · 초등 의
무교육 실시 · 진보적 세금 제 실시 · 민족군대 조직과 의무병제 실시 · 평
화애호국가와의 친선강화 등 12가지를 채택하였다. 이렇게 대중정당으
로 재출발한 남로당은 모스크바삼상회의결정지지와 미소공동위원회를
통한 임시정부수립을 투쟁목표로 설정하고 그에 적극 협력하였다. 그러
나 2차에 걸쳐서 개최된 미소공동위원회는 쌍방의 의견대립으로 결렬되
고 한반도 문제가 미국 측에 의해서 모스크바삼상결정에서 국제연합으로
-UN 이관되었다. 그리하여 국제연합에서는 실질적으로는 단정수립 안이
채택되었고……. 1948년 5월 10일에 단독선거실시가 확정되었다. 이처럼
단독선거가 명백해지자 남로당은 앞으로 있을 선거를 못하도록 하기 위
한 투쟁으로 1948년 2월 7일을 기하여 이른바 "2.7구국투쟁"이라는 저항
사건을-抵抗事件 일으켰다. 주로 파업과 파괴를 저지르면서 경찰관서 습격

을 하고 우익에 인사들에게 테러를 저질렀다. 그리고 단독선거반대를 위한 선전과 선동으로 일관된 2.7투쟁은 남로당과 민전이-民戰 주동이-主動 되었는데 이는 전국적 규모로 확대되었다. 2.7투쟁에서 남로당이 주장한 구호는

① 조선의 분할침략계획을 실시하는 유엔한국위원단을 반대한다.

② 남조선 단독정부수립을 반대한다.

③ 미소양군 동시철수로 조선통일 민주주의 정부수립을 우리 조선인 민에게 맡겨야 한다.

④ 정권은 인민위원회로 넘겨야 한다.

⑤ 지주의 토지를 몰수하여 농민에게 무상으로 나누어 주어야 한다.

⑥ 조선민주주의 인민공화국 만세 등 이었다.

단독정부반대투쟁은 1948년 4월의 남북협상을 계기로 절정에 달하였으며, 동 협상회의에서는 남조선단독선거반대투쟁 전국위원회를 구성하고 5.10선거를 파탄시킬 것을 결정했다. 이러한 2.7투쟁과 5.10선거 반대투쟁은-反對鬪爭 그들의 전술상으로 볼 때는 폭력과 비폭력의 배합투쟁이었다.

때문에 이때부터 서울에서는 행동대를 조직하고 지방 당에서는 무장부대로서 야산대까지-野山隊 만들게 되었다. 이 야산대는 당의 무장부대이기 때문에 당 조직체계에 준해서 조직되었다. 이때만 하더라도 남로당은 이민공화국-약칭: 인공. 창건이라는 정치목적을 달성하기위하여 비폭력적 정치활동이 주목적이 되었으며 무장부대인 야산대는 당 활동을 원만히 보장하기 위한 수단으로만 이용되었다. 그러나 제주도의 4.3민중항거를 계기로 제주도당부에서는 폭력일변도로 전환하게 되었고……. 뒤이어 10월의 여수순천-여.순 반란 사건. 민중항거사건은 남로당조직으로 하여금 완전히 비합법투쟁으로 돌입하게 하였으며, 지리산에 입산한 반란군은 야산대와 합류되어 무장투쟁을 전개하게 되었다. 이러한 무장투쟁은

점차적으로 확대되어 남한지역에는 몇 개의 유격전지구가遊擊戰地區 형성되었다. 즉, 호남유격전지구 · 지리산유격전지구 · 태백산유격전지구 · 영남유격전지구 · 제주도유격전지구 등이 그것이다. 무장투쟁은 1949년 6월 조국통일 민족주의전선의 결성을 계기로 보다 극렬화激烈化 되었는데 7월부터는 인민유격대를 각 지구별로 3개 병단으로 편성하여 오대산지구를 1병단 · 지리산지구를 2병단 · 태백산지구를 3병단으로 하고 이들에 대한 통일적 지도를 북한에 있는 박헌영 일파가 직접 관장하였다. 다른 한편으론 남한에서 자행되고 있는 유격투쟁에 대한 북으로부터의 지원은 1948년 하반기부터 시작되었으나 본격화된 것은 1949년의 소위 9월 공세 때였다. 1948년 10월 여순 민중항거사건이 발생하자 남한의군병력이 토벌을 하기위해 호남지구에 집결되고 모든 관심이 이에 쏠리게 된 틈을 타서 북에서는 강동정치학원江東政治學院 출신 유격대를 오대산지구로 침투시키는 한편, 유격대 양성에만 주력해오다가 조국전선의 결성과 함께 선언문이 발표된 뒤 9월 공세에 대비하여 수백 명씩 집단적으로 남파시켰다.

군경토벌대는 유격대와 주민과의 연계를 단절시키기 위해 산간지대 농가를 이주시켰다. 이주호수는 남원 1,694가구 · 무주 501가구 · 장수 534가구 · 광양 1,240가구 · 구례 2,570가구 · 곡성 3,478가구 · 하동 1,240가구 · 함양 3,772가구 · 산청 2,363가구 · 거창 477가구 등이다. 이러한 숫자는 당시의 남로당 무장투쟁이 얼마나 치열했는가를 미루어 짐작할 수 있게 하여준다.

그러나 1949년 말을 거쳐 1950년도 초에 이르는 동기토벌작전으로 인하여 유격대의 세력은 거의 전멸된 상태에 이르게 되었으며……. 1950년 3월에는 남로당을 총지휘하여온 김삼룡과 이주하가 체포됨으로써 남로당조직은 사실상 붕괴되고 말았다. 남로당의 무장투쟁으로 인하여 집계된 피해상항은 연 동원 인원 376,401명에서 교전횟수는 6,768회이고 사살

된 자가 10,103명이며 각종무기탈취가 4,260정에 탄환이 311,700발로 잠정 집계되었다.

또한 남로당의 2월 7일부터 5월 10일선거일까지 반대투쟁에서 저질러진 피해를 보면 선거사무소 36곳 경찰관서 20곳 가옥 308곳에 방화를 했으며 기관차 71대 객화차 11대 무기탈취-총기 4,233정과 탄환 1,860여 발을 비롯하여 인명피해 선거공무원 18명 사망 부상 64명 의원후보 2명 사망 4명부상 경찰관 4명 사망 64명부상 공무원 145명 사망 52명부상 민간인 145명 사망 420명부상 반란폭도 330명 사망 131명부상 선거시설 41개소 경찰관서 22개소 가옥 80가구 도로 및 교량 50개소 통신피해 전화선 절단 563번 전신주 절도 497개 등의 피해가 집계 되었다. 위의 글처럼 한국전 이전에서부터 시작된 좌우 이념대립으로 해방 후부터 1949년까지 4년여에 걸쳐 같은 동포끼리의 이러한 사상에 의한 대 학살극이 이어졌다. 그에 따라 민심은 극도로 흉흉해지고 각 지역 마다에는 극한 대립으로 좌익과 우익이 서로 대치하였다. 깊은 산속과 치안의 손길이 미치지 않은 곳엔 지방 빨치산들이 판을 쳤고…… . 불쌍한 양민들은 협조하지 않으면 가족모두를 죽인다는 그들의 협박에 못 이겨 횃불을 들고 그들을 따라다니기도 했고 식량을 제공했다. 어떤 마을엔 포스터를 붙이기도 하며 억지로 끌려 다니던 양민들은 고통 속에서 살아가야만 했다. 대한민국 정부가 들어서고 국방경비대가 해체되면서 1948년 10월 1일 국군이 창설되었다. 국내정세가 혼란하고 38선에선 남과 북의 병사들 간에 서로 총격이 가해지는 등 전쟁 발발조짐이 차츰 고조되고 있음을 알아차린 이승만 대통령은 1949년 10월 좌익성향이 있는 사람과 가담했던 사람들을 모두 모아 그들을 보호하고 지도할 목적으로 보도연맹을 만들라고 지시한 것이다. 그때부터 전국 각 경찰서 사찰계가-현: 정보과. 조사하여 비치하고 있던 각 마을 좌익협력자들을 대상으로 단체를 만들기 시작한 것이다. 당시 국군 첩보부대와 경찰은 골수좌익분자나 적극협력자들을 체포하기 위해 전력을 다하여 수사하고 있었기 때문에 그들이 마을에 나타난다는 것은 불가능한 일이었다. 따라서 보도연맹에 가입하게 된 대부분의 사람들은 좌익들의 협박에 못 이겨 양식을 내어 주었거나 짐을 지어다 주는 등 부역이 아닌 부역을 한 사람들이 많았다. 보도연맹은 군과 면단위까지 지부가 결성되어 경찰서나 지파출소에서 야간경비를 맡는 등 치안에 상당한 협조를 했다. 또 7일내지 10일 간격으로 집단으로 모아 민주주의 등 갖가지 교육을 시키기도 했다. 그리고는 좌익에 몸담았다 해도 연맹에 가입한 사람에 한해서는 모든 죄를 일체 묻지 않겠다고 했다. 그러나 1950년 한국전쟁의 발발로 보도연맹에 가입한 남쪽지역 대부분의 사람들은 손과 발이 묶인 채 집단적으로 학살을 당하게 됐다. 이것이 바로 「보도연맹학살사건」이다.

당시는 전쟁중이였고 국가가 존폐의 위기에 놓였기 때문에 그들을 총살시켰겠지만……. 당한 유족들은 정부의 배신으로 인해 가족 등을 잃었다고 주장하고 있다. 한편으로는 좌익에 가담했던 일부의 사람들은 보도연맹에 가입하라고 종용해도 가입을 끝까지 하지 않고 버티어 살아남기도 했다. 당시 정부의 입장에 대해서 대부분의 사람들은 다음과 같이 말하고 있다.

"한국전쟁이 일어나자 급작스럽게 후퇴하기에 바빴던 국군들이 경상남도와 전라남도만 남겨둔 채 대치 할 즈음 서울등지의 북쪽지방의 적 점령지역에서 보도연맹 가입자들이 우익인사들의 체포를 위해 인민군들의 선두에 나서서 고발하고 있다는 정보에 따라 아군지역에 있는 연맹가입자들이 내분을 일으킬 것을 우려한 나머지 너무 성급하게 저질러버린 참사다." 라는 것이다. 지금은 연좌제-連坐制 폐지로 많은 자료가 소멸되고 없지만……. 경상남도 내엔 진주 · 진양 · 마산 · 창원 · 김해 · 동래 등 많은 지역에서 군인 경찰이 폭도 사형수에게나 가할 수 있는 집단 사살 참극을 벌였다. 정부수립이후 이데올로기에-industrial betterment 의해 최악의 슬픈 사건으로 기록된 보도연맹사건이 특히 경상남도 전 지역과 전라남도 일부지역에서 자행된 이 사건은 수많은 젊은이들을 죽음의 구렁으로 몰고 갔다. 이 사건은 철저하게 비밀에 붙여져 어느 곳에서도 정확한 기록을 찾아 볼 수 없는 게 안타깝다. 당시는 전쟁 중 이었고 비상계엄령이 선포되어 적들이 낙동강까지 밀고와 대구시내에 포탄이 떨어져 대구 함락이 시간을 다투고 있을 때였다. 한편으로는 진주가 함락되고 적이 우리해병대와 진동에서 진을 치고 밀리고 밀리는 대 공방이 전개 되든 때이기도 했다. 전후-戰後 세대뿐만 아니라 전전-戰前 세대마저도 50대미만의 나이를 가진 사람들은 무슨 사건인지조차 잘 모르고 있다. 붙박이 농경문화권의 나라로서 역사상 단 한 번도 대량학살이 없었던 한국에서 이런 대학살의 피바람이 불게 된 것은 공산주의란 악마의-惡魔 이념이 들어와 인간들이 가지고 있는 야수성을 자극하여 증오심을-憎惡心 폭발시켰기 때문임을 의심 없이 보여준 사건이다. 한국정부·우익에 의한 학살은 이런 공격에 대한 방어나 복수심에서 이루어진 것이다. 서울을 점령한 북한의 인민군과 정치공작대가 경찰과 군인가족을 잡아 죽이고 인민재판을 시작하여 백주에-白晝 몽둥이로 때려 죽이고 있을 때 한강 남쪽으로 후퇴하고 피난 간 사람들은 등 뒤에서 들려오는 이런 소식에 민감하게 반응하지 않을 수 없었다. 전향했다는 공산주의자들의 단체인 보도연맹 소속 원들이 경찰과 국군에 의에 예방적으로 재판 없이 처리된 비극은 이런 배경에서 발생했던 것이다.

8월의 찌는 듯한 무더위는 숨이 막힐 지경 이었다. 넓은 운동장에는 각 마을에서 모인 사람들로 꽉 차 있었다. 학교 교단위에는 흰 저고리에 검정치마를 입은 여인 4명이 앉아 있고 교단 아래쪽에는 붉은 줄이 들어 있는 팔에 완장을 두른 젊은 청년 5명이 손에 몽둥이를 들고 서있었다. 드넓은 운동장에는 면내 각 마을에서 구장들이 모와 온 사람들로 꽉 차 있건만……. 그렇게 조용할 수가 없었다. 장시간 침묵이 흘렀다. 그러자 이곳저곳에서 술렁이기 시작하자 몽둥이를 들고서있던 청년이 종이를 대각으로 말아 접은 확성기를 입에 대고 누군가를 호명하였다. 한번, 두번, 세 번……. 그렇게 호명당한 사람이 관중을 헤치고 교단 위로 올라갔다. 청년이 확성기를 입에 대고 "이 사람들을 죽여야 옳소? 살려야 옳소?"

하고 묻는다. 넓은 운동장에는 사람들로 가득하건만 쥐 죽은 듯이 고요하고 8월의 염천 뜨거운 태양은 작열하건만……. 이곳에는 시베리아 혹독한 한파가 몰아닥친 듯 누구 하나 살려야 옳다고 하는 사람의 대답이 없다.

아……. 그동안 말로만 들어 왔던 인민재판이 시작된 것이다. 인민 완장을 낀 자 에게 호명되어 간 사람들을 교단위에 무릎 꿇리고 난 뒤 죄목을 차례로 열거한 다음 차례대로 몽둥이로 사정없이 내려치기 시작했다. 그러자 매를 맞은 사람들의 금속성 같은 왜마디 소리와 함께 몸 곳곳에서 선혈이 낭자하게 옷 위로 베어 나왔다. 참혹한 현장. 교수형이나 총살형도 끔찍한 일인데 백주에 몽둥이로 사람을 패 죽이는 장면을 하고 있는 것이었다.

머리를 몽둥이에 맞고는 구토하는 사람도 있었고 손으로 눈을 가리고 털썩 주저앉은 사람도 있었다. 나는 몸서리가 쳐져 내 친구 손을 잡고 있었건만 사시나무 떨듯이 떨었다. 이 끔찍한 현장을 피하여 도망이라도 하였으면 좋으련만 그럴 수도 없었다. 운동장 주위에는 언제 왔는지 인민군이 총을 들고 빙 둘러서 보초를 서 있었기 때문이다.

이와 같은 방법으로 집단 살육은 계속되고 그렇게 하여 죽은 사람들을 발로 몇 번이고 차서 교단 밑으로 떨어지게 했다. 간혹 죽지 않고 꿈틀거리는 사람도 있었는데 그럴 때 마다 단상에 앉아 이것을 지켜보고 있던 무명 치마저고리의 여자하나가 쏜살같이 계단을 내려와 머리채를 휘어잡고 표독스런 얼굴로 욕설을 퍼부으며 청년에게서 몽둥이를 낚아채서 머리를 내려쳐 때려죽이는 장면을 보고 나는 할 말을 잃었고 온몸으로 휘감겨 들어오는 공포에 떨어야만 했다. 그 처절한 광경을 보고 지레 겁을 먹고 도망가다 잡혀온 사람들도 있었는데 그 사람들은 포승줄로 결박하여 교단아래 무릎을 꿇려 놓았다. 그 사람들은 재판과정을 지켜보지 않고 도망갔다는 죄로? 그날 저녁 시냇가 모래 둔덕에 생매장되었다고 하였다.

이 얼마나 잔인하고 극학-極虐 무도한 일인가! 얼마나 시간이 흘렀을까……. 땡볕 8월의 긴긴 낮 시간이 야속하기만 했다. 학살극은 계속 이어졌고, 나는 친구의 손을 잡고 그저 떨고만 있었다. 요의를 느꼈지만 도망가다 잡혀와 포승줄에 결박당해 있는 사람들을 보고 꾹 참고 있었다. 그때였다. 우리 옆집에 사는 구장 어른이 호명된 것이다. 불리어나간 그 어른이 교단위에 무릎을 꿇고 앉았다. 먼저와 똑같은 방법으로 몽둥이세례가 머리에서 부터 가해 졌다. 순식간에 머리에 선혈이 낭자한 구장이 손으로 머리를 감싸자, 허리 쪽을 내려쳤다. 순간 연세가 높으신 구장 어른이 물구나무서듯 거꾸러지면서 호주머니에서 옥수수가 쏟아져 나온 것이다. 서커스를 보면서 간식으로 드시려고 삶은 옥수수를 몇 개를 호주머니에 넣고 오신 것이다.

아-이럴 수가……. 또다시 양쪽 어깨에 몽둥이로 나타당한 구장은 외마디 소리와 함께 꿈틀거리며 몽둥이를 든 청년의 다리를 붙잡고 "살려 달라"고 애원하였다. 그러나 피에 굶주린 야수가 된 그들이 살려줄 사람인가. 광기로-狂氣 가득 찬 그자는 욕설과 함께 구장에게 발길질을 더욱 거세게 하며 다시 몽둥이로 세 명이 도리깨로 타작을 하듯 사정없이 교대로 린치를 가하자. 머리가 수박처럼 반쪽으로 갈라져 죽었다. 지켜보던 몇몇은 결국 구토를 했다. 이 참혹한 현장에는 그 가족들도 모두 참석해 있었다.

이 광경을 직접 목격한 구장의 가족들은 어떠한 심정이었을까! 뒤에 안 일인데 이모임은 인민들에게 무료공연 서커스를 한다하여 거짓으로 면민을 모이게 한 것이지만 좌익들이 인민재판을 하기위한 그들의 상투적 거짓 수단의 청중 모임이었다. 인민재판은 계속되었고 8월의 긴긴 해도 서산을 넘을 무렵 그 끔찍한 인민재판도 끝을 내었다. 27명의 죽은 사람을 일렬로 운동장에 뉘어놓은 다음 맨 우측 줄부터 일렬로 죽은 사람을 밟고 가도록 지시를 하였다. 물론 선혈이 낭자한 몽둥이를 들고 직접 사람을 죽인 장본인들이 핏발로 충혈 된 눈으로 대열을 지켜보는 가운데서 한사람이라도 밟지 않고 건너뛰면 죽일 것 같은 기세의 눈빛으로 감시를 하였다. 나도 순서가 되어 죽은 사람을 밟고 지나가는데 몸은 사시나무 떨 듯 떨리고 명치 부위는 더욱 더 아파 왔다. 엉겁결에 한 사람을 건너뛰어 다음 사람의 정강이 부위를 밟으려는 순간 흰 저고리에 검정치마를 입은 여자가 큰 소리를 쳤다. 순간 금세라도 몽둥이가 뒤통수로 날아드는 느낌이 들어 나는 깜짝 놀라 오줌을 바지에 흘렸으며, 그 자리에 주저앉을 뻔했다. 너무도 무서웠고 하루 종일 변소도 못가고 인민재판을 보고 떨고만 있었기 때문이다. 집으로 돌아오는 길은 들판을 지나 작은 고개를 넘어 10여 리 길을 걸어오는 동안 방금 전에 벌어진 끔찍한 일들을 생각하면서 오느라 어떻게 집에 왔는지 모를 정도였다.

『당시 국민학교 3년생이 인민재판을 목격한 것을 증언 한 것이다.』

※ 월간조선에 응모한······. 당선 작품

1945년 8월 15일 해방의 기쁨과 함께 찾아온 이념과 사상의 극한 대립으로 도시지역은 극우가 농촌지역은 극좌가 판을 치고 있을 때의 사건의 이야기다. 한국 전쟁이 끝나고 김일성이 전쟁 패인을 분석한 결과, "남쪽으로 향하여 전쟁을 할 때는 여름에 하는 것이 잘못이고 부산을 직선으로 가서 공격하지 않고 호남을 점령한 뒤 부산을 점령하려고 한 작전이 잘못이고 수도 서울을 점령하고 일주일가량 지체한 것이 전쟁패인의 결과란 결론을 내렸다"한다.

보도연맹이란-保導聯盟?

　　대한민국 정부가 들어서고 국방경비대가 해체되면서 1948년 10월 1일 국군이 창설되었다. 국내정세가 혼란하고-混亂 38선에선 남과 북의 병사들 간에 서로 총격이 가해지는 등 전쟁발발조짐이 차츰 고조되고 있음을 알아차린 이승만 대통령은 1949년 10월 "좌익성향이 있는 사람과 좌익에 가담했던 사람들을 모두 모아서 그들을 보호하고 지도할 목적으로 보도연맹을 만들라"고 지시한 것이다. 그때부터 전국 각 경찰서 사찰계는-현: 정보과 · 지역 내 주민들의 성분조사를 하여 비치하고 있던 자료를 가지고 각 마을 좌익협력자들을 대상으로 단체를 만들기 시작한 것이다. 당시 군첩보대와 경찰은 골수좌익분자나 적극협력자들을 체포하기 위해 전력을 다하여 수사하고 있었기 때문에 그들이 마을에 나타난다는 것은 불가능한 일이었다. 따라서 보도연맹에 가입하게 된 대부분의 사람들은 좌익들의 협박에 못 이겨서 양식을 내어 주었거나 짐을 지어다 주는 등 부역이-附逆 아닌 노역을-勞役 한 사람들이 더 많았다. 보도연맹은 군과 면단위까지 지부가 결성되어 경찰서나 지파출소에서 야간경비를 맡는 등 치안에 상당한 협조를 했다. 또 7일내지 10일 간격으로 집단으로 모아 민주주의 이론 등 갖가지 교육을 시키기도 했다. 그리고는 좌익에 몸담았다 해도 연맹에 가입한 사람에 한해서는 그동안 저지른 모든 죄를 일체 묻지 않겠다고 했다. 그러나 1950년 한국전쟁-6.25. 발발로 보도연맹에 가입한 남쪽지역 대부분의 사람들은 손과 발이 묶인 채 으슥한 골짜기로 끌려가 집단적으로 학살을 당하게 됐다. 이것이 바로 「보도연맹학살사건」이다. 당시는 전시였고-戰時 국가가 존폐의-存廢 위기에 놓였기 때문에 그들을 총살시켰겠지만…… 유족들은 정부의 배신으로 인해 가족 등을 잃었다고 주장하고 있다. 한편으로는 좌익에 가담했던 일부의 사람들은 보도연맹에 가입하라고 종용해도 가입을 끝까지 하지 않고 버티어 살아남기도 했다. 당시 정부의 입장에 대해서 대부분의 사람들은 다음과 같이 말하고 있다.

"한국전쟁이 나자 급작스럽게 후퇴하기에 바빴던 국군들이 경상남도와 전라남도만 남겨둔 채 서로 간에 대치 할 즈음…… 서울등지의 북쪽지방의 적군의 점령지역에서 보도연맹 가입자들이 우익인사들의 체포를 위해 인민군들의 앞잡이로 선두에 나서서 고발하고 있다는 정보에 따라 아군지역에 있는 연맹가입자들이 내분을 일으킬 것을 우려한 나머지 너무 성급하게 저질러버린 참사다."라는 것이다. 지금은 연좌제-連坐制 폐지로 많은 자료가 소멸되고 없지만……. 경상남도 내의 진주·진양·마산·창원·김해·동래 등 많은 지역에서 군인 경찰이 폭도나 사형수에게 가할 수 있는 집단 사살 참극을 벌였다. 정부수립이후 이데올로기에-industrial bctterment, 의해 최악의 슬픈 사건으로 기록된 보도연맹사건은……. 특히 경상남도 전지역과 전라남북도 일부지역에서 자행된 이 사건은 수많은 젊은이들을 죽음의 구릉으로-丘陵 몰고 갔다. 이 사건은 철저하게 비밀에 붙여져 어느 곳에서도 정확한 기록을 찾아 볼 수 없는 게 안타깝다. 당시는 전쟁 중 이었고 비상계엄령이 선포되어 적들이 낙동강까지 밀고와 대구시내에 포탄이 떨어져 대구 함락이 시간을 다투고 있을 급박한때였다. 다른 한편으로는 진주가 함락되고 적이 우리해병대와 마산 진동에서 진을 치고 서로 간에 밀리고 밀리는 대 공방이 전개 되든 때이기도 했다. 전후세대-戰後 뿐만 아니라 전전-戰前 세대마저도 70대미만의 나이를 가진 사람들은 무슨 사건인지조차 잘 모르고 있다. 붙박이 농경문화권의-農耕文化勸 나라로서 역사상단 한 번도 대량학살이 없었던 대한민국에서 이런 대학살의 피바람이 불게된 것은 공산주의란 악마의-惡魔 이념이 들어와 인간들이 가지고 있는 야수성을 자극하여 증오심을-憎惡心 폭발시켰기 때문임을 의심 없이 보여준 사건이었다. 한국정부가 우익에 의한 학살은 이런 공격에 대한 방어나 복수심에서 이루어진 것이다. 서울을 점령한 북한의 인민군과 정치공작대가 공무원과 경찰을 비롯한 군인가족을 잡아 죽이고 인민재판을 시작하여 백주에-白晝 마을 사람을 많이 모이게 하여 운집한 군중 앞에서 몽둥이로 때려 죽이고 있을 때 한강 남쪽으로 후퇴하고 피난을 간 사람들은 등 뒤에서 들려오는 이런 소식에 민감하게 반응하지 않을 수 없었다. 전향했다는 공산주의자들의 단체인 보도연맹 소속 원들이 경찰과 국군에 의에 예방적으로-豫防的 재판 없이 처리된 비극은 이런 배경에서 발생했던 것이다. 한국전쟁 전 후 좌익이 우익에 대한 인민재판 같은 사건이 전국도처에서 벌어지자……. 한국전쟁 발발로 우익이 좌익이 했던 거와 비슷한 일을 보복적으로-報復的 저지른 것이 바로 보도연맹 사건이다. 보도연맹 사건은 대한민국 건국이후 사상과 이념이라는 보이지 않은 덫에 희생된 민간인 최악의 참혹한 학살 사건이라고 정의 하고 싶다. 앞서 기록에 있듯 보도연맹이란 광복 후 좌익 활동을 하다가 전향한 사람들로 구성되어 있던 단체이다. 정식 명칭은 "국민보도연맹"이었으나 통상 보도연맹으로만 불리었다. 1949년 6월에 결성되었으며 회원 수는 1950년 초 30만 명이 넘는 것으로 집계되었다. 결성 목적은 1948년 12월 국가보안법이 시행되면서 좌익 활동을 하던 사람들을 전향시켜 보호관리 하려는 것이었다. 이에 따른 활동 목표는……

① 대한민국 절대지지
② 북한 괴뢰정권의 절대 반대 타도
③ 공산주의 사상의 배격 분쇄
④ 남북 노동당의 멸족 파괴와 정책폭로 분쇄
⑤ 민족 세력의 총력 결집 등의 강령으로 요약된다.

당시 한국 정부로서는 4.3제주민중저항 사태와 여순 민중 항거사건 등의 수습 처리 과정에 따른 후속 조치와 아울러……. 중국 대륙의 공산화에 따른 조치로서 반공 노선을 확고하게 다지기 위하여 전향자들의 보호를 하고 관리하는 기관이 필요했던 것이다. 이리하여 정부 당국의 주도 아래 "민주주의 민족전선"의 조직 부장이었던 박우천을 초대 간사장으로 하여 결성되었다. 구성원들은 국가안보 법에 저촉된 인사 가운데 남한의 단독 선거에 반대하였거나 또는 대한민국 정통성을 부인한 좌익계 집단 및 결사의 구성원이었다가 전향한 사람들이었다. 구체적인 대상자로는 남로당원을 비롯하여 노동조합 전국평의회 · 인민위원회 · 민주주의 민족전선 · 조선민주애국청년동맹 등 남로당 외곽 단체의 구성원들이었다. 이들 외에도 1948년 11월 말 서울시 전향자들의 소속 단체를 미루어보면 남로당 · 북로당 · 조선민주애국청년동맹 · 조선부녀총동맹 · 민주학생연맹 · 혁명당 · 조선보건연맹 · 인민당 · 민중동맹 · 인공당 · 조선음악가동맹 · 조선연극가동맹 · 조선영화동맹 · 조선과학자동맹 · 조선노동조합전국평의회 · 조선농민조합총연맹 · 전국출판노조 · 근민당 · 인민위원회 · 신민당 · 민주한독당 등 22개 단체 구성원들이 그 대상자로 되었다.

연맹회원 중에는 조선공산당 장안파 핵심 인물이던 정백을-鄭栢 비롯하여 국회 프락치 사건 연루자 원장길-元長吉 김영기-金英基 의원 시인 정지용-鄭芝鎔 김기림-金起林 소설가 황순원-黃順元 국어학자 양주동-梁柱東 문학평론가 백철-白鐵 만화가 김용환-金龍煥 등도 있었다.

1950년 6월 초에 서울의 경우 이들 보도연맹원 중에서 완전 전향이 인정된 6,000여 명에 대해서는 이 연맹에서의 탈퇴가 허용되기도 하였다.

이 연맹원들의 활동은 지하에서 활동 중인 좌익분자들의 색출과 자수 권유와 반공대회를 비롯한 문화예술행사 개최 등을 통한 국민 사상 선양 활동 등과 사상 전향을 위한 다양한 실천 운동으로 전개하였다. 그것은 일제 36년간의 치하에서 억눌렸던 우리 민족들이 자유를 갈구-渴求 하는 욕망에 사로잡혀 급기야는 외세의 사상을 그대로 받아드렸기 때문에 잉태한 일종의 좌익단체의 학살사건이다. 굴욕적인 일제치하에서 벗어난 대한민국국민은 좌익과 우익이 무엇인줄 몰랐고 대다수는 자유 민주주의와 공산주의의 이념도-理念 몰랐다. 그렇다면 공산주의 운동이란-共産主義 運動 무엇인가? 공산주의 운동은 공산주의 이론에 의거하여 기존사회의 변혁을 꾀하는 운동을 말한다. 19세기 중엽 마르크스와-Marx,K 엥겔스에-Engels,F. 의하여 창시된 마르크스주의는 당시 노동운동의 사상과 이론적 지침이 되면서 주로 서부유럽에 전파되었는데…… 19세기말과 20세기 초에 이르러 러시아의레닌에-Lenin,N. 의하여 보다 창조적으로 계승하여 발전되었다. 그리하여 1917년 10월에 볼셰비키에-Bolsheviki. 의한 사회주의혁명을 탄생시켰으며…… 1919년 3월에는 모스크바에서 제 3인터내셔널인 코민테른이-Comintern. 창설되었다. 이 코민테른은 중앙집권화된 조직으로서 국제 공산주의운동을 총지휘하게 되었었다. 이때부터 우리나라에서도 코민테른의 영향을 받아 공산주의운동이 시작되었다. 광복이 되자 제일 먼저 정치활동을 편 것은 공산주의자들이었는데…… 일제하에서 공산주의운동에 참여한 바 있는 이영·정백·이승엽·조동우·최익한·이정윤 등은 8.15광복이 되든 바로 그날 밤 서울 종로 장안빌딩에 모여 16일 이른 아침에 조선공산당을 결성하였다. 이 당 이름을 세칭 장안당 또는 장안파 공산당이라고 하였다. 이와는 달리 박헌영을 중심으로 한 일파에서는 8월 20일 조선공산당재건위원회라는 것을 만들고 "8월 테제"를 발표하였다. 이로 인하여 두 조직-장안파=재건파. 간에는 당권을 둘러싼 시비가 벌어지게 되었으며 결국 8월 24일 장안 파 측에서 열성자-劣性者 대회를 개최하고 박헌영 중심의 재건 파에 합류할 것을 결정하였다. 그리하여 9월 11일 재건 준비 위원회는 발전적으로 해체되면서 조선공산당 재건을 정식으로 선포하게 된 것이다. 그런데 이날 발표된 조선공산당의 중앙간부명단은 박헌영을 따르는 자파일색으로 짜여졌음을 볼 수 있으며 장안당의 이영·정백·최익환·이정윤 등은 제외되어있어…… 형식상으로는 재건되었지만 파쟁의 불씨를 안은 채 출발하였다고 볼 수 있다. 명단을 살펴보면 총비서에 박헌영 정치국에 박헌

영 · 김일성-金日成 이주하 · 무정 · 강진 · 최창익 · 이승엽 · 권오직, 조직국
에 박헌영 · 이현상 · 김삼룡 · 김형선 등 서기국에 이주하 · 허성택 · 김태
준 · 이구훈 · 이순금 · 강문석 등이다. 당을 재건한 박헌영은 합법당의
구실을 하기위하여 9월19일 당 발족에 따른 성명서를 발표 하였다.
　이 성명서는…….

　첫째: 1928년 공산당이 해체된 뒤 당 재건투쟁이 계속되었는데…….
　　　　1937년 이후부터는 콤 그룹 중심의 지하운동형태로 활발히 전개
　　　　되었다.
　둘째: 8 · 15광복이후 조직된 장안당은 공산주의운동의 통일을 위하여
　　　　재건위원 회로 통합하기로 결정하였다.
　셋째: 이러한 과정을 통하여 9월 11일 조선공산당이 재건되었다는 것
　　　　을 공식화시킨 것이다.

　이때 제시된 당면투쟁목표는…….

　① 공산당은 대중의 이익을 옹호하며 투쟁한다.
　② 완전한 민족해방과 봉건적 잔재를 일소한다.
　③ 인민정부를 수립한다.
　④ 프롤레타리아 독재를 통한 공산주의사회를 건설한다.

　네 가지였다. 이렇게 출발한 조선공산당은 대중단체로서 조선노동조
합전국평의회-1945년 11월 5일 · 전국농민조합총연맹-1945년 11월 8일 · 전국청년
단체총연맹-1945년 12월 11일 · 전국부녀동맹-1945년 12월 22일. 등을 조직하였으
며……. 1946년 2월 15일 에는 모스크바삼상결정을 지지하는 좌익계 정
당과 사회단체를 총망라하여 민주주의민족전선이라는 통일전선 체를 조

직하고 의장으로서 여운형 · 허헌 · 박헌영 · 김원봉을 선출 하였다. 그 뒤 조선공산당은 좌익노선을 표방하였던 조선인민당 · 남조선신민당과 합당하여 단일한 대중정당으로 전환하게 되었는데……. 합당의 방법론으로 인한 내분의 발생으로 남조선노동당과-약칭: 남로당. 사회노동당으로 분열되었다. 사회노동당은 얼마 안가서 해체되어 버렸다. 그 뒤 근로인민당이 새로 조직되었다. 남로당의 위원장은 허헌 이고 부위원장은 박헌영과 이기석 이었으며 강령으로서는 민주주의 자주독립 국가건설과 정권을 인민위원회에 넘기도록 투쟁 · 무상몰수 · 무상분배의 토지개혁 실시 · 8시간노동제와 사회보장제의 실시 · 중요산업 국유화 · 20세 이상 국민에게 선거권과 피선거권을 부여했으며…… · 언론 · 출판 · 결사 · 신앙의 자유 · 남여 평등권 · 초등 의무교육 실시 · 진보적 세금 제 실시 · 민족군대 조직과 의무병제 실시 · 평화애호국가와의 친선강화 등 12가지를 채택하였다. 이렇게 대중정당으로 다시 출발한 남로당은 모스크바삼상회의 결정지지와 미소공동위원회를 통한 임시정부수립을 투쟁목표로 설정하고 그에 적극 협력하였다. 그러나 2차에 걸쳐서 개최된 미소공동위원회는 쌍방의 의견대립으로 결렬-決裂되고 한반도 문제가 미국 측에 의해서 모스크바삼상결정에서 국제연합-UN으로 이관되었다. 그리하여 국제연합에서는 실질적으로는 단정수립 안이 채택되었고 1948년 5월 10일에 단독선거실시가 확정되었다. 이처럼 단독선거가 명백해지자 남로당은 앞으로 있을 선거를 못하도록 하기 위한 투쟁으로 1948년 2월 7일을 기하여 이른바 "2.7구국투쟁"이라는 저항사건을 일으켰다. 주로 파업과 파괴 · 경찰관서 습격 · 우익에 대한 테러 · 그리고 단독선거반대를 위한 선전과 선동으로 일관된 2.7투쟁은 남로당과 민전이-民戰 주동이 되었는데……. 이는 전국적 규모로 확대되었다.

　　2.7투쟁에서 남로당이 주장한 구호는…….

① 조선의 분할침략계획을 실시하는 유엔한국위원단을 반대한다.

② 남조선 단독정부수립을 반대한다.

③ 미소양군 동시철수로 조선통일 민주주의 정부수립을 우리 조선인 민에게 맡겨야 한다.

④ 정권은 인민위원회로 넘겨야 한다.

⑤ 지주의 토지를 몰수하여 농민에게 무상으로 나누어 주어야 한다.

⑥ 조선민주주의 인민공화국 만세.

등 이었다. 단독정부반대투쟁은 1948년 4월의 남북협상을 계기로 절정에 달하였으며……. 동 협상회의에서는 남조선단독선거반대투쟁 전국위원 회를 구성하고 5.10선거를 파탄시킬 것을 결정했다. 이러한 2.7투쟁과 5.10선거 반대투쟁은 그들의 전술상으로 볼 때는 폭력과 비폭력의 배합 투쟁이었다. 때문에 이때부터 서울에서는 행동대를 조직하고 지방 당에 서는 무장부대로서 야산대까지-野山隊 만들게 되었다. 이 야산대는 당의 무장부대이기-武裝部隊 때문에 당 조직체계에 준해서 조직되었다. 이때만 하더라도 남로당은 이민공화국-약칭: 인공. 창건이라는 정치목적을 달성하 기위하여 비폭력적-非暴力的 정치활동이 주목적이 되었으며 무장부대인 야산대는 당 활동을 원만히 보장하기 위한 수단으로만 이용되었다. 그러 나 제주도의 4.3민중항거를 계기로 제주도당부에서는 폭력일변도로 전 환하게 되었고……. 뒤이어 10월의 여수·순천 민중항거사건은 남로당 조직으로 하여금 완전히 비합법투쟁으로-非合法鬪爭 돌입하게 하였으며 지 리산에 입산한 반란군은 야산대와 합류되어 무장투쟁을 전개하게 되었 다. 이러한 무장투쟁은 점차적으로 확대되어 남한지역에는 몇 개의 유격 전지구가-遊擊戰地區 형성되었다. 즉, 호남유격전지구·지리산유격전지구· 태백산유격전지구·영남유격전지구·제주도유격전지구 등이 그것이다. 무장투쟁은 1949년 6월 조국통일 민족주의전선의 결성을 계기로……

보다 극렬화되었는데 7월부터는 인민유격대를 각 지구별로 3개 병단으로-兵端 편성하여 오대산지구가 1병단 이고 지리산지구를 2병단 이며 태백산지구를 3병단으로 하여 이들에 대한 통일적 지도를 북한에 있는 박헌영일파가 직접 관장하였다. 한편으론 남한에서 자행되고 있는 유격투쟁에 대한 북으로부터의 지원은 1948년 하반기부터 시작되었으나…….

본격화된 것은 1949년의 9월 공세 때였다. 1948년 10월 여순 민중항거사건이 발생하자 남한의 군 병력이 토벌을 하기위해 호남지구에 집결되고 모든 관심이 이에 쏠리게 된 틈을 타서 북에서는 강동정치학원-江東政治學院 출신들인 유격대를-遊擊隊 오대산지구로 침투시키는 한편……. 유격대 양성에만 주력해오다가 조국전선의 결성과 함께 선언문이 발표된 뒤 9월 공세에 대비하여 수백 명씩 집단적으로-集團的 남파시켰다. 군경토벌대는 유격대와 주민과의 연계를 단절시키기 위해 산간지대 농가를 이주시켰다. 기록에 의하면 이주호수는 남원 1,694가구 · 무주 501가구 · 장수 534가구 · 광양 1,240가구 · 구례 2,570가구 · 곡성 3,478가구 · 하동 1,240가구 · 함양 3,772가구 · 산청 2,363가구 · 거창 477가구 등이다. 이러한 숫자는 당시의 남로당 무리들의 무장투쟁이-武裝鬪爭 얼마나 치열-熾烈 했는가를 미루어 짐작할 수 있게 하여준다. 그러나 1949년 말을 거쳐 1950년도 초에 이르는 동기-冬期 토벌작전으로 인하여 유격대의 세력은 거의 전멸된 상태에 이르게 되었으며……. 1950년 3월에는 남로당을 총지휘하여 온 김삼룡과 이주하가 체포됨으로써 남로당조직은 사실상 붕괴되고 말았다. 남로당의 무장투쟁으로 인하여 집계된 피해상항은 연 동원 인원이 376,401명에서 교전횟수는 6,768회이고 사살된 자가 10,103명이며 각종 무기탈취가 4,260정에 탄환이 311,700발로 잠정 집계되었다. 또한 남로당의 2월 7일부터 5월 10일선거일까지 반대투쟁에서-反對鬪爭 저질러진 피해를 보면 선거사무소 36곳 경찰관서 20곳 가옥 308곳에 방화를 했으며……. 기관차 71대 · 객화차 11대 · 무기탈취 총기 233정이고 · 탄환

1,860발이며·인명피해 선거공무원-18명 사망·부상 64명·의원후보-2명·사망-4명부상·경찰관-4명 사망·64명 부상·공무원-145명 사망·52명부상·민간인-145명 사망·420명부상·반란폭도-330명 사망·131명부상·선거시설 41개소·경찰관서 22개소·가옥 80가구·도로 및 교량 50개소·통신피해 전화선 절단 563번 전신주 절도 497개 등의 피해가 집계되었다는 기록이다.

에필로그

취재를 하면서 억울하게 누명을 쓰고 현장에서 사살되거나 옥고를 치른 피해자를 수 없이 증언을 통해 들었습니다. 독자들 역시 개개인의 판단에 따라 다를 것이지만! 나는 불리하게 재판을 받아! 그 가족 모두 피해자라는 생각이 집필 동안 내내 떨칠 수가 없었습니다. 이러한 일들이 그 시대에 태어난 사람들은 운명이라고 말해서는 절대로 안 될 일입니다. 당한 그들은 너무 억울할 것이기 때문입니다. 남한과 북한으로 나뉘어버린 우리민족의 갈등은 한반도를 지구상 최후의 분단국가로 만들어 버렸습니다. 한국전쟁은 우리에게 어떤 의미로 각인되어 있을까요? 아무도 모르게 슬그머니 우리관심사 밖으로 밀려나버린 한국전쟁의 역사적 의미에 대해선 늦었지만……, 우리는 진지하게 생각해보아야 할 것입니다. 분단과 함께 서로 간에 등을 돌려버린 남과 북은 불과 반세기 전 이 땅에서 벌어졌던 골육상쟁의-骨肉相爭 비극을 모두 망각-忘却 하고 있는 것은 아닐까요? 아니 너무나 가슴 아픈 상처이기에 잊으려고 노력하고 있는지도 모르겠습니다! 반 만 년 역사를 통하여 가장 참담한-慘憺 동족상잔의-同族相殘 비극인 한국전쟁은 제 2차 세계대전 후 냉전 체제하에서 북한의 김일성은 대한민국을 적화할 목적으로 소련과 중국의 지원 아래 휴전선 전역에 걸쳐 기습 남침을 감행하였습니다. 소련의 항공기 및 탱크와 각종 중장비로 무장한 북한군은 압도적인 군사력의 우세 하에 막강한 병력과 화력으로 개전 초기부터 승세를 바탕으로 남침 개시 3일

만인 6월 28일 수도 서울을 함락하고 그 여세를 몰아 낙동강 전선까지 남아하였습니다. 8월 북한군은 대구를 점령을 목표로 낙동강 전선에 전투력을 증강하여 총공격을 개시하였습니다. 대구 시내 중심가에 포탄이 떨어지고 영천이 함락되는 등 전황이 극도로 불리해지자 정부를 비롯하여 미8군 사령부까지 부산으로 이동하여 70만 대구 시민은 공포에 사로잡혔을 당시 그 유명한 경북 왜관 다부동 전투의 필사적인 결전으로 낙동강 방어선을 지킨 한국 제 1사단과 제 8사단 10연대를 비롯하여 미군 제 1기병사단과 제 25사단 27연대를 비롯한 제 2사단 23연대 병력과 ……. 북한군은 제 3사단 제 13사단 제 15사단 제 15사단과 제 105전차사단의 병력이 피아彼我 공방으로 서로 간에 밀리고 밀리는 전투를 벌였습니다. 다부동과 마산진동 전투에서 낙동강 최후의 방어선이 무너지면 부산함락은 불 보듯 빤할 때인 9월 15일 인천항구의 협소한 수로와 심한 간만의 차이를 무릅쓰고 261척의 함선으로 인천상륙작전을 감행하여 인천 교두보를 확보한 유엔군이 서울로 진격함으로써 북한군의 후방을 차단하여 포위하는 한편……. 총반격 작전의 계기를 마련하여 한국군과 유엔군은 행주·마포·신사리에서 한강을 도하한 후 연희 고지와 망우리 지역과 구의동 일대의 북한군의 저지선을 돌파하여 시가전을 벌인 끝에 11일 만에 북한군을 격퇴하고 이를 계기로 1950년 9월 27일 오전 6시에 국군 해병대가 중앙청에 태극기를 게양하였지만……, 북한군에 피탈된 지 90일 만인 9월 28일에 수도 서울이 수복되고 낙동강 전선에서 퇴로가 차단되자 물자 공급이 전면 중단된 북한군은 싸울 능력이 없게 되어 산악지대를 이용하여 총퇴각하게 되어 마침내 국군 제 1사단과 7사단 8연대와 유엔군을 비롯해 미군 제 1기병단과 합세해 노도같이 북으로 진격하여 평양을 방어하고 있던 혼성부대 8,000여명의 병력을 포위 공격하여 이들을 모두 격퇴하여 적도敵都 평양을 1950년 10월 9일에 탈환하여……. 이로써 한만국경선까지 진격하여 전쟁을 완전히 종결終結 짓는 공세 작전을 벌여 국군 제 6사단이 초산을 점령하였고 제 3사단이 혜산 진을 점령을 하여 태극기를 게양함으로써 국군과 유엔군이 낙동강 방어 전선에서 북으로 반격을 개시한 지 41일 만에 국경선에 도달하는 쾌거를 올려 전 국민에게 통일의 희망을 주었습니다. 그때가 1950년 11월 24일 입니다. 6사단은 개천-회천-초산에 주둔하였고 미 7사단은 풍산→갑산→ 혜산진까지 출병을 했으며 1사단은 백암과 혜산진에 남고 일부는 길주 →부령→청진까지 가서 주둔을 하여 완전한 민족통일을 성립하였다고 방심한 순간……. 아니 미군의 오판이-誤判 지금의 분단국가를 만들고 만 것입니다. 수많은 젊은 피의 수혈의 대가를 헛되게 만든 강대국이라는 미국의 오판으로 결국 남과 북으로 한민족을 갈라 버렸던 것입니다. 1949년 10월 1일 공산정권을 수립한 중공은 북한 공산정권을 계속 유지 시킴으로써 한만국경선으로부터 위협을 제거하여 자국의 안전보장을 유 지하는 한편……. 북한을 지원하여 소련으로부터 경제 및 군사원조를 획득하고 동북아시아에서 정치적 주도권을 장악할 목적으로 김일성의 요청을 받아 소련과 협의 하에 한국전에 참전한 것입니다. 1950년 10월 한만 국경선인 압록강변의 초산까지 진격한 한국군과 유엔군은 뜻하지 않은 중공군의 침공으로 통일 일보 직전에서 장진호 및 흥남 등의 철수 작전을 전개하였다. 중공군 개입은 당시 인해전술로-人海戰術 하였기에 유 엔군은 어쩔 수 없어 후퇴하게 된 동기가 된 것입니다. 한편 평양을 포기 하고 임진강→화천→양양을 연결하는 새로운 방어선에서 적을 저지하였 으나 중공군의 신정에-설날· 총공세로 또다시 서울로 철수하여 일명 1.4후 퇴라는 오명을 남기게 되었고……. 한만국경선 철수 후 끝없이 밀리던 유엔군과 국군은 수도 서울까지 작전상 철수해야만 했습니다. 국군과 유엔군은 평택-단양-삼척을 연결하는 방어선에서 중공군의 동계 공세를 저지하고 전선을 재정비한 후 다시 총반격작전을 전개하여 국군과 유엔 군은 1951년 3월 15일 서울을 재탈환한 후 38도선 일대까지 전선을 회복하였지만……, 서로 간에 너무 많은 희생이 따르자 1951년 7월 10일에 휴전 회담을 시작한 유엔과 공산측은 1953년 7월 27일에 휴전 협정을 체결하였던 것입니다. 이 휴전 협정은 유엔군 총사령관인 클라크-Clark 대장과 북한 측 김일성과 중공군의 팽덕희-彭德懷 명의로 조인되었습니다. 특히 우리정부는 통일 조국의 실현을 고수하며 휴전회담장에 참가하지 않아 조인식에 정작 주인은 빠진 꼴이 되어 버린 것입니다. 이로써 3년여에 걸쳐 수많은 인명과 재산피해를 내면서 계속되었던 한국전쟁은 끝나지 않은 휴전으로-休戰 들어감으로 남북통일을 염원하던-念願 우리 민족에게는 커다란 실망과 좌절을-挫折 안겨준 슬픈 역사가 되어 버린 것입니다. 한민족의 운명을 완전히 뒤바꾸어 버린 이 날의 역사적 의미는 역사상 결코 가벼이 간과할 수 없는 사건으로 남아버렸습니다.

수많은 사람에게 상처를 안겨준 한국전쟁은 60여 년 동안이나 휴전중입니다. 가슴에 원한과 분노를 안은 채 반 세기를 넘은 세월을 살아온 죄 없이 학살당한 양민 가족과 그리고 전쟁터에서 부상당한 채 아직까지 적정한 보상도 받지 못하고 오늘도 병상에서 죽음을 기다리는 전상자들과 그 가족들에게 이 나라 국민과 정부는 도대체 무었을 해 주었는지 묻고 싶습니다.

반공 이데올로기 속에 빨치산이라고 몰려 학살당한 민간인의 일들……. 이를테면 경남 거창·산청·함양·전북남원·전남함평 등 지리산 지역 내에서 펼쳐진 빨치산 토벌작전 구역에서 희생된 양민과 경남 창원과 김해지역에서 저질러진 보도연맹원들의 학살사건 등 전국각지에서 일어난 풀리지 않은 수많은 사건은 이 시대에 살고 있는 우리들이 풀어야 할 숙제인 것입니다.

"작은 나라여서"
"힘이 없어서"

"열강들의-列强 틈바구니 속에서 희생당한 우리들만 불쌍한 민족이라고
체념하기에는 너무 억울하다."

자조적인-自嘲的 말로 매듭을 지어서는 안 될 일입니다. 한국전쟁 당시
반공 이데올로기 속에 빨치산이라고-부역자 및 통비자 포함 · 얼마나 많은 사
람들이 군경에게 억울하게 개죽음을 당하였습니까? 당시에 저질러졌던
민간인 학살에 대한 본격적인 진상규명-眞相糾明 운동이 시작된 지 벌써
10년여가 지났습니다. 청춘이 백발이 되고 백골이 되어 구천에서 떠돌아
헤맨 지 어언 반세기라는 세월이 흘러 강산이 여섯 번이나 바뀌어서 이
젠 그 흔적조차 찾아보기 힘든 그야말로 형극의 세월이 흘러버린 것입니
다. 우리는 이러한 아픈 역사에서 교훈을 찾아야 합니다. 전쟁의 폭력을
통하여 자유와 평화가 인간이 살아가는데 정말 소중하다는 사실을 알고
민간인 학살의 끔찍함을 기억함으로써 인권이 얼마나 중요하고 필요한
가를 알아야 합니다. 거친 땅만 파며 힘겹게 삶을 벼려온 할아버지와
할머니 그리고 어머니 홑치마 폭을 움켜쥔 누이와 동생들……. 차마 펴
지도 못한 고사리 손들이 공포와 광란의 골짜기에서 마대를 찢는 소리를
내는 기관총에서 퍼붓는 탄환에 갈기갈기 찢겨서 단숨에 쓸어 지고 총검
에 찔려 죽어간 "그 날을……!" 그 날에 있었던 슬픈 일들을 우리 모두
잊어서는 안 될 것이기 때문입니다.

좌에서 우로……. 우에서 좌로 빗발같이 쏟아지는 총탄을 피해 미친
개에게 쫓기는 오리 떼처럼 피해 다니다가 결국은 죽어간 불쌍한 영혼들
을 잊지 말아야 합니다. 나라를 지키라고 국민이 사준 무기를 가지고
토벌대는 양민을 무참히 학살하였습니다. 학살사건 당시 M1소총 철갑탄
으로 사살하면서…… 일렬종대로 세워두고 몇 명까지 인체를 뚫고 지나
가 살상할 수 있는가를 실험하였다는 가해자의 증언도 들었습니다. 지축
을 흔들고 자욱한 포연과 설운-雪雲 속에 피비린내 풍기던 그 싸움이 멎은

지 반 백년……. 높고 낮은 연봉은 타고 내린 허허 벌판에서 국군에게 죽임 당한 사람들의 부활한 목숨처럼 들꽃들이 피어 있었습니다. 부모형제 일가친척들이 죽임을 당하던 날 높은 고봉을 넘나들던 산새들도 삶과 죽음이 교차되던 그때 그때처럼 산등성이와 골짜기 곳곳을 넘나들며 희생자 귀곡성을-鬼哭聲 들었을 것입니다. 아슴푸레한 실안개에 휘감긴 지리산 연봉 끝자락에 고루내린 비바람도 눈서리도 숨결이 되고 핏줄이 되고 뼈대가 되어 그 옛날 옛적부터 조상대대 자자손손 이어갈 깊은 슬기와 밝은 마음씨로 이 땅 위에서 살아가는 어진사람들의 가슴마다 간직한 꿈들을 꽃피우고 열매 맺게 하여 살아가려 했었는데……. 그런데 바보 같은 국군에게 그들은 생 죽임을 당하여 이상도 한껏 펼쳐보지 못한 채 지리산 골짜기 원귀가 되어 울부짖으며 60여 년을 훌쩍 넘겼던 것입니다. 이 슬픈 역사를 간직한 한이 서린 땅에서 부모 형제와 일가친척을 비롯한 다정다감한 이웃을 떠나보내고 가슴이 멍이든 채 버티어온 유가족들……. 그들은 억 겁의 모진 세월인양 반백년이 넘을 동안 지금까지 살아온 것도 구천에서 맴돌 영혼들에게 죄송하고 미안해하고 있었습니다. 더욱이 유족들은 억울하게 떠나보낸 것도 분하고 원통 한데……. "통비자라는=빨치산협조자와 그 가족 · 더러운 죄목인연좌죄의 꼬리표를 단 채 황천을 헤매는 그들의 명예 회복을 위해 살고 있다고 하였습니다. 동지 섣달 삭풍이 몰아치면 부모 형제 핏줄을 찾는 울부짖는 소리가 지금 까지도 귓전에 산울림처럼 남아 들리는 것 같아 가슴이 아프다고도 했습니다. 계절마다 달이 비워지기도 하고 채워지기도 하는 것처럼 그 비극의 땅에서 살아남은 사람들은 오직 그 일을 운명처럼 받아들이며 살아가고 있었습니다. 자기 품안에서 혹독한 전쟁을 치렀던 이 전적의-戰跡 지리산 자락에 반백년의 기다림의 긴 세월동안 가슴에 상처-傷處=Trauma 입은 유족들의 한 맺은 슬픈 만가-輓歌 소리와 억울하게 죽임을 당하여 황천을 떠도는 원혼들의 귀곡성은 아직까지 끝나지 않았습니다. 유족들은 영욕의-榮辱 세월과 회안도-悔顔 투명한 유리벽에 갇혀 장구한-長久 세월을 견디어 왔을 것입니다. 이제 지리산 양민 학살사건은 무심한 세월처럼 거침없이 흘러 언제인가 역사의 뒤안길로 살아 질 것입니다. 취재를 마치고 집으로 돌아오는 길. 차는 어느덧 88고속도로 IC에 들어서고 있어 뒤돌아보니 벌써 서산에 지는 해가 지리산 머리를 붉게 물들이고 있었습니다. 시간은 화살같이 날아간다-Tirmeflies like an arrow라는 말이 있듯 불행한 역사는…….

「북한은 1948년 9월 김일성괴뢰정부 수립 후 치밀하게 전쟁 준비를 한 반면 우리나라는 탱크 한대도 없고 전투기 한대 없는 상황에서 북한의 전면전에 맞서야 했다. 1950년 6월 25일 기습남침을 감행한 북한 인민군은 소련제 탱크를 앞세우고 파죽지세로 밀고 내려와 사흘 만에 서울을 점령해버렸다. 유엔의 참전에도 불구하고 한국 전쟁으로 인하여 남한의 민간인 24만여 명이 사망하고 12만여 명이 학살됐다. 또한 8만 4,000여 명이 납치되고 30여만 명이 행방불명됐다고 한다. 수많은 유엔군희생도 뒤따랐으며 서울은 폐허가 됐다. 국가안보를 튼튼히 하지 못해 적군에 점령되면 어떻게 되는지를 똑똑히 보여주는 참혹한 전쟁사의 기록이다.」

일부 국민들-좌파 중 한국전쟁을-6.25 · 한반도 내 좌우 대립으로 일어난 것이라고 지금까지 주장하는데! 그런 것이 아니라 특정인에 의해 특정 시점에 특정 목적을 갖고 대단히 면밀-綿密 하게 계획된 국제전이었다. 밝혀진 소련의 기밀문서는 전체주의 국가에서 책임소재를 분명히 하기 위해 방대하면서도 정교하게 작성된 문건이 발견되었는데……, 그 문서를 종합하면 김일성이가 제안하고 소련의 스탈린이 승인하는 한편 중국의 마오쩌동이 도움을 주면서 주도면밀하게 기획된 사건이었다는 기록이 있었다.

이 세상이 존재하는 한 과거의 역사는 현재와 연결되며 현재의 역사는 미래와 연결 되는 것이다. 우리 인간들의 이기심에 벌이는 전쟁은 선과-善 악의-惡 대결이다. 하지만 선을 위해 하였던 전쟁도 결국 악의 편으로 돌아선다. 바로 그것이 전쟁의 광기다-狂氣. 어떠한 재앙의-災殃 중요한 -Essential 역사들은 우리들의 의식 속에 잠들어 있다. 잠들어 있다는 것은 언제인가 깨어난다는 뜻이기도 하다. 역사도 마찬가지일 것이다. 묻혀진 역사는 언젠가 반드시 누군가에 의해 발굴-發掘 되어 햇빛을 볼 것이기 때문이다. 그것은 시대의-時代 증인이며-證人 양심의-良心 최후의-最後 보루인-寶樓 이 땅의 작가의 몫이다. ＝ 강평원

컴퓨터를 끄면서

이 책은 2016년에 출간하려고 집필 중이었다. 그런데 자기 마음대로 못생긴! "황선"이란 아줌마하고 "신은미"라는 미국교포 아줌마가 종북從北 콘서트를 전국 각지에서 열겠다며 바람난 과부 집 수개처럼 말썽을 어겨서……! 2014년 10월에 완성하여 도서출판 "학고방"에서 2015년 초에 출간하기로 한 『가보면 좋은·가보면 나쁜·꼭 가야 하는·가면 안되는·소小 제목을 붙인 "길"』 장편출간을 앞서 출간하려고 집필을 한 것이다. 소위 종복 콘서트를 둘러싼 우리사회의 갈등이 우려스러운 일인데도……, 똥고집으로 강행을 하여 이념적인 사상도 잘 모르는 고교생이 콘서트 장에 사제 폭발물을 투척케 하여 벌을 받게 한 그들은 세상에서 제일 악질인 북한 김정은의 삼대가 저지른 대 학살극을 알면서도 북한이 지상의 천국이니……. 지상의 낙원이니 좌 편향적인 언동으로 자유민주주의 대한민국 국민을 속이려는 얄팍한 수작을 쓰고 있다. 본문을 읽어본 독자들은 알겠지만! 독재자인 김일성이가 전쟁을 일으켜서 이로 인하여 수많은 동족이 죽었고…… 아들 김정일과 손자인 김정은이 억압과 폭정의 정치를 하면서 북한 주민을 정치 감옥에 보내어 자기들의 여념에 따를지 않는 수많은 사람들을 죽임에 당하게 한 놈들이다. 그들의 3대 정권에서 행했던 일들이 지금도 그렇게 진행되고 있다. 철모르는 김정은 정권에 굶주리고 또한 갖은 횡포를 저지름의 공포에 못 견디어 자유를 찾아 목숨을 걸고 탈출하여 대한민국에 정착한 북한 주민이 무려 2만

7천여 명에 이르고 지금도 탈북을 하다가 잡혀가서 정치 감옥에 투옥되거나 죽임을 당한다하여 전 세계의 국가가 승인하여 유엔 인권 결의안에 상정된 이때……. 중국과 러시아의 반대로 통과는 아마도……. 그따위 콘서트를 하겠다고 억지를 부리는 것은 우리 국민에게 무슨 억한 심정으로 행하는 짓인가? 이러한 짓을 계속하려는 신은미 아줌마를 탈북 주민들이 검찰에 고발했다. 조사를 받으면서 행여 "미안하다-I am sorry" "내가 틀렸다-I was wrong"고 후회스런 말은 하지 말라. 신은미는 종교인이라는 데……. 이 세상에서 최고의 영업사원은 최고의 거짓말을 잘한다. 그와 반 비래하여 세력이 큰 종교단체 우두머리는 최고의 거짓말쟁이다. 그러므로 그의 졸병인 대다수의 기독교인은 거짓말을 잘한다. 내가 살고 있는 김해시의 자랑인 연지공원에 가서 몇 시간만 앉아 있으면 기독교인들이 졸병을 모집하려고 작은 선물을 들고 돌아다니면서 꼬득인다. 그런데 불교인은 전혀 없다. 이 글을 읽은 기독교 성직자나 신도들은 얼굴이 붉어지겠지만! 사실이다. 자신이 그런 짓을 하지 않는다면 성낼 일이 아니다. 대한민국 종북세력들의-좌파 · 행태를 보면 대한민국은 언론의 자유가 있어……. 술 취한 미친 개 꼬리에 불붙은 것처럼 천방지축으로 날뛰면서 말썽을 부리고 있다. 황선 아줌마 남편인 유기진이란 아저씨가 대학생들에게 "제 꿈이 대통령이에요."하고 말했다는 것이다. 세월호 사건 때는 "박근혜는 살인마"라고 생각이 없는-mindless 없는 로봇-automaton 같이 끝없이-endlessly 나불거린다고 했다는데……, 이북에 가서 김정은에게 우리 대통령에게 했던 것처럼 이렇게 주둥아리를 나불거려 보아라. "김정은 너는 고모부인 장성택을 처형했으니 살인마다."라고 해 보아라. 아시안 경기대회에 참석한 북한 대표단이 지나가자 박근혜 대통령을 좋아하는 사람 하나도 없습니다." 미친 늑대 울음 같은 소리를 대★ 지르는 것을 TV에서 보았는데…… 일마야! 나는 박근혜대통령을 좋아한다. 대다수 국민은 좋아하는데 좋아하는 사람이 없다고 그런 거짓말을 하느냐?

그러한 말을 북한에 가서 "김정은 너를 좋아하는 인민은 한 사람도 없다" 라고 해보아라. 아마도 장성택을 처형했던 것처럼 중기관총으로……. 우리나라 어린이들에게 "너희들 커서 무엇이 되고 싶니?" 물어보면 대다수가 "대통령이 되고 싶다"고 할 것이다! 유기진 씨! 네가 대통령이 된다면……. 나는 하느님을 밀쳐내고 내가 그 자리를 앉아 네가 오면 지옥으로 보내겠다. 북파공작원의 침투작전 중 부상을 당하여 귀환을 못하여 극약을 먹고 죽은 부하가 힘든 특수교육을 받으면서 날 웃기려고 자주 하던 말인……. "조장님은 너무 어려서 여성과 잠자리를 못해본 숫총각인데 작전 중 실패로 인하여 죽으면 너무 억울하니 내가 죽으면 우리들은 천국에 경비원으로 채용 될 것이니! 그때 천국 분리소에 근무하다가 조장님이오시면 선녀들이 목욕하는 목욕탕 때밀이로 보내줄게요."라고 하였는데 그 좋은 자리를 포기하고서다. 부창부수라고 하더니 너희 같은 부부를 두고 하는 말이다. 신은미 아줌마야! 우리나라가 싫어 미국으로 건너가 미국국적을 취득한 싸가지 없는 아줌마가 무슨 지랄병이 도져서! 꼴값한다고! 전국을 돌아다니면서 남북통일에 일조를 하겠다는 어리석은 말을 지꺼리면서 똥 가루 휘날리며! "북한이 좋은 나라이며 지상의 천국이다"라고 선전을 하련지 나로서는 이해가 가지 않는다. 내가 제일 싫어하는 것은? 우리나라가 싫다고 외국으로 나간 연예인들이 잊을 만하면 국내에 들어와서 돈을 벌어서 다시나가는 꼴이 제일 싫다. 문화광광부에서 신은미가 집필하여 출간한 책을 우수문학도서로 선정하고 1,200권을 구입하여 돌렸다는 것이다. 나는 국가를 위해 병역 근무 중 공상군경 국가유공자가 되어 그간에 23권의 책을 출간 했지만 정부에서나 내가 살고 있는 김해시에선 길 다방-커피자판기 300원 · 커피 한잔 값도 지원 해주지 않았다. 2014년 12월에 헌법재판소에서는 반국가적인 행동을 하는 통진당을 해산하라는 판결을 내렸다. 판정관 9명중 8명이 일치한 결정인데……. 통진당 우두머리인 적당히 못생긴! 이정희 아줌마는 "대한민국에서 자유 민주주의는 죽었다"고 고개고래 소리치며 추종자들과 대통령을 고소를 했다고 한다. 이 결정을 내리기위해 대한민국 헌법재판소에선 410일간 17만 여 페이지 기록을 검토하여 내린 결정이라고 한다. 그런데 북한 김정은은 자기 고모부인 장성택을 체포 4일 만에 잔인하게 처형을 하였다. "민주주의가 없어 졌다"고 목 아프게 애물덩어리인 황소개구리가 우는소리 내지 말고 북한에 가서 살아 라는 것이다. "민주주의가 없어 졌다"면서 법원에 고소장을 내는 이중적인 아줌마의 행동은……. 이 아줌마가 대통령 선거에 나와 토론장에서 박근혜 씨를 떨어뜨리기 위해 나왔다고 했다. 이젠 박근혜대통령님 했다는 것이다. 마음이 변했나! 생각이 없는-mindless 줄 알았는데 다행이다. 통진당 살려달라고……. 종북세력들이 이야기하는 민주주의와 우리나라의 민주주의는 다르다는 것을 모르는 이 집단에게 정부에선 163억 원을 지원하였는데 후원금 등을 합하면 2백 7십여 억에 이른다는 것이다. 해산과 더불어 지원해 주었던 남은 남을 회수하려고 하자. 땡전 한 푼 없다고 한다. 돈줄이 끊어져서 술 취한 미친개 꼬리에 불붙은 것처럼……. 이정희 아줌마가 "진보정치 결실을 이루지 못해 사죄를 드린다"며 자기 패거리인 고참과 졸병들이 진행하는 원탁 회의장에서 무릎 꿇고 엎드려 큰절을 하는 것을 TV로 보았다. 아줌마~ 아! 자유대한민국 국민 70%가 통합진보당 해산을 찬성을 했다는데 국민에게 사죄를 하여야지……. 같은 패거리인 이석기가 지랄을 부린 것은 북한이 핵폭탄을 사용하여 만약에 적화가 된다면 자기는 살 수 있다는 착각에 의해서이며 종북세력도 똑같은 생각에서다! 그러나 한국전쟁 중 저질러진 민간인 학살사건을 다룬 이 책을 읽으면 생각이 달라 질 것이다! 만약에 전쟁이 벌어진다면 이승만 정권 때 저질러진……. 보도연맹원들에게 하였던 학살을 한 것처럼 종북세력들을 모두 처형할 것이다! 내가 대통령이라도 종북세력 제거를 승인할 것이다. 다만 종북세력을 철저히 가려서……. 황선 · 신은미 · 이정희 아줌마! 그리고 이석기 씨가 지향한 여념에 따른 종북從北 세력들아……. 박현영이도 김일성의 이념을 좋아해서 북으로 갔지만 처형을 당했다. 사자성어에 역지사지易地思之 라는 말이 있다. 너희들의 자식이 천안함에서 북한의 미사일에 의해 죽었다면 북한을 찬양하는 발언을 하겠니? 또한 북한이 선군정치를 한다면서 핵무장을 하여 미국·중국·러시아·일본 등과 싸우겠니? 같은 민족인 우리를 죽이려고 그러는 것이다. 전 세계가 핵무기 개발을 반대하는데 어깃장을 쓰면서……. 대통령은 "통일이 대박이다"라고 하는데 나는 싫다. 통일 비용이 수 백조 원 아니면 수 천조 원이 들어간다는 데……. 지금도 살기 어려운데 그럴 돈이 어데 있느냐? 에서다. "지상 천국이다"라고 하는 너희는 너희들끼리 살고 우리는 우리끼리 살면 된다. 자유대한민국에서 살기 어렵다면……. 2천여 만 명의 북한 주민에게 "북한에서 탈출하여 대한민국에 정착한 주민이 무려 2만 7천명이 넘는다"라고 북한으로 가서 방송을 해 보아라. 사실과 진실이 알려지면 북한 체제는 일시에 무너질 것이다. 주지할 것은 우리는 적이 아니라 남과 북으로 갈라진 분단된 국가의 국민이라는 것이다. 강평원은 종북세력들이 지상천국이라고 주장하는 북한에 가서 살도록……. 종북세력과 좌파세력을 포함해서 북한으로 이민을 가도록 허락하라고 정부에게 외친다. 그 대신 절대로 대한민국에선 그들을 다시 받아주지 않는 법을 만들어서 행하면 된다. 단군의 자손이라는 백의민족인 남과 북이 통일이 되어 함께 살려면 개방된 세계에서 선진 공부를 하였던 북의 통치자 김정은이 개방으로 나와야 된다. 내가 이해를 못하는 것은 유럽의 자유시장의 문물을文物 격은 그가 할아버지와 아버지가 통치한 억압 정치를 따라 하는 것은 주변에서 기득권을 노칠까 봐 아부하는 자들에 의해서 일 것이라는 생각이 들기도 한다. 우리나라 역대 정치사에서도 그랬고 지금도 우리나라의 각 단체 대다수에서도 그런 무리가 존재하고 있으니……. "하심을下心 가져라"던 어머니의 말이 생각이 난다. "자신을 낮추라."는 말이다. 나는 신은미의 책처럼 정부에 이 책을 사달라고 하지 않는다. 부탁은 이 책을 신은미 아줌마와 황선 아줌마에겐 꼭 보내라는 것이다.

검찰에 출두한 황서 아줌마는 그동안 너무 떠들어서인지! 입을 다물고 있다는 뉴스다.

책과 신문은 지식의 보고-寶庫다

꽃을 든 남자보다 책과 신문을 든 남자가 더 매력적입니다.
……. 왜 일까요?

　인류의 역사에는 인간 생활의 질을 크게 향상시키거나 혹은 시대의 흐름을 결정적으로-決定的 놓은 발명품들이 있습니다. 예를 들어 증기기관과 내연기관은 인류에게 산업화의 길을 열어 준 획기적인-劃期的 발명품들입니다. 요즘의 디지털 세상이 펼쳐진 것은 1940년대 후반부터 등장한 반도체 소자들 덕분입니다. 이처럼 고대에서-古代 현대에-現代 이르기까지 역사에 기록된 수많은 발명품 중 가장 중요한 것 하나를 꼽으라면 그것은 무엇일까요? 발명품에도 명예의 전당이-殿堂 있다면 제일 높은 자리에는 아마도 "책"이 올라 칭송을 받고 있어야 할 것 입니다. 책이야말로 선인들의 지식과-知識 지혜를-知慧 축적하고-蓄積 그것을 전수하는-傳受 수단으로 오늘의 문명을-文明 이룩하게 한 가장 큰 공로자이기 때문입니다. 인류의 위대한 사상과 중요한 지식은 책이라는 발명품 속에 기록되고 보존되어 왔습니다. 전 세계적 베스트셀러인 성경과 경전을 비롯하여 코란 등 세계 각국의 헌법들은 대개 책으로 반포되었고 공자의 유교 사상과 뉴턴의 이론도 책으로 전해져 왔기 때문입니다. 찰스 디킨스의 흥미진진한 소설과 모차르트의 아름다운 음악도 책이 있어 즐길 수 있었고, 선남선녀에게 청아한 즐거움을 주고 사회적으로 정신문화의 중

추적인-中樞的 역할을 해 온 책의 소중함과 그 역할의 중요성을 생각하면 출판사와 서점들은 국민과 정부의 따뜻한 사랑과 열렬한 지원을 받아 크게 번창해야할 업종입니다. 그런데 우리의 현실은 어떤가요? 독서 인구가 아프리카보다 못한 대한민국이라는 것입니다. 그래서 정부에서는 심각하게 생각을 하고 있다는 보도입니다. 세계는 21세기를 문화의 세기로 규정하고 있습니다. 나라의 번영을 기약하는 근원적인 힘은 그 민족의 문화적 · 예술적 창의력에 달려 있습니다. 문화적 바탕이 튼튼해야만 정신적인 일체감을 이룰 수 있을 뿐만 아니라 물질적인 발전도 가능하기 때문입니다. 진정 문화의 세기를 맞으려면 문학을-文學=冊 살려서 준비를 해야 합니다. 문학이 모든 문화예술의-文化藝術 핵심이기 때문입니다. 문학이 없이는 아무리 문화 예술을 발전시키려고 해도 발전되지 않는 법입니다. 그것은 문학은 새로운 문화를 창조하고-創造 역사를 앞서기 때문입니다. 볼테르나 루소의 작품은 프랑스 대혁명의 도화선이 되었으며, 톨스토이나 투르게네프의 소설이 제정 러시아에 커다란 충격을 주었고 입센의 『인형의 집』이 여성운동의 서막이 되었고 스토 부인의 『엉클 톰스 캐빈』이 미국남북전쟁의 한 발화점이 되었으며 작가로선 최초로 미국의 최고의 훈장인 『대통령 자유의 메달』을 받은 스타인 백의 『분노의 포도』가 미국의 대 경제공황을 극복하게 만든 계기가 됐던 것입니다. 2008년 미 대선후보 공화당 존 매케인-McCain 대통령후보가 "이 세상은 좋은 곳이고 지키기 위해 싸울 만한 가치가 있다. 그리고 나는 이런 세상을 떠나기가 정말 싫다." 인용하는 대사는 어니스트 헤밍웨이의-Hem-ingway 소설 『누구를 위하여 종을 울리나』에서 주인공 "조던"이 다친 채 홀로 적에게 포위된 현실을 담담히 받아들이면서 한 말입니다. 뉴스위크지 보도에 의하면 매케인을 "베트남 전쟁의 영웅" "자기 집이 몇 채인지도 모르는 얼치기 부자" "고집스러운 보수주의자" 등으로 단순화하는-單純化 시각은 잘못이라며 "그는 영웅적인 동시에 풍자적이고 금욕적이면서도 때로는 자제력을 잃고 야심가이면서도 반항적인 인물로 알려진 것보다도 훨씬 깊고 복잡한 내면세계를 갖고 있다"고 평을 했습니다. 매케인의 어린 시절 영웅은 아버지 존 S 매케인 2세였다고 합니다. 아버지는 대대로 군 지휘관을 배출한 가문에서 태어나 자신도 유능한 해군 제독이었지만……. 동시에 가문의 명예를-名譽 이어야 한다는 중압감 탓에 종종 알코올 중독에 빠졌다는 것입니다. 이런 아버지의 모습은 어린 매케인에게 크나큰 상처로 남았는데……, "매케인이 책속에서 도피처를 찾았고 이를 통해 새로운 세계에 대한 동경과 사람들의 위성을 간파하는 예리한 눈도 갖게 됐다"는 보도입니다. 해서 당시의 미국 대통령후보로 출마한 공화당 존 매케인과 민주당 후보인 오바마도-Obama 유아독서환경운동을 주요 선거공약으로 내걸었습니다. 빈민가-貧民家 아이들과 중산층-增産層 아이들은 이미 초등학교 때부터 학습능력에서 뚜렷한 차이가 난다는 것입니다. 그것은 유아 때 책을 얼마나 읽었느냐에 따라 갈린다는 것이기 때문입니다. 가난 때문에 교육의 혜택을 받지 못하는 것은 비극이므로 국가가 유아독서환경을 만드는 데 앞장서겠다는 대통령 후보를 둔 미국이 부러웠습니다. 대통령으로 당선된 오바마 미국대통령은 2010년 12월 버지니아 주 알링턴의 롱브랜치 초등학교에서 동화책을 읽어 주는 행사를 열었습니다. 그런데 우리정부는 문학 문제를 그리 심각하게 생각하지 않는 것만 같습니다. 문화예술 분야 수장들이 학창시절 인문학과정을 대수롭지 않게 여겼던 사람들만 포진해 있는 모양입니다. 인문학은 학문의 "생명수-生命水"입니다. 근래 들어서 인문학의 위기에 관한 문제가 광범하게 제기되고는 있습니다. 최근 고려대 문과대 교수들은 인문학의 위기를 극복하기 위한 결의를 담은 "인문학 선언"을 발표했습니다. 뒤를 이어 전국 93개 인문대학장들이 동참했습니다. 인문학자로서의 반성과 각오가 포함되어 있는 이 선언은 인문학의 중요성을 새롭게 부각시켜 주는 계기가 되었습니다. 돌이켜 보건대 상당수

대학에서 인문계 학과를 선택하는 학생 수가 급격하게 감소하고 지원하는 학생들의 성적 등도 과거와는 달라졌다는 말도 있습니다. 여러 대학에서는 인문계열 학과 대학원 지망생의 비율이 줄어들고 있음을 모두 우려의-憂慮 눈으로 바라보고 있습니다. 심지어는 인문계 학과가 폐과되는 사태도 계속되고 있다는 것입니다. 대학 교양강의에서 인문계가 차지하는 비중은 점차 낮아지며……. 실용적 학문이 교양의 주류인 양 주장되기도 한다는 것입니다. 이와 같은 인문학의 위기 상황에는 다 원인이 있습니다. 우선 인문학이 처해 왔던 외적인 측면에서 찾아볼 수 있습니다. 즉 광복 이후 한국사회는 급격한 변화와 압축-壓縮 성장의-成長 길을 걸어 왔습니다. 이 과정에서 성장에 급급했던 우리사회는 너무 실용과 효율만을-效率 강조해 왔습니다. 여기에서 인간 삶의 기본을 탐구하는 인문학의 중요성은 점차 망각되어 간 것입니다. 신채호나 이광수와 홍명희는 당대의 사상가였고 천재들-天才 이었습니다. 그들이 소설을 택한 것은 민중을 깨우치고 구국독립을-救國獨立 위한 방법이 문학이라고-文學 생각했던 것입니다. 그들이 그들의 천재성을 발휘하여 권력을 탐냈더라면 권력의 수장자리 한 자리는 했을 것입니다! 다른 한편으로 경제적 부를-富 욕심냈더라면 대재벌이-大財閥 되었을 것입니다. 그러나 그분들은 인류의 참된 가치를 권력이나 부에 두지 않고 진실 된 인생의 추구나 올바른 세계의 건설 같은 보다 근원적인 것에 두었던 것입니다. 그런 그분들의 관점은-觀點 옳았고 그런 점에서 문학이 지니는 위대성은-偉大成 영원한 것입니다. 이러한 것을 보더라도 문화예술의 꽃이라는 문학이 살려면 우선 시장이 건전해야 하는 전제가 있는데……, 아무도 그 시장의 현황에 대해서는 관심이 없는 것을 보면 말입니다. 내가 지역 문학 단체에서 활동 한지도 15년이란 세월이 흘렀지만……, 지역 문학 활동의 행사장에 시장이나 시의회의장과 시의원을 비롯하여 정치인이 단 한 번도 참석하는 것을 못 보았습니다. 그러면서 그들은 문화 예술도시 라고 선거

때면 곧 잘 써 먹으면서 문화 관광 도시를 만들겠다고 공약을 남발하고 있지만 효과는 미미합니다. 문화예술의 본질을 모르는 그들이 그런 말을 할 때면 가소롭기 그지없었습니다. 가래침을 끌어올려 얼굴에 뱉어 버리고 싶었습니다. 옛 부터 폭군은-暴君 무신을-武臣 가까이 했고 성군은-聖君 문신을-文臣 가까이 했음을 모르는 모양입니다. 그래서 문화대국이라고 우쭐대는 프랑스 정치인들의 자랑이란……. 2차 대전 후 5공화국이 시작된 이래 역대 프랑스 대통령들은 저마다 예술 문화 애호가-愛好嘉임을 과시했습니다. 1944년 해방된 파리로 돌아온 샤를 드골은-Gaulle "조국의 영광"을 되찾기 위해 폴 발레리-Valery 같은 작가들을 먼저 찾았으며, 프랑수아 미테랑은-Mitterrand 러시아 대 문호-文豪 도스토예프스키의-Dostovevsky 작품을 탐독했고 자크 시라크는-Chirac 10대 시절 시인 푸슈킨의-Pushkin 작품을 번역했다고 자랑했습니다. 인문학이 그만큼 중요하다는 얘기입니다. 그래서인가! 국내 유명인들의 언론에 보도된 모습의 사진뒷면의 배경을 보면 책이 가득 꽂혀있는 책장입니다. 책을 많이 읽어서 나는 지식이 풍부하다는 광고 효과를 노리고 사용한 것입니다. 프랑스 하면 루브르박물관과 세계 최고의 권위인 국제영화제와 앙굴렘국제만화페스티벌 등 문화예술 분야가 먼저 떠오를 것입니다. 이러한 것들로 문화강국 프랑스 위상은 통계로 확인되었습니다. 프랑스 문화부와 재정부의 통계에 따르면 2011년 문화예술이 창조한 부가가치를 뜻하는 문화관련 국민소득은-Cultural GDP 약 570억 유로-약 82조 원. 라고 했습니다. 이는 프랑스가 자동차산업에서 얻은 80억 유로의 7배이고 화학 산업 140억 유로의 4배이며 전자와 통신관련 산업에서 얻은 250억 유로의 2배가 넘는 수치입니다. 낙농과 포도주로 유명한 프랑스 농업분야에서 창출한 가치 600억 유로와 비슷한 수치라는 것입니다. 또한 문화예술분야는 일자리 창출에도 크게 기여하고 있어 전체 근로자의 2.5%인 67만 여명이 문화예술에 종사하고 있어 이 분야의 훈련생까지 포함하면 그 숫자가

87만 여명에 이른다는 것입니다. 우리나라도 세계 곳곳에서 한류바람을 일으키고 있습니다. 문화 예술은 문학에서부터 출발합니다. 시나리오·극본이나 대본·노래가사 등등은 문학을 하는 작가들에 의해 생산되기 때문입니다. 그래서 모든 문화예술은 문학에서 부터 출발하는 것입니다. 그러나 우리의 현실은 그들의 뒷받임하는 제도가 너무나도 허술합니다. 현 정부가 들어서고 교육부가 대학정원을 줄이라고 압력을 가하니 대학들은 예체능 관련된 학과부터 줄인다는 소식입니다. 문화예술의 가치조차 모른 채 일단 엎드리고 보자는 대학들의 행동이 안쓰럽다는 예술인들의 주장입니다. 박근혜 대통령께서 말씀하신 4대 국정기조 중 하나인 "문화융성이-文華隆盛" 갖는 궁극적인-窮極的 목표는 문화를 통해 국가발전의 토대를 이루고 국민 개개인의 행복수준을 높이는 것이라 할 것입니다. 이런 관점에서 문화가 주는 가치를 모르는 관련부처들의 인식은 참으로 암울하기만 합니다. 문화는 국가발전과 국민행복의 선순환을 만드는 원동력이고 인간다운 삶의 높이기 위해 물질만으로는 채워질 수 없는 삶에 대한 만족과 행복을 느끼게 해 주는 가치입니다. 조선시대 때 가장 찬란한 문화를 꽃피우신 세종대왕님은 "사가독서-賜暇讀書"라는 제도를 만들게 하여 유능한 젊은 문신을 많이 뽑아서 특별휴가를 주어 공부를 하게 하였습니다. 책을 많이 읽는 다는 것은 작금의 선진국에서 추진하고 있고 우리나라에서도 추진하고 있는 문화융성과 밀접한-密接 관계가 있는 것입니다. 앞서 프랑스의 예를 보았듯 문화예술이 미래에 밥을 먹여 줄 정신적 토양이라는 "슬로 컬처로의-slow culture"인식 전환이 시급합니다. 선진국의 한 가지 공통점은 대학들이 인문학을 비롯한 문화예술에 관련된 학과의 일시적인 트렌드나 유행에 휘둘리지 않는다고 합니다. 문화를 통해 세계인들과 교류하고-交流 협력하여-協力 문화선진대국의 위상을-位相 확보해 "디스카운트코리아에서-Discount Korea" "프리미엄 코리아로-Premium Korea" 거듭나야하는데, 지금의 대한민국의 대학들의 추진하고 있는 형태를 보면 예술이 "개밥의 도토리"로 몰리는 "묻지 마" 식 대학의 구조조정이라면! 정부에서 추진하고 있는 "문화융성"은 헛구호에 그칠 것입니다. 인간의 삶이 사라지지 않고 기계화되지 않는 한 문학은 영원히 남을 것이기에! 문화예술을 홀대하는忽待 사회는 밝아질 수 없습니다. 예술의 기초라는 것이 문학이기 때문입니다. 그래서 문학 하면 우선 작가를 떠올리는 것은 고마운 일입니다. 그러나 주요 월간지에서 소설이 사라지더니 이젠 주요 일간지에서도 연재소설이 살아졌습니다. 그에 따라 출판사들도 책 만들기를 점점 기피하고 있는 실정입니다. 몇몇 상품적 가치가 공인된 작가 외에는 투자를 하려고 하지 않고 있기 때문입니다. 외국의 경우처럼 출판사가 유망한 작가를 발굴하여 그 작가가 쓴 원고는 끝까지 출판하여주는데 우리나라에서는 그런 노력 따위는 애초부터 없는 나라이기 때문에 신인 작가가 기획출판 하기란 무척이나 어렵습니다. 권위를 내세우는 문학상 뒤에는 예외 없이 고도의 상술이 숨어 있습니다. 당선작은 물론 후보작까지 다른 지면에는 발표하지 말아야 한다고 응모 광고를 하고 있습니다. 이런 가운데 중앙일보는 신춘문예 자체를 없애 버렸습니다. 그 대신 진일보한 "문학상"공모를 따로 시작했다지만, 중앙일보를 필두로 신춘문예라는 용어 또한 머잖아 역사에 묻힐 것만 같아 걱정입니다. 요즘 아이들은 컴퓨터나 스마트폰에 매달려 인터넷에 중독되어 있으며, 책 읽기를 왜면하고 있습니다. 마이크로소프트사의 창업자로 세계적 갑부인 "빌 게이츠"씨는 어찌 보면 인문학과는 전혀 관련이 없어 보이지만……. 그러나 그는 "인문학이 없었더라면 나도 없고 컴퓨터도 없었다."라고 말했습니다. 이 말은 인문학적 상상력이想像力 모든 이에게 필수적으로 요청되고 있다는 말입니다. "매킨지"는 이 시대를 "인재전쟁의war for talent"시대로 규정했습니다. 기업도 누가 누구를 얻고 어떤 아이디어를 사용하느냐에 따라 승패가 좌우되기 때문이라고 했습니다. 그러므로 인문학의 발전을 위한 사회의 인식과 국가의 배려가-配慮 요청되고 있습니다. 인문학은 모든 학문의 수원지이기 때문에 인문학은 모든 학문과 사회·기술·경제·정치 분야의 수원지이며-水源地 이 수원지가 마르면 사회-Society 기술-Technology 경제-Economy 정치-Politics 즉 스텝이-STEP 페스트로-PEST 변하는 것입니다. 대학 안에 대학을 다닌다는 인문학과가 왜 이지경이 되었는가를 연구 해 볼 때가 됐다고 학자들은 말하고 있습니다. 해서 서울대 인문학 최고지도자 과정이 개강하였다고 합니다. 서울대 인문대에 국내 처음으로 마련한 인문학 최고지도자 과정인 아드 폰테스 프로그램에-AFP-Ad Fontes Program, 라틴어로 '원천으로'라는 뜻. 재계와 정관계 유명 인사들이 지원하여 수학하고 있는데, 정원 40명중 절반 정도가 국내 대기업과 벤처기업의 최고경영자급-CEO 인사를 포함한 유명 인사들이라고 합니다. 이계안 국회의원은 1982년부터 1985년까지 현대중공업 런던사무소에서 근무하던 시절의 경험을 토대로 AFP에 지원하게 됐다며……. 이의원은 "외국의 재계와 정관계 리더들이 상상력을-想像力 중히 여기고 인문학을 계속 공부한다는 게 당시에는 이상하게 보였다"며 "그러나 불확실성에-不確實性 대처해야 하고 미래 모습을 그려야 하는 CEO와 정치인 생활을 하다 보니 리더들이 왜 인문학을 공부해야 하는지를 알게 됐다"하였습니다. 조사에 의하면 대한민국도 CEO 95%가 "경영에 필요한 지혜를 책에서 얻는다." 했습니다. 인문학이란 인간에 대한 탐구이며-探求 세상에 대한 물음이기 때문입니다. 2014년 4월 8일 신세계 정용진 부회장은 연세대 대강당에서 1,300여명의 학생들 앞에서 "스펙보다 인문학적 소양을 갖춘 인재가 돼 달라"고 강조를 했습니다. 그래서 인가! 갑자기 작금의-昨今 우리사회에 인문학강의가 붐이 일어나고 있습니다. 일본에서 "책과 신문을 읽는 부모를 둔 아이가 공부를 잘한다."는 연구 결과가 나왔습니다. "공부 잘하는 아이의 부모는 책을 읽으며 정치면과 경제면 신문을 읽는데……, 공부 못하는 아이 부모는 여성잡지를 보거나 TV 쇼 프로그램을 본다"는 것입니다.

일본의 오차노미즈대와 교육출판그룹 베네세가 국어성적과 부모의 생활습관에-生活習慣 대해 공동 조사한 결과 이 같은 결과가 나왔다고 합니다. 아사히신문의 보도에 의하면 조사 대상은 전국 각지의 초등 5학년생 2,952명과 학부모 2,744명의 조사에 따르면 성적 상위 4분의 1안에 드는 학생 부모 중 70.6%는 "책을-만화와 잡지 제외. 읽는다"고 응답했으며 또 60.2%는 "신문의 정치 · 경제면을 읽는다"고 했다는 것이고 반면 성적이 하위 4분의 1에 속한 아이의 부모들은 "책과 정치 · 경제면 신문을 읽는다"는 응답은 각각 56.9%와 46.4%에 그쳤다고 합니다. 각각 13%포인트씩 낮은 수치로 상위권 학생의 부모가운데 스포츠신문이나 여성 주간지를 읽는다는 응답은 18.0%였고 tv 쇼 프로그램을 시청한다는 응답은 25.0%였으며. 하위권 학생 부모의 응답률은 각각 28.6%와 35.0%로 10%포인트씩 높았다는 것입니다. 조사를 한 하마노 다카시 교수는 "책이나 신문을 읽는 것은 그 가정의 문화라고 할 수 있다. 문장을 접할 기회가 많을수록 독해력이-讀解力 좋아지고 공부에 필요한 인내심이-忍耐心 향상되는-向上 것 같다"고 했다는 기사를 보더라도 책은 인간이 살아가는데 꼭 필요한 것입니다. 물론 교육의 생산성과 관계된 효율성과-efficiency 효과성에-effectiveness 개념입니다만……. 고대 테베의 도서관에서는 "영혼을-靈魂 치유하는-治癒 장소-場所"라는 글이 벽에 걸렸으며, 스위스의 중세 대수도원-大修道院 도서관에는 "영혼을 위한 약상자"라는 글이 적혀 있었습니다. 책이 가진 치유의-治癒 힘을 알려주는 의미겠지요! 문학은 종교에서-성경 · 시작되었습니다. 작금에 이르러 종교가 쇠퇴해지는 현상에 우려를 하고 있습니다만……. 어떤 책은 한사람의 위로가 되고 치유를 도와주었다면 분명 그 책은 어떤 정신적인 치료나 심리치료보다 훨씬 효과적인 치유의 수단이 된 것입니다. 하지만 사람마다 영향을 받는 책도 다르고 도움을 받는 결과도 다를 것입니다. 그래서 약의 처방을 내리듯 "이럴 땐 이런 책을 읽으세요."라고 말할 수는 없습니다. 다만 한 가지 장르의 책을 읽고 많은 독자가 같은 마음으로 공유-共有 한다면……. 어떤 책은 함께 공감하고 함께 마음을 정화하는데 도움이 될 것입니다. 2013년 16세인 파키스탄 소녀 "말랄라 유사프자이"는 여성의 교육받은 권리를-權利 주장하다가 2012년 10월 9일 탈레반에게 피격을 당했습니다. 파키스탄 북서부 스와트벨리 시골지역에서 살았던 평범한 소녀였던 말랄라는 11세 때 탈레반의 여학교 폐쇄령에-閉鎖令 저항하는 글을 영국 BBC를 통해 용감하게 공개한 후 탈레반의 제거 표적이 됐습니다. 말랄라는 탈레반의 총격으로 두개골 일부와 왼쪽 청각을-聽覺 잃었지만……. 16세 생일이던 2013년 7월 12일 반기문 유엔 사무총장의 초청을 받아 뉴욕 유엔총회에서 "탈레반은 우리를 침묵을-沈默 시켰다고 생각할 것입니다. 그러나 틀렸습니다. 그들은 저의 인생에서 아무것도 바꾸지 못했습니다. 저는 똑같은 말랄라 입니다. 변하지 않은 저의 꿈도 같습니다. ……극단주의자들은 책과 펜을 두려워합니다. 문맹과-文盲 빈곤을-貧困 테러에 맞서 싸우기 위해 펜과 책을 듭시다. 이것이 가장 강력한-强力 무기-武器 입니다. 한 명의 아이, 한 명의 선생님, 하나의 펜, 한 권의 책이 세계를 바꿀 수 있습니다."라는 감동적인-感動的 연설로 기립박수를 받았습니다. 부연 설명하자면 "총으로 책을 덮을 수 없다"라는 말입니다. 그는 2014년 10월 10일 노벨평화상에 선정되어 상을 받았습니다. 유사프자이 말랄라는 최연소-最年小 노벨평화상 수상 기록을 세운 것입니다. 얼마 전 TV 쇼 프로그램에서 초등학생이 상금을 무려 4,100만원을 거머쥐었다는 신문보도를 보았을 것이고 화면을 지켜 본분들도 있었을 것입니다. 상금의 액수에 놀랄 일이지만, 나는 그 학생이 하루에 한권의 책을 읽었다는데 더 놀랐습니다. 예심을 통과한 쟁쟁한 성인들과 겨뤄 이룬 성과는 매일 읽은 책에서 얻은 지식이었을 것임은 두 말할 필요도 없을 것입니다. 그래서 책을 좋아하는 아이가 공부도 잘하고 리더십이 뛰어나다는 것은 이미 잘 알려진 사실인 것입니다. 세계의 뛰어난 과학자와 정치인과 그리고 최고경영자-CEO 모두가 독서의 중요성을-重要性 강조하고 있습니다. 전 세계 부자들의 공통 습관이 바로 독서라는 조사 결과도 있습니다. 책을 읽는 사회는 미래가 밝다고 합니다. 소설가 마르셀 프루스트의 말처럼 "독서는 고독 속의 대화가-對話 만들어내는 유익한 기적이다. 독서는 날 마다 경험과 기억⋯⋯. 지혜로 가득 찬 뇌를 발명하는 것이다. 조용한 방에서 아이들이 책 속의 글자와 대화를 나누는 동안 그들의 신경세포 는 끊임없이 시냅스를 강화하고 서로 연결되고 끊으면서 지혜의 신경망 을 만들어 낸다. 저자의 말이 시작되는 순간 독자의 지혜가 시작 될지어 다"라는 미국의 심리학자 "매리언 올프"의 말처럼⋯⋯. 올프의 저서 "책 읽는 뇌"에 따르면 독서가 뇌에 가장 훌륭한 음식인 이유는 풍성한 자극 원이기 때문입니다. 누구나 독서를 할 때 글자를 이해하고 상징을 해석 하는 측두엽-側頭葉, 상황을 파악하고 활자를 시각으로 상상하는 전두엽, 감정을 느끼고 표상하는 변연계 등 독서의 흔적이 남지 않은 뇌의 영역 은 거의 없다고 전문가들은 말하고 있습니다. 우리나라 고교생들이나 직장인들의 정신 건강-mental health 심각하다고 합니다. 해서 "뇌"와 교육의 융합을 통한 멘탈헬스케어라는-Mental Health 강연장에 많은 인원이 참석을 하고 있다는 것입니다. 이는 뇌 활용의 원리와 체험적 방법론에 기반을 둔 뇌 교육은 무엇보다 지식의 이해 정도에 상관없이 누구에게나 보편 적으로 전달된다는 면에서 혁신적인 프로그램으로 주목을 받고 있다는 것입니다. 이는 자신의 멘탈 상태를 관리할 수 있는 휴먼테크놀로지의 -Human Technology 기술을 습득할 수 있기 때문이라는 이유에서 관심을 많 이 받고 있다는 것입니다. 우리나라를 다녀간바 있는 미국의 미래학자 "엘빈 토플러"는 청소년을 상대로 강연회에서 제일 먼저 "미래를 위해서 책을 많이 읽어라. 미래는-未來 예측하는-豫測 것이 아니라 여러분이 상상 하는-想像 것이다."라고 말했으며, 자기를 "독서 기계"에 비유 한 뒤 "미래 에 대해 상상하기 위해서는 책을 많이 읽는 것이 가장 중요하다. 미래를 지배하는 힘은 생각하고 커뮤니케이션하는 능력이다."고 역설했습니다. 한마디로 말해서 새로운 아이디어를 생각해 내어 그것을 창조하는 힘을 기를 수 있는 본바탕에는 책을 많이 읽고 얻어낸 지식축적의-知識蓄積 바탕으로 기반을-基盤 이룰 수 있는 것은 독서라는 것입니다. 인간은 체험을 통해서 인식론적-認識論的 깨달음을 운명지어져있다고 합니다. 그러나 인간에게 주어진 시간과 경험은 제한되어-際限 있는 것도 있다고 합니다. 이렇게 제한된 시간 속에서 살면서 얻는 수많은 경험과 비교할 수도 없는 무한이 많은 경험을 우리는 책을 통해 얻고 또 그것을 바탕으로 한 깨달음으로 변신할 수 있는 것입니다. 독일 평론가 "발터 베냐민"은 어린 시절 느꼈던 책 읽기의 황홀을-恍惚 다음과 같이 말하고 있습니다. "책은 읽는 것이 아니다. 행간에-行間 머무르고 거주하는-居住 것이다."라고 했습니다. 그렇습니다. 우리는 오직 글자의 의미를 해석하기 위해 책을 집어 드는 것이 아니기 때문입니다. 즐거움과 행복은 책 읽기의 가장 큰 목적이기 때문에 자신의 삶에 변화를-變化 주면 좋은 책인 것입니다. 경계 없이 다양한 책을 봐야합니다. 책의 내용을 맹신하지 말고 항상 의문을 던지며 읽어야 됩니다. 천천히 책장을 넘기면서 손가락에 전해지는 감촉을-感觸 온몸으로 느껴보면서 때때로 글과 글 사이 행간과-行間 여백을-餘白 지그시 바라보며 읽으면 무한한 지식이-知識 자신도 모르게 축적-蓄積 될 것입니다. 인간의 뇌는 받아드리는 정보에 따라 반응을-反應 한다고 합니다. 좋은 정보를 입력하면 좋은 생각과 행동을 하기에 이는 외적 효과성의-external effectiveness 문제는 있지만, 그리 크게 우려할 일은 아닐 것입니다. 중국 송나라 때 주희라는 학자가 주창한 독서삼도라는-讀書三到 말에는……. 구도로-口到=입 · 다른 말을 아니 하고 · 안도로-眼到=눈 · 딴것을 보지 말고 · 심도를-心到=마음 · 가다듬고 집중해 반복 숙독하라-熟讀 · 뜻입니다. 이렇게 읽으면 내용의 진의를 깨닫는다는 뜻입니다.

우리민족의 영웅 안중근-1879~1910 의사님이 감옥살이 하시면서 쓰신

"일일 불 독서 구중 생 형극一日 不 讀書 口 中 生 荊棘"이란 글귀가 있습니다. 뜻을 풀어보면 "하루라도 책을 읽지 않으면 입안에 가시가 돋친다."라는 말입니다. 책을 많이 읽으면 새로운 통찰로-insight 인하여 무한한 지식을 습득하기 때문입니다. 시집을-詩 많이 읽으면 피폐해진 마음이 정화 될 것입니다. 詩의 글자를 파자를-破字 해 보면 말씀언-言과 절사의-寺 글자입니다. 두 글자를 합하면 言+寺=詩의 글자입니다. 절에서 스님들이 하는 말이란 뜻입니다. 시는 세상의 거친 언어를 융화시키고-融和 응축시켜-凝縮 가장 아름다운 말을 기록한 것입니다. 시집을 곁에 두고 읽으면 심성이-心性 저절로 착해질 것입니다! "인터넷을 통하면 모든 중요한-essential 정보들을 알 수 있는데 굳이 책을 읽어야 할 이유가 있을 까요?" 묻는다면……. 인터넷을 통해 웹페이지에 들어가면 우리는 한눈에 많은 정보를 접하게 됩니다. 하이퍼텍스트로 링크를 연결해둔 경우가 많아서 모르던 내용도 쉽게 알 수도 있습니다. 월드컵이 열린 브라질에 대해 위키 백과에는 이렇게 설명이 되어 있습니다.

"브라질 연방공화국을 줄여서 브라질-브라질=포르투갈어: Brasil 브라지우 · 또는 파서국은-巴西國 남아메리카에 있는 연방 공화국이다." 이 한 문장 안에 4개의 하이퍼텍스트 표시가 있어 단박에 브라질 포르투갈어와 남아메리카의 연방 공화국에 대한 정보를 얻을 수 있는 것입니다. 그러나 하이퍼텍스트에는 편리함 외에 우리가 놓치기 쉬운 함정이-陷穽 있습니다. 책으로 소설을 읽은 사람과 같은 내용의 소설이지만……. 내용 가운데 궁금한 것을 하이퍼텍스트로 연결된 링크를 통해 바로 알아볼 수 있도록 한 문서로 읽는 사람 가운데 누가 소설의 내용을 잘 이해를 했을까요? 캐나다 앨버타대학 영어학과 "데이비드 마일-Miall"과 브리티시 컬럼비아대학 언어학 교수인 "테리사 돕슨"은 인터넷의 하이퍼텍스트가 정보처리에 미치는 영향을 연구해 이런 의문에-疑問 대한 답을 얻었다는 것입니다. 결과는 한마디로 "책으로 읽은 사람이 더 빨리 읽고 이해도 더 높았다"는 것입니다.

최근 과학자들은 인간의 정신이 일종의 "예측 기계라는-prediction machine" 결론에-結論 점점 다가가고 있다고 합니다. 인간의 뇌는 우리가 세상을 살아가는 동안 단순히 세계를 새기고 기록하기만 하는 것이 아니며 오히려 뇌는 의식적으로나-意識的 무의식으로나-無意識的 사건이 펼쳐지기 전에 일어날 일을 예측-豫測 한다는 것입니다. 제프 호킨스가-jeff Hawkins 생각하는 뇌에서-생각하는 기계=On Intelligence "예측은-豫測 우리 뇌가 하는 활동 중의 하나로 치부하고 넘어갈 사소한 무엇이 아니다. 예측은 대뇌신피질의 핵심 기능이며 인간 지능의 토대다"라고 말한 것처럼 웹페이지에는 각종 링크들과 팝업광고 등 시각과-視覺 청각적인-聽覺的 자극이-刺戟 가득합니다. 이런 자극은 빠짐없이 우리 뇌의 인지과정을 거쳐서 처리되기 때문에 뇌에 과부하를 일으켜⋯⋯. "정작 중요한 정보에 집중하기가 어렵다"고 정신의학과 의사들은 말하고 있습니다. 철강 왕으로 불리는 "카네기"가 정규교육을 받은 것은 겨우 13살까지였다고 합니다. 그러나 독서광이었던 카네기에게는 독서는 지식과-知識 지혜의-智慧 원천-源泉 이었던 것입니다. 그는 "책의 가장 위대한 점은 그 무엇도 공짜로 주지 않는다는 점이다"라고 말했습니다. 조선중기 유학자이며 정치가였던 이율곡은-1536~1584년 · 격몽요결에-擊夢要訣 독서에 관한 기록 편이 있는데 "책을 읽을 때는 반드시 한권의 책이라도 내용을 꼼꼼히 정독하여 어려운 문장도 꿰뚫어야 하며 끝까지 읽은 뒤 다른 책을 읽어라. 너무 많은 책을 읽으려고 욕심을 부리거나 모른 내용이 있다고 건너뛰지 말아야 한다."고 했습니다. 책을 읽을 때는 건성건성-허투루 · 읽지를 말라는 뜻입니다. 독서를 하면서 사람들은 자신의 경험이나 지식과 비교를 하기도 하고 기존의 것들을 새로운 지식에 맞춰서 지혜를 만들어가는 것입니다. 독서는 매우 적극적이고-積極的 능동적인-能動的 인지과정을-認知過程 활성화시켜-活性化 준다는 것입니다. 그래서 독서란 오롯이 자신과 대화하는 시간이며 뇌에는 상당한 여유가 필요한 작업인 것입니다. 웹페이지에서 점멸하는-點滅

각종 정보들로 과부하가-誇負暇 걸린 뇌라면 이러한 능동적인 작동을 기대하기는 어렵다고 합니다. 음식도 꼭꼭 잘 씹어 먹어야 소화가 잘 되듯이 쓸데없이 많기만 한 정보들은 집중력을-集中力 방해할 뿐이기 때문입니다. 위와 같은 현상을 보더라도 하이퍼텍스트로 어지러운 디지털 문서보다는 종이에 인쇄된 책이나 신문을 읽으면 오롯이 자신과의 대화하며 깊이 있는 수많은 지혜를 얻어 자신의 삶을 윤택하게-潤澤 할 것입니다. 해서 세계의 뛰어난 과학자와 정치인과 그리고 최고경영자-CEO 모두가 독서의 중요성을 강조하고 있습니다. 전 세계 부자들의 공통 습관이 바로 독서라는 조사 결과도-結果 나와 있습니다. 자기와 정심식사 한번 먹는 데 211만 달러로-약 26억7700만원. 경매를 내서 중국의 사업가 지오단양 씨가 따내 화제를 모았던 세계최고의 갑부대열에서 빌게이츠와 경쟁을-競爭 하고 있는 투자의 귀재인-鬼才 "워런 버핏"은 지혜를 빌려달라는 한 시민에게 "책을 읽고, 읽고, 또 읽으라"고 조언을-助言 했다는 것입니다. 그는 보통 사람의 다섯 배의 책을 읽는다고 했습니다. 한마디로 말하여 "리더만이-reader 리더가-leader 될 수 있다는 뜻입니다. 옛 선인들은 세상에서 제일 듣기 좋은 소리는 자식들의 책 읽는 소리요. 보기 좋은 모습은 자식들의 밥을 먹는 모습이라 했습니다. 그러한데 지금의 아이들은 컴퓨터에 매달려 책으로부터의 도피하고-逃避……. 청소년 성 범죄가 갈수록 늘어나고 있는 데도 부모들은 자식들의 행동을 방관하고-傍觀 있는듯합니다! 아이러니하게도 세계적 갑부인 빌 게이츠는 딸에게 하루 1시간 이상 컴퓨터를 못하게 하고 있다고 합니다. 그는 "나를 오늘에 있게 한 것은 하버드 대학 졸업장이 아니라 마을에 있는 작은 책방이다"라고 하였습니다. 어려서부터 지독한 독서를 하여 책에서 얻은 지식이 오늘날 세계적 갑부가 되게 만든 것입니다. 세계에서 제일 책을 안 읽는 국가인 대한민국 부모들은 빌 게이츠 말을 새겨들어야 할 것입니다. 해리포터 저자 "조앤 K, 롤링"은 가난해서 냉방에서 살았다고 했습니다. 어려서 그의 방은 항시

책으로 널브러져 있었는데, 그의 부모는 번갈아가며 어린 딸에게 책을 읽어 주었다고 했습니다. 그는 해리포터로 30조원이 훨씬 넘는 돈을 벌어들였고 지금도 세계 각지에서 인세가 들어가고 있다는 뉴스 입니다. 두말할 것도 없이 어려서 독서가 가난 했던 그의 인생을 역전시킨 것입니다. 우리나라에서도 부산시 북구 엄궁동에 있었던 동산유지회사의 금고털이범으로 8년 6개월을 감옥살이한 백동호 소설가는 그가 지은 책 "실미도"서문에 "나는 문교부 혜택을-惠澤 전혀 받지 못했다"고 했다고 했습니다. 이 말의 뜻은 초등학교도 졸업을 못했다는 말입니다. 그는 감옥에서 책을 무려 3,000여권 읽었다고 했습니다. 그는 오늘날에 베스트셀러 작가가 되었습니다. 또 한사람의 예를 들면 본명: 박창오 · 예명: 진방남 · 가수이며 필명: 반야월 작사가도 "문교부의 혜택을 전혀 받지 않은 사람이다"라고 고백했습니다. 울고 넘는 박달재 · 소양강 처녀 · 단장에 미아리 고개 · 산장에 여인 · 유정 천리 · 가는 봄 오는 봄 등 60~70년대 수많은 히트곡과 5,000여곡의 대중가요를 작사한 사람으로 지금의 시집으로 40권의 분량입니다. 그는 수많은 책을 읽었다고 했습니다. 대학교 문창과를 나온다 해서 전부 작가가 되지 않습니다. 25년 동안 무려 4,561회의 토크쇼에 2만 8,000명과 대화를 나눈 미국의 토크쇼 사회자로 유명한 오프라 윈프리는 아홉 살 때부터 열네 살 까지 삼촌과 사촌에게 성폭행을 당했으며 밑바닥까지 간 사람입니다. 그러한 그녀의 삶을 크게 변화를-變化 시킨 것은 어릴 때 의붓아버지로부터 일주일에 책을 한권씩 읽으면 네 인생이 달라질 것이라는 말을 듣고 기억할 수 없을 만큼 수많은 책을 읽었기 때문에 오늘날 세계적으로 영향력이-影響力 있는 사람이 됐다고 고백을 했습니다. 그의 거침없는 달변은 책에서 얻은 지식에 의해서입니다. 이승만 초대 대통령은 조선왕조 후손으로 2세부터 부모가 책을 읽어주었고 6세 때 천자문을-千字文 배웠다고 했습니다. 그러한 것이 밑거름이 되어 훗날 미국의 유수대학에서 석사와 박사학위를 받았습니다. 우리나라에서 첫 노벨평화상을 받으신 작고한 김대중 전 대통령은 초등학교 4학년 때 세계문학 전집을 다 읽었다고 했습니다. 그래서 문장력이 어느 누구보다 탁월하였던-卓越 것입니다. 그분의 대중 연설에서 청중을-聽衆 구름처럼 모여들게 하는 것은 책을 읽고 얻은 감동적인 수사에-修辭 의하여서입니다. 박근혜 대통령은 4박 5일 여름휴가를 가면서 20권의 책을 골라 사서 가지고 갔다는 보도를 대대적으로 하였습니다. 하루에 5권의 책을 읽었다는 뜻이기도 합니다. 정말로 엄청난 독서를 하시는 것입니다. 버락 오바마 미국 대통령이 2013년 세네갈을 방문했을 때 부인 미셸 영부인은 한 여학교를 찾았습니다. 그는 "아버지가 내 대학 학비를 대주기 위해 마다하지 않은 힘든 노동하는 것을 보고 내가 밤늦게까지 자지 않고 책을 읽고 공부한 덕분에 결국 내 꿈을 이루게 했다"고 강연을 했습니다. TV에 비친 검은 피부의 미셸이 검은 피부의 여학생들에게 둘러싸여 환영받던 장면을 보았을 것입니다! 미셸은 "여러분들은 전 세계의 여학생들을 위한 롤 모델"이라고 말했지만 실은 미셸이 그들의 롤 모델이었던 것입니다. 책을 좋아하는 아이가 공부도 잘하고 리더십이 뛰어나다는 것은 잘 알려진 사실입니다. 모르는 길을 가면 두렵고 여유도 없으며 긴장의 연속일 것입니다! 하지만 아는 길을 가면 여유 있게 주변의 경치를 감상하면서 편하게 갈 수가 있습니다. 그렇듯이 책은 한치 앞을 모르는 인생길을 미리 미리 알려주는 역할을 하는 것입니다. 그래서 책을 읽으면 인생을 행복하게 해주는 것입니다. 일류대학을 졸업하고 취직이 안 되어 몇 년을 실업자신세이던 청년이 하루에 한권의 책을 1년간 읽었더니 년 봉이 일억이 넘는 유명강사가 되었다는 신문기사를 읽은 적이 있을 것입니다. 그래서인가! 세계의 뛰어난 과학자와 정치인과 그리고 최고경영자-CEO 모두가 독서의 중요성을-重要性 강조하고 있습니다. 전 세계 부자들의 공통 습관이-習慣 바로 독서라는 조사 결과도 있습니다. "빈부와 귀천은 그 우열을-愚劣 논할 수 없는 것은 문장뿐 이다"

라고 이미 고려시대 때 이규보가 말했습니다. 우리나라 대다수 어린이는 "마음의 양식"이 되거나 "인생의 등불"이 될 만한 책은 아무도 찾아 읽으려 하지 않고 모니터 속에서 "인생의 환락"을 찾는데 점점 익숙해져 가고 있습니다. 사람이 원하는 환락과 정보의 바다는 윈도 속에 있지……. 책 속에 있지 않다고 생각하고 있는 것입니다. 그러다보니 날로 늘어나는 청소년들의 범죄는 뉴스 간판을 자주장식하기도 합니다. 이젠 딱딱한 책은 기울어진 장롱 모서리를 받치는 데나 쓰일 뿐이지만……. 그래도 사람들은 끈질기게 책의 소중함을 강조하고 책 읽기를 강요하기도 합니다. 책을 많이 읽는 사회의 미래가 밝다고 말하고 있습니다. 그러나 우리 사회에서 독서는 남에게 강요하는-強要 것이지 자기가 하는 일은 아닌 것 같습니다. 많은 부모나 교사는 자기도 읽지 않은 책을 자식이나 학생에게 읽도록 강요한다는 것입니다. 집집마다 아이 방에 어린이 책은 많지만 어른이 읽을 만한 양서는 어디에 있는지 보이지 않는다는 조사 결과가 나와 있습니다. 우리 사회의 주 독서층은 어린이인지도 모릅니다. 그러한데 다수의 어린이는 컴퓨터에 매달려 있다는 것입니다. 지금의 책 읽는 사람은 어디로 갔을까요? 이대로는 문학의 미래는 어둡습니다. 인류는 문학을 통해 사회 공통의 예의와 질서를 익히고 조화를 해치지 않는 사람이 되도록 거칠어지기 쉬운 심성을-心誠 다듬어 왔습니다. 문학을 통해 자기만의 좁은 세계를 벗어나 다양성을-多樣性 포용하며-包容 살도록 사고의-思考 폭을 넓혔고……. 그로 인해 창의력이-創意力 움트고 도전정신이 숨 쉬며 지혜를-智慧 성숙시켜 온 것입니다. 그러한 문학이 우리시대에 와서는 그만 수능의 한 과목으로 전락해 버린 것입니다. 문화라는 가치가 생활의 원칙이 되어야 다르게 생각하고 삶의 질이 높아지는 것을 모르고 있다는 것입니다. 나는 14세 때 사서인-四書 논어-論語 · 맹자-孟子 · 중용-中庸 · 대학을-大學 · 배워 지금도 대학 서문을 외울 정도입니다. 나는 그 어려운 한문을 공부하면서 기억력을 돋우는 방법을 알았습니다. 학교에 초청되어 강의를 하면 꼭 하는 말은……. "공부를 하다가 어려운 문제나 또는 길거리에서 간판에 영문이나 한문글자로 사용하여 모르는 단어가 있으면 메모를 하여 집에 돌아와서 열 번 이상 노트에 필기를 한다. 일주일이 지난 뒤 당시를 생각하면서 필기해둔 것을 읽어보고 한 달 후 또 읽어보면 그 내용은 기억 속에 영원히 남을 것이다."라고 내가 어려서 공부하는 방법을 알려 주었습니다. 이러한 공부 방법인……. 경험으로 가르친 교육만큼 더 좋은 교육이 어디 있겠습니까? 그래서 잊을 수 없어 불행한 것이 아니라. 기억할 수 있어 행복하다는 말이 나에겐 즐거운 일입니다. 불현 듯 암으로 작고한 소설가이시고 대학교수였던 선배의 말이 생각이 납니다. "글쓰기란 암보다 더 큰 고통이다."라 했습니다. 그의 병상으로 인터뷰하려간 기자가 "그런데 그 고통스런 글을 뭣 하려 쓰느냐?" 질문을 했습니다. 그러자 선배는 고통을 참고 침대에서 일어나서 하였던 말은 "내가 쓴 글이 출간되어 서점 진열대에 수북이 쌓여있는 모습을 보면 그동안의 고통은 일순간에 사라지고 가슴속에서 터져 나오는 희열은-喜悅 격어보지 못한 사람은 알 수 없다. 그래서 글을 쓴다."라고 했습니다. 그 말의 뜻은? "임산부가 생과-生 사를-死 넘는 산고를-産苦 이겨내고 출산하여 아기를 첫 대면했을 때의 희열과 같은 것이다!"라는 말인 것입니다. 대다수 작가는 그와 같은 희열을 느끼기 위해 오늘도 골방에서 피를 찍어서 쓰는 것 같은 그러한 고통을 감내하며 글을 쓸 것을 것입니다!

나는 책을 집필하면서 독자들에게 내가 알고 있는 모든 지식을 전해주려고 무던히 노력을 하고 있습니다. 때론 밥 먹는 것도 거르고 소변을 참으며 때론 컴퓨터 앞에 4~5시간을 앉아있기도 합니다. 내가 지은 책을 독자가 읽고 한가지의 지식이라도 습득을 했다면 나에겐 그이상의 큰 보람은 없을 것이라는 생각에서입니다. 2013년 11월 30일 3시에 KBS에서 방영한 특집다큐 "한 그릇공양에서 나를 찾는다." 내용을 보면서 글을 쓴다는 게 얼마나 스트레스를 받는가를 실감할 수 있었습니다. 우리의 직업 가운데서 10가지 등분으로 나뉘어 평균수명을 조사하여 방송을 한 것인데……. 종교인이 가장 긴 70세인 1위이고. 작가가 맨 마지막인 57 세라는 것입니다. 내가 자주 듣는 익숙한-familiar 질문인 "강 작가! 당신은 왜 글을 쓰느냐?" 묻는 다면 "이세상의 생물을 언젠가 소멸됩니다."그렇다면 "당신은 무었을 남기고 갔겠느냐?" 질문이라면 "나는 어느 누구도 쓰지 않은 창작물을-創作物 남겼습니다."라고 말 할 수 있는 작가가 되려고 노력하고 있습니다. 나는 등단 후 15년의 기간에 장편소설 13편-18권·소설집 2권·시집 3권·19편의 중 단편소설을 집필했으며 그 중에 베스트셀러-Best seller : 7권·스테디셀러-Steady seller : 8권·비기닝셀러-Beginning : 5권·그로잉셀러-Growing : 3권·신문학 100년 대표소설 : 4권·등과 38곡의 대중가요를 가사를 작사했습니다. 위의 글에서 나의 이력을 조금이나 알았을 것입니다.

　세 번째 시집 "보고픈 얼굴하나" 출간 후 "작가님의 이력을 보면-북파공작원 테러부대 출신으로 2번 북파 되어 작전성공·이 세상에서 최고의 악당이었던 -gang=惡黨 사람인데! 글의 내용을 보면 성자로-saint=聖子 보입니다."라는 독자들의 편지와 전화가 걸려옵니다. 세 권의 시집이 모두 그렇다는 평도 있습니다. 베스트셀러가 된 두 번째 시집 "지독한 그리움이다"를 읽어본 독자들은 눈물이 자신도 모르게 나온다는 연락이 많이 왔습니다. 소설가로 먼저 등단을 하였지만 시로도-詩 정식 등단을 하여 세 권의 시집을 냈는데 독자님들의 반응이 좋아 큰 보람을 느끼고 있습니다. 특히 교도소 수감자들이 시집을 읽고 3~5장의 A.4용지에 장문의 편지를 보내오기도 합니다. 그들의 편지는 버리지 않고 소중하게 보관을 하고 있습니다. 문학인은 자존감을 갖고 글을 집필합니다. 독자가 온밤을 꼬박 새워가며 읽도록 우리 작가들은 완성도 높은 작품을 써야할 의무가 있기 때문입니다. 그것이 곧 작가의 양심이기 때문입니다. 그래야만 세월이 흐른 뒤

이 나라의 문학사 흐름에 당당히 편입될 수 있을 것이기에 피를 찍어서 쓰는 듯이 고통을 참으면서 집필을 하고 있습니다. 문인들의 글은 어느 시대이든 그 시대의 증언록이기-證言錄 때문입니다. 작가란 덫을 놓고 무한정-無限定 기다리는 사냥꾼이나 농부가 전답에-田畓 씨앗을 뿌려놓고 발아가 잘될지 안 될지 기다리는 신세인 것입니다. 부연 설명을 하자면 독자의 판단을-判斷 기다림을 말하는 것입니다.

　아래 글은 동아일보 2014년 4월 15일 A.2면 김윤종기자와 이재명기자의 기사 전문입니다.

오바마처럼……. 책 읽어주는 朴대통령?
출판계 "독서장려 나서달라"요청
靑 "초등생 책읽어주기 행사 검토"

　『대통령이 어린이들에게 직접 책을 읽어주는 모습을 국내에서도 보게 될까. 14일 청와대와 문화체육관광부에 따르면 박근혜 대통령은 초등학교를 방문해 아이들에게 책을 읽어주는 행사를 유력하게 검토하고 있다. 해외에서는 대통령이 아이들에 둘러싸여 책을 읽어주는 모습을 자주 볼 수 있지만 국내에서는 극히 이례적인 일이다. 이 같은 행사가 기획된 것은 독서율에 대한 위기의식 때문이다. 한국출판인회는 지난달 초 "사람들이 너무 책을 읽지 않는다. 독서 장려를 위해 박 대통령이 직접 나서서 아이들에게 책을 읽어주는 자리를 마련해 달라"고 청와대에 요청했다. 지난해 11월 문체부가 국민독서행태를 분석한 결과 성인 연간 독서율은 1994년에-86.8 · 비해 18%포인트 떨어진 68.8%로 나타났다. 국민 10명 중 3명은 1년 동안 책을 한 권도 읽지 않는다는 의미다. 문화융성과 창조경제를 국정 기조로 삼은 박근혜 정부가 간과하기 어려운 면이다.

청와대 관계자는 "대통령의 초등학생들 책 읽어주기 행사는 결정만 남은 상태"라며 "외부 일정인 만큼 보안을 위해 행사 당일에 자세한 사항이 공개될 것"이라고 밝혔다. 출판계 관계자는 "지난해 박 대통령이 휴가동안 읽을 책이 공개되면서 독서 붐이 일었다"며 "박 대통령이 읽어줄 동화책은 베스트셀러가 될 것"이라고 반겼다. 미국에서는 버락 오바마 대통령이 2011년 10월 텍사스 내 한 어린이 실험학교에서 그림동화를 읽어주는 모습을 통해 대중적 친밀도를 높였다. 한편 박 대통령은 14일 특성화교인 서울 성동공업고를 찾아 학생들의 실습교육을 참관하고 교사, 학부모와 함께 간담회를 열었다. 박 대통령은 "학교와·학벌·상관없이 같은 대우를 받을 수 있는 사회가 되도록 우리가 밀어붙여서 그렇게 되도록 하겠다"고 강조했다. 이 자리에서 서남수 교육부 장관이 교사 연수 확대와 관련해 "프로그램을 개발하는 대로 추진하겠다"고 밝히자 박 대통령은 "현장은 하루가 급한데 다 개발될 때까지 기다리면 한이 없다. 개발된 것부터 빨리 시행하라"고 지시했다.』

위의 기사를 접하고 그렇게 반가울 수가 없었습니다. 최근의 조사결과를 보면 도시생활자 성인 100명 중 82명은 전혀 책을 보지 않는다고 합니다. 나는 그보다 훨씬 낮을 것으로 생각하고 있습니다. 국민 1인당 월간 독서량은 0.8권이라는 통계조사인데……. 조사한 160개국에서 맨 끝이니 말해서 무엇 하겠습니까? 이것이 문화적으로 어느 수준인가는 굳이 외국과 비교할 수 없다고 봅니다. 아프리카 사람들보다 독서량이 적기 때문입니다. 남을 탓하기 좋아하는 사람들은 이유를 만들어 내고 있습니다. 신문이 소설보다 더 재미있기 때문이라는 견해라든가 TV를 비롯하여 게임 비디오 등이 만연해 있는 것도 한 원인으로 지적을 하고 있습니다. 그러면서 "내용이 나쁜 책도 있다"고 항변을 抗辯 합니다. 그렇습니다. 분명 내용이 나쁜 책도 있습니다. 그러나 그러한 책을 읽고 나쁘다는 내용이 있다는 것을 알고 깨우쳤다면 당신은 이미 좋은 책을 읽었다는 것입니다. 그래서 책을 읽으면 좋은 것이고 선인의 지혜를-知慧 이어받는 것과 같은 것입니다.

조선일보 조상현 살롱(530)에 보면

상략:『오늘날 소설가는 우리사회에서 대접받는 직업에 속한다. 유명 작가들은 지방자치단체에서 생사당까지-生祠堂=문학관·지어주는 상황이다. 옛날에는 아무리 업적이 있어도 죽은 뒤에 사당을 세웠지만 요즘에는 살아생전에 주변에서 기념관을 지어준다. 살아생전에 기념관을 지어주는 생사당은 대단한 영광이라 아니할 수 없다. 중략: 총리를 해도 기념관이 없고, 장관을 해도 기념관은 커녕 곧바로 잊어지는 상황에 비교해 보면 소설가는 특출 난 직업이다. 그 대접의 밑바탕에는 조선사회가 지녔던 문-文에 대한 존경이 깔려 있다. 과거에는 대제학이-大提學 문형을-文衡 쥐고 있었지만 이제는 우리 사회에서 소설가가 문형을 잡고 있는 위치가 되었다. '삼정승이 대제학 한 명만 못하다'(三政丞不如一大提學-삼정승 불 여 일 대제학)고 했다면 이제는 '열 장관이 소설가 한 명만 못하다'(十長官不如一小說家-십장관 불 여 일 소설가)고 해도 크게 과장된 표현은 아니다. 형은-衡 저울대를 뜻한다. 문형이란-文衡 "문화의 저울대"내지 "지성의 저울대"란 뜻 아닌가! 고시에 합격하고 정치권력을 잡고 돈 많이 벌었다고 해도 아무나 문형을 쥐는 것은 아니다.』라고 했습니다.

나는 집필하면서 고민하는 것은 국어를 모른다는 사실을 깨달았습니다. 이 땅에 태어나 살아오면서 지금껏 쓴 말과 글을 다 깨우치지 못했다는 게 자괴감이 들기도 했습니다. 탈고한 원고를 고치고 또 고치면서 내 얕은 모국어 실력에 한탄도 했습니다. 모국어는 문필가들에 의해 갈고 닦이고 있기 때문입니다. 그 임무를 가장 충실히 해야 할 내가 이 땅의 작가라니 한없이 부끄러웠습니다. 급변 하는 세상에 우리나라도 다민족多民族 국가가 되어 수많은 외래어가 범람하고 있는데, 컴퓨터에 매달려있는 국민의 국어능력이 단군 이래 최저 수준이라고 합니다. 이명박 정부가 들어 설 당시 초등학교에서도 영어 수업 치중하라는 말에 "우리나라말로 공부를 해도 힘들어 죽겠는데 영어로 공부하라는 이명박 할아버지 때문에 스트레스 받아 죽겠다"하면서 거실에다 책가방을 내 팽개치는 딸아이의 볼멘소리를 귓등으로 들어서는 안 되겠다는 어느 학부모 이야기가 우스갯소리가 아님을 알아야합니다. 영어열풍에 의해서인가! 요즘 TV속 오락프로를 보면 어눌한 영어로 노래를 부르는 수많은 가수들을 보면 채널을 확 바꾸어 버립니다. 이런 광경을 접할 때 마다 모국어를 지키는 사명감이 더 커집니다. 그들에게 글짓기나 받아쓰기 시험을 치르면 몇 명이나 합격할지 궁금하기도 합니다. 국내로 이주한 외국인이 수년을 살아도 한국말을 하면 어눌합니다. 외국인이 자국의 노래를 하는 국내가수의 노래를 들으면 내가 느끼는 감정과 똑같을 것입니다! 물론 세계화시대에 영어도 꼭 필요합니다. 그러나 국민 절대다수가 필요치 않을 것입니다! 국어는 우리의 정체성입니다. 잠시 읽기를 멈추고 글자가 없다면 이 세상에서 어떻게 소통할 수 있겠는가를 생각해 보십시오. 문자는 소통-疏通=뜻이 서로 통하여 오해가 없음의 뜻 · 입니다. 천지간에 사물의 이름을 지을 수가 없어 마냥 "거시기"라고만 말할 수없는 것입니다. 참으로 암담할 것입니다! 내가하고 있는 소설을 집필할 때는 원색적인 언어를 사용하고 시를-詩 집필할 땐 거친 말들을 융화 시키고 응축시켜 써야 하는 고충도 만만치 않습니다. 그러나 글을 쓴다는 게 나에겐 남아있는 생을 지탱해주는 하나의 근원이도 합니다. 책을 안 읽는다고들 하지만 내가 살고 있는 김해시는 2,000여 년 전 가야국-加倻國 태동지입니다. 가야

국신화를 살펴보면 구간들에 의해 글을 써서 그것을 노래를 만들어-龜旨歌=구지가 · 구지봉에서 신을-수로왕 · 마중하였다는 삼국유사 기록이 있습니다. 그래서 인가! 김해시 버스정류소 가림-迦森 벽마다 지역문인들이 지은 시를-詩 벽보 하여……. 버스를 기다리는 동안 아름다운 언어가 함축된! 읽을거리를 제공하고 있습니다. 이러한 사업은 서울강남구에서 벤치마킹 하였고 부산지하철역에서는 플랫폼 안전 가림 막 벽에도 실사를 하여 붙여서 승객이 차를 기다리면서 읽게끔……. 읽을거리로 제공하고 있습니다. 김해시는 책 읽는 도시로 선포되어 전국에서 인구비례-比例 도서관이 제일 많다고 합니다. 그래도 내가 자주 가는 도서관엔 조금만 늦게 가면 앉을 자리가 없습니다. 크게 증축을 했지만……. 휴게실에서 커피라도 마시며 잠시 머리를 식히려 해도 앉은 자리가 없어 서서 마신 적도 있습니다. 왜? 독서실과 학습실이 앉을 자리가 없어 휴게실에서 공부를 하거나 독서를 하기 때문입니다. 그들을 보면 나도 모르게 저절로 미소가……. 그 많은 인원을 수발하느라 힘쓰는 도서관 관계자의 노고도 생각하면서 이용했으면 하는 바람도 있습니다. 반면에 이용자가 학습실에 자리가 없어 공부하는데! 음식 냄새나고 약간 소란 한데도 공부를 하겠다는 그들에게 역시 싸늘한 눈총은 주어서는 안 될 것입니다. 이용자 모두 다 같은 입장이니까요! 이렇든 저렇든 아무튼 벽에 기대서서마시는 커피가 참……. 맛있습니다. 갈 때마다 서서 커피를 먹었으면 좋겠습니다. 책에 매달린 아름다운 모습에 대한민국 미래의 희망이 보이기 때문입니다! 그래서 나는 피를 찍어내는 고통을 감내하며 오늘도 독자들에게 하나의 자그마한 지식을 전달하기 위해 열심히 자판기를 두드리고 있습니다.

"꽃을 든 남자보다 책과 신문을 든 남자가 더 매력적입니다."
"왜? 일까요?"

"그것은 지식이 풍부할 것이기 때문입니다. 지식이 풍부하다는 것은 앞
으로의 삶이 풍요로울 것이기 때문입니다!"

세계에서 제일 책을 안 읽는 대한민국 국민이여! 김해시를 한번 방문
하십시오. "책은 **꿈꾸는 걸 가르쳐 주는 진짜 선생입니다.**"라고 말한『바
슈나르』의 말을 곱씹으며 저마다의 꿈을 위해 독서 열풍인 현장을 보고
크나큰 감동을 받을 것입니다.

김해도서관: 허황옥 홀에서

살인이유

초판 인쇄 2015년 9월   9일
초판 발행 2015년 9월 17일

지   음 | 강 평 원
펴 낸 이 | 하 운 근
편   집 | 조 연 순
표   지 | 명 지 현
펴 낸 곳 | 學古房

주   소 | 경기도 고양시 덕양구 통일로 140 삼송테크노밸리 A동 B224
전   화 | (02)353-9908 편집부(02)356-9903
팩   스 | (02)6959-8234
홈페이지 | http://hakgobang.co.kr/
전자우편 | hakgobang@naver.com, hakgobang@chol.com
등록번호 | 제311-1994-000001호

ISBN   978-89-6071-553-0   03800

값 : 20,000원

이 도서의 국립중앙도서관 출판시도서목록(CIP)은 서지정보유통지원시스템 홈페이지(http://seoji.
nl.go.kr)와 국가자료공동목록시스템(http://www.nl.go.kr/kolisnet)에서 이용하실 수 있습니다.
(CIP제어번호: CIP2015025000)